T0204083

La hermana perdida

Lucinda Riley (1965-2021) fue actriz de cine y teatro durante su juventud y escribió su primer libro a los veinticuatro años. Sus novelas han sido traducidas a treinta y siete idiomas y se han vendido más de cuarenta millones de ejemplares en todo el mundo. La saga Las Siete Hermanas, que cuenta la historia de varias hermanas adoptadas y está inspirada en los mitos en torno a la famosa constelación del mismo nombre, se ha convertido en un fenómeno global y actualmente está en proceso de adaptación por una importante productora de televisión. Sus libros han sido nominados a numerosos galardones, incluido el Premio Bancarella, en Italia; el premio Lovely Books, en Alemania, y el Premio a la Novela Romántica del Año, en el Reino Unido. En colaboración con su hijo Harry Whittaker, también creó y escribió una serie de libros infantiles titulada The Guardian Angels. Aunque crio a sus hijos principalmente en Norfolk, Inglaterra, en 2015 Lucinda cumplió su sueño de comprar una remota granja en West Cork, Irlanda, el lugar que siempre consideró su hogar espiritual y donde escribió sus últimos cinco libros.

Biblioteca
LUCINDA RILEY

La hermana perdida

Traducción de
Matuca Fernández de Villavicencio,
Ignacio Gómez Calvo y **Andrea Montero Cusset**

DEBOLS!LLO

Papel certificado por el Forest Stewardship Council®

Título original: *The Missing Sister*

Primera edición en Debolsillo: mayo de 2022
Cuarta reimpresión: noviembre de 2023

© 2021, Lucinda Riley
© 2021, 2022, Penguin Random House Grupo Editorial, S. A. U.
Travessera de Gràcia, 47-49. 08021 Barcelona
© 2021, Matuca Fernández de Villavicencio, Ignacio Gómez Calvo
y Andrea Montero Cusset, por la traducción
Diseño de la cubierta: Penguin Random House Grupo Editorial / Begoña Berruezo
Imagen de la cubierta: © Getty Images

Printed in Spain – Impreso en España

ISBN: 978-84-663-5873-6
Depósito legal: B-5.365-2022

Compuesto en M. I. Maquetación, S. L.
Impreso en Liberdúplex
Sant Llorenç d'Hortons (Barcelona)

P 3 5 8 7 3 A

Para Harry

El coraje es saber qué no hemos de temer.

PLATÓN

Listado de personajes

ATLANTIS

Pa Salt – padre adoptivo de las hermanas (fallecido)
Marina (Ma) – tutora de las hermanas
Claudia – ama de llaves de Atlantis
Georg Hoffman – abogado de Pa Salt
Christian – patrón del yate

LAS HERMANAS D'APLIÈSE

Maia
Ally (Alción)
Star (Astérope)
CeCe (Celeno)
Tiggy (Taygeta)
Electra
Mérope (ausente)

Mary-Kate

Valle de Gibbston, Nueva Zelanda

Junio de 2008

1

Recuerdo con exactitud dónde me encontraba y qué estaba haciendo cuando vi morir a mi padre. Estaba más o menos donde ahora, acodada en la barandilla del porche de madera que rodea nuestra casa, viendo a los vendimiadores avanzar por las cuidadas hileras de vides colmadas con los frutos del año. Me disponía a bajar por la escalera para sumarme a ellos cuando, con el rabillo del ojo, vi que, de pronto, mi padre, que era grande como una torre, desaparecía de mi vista. Al principio pensé que se había arrodillado para recoger un racimo de uvas descarriado —detestaba el desperdicio, fuera del tipo que fuese, rasgo que él atribuía a la mentalidad presbiteriana de sus padres escoceses—, hasta que los vendimiadores de las hileras vecinas salieron disparados hacia él. Desde el porche salvé a la carrera los cien metros que me separaban de mi padre. Para cuando llegué, uno de ellos le había abierto la camisa e intentaba reanimarlo con compresiones en el pecho y el boca a boca y otro había llamado a urgencias. La ambulancia tardó veinte minutos en llegar.

Incluso cuando lo subían a la camilla, yo ya sabía, por el aspecto céreo de su tez, que no volvería a escuchar esa voz potente y profunda que contenía tanta gravedad y que, sin embargo, podía transformarse en un segundo en una risa ronca. Con las mejillas bañadas en lágrimas, besé suavemente las suyas, curtidas y rubicundas, le susurré que lo quería y le dije adiós. En retrospectiva, esa terrible experiencia fue surrealista: la transición de estar tan lleno de vida a, en fin..., nada salvo un cuerpo vacío, exánime, era imposible de asimilar.

Después de meses padeciendo dolores en el pecho que papá fingía que eran indigestiones, por fin había aceptado ir al médico.

Le dijeron que tenía el colesterol alto y que debía ceñirse a una dieta. Mi madre y yo nos desesperábamos porque él seguía comiendo lo que le apetecía y bebiendo una botella de tinto con la cena de cada noche. Así pues, la conmoción no debería haber sido tan grande cuando, finalmente, sucedió lo peor. Supongo que lo creíamos indestructible, su fuerte personalidad y su afabilidad alimentaban esa ilusión, pero, tal como mi madre señaló con pesimismo, a fin de cuentas no somos más que carne y huesos. Por lo menos había vivido como había deseado hasta el final de sus días. Tenía setenta y tres años, un hecho que a mí nunca me cuadró con su fortaleza física y su pasión por la vida.

El resultado era que me sentía timada. Al fin y al cabo, yo solo tenía veintidós años, y aunque siempre había sabido que había llegado tarde a la vida de mis padres, no caí en la importancia de ese detalle hasta que papá murió. Durante los primeros meses después de su pérdida sentí rabia ante aquella injusticia; ¿por qué no había llegado antes a su vida? Mi hermano mayor, Jack, que tenía treinta y dos, había disfrutado de papá diez años más que yo.

Mamá percibía mi enfado, aunque yo nunca comentaba nada. Y entonces se me comían los remordimientos, porque ella no tenía ninguna culpa. La quería tanto…, siempre habíamos estado muy unidas, y era evidente que ella también sufría. Nos esforzamos por consolarnos mutuamente y, de alguna manera, conseguimos superarlo juntas.

Jack también se portó de maravilla, dedicó la mayor parte de su tiempo a revisar las tremendas repercusiones burocráticas de la muerte. Además, tuvo que ponerse al frente de The Vinery, el negocio que mamá y papá habían levantado de cero; por suerte, papá se había encargado de formarlo bien.

Desde que Jack era poco más que un bebé, papá se lo llevaba cuando emprendía el ciclo anual de cuidar de las preciadas vides que entre febrero y abril, dependiendo del clima, producirían las uvas que más tarde se recogerían y con el tiempo resultarían en las deliciosas —y recientemente premiadas— botellas de pinot noir que se apilaban en el almacén, listas para exportarlas a toda Nueva Zelanda y Australia. Papá había guiado a Jack en cada paso del proceso, y para cuando cumplió doce años tal vez hubiera podido dirigir al personal, tales eran los conocimientos que le había transmitido.

A los dieciséis, Jack anunció que quería unirse a papá y dirigir The Vinery algún día, lo que satisfizo muchísimo a nuestro padre. Estudió gestión empresarial en la universidad y luego empezó a trabajar a tiempo completo en el viñedo.

—No hay nada como dejar un legado próspero —exclamó papá alzando la copa después de que Jack pasara seis meses en un viñedo de la región australiana de Adelaide Hills y lo declarara preparado—. Puede que algún día también tú te unas a nosotros, Mary-Kate. ¡Por la presencia de viticultores McDougal en estas tierras durante los siglos venideros!

Jack se había sumado al sueño de papá, pero a mí me había sucedido lo contrario. A mi hermano le fascinaba de verdad elaborar vinos espléndidos, pero además tenía una nariz capaz de detectar una uva solitaria a un kilómetro de distancia y era excelente como empresario. Yo había pasado mi infancia y adolescencia viendo a papá y a Jack patrullar las vides y trabajar en lo que llamábamos con afecto «el laboratorio» (en realidad, poco más que un cobertizo con tejado de hojalata), pero otras cosas habían captado mi interés. Ahora veía The Vinery como una entidad separada de mí y de mi futuro. Eso no me había impedido trabajar en nuestra pequeña tienda durante el colegio y las vacaciones universitarias, o ayudar siempre que se me necesitaba, pero el vino no era mi pasión. Aunque papá pareció decepcionado cuando le dije que quería estudiar música, tuvo la gentileza de entenderlo.

—Me alegro por ti —dijo abrazándome—. La música es un dominio muy amplio, Mary-Kate. ¿Qué parte de ella ves como tu futura carrera?

Le conté con timidez que algún día me gustaría ser cantante y componer mis propias canciones.

—Ese es un sueño magnífico, y solo puedo desearte suerte y decirte que tu madre y yo te apoyaremos siempre.

—Me parece maravilloso, Mary-Kate, en serio —dijo mamá—. Expresarte a través de las canciones es algo mágico.

De modo que música fue lo que estudié; me decanté por la Universidad de Wellington, que ofrecía una titulación de primer orden, y disfruté de cada segundo. Disponer de un estudio de última generación donde grabar mis canciones, así como estar rodeada de otros estudiantes que vivían para esa misma pasión, era increíble. Formé un dúo con Fletch, un buen amigo que tocaba la guitarra rítmica y cuya voz armonizaba con la mía. Conmigo en el teclado, conseguimos algún que otro bolo en Wellington, y el año pasado actuamos en el concierto de graduación; fue la primera vez que mi familia me veía cantar y tocar en directo.

«Estoy muy orgulloso de ti, MK», había dicho papá antes de envolverme en un abrazo. Fue uno de los mejores momentos de mi vida.

—Y aquí estoy un año más tarde, con mi título bajo el brazo y todavía rodeada de viñas —farfullé—. En serio, MK, ¿de verdad creías que Sony llamaría a tu puerta y te suplicaría que grabaras un disco con ellos?

Hacía un año que había terminado la universidad y cada vez veía mi futuro profesional más negro; la muerte de papá, además, había supuesto un duro golpe a mi creatividad. Sentía que había perdido dos grandes amores al mismo tiempo, sobre todo porque estaban estrechamente conectados entre sí. Fue el gusto de papá por las cantautoras lo primero que despertó mi pasión por la música. Crecí escuchando a Joni Mitchell, Joan Baez y Alanis Morissette.

Mis años en Wellington también me hicieron tomar conciencia de lo protegida e idílica que había sido mi infancia en el maravilloso jardín del edén que era el valle de Gibbston. Las montañas que se alzaban alrededor proporcionaban una reconfortante barrera física, mientras que la fértil tierra era pródiga en frutos jugosos.

Recordaba a Jack, cuando era adolescente, animándome a comer las grosellas estrelladas silvestres que crecían en arbustos espinosos detrás de nuestra casa, y sus risotadas cuando escupí la ácida fruta. En aquel entonces yo deambulaba a mi aire, sin la vigilancia de mis padres; ellos sabían que estaba a salvo en la preciosa campiña que nos rodeaba, jugando en los arroyos frescos y transparentes y persiguiendo conejos por la áspera hierba. Mientras mis padres trabajaban en el viñedo, haciendo de todo, desde plantar vides y protegerlas de la hambrienta fauna hasta recoger la uva y prensarla, yo vivía en mi propio mundo.

Una nube eclipsó de pronto el sol radiante de la mañana y dio al valle un tono verde grisáceo. Era un aviso de que el invierno estaba cerca, y me pregunté, no por primera vez, si había acertado en mi decisión de quedarme a verlo. Dos meses atrás, mamá había comentado que estaba pensando hacer lo que denominó una Gran Gira por el mundo para visitar a amigos a los que no veía desde hacía años. Me preguntó si quería acompañarla. En aquel momento yo todavía esperaba que la maqueta que había grabado con Fletch, y que habíamos enviado a discográficas de todo el mundo antes de que papá muriera, despertara un mínimo de interés. Sin embargo, las respuestas que nos decían que nuestra música no era lo que la productora estaba «buscando en este momento» se amontonaban en el estante de mi dormitorio.

—Cielo, supongo que no hace falta que te diga que poner un pie en el negocio de la música es muy difícil —había dicho mamá.

—Por eso creo que debería quedarme aquí —contesté—. Fletch y yo estamos trabajando en algo nuevo. No puedo abandonar el barco a la primera de cambio.

—No, claro que no. Por lo menos cuentas con el respaldo de The Vinery si las cosas van mal —añadió.

Sabía que solo pretendía animarme y que yo debería estar agradecida por poder ganar un dinero trabajando en la tienda y ayudando con las cuentas. Pero mientras contemplaba mi jardín del edén solté un largo suspiro, porque la idea de pasar aquí el resto de mi vida no me atraía lo más mínimo, por muy seguro y bonito que fuera. Todo había cambiado desde que me fui a la universidad, y más aún después de la muerte de papá. Era como si el corazón de este lugar hubiese dejado de latir con su partida. Tampoco ayudaba el hecho de que Jack, que había aceptado, antes de que papá falleciera, pasar el verano en un viñedo del valle del Ródano, en Francia, hubiera decidido, con el beneplácito de mamá, seguir adelante con el plan.

«El futuro del negocio está ahora en manos de Jack y necesita aprender todo lo que pueda —me había dicho mamá—. Tenemos a Doug, nuestro encargado, para dirigir el viñedo. Además, es la estación tranquila, el momento idóneo para que Jack haga este viaje.»

Pero desde que mamá emprendiera ayer su Gran Gira, y con Jack también ausente, me sentía muy sola y corría el riesgo de hundirme en una tristeza cada vez más profunda.

—Te echo de menos, papá —murmuré mientras entraba para desayunar a pesar de que no tenía hambre.

La silenciosa casa no contribuía a mejorar mi estado de ánimo. Durante mi infancia había sido un constante ir y venir de gente; cuando no eran los proveedores o los vendimiadores, eran los visitantes que papá atraía con su charla. Además de darles a probar sus vinos, a menudo los invitaba a comer. Ser hospitalarios y cordiales formaba parte del carácter neozelandés, y yo estaba acostumbrada a sentarme con completos desconocidos a la gran mesa de pino con vistas al valle. Ignoraba cómo se las ingeniaba mi madre para sacar fuentes repletas de deliciosa comida en un instante, pero lo hacía y, con la afabilidad que aportaba papá, había diversión y risas aseguradas.

También echaba de menos a Jack, la energía serena y positiva que irradiaba siempre. Le encantaba tomarme el pelo, pero yo sabía que siempre me apoyaba, que era mi protector.

Saqué el zumo de naranja de la nevera y vertí lo que quedaba en un vaso, tras lo cual rebané una hogaza de pan del día anterior. La tosté a fin de hacerla comestible y me puse a escribir una lista de la compra para abastecer la nevera. El supermercado más cercano estaba en Arrowtown, y necesitaba ir pronto. Aunque mamá había dejado un montón de guisos en el congelador, no me parecía bien descongelar las enormes fiambreras solo para mí.

Sentí un escalofrío cuando me llevé la lista a la sala de estar y me senté en el viejo sofá, delante de la chimenea, con su gran campana hecha de la roca volcánica gris que abundaba en la región. Era el elemento que convenció a mis padres, treinta años atrás, de que debían comprar lo que en aquel entonces era un refugio de una sola estancia en medio de la nada. No contaba con agua corriente ni instalaciones, y a mamá y papá les gustaba recordar cómo aquel primer verano ellos y Jack, que contaba dos años, habían utilizado el riachuelo que caía entre las rocas, detrás del refugio, para lavarse, y un agujero en el suelo como retrete.

«Fue el verano más feliz de mi vida —decía mamá—, y el invierno, con el fuego, fue aún mejor.»

Mamá estaba obsesionada con el fuego, y en cuanto aparecía la primera escarcha en el valle nos enviaba a papá, a Jack y a mí al almacén a buscar leña, en su punto después de los meses transcurridos tras haberla cortado. Apilábamos los leños en los nichos que flanqueaban la chimenea, luego mamá disponía la leña sobre la rejilla y el ritual de lo que la familia llamaba «la primera llama» tenía lugar cuando encendía una cerilla. A partir de ese momento, el fuego ardía alegremente todos los días de los meses de invierno, hasta que las campanillas y los jacintos silvestres (cuyos bulbos mi madre había hecho traer de Europa) florecían bajo los árboles entre septiembre y noviembre; nuestra primavera.

«Quizá debería encender la chimenea», me dije, pensando en la luz cálida y acogedora que me recibía en los días gélidos de mi infancia, cuando llegaba del colegio. Si papá había sido el corazón metafórico del viñedo, mamá y su fuego lo habían sido del hogar.

Me detuve en seco; era demasiado joven para empezar a rememorar recuerdos de la infancia en busca de consuelo. Solo necesitaba un poco de compañía, nada más. El problema era que casi todos mis amigos de la universidad estaban o trabajando o viajando y disfrutando de sus últimos momentos de libertad antes de establecerse y buscar un empleo.

Aunque teníamos línea de teléfono, la cobertura de internet en el valle era intermitente. Enviar correos constituía una pesadilla, y papá solía optar por conducir media hora hasta Queenstown y utilizar el ordenador de su amigo, el agente de viajes, para mandarlos. Llamaba a nuestro valle «Brigadoon», por una vieja película sobre un pueblo que solo despertaba un día cada cien años, para que el mundo exterior no pudiera cambiarlo. Bueno, quizá el valle fuera Brigadoon —desde luego, se mantenía más o menos inalterado—, pero no era el lugar para que una cantautora en ciernes dejara su impronta. Mis sueños estaban llenos de Manhattan, Londres o Sidney, de esos edificios altísimos que albergaban discográficas dispuestas a convertirnos a Fletch y a mí en estrellas...

El teléfono fijo irrumpió en mis pensamientos y me levanté para contestar antes de que colgaran.

—Ha llamado a The Vinery —dije como un loro, como hacía desde pequeña.

—Hola, MK, soy Fletch —dijo empleando el apodo con el que me llamaba todo el mundo menos mi madre.

—Ah, hola. —Se me aceleró el corazón—. ¿Alguna novedad?

—Ninguna, salvo que he pensado que podría aceptar tu ofrecimiento de ir a tu casa. El café me ha dado un par de días libres y necesito salir de la ciudad.

«Y yo necesito entrar...»

—¡Genial! Ven cuando quieras. Aquí estaré.

—¿Qué tal mañana? Iré en la furgoneta, así que me llevará casi toda la mañana, si Sissy no me falla, claro.

Sissy era la furgoneta con la que Fletch y yo habíamos acudido a nuestros bolos. Tenía veinte años, estaba oxidada en todos los lugares que podían oxidarse y eructaba humo por el tubo de escape que Fletch había sujetado provisionalmente con una cuerda. Confié en que Sissy superara las tres horas de trayecto desde Dunedin, donde Fletch vivía con su familia.

—Entonces ¿te espero para comer? —pregunté.

—Sí. Tengo muchas ganas de ir, ya sabes que ese lugar me encanta. A lo mejor podríamos pasar unas horas al piano, componiendo algo nuevo.

—A lo mejor —dije, sabedora de que no estaba de un humor de lo más creativo—. Adiós, Fletch, hasta mañana.

Colgué y regresé al sofá sintiéndome más positiva ahora que sabía que Fletch iba a venir; su sentido del humor y su optimismo siempre conseguían alegrarme.

Oí un grito seguido de un silbato, la señal que Doug, el encargado del viñedo, utilizaba para avisarnos de que estaba allí. Me levanté, salí a la terraza y vi a Doug y a un grupo de fornidos isleños del Pacífico caminar entre las vides desnudas.

—¡Hola! —grité.

—¡Hola, MK! He traído a la cuadrilla para enseñarles dónde empezar la extracción —contestó Doug.

—Genial. ¡Hola, chicos! —grité al equipo, y me saludaron con la mano.

Su presencia había roto el silencio, y mientras el sol asomaba tras una nube, el hecho de ver a otros seres humanos y saber que Fletch llegaría mañana aligeró mi estado de ánimo.

2

Estás pálida, Maia. ¿Te encuentras bien? —dijo Ma cuando Maia entró en la cocina.

—Estoy bien, aunque esta noche no he dormido demasiado pensando en la bomba que lanzó Georg.

—Sí, menuda bomba. ¿Café? —preguntó Ma.

—Eh, no, gracias. Tomaré una manzanilla, si hay.

—Ya lo creo que hay —terció Claudia. Llevaba el cabello gris recogido en un moño tirante, y su rostro, por lo general adusto, sonrió a Maia al tiempo que dejaba una cesta de sus pastas y panecillos recién hechos encima de la mesa de la cocina—. Yo me tomo una todas las noches antes de acostarme.

—Muy bien no debes de encontrarte, Maia. Nunca te he visto rechazar una taza de café por la mañana —comentó Ma mientras recogía la suya.

—Los hábitos están para romperlos —repuso cansinamente Maia—. Y tengo jet lag, ¿recuerdas?

—Claro que sí, *chérie*. ¿Por qué no desayunas algo, regresas a la cama e intentas dormir?

—No, Georg dijo que vendría más tarde para hablar sobre qué hacer en cuanto a… la hermana perdida. ¿Cuán fiables crees que son sus fuentes?

—No tengo ni idea. —Ma suspiró.

—Mucho —intervino Claudia—. No se habría presentado aquí a medianoche si no hubiera estado seguro de la información.

—Buenos días a todas —dijo Ally sumándose al resto en la cocina.

Bear dormía dentro de un portabebés amarrado a su pecho, la cabeza le colgaba a un lado. Su diminuto puño agarraba con fuerza un rizo pelirrojo de Ally.

—¿Quieres que lo coja y lo acueste en la cuna? —preguntó Ma.

—No, seguro que se despierta y en cuanto se dé cuenta de que está solo empieza a berrear. Maia, estás muy pálida —dijo Ally.

—Justo lo que acabo de decirle —murmuró Ma.

—En serio, estoy bien —repitió Maia—. Por cierto, ¿anda Christian por aquí? —preguntó a Claudia.

—Sí, aunque está a punto de irse con la lancha a Ginebra a por algunos ingredientes que necesito.

—¿Podrías telefonearle y decirle que quiero ir con él? He de hacer algunos recados en la ciudad; si nos vamos ahora, podré estar de vuelta a las doce para ver a Georg.

—Claro. —Claudia descolgó el teléfono para marcar el número de Christian.

Ma colocó una taza de café delante de Ally.

—Tengo cosas que hacer, os dejo solas disfrutando de vuestro desayuno.

—Christian tendrá lista la lancha dentro de quince minutos —dijo Claudia, que colgó el teléfono—. Me voy a ayudar a Marina. —Se despidió con un gesto de la cabeza y salió de la cocina.

—¿Seguro que estás bien? —preguntó Ally a su hermana cuando se quedaron solas—. Estás blanca como la leche.

—Deja de preocuparte, Ally, por favor. Igual pillé un virus estomacal en el avión. —Maia bebió un sorbo de manzanilla—. ¿No tienes una sensación extraña? Me refiero a que aquí todo continúa igual que cuando vivía Pa, pero él no está, así que hay un vacío del tamaño de Pa en todas partes.

—Yo ya llevo tiempo aquí, me he ido acostumbrando, pero sí, tienes razón.

—Hablando de malas caras, Ally, tú has perdido mucho peso.

—Solo el del bebé…

—No, o por lo menos a mí no me lo parece. Recuerda que la última vez que te vi fue hace un año, cuando te fuiste de aquí para reunirte con Theo en la carrera Fastnet. Entonces aún no estabas embarazada.

—De hecho, lo estaba pero no lo sabía —señaló Ally.

—¿No tenías síntomas? ¿Náuseas matutinas y esas cosas?

—Al principio no. Me di cuenta de que estaba embarazada a las ocho semanas, si no recuerdo mal. Y a partir de ahí me encontré fatal.

—Pues estás demasiado delgada. A lo mejor no te cuidas lo suficiente.

—Cuando estoy sola no me merece la pena cocinar únicamente para mí. Además, aunque me siente a comer, estoy todo el rato levantándome para atender a este pequeñín. —Ally acarició con dulzura el moflete de Bear.

—Debe de ser muy difícil criar a un hijo sola.

—Lo es. En realidad, tengo a mi hermano Thom, pero es segundo director de la Filarmónica de Bergen y solo lo veo los domingos. Y cuando está de gira por el extranjero con la orquesta, ni eso. Lo que me fastidia no es dormir poco y pasarme el día amamantando y cambiando pañales, sino no tener con quien hablar, sobre todo cuando Bear está pocho y me inquieto por él. Así que contar con Ma ha sido una bendición; es un pozo de sabiduría en lo referente a bebés.

—Es la mejor abuela del mundo —dijo Maia con una sonrisa—. A Pa le habría hecho muy feliz conocer a Bear. Es adorable. Y ahora, he de subir a arreglarme.

Ally tomó la mano de su hermana mayor cuando esta se levantaba.

—Me alegro tanto de verte… Te he echado mucho de menos.

—Y yo a ti. —Maia la besó en la coronilla—. Hasta luego.

—¡Ally! ¡Maia! ¡Georg está aquí! —gritó Ma desde la escalera principal a las doce.

Un «enseguida bajamos» sordo llegó de la planta superior.

—¿Te acuerdas de cuando Pa Salt te regaló por Navidad un viejo megáfono de latón? —dijo Georg con una sonrisa mientras seguía a Ma por la cocina hasta la soleada terraza.

Parecía mucho más sereno que la noche previa. Llevaba su pelo gris plata cuidadosamente peinado hacia atrás y un traje mil rayas impecable complementado con un elegante pañuelo de bolsillo.

—Ya lo creo que me acuerdo —dijo Ma, indicándole que tomara asiento bajo la sombrilla—. Aunque de poco sirvió, porque cuando las chicas no tenían la música a todo volumen, estaban tocando algún instrumento o discutiendo. El ático parecía la torre de Babel. Y yo adoraba cada minuto. Bien, tengo zumo de flores de saúco de Claudia o una botella fría de tu rosado provenzal favorito. ¿Qué será?

—Con el día tan magnífico que hace, y dado que todavía no he tomado mi primera copa de rosado del verano, me decanto por el vino. Gracias, Marina. ¿Me acompañas?

—Oh, no, no debo. Esta tarde tengo trabajo que hacer y…

—¡Vamos, eres francesa! Una copa de rosado no te hará ningún daño. De hecho, insisto —dijo Georg en el instante en que Maia y Ally salían a la terraza para unirse a ellos—. Hola, chicas. —Se levantó—. ¿Puedo ofreceros una copa de rosado?

—Yo tomaré una copita, Georg, gracias —aceptó Ally, sentándose—. Puede que así Bear duerma mejor esta noche. —Rio.

—No para mí, gracias —dijo Maia—. ¿Sabéis? Casi había olvidado lo hermoso que es Atlantis. En Brasil todo es tan… grande; la gente bulliciosa, los colores brillantes de la naturaleza y el intenso calor. En comparación, aquí todo me parece tranquilo y delicado.

—Es cierto que se respira mucha paz aquí —dijo Ma—. Somos afortunadas de vivir rodeadas de esta belleza que nos proporciona la naturaleza.

—Cuánto he echado de menos la nieve en invierno… —murmuró Maia.

—Ven a pasar un invierno a Noruega y dejarás de añorarla —comentó Ally con una sonrisa—. Aunque peor aún es la lluvia constante. En Bergen llueve mucho más que nieva. Bien, Georg, ¿has tenido alguna idea nueva sobre lo que nos contaste anoche?

—Aparte de hablar de qué hacer a partir de aquí, no. Uno de nosotros debe ir a la dirección que tengo para verificar si esa mujer es la hermana perdida.

—Si vamos, ¿cómo sabremos si es ella o no? —preguntó Maia—. ¿Hay algo por lo que podamos identificarla?

—Me entregaron un dibujo de… cierta joya que al parecer le regalaron. Es una pieza muy original. Si la tiene, sabremos con certeza que es ella. He traído el dibujo.

Georg introdujo la mano en su delgado maletín de piel y sacó una hoja de papel. La dejó sobre la mesa para que todas pudieran verla.

Ally la estudió detenidamente; Maia miraba por encima de su hombro.

—Es un dibujo hecho de memoria —explicó Georg—. Las gemas de los engastes son esmeraldas. La piedra del centro es un diamante.

—Es precioso —dijo Ally—. Mira, Maia, tiene forma de estrella con… —hizo una pausa para contar— siete puntas.

—Georg, ¿sabes quién lo hizo? —intervino Maia—. Es un diseño muy original.

—Me temo que no —respondió Georg.

—¿Lo dibujó papá? —preguntó Maia.

—Sí.

—Siete puntas de una estrella para siete hermanas… —murmuró Ally.

—Georg, anoche dijiste que se llamaba Mary —dijo Maia.

—Sí.

—¿Crees que Pa Salt la encontró, quiso adoptarla pero algo pasó y la perdió?

—Lo único que sé es que, justo antes de… fallecer, recibió una información nueva que me pidió que investigara. Después de averiguar dónde nació la hermana perdida, a mí y a otros nos ha llevado casi un año localizar el lugar donde creo que está ahora. A lo largo de los años he seguido muchas pistas falsas que no han conducido a nada. Sin embargo, esta vez vuestro padre insistió en que su fuente era de fiar.

—¿Y quién era esa fuente? —quiso saber Maia.

—No me lo dijo —respondió Georg.

—Si de verdad se trata de la hermana perdida, es tristísimo que, después de tantos años buscándola, la encontremos apenas un año después de la muerte de Pa. —Maia suspiró.

—¿No sería fantástico que fuera ella —dijo Ally— y pudiéramos traerla a Atlantis a tiempo de embarcarse con nosotras en el *Titán* para ir a arrojar la corona de flores al mar?

—Sí. —Maia sonrió—. Aunque ahí hay un problema. De acuerdo con tu información, Georg, Mary no vive lo que se dice en la puerta de al lado. Y nos vamos de crucero a Grecia en menos de tres semanas.

—Lo sé, y encima en estos momentos tengo la agenda muy llena —dijo Georg—. De lo contrario, yo mismo iría a buscar a Mary.

Como para subrayar su observación, en ese momento le sonó el móvil. Georg se disculpó y abandonó la mesa.

—¿Puedo sugerir algo? —preguntó Ma, rompiendo el silencio.

—Claro, Ma, adelante —dijo Maia.

—Dado que Georg nos dijo anoche que Mary vive en Nueva Zelanda, esta mañana me he informado de cuánto se tarda en ir de Sidney a Auckland porque…

—CeCe está en Australia —terminó Maia por ella—. Yo también estuve pensando anoche en eso.

—El vuelo de Sidney a Auckland dura tres horas —continuó Ma—. Si CeCe y su amiga Chrissie se marcharan un día antes de lo que tienen planeado, tal vez podrían desviarse a Nueva Zelanda para ver si esa Mary es quien Georg cree que es.

—Es una idea magnífica, Ma —dijo Ally—. Me pregunto si CeCe estaría dispuesta a hacerlo. Sé que odia volar.

—Si le explicamos la situación, estoy segura de que aceptará —dijo Ma—. Sería muy especial reunir a la hermana perdida con la familia para el homenaje a vuestro padre.

—La cuestión es, ¿conoce esa Mary la existencia de Pa Salt y nuestra familia? —preguntó Ally—. Eso de estar todas las hermanas juntas no es algo que ocurra a menudo —caviló—. A mí me parece que es el momento perfecto, si es quien Georg cree que es. Y si ella está dispuesta a conocernos, claro. Creo que lo primero que tenemos que hacer es llamar a CeCe, y cuanto antes, porque en Australia ya es de noche.

—¿Qué hacemos con el resto de las hermanas? —preguntó Maia—. O sea, deberíamos decírselo.

—Tienes razón —dijo Ally—. Podemos enviar un correo a Star, Tiggy y Electra para explicarles la situación. Maia, ¿quieres telefonear tú a CeCe o lo hago yo?

—¿Por qué no la llamas tú, Ally? Si no os importa, creo que voy a echarme un rato antes de comer. Todavía me noto un poco revuelta.

—Pobrecilla. —Ma se levantó—. Está claro que no te encuentras bien.

—Entraré contigo y llamaré a CeCe —dijo Ally—. Esperemos que no esté en uno de sus viajes pictóricos por el desierto australiano con su abuelo. Creo que en su cabaña no hay cobertura.

Claudia salió a la terraza desde la cocina.

—Voy a empezar a preparar la comida. —Se volvió hacia Georg, que había regresado a la mesa—. ¿Le gustaría quedarse?

—No, gracias, tengo asuntos urgentes que atender y debo marcharme ya. ¿Qué habéis decidido? —preguntó el abogado a Ma.

Cuando Ally y Maia abandonaron la terraza, Ally advirtió que la frente de Georg estaba perlada de gotas de sudor y que parecía preocupado.

—Vamos a telefonear a CeCe para ver si puede ir ella. Georg, ¿estás convencido de que es ella? —preguntó Ma.

—Me han convencido otros que parecen saberlo —contestó—. Me gustaría charlar más rato, pero he de irme.

—Estoy segura de que las chicas pueden ocuparse del asunto, Georg. Ya son mujeres hechas y derechas, y muy competentes. —Ma le puso una mano tranquilizadora en el brazo—. Procura relajarte, pareces muy tenso.

—Lo intentaré, Marina, lo intentaré —asintió él con un suspiro.

Ally encontró en su agenda el número de móvil de CeCe en Australia y descolgó el teléfono del vestíbulo para marcarlo.

—Venga, venga… —susurró cuando la línea sonaba por quinta o sexta vez.

Sabía que era absurdo dejar un mensaje, CeCe raras veces los escuchaba.

—Porras —farfulló cuando saltó el buzón de voz.

Colgó el auricular y se disponía a subir para dar el pecho a Bear cuando sonó el teléfono.

—*Allô?*

—Hola. ¿Eres Ma?

—¡CeCe! Soy Ally. Gracias por devolver la llamada.

—De nada. Vi que era el número de Atlantis. ¿Va todo bien?

—Sí, todo bien. Maia llegó ayer y ha sido fantástico volver a verla. ¿Cuándo sale tu vuelo a Londres, CeCe?

—Pasado mañana saldremos de Alice rumbo a Sidney. Creo que te conté que pararemos unos días en Londres, quiero poner mi piso a la venta y ver a Star. Como siempre, solo de pensar en volar ya me echo a temblar.

—Lo sé, pero escucha, CeCe, Georg nos ha dado una noticia. Tranquila, no es nada malo, de hecho es una gran noticia..., o por lo menos podría serlo.

—¿De qué se trata?

—Tiene cierta información sobre... nuestra hermana perdida. Cree que podría estar viviendo en Nueva Zelanda.

—¿Te refieres a la famosa Séptima Hermana? ¡Uau! —exclamó CeCe—. Eso es un notición. ¿Cómo la ha encontrado?

—No estoy segura, ya sabes lo reservado que es. Verás...

—Vas a preguntarme si puedo pasarme por Nueva Zelanda para verla, ¿es eso? —dijo CeCe.

—Exacto, mi querida Sherlock. —Ally sonrió al auricular—. Sé que eso te alargaría un poco el viaje, pero de todas nosotras eres, con mucho, la que se encuentra más cerca de ella. Sería maravilloso tenerla con nosotras cuando arrojemos la corona de flores de Pa al mar.

—Sí, desde luego, pero no sabemos nada de ella. ¿Sabe ella algo de nosotras?

—No estamos seguras. Georg dice que lo único que tiene es un nombre y una dirección. Ah, y un dibujo de un anillo que demuestra que es ella.

—¿Y cuál es la dirección? Porque Nueva Zelanda es un país grande.

—No la tengo conmigo, pero puedo pedirle a Georg que se ponga. ¿Georg? —Ally le hizo señas cuando salía de la cocina camino de la puerta principal—. Tengo a CeCe al teléfono. Quiere saber la dirección de Mary en Nueva Zelanda.

—¿Mary? ¿Ese es su nombre? —preguntó CeCe.

—Eso parece. Te paso a Georg.

Ally escuchó mientras Georg leía en alto la dirección.

—Gracias, CeCe —dijo Georg—. El fondo sufragará todos los gastos, y Giselle, mi secretaria, reservará los vuelos. Te paso de nuevo a tu hermana, que tengo que irme. —Cuando le tendía el auricular a Ally, añadió—: Tienes el número de mi despacho; llama a Giselle si necesitáis algo. *Adieu* por el momento.

—Vale. Hola, CeCe —dijo Ally, despidiéndose de Georg con la mano cuando este salía por la puerta—. ¿Sabes qué parte de Nueva Zelanda es?

—Espera, voy a preguntarle a Chrissie.

Hubo una conversación apagada antes de que CeCe regresara al teléfono.

—Chrissie dice que está abajo, en la isla Sur. Cree que desde Sidney podríamos volar a Queenstown, lo que nos haría las cosas mucho más fáciles que volando a Auckland. Vamos a estudiarlo.

—Genial. Entonces ¿cuento contigo? —preguntó Ally.

—Ya me conoces, me encantan los viajes y la aventura, incluso cuando hay aviones de por medio. Nunca he estado en Nueva Zelanda, así que será divertido echarle un vistazo.

—¡Magnífico! Gracias, CeCe. Mándame los datos por correo electrónico y llamaré a la secretaria de Georg para que reserve los vuelos. Te enviaré el dibujo del anillo por fax.

—De acuerdo. ¿Star está al corriente?

—No, y Electra y Tiggy tampoco. Les enviaré un correo ahora.

—De hecho, Star me llamará dentro de un rato para ver cómo quedamos en Londres, de modo que puedo contárselo yo. Qué emocionante, ¿no?

—Lo será si realmente es ella. Adiós, CeCe, llama cuando sepas algo.

—¡Adiós, Ally, seguimos hablando!

3

ee, tienes el mapa al revés! —dijo Chrissie al volverse hacia el asiento del copiloto.

—No es cierto…, o puede que sí. —CeCe frunció el entrecejo—. Las palabras me parecen iguales tanto del derecho como del revés, y en cuanto a los letreros de las carreteras… Por Dios, ¿cuándo fue la última vez que vimos uno?

—Hace un buen rato. Uau, ¿no es un paisaje espectacular? —susurró Chrissie mientras detenía el coche de alquiler en la cuneta y admiraba las majestuosas montañas que se desplegaban bajo un cielo plomizo. Subió la calefacción cuando las gotas de lluvia empezaron a salpicar en el parabrisas.

—Sí. Estoy totalmente perdida. —CeCe pasó el mapa a Chrissie y miró, frente a ella y a su espalda, la carretera desierta—. Parece que hace siglos que salimos de Queenstown. Tendríamos que haber comprado provisiones allí, pero pensaba que encontraríamos otros lugares por el camino.

—Según las indicaciones que imprimimos, falta poco para que aparezca el letrero de The Vinery. No nos queda otra que seguir y confiar en encontrar a alguien que nos diga si vamos bien.

Chrissie se apartó un rizo negro del rostro y miró a CeCe con una sonrisa cansada. El viaje había implicado escalas en Melbourne y Christchurch y las dos estaban exhaustas y hambrientas.

—Hace mogollón de kilómetros que no vemos un coche —se lamentó CeCe.

—Vamos, Cee, ¿dónde está tu espíritu aventurero?

—No lo sé, a lo mejor me he vuelto perezosa con la edad y ahora prefiero mi casa a estar metida en un coche, completamente perdida, mientras llueve a cántaros. ¡Tengo hasta frío!

—Aquí están entrando en el invierno. Las cumbres de esas montañas no tardarán en cubrirse de nieve. Estás demasiado acostumbrada al clima de Alice, ese es el problema —dijo Chrissie poniendo primera y reanudando la marcha.

Los limpiaparabrisas funcionaban a toda pastilla mientras el aguacero convertía las montañas en una mancha borrosa.

—Lo mío es el calor, siempre lo ha sido. ¿Me dejas tu sudadera, Chrissie? —CeCe se volvió hacia el asiento de atrás y abrió una mochila.

—Claro, ya te dije que aquí hacía mucho más frío. Menos mal que metí una sudadera extra para ti, ¿eh?

—Gracias, Chrissie, no sé qué haría sin ti.

—Lo mismo digo.

CeCe alargó el brazo y le estrechó la mano.

—Siento ser tan inútil.

—No eres inútil, Cee, eres… poco práctica. Yo soy práctica, pero no soy tan creativa como tú. Formamos un buen equipo, ¿no crees?

—Sí.

Mientras Chrissie conducía, CeCe se sintió reconfortada por su presencia. Los últimos meses habían sido los más felices de su vida. Entre el tiempo que había pasado con Chrissie y las excursiones pictóricas por el desierto australiano que había hecho con su abuelo Francis, su vida y su corazón nunca habían estado tan plenos. Tras el trauma de perder a Star, pensó que nunca volvería a ser feliz, pero Chrissie y Francis habían llenado el trocito de ella que faltaba; había encontrado una familia en la que encajaba, por poco convencional que fuera.

—¡Mira, un letrero! —señaló a través de la lluvia torrencial—. Para en la cuneta para ver qué pone.

—Puedo verlo desde aquí y pone The Vinery a la izquierda. ¡Yujuuu! ¡Hemos llegado! —gritó Chrissie—. Por cierto —añadió al doblar por un camino estrecho lleno de baches—, ¿les has dicho a tus hermanas que iré contigo a Atlantis?

—Con las que he hablado, sí, claro que sí.

—¿Crees que se escandalizarán con… lo nuestro?

—Pa nos educó para que aceptáramos a todo el mundo, independientemente del color de la piel o la orientación sexual. Puede que Claudia, el ama de llaves, se sorprenda, pertenece a otra generación y es muy tradicional.

—¿Y qué hay de ti, Cee? ¿Te sientes cómoda con la idea de que estemos juntas delante de tu familia?

—Sabes que sí. ¿Por qué te ha entrado de repente esa inseguridad?

—Porque…, aunque me has hablado de tus hermanas y de Atlantis, no me parecían… reales. Pero en poco más de una semana estaremos de verdad allí. Y eso me asusta. Sobre todo conocer a Star. Las dos formabais un equipo antes de que yo apareciera…

—Antes de que su novio Mouse apareciera, querrás decir. Star fue la que quiso alejarse de mí, ¿recuerdas?

—Lo sé, pero sigue llamándote cada semana, y siempre estáis mandándoos mensajes y…

—¡Chrissie! Star es mi hermana. Y tú, bueno, tú eres…

—¿Sí?

—Mi otra mitad. Es diferente, no tiene nada que ver, y confío en que haya espacio para las dos.

—Claro que sí, pero salir del armario es un paso importante.

—Grrr…, odio esa expresión. —CeCe se estremeció—. Sigo siendo yo, la que he sido siempre. Detesto que me metan en un casillero con una etiqueta. ¡Mira! Otra señal de The Vinery. Gira a la derecha justo allí.

Tomaron otro camino angosto. CeCe divisó a lo lejos hileras y más hileras de lo que parecían vides desnudas y esqueléticas.

—No parece que a este viñedo le vaya muy bien. En el sur de Francia, en esta época del año, las vides están repletas de hojas y uvas.

—Cee, olvidas que las estaciones van al revés en esta parte del mundo, como en Australia. Calculo que aquí la uva se recoge en verano, en algún momento entre febrero y abril, por eso las vides están ahora desnudas. Mira, otro poste. «Tienda», «Entregas» y «Recepción». Nos dirigiremos a la recepción, ¿te parece?

—Lo que tú digas, jefa —contestó CeCe; se fijó en que había dejado de llover y que el sol empezaba a asomar entre las nubes—.

Este tiempo es igualito al de Inglaterra —murmuró—. Tan pronto llueve como luce un sol espléndido.

—A lo mejor por eso viven tantos ingleses aquí, aunque tu abuelo nos contó ayer que la principal migración es escocesa, seguida de cerca por los irlandeses.

—Rumbo al otro lado del mundo para hacer fortuna. Es un poco lo que hice yo. Mira, ahí hay otro letrero que señala la recepción. Uau, qué casa de piedra tan bonita. Tiene un aspecto muy acogedor, enclavada en este valle y protegida por montañas en todos sus lados. Me recuerda un poco a nuestra casa de Ginebra pero sin lago —comentó CeCe mientras Chrissie aparcaba.

La casa de dos plantas descansaba sobre una ladera justo por encima del viñedo, el cual descendía en terrazas hasta el valle. Los muros eran de robustas piedras grises toscamente cortadas y encajadas entre sí. Las amplias ventanas reflejaban la pujante luz azul del cielo y un porche abrazaba la casa por todos sus lados; tiestos de begonias rojas colgaban de las barandillas. CeCe dedujo que la casa principal había sido ampliada a lo largo de los años porque las paredes, envejecidas por el clima, mostraban diferentes tonos de gris.

—La recepción está allí —dijo Chrissie irrumpiendo en sus pensamientos; señalaba una puerta en el extremo izquierdo del edificio—. Tal vez haya alguien que pueda ayudarnos a encontrar a Mary. ¿Tienes el dibujo del anillo que Ally te envió por fax?

—Lo metí en la mochila antes de irnos.

CeCe bajó del coche y cogió la mochila del asiento de atrás. Abrió la cremallera del bolsillo exterior y sacó un par de dibujos.

—Ostras, Cee, qué arrugados están —dijo Chrissie, consternada.

—¿Qué más da? Se sigue viendo cómo es el anillo.

—Ya, pero no parece muy profesional que digamos. O sea, es que vas a llamar a la puerta de una completa desconocida para decirle que crees que ella o alguien de su familia es tu hermana perdida... A lo mejor piensa que estás chiflada. Yo lo pensaría —señaló Chrissie.

—Lo único que podemos hacer es preguntar. Uf, qué nerviosa estoy de repente. Tienes razón, igual piensan que estoy loca.

—Por lo menos tienes la foto de tus hermanas y tu padre. En ella parecéis normales.

—Sí, pero no parecemos hermanas, ¿a que no? —dijo CeCe mientras Chrissie bloqueaba las puertas del coche—. Bueno, entremos antes de que me eche atrás.

La recepción —una pequeña sala de exposición revestida de madera de pino y agregada a la casa principal— estaba desierta. CeCe tocó el timbre, tal como indicaba el letrero del mostrador.

—Mira cuántos vinos —susurró Chrissie paseándose por la sala—. Algunos tienen premios. Este lugar es cosa seria, quizá deberíamos preguntar si podemos catar alguno.

—No es ni la hora de comer, y a ti te entra sueño si bebes durante el día. Además, te toca conducir…

—Hola, ¿puedo ayudarlas?

Una joven alta y rubia, de ojos azules y brillantes, apareció por una puerta lateral. CeCe pensó que poseía una belleza muy natural.

—Sí. Desearía saber si podemos hablar con… esto… Mary McDougal —dijo.

—¡Soy yo! —exclamó la mujer—. Soy Mary McDougal. ¿En qué puedo ayudarlas?

—Eh…

—Hola, yo soy Chrissie y ella es CeCe —dijo Chrissie, relevando a una CeCe que se había quedado muda—, y resulta que el padre de CeCe, que por cierto ya está muerto, tiene un abogado que lleva años buscando a la que CeCe y su familia llaman la «hermana perdida». Hace poco el abogado recibió una información según la cual la hermana perdida podría ser una mujer llamada Mary McDougal que vive en esta dirección. Lo siento, sé que todo esto parece un poco raro, pero…

—El caso, Mary —continuó CeCe, que había recuperado el habla—, es que Pa Salt, nuestro padre, adoptó a seis niñas de bebés, y solía hablarnos de la «hermana perdida», la que no podía encontrar. Cada una de nosotras se llama como una de las estrellas del cúmulo estelar de las Pléyades, y la más joven, Mérope, siempre ha estado ausente. Es la séptima hermana, como en la leyenda de las Siete Hermanas, ¿entiendes?

Ante la cara de perplejidad de la muchacha, CeCe se apresuró a continuar.

—En realidad, es posible que no sepas nada de ellas. Nosotras crecimos rodeadas de esos mitos, pero la mayoría de la gente, a menos que esté interesada en las estrellas y las leyendas griegas, nunca ha oído hablar de las Siete Hermanas. —CeCe se dio cuenta de que estaba divagando y cerró la boca.

—Sí he oído hablar de las Siete Hermanas —dijo Mary con una sonrisa—. Mi madre, que también se llama Mary, leía a los clásicos en la universidad. Siempre está citando a Platón y los demás.

—¿Tu madre también se llama Mary? —CeCe la miraba fijamente.

—Sí, Mary McDougal, como yo. Mi nombre oficial es Mary-Kate, pero todo el mundo me llama MK. Eh… ¿tenéis más información sobre esa hermana perdida?

—Solo una cosa. El dibujo de un anillo —dijo Chrissie. Colocó la hoja arrugada delante de Mary-Kate, sobre el delgado mostrador que las separaba—. Es un anillo de esmeraldas con la forma de una estrella de siete puntas y un diamante en el centro. Al parecer, alguien se lo regaló a una tal Mary, y demuestra que «es ella», no sé si me explico. Por desgracia, es la única pista física que tenemos. Es probable que no signifique nada para ti… Más vale que nos vayamos, perdona por haberte molestado y…

—¡Esperad! ¿Puedo ver de nuevo ese dibujo?

CeCe la miró atónita.

—¿Lo reconoces?

—Creo que sí.

CeCe notó que el estómago le daba un vuelco. Miró a Chrissie deseando cogerle la mano y que ella le estrechara la suya para tranquilizarla, pero todavía no se encontraba en esa fase en público. Aguardó mientras la joven observaba el dibujo.

—No puedo afirmarlo con seguridad, pero se parece mucho a un anillo de mi madre —dijo Mary-Kate—. De hecho, si es el mismo, ahora es mío porque me lo regaló al cumplir los veintiuno.

—¿En serio? —tartamudeó CeCe.

—Sí, lo ha tenido consigo hasta donde me alcanza la memoria. No era algo que luciera todos los días, pero a veces, en ocasiones especiales, lo sacaba del joyero y se lo ponía. Siempre me pareció muy bonito. El caso es que es muy pequeño y solo le entraba en el meñique, donde no le quedaba bien, o en el dedo anular, donde ya llevaba la sortija de compromiso y la alianza de bodas. Yo de momento no tengo intención de prometerme ni de casarme, así que da igual en qué dedo lo lleve —añadió Mary-Kate con una sonrisa.

—¿Significa eso que lo tienes tú? —preguntó CeCe—. ¿Podemos verlo?

—La verdad es que antes de irse de viaje mi madre me preguntó si podía llevárselo, porque raras veces me lo pongo, aunque es posible que al final no se lo llevara... Oye, ¿por qué no subís a mi casa?

En ese momento, un hombre alto y musculoso, tocado con un sombrero akubra, asomó la cabeza por la puerta.

—Hola, Doug —dijo Mary-Kate—. ¿Todo bien?

—Sí, solo he venido a coger botellas de agua para la cuadrilla.

El encargado señaló al grupo de hombres fornidos que aguardaba fuera.

—Hola —saludó a CeCe y a Chrissie mientras se acercaba a la nevera y sacaba una bandeja con botellas de agua—. ¿Son ustedes turistas?

—Más o menos. Todo esto es precioso —dijo Chrissie, que había reconocido el acento australiano del hombre.

—Sí que lo es.

—Voy a subir con nuestras visitantes —le informó Mary-Kate—. Creen que podría tener alguna conexión familiar con ellas.

—¿En serio? —Doug clavó la mirada en CeCe y Chrissie y frunció el entrecejo—. Los muchachos y yo almorzaremos aquí fuera, por si necesitas algo.

Apuntó hacia una mesa redonda de madera donde sus hombres estaban congregándose y tomando asiento.

—Gracias, Doug —dijo Mary-Kate.

El encargado asintió, lanzó otra mirada a CeCe y Chrissie y se marchó.

—Caray, no me gustaría tener que vérmelas con ellos —musitó CeCe mirando a la cuadrilla.

—No —dijo Mary-Kate con una sonrisa—. No os preocupéis por Doug, se ha vuelto muy protector desde que mi madre y Jack se fueron, nada más. La verdad es que son unos chicos estupendos. Anoche cené con ellos. Bien, venid conmigo.

—En serio, podemos esperar fuera si lo prefieres —dijo Chrissie.

—No hace falta. Aunque debo admitir que todo esto me parece un poco raro. En fin, como acabáis de ver, estoy bien protegida.

—Gracias —dijo CeCe al tiempo que Mary-Kate levantaba una sección del mostrador para dejarlas pasar.

Las condujo por una escalera empinada y un pasillo hasta una sala de estar con vigas en el techo. La estancia tenía vistas al valle y las montañas en un lado y una enorme chimenea de piedra en el otro.

—Sentaos, por favor, voy a ver si encuentro el anillo.

—Gracias por confiar en nosotras —le dijo CeCe cuando se iba.

—De nada. Le diré a mi amigo Fletch que venga a haceros compañía.

—Genial —asintió Chrissie.

Mary-Kate se marchó y ambas se sentaron en el viejo pero cómodo sofá, delante de la chimenea. Chrissie estrechó la mano de CeCe.

—¿Estás bien?

—Sí. Qué chica tan simpática. Yo no creo que hubiese metido a dos desconocidas en mi casa después de contarme esta historia.

—Lo sé, pero seguramente la gente de por aquí es mucho más confiada que la de las ciudades. Además, como ha dicho, tiene un equipo de guardaespaldas ahí fuera.

—Me recuerda a Star con ese pelo rubio y esos ojazos azules.

—Sé a lo que te refieres por las fotos que me has enseñado, pero recuerda que tú y tus hermanas no lleváis la misma sangre, por lo que es muy probable que Mary-Kate no esté emparentada con ninguna de vosotras —señaló Chrissie.

La puerta se abrió y un joven alto y desgarbado, de veintipocos años, entró en la sala. El pelo, largo y de color castaño claro, asomaba por debajo de un gorro de lana, y sus orejas lucían varios piercings de plata.

—Hola, soy Fletch, encantado de conoceros.

Las chicas se presentaron y Fletch tomó asiento en un sillón, frente a ellas.

—MK me ha enviado para asegurarse de que no intentáis robarle las joyas a punta de pistola —dijo con una sonrisa—. ¿De qué va esta historia?

CeCe dejó que Chrissie se la explicara; se le daban mucho mejor esas cosas.

—Sé que suena raro —concluyó Chrissie—, pero es que CeCe viene de una familia rara. O sea, las hermanas no son raras, pero el hecho de que su padre las adoptara en diferentes partes del mundo sí lo es.

—¿Sabéis por qué os adoptó? Concretamente a vosotras, me refiero —preguntó Fletch.

—Ni idea —dijo CeCe—. Supongo que lo fue decidiendo al azar en sus viajes. Nosotras estábamos allí y él nos recogió y nos llevó a su casa.

—Entiendo. Bueno, no lo entiendo pero...

En ese momento Mary-Kate entró en la sala.

—He buscado el anillo en mi joyero y en el de mi madre y no está. Al final debió de llevárselo.

—¿Cuánto tiempo estará fuera? —le preguntó CeCe.

—Bueno, cuando se fue dijo: «El tiempo que me apetezca». —Mary-Kate se encogió de hombros—. Mi padre murió hace poco y mi madre decidió que quería dar una vuelta por el mundo y visitar a todos los amigos que hace años que no ve ahora que aún es lo bastante joven para hacerlo.

—Lamento que tu padre haya muerto —dijo CeCe—. El mío también murió hace poco, ya te lo he dicho.

—Gracias. Ha sido muy difícil, ¿sabes? Pasó hace solo unos meses.

—También debió de ser un duro golpe para tu madre —comentó Chrissie.

—Oh, sí. Aunque mi padre tenía ya setenta y tres años, nunca lo vimos como un hombre mayor. Mi madre es bastante más joven, cumplirá sesenta el año que viene, pero tampoco lo dirías, aparenta muchos menos. Mirad, allí hay una foto que le hicieron el año pasado conmigo, mi hermano Jack y mi padre. A mi padre le gustaba decir que mi madre se parecía a una actriz llamada Grace Kelly.

Cuando Mary-Kate les acercó la foto, las dos chicas la estudiaron detenidamente. Si Mary-Kate hija era bonita, Mary-Kate madre conservaba los rasgos de una auténtica belleza pese a sus cincuenta largos.

—¡Uau! No le echaría más de cuarenta. —Chrissie soltó un silbido.

—Yo tampoco —dijo CeCe—. Es… es guapísima.

—Lo sé. Y, lo que es más importante, es un ser humano excelente. La gente adora a mi madre —dijo la joven con una sonrisa.

—Doy fe de ello —intervino Fletch—. Es de esas personas especiales, muy cálida y acogedora, ¿sabéis?

—Sí, nuestra madre adoptiva, Ma, también lo es. Consigue que nos sintamos bien con nosotras mismas —dijo CeCe mientras contemplaba las otras fotografías dispuestas sobre la repisa de la chimenea.

Una de ellas era un retrato en blanco y negro de la que parecía una Mary madre más joven luciendo una toga con birrete y una amplia sonrisa. Al fondo se veían unas columnas de piedra flanqueando la entrada de un edificio majestuoso.

—¿Esa de ahí también es tu madre? —CeCe señaló la foto.

—Sí, el día de su graduación en el Trinity College de Dublín —dijo Mary-Kate.

—¿Es irlandesa?

—Sí.

—Entonces ¿de verdad no sabes cuánto tiempo estará fuera? —preguntó Chrissie.

—No. Como os he dicho, es un viaje con final abierto. Mamá comentó que no tener una fecha tope para volver era parte del plan. Aunque sí tenía planificadas las primeras semanas.

—Perdona que insistamos, pero nos encantaría verla y preguntarle por el anillo. ¿Sabes dónde está tu madre en estos momentos? —preguntó CeCe.

—Su calendario está pegado en la nevera. Voy a comprobarlo, pero estoy casi segura de que sigue en Isla Norfolk —dijo Mary-Kate abandonando la sala.

—¿Norfolk? —CeCe frunció el entrecejo—. ¿Eso no es un condado de Inglaterra?

—En efecto —dijo Fletch—, pero también es una isla diminuta situada en el Pacífico Sur, entre Australia y Nueva Zelanda. Es un lugar precioso, y cuando la mejor amiga de la madre de MK, Bridget, vino aquí hace un par de años, fueron allí juntas. A la amiga le gustó tanto la isla que decidió dejar Londres y jubilarse allí.

—Sí, mi madre sigue en la isla, según su programa —informó Mary-Kate cuando reapareció.

—¿Hasta cuándo? ¿Y cómo se llega allí? —preguntó CeCe.

—Se irá dentro de un par de días, pero en avión, desde Auckland, la isla está a tiro de piedra. Eso sí, no hay vuelos todos los días —explicó Mary-Kate—. Tendríamos que averiguar cuándo hay.

—¡Mierda! —farfulló CeCe. Se volvió hacia Chrissie—. Volamos a Londres mañana por la noche. ¿Tenemos tiempo?

—Habrá que sacarlo de donde sea, ¿no? —Chrissie se encogió de hombros—. Me refiero a que, si lo comparamos con hacer todo el viaje desde Europa, está a la vuelta de la esquina. Y si podemos identificar a la hermana perdida a través de ese anillo, entonces...

—Voy a consultar los vuelos a Isla Norfolk y de Queenstown a Auckland; llegaréis antes en avión que en coche —dijo Fletch levantándose y trasladándose a una larga mesa de comedor cubierta de periódicos, revistas y un viejo ordenador con la base ancha—. Puede que tarde un poco, la señal de internet aquí es bastante chunga, por decirlo suave. —Pulsó algunas teclas—. Lo dicho, no hay conexión. —Suspiró.

—He visto a tu hermano en esa foto. ¿Está actualmente en Nueva Zelanda? —preguntó CeCe a Mary-Kate.

—Suele estar, pero acaba de irse al sur de Francia para aprender más sobre viticultura francesa.

—¿Relevará a tu padre en el viñedo? —preguntó Chrissie.

—Sí. Por cierto, ¿tenéis hambre? Hace rato que pasó la hora de comer.

—Muchísima —respondieron a la vez Chrissie y CeCe.

Los cuatro sacaron pan, fiambre y quesos locales, despejaron la mesa y se sentaron a comer.

—¿Y vosotras dónde vivís? —preguntó Fletch.

—En Alice —dijo CeCe—, pero la casa de mi familia se llama Atlantis y se encuentra a orillas del lago de Ginebra, en Suiza.

—Atlantis, el hogar mítico de Atlas, padre de las Siete Hermanas —dijo Mary-Kate con una sonrisa—. Está claro que a tu padre le iban las leyendas griegas.

—Y que lo digas. En el observatorio que hay en lo alto de la casa todavía tenemos un telescopio enorme. De niñas, en cuanto empezábamos a hablar, aprendíamos de memoria los nombres de las estrellas de la constelación de Orión y alrededores —explicó CeCe—. A mí no me interesaban lo más mínimo, la verdad, hasta que llegué a Alice y descubrí que las Siete Hermanas son diosas en la mitología aborigen. Eso me hizo preguntarme cómo era posible que todas esas leyendas sobre las Siete Hermanas estuvieran en todas partes. En la cultura maya, griega, japonesa… Esas hermanas son famosas en todo el mundo.

—Los maoríes también tienen relatos sobre las hermanas —añadió Mary-Kate—. Aquí las llaman las hijas de Matariki. Cada una de ellas posee habilidades y dones especiales que ponen al servicio de la gente.

—¿Y cómo sabía cada cultura de la existencia de las otras en aquel entonces? —planteó Chrissie—. Porque no había internet, ni siquiera servicio postal o teléfono. Por tanto, ¿cómo es posible que todas las leyendas sean tan similares si no había comunicación entre la gente?

—Realmente tenéis que conocer a mi madre. —Mary-Kate se rio—. Podría pasarse el día hablando de estos temas. Es un auténtico cerebrito, no como yo, me temo. Yo prefiero la música a la filosofía.

—Pues te pareces a tu madre —dijo Chrissie.

—Sí, mucha gente lo dice, pero en realidad soy adoptada.

CeCe lanzó una mirada rauda a Chrissie.

—Uau —dijo—, como mis hermanas y yo. ¿Sabes dónde te adoptaron exactamente? ¿Y quiénes son tus padres biológicos?

—No. Mis padres me dijeron que era adoptada en cuanto fui lo bastante mayor para entenderlo, pero siempre he sentido que mi madre es mi madre y mi padre es… era mi padre, y punto.

—Perdona que me entrometa —dijo enseguida CeCe—, pero… pero es que si eres adoptada, entonces…

—Entonces podrías ser la hermana perdida —terminó Chrissie por ella.

—A ver, entiendo que vuestra familia lleve tiempo buscando a esa persona —dijo Mary-Kate con suavidad—, pero nunca he oído a mi madre decir nada sobre una «hermana perdida». Lo único que sé es que fue una adopción cerrada y que se llevó a cabo aquí, en Nueva Zelanda. Estoy segura de que mi madre os lo explicará todo si conseguís verla.

—Bien. —Fletch se levantó—. Voy a tratar de entrar de nuevo en internet para averiguar si podéis viajar a Isla Norfolk en las próximas veinticuatro horas. —Se trasladó al otro extremo de la mesa para sentarse delante del ordenador.

—¿Tiene móvil tu madre? —preguntó Chrissie.

—Sí —dijo Mary-Kate—, pero si vas a preguntarme si podemos llamarla, las probabilidades de que tenga cobertura en Isla Norfolk son prácticamente nulas. Uno de los encantos de vivir ahí es que llevan cincuenta años de retraso respecto al resto del mundo, sobre todo en lo que a tecnología moderna se refiere.

—¡Reto conseguido! —exclamó Fletch—. Mañana sale un avión de Queenstown a las siete de la mañana y llega a Auckland poco antes de las nueve. El vuelo a Norfolk sale a las diez y dura dos horas escasas. ¿A qué hora os vais de Sidney mañana por la noche?

—A las once, más o menos —dijo Chrissie—. ¿Hay algún vuelo a Sidney por la tarde desde Norfolk?

—Voy a ver. —Fletch devolvió su atención a la pantalla.

—Aunque lo haya, solo dispondríamos de unas pocas horas en Isla Norfolk —señaló CeCe.

—Es una isla enana —comentó Fletch.

—Mary-Kate, ¿podrías probar a llamar al móvil de tu madre? —le preguntó Chrissie—. Porque sería un verdadero fastidio ir hasta allí y encontrarnos con que no está.

—Puedo probar, claro, y también puedo telefonear a Bridget, la amiga con la que está. Mi madre dejó su número en la puerta de la nevera. Iré a buscarlo y llamaré a las dos.

—¡Bingo! —dijo Fletch—. Hay un vuelo entre la isla y Sidney a las cinco de la tarde. Si llegáis a la isla a las diez cuarenta de la mañana, hora de Norfolk, tendréis tiempo de sobra de reuniros con la madre de Mary-Kate. A quien, por cierto, todo el mundo conoce como Merry, que era como la llamaban de pequeña porque siempre estaba riendo.

—Qué gracioso —dijo Chrissie con una sonrisa.

—A mí jamás me llamaron así de pequeña —farfulló CeCe—. Electra y yo éramos las hermanas rabiosas y gritonas.

—Acabo de llamar a mi madre y a Bridget, pero me ha saltado el contestador tanto en el móvil como en el fijo —dijo Mary-Kate a su regreso de la cocina—. He dejado mensajes diciendo que estáis intentando poneros en contacto con mamá por el tema del anillo y que tenéis previsto hacerle una visita mañana, de modo que si consiguen escuchar sus buzones de voz, sabrán que vais.

—¿Y bien? —Fletch las miró por encima de la pantalla del ordenador—. Quedan tres asientos en los vuelos a Auckland y a Norfolk y solo dos en el vuelo a Sidney. ¿Vais o no vais?

CeCe miró a Chrissie y esta se encogió de hombros.

—Ya que estamos aquí, Cee, por lo menos deberíamos intentar ver a la madre de Mary-Kate.

—Tienes razón, aunque nos toque madrugar. Si te doy los datos de mi tarjeta de crédito, Fletch, ¿podrías reservarnos los vuelos? Perdona que te lo pida, pero dudo que encontremos un cibercafé por aquí.

—Imposible. Y por supuesto que puedo, no es ninguna molestia.

—Ah, una última cosa, ¿podéis recomendarnos un lugar donde pasar la noche? —preguntó Chrissie, la práctica de las dos.

—Claro, justo aquí, en el edificio anexo —dijo Mary-Kate—. Son los dormitorios de los trabajadores, pero estoy casi segura de que hay una habitación libre. Es muy básica, solo tiene un par de literas, pero es el lugar más cercano.

—Un millón de gracias —dijo Chrissie—. Y ahora os dejaremos tranquilos. Me gustaría dar un paseo, este valle es increíble.

—Vale, pero primero os enseño el cuarto y… —Mary-Kate miró a Fletch antes de añadir—: Mi madre me dejó el congelador lleno, y podría descongelar un estofado de pollo para esta noche. ¿Os gustaría cenar con nosotros? Me encantaría saber más cosas de vuestra familia y qué conexión puede haber conmigo.

—Sí, sería genial que fueras la hermana perdida. Y qué amable eres por invitarnos. —CeCe sonrió—. Gracias por tu hospitalidad.

—Es la manera neozelandesa —dijo Fletch—. Comparte y reparte.

—Gracias —dijo Chrissie—. Hasta luego, chicos.

Fuera, el aire era fresco y el cielo de un azul intenso.

—Qué diferente es esto de Australia. Me recuerda a Suiza con todas estas montañas, aunque esto es más salvaje e indómito —comentó CeCe mientras caminaban una al lado de la otra y dejaban atrás las extensas viñas.

Encontraron un sendero estrecho que ascendía por una ladera ondulante; conforme avanzaban la vegetación se tornaba más tosca y asilvestrada. CeCe frotaba las hojas de los arbustos junto a los que pasaban para liberar los alegres aromas de la naturaleza.

Oía el canto de pájaros desconocidos en los árboles, así como el vago rumor del agua, de manera que tiró de Chrissie fuera del sendero para seguirle la pista. Se abrieron paso entre las zarzas —todavía húmedas por la lluvia de esa mañana y rutilantes bajo el sol— y fueron a parar a un arroyo cristalino que rompía contra unas rocas lisas de color gris. Mientras contemplaban el vuelo de las libélulas sobre la superficie, CeCe se volvió hacia Chrissie y sonrió.

—Ojalá pudiéramos quedarnos aquí más tiempo —dijo—. Esto es tan bonito y tranquilo…

—Me encantaría volver algún día y explorar la región como es debido —convino Chrissie—. Bueno… ¿qué opinas de que Mary-Kate no quiera saber nada de sus padres biológicos? Tú misma tenías tus dudas cuando partiste en busca de tu familia biológica.

—Eso fue diferente. —CeCe se apartó un insecto de la cara mientras, resoplando, subían corriente arriba—. Pa acababa de morir y Star se había vuelto extraña y distante… Necesitaba algo o alguien que fuera mío, ¿sabes? Mary-Kate todavía tiene una madre y un hermano que la quieren, es probable que no haya sentido la necesidad de remover las cosas.

Chrissie asintió y le tiró del brazo.

—¿Podemos parar un momento? Me duele la pierna.

Se sentaron en la hierba musgosa a recuperar el aliento y Chrissie descansó las piernas en el regazo de CeCe. En medio de un silencio agradable, admiraron el valle. La casa y las cuidadas terrazas de vides eran la única señal de presencia humana.

—Entonces ¿la hemos encontrado? —preguntó CeCe al rato.

—¿Sabes una cosa? —respondió Chrissie—. Yo diría que sí.

La cena con Mary-Kate y Fletch fue muy relajada, y pasaba la medianoche cuando, después de dos excelentes botellas de pinot noir de la casa, CeCe y Chrissie se despidieron y se dirigieron al edificio anexo. Tal como había dicho Mary-Kate, la habitación era básica pero tenía todo lo necesario, incluidas una ducha y gruesas mantas de lana para mantener a raya el frío, que por la noche arreciaba.

—Uau, en Alice suelo apartar las sábanas porque no paro de sudar y aquí estoy tapada hasta la nariz. —CeCe se rio—. ¿Qué piensas de Mary-Kate?

—Me ha caído muy bien —comentó Chrissie—. Y si resulta que es tu hermana perdida, sería genial tenerla cerca.

—Dijo que tiene veintidós años, y eso encaja perfectamente, porque Electra, que es la más joven, tiene veintiséis. Aunque puede que todo esto sea una pérdida de tiempo —añadió, soñolienta, CeCe—. Perdona, estoy a punto de quedarme...

Chrissie le tomó la mano desde la litera de al lado.

—Buenas noches, cariño, que duermas bien. Mañana nos espera un buen madrugón.

4

CeCe, despierta, estamos a punto de aterrizar y has de abrocharte el cinturón de seguridad.

La voz de Chrissie irrumpió en sus sueños. CeCe abrió los ojos y vio que alargaba los brazos para ponerle el cinturón.

—¿Dónde estamos?

—A unos trescientos metros por encima de Isla Norfolk. ¡Uau, es enana! Como uno de esos atolones que se ven en los anuncios de las Maldivas. Mira qué verde es, y el mar es de un turquesa increíble. Me pregunto si Merry o su amiga Bridget habrán oído nuestros mensajes.

CeCe miró nerviosa por la ventanilla.

—Lo sabremos cuando aterricemos, supongo. Mary-Kate dijo que les dejó la información de nuestro vuelo, así que quién sabe, puede que hasta vayan a recibirnos. Dios mío…, ¿has visto eso? ¡Parece que la pista de aterrizaje acabe directamente en el mar! No puedo mirar.

CeCe apartó la mirada cuando los motores del avión rugieron y se prepararon para tomar tierra.

—¡Buf! Menos mal que ya ha pasado —dijo cuando el piloto frenó con fuerza y el avión se detuvo.

Bajaron de la pequeña aeronave con sus respectivas mochilas y se dirigieron al diminuto edificio que constituía la terminal del aeropuerto de Isla Norfolk. Pasaron frente a una pequeña congregación de espectadores que aguardaba a los pasajeros detrás de una valla y atravesaron la aduana, donde un beagle olisqueaba a los recién llegados.

—Igualito que cuando llegas a Australia —dijo CeCe—. Creo que los tipos de la aduana australiana preferirían dejarte en cueros antes que permitirte pasar sin más —comentó con una risita cuando salían a una pequeña zona de llegadas a la cual se había trasladado el mismo puñado de espectadores para recibir a sus visitantes.

—Recuerda que nunca he volado a Australia porque esta es la primera vez que salgo del país. —Chrissie le dio un codazo—. ¿Ves a alguna mujer que se parezca a la Merry de la foto que vimos ayer?

Pasearon la mirada por el pequeño grupo de espectadores, la mayoría de los cuales se había reunido ya con sus allegados y empezaba a dispersarse.

—Parece que no escucharon los mensajes —comentó Chrissie—. No pasa nada, Mary-Kate dijo que desde aquí solo hay veinte minutos a pie hasta la casa de Bridget. Pero ¿en qué dirección?

—Preguntemos en el mostrador de información turística que hay allí.

CeCe señaló con el mentón a un hombre joven sentado detrás de un mostrador repleto de folletos. Se acercaron.

—Hola, chicas, ¿en qué puedo ayudaros?

—Estamos buscando la calle… —Chrissie sacó un trozo de papel del bolsillo de sus tejanos— Headstone.

—Muy fácil, está al final de la pista. —El hombre señaló a lo lejos—. Rodead el perímetro del aeropuerto y después doblad a la izquierda. Eso os llevará hasta Headstone.

—Gracias —dijo CeCe.

—¿Necesitáis alojamiento? Puedo recomendaros algunos hoteles —propuso animadamente.

—No, regresamos a Sidney esta misma tarde.

—A eso lo llamo yo una visita relámpago —bromeó el joven—. ¿Por qué no facturáis ya las mochilas y así no cargáis con ellas? Pero sacad el bañador por si os entran ganas de daros un chapuzón antes de iros. Hay playas fantásticas por toda la isla.

—Gracias, lo haremos.

El hombre les señaló el mostrador de la aerolínea y, para sorpresa de CeCe y Chrissie, les permitieron facturar el equipaje para el vuelo de Sidney al momento.

—Uau, me encanta este lugar —dijo CeCe mientras buscaba en su mochila los bañadores y las toallas—. Es todo tan desenfadado…

—El encanto de vivir en una isla pequeña —dijo Chrissie cuando se pusieron en marcha—. Y cuánta vegetación. Me encantan esos árboles. —Señaló las hileras de abetos que se alzaban cual centinelas más adelante.

—Los llaman pinos de Norfolk —explicó CeCe—. Cuando era pequeña, Pa hizo plantar unos cuantos alrededor de nuestro jardín de Atlantis.

—Estoy impresionada, CeCe, no sabía que fueras botánica.

—No lo soy y lo sabes, pero el pino de Norfolk fue de las primeras cosas que dibujé de niña. Me quedó fatal, claro, pero Ma lo mandó enmarcar y se lo regalé a Pa por Navidad. Creo que todavía está en la pared de su estudio.

—Qué bueno. A ver…, ¿qué vamos a decir cuando nos plantemos en la puerta de esa gente? —preguntó Chrissie.

—Lo mismo que le dijimos a Mary-Kate, supongo. Después de tanto trasiego, solo espero que estén. El madrugón y los dos vuelos me han dejado hecha polvo. ¡Y todavía nos quedan otros dos!

—Lo sé, pero si conseguimos ver a Merry y el anillo, habrá valido la pena. Pase lo que pase, deberíamos darnos un baño en ese mar increíble antes de volver al aeropuerto. Eso nos despejará.

Al cabo de unos minutos, divisaron un letrero en el que ponía HEADSTONE ROAD.

—¿Cuál es el número de la casa?

—No veo ningún número —dijo CeCe mientras pasaban junto a las casas de madera, todas ellas en jardines inmaculados y rodeadas de setos perfectamente recortados.

—La casa se llama… —Chrissie escudriñó la palabra que Mary-Kate había escrito en el trozo de papel—. No tengo ni idea de cómo se pronuncia esto.

—A mí no me preguntes. —CeCe se rio—. Parece que la gente de por aquí está muy orgullosa de sus casas. Es como un pueblo inglés subtropical con impecables setos y flores de vivos colores.

—¡Mira! Es esta. —Chrissie le propinó un codazo y luego señaló un letrero pintado con mimo: SÍOCHÁIN.

Se detuvieron delante de la valla metálica que marcaba el límite de la propiedad. La casa ofrecía un aspecto inmaculado, como todas las demás, y tenía sendos gnomos de gran tamaño haciendo guardia a ambos lados de la verja de entrada.

—Estos dos visten los colores de la bandera irlandesa, y creo que el nombre de la casa podría ser gaélico, por lo que imagino que sus ocupantes también lo son —observó Chrissie mientras cruzaban tímidamente la verja.

—Entonces —susurró CeCe de camino hacia la puerta—, ¿quién habla?

—Empieza tú y si veo que te atascas te ayudo —propuso Chrissie.

—Vamos allá. —CeCe tocó el timbre, el cual emitió una breve melodía que sonaba como una giga irlandesa.

Nadie acudió a abrir. Tras el cuarto intento, Chrissie se volvió hacia CeCe.

—¿Y si vamos por detrás? Con este día tan bonito, puede que estén en el jardín.

—¿Por qué no?

Recorrieron un lado de la casa, ribeteado de bananos, hasta la parte de atrás. La terraza, la mesa y las sillas, todo protegido por un toldo, estaban vacías.

—¡Porras! —farfulló CeCe, sintiendo que el alma se le caía a los pies—. Aquí no hay nadie.

—¡Mira! —Chrissie señaló el final del largo jardín, donde había un hombre cavando la tierra con una pala—. Vamos a preguntar. ¡Holaaa! —llamó al tiempo que echaba a andar hacia él.

El hombre, un sexagenario de espaldas anchas, levantó por fin la cabeza y las saludó con la mano desde lo que parecía un huerto.

—A lo mejor nos estaba esperando.

—O a lo mejor solo está siendo amable. ¿No te fijaste en que todos los coches que pasaban por nuestro lado nos saludaban? —dijo CeCe.

—Hola, chicas. —El hombre se apoyó en la pala—. ¿Qué puedo hacer por vosotras? —preguntó con un marcado acento australiano.

—Eh, hola. ¿Vive… esto… vive usted aquí? Quiero decir, ¿es esta su casa? —preguntó CeCe.

—Lo es. ¿Y vosotras sois?

—Yo soy CeCe y ella es mi amiga Chrissie. Estamos buscando a una mujer, de hecho, a dos mujeres, una se llama Bridget Dempsey y la otra Mary, o Merry, McDougal. ¿Las conoce?

—Desde luego que sí —asintió el hombre—. Sobre todo a Bridge. Es mi señora.

—¡Bien! Eso es fantástico. ¿Están en casa?

—Me temo que no, chicas. Se han largado a Sidney y me han dejado solo.

—¡No puede ser! —murmuró CeCe a Chrissie—. Podríamos haber volado directamente a Sidney. La hija de Merry, Mary-Kate, dijo que su madre no tenía planeado irse hasta mañana.

—Y es cierto —dijo el hombre—. Merry estaba aquí de visita, pero de pronto cambió de opinión y propuso a Bridge que tomaran el avión de la tarde a Sidney para pasar lo que llamaron una «noche de chicas» en la gran ciudad y hacer algunas compras.

—Mierda —se lamentó CeCe—. Es una pena, porque hemos hecho un largo viaje para verla y esta tarde también nosotras volamos a Sidney. ¿Tiene idea de cuánto tiempo se quedará Merry en Sidney?

—Creo que dijo que se marcharía de Australia esta misma noche. Yo he de recoger a Bridge del avión que llega esta tarde.

—Debe de ser el mismo en el que nos iremos nosotras —dijo Chrissie volviéndose hacia CeCe con los ojos en blanco, desesperada.

—¿Puedo ayudaros de algún modo? —se ofreció el hombre; se quitó el sombrero akubra y se secó el sudor de la frente con un pañuelo.

—Gracias, pero es con Merry con quien queríamos hablar —dijo CeCe.

—¿Qué os parece si escapamos de este sol abrasador y nos sentamos en la terraza? Podemos tomar una cerveza mientras me explicáis por qué necesitáis ver a Merry. Por cierto, me llamo Tony —dijo mientras ellas lo seguían por el jardín hasta la fresca sombra del toldo—. Voy a por las cervezas.

—Parece un buen tipo —comentó Chrissie, tomando asiento.

—Sí, pero no es la persona con la que queremos hablar. —CeCe suspiró.

—Aquí están. —Tony regresó y puso las cervezas heladas frente a ellas. Agradecidas, bebieron un largo trago—. Bien, ¿de qué se trata?

CeCe trató de explicarse lo mejor posible, y Chrissie introdujo algún detalle cuando lo juzgó necesario.

—Es una historia increíble. —Tony soltó una risita—. Aunque no acabo de entender cuál es la conexión entre vosotras y Merry.

—Yo tampoco, la verdad, y tengo la impresión de que es probable que estemos llamando a la puerta equivocada, pero pensamos que merecía la pena intentarlo —dijo CeCe, que se sentía desinflada y exhausta.

—Mary-Kate le dejó un mensaje a su madre en el que le informaba de nuestra visita. Y también a Bridget. ¿No los recibieron? —preguntó Chrissie.

—No lo sé, ayer estuve todo el día fuera reformando el cuarto de baño de un colega. Si te digo la verdad, sé poca cosa de Merry, cielo. Conocí a Bridge hace dos años, cuando me pidió que le construyera esto. —Tony señaló la casa—. Mis padres me trajeron aquí desde Brisbane cuando era un crío y soy albañil de profesión. Mi primera esposa murió hace unos años, y cuando Bridge se mudó a la isla, tampoco tenía pareja. Jamás pensé que a mi edad encontraría a otra mujer, pero conectamos desde el principio. Nos casamos hace seis meses —concluyó con una sonrisa de oreja a oreja.

—Entonces, no hace mucho que conoce a Merry.

—No, de hecho la vi por primera vez en nuestra boda.

—¿Su esposa no será irlandesa, por casualidad? —prosiguió Chrissie, obstinada.

—Veo que te has dado cuenta. —Tony asintió—. Lo es, y está muy orgullosa de sus raíces.

—Nos dijeron que Merry también es irlandesa —comentó CeCe.

—Lo único que sé es que fueron juntas al colegio y después a la universidad, en Dublín. Perdieron el contacto durante mucho tiempo, como suele ocurrir cuando la gente cambia de residencia después de la universidad, pero ahora vuelven a ser uña y carne. ¿Os apetece un sándwich? Me gruñe la barriga.

—Nos encantaría, si no es mucha molestia —saltó CeCe antes de que Chrissie declinara educadamente la invitación. A ella también le gruñía la barriga—. Podemos ayudarle —añadió.

Siguieron a Tony hasta una cocina inmaculada que había construido él mismo, según les explicó con orgullo.

—Jamás pensé que algún día viviría en ella —añadió al tiempo que sacaba queso y jamón de la nevera—. Tenemos pocas provisiones porque todo ha de traerse en barco o avión. La nueva entrega no llegará hasta mañana.

—Debe de ser increíble vivir aquí —comentó Chrissie untando mantequilla en el pan.

—En muchos aspectos lo es —convino Tony—, pero, como en el caso de Robinson Crusoe, vivir en una isla tiene sus inconvenientes. Aquí hay pocas oportunidades para los jóvenes, son muchos los que se marchan para ir a la universidad o buscar trabajo. La conexión de internet es un desastre, y a menos que tengas tu propio negocio, como es mi caso, el turismo es la única gran industria. Norfolk está convirtiéndose en una isla de viejos, aunque se están llevando a cabo cambios para mejorar las cosas y atraer sangre nueva. Es un lugar precioso para criar hijos. Todo el mundo se conoce, hay un gran sentimiento de comunidad. La vida es fácil y apenas hay delincuencia. Bueno, ¿sacamos la comida fuera?

Las chicas siguieron a Tony de nuevo hasta la terraza y atacaron sus respectivos sándwiches.

—¿Tony?

—Dime, CeCe.

—Me estaba preguntando si, cuando Merry estaba aquí, viste si llevaba un anillo de esmeraldas.

Tony soltó una risa ronca y profunda.

—No suelo fijarme en esas cosas. Bridge dice que si se vistiera de Papá Noel no me daría ni cuenta, y supongo que tiene razón. Aunque…, un momento… —Tony se acarició su corta barba—. Ahora que lo dices, recuerdo que hace un par de noches Bridge y Merry estuvieron comparando sus anillos. El que yo le regalé a Bridge como sortija de compromiso tiene una piedra verde…, por eso de que es irlandesa.

—¿Y…? —CeCe se inclinó hacia delante.

—Merry también llevaba un anillo de esmeraldas. Juntaron los dedos y compartieron una de esas miradas que comparten las chicas, ya sabes.

—Entonces ¿llevaba realmente un anillo de esmeraldas?

—Sí, y se reían porque Bridge decía que su esmeralda era más grande que la de Merry.

—Vale —dijo CeCe cruzando una mirada con Chrissie—. Eso es alentador. Al final, puede que estemos en el camino correcto. ¿Tienes idea de adónde piensa ir Merry después de Sidney?

—Sí, a Canadá. Toronto, creo que dijo, pero puedo preguntárselo a Bridge.

Chrissie consultó su reloj.

—Gracias por tu ayuda y por el sándwich, Tony. Vamos a darnos un baño antes de ir al aeropuerto.

—¿Qué os parece si lavamos los platos (quiero dejar la cocina impecable para que Bridge no pueda protestar), nos subimos a mi ranchera, damos una vuelta rápida por la isla y rematamos el paseo con un chapuzón?

—¡Uau! Nos encantaría —dijo CeCe con una sonrisa.

Después de una visita relámpago por la isla, que podía recorrerse de punta a punta en veinte minutos, Tony las llevó por una carretera estrecha.

—Fijaos en eso. —Señaló una hilera de árboles de gran tamaño.

—Parecen prehistóricos. ¿Qué son? —preguntó CeCe.

—Higueras de Bahía Moreton; algunas tienen más de cien años —explicó Tony.

Dejaron atrás la pista del aeropuerto y la carretera descendió serpenteante hasta un pequeño puente y un conjunto de edificios de piedra. Se detuvieron delante de una playa casi desierta donde las olas lamían con suavidad la orilla. A lo lejos, una línea blanca y espumosa desvelaba la presencia de un arrecife. Tony las acompañó hasta la cabaña de los vestuarios y las dos salieron con el bañador puesto y una toalla alrededor de la cintura.

—¡Os echo una carrera! —gritó Tony, arrancando a correr por la cálida arena en dirección al mar—. ¡Cobarde el último! —dijo mientras se introducía hasta la cintura antes de zambullirse por completo.

A unos metros de la orilla, CeCe ayudó a Chrissie a quitarse la pierna protésica. Chrissie la envolvió con la toalla y la dejó a una distancia prudente de las olas.

—Siempre temo que alguien venga y me la robe —comentó cuando CeCe la ayudaba a avanzar hacia el mar.

—Hasta a mí me cuesta imaginar que exista alguien tan cruel como para hacer algo así —replicó CeCe—. Bien, allá vamos. ¡Intenta no dejarme atrás! —aulló al ver que Chrissie se zambullía de inmediato en el agua. Aunque solo tenía una pierna para impulsarse, siendo como era excampeona de natación, siempre dejaba a CeCe a la zaga en unas pocas brazadas.

—¿No es fantástico? —gritó Tony, nadando como un perrito a unos metros de ellas.

—Y tanto —convino Chrissie, que estaba haciendo el muerto con el rostro hacia el sol—. Uau, no era consciente de lo mucho que echaba de menos el mar ahora que vivimos en Alice —dijo al darse la vuelta para seguir nadando.

—¡Chrissie, por favor, no te alejes demasiado! —gritó CeCe—. No quiero que te metas en problemas porque no soy lo bastante fuerte para salvarte.

Chrissie, como de costumbre, hizo oídos sordos y CeCe finalmente regresó nadando a la orilla y se tumbó en la arena.

—Tu colega nada muy bien —dijo Tony, que había salido también del agua y se había sentado a su lado—. ¿Qué le pasó a su pierna?

CeCe le contó que la había perdido a los quince años debido a una meningitis que se complicó y derivó en septicemia.

—Antes de eso —CeCe suspiró—, era la mejor nadadora de todo el oeste de Australia. Estaba a punto de presentarse a las pruebas para entrar en el equipo olímpico.

—La vida es muy dura a veces. Pero me alegra ver que sigue nadando.

—Sí, pero a mí me aterra que desaparezca bajo las olas y no vuelva a salir.

—Lo dudo, solo hay que verla nadar —dijo Tony con una sonrisa—. Bien, si queréis coger ese avión, tenemos que irnos ya.

CeCe se levantó y agitó los brazos para indicar a Chrissie que regresara a la playa. Una vez se hubieron vestido, Tony las acompañó al aeropuerto.

—Con un poco de suerte, Bridge a lo mejor sale antes de que os llamen a embarcar —dijo cuando aparcó delante de la terminal.

Se oyó el zumbido de un avión tomando tierra.

—Chrissie, ¿qué te parecería una visita a esta isla cuando volvamos de Europa? —propuso CeCe mientras seguían a Tony hasta la terminal—. Me encanta esto.

—Vale, pero primero Europa, ¿eh? No te imaginas las ganas que tengo de visitarla.

—Es muy aburrida comparada con esto. Montones de gente y de monumentos antiguos.

—Oye, eso ya lo decidiré yo cuando la vea —repuso Chrissie con una sonrisa—. Mira, el avión ya ha aterrizado.

—Acerquémonos a la valla —dijo Tony—. Así por lo menos podréis saludarla.

—Vale —dijo CeCe.

Las puertas del minúsculo avión acababan de abrirse y los primeros pasajeros ya estaban desembarcando.

—¡Ya la veo! ¡Bridge, aquí! —gritó Tony a una mujer rolliza de cabello pelirrojo y ropa llamativa que descendía del avión cargada con varias bolsas. Sonrió a Tony y agitó la mano—. Vamos a saludarla.

El corazón de CeCe empezó a latir con fuerza cuando la mujer se acercó a la valla que separaba a los pasajeros que aún tenían que pasar la aduana de la gente que había ido a recibirlos. Bridget se detuvo delante de ellos y se subió las enormes gafas de sol a lo alto de la cabeza.

—¿Cómo estás, bombón? Te he echado de menos. —Tony la besó por encima de la valla—. Oye, he recibido la visita de estas dos jóvenes damas mientras estabas fuera. Han venido porque creían que Merry seguía en la isla. Bridge, estas son CeCe y Chrissie.

«Puede que esté un poco paranoica —pensó CeCe—, pero la cara le ha cambiado cuando Tony le ha dicho quiénes somos, y no parece muy contenta.»

—Hola —dijo Bridge forzando una sonrisa.

—Querían saber si Merry llevaba un anillo de esmeraldas cuando estuvo en casa —prosiguió Tony—. Les dije que sí. ¿He acertado por una vez?

—¿Cómo quieres que me acuerde de algo así, cariño? —replicó ella, bajándose de nuevo las gafas de sol.

—Creí oíros hablar de lo mucho que se parecían vuestros anillos…

—Me parece a mí que o lo has soñado o esa noche estabas un poco piripi, Tony, porque yo no recuerdo haber hablado de ningún anillo.

—Pero…

—Será mejor que me ponga en la cola de la aduana; con la de compras que he hecho en Sidney, es muy probable que me paren. Ha sido un placer conoceros —dijo Bridget—. A ti te veré al otro lado —añadió dirigiéndose a Tony.

Cuando Bridget desapareció en el interior de la terminal, Tony se volvió hacia las chicas.

—Será mejor que nosotros entremos también, no tardarán en anunciar vuestro embarque.

El anuncio del vuelo ya aparecía en la pantalla, y los pasajeros de Sidney habían empezado a formar cola para pasar el control de seguridad.

—¿Podemos intercambiar teléfonos? —propuso CeCe sacando el móvil.

Eso hicieron mientras se acercaban al control.

—Ha sido un placer conocerte y ver un poquito de Isla Norfolk —dijo CeCe—. Muchas gracias por tu hospitalidad.

—Ha sido divertido; si decidís volver, pasad a hacernos una visita, ¿de acuerdo?

—¡Adiós, Tony, y gracias de nuevo!

—¡Qué gracioso! —exclamó Chrissie cuando llegaron a seguridad y cogió una bandeja que todavía llevaba pegada una etiqueta que informaba al pasajero de que era para arena de gato.

—Sí —dijo CeCe mientras veían desaparecer por el túnel sus móviles y sus bañadores húmedos—. Bridget no parecía muy contenta de vernos.

—No —convino Chrissie cuando pasaron el escáner y procedieron a recoger sus pertenencias—. Nada.

—Me pregunto por qué —murmuró CeCe—. ¿Qué sabe ella que nosotras no sabemos?

—En este momento —dijo Chrissie encaminándose a la cola de embarque—, todo.

5

Para ti —dijo Claudia pasándole el teléfono a Maia—. Es CeCe.
—¡Ally! —llamó Maia en dirección a la terraza, donde su hermana estaba sentada al sol, terminando de comer—. Hola, CeCe —dijo; Ally entró y juntaron las cabezas para oír a su hermana—. ¿Dónde estás?

—En Sidney, a punto de facturar el equipaje a Londres, pero antes quería llamaros y poneros al día.

—¿La has encontrado?

—Bueno, conocimos a Mary-Kate McDougal. Creemos que podría ser la hermana perdida porque nos contó que es adoptada, como todas nosotras, o sea que eso encaja. Tiene veintidós años, por cierto, eso también encaja.

—¡Fantástico! —exclamó Ally.

—¿Qué hay del anillo de esmeraldas? —preguntó Maia—. ¿Lo reconoció?

—Cree que sí. Si es el mismo anillo, se lo regaló su madre al cumplir veintiún años.

—¡Uau! —dijo Ally—. ¡Puede que la hayáis encontrado! ¿Visteis el anillo?

—Eh…, no, no lo vimos porque su madre, que también se llama Mary, aunque la llaman Merry, pidió a Mary-Kate si podía llevárselo en un viaje que está haciendo alrededor del mundo. Por lo visto, antes era suyo. La verdad es que hemos conseguido que la madre se nos escapara en dos ocasiones. La primera, por solo un par de días. Y la segunda…, en fin, Chrissie y yo lo hemos hablado y nos preguntamos si Merry se marchó de Isla Norfolk un día antes de lo previsto porque sabía que íbamos a ir.

—¿Isla Norfolk? ¿Dónde diantres está eso? —preguntó Maia.

—En el Pacífico Sur, entre Nueva Zelanda y Australia. Es muy bonita, pero está un poco anclada en el pasado, casi no hay cobertura de móvil —explicó CeCe—. Mary-Kate nos contó que su madre tenía pensado ir a la isla para ver a su amiga Bridget, de modo que la seguimos hasta allí, pero ya se había ido.

—¡Porras! —farfulló Ally—. Entonces ¿ahora está en Sidney?

—No. Estamos mirando el panel de salidas y creemos que su avión acaba de despegar rumbo a Toronto, Canadá. Solo llamábamos para preguntaros si os parece bien que cojamos el vuelo a Londres.

—No entiendo nada —Ally suspiró—, pero si se ha ido, sí, claro, adelante. ¿Estáis seguras de que se dirige a Toronto?

—Sí. Acabo de telefonear a Mary-Kate, su hija, y me ha confirmado que era el siguiente destino en su itinerario. Dijo que intentará averiguar dónde se aloja. Lamento decepcionarte, Ally, hemos hecho lo que hemos podido.

—No digas tonterías, CeCe. Habéis hecho un trabajo fantástico, así que gracias.

—Creo que estamos en la pista correcta, pero necesitamos ver ese anillo —continuó CeCe—. Oye, hemos de facturar ya, pero tenemos más cosas que contaros, como que por lo visto Merry es irlandesa, y Mary-Kate tiene un hermano y…

—Marchaos —dijo Ally— y llamadnos cuando hayáis aterrizado. Gracias por todo lo que habéis averiguado.

Después de colgar, Ally y Maia se miraron un instante y regresaron a la terraza.

—¿Encuentras algún sentido a todo esto? —preguntó Maia.

—Voy a buscar papel y boli para apuntar lo que nos ha contado CeCe.

Ally salió disparada hacia la cocina y volvió con lo que necesitaba. Empezó a escribir.

—Número 1: tenemos una mujer de veintidós años llamada Mary-Kate McDougal. Número 2: ha dicho que el anillo de esmeraldas podría ser uno que era de su madre y que le regaló cuando cumplió veintiún años.

—Número 3 y tal vez el más importante: sabemos que Mary-Kate es adoptada —intervino Maia.

—Número 4: su madre también se llama Mary, aunque la gente la llama Merry —dijo Ally—. Número 5: Merry tiene en estos momentos el anillo de esmeraldas que necesitamos para confirmar que Mary-Kate es nuestra hermana perdida.

—Y recuerda que CeCe dijo que hay un hermano...

Ally también apuntó eso, mordisqueó el boli y luego escribió: «Toronto».

—Si averiguamos dónde se aloja Merry, ¿a quién deberíamos enviar a Toronto? —preguntó Ally.

—¿Crees que merece la pena seguir con esto?

—¿Tú no?

Los ojos de Maia viajaron hasta el sendero que conducía al jardín de Pa Salt.

—El nombre de Mérope aparece grabado en la esfera armilar junto con los nuestros —dijo—. Pa no lo habría incluido si no existiera, ¿no?

—A menos que fuera una mera fantasía. Pero lo importante aquí es que Georg cree verdaderamente que es ella. Dijo que la información se la había dado Pa justo antes de morir. La prueba era que se llama Mary McDougal y vive en The Vinery, Nueva Zelanda, lo cual ahora sabemos que es cierto. Y que posee un anillo de esmeraldas muy original. El cual Mary-Kate creyó reconocer por el dibujo, pero...

—Puede que Georg tenga más información. ¿Y si le llamamos? —propuso Maia.

Ally entró en la cocina y marcó el número del despacho de Georg. Transcurridos unos segundos, contestó la voz afable de su secretaria.

—Hola, Giselle, soy Ally D'Aplièse. ¿Está Georg?

—*Desolée*, mademoiselle D'Aplièse, monsieur Hoffman se ha visto obligado a ausentarse.

—Ah, vaya. ¿Y cuándo volverá?

—No lo sé, pero me pidió que tranquilizara a su familia y les dijera que volverá a tiempo para el crucero a finales de este mes —dijo Giselle.

—¿Puede darle un mensaje de mi parte, por favor? —preguntó Ally—. Es urgente.

—Lo siento mucho, mademoiselle D'Aplièse, pero no tengo manera de ponerme en contacto con él. Me aseguraré de que la llame a su regreso. *Au revoir.*

Giselle colgó antes de que Ally pudiera replicar. Regresó a la terraza meneando la cabeza con desconcierto.

—Maia, Georg se ha ido.

—¿Cómo que se ha ido?

—Su secretaria dice que se ha visto obligado a ausentarse y que está ilocalizable. Por lo visto no volverá hasta la fecha del crucero.

—Es un hombre muy ocupado. Pa no debía de ser su único cliente.

—Por supuesto, pero probablemente tenga la información que necesitamos —dijo Ally—, y la última vez que estuvo aquí se marchó a toda prisa. Lo único que tenemos es un nombre y un anillo. En fin, supongo que no nos queda otra que continuar sin su ayuda.

—Entonces ¿tratamos de encontrar a la madre de Mary-Kate en Canadá?

—Por lo menos deberíamos intentarlo, ¿no? ¿Qué podemos perder? —dijo Ally.

—Supongo que nada —convino Maia—. Pero ¿a quién enviamos a Toronto?

—La que se encuentra más cerca es Electra; aunque tendría que comprobar cuánto hay de Toronto a Nueva York —contestó Ally.

—No creo que esté lejos —dijo Maia—. Podemos preguntarle a Electra si puede ir en los próximos días, pero sé que los medios la tienen asfixiada desde el Concierto por África de la otra noche. Quizá no tenga tiempo. Ayer, cuando fui a Ginebra, su cara aparecía en todos los periódicos.

—Está claro que sabe cómo acaparar la atención.

—Vamos, Ally, está mucho mejor desde que terminó la rehabilitación. No creo que el objetivo de su discurso en el concierto fuera llamar la atención. Se toma muy en serio lo de ayudar a la gente, y es maravilloso que utilice su fama para una buena causa, ¿no te parece? Se está convirtiendo en un ejemplo a seguir.

—Sí, claro que sí. —Ally bostezó—. Perdona, estas últimas semanas me he convertido en una vieja gruñona.

—Eso es porque estás permanentemente exhausta —la consoló Maia.

—Es cierto —dijo Ally—. Pensaba que después de todo lo que he vivido como navegante, tener un hijo sola sería fácil, pero ¿sabes una cosa? Es lo más difícil que he hecho en mi vida, sobre todo lo de «sola».

—Todo el mundo dice que pasados los primeros meses la cosa mejora, y por lo menos las próximas semanas Bear tendrá a un montón de tías alrededor que lo cuidarán.

—Lo sé, y Ma me está ayudando mucho, pero a veces…

—¿Qué?

—Pienso en el futuro y me veo sola —reconoció Ally—. No me imagino conociendo a alguien a quien pueda querer tanto como a Theo. Ya sé que estuvimos juntos poco tiempo, eso es lo que todo el mundo me dice cuando intenta consolarme, pero a mí me parecía toda una vida. Y… —Meneó la cabeza y las lágrimas empezaron a resbalar por sus pálidas mejillas.

—Lo siento mucho, cariño. —Maia abrazó a su hermana—. De nada sirve que te diga que el tiempo cura, que todavía eres joven y que tienes toda una vida por delante, porque ahora mismo no puedes verlo. Pero es así, te lo prometo.

—Tal vez, pero por otro lado me siento terriblemente culpable. Debería ser feliz porque tengo a Bear. Lo quiero con toda mi alma y, sí, es lo mejor que me ha pasado en la vida, pero…. echo tanto de menos a Theo, tanto. Perdona, perdona…, no suelo llorar.

—Lo sé, pero es bueno que te desahogues, Ally. Eres una mujer muy fuerte, o por lo menos tu orgullo no te permite ser débil, pero todos tenemos un límite.

—Creo que solo necesito dormir, dormir de verdad. Aunque Ma haga el turno de noche, me sigo despertando cuando oigo llorar a Bear.

—Tal vez deberías tomarte unas pequeñas vacaciones. Ma y yo podríamos quedarnos aquí con Bear.

Ally la miró horrorizada.

—¿Qué clase de madre se toma unas «vacaciones» para descansar de su bebé?

—Yo diría que todas las que pueden —respondió Maia, pragmática—. En otros tiempos las madres no se apoyaban en el marido pero contaban con la ayuda de un montón de parientas. Tú no has contado con ningún apoyo desde que te fuiste a vivir a Noruega. Te lo ruego, Ally, no te flageles, sé lo difícil que es establecerse en un país nuevo, y por lo menos yo hablo el idioma de Brasil.

—Me he esforzado por aprender noruego, pero es dificilísimo. En las clases preparto había algunas madres que hablaban inglés, pero desde que dimos a luz cada una tiró por su lado. Ellas tienen familia allí. He empezado a preguntarme si no fue un error mudarme a Noruega. Si tocara en la orquesta, estaría bien, eso me mantendría ocupada, pero por el momento estoy atrapada en casa, en medio de la nada, con Bear. —Ally se limpió las lágrimas con brusquedad—. Dios, no hago más que quejarme.

—Eso no es cierto, y las decisiones pueden revocarse. Quizá estas semanas en Atlantis, y volver a tu querido mar, te den un poco de tiempo para reflexionar.

—Aun así, ¿adónde iría? Quiero mucho a Ma y a Claudia, pero creo que no podría volver a vivir en Atlantis de manera permanente.

—Yo tampoco, pero hay otros lugares en el mundo, Ally. Puedes elegir.

—O sea, según tú debería lanzar un dardo en el mapa e irme allí donde haya caído. Las cosas no funcionan así. ¿Tienes un pañuelo?

—Toma. —Maia hurgó en un bolsillo de sus tejanos y sacó un pañuelo de papel—. Lo que tía Maia te aconseja es que duermas una siesta y que esta noche nos dejes a Ma y a mí ocuparnos de Bear. Todavía me noto el jet lag, así que estaré despierta hasta tarde. En serio, Ally, creo que el agotamiento te impide pensar con claridad. Es importante que descanses antes de que nuestras hermanas empiecen a llegar.

—Tienes razón. —Ally suspiró. Se quitó de la muñeca una goma de pelo y se recogió los rizos en un moño alto—. De acuerdo, acepto el ofrecimiento. Esta noche me pondré tapones para no oír los berridos.

—¿Por qué no duermes en una de las habitaciones de invitados de la planta de Pa? Así no te despertarás si Bear llora. Yo ahora voy a mirar los vuelos de Nueva York a Toronto y luego llamaré a Electra para preguntarle si estaría dispuesta a ir.

—Vale. Bien, me voy a echar una cabezada. Los biberones de Bear están en la nevera si los necesitas, los pañales están en el cambiador y...

—Sé lo que hay que hacer —respondió Maia con suavidad—. Ahora sube y duerme un poco.

Una vez que internet le informó de que Toronto estaba a menos de dos horas de avión de Manhattan, Maia cogió el móvil y marcó el número de Electra. No esperaba que contestara porque en Nueva York aún era muy temprano, así que le sorprendió oír la voz de su hermana al otro lado del teléfono.

—¡Maia! ¿Cómo estás?

«Hasta su manera de responder al teléfono ha cambiado...», pensó Maia. Antes, Electra jamás le habría preguntado cómo estaba.

—Con jet lag por el viaje, pero feliz de estar en Atlantis y ver a Ma, Claudia y Ally. ¿Y cómo estás tú, Miss Superestrella Global?

—¡Madre mía, Maia! No me esperaba en absoluto la respuesta que he recibido por mi discurso. Parece que todos los periódicos y las televisiones del mundo quieren hablar conmigo. ¿Recuerdas a Mariam, mi ayudante? Pues ha tenido que contratar temporalmente a alguien para que le ayude. Estoy... abrumada.

—No me extraña, pero al menos es por una buena causa, ¿no?

—Desde luego, y Stella, mi abuela, se está portando de maravilla. Se ocupa de cantidad de cosas del proyecto. Según dice, ya hemos recibido donaciones suficientes como para abrir cinco centros de acogida, y un montón de organizaciones benéficas me han ofrecido un puesto en su junta para actuar de portavoz. Por si eso fuera poco, Unicef ha llamado para preguntar si estaría dispuesta a convertirme en su embajadora en el mundo. Stella no cabe de orgullo, lo cual es genial.

—¡Suena todo fantástico, Electra! No te mereces menos. Eres una gran inspiración para quienes están luchando como lo hiciste tú. Pero ten cuidado de no acabar de nuevo bajo demasiada presión.

—No te preocupes, no pasará. Esta es una presión alegre, no triste, no sé si me explico. Me siento... eufórica. Y Miles también se ha portado de maravilla.

—Miles..., ¿no es el tipo al que conociste en rehabilitación?

—Sí, y..., bueno, estas últimas semanas nos hemos acercado mucho. De hecho, he pensado que, si puede tomarse unos días libres, quizá me lo lleve a Atlantis. Es un superabogado, me será útil cuando necesite defenderme de mis hermanas.

Electra rio, y fue una risa maravillosa y natural que hacía años que Maia no le había oído.

—Si hay alguien capaz de defender sus intereses en esta familia chiflada, esa eres tú, Electra, pero Miles es bienvenido, por supuesto. Creo que todas nos llevaremos a alguien. Menos Ally; su hermano Thom no puede venir porque está de gira con la Filarmónica de Bergen.

—Bueno, al menos tiene a Bear.

—Sí, pero ahora mismo está muy baja de ánimo.

—Lo noté cuando hablamos por teléfono hace unos días. No te preocupes, dentro de poco estaremos todas ahí animándola y haciendo de canguro. ¿Me has llamado para ver cómo estoy o hay alguna otra razón?

—Las dos cosas, la verdad. ¿Leíste el correo que Ally os envió a ti, a Tiggy y a Star?

—No. Me han inundado de correos, ya te he dicho. Ni siquiera Mariam se ha puesto aún al día. ¿Qué decía?

Maia le relató, lo más sucintamente que pudo, los acontecimientos desde la visita sorpresa de Georg la noche del Concierto por África.

—De modo que ahora sabemos que la madre de Mary-Kate, más conocida como Merry, ha volado a Toronto. Lleva encima el anillo de esmeraldas que Georg nos dijo que era la prueba que necesitamos para identificar a la hermana perdida. Todavía estamos esperando a ver si conseguimos la dirección de Merry en Toronto. En el caso de que la consigamos, y siento pedirte esto con lo ocupada que estás, ¿podrías cogerte un día libre para volar a Toronto y reunirte con ella? Solo está a una hora y cuarenta minutos de Nueva York, de manera que...

—Seguro que sí, Maia. De hecho, me encantaría tener una razón para salir de esta ciudad ahora mismo. Me llevaré a Mariam conmigo, es un hacha sonsacando información a la gente.

—¡Fantástico, Electra! Solo espero que logremos averiguar dónde se hospeda Merry. Te llamaré en cuanto lo sepa.

—¿Crees que esto de verdad podría conducirnos a la hermana perdida?

—No lo sé, pero Georg parecía estar muy seguro de esta información.

—Uau, ¿no sería increíble que pudiera venir con nosotras para arrojar la corona de flores al mar? Eso habría hecho muy feliz a Pa.

—Sí, y con tu ayuda quizá lo logremos. Bien, no te entretengo más que seguro que tienes por delante un día muy ocupado. Felicidades de nuevo, hermana pequeña. Lo que has hecho, y lo que aspiras a hacer, es increíble.

—Gracias, hermana mayor. Llámame si consigues la dirección. ¡Adiós!

Cuando hubo colgado, Maia salió de la casa, fue al Pabellón, entró y cerró la puerta. Aunque había decidido dormir en su habitación de la infancia de la casa principal para estar cerca de Ally, su antiguo hogar —el lugar donde de adulta había vivido sola tantos años— se mantenía limpio y ventilado gracias a Claudia. Pensaba alojarse ahí con Floriano y Valentina cuando llegaran. Entró en el dormitorio y abrió el cajón de la ropa interior. Tanteó el fondo, sacó lo que estaba buscando y se quedó mirándolo.

Sí, seguía allí. Tras ocultarlo de nuevo en el cajón, caminó hasta la cama y se sentó. Pensó en lo que Ally le había dicho hacía un rato: se sentía culpable por estar deprimida en un momento en que debería estar contenta. También a ella le pasaba eso en parte, porque algo que llevaba mucho tiempo deseando había sucedido al fin. Al mismo tiempo, sin embargo, eso había producido una metamorfosis dentro de su cerebro que parecía decidida a desenterrar acontecimientos dolorosos de su pasado…

Se obligó a levantarse y pensó que debía alegrarse de disponer de un tiempo a solas, lejos de Floriano, para ordenar sus pensamientos y sentimientos antes de hablar con él.

—No hay prisa —susurró mientras contemplaba las estancias en las que había vivido tantos años.

Estar de nuevo ahí, el lugar donde, reconocía ahora, se había ocultado del mundo como un animal herido, hizo que se le saltaran las lágrimas. Atlantis había representado para ella un universo seguro donde los problemas cotidianos eran casi inexistentes. Y en estos momentos le habría gustado poder recuperar esa sensación y que Pa se encontrara en la puerta de al lado, porque estaba asustada...

6

Mientras la lluvia azotaba las ventanas y el viento aullaba a lo largo del valle, abandoné por fin la letra de una canción que estaba intentado componer sobre el teclado. El día previo, Fletch y yo habíamos trabajado juntos en el salón mientras fuera rugía una fuerte tormenta.

—¿Qué tal si encendemos la chimenea? —había propuesto Fletch—. Ya está aquí el invierno.

Tragué saliva, porque encender el primer fuego del año era algo que solo hacía mamá, pero mamá no estaba, y tampoco estaban papá ni Jack...

Me recordé entonces que tenía veintidós años y ya era una persona adulta. Así pues, pidiéndole a Fletch que me hiciera una foto —papá siempre había marcado la ocasión de ese modo, como otras familias hacían con los cumpleaños o la Navidad—, encendí el Primer Fuego del año.

Esa tarde, después de que Fletch regresara a Dunedin (Sissy había necesitado un arranque con pinzas), me empeñé en mejorar la letra con la que había estado jugueteando. Fletch había compuesto una melodía estupenda, pero decía que mis letras eran «deprimentes». Y tenía razón. Ignoraba si era por lo sola que me sentía en esos momentos o por mi estado general de confusión después de que CeCe y Chrissie se marcharan a Isla Norfolk para ver a mamá, pero la inspiración no acudía.

—¿Qué piensas de esas chicas? —me había preguntado Fletch

frente a una botella de vino—. Podrían ser la familia que perdiste hace tanto tiempo, y parecen bastante enrolladas, además de ricas, si es verdad eso de que tienen un barco en el Mediterráneo.

—No sé qué pensar. No les mentí cuando les dije que nunca me había planteado buscar a mi familia biológica. Soy una McDougal —añadí con firmeza.

Pero ahora, sola con mis pensamientos y deambulando por una casa repleta de recuerdos de papá, el tema de mi familia biológica no me dejaba en paz.

Presa de la frustración, toqué un acorde disonante y alcé la vista al reloj. Marcaba las doce de la noche, lo que quería decir que en Toronto era por la mañana.

«Tienes que hablar con ella...»

Conteniendo mi nerviosismo, agarré el teléfono fijo para marcar el número de móvil de mamá. «Lo más seguro es que no conteste», pensé para tranquilizarme.

—Hola, cielo —dijo la voz de mamá al cabo de un par de tonos; pude oír en ella lo cansada que estaba.

—Hola, mamá. ¿Dónde estás?

—Acabo de registrarme en el Radisson de Toronto. ¿Va todo bien?

—Sí, todo bien —dije—. Eh..., ¿oíste el mensaje que te dejé sobre CeCe y Chrissie, las dos chicas que querían verte?

—Sí. —Siguió un silencio. Hasta que al fin mamá dijo—: Por desgracia, ya me había ido a Sidney con Bridget cuando ellas llegaron a la isla. ¿Cómo eran?

—Encantadoras, mamá, en serio. Fletch estaba aquí y las invitamos a cenar. Lo único que quieren es encontrar a esa «hermana perdida», como la llamaban todo el rato. En mi mensaje te explicaba...

—¿Dijeron si estaban trabajando con otra gente? —me interrumpió mamá.

—Sí, si te refieres a las otras hermanas que están ayudando a encontrarte. CeCe me contó que tenía cinco. Son todas adoptadas, como yo. Esto, mamá...

—¿Sí, cielo?

Cerré los ojos e inspiré hondo.

—Mamá, sé que nunca he sentido la necesidad de saber cosas sobre mi... familia biológica, pero las preguntas de esas chicas me han hecho plantearme si no debería saber más acerca de ella.

—Claro, cariño, es comprensible. Por favor, no te sientas mal por decirlo.

—Papá, Jack y tú sois lo que más quiero en el mundo; vosotros sois mi familia —me apresuré a decir—. Pero he estado hablando del tema con Fletch y creo que sería bueno para mí saber más cosas sobre esa otra parte de mí. Ay, mamá, no quiero disgustarte... —Se me quebró la voz y deseé con todas mis fuerzas que mamá estuviera aquí conmigo para envolverme con sus reconfortantes brazos, como hacía siempre.

—No pasa nada, Mary-Kate, en serio. Oye, ¿por qué no nos sentamos y hablamos de eso cuando vuelva a casa?

—Gracias, sería genial.

—Esas chicas no han vuelto a ponerse en contacto contigo, ¿verdad?

—Bueno..., hablé un poco con CeCe por teléfono. De verdad, mamá, lo único que quieren es ver el anillo de esmeraldas, el que me regalaste cuando cumplí veintiún años. Tienen un dibujo.

—Eso decías en tu mensaje. ¿Te dijeron quién se lo dio?

—Su abogado, por lo visto. Mamá, ¿estás bien? Suenas... rara.

—Estoy muy bien, Mary-Kate, solo un poco preocupada por ti. ¿Sigue Fletch ahí?

—No, se fue esta tarde.

—Vale, pero ¿Doug está?

—Sí. Y los muchachos que hacen las extracciones están instalados en el edificio anexo. Estoy a salvo.

—Vale, pero no dejes entrar a más desconocidos en casa, ¿de acuerdo?

—Papá y tú lo hacíais constantemente —repliqué.

—Lo sé, pero tú estás sola, cielo, es diferente. ¿Seguro que no quieres venirte a Toronto?

—¿A qué viene eso, mamá? Papá y tú siempre decíais que el valle era el lugar más seguro del mundo. ¡Me estás asustando!

—Lo siento, perdona, es que no me gusta imaginarme a mi pequeña ahí sola. Llámame otro día, ¿vale?

—Vale. Ah, por cierto... —tragué saliva; necesitaba estar segura—, antes de que cuelgues, ¿me puedes confirmar que fui adoptada en Nueva Zelanda?

—Sí, a través de una agencia de Christchurch. «Green and» algo.

—Gracias, mamá. Bien, me voy a la cama. Te quiero.

—Y yo a ti, cariño. Cuídate, por favor.

—Claro. Adiós.

Colgué y me desplomé en el sofá. Mamá estaba rara y tensa, no parecía ella. Aunque dijera que no le importaba que hubiera aparecido una conexión con mi posible familia biológica, daba la impresión de que no era cierto.

Hablaríamos a su vuelta, había dicho…

—Pero ¿cuándo será eso? —pregunté a la estancia vacía.

Con todos los países que quería visitar, podrían pasar meses hasta que pudiéramos tener esa conversación, y ahora que la chispa había prendido, sentía una necesidad apremiante de respuestas. Por la mañana llamaría a CeCe para decirle que mamá estaba en el Radisson; si ese anillo podía ser identificado, podría identificarme a mí, y yo necesitaba saber, aunque eso no fuera lo que mamá deseaba.

Acababa de tomar una decisión; me levanté y encendí el viejo ordenador que descansaba sobre la mesa. Mi pie golpeteaba impacientemente el suelo mientras el ordenador se encendía, luego abrí el navegador y entré en Google.

«Green and… Agencia de adopción Christchurch Nueva Zelanda», tecleé en la barra de búsqueda.

Contuve la respiración y pulsé «Intro».

7

Nunca pensé que diría esto, pero, uau, dormir es magnífico —anunció Ally a la mañana siguiente, cuando se reunió con Maia en la cocina para un desayuno tardío—. Vuelves a estar blanca como la leche. Deduzco que no has dormido mucho.

—No. No consigo que se me pase el jet lag. —Maia se encogió de hombros.

—Ya tendría que habérsete pasado, llevas aquí cuatro días. ¿Seguro que estás bien? ¿Qué tal la barriga?

—Regular, pero se me pasará.

—Quizá deberías ir a ver al doctor Krause, a Ginebra, y que te haga un chequeo.

—Lo haré si no mejoro en los próximos dos días. Me alegro de que tú sí durmieras, Ally, pareces otra persona.

—Me siento otra persona. Por cierto, ¿dónde está Su Majestad?

—Ma se lo ha llevado a dar un paseo por el jardín. ¿Recuerdas su obsesión con que nos diera el aire cuando éramos pequeñas?

—Sí. ¡Y lo mucho que yo odiaba empujar aquel cochecito enorme por el jardín intentando que Electra o Tiggy se durmieran!

—Hablando de Tiggy, no he sabido nada de ella ni de Star desde que les enviaste el correo sobre la hermana perdida —dijo Maia—. ¿Y tú?

—No, aunque CeCe mencionó que se lo comentaría a Star, y ya sabes cómo son las comunicaciones donde vive Tiggy. Puede que ni siquiera haya recibido todavía el correo. No entiendo cómo hay gente que puede vivir tan desconectada del resto del mundo.

—Tú lo estabas cuando navegabas, ¿no?

—Supongo que sí, pero muy pocas veces he pasado más de dos días sin contacto ninguno. Suele haber un puerto a mano donde puedo ponerme al día de los mensajes y correos.

—Eres una persona muy sociable, Ally, ¿verdad?

—Nunca me he parado a pensarlo —musitó sentándose con su taza de café—. Supongo que sí.

—Quizá por eso te resulta tan difícil vivir en Noruega. Allí conoces a poca gente, y aunque conocieras a mucha, no es fácil comunicarse.

Ally miró fijamente a Maia y asintió.

—¿Sabes? Puede que tengas razón. Estoy acostumbrada a vivir rodeada de gente. Primero aquí, en Atlantis, con todas mis hermanas, y luego en los veleros, durmiendo en espacios diminutos con la tripulación. Lo de estar sola no va conmigo, ¿a que no?

—No. A mí, en cambio, me encanta tener mi propio espacio.

—Tu experiencia ha sido lo opuesto a la mía —señaló Ally—. Yo he tenido que acostumbrarme a estar sola, mientras que tú, después de pasar años aquí sola, tienes a Floriano y Valentina viviendo contigo.

—Sí, y no me ha sido fácil adaptarme, sobre todo porque nuestro apartamento es enano y está en el centro de una ciudad superpoblada. Por eso me gusta tanto ir a la *fazenda*, la finca que heredé. Cuando el dinero lo permita, confiamos en poder comprar un apartamento más grande.

—Hablando de dinero… —dijo Ally—. Cuando vuelva Georg, voy a tener que hablar con él porque casi estoy sin blanca. Llevo meses sin trabajar, así que dependo del pequeño ingreso que recibo del fondo. Invertí mis ahorros y lo que me dieron por el barco de Theo en renovar la casa de Bergen, pero el dinero no cubrió todo lo que necesitaba hacerse y tuve que pedir un extra a Georg. Me incomoda tener que pedirle más ahora, básicamente por orgullo. En el pasado siempre me había mantenido sola.

—Lo sé, Ally —dijo Maia con dulzura.

—No me queda otra, a menos que venda el viejo establo que Theo me dejó en la isla griega que siempre llamaba «Algún Lugar». Por otro lado, nadie lo comprará hasta que lo haya reformado, para lo que no tengo dinero, y en realidad debería conservarlo para Bear.

—Claro que sí.

—Ni siquiera estoy segura de cuánto dinero nos dejó Pa. ¿Tú lo sabes? —preguntó Ally.

—No. Tengo borrosos los días que siguieron a la muerte de Pa y no recuerdo qué dijo exactamente Georg sobre la parte económica —reconoció Maia—. Creo que estaría bien que, cuando regresemos del crucero a Delos, le pidamos que nos explique cómo funciona el fondo para que nos quede claro cuánto tenemos y en qué podemos utilizarlo.

—Buena idea, sí, aunque sigo sintiéndome fatal por tener que pedir ayuda. Pa nos enseñó a valernos por nosotras mismas. —Ally suspiró.

—Por otro lado, cuando un padre… muere, los hijos heredan un dinero que son libres de gastar como les plazca —dijo Maia—. Debemos meternos en la cabeza que ahora somos nosotras las que estamos al mando; nos cuesta recordar que Georg trabaja para nosotras y no al revés. Es nuestro dinero, no debería darnos miedo pedírselo. Georg no es nuestra referencia moral. Pa lo era, ¿recuerdas? Y nos enseñó a no hacer mal uso de lo que teníamos la fortuna de recibir. Criar sola a un hijo porque tu pareja ha muerto es una buenísima razón para necesitar apoyo económico, Ally. Si Pa viviera, sé que estaría de acuerdo conmigo.

—Tienes razón. Gracias, Maia. —Ally alargó una mano hacia su hermana—. Te he echado mucho de menos. Siempre has sido la voz tranquilizadora de la razón. Qué pena que vivas tan lejos.

—Espero que Bear y tú vengáis a verme pronto. Brasil es un país increíble y…

Sonó el teléfono y Ally se levantó rauda a contestar.

—*Allô*, Ally D'Aplièse al habla. ¿Quién? Ah, hola, Mary-Kate —dijo al tiempo que hacía señas a Maia para que se acercara y pusiera el oído—. Me alegro de hablar contigo. CeCe me ha contado que fue a verte a Nueva Zelanda. Estoy aquí con Maia, nuestra hermana mayor.

—Hola, Mary-Kate —dijo Maia.

—Hola, Maia —dijo la voz dulce de Mary-Kate—, es un placer hablar también con vosotras. CeCe me dejó este número y, como no consigo hablar con ella, espero que no os importe que os haya llamado.

—En absoluto —dijo Ally, tomando de nuevo el mando.

—Sé que CeCe y su amiga Chrissie estaban intentando averiguar en qué hotel de Toronto se alojaba mi madre. Anoche hablé con ella y me dijo que estaba en el Radisson. Tengo la dirección. —Maia y Ally percibían un atisbo de emoción en la voz de Mary-Kate—. ¿Os la doy a vosotras o a CeCe?

—A nosotras, por favor. —Ally cogió el bolígrafo y la libreta que había junto al teléfono de la cocina—. Dispara. —Anotó la dirección y el número de teléfono—. Gracias, Mary-Kate, es fantástico.

—¿Qué pensáis hacer? ¿Volaréis a Toronto para verla?

—Tenemos una hermana que vive en Manhattan. Como el vuelo desde allí es corto, ha dicho que iría ella.

—Uau, vuestra familia parece interesante. Extraña, pero interesante. —Mary-Kate se rio—. ¡Ups! ¡No pretendía ser maleducada!

—Tranquila, estamos acostumbradas —dijo Ally—. Supongo que CeCe te ha contado que si ese anillo tuyo que tu madre tiene ahora es el correcto, sería fantástico que vinieras a vernos a finales de mes y nos acompañaras a un viaje en barco que tenemos planeado hacer en honor a nuestro padre.

—Sois muy amables, pero no creo que pueda permitírmelo.

—Oh, nuestra familia cubriría el coste de los vuelos —aclaró rápidamente Ally.

—Gracias, lo pensaré. En cualquier caso, esperemos que vuestra hermana consiga ponerse en contacto con mi madre y preguntarle por el anillo. Veréis…, creo que a mi madre no le hace mucha gracia que CeCe y Chrissie hayan aparecido así, de repente. No le he dicho que otra hermana podría ir a verla a Toronto. Creo que después de la muerte de mi padre se siente vulnerable.

—Lo entiendo, Mary-Kate. Podemos dejar el asunto, si lo prefieres —respondió Maia con diplomacia.

—No quiero disgustar a mi madre, pero la verdad es que me gustaría saber si soy la hermana perdida. No sé si eso suena miserable.

—En absoluto. Seguro que nunca es fácil para una madre adoptiva que aparezcan parientes de su hija, y menos aún de un día para otro. La culpa es nuestra, Mary-Kate. Tendríamos que haberte escrito primero, pero nos emocionó tanto la posibilidad de haberte encontrado, que no nos paramos a reflexionar.

—Me alegro de que CeCe y Chrissie vinieran, aun así...

—Te prometo que le diremos a Electra que sea cuidadosa.

—Electra..., entonces ¿es la sexta hermana?

—Sí —confirmó Ally en un tono de sorpresa—. Veo que sabes de mitología.

—Oh, sí. Le conté a CeCe que mi madre estudió a los clásicos en la universidad y tenía cierta obsesión por los mitos griegos. Electra es un nombre muy poco común. Solo conozco a una Electra, y es la supermodelo. Pillé su discurso en la tele hace unos días. No es vuestra hermana, ¿verdad?

—Lo es.

—¡Ostras! ¿En serio? Ella es, bueno, siempre ha sido uno de mis ídolos. Es guapísima y superelegante, y su discurso demostró que tiene cerebro y una gran compasión. ¡Creo que si me la presentaran me desmayaría en el acto!

—No te preocupes, te sostendremos —dijo Ally, compartiendo una sonrisa con Maia—. Bien, seguimos en contacto.

—Vale, y si hablas con Electra, dile de mi parte que me parece una mujer alucinante.

—Lo haré, y volviendo a lo que estaba diciendo antes, creo que deberíamos avisar a tu madre de su visita. Si quieres, puedo dejar un mensaje en la recepción del hotel diciéndole que mi hermana podría ir a verla.

—Buena idea. Gracias, Maia. Adiós.

—Adiós, Mary-Kate, y gracias por llamar.

Maia colgó y se quedó mirando a Ally unos segundos.

—Parece encantadora, y muy joven —dijo al fin mientras regresaban a la mesa.

—¿Sabes qué? Creo que parece... normal.

—¿Estás diciendo que nosotras no lo somos? —inquirió Maia con una sonrisa.

—Creo que nosotras somos un grupo de mujeres con personalidades diferentes, como ocurre con casi todas las hermanas. Y en cualquier caso, ¿qué es lo «normal»?

—Me siento culpable por su madre. —Maia suspiró—. Debe de ser demoledor oír de repente que una posible familia alternativa ha establecido contacto. Por lo general, esas cosas ocurren a través de canales oficiales.

—Tienes razón. Deberíamos haberlo pensado —reconoció Ally—. Para nosotras fue diferente. Pa nos animó a ir en busca de nuestra familia biológica.

—Eso demuestra la maravillosa actitud de Ma respecto a nosotras y nuestra búsqueda —dijo Maia—. Nos ha querido a todas como una madre. La quiero muchísimo, para mí es mi madre.

—Y la mía —convino Ally—. Y una abuela fantástica para Bear.

—Entonces... ¿crees que Mary-Kate es nuestra hermana perdida?

—Quién sabe. Pero si lo es, ¿cómo la perdió Pa?

—No tengo la menor idea, y detesto hablar de estas cosas. —Maia suspiró—. ¿Recuerdas que de pequeñas solíamos especular sobre por qué Pa nos había adoptado? ¿Y sobre el porqué de su obsesión por las Siete Hermanas?

—Claro que me acuerdo.

—Podríamos haber bajado al estudio de Pa y preguntárselo directamente, pero ninguna tuvo nunca el valor de hacerlo. Ahora que no está, ya no es una opción. Ojalá hubiese sido lo bastante valiente, porque ya nunca lo sabremos. —Maia meneó la cabeza con pesar.

—Supongo que no, aunque creo que Georg sabe mucho más de lo que cuenta.

—Estoy de acuerdo, pero imagino que el juramento del abogado, sea lo que sea eso, no le permite desvelar los secretos de sus clientes.

—Pues parece que Pa tenía un montón de secretos —dijo Ally—. Por ejemplo, ¿sabías que esta casa tiene un ascensor?

—¿Qué? —exclamó Maia—. ¿Dónde?

—Escondido detrás de un panel junto al pasillo que da a la cocina —explicó Ally bajando la voz—. Tiggy lo descubrió cuando estuvo viviendo aquí en primavera, después de que estuviera tan enferma. Al parecer, Ma le contó que Pa lo había hecho instalar poco antes de morir. Se ve que cada vez le costaba más subir las escaleras, pero lo mantenía en secreto porque no quería preocuparnos.

—Entiendo —dijo Maia despacio—. No parece muy sospechoso, Ally.

—No, pero lo que sí resulta sospechoso es que el ascensor baje hasta una bodega secreta de la que nadie nos ha hablado nunca —continuó Ally.

—Estoy segura de que existe una explicación para eso...

—Cuando Electra estuvo aquí hace unos meses, Ma nos llevó a las dos abajo. Y Electra confirmó lo que Tiggy había descubierto cuando se coló en la bodega mientras Ma y Claudia dormían. Hay una puerta detrás de uno de los botelleros.

—¿Y qué hay detrás de la puerta?

—No lo sé. —Ally suspiró—. Yo misma me colé una noche que estaba levantada con Bear. La llave del ascensor está en la cocina, en el armarito de las llaves. Vi la puerta, pero no pude mover el botellero que tiene delante.

—Pues cuando estemos todas le echaremos un vistazo. A lo mejor Georg sabe adónde y a qué conduce. Bien, volviendo a la hermana perdida, ahora que sabemos dónde se aloja la madre de Mary-Kate en Toronto, vamos a llamar a Electra —dijo Maia, mirando el reloj—. En Nueva York son las seis de la mañana, quizá un poco pronto.

Esta vez Electra no contestó, de manera que Maia le dejó un mensaje en el móvil en el que le pedía que las telefoneara cuanto antes. Ma regresó del jardín con Bear, y Ally le dio el pecho mientras aguardaba en la cocina la llamada de Electra.

—Podéis salir al jardín o subir, si queréis —comentó Ma cuando Claudia empezó a preparar la comida—. No me separaré del teléfono.

—Si Electra no llama pronto, quizá te tome la palabra —dijo Ally al tiempo que Maia se disculpaba para ir al cuarto de baño—. ¿Puedo dejarte a Bear? Me gustaría salir con el Laser por el lago después de comer.

—Por supuesto, Ally, ya sabes que para mí es un placer cuidar de él, y estoy segura de que una o dos horas navegando te sentarán de maravilla. Tal vez Maia quiera acompañarte —añadió Ma, vigilando la puerta de la cocina por si regresaba Maia—. Entre tú y yo, no tiene buena cara. A lo mejor un poco de aire fresco le sienta bien.

—A lo mejor —convino Ally—. Le dije que debería ir al médico si no mejora en un par de días.

—Espero que para cuando empiecen a llegar vuestras hermanas esté mejor. Quiero que sea una celebración maravillosa.

Ally vio el brillo de la ilusión en los ojos de Ma.

—Yo también, Ma. Debe de ser muy emocionante para ti tener a todas tus chicas juntas otra vez.

—Lo es, pero todas se traen a su familia, así que tengo que ver cómo las distribuyo. ¿Crees que a las parejas les importaría compartir las camas pequeñas de vuestros cuartos del ático? ¿O debería instalarlas en las habitaciones dobles de la planta de vuestro padre?

Ally y Ma estaban debatiéndolo cuando Maia regresó a la cocina.

—¿Alguna novedad? —preguntó.

—Todavía no, pero estoy segura de que Electra nos llamará en cuanto oiga el mensaje. Ma se preguntaba si te gustaría dar una vuelta conmigo por el lago en el Laser.

—Hoy no, gracias. Todavía me noto el estómago un poco raro. —Maia suspiró.

—Tengo sopa —dijo Claudia desde los fogones—. ¿Queréis comer fuera o dentro?

—Mejor fuera. ¿Te parece bien, Maia? —dijo Ally.

—Eh… He desayunado muy tarde y no tengo hambre. De hecho, creo que subiré a echarme un rato mientras comes. Hasta luego.

Cuando Maia salió de la cocina, Ally y Ma cruzaron una mirada.

Con Bear bien arropado en su cochecito, a la sombra del gran roble donde Ma había colocado siempre a los bebés para la siesta, Ally estaba sentándose para tomar la sopa cuando sonó el teléfono. Entró corriendo para contestar, pero Claudia se le adelantó.

—¿Es Electra?

—No, es Star. Toma.

Claudia le tendió el auricular y regresó a la cocina para seguir con el fregado.

—¡Hola, Star! ¿Cómo estás?

—Bien, Ally, gracias.

—¿Cómo está Mouse? ¿Y Rory?

—Bien, también. Siento no haber respondido a tu correo. Hemos estado haciendo inventario en la librería y no he tenido ni un minuto libre. Al final he decidido llamarte en lugar de escribirte. Parece que haya pasado un siglo desde la última vez que hablamos.

—Porque ha pasado un siglo —dijo Ally con una sonrisa—, pero no te preocupes. ¿O sea que recibiste mi correo?

—Sí, y CeCe también me ha puesto al día. Hemos quedado en Londres los próximos días. Es emocionante, ¿verdad? Me refiero a que puede que Georg haya encontrado a la hermana perdida justo a tiempo para ir a lanzar la corona de flores al mar. ¿Se sabe algo más?

Ally le explicó que tenían la esperanza de que Electra viajara a Toronto al día siguiente.

—Si puedo hacer algo desde aquí, dímelo. ¿Te importa que le cuente esta historia a Orlando, el hermano de Mouse? Lleva dentro un auténtico detective, creo que por todos esos relatos de Conan Doyle que lee —dijo Star con una risilla.

—No veo por qué no. ¿Sabes ya cuándo vendrás a Atlantis?

—He quedado con CeCe y Chrissie en Londres, ya te he dicho, pero no podré volar con ellas a Ginebra. Mouse está muy ocupado con las reformas de High Weald y no quiero dejar a Rory solo con él demasiados días. Conociendo a Mouse, no le dará más que patatas fritas y chocolate. Rory termina el colegio el día antes de empezar el crucero, de modo que volaré con él entonces, y confío en que también con Mouse.

—Dínoslo cuando lo sepas, porque no falta mucho.

—Lo haré. Qué ganas tengo de veros, Ally. Madre mía, la de cosas que nos han pasado a todas este último año. Y estoy deseando conocer a Bear, claro. Mantenme al tanto, ¿vale? Ahora he de dejarte. Prometí que prepararía cuarenta y ocho magdalenas y un bizcocho de limón para la fiesta del colegio de Rory de mañana.

—No te preocupes, Star. Seguimos hablando otro día, adiós.

Ally salió a la terraza para terminar su sopa y trató de no sentir envidia de sus hermanas por tener unas vidas tan plenas y ocupadas. Y por lo felices que parecían.

«Está claro que necesito esa vuelta por el lago», pensó mientras se sentaba a comer.

Ya en el agua, la cálida brisa de junio le agitaba los rizos alrededor del rostro. Ally se llenó los pulmones de aire puro y exhaló despacio. Se sentía como si le hubieran quitado un peso físico de los hombros o, en concreto, de los brazos. Miró atrás y contempló la silueta de Atlantis: las torrecillas rosadas asomaban por detrás de la hilera de abetos que la protegía de las miradas curiosas.

Virando con destreza para desviarse de la trayectoria de otros navegantes, practicantes de parapente y turistas que estaban congregándose en el lago esa preciosa tarde de verano, Ally dirigió el Laser hasta una ensenada y se tumbó de espaldas, disfrutando de la caricia del sol en la cara. Se acordó entonces de cuando yacía en los brazos de Theo, tan solo un año atrás, más feliz de lo que se había sentido nunca.

—Te echo tanto de menos, cariño —susurró al cielo—. Por favor, muéstrame el camino, porque ya ni siquiera sé dónde está mi hogar.

—¡Hola! —exclamó Maia cuando Ally entró en la cocina dos horas más tarde—. Sí que te ha cogido el sol. ¿Qué tal lo has pasado?

—De maravilla, gracias. Había olvidado lo mucho que me gusta —dijo Ally con una sonrisa—. ¿Bear está bien?

—La mar de bien. Ma está a punto de bañarlo.

—Genial, así aprovecho para darme una ducha. ¿Te encuentras mejor, Maia?

—Estoy bien, Ally. Ah, antes de que te vayas, Electra llamó mientras estabas en el lago. Le he dado el nombre del hotel de Toronto y Mariam ha llamado a la compañía de jets privados y ha reservado uno para mañana.

—Vale, perfecto. Hasta dentro de nada —dijo Ally saliendo de la cocina.

Después de telefonear al hotel de Merry para confirmar con el recepcionista que la mujer seguía allí, Maia marcó el número de Mariam

—Hola, ¿eres Mariam? Soy Maia.

—Hola, Maia. ¿Todo bien?

—Sí, todo bien. Solo quería decirte que Mary McDougal pasará otro par de noches en el hotel. Ha salido, pero le he dejado el mensaje de que Electra la llamará para quedar con ella mañana. No mencioné el nombre de Electra para que no se líe la cosa.

—Te lo agradezco. Seré yo quien la llame. Tu hermana está desbordada, todo el mundo quiere hablar con ella —dijo Mariam en un tono dulce como una cucharada de miel derretida—. Miles y yo creemos que es muy importante que baje el ritmo, no hace tanto que terminó la rehabilitación.

—Estoy de acuerdo. Yo le dije lo mismo, pero estoy segura de que Electra tiene otros planes.

—La verdad es que ha llevado la situación con mucha serenidad. No quiere volver a caer en el pozo. Hemos decidido que vamos a seleccionar a dos periodistas de confianza y un programa de debate importante para que la entrevisten; eso dará gran difusión a la organización pero para Electra no será agobiante.

—Me alegro tanto de que pueda contar contigo, Mariam. Muchísimas gracias por estar ahí.

—Para mí es un placer, Maia. Mi trabajo es cuidar de ella, pero además la quiero. Es una persona increíblemente fuerte y creo que hará grandes cosas. Por cierto, ¿cuál es el nombre completo de la mujer con la que ha de reunirse?

—Señora Mary McDougal, también conocida como Merry.

—Perfecto —dijo Mariam—. Ahora mismo llamo al hotel e intento hablar con Merry para fijar la hora y el lugar, ¿te parece? Creo que lo más fácil será quedar en el hotel, cae cerca del aeropuerto Billy Bishop. ¿Tienes el número de la habitación?

—Me temo que no. Creo que los hoteles no facilitan esa información hoy día. Tendrás que pedir en la recepción que te pongan con la habitación.

—¿Te importa que utilice mi nombre en vez del de Electra? Como decías, lo último que queremos es que alguien descubra que va a estar allí. No ha vuelto a aparecer en público desde el concierto. Hemos decidido que tendrá que disfrazarse.

—¡Lo que hay que hacer cuando eres mundialmente famosa! —rio Maia.

—¿Qué digo si Mary me pregunta el motivo de la cita?

—Quizá que la llamas en nombre de la hermana de CeCe D'Aplièse, que fue a ver a Mary-Kate al viñedo, y que te gustaría concertar una cita con ella en el hotel —sugirió Maia.

—Bien, confirmaré el jet, luego intentaré hablar con ella y te llamaré. Adiós, Maia.

—Adiós, Mariam.

Claudia llegó a la cocina seguida de Ma y un Bear con pelele que olía a limpio y fresco.

—Oooh, pásaselo a su tía para que pueda achucharlo —dijo Maia.

—Toma. —Ma se lo entregó mientras Bear se retorcía—. La hora del baño era mi momento favorito del día cuando erais pequeñas.

—Supongo que porque faltaba poco para la hora de acostarnos —dijo Maia—. En serio, Ma, cuando pienso en aquella época no entiendo cómo te las apañabas.

—Yo tampoco, pero me las apañaba. —Ma se sirvió un vaso de agua—. Y recuerda que a medida que crecíais os entreteníais entre vosotras. ¿Va Electra a Toronto mañana?

—Sí, pero no sé qué pasará —dijo Maia—. Aparte de que Georg está convencido de que Mary McDougal es nuestra hermana perdida, y del anillo de esmeraldas, no tenemos mucho con lo que continuar. Y cuando hablé con Mary-Kate, me dijo que le preocupaba que su madre adoptiva estuviera disgustada por nuestra repentina aparición en la vida de su hija.

—No me extraña —convino Ma—. Aun así, Mary-Kate es quien ha de decidir si desea saber más cosas, y todo apunta a que sí.

—Tienes razón. ¿Por qué crees que Georg está tan seguro de que es ella?

—Sé tanto como tú, Maia. Lo único que puedo decirte es que, en los años que hace que conozco a Georg, jamás le he oído decir respecto a otras mujeres a las que ha investigado que creyera que fueran la hermana perdida, por lo que debe de estar convencido de que Mary-Kate sí lo es.

—¿Alguna vez te mencionó Pa la existencia de una hermana perdida, Ma?

—Sí, alguna vez. Su mirada se entristecía cuando hablaba de que no podía encontrarla.

—¿Y a ti, Claudia? —preguntó Maia.

—¿A mí? —Claudia levantó la vista de las verduras que estaba cortando para la cena—. Yo no sé nada. No me gustan los cotilleos —añadió, y Ma y Maia intercambiaron una sonrisa.

Nada le gustaba tanto a Claudia como una buena pila de revistas del corazón, que ambas sabían que corría a esconder debajo de su carpeta de recetas cuando entraba alguien en la cocina.

El móvil de Maia sonó de nuevo. Entregó al pequeño Bear a Ma y contestó.

—Hola, Maia, soy Mariam otra vez. Mary McDougal no estaba en su habitación, pero le he dejado el mensaje al recepcionista de que iríamos a verla mañana. Le he propuesto a la una de la tarde en el vestíbulo. También le he dejado mi número de móvil, así que, con un poco de suerte, me devolverá la llamada. Si no lo hace, ¿seguimos de todos modos con el plan?

—Pues… no sé, la verdad. Es un viaje largo para que luego no sirva de nada.

—No me importa —dijo una voz al fondo.

—Un momento, Maia, te paso a Electra.

—Hola —dijo la voz de Electra—. Creo que deberíamos ir aunque Mary no nos llame. CeCe y Chrissie se presentaron sin avisar y mira toda la información que consiguieron. Además, sabemos que Mary se aloja en el hotel, de modo que, si ha salido, le pediremos al recepcionista que nos avise cuando vuelva y la esperaremos en el vestíbulo. Recuérdame qué aspecto tiene.

—Según la fotografía que vio CeCe, es muy guapa, rubia y delgada, y aparenta unos cuarenta. Por lo visto se parece a la actriz Grace Kelly. ¿Seguro que no te importa ir?

—Oye, deja de preocuparte. Iré y volveré en el mismo día. Estoy acostumbrada a subirme a un avión dos veces por semana para ir quién sabe adónde. Os mantendré al corriente. Creo que le debemos a Pa intentar por lo menos identificar a la hermana perdida, ¿no?

—Sí, Electra, yo también lo creo —dijo Maia.

8

Electra
Toronto, Canadá

El jet Cessna de seis plazas ganó altura conforme se alejaba de Nueva York rumbo al norte. Electra miró por la ventanilla y pensó que en los «viejos tiempos» habría estado impaciente por abrir el bien abastecido minibar y prepararse un vodka con tónica doble. El impulso —el hábito— de hacerlo todavía era fuerte, pero aceptaba que probablemente nunca la abandonaría y tendría que luchar cada día para no sucumbir.

—¿Me pasas una Coca-Cola? —pidió a Mariam, que estaba sentada delante, más cerca del minibar.

—Claro. —Mariam se quitó el cinturón de seguridad y abrió la pequeña nevera.

—Y unos pretzels, por favor. Hay que ver lo que me apetece la comida basura desde que dejé la bebida. —Electra suspiró—. Menos mal que parece abrirse ante mí una profesión nueva, porque con lo que estoy engordando no podría contonearme por la pasarela.

—Electra, a mí me parece que no has cogido ni un gramo. Debes de tener un metabolismo fantástico, no como el mío. —Mariam se señaló la barriga, se encogió de hombros y regresó a su asiento.

—A lo mejor es que el amor abre el apetito —dijo Electra tirando de la lengüeta de la Coca-Cola—. ¿Estáis bien Tommy y tú?

—Sí, yo diría que sí. Él está encantado de trabajar para ti de manera oficial y yo lo veo guapísimo con sus trajes nuevos. —Por las mejillas de Mariam trepó un ligero rubor mientras bebía un sorbo de agua.

—Es un gran tipo y, con su formación militar, está muy cualificado para el trabajo. Siendo mi guardaespaldas, debería haberlo traído hoy con nosotras, pero es un viaje corto y, con el disfraz, nadie me reconocerá. Será como aquella noche que salimos a cenar juntas en París. Sin la bebida y las drogas por mi parte, claro. —Electra se rio—. ¿Le has hablado ya a tu familia de Tommy?

—No, vamos a tomárnoslo con calma. ¿Qué prisa hay? Me basta con tener la oportunidad de estar con él siempre que puedo.

—Pues yo estoy deseando bailar en tu boda, y sé que tendréis unos hijos monísimos —dijo Electra—. Miles y yo estuvimos hablando anoche de nombres de bebé. Tiene un gusto espantoso. ¡Todas sus propuestas para niño eran los nombres de sus jugadores de baloncesto favoritos!

—Es un buen hombre, Electra, y le gusta protegerte. Agárrate fuerte a él.

—Lo haré, siempre que él se agarre fuerte a mí. A veces me irrita que sea abogado porque es una persona tan lógica…, aunque habla con mucha sensatez. Y es muy orgulloso. Gana cuatro cuartos porque buena parte de su trabajo es desinteresado. Tendrías que ver su apartamento de Harlem; ¡está encima de una bodega y tiene el tamaño de mi armario! Le insinué que estaría bien que compráramos un piso donde pudiéramos despatarrarnos, pero no quiere ni oír hablar del tema.

—No quiere ser un hombre mantenido, lo entiendo —repuso Mariam.

—¿Y por qué las mujeres sí pueden ser «mantenidas»? ¿Dónde está la diferencia?

—En la manera de ser de algunos hombres —dijo Mariam—. Te seré sincera, me alegro de que Miles se niegue a aprovecharse de tu dinero. Muchos hombres lo harían.

—Lo sé, pero a mí sí me gustaría aprovecharme de mi dinero y comprar una casa o un buen apartamento en Manhattan y que lo sintiera mío. Sé que tengo el rancho de Arizona, pero falta mucho para que esté terminado y pueda mudarme allí; además, está demasiado lejos para tenerlo como primera residencia. Necesito un lugar en la ciudad. Últimamente he estado pensando en lo importante que es el hogar.

—Quizá porque pronto volverás a él. ¿Te hace ilusión regresar a Atlantis y ver a todas tus hermanas?

—Buena pregunta. —Electra hizo una pausa—. La respuesta es que no estoy segura. Todas me consideran una persona difícil, y sé que lo he sido, pero esa soy yo. Aunque haya dejado la bebida y las drogas, no van a salirme alas y voy a convertirme en un ángel de un día para otro.

—Si te sirve de algo, creo que desde que estás sobria eres una persona por completo diferente.

—No me has visto cuando estoy con mis hermanas. —Electra enarcó una ceja—. Sobre todo con CeCe. Ella y yo siempre nos hemos buscado las cosquillas.

—Recuerda que yo también vengo de una familia numerosa, siempre hay un hermano con el que a los otros les cuesta llevarse bien. Por ejemplo, yo quiero a Shez, mi hermana pequeña, pero ella muestra siempre una actitud de lo más condescendiente porque estudió Derecho y en cambio yo empecé a trabajar enseguida.

—Sí, exacto —asintió Electra—. ¿Y cómo lo llevas?

—Intento comprender que ella y yo siempre hemos competido. Quiero ser mejor que ella, no puedo evitarlo. Pero si acepto por qué siento eso, consigo llevarlo bien.

—Puede que CeCe también sea competencia para mí, aunque no de la misma manera que Shez y tú. Ella puede gritar más fuerte, pero mis pataletas no tienen rival. —Electra sonrió.

—Quién sabe, a lo mejor las dos habéis cambiado durante este último año. Por lo que me has contado de CeCe, da la impresión de que ahora es mucho más feliz. Creo que muchos de nuestros enfrentamientos entre hermanos se dan porque nos crea inseguridad que el otro sea el favorito de los padres. A partir de ahí empezamos a llevar una vida alejada de la familia, nos labramos nuestra propia profesión y quizá estamos con una persona a la que queremos porque es solo nuestra, no tenemos que compartirla con nuestros hermanos, y eso hace que nos sintamos más fuertes y seguros.

—¿Sabes una cosa, Mariam? Estás desaprovechada como asistente personal. Deberías hacerte terapeuta. Creo que he aprendido más contigo en los últimos meses que con todos los terapeutas a los que he pagado un montón de pasta para hablar.

—Caray, gracias por el cumplido. —Mariam sonrió—. Pero recuerda que a mí también me pagas. Y hablando de eso, ¿podemos repasar el calendario de entrevistas de los próximos días?

—Hacía años que no venía a Toronto —comentó Electra cuando bajaron del avión y las conducían a una limusina que aguardaba en la pista.

—Para mí es la primera vez —dijo Mariam—, pero he oído que es una ciudad preciosa. Estuve leyendo anoche sobre ella y parece que ahora subiremos a un transbordador que cruza el lago Ontario en noventa segundos. Están pensando en construir un túnel subterráneo para que los pasajeros puedan llegar andando al continente.

—Eres un pozo de información, Mariam —dijo Electra—. Ahora, cuando miro atrás, lamento no haberme molestado nunca en averiguar cosas sobre los lugares que visitaba para las sesiones de fotos. Se me mezcla una ciudad con otra y todas las playas paradisíacas me parecen iguales, ¿sabes?

—La verdad es que no, pero entiendo lo que dices. Mira, ahí está el transbordador. —Mariam señaló la estrecha franja de agua que las separaba del continente canadiense.

—Por cierto, trajiste mi disfraz, ¿verdad?

—Sí.

Mariam rebuscó en su bolso, que a Electra empezaba a recordarle a la bolsa de viaje de Mary Poppins porque siempre salía de él justo lo que necesitaba.

—¿Te ayudo a ponértelo? —se ofreció Mariam mientras la limusina entraba en el transbordador y estacionaba.

—Sí, por favor. Si conseguimos reunirnos con esa mujer en el vestíbulo del hotel, más vale que nadie me reconozca o acabaremos rodeadas. Con un poco de suerte, podré explicarle a Merry quién soy una vez que estemos solas.

—Aquí tienes el blusón que llevabas en París, puedes ponértelo encima de la camiseta.

—Gracias. —Electra se puso la prenda por la cabeza y metió los brazos por las anchas mangas. Inclinó el cuello hacia Mariam para que le envolviera la cabeza con un pañuelo de vivos colores que fijó con un alfiler. Una vez que Mariam le hubo añadido un toque de lápiz de ojos, se recostó en el asiento—. ¿Qué pinta tengo?

—Justo la que deberías. Somos dos musulmanas de turismo en Canadá, ¿de acuerdo? Mira, ya salimos del transbordador. El hotel está a solo dos minutos de aquí —añadió Mariam.

Al bajar de la limusina delante del Radisson, Electra notó un vuelco en el estómago. Le recordó al hormigueo que sentía cuando tenía que regresar al internado.

—Lo que quiere decir que estás nerviosa —murmuró con un hilo de voz cuando entraban en el vestíbulo—. Bien —dijo Electra—, ¿qué hacemos ahora?

—Tú ve a sentarte y yo le preguntaré al recepcionista si puede telefonear a Merry a la habitación e informarle de que estamos aquí. Si ha salido, propongo que busques un lugar desde el que podamos ver la entrada y también los ascensores. —Mariam los señaló—. Justo en ese rincón hay un sofá vacío que nos dará una perspectiva perfecta.

—De acuerdo.

Electra se alegraba de que Mariam estuviera con ella. Siempre sabía qué hacer y se ponía a ello con serenidad. Tras cruzar el suelo lustroso del vestíbulo y sentarse donde Mariam le había sugerido, miró alrededor y no vio una sola cabeza volverse hacia ella, como era habitual.

Mariam regresó y se sentó a su lado.

—Nadie ha reparado en mí por el momento —susurró Electra.

—Me alegro, y estoy segura de que a Alá no le importará que tomes prestados los símbolos de nuestra fe por esta vez, pero si esto pasa a ser una costumbre, tendrás que convertirte —respondió Mariam. Electra no estaba segura de si lo había dicho en serio o en broma—. Bien —prosiguió—, el recepcionista dice que anoche habló con la señora McDougal y que además le dejó una nota por debajo de la puerta en la que le confirmaba que la esperaríamos en el vestíbulo a la una.

—Yo nunca abro esas notas que pasan por debajo de la puerta —dijo Electra—. Normalmente es la factura o el aviso de que la camarera no pudo entrar para abrirte la cama. ¿El conserje llamó a la habitación cuando estabas con él?

—Sí, pero no contestaron.

—En ese caso, puede que no venga.

—Electra, aún faltan diez minutos para la una, así que seamos optimistas y démosle a la señora McDougal una oportunidad, ¿de acuerdo?

—Vale, vale, pero si no se presenta, querrá decir que nos está evitando.

—Su hija, Mary-Kate, cree que podría estar disgustada por el hecho de que hayan aparecido posibles parientes así sin esperarlo. Debemos actuar con tacto, Electra.

—Lo intentaré, te lo prometo. Recuérdame otra vez qué aspecto tiene.

—Maia dijo que debíamos buscar a una mujer rubia de mediana edad, menuda y delgada... como Grace Kelly.

—Ah, sí, creo que Maia la mencionó. ¿Quién es esa? —preguntó Electra frunciendo el entrecejo.

—«Esa» es una de las mujeres más bellas que ha pisado la tierra. Mi padre estuvo años enamorado de ella. Espera, que te busco una foto.

Mariam abrió el bolso y sacó el portátil. Tecleó la contraseña de la wifi que le había dado el recepcionista y encontró lo que estaba buscando.

—Mírala, no me digas que no es deslumbrante. ¡Y encima se casó con un príncipe de verdad! Mi padre era un adolescente cuando se celebró la boda, pero dice que todavía se acuerda por lo guapísima que estaba.

—Es preciosa —Electra asintió—, y somos polos opuestos. —Señaló su elevada estatura y su piel de ébano—. Eso significa que esa Merry no está genéticamente emparentada conmigo, pero el color de su piel me recuerda un poco a Star... Bien, ¿por qué no vigilas los ascensores mientras yo estoy atenta a la entrada?

Tras veinte minutos con los ojos clavados en sus blancos respectivos, Electra se removió en su asiento.

—¿Sabes qué? Estoy hambrienta.

—¿Pedimos algo? —Mariam cogió la carta de la mesa y la leyó—. No tienen platos halal, así que tendrías que optar por algo vegetariano para no salirte del personaje.

—¡Vaya! Iba a pedirme una hamburguesa con queso, pero me conformaré con una ensalada y patatas fritas.

Mariam miró su reloj.

—Ya es la una y diez, lo que quiere decir que o llega tarde o no va a venir. Llamaremos a la camarera para pedir y luego iré a hablar de nuevo con el recepcionista.

Así lo hicieron, pero Electra supo por la cara de Mariam cuando regresaba al sofá que no traía buenas noticias.

—Ha vuelto a llamar a su habitación, pero no contesta. Supongo que no nos queda otra que esperar.

—Si está evitándonos, podría significar que se siente amenazada por nosotras.

—No me sorprende. Debe de parecerle extrañísimo que una prole de hermanas adoptadas esté siguiéndola por todo el planeta —señaló Mariam—. La tuya no es una familia estándar, ¿eh?

—Si se presentara a la cita, podría explicárselo todo.

—¿Explicarle que necesitas ver un anillo de esmeraldas para demostrar que Mary-Kate es quien Georg, tu abogado, cree que es, o sea, la «hermana perdida»? Hasta eso suena extraño, Electra, porque ninguna de vosotras sois hijas biológicas de vuestro padre. ¿Os dijo Georg si hay algo para ella en el testamento? Eso podría ayudar a la señora McDougal a decidir que merece la pena conocernos. Si existe la posibilidad de que su hija herede algún dinero, quiero decir.

—No lo sé —respondió Electra, desconsolada, cuando la camarera llegó con la comida—. Gracias. ¿Puede traerme más kétchup y mayonesa para las patatas? —preguntó.

La camarera asintió y se marchó con paso presto.

Electra cogió una patata y la mordisqueó.

—La verdad es que todo lo que tiene que ver con Pa es un misterio. Porque ya me dirás qué hago yo en Toronto haciéndome pasar por musulmana y comiendo patatas fritas en el vestíbulo de un hotel, esperando contigo a una mujer de la que no había oído hablar hasta hace dos días y que parece que no tiene la menor intención de aparecer.

—Tienes razón, visto así suena rarísimo —convino Mariam, y ambas estallaron en carcajadas.

—Ahora en serio, Mariam, esto es ridículo. Si yo fuera la madre de Mary-Kate, tampoco me presentaría. ¿Y si le pides al recepcionista que llame a la habitación una última vez? Y luego nos vamos.

—De acuerdo, en cuanto me termine el sándwich —dijo Mariam—. Y si no contesta, podrías escribirle una nota. Y se la dejamos al recepcionista para que se la entregue.

—Buena idea —dijo Electra—. Trae papel y un sobre de la recepción cuando vuelvas.

Eran cerca de las dos cuando Electra se mostró satisfecha con lo que había escrito.

—Vale, este es el borrador final —dijo señalando en la mesa los papeles hechos bola de las versiones anteriores.

—Adelante, te escucho —dijo Mariam.

Apreciada Mary McDougal:

Me llamo Electra D'Aplièse y soy una de las seis hermanas adoptadas. Nuestro padre, Pa Salt (no estamos seguras de su verdadero nombre porque siempre lo llamamos así), falleció hace un año. Nos adoptó en diferentes partes del mundo, pero siempre nos decía que había una séptima hermana que estaba perdida.

Nuestro abogado, Georg Hoffman, nos dijo que había encontrado información que demostraba que una tal Mary McDougal era, casi con certeza, la hermana perdida. Sabemos, por la visita de mi hermana CeCe a su hija Mary-Kate, que usted y su marido la adoptaron cuando era un bebé. La prueba de que ella es la hermana perdida es un anillo de esmeraldas con forma de estrella que, según Mary-Kate, en estos momentos tiene usted.

Le prometo que somos mujeres normales sin otro propósito que cumplir el deseo de nuestro difunto padre de encontrar a la hermana perdida. Por favor, no dude en llamarme al móvil o al teléfono fijo de nuestra casa familiar en Ginebra.

Lamento que no hayamos podido vernos hoy, pero si su hija es quien nuestro abogado cree, nos encantaría conocerla a ella, y también a usted, en algún momento.

Atentamente,

ELECTRA D'APLIÈSE

—Es perfecta. Está muy bien que digas que queréis conocerlas a las dos. —Mariam agarró la nota antes de que Electra pudiera encontrarle más defectos, la dobló y la metió en un sobre junto con una tarjeta con los números de teléfono pertinentes—. ¿La dirijo a ella?

—Sí, gracias. —Electra suspiró—. Uau, qué manera de perder el día. Me vuelvo con las manos vacías; está claro que como detective soy un desastre.

—Si tú lo eres, yo también —dijo Mariam cerrando el sobre—. Le doy la carta al recepcionista y luego pido la limusina para que nos recoja en la entrada, ¿te parece bien?

—Sí, pero antes necesito ir al baño.

—Claro —dijo Mariam mientras Electra se alejaba.

Cuando entró en los aseos, vio que uno de los cubículos estaba ocupado y eligió el que se hallaba más alejado de la puerta.

—No, siguen aquí —le llegó la voz susurrante de una mujer desde el otro cubículo—. El recepcionista me dijo por teléfono que eran dos mujeres musulmanas. ¿Qué pueden querer de mí? Porque... ¿tú no crees que es... él?

Electra se quedó petrificada.

«¡Dios mío, Dios mío, es ella!... ¿Qué demonios hago?»

—He bajado para echarles un vistazo. Son jóvenes, pero no, no las conozco de nada... Ahora me vuelvo a mi habitación. He decidido marcharme a Londres esta misma noche, no me siento cómoda aquí.

Se hizo otro silencio mientras la mujer escuchaba a quienquiera que estuviese al otro lado del teléfono.

—Por supuesto que te tendré al tanto, Bridget. Llamaré al Claridge's para decirles que llegaré antes y pediré al recepcionista que me cambie el vuelo... Vale, cariño, gracias, hablamos más tarde, adiós.

Electra oyó que la mujer abría la puerta del cubículo, el repiqueteo de sus zapatos contra las baldosas del suelo y, a continuación, la puerta de los aseos abrirse y cerrarse de nuevo.

Tratando de pensar con rapidez, se quitó el pañuelo y el blusón y dejó ambas prendas hechas un rebujo en el suelo. Salió disparada del baño y corrió por el pasillo en dirección al vestíbulo. Vislumbró a una rubia menuda y bien vestida, con el móvil todavía en la mano, esperando el ascensor con otros clientes.

—¡Oh, Dios mío! ¿Eres tú? ¡Sí, estoy segura! ¡Dios mío! Eres Electra, ¿verdad?

Unas uñas largas se clavaron por detrás en el hombro de Electra.

—¡Ay! ¿Te importa soltarme, por favor? —dijo Electra dándose la vuelta y encontrándose de frente con una adolescente enloquecida—. Oye, no quiero ser desagradable, pero tengo que entrar en ese ascensor…

—¡Es ella, es Electra! —gritó otra mujer que aguardaba el ascensor, y de repente Electra se vio rodeada de una multitud.

Cuando las puertas del ascensor se abrieron, trató de avanzar pero la sujetaban de nuevo por el hombro y la gente le bloqueaba el paso.

—Por favor, Electra, no puedo dejarte escapar hasta que mi amiga nos haga una foto juntas. ¡La otra noche en la tele estuviste fantástica!

—¡Déjenme pasar! —gritó Electra al ver que la mujer rubia entraba en el ascensor.

Se escurrió de las garras de la adolescente y alargó un brazo para tratar de impedir que las puertas se cerraran.

—¡Merry! —gritó a la desesperada.

Pero era demasiado tarde, las puertas se cerraron con firmeza. Electra levantó la vista hacia el panel y vio que el ascensor ya estaba en la tercera planta. Maldijo en voz baja y se dio la vuelta buscando a Mariam, pero la multitud que la rodeaba había aumentado.

—Oiga, señorita Electra, ¿qué está haciendo aquí? —preguntó un joven mientras empezaba a hacerle fotos con su cámara.

—Eso, no sabíamos que estaba de visita en Toronto —dijo otro—. ¿Puedo hacerme una foto yo también?

—Eh… —Electra notó que la nuca se le llenaba de gotas de sudor—. Déjenme pasar, por favor, tengo un coche esperándome fuera…

Estaba a punto de abrirse camino a codazos cuando Mariam apareció delante de ella y Electra respiró aliviada.

—¿Les importaría retroceder un poco y dejar respirar a Electra? —pidió Mariam en su tono tranquilo e inalterable.

—Señoras, señores, hagan el favor de apartarse. Están bloqueando el acceso a los ascensores, lo que podría ser peligroso.

Un hombre con un traje negro y un pinganillo que indicaba que era de seguridad apareció al lado de Mariam.

—Esta señora tiene un coche esperándola fuera —prosiguió—. ¿Serían tan amables de dejarla pasar?

Finalmente, después de posar para unas cuantas fotos y firmar algunos autógrafos porque no quería quedar como una persona antipática o quisquillosa, dos guardias de seguridad del hotel las escoltaron a ella y a Mariam hasta la calle y abrieron la puerta de la limusina. Se cerró tras ellas con un golpe seco. Electra gruñó de frustración.

—¿Estás bien? —le preguntó Mariam—. ¿Por qué te quitaste el pañuelo y el blusón?

—Porque ella…, Merry, ¡estaba en el baño! Estaba en un cubículo y oí que le contaba a alguien por el móvil que el recepcionista le había dicho que había dos mujeres musulmanas esperándola. Parecía asustada y preguntó si creía que era «él», quienquiera que sea «él». Cuando colgó, me quité el disfraz con la esperanza de que si veía quién era en realidad no huiría, obvio. Pero entonces alguien me reconoció y no conseguí colarme en el ascensor con ella por un segundo. ¡Mierda, mierda, mierda! —maldijo Electra mientras la limusina se ponía en marcha—. Merry estaba ahí, no puedo creer que se me escapara. ¿Crees que hay alguna posibilidad de que el hotel nos dé su número de habitación? A lo mejor, si nos inventamos una situación de vida o muerte o…

—Me temo que ya lo he intentado —la interrumpió Mariam—. El recepcionista solo se mostró dispuesto a llamarla de nuevo. —De repente Mariam soltó una risotada—. Nunca olvidaré su cara cuando se acercó para ver qué pasaba y te reconoció. Debe de estar preguntándose de qué demonios iba todo eso.

—Yo también me pregunto de qué demonios va todo esto —dijo Electra—. Ya no hay duda de que Merry nos está evitando. Le dijo a su amiga, a la que llamó Bridget, que se marchaba de Toronto un día antes y que volaría a Londres esta misma noche.

—¡Electra! Entonces sabemos cuál es su próximo destino. ¿Pudiste verla bien cuando estaba esperando el ascensor?

—Solo alcancé a ver por detrás una melena rubia hasta los hombros, y recuerdo que pensé que tenía un culito muy mono. De espaldas podría tener entre dieciocho y sesenta años, pero parecía elegante y atractiva. Ah, y en Londres se alojará en el Claridge's.

—¡Eso es aún mejor! Al final venir hasta aquí no ha sido una pérdida de tiempo. Tienes que llamar a tus hermanas y contarles lo que ha pasado.

—Desde luego —dijo Electra—. Supongo que al menos hemos conseguido averiguar un poquito más.

—No te quepa la menor duda. ¿No tendrás por casualidad una hermana que viva cerca de Londres?

Electra se volvió hacia Mariam y sonrió.

—Pues da la casualidad de que sí.

Una vez acomodadas en el jet, a la espera de despegar, Electra telefoneó a Atlantis.

—¿Diga?

—Hola, Ally, soy Electra informando desde Toronto.

—¡Hola, Electra! ¿Viste a Merry McDougal y el anillo?

—Sí y no.

—¿Qué quieres decir?

Electra le explicó los acontecimientos de la tarde. Cuando hubo terminado, se hizo un largo silencio.

—Bien, aparte del hecho de que tu día parece sacado de una comedia de enredo, por lo menos conseguiste averiguar su siguiente destino. El Claridge's, ¿eh? Debe de ser una mujer con dinero —dijo Ally.

—Me gustaría saber por qué está haciendo lo posible por evitarnos. No es nuestra intención hacerle ningún daño, pero es evidente que está asustada. Habló de un «él». Me pregunto ahora si se refería a Pa.

—Pero ella sabe que Pa murió y no puede ser una amenaza, aun si piensa que en otros tiempos sí lo fue, lo cual me cuesta creer.

Hubo una pausa.

—Entonces —Electra suspiró—, ¿qué hacemos ahora?

—No estoy segura. Hablaré con Maia, a ver qué opina.

—¿Qué me dices de Star? Vive muy cerca de Londres.

—Tienes razón.

—¿Crees que le importaría presentarse en el Claridge's y vigilar el vestíbulo por si aparece una rubia con un bonito trasero?

—Electra se rio—. Seguro que en Londres hay un montón de rubias con un buen culo, pero quizá valga la pena intentarlo, sobre todo porque Star vive muy cerca.

—No perdemos nada por llamarla y preguntárselo. Si Merry deja Toronto esta noche, probablemente llegue a Londres mañana por la mañana.

—Si Star va al Claridge's, mi consejo es que no deje ningún mensaje a Merry McDougal para decirle que otra más de las hermanas D'Aplièse quiere reunirse con ella —advirtió Electra—. Es evidente que la estamos asustando.

—Estoy de acuerdo. Tenemos que encontrar otra manera de conseguir audiencia con ella —dijo Ally—. Hablaré con Star.

—Vale. Oye, estamos a punto de despegar, hablamos mañana.

—Muchas gracias por tu ayuda, Electra. Buen viaje.

Electra apagó el móvil cuando los motores empezaron a rugir.

9

Star
High Weald, Kent, Inglaterra

B uenas noches, cariño, que duermas bien —dijo Star, con palabras y signos, a Rory.

El pequeño hizo otro tanto y le rodeó fuertemente el cuello
con sus bracitos.

—Te quiero, Star —le dijo al oído.

—Y yo a ti, cariño. Hasta mañana.

Ya en la puerta, Star observó a Rory darse la vuelta en la cama
y apagó la luz del techo; dejó encendida la lamparita de noche.
Bajó los chirriantes escalones y entró en la cocina, donde aún se
acumulaba el desorden de la cena. A través de la ventana del fregadero vio a Mouse sentado frente a la envejecida mesa de hierro que habían instalado en el césped para atrapar el sol del
atardecer.

Se sirvió una copa de vino y fue a reunirse con él.

—Hola, cariño —dijo Mouse levantando la vista de los planos
de High Weald, la vieja mansión estilo Tudor de su familia que
había sufrido tanto abandono durante las últimas décadas.

Star pensó en lo mucho que había alucinado la primera vez que
la vio, un año atrás, y en lo extraño que le parecía a ella ahora conocer hasta el último centímetro de viga putrefacta y de pintura
desconchada de su interior.

—¿Cómo va? —le preguntó, tomando asiento.

—Lento, como siempre. Yo diría que he visitado todos los de-
pósitos de reciclaje del sur de Inglaterra en busca de esas dos vigas

del comedor que tenemos que reemplazar. Pero encontrar vigas del siglo XVI con el color y el grosor adecuados no es lo que se dice fácil.

—¿Y hacer lo que propuso el constructor, fabricarlas imitando las originales? Giles dijo que podríamos envejecerlas y teñirlas del color de las otras y que nadie notaría la diferencia.

—Yo la notaría —dijo Mouse—. De todos modos, van a transformar un viejo pub de East Grinstead en uno de esos gastrobares, y lo vaciarán por dentro. Las vigas son más o menos del mismo período, así que igual encuentro un par que coincidan.

—Esperemos. Se está bien en Home Farm, pero no me gustaría pasar el invierno aquí, sobre todo porque Rory es proclive a las bronquitis y no tenemos calefacción.

—Lo sé, cariño. —Mouse levantó la vista de los planos. Sus ojos verdes parecían cansados—. El problema es que hacía mucho que no se realizaban reformas en High Weald, y me refiero a la estructura, no a poner una cocina nueva y moderna, y quiero tener la seguridad no solo de que sea lo más auténtica posible, sino de que dure otros doscientos años.

—Claro. —Star reprimió un suspiro; había oído eso muchas veces.

Cuando se trataba de High Weald —y de otras casas en las que trabajaba para sus clientes—, Mouse era un perfeccionista. Tendencia muy loable si no fuera por el hecho de que los tres estaban viviendo en la gélida y poco práctica granja próxima a High Weald hasta que terminaran las obras. «Y a este paso —pensó Star—, para cuando nos mudemos ya estaré jubilada.»

—Ya que estás ocupado, ¿te importa que vaya a ver a Orlando? Hay… algo que quiero consultarle —dijo.

—¿Ah, sí? ¿De qué se trata?

—Es complicado. Está relacionado con mi familia, pero te lo contaré cuando los dos tengamos un rato. —Star se levantó y lo besó en lo alto de su bonita cabeza; se fijó en que con el estrés le habían salido varias canas en su abundante pelo castaño—. Acuérdate de ir a ver a Rory dentro de una hora. Últimamente sufre pesadillas y todavía no puede avisar como es debido.

—Descuida. Me llevaré el trabajo adentro —dijo Mouse.

—Gracias, cariño. Hasta luego.

Star se encaminó a su viejo Mini, lo puso en marcha y soltó el suspiro que había estado conteniendo. Quería mucho a Mouse, pero, uau, qué difícil era a veces la relación con él.

—Parece que lo único que exista en el mundo sean las vigas y los porches de su casa del siglo XVI y… grrr —farfulló mientras tomaba la carretera rural en dirección al pueblo de Tenterden.

Tras diez minutos de trayecto, aparcó delante de la librería y entró con la vieja llave de bronce.

—¿Orlando? ¿Estás arriba? —gritó mientras cruzaba la tienda y abría la puerta del fondo que conducía al piso superior donde vivía Orlando.

—Sí —fue la respuesta—. Sube.

Star llegó al rellano y abrió la puerta que daba a la sala de estar. Orlando estaba en su sillón de cuero favorito, con una servilleta de hilo blando colgando de la camisa, apurando el postre.

—Mmm…, budín de verano, lo adoro —dijo, y se pasó la servilleta por los labios con delicadeza—. Dime, ¿a qué debo el honor? Hace solo una o dos horas que nos dijimos adiós.

—¿Te molesto?

—En absoluto, aunque estaba a punto de tener una cita con T. E. Lawrence y sus aventuras supuestamente verídicas en Arabia —respondió Orlando, dando palmaditas al libro encuadernado en piel que tenía en la mesa de al lado—. ¿Qué puedo hacer por ti?

Entrelazó los dedos, largos y con las uñas cuidadas, y miró a Star. Aunque sus ojos verdes se parecían mucho a los de Mouse, los dos hombres no habrían podido ser más diferentes. Debido a su afición por vestirse como si estuvieran en 1908 en lugar de en 2008, Star solía olvidar que Orlando era el hermano pequeño.

—Tengo un misterio para ti. ¿Recuerdas que a veces he mencionado a Georg Hoffman, el abogado de la familia?

—Claro que sí. Yo nunca olvido nada.

—Lo sé, Orlando. El caso es que hace unos días se presentó en Atlantis y anunció que creía que había encontrado a la hermana perdida, la séptima de las hermanas.

—¡¿Qué?! —Hasta el imperturbable Orlando dio muestras de estupefacción—. ¿Estás hablando de Mérope, la hermana perdida de las Pléyades? Bueno, algunas leyendas atribuyen ese honor a Electra, pero tu hermana pequeña está muy presente.

—Y tan presente. Tendrías que haber escuchado su discurso en el Concierto por África. Fue increíble.

—Sabes que no apruebo la televisión, es anestesia para el cerebro, pero leí sobre el discurso de Electra en *The Telegraph*. Un personaje reformado, sin duda, después de la temporadita en el loquero.

—¡Orlando, por favor, no lo llames así! Es una falta de respeto y está fuera de lugar.

—Te pido perdón por mi falta de corrección política. Como bien sabes, mi lenguaje proviene de otra época, cuando «loquero» se consideraba un sinónimo divertido de manicomio. En otros tiempos lo llamaban frenopá...

—¡Ya vale, Orlando! —le reprendió Star—. Sé que lo haces a propósito para incordiarme, pero, por última vez, allí Electra recibió ayuda para superar sus adicciones. Bien, ¿quieres oír hasta dónde hemos llegado con la hermana perdida o no?

—Por supuesto. Si eres tan amable de llevarte mi bandeja de la cena a la cocina y servirme un dedo de brandy en el segundo vaso de la izquierda del estante intermedio del armario, seré todo oídos.

Star se preguntó si no sería Orlando el que necesitaba tratamiento. «Está claro que tiene un TOC», pensó mientras dejaba que las instrucciones de Orlando la guiaran hasta el vaso correcto del estante correcto.

—Aquí tienes. —Devolvió el tapón a la licorera de cristal y le tendió el brandy.

Luego tomó asiento en el sillón de piel situado al otro lado de la chimenea. Pensó que la estancia —decorada exactamente como la sala del antiguo piso de Orlando encima de la librería de Kensington—, con las paredes rojas, los muebles antiguos y las hileras de libros encuadernados en piel en los estantes, habría servido de escenario perfecto para una novela de Dickens. Orlando vivía cien años por detrás del resto de la gente, lo cual resultaba entrañable y, en ocasiones, irritante.

—Y ahora, mi querida Star, cuéntamelo todo —la invitó Orlando formando un triángulo con los dedos debajo del mentón, preparado para escuchar.

Star lo hizo, pero le llevó mucho más tiempo que con cualquier otra persona porque Orlando no cesaba de interrumpirla con preguntas.

—¿Qué deducciones extrae ese cerebro tan perspicaz? —dijo ella al fin.

—Por desgracia, no mucho más de lo que me has contado: que esa Merry, que tiene el anillo de esmeraldas que constituye la prueba de los verdaderos orígenes de tu hermana adoptada, no quiere ser hallada. O, más bien, no quiere ser hallada por tu familia. Por tanto, la única pregunta que vale la pena formular es: ¿por qué?

—Exacto —sentenció Star—. Confiaba en que se te ocurriera algo.

—Dudo de que se trate de un asunto personal con alguna de tus hermanas. Dices que nunca la habéis visto y que nunca habíais oído hablar de los McDougal. Por tanto, esta historia y la clave del misterio deben de remontarse mucho más atrás en el tiempo. Sí —Orlando asintió con la cabeza—, no hay duda de que es algo que tiene que ver con el pasado.

—Me pregunto si Pa se disponía a adoptar a Mary-Kate cuando era un bebé y algo se torció y la perdió —rumió Star.

—Quizá. Nueva Zelanda está muy lejos —convino Orlando—. Por lo menos, puede que su madre sepa quiénes son los padres biológicos de Mary-Kate.

—Razón por la cual tú y yo tenemos que conseguir una cita con ella, y averiguarlo. Y ver por fin ese anillo para poder compararlo con el dibujo que Ally me ha enviado por fax.

—¿Me estás diciendo que quieres involucrarme en una peligrosa misión a Londres mañana?

—Exacto, y sé que no te lo perderías por nada del mundo —contestó Star.

—Me conoces demasiado bien, querida Star. Y ahora, quiero repasarlo todo punto por punto…

Cuando Star terminó y no hubo más preguntas, se quedó mirando a Orlando, que permanecía en su sillón de cuero con los ojos cerrados, concentrado.

—Lamento no poder seguir haciendo de Watson para tu Holmes mucho más rato, tengo que volver a casa —lo apremió.

—Claro —dijo Orlando abriendo los ojos—. Entonces ¿va en serio lo de ir a ver a esa mujer mañana?

—Sabes que sí. Me lo han pedido Maia y Ally.

—En ese caso, me temo que a tu familia le costará una fortuna, porque vas a tener que reservar una suite y una habitación individual en el Claridge's.

Star entornó los ojos.

—Orlando, ¿esto no será una estratagema para pasar una noche en el que sé que es tu hotel favorito?

—Mi querida Star, serás tú la que haga uso de la suite de lujo; a mí sin duda me destinarán a una habitación del desván junto a las criadas. Aunque su té de la tarde lo merece.

—Hum… Si me contaras en qué consiste tu plan, podría comunicárselo a Maia y Ally para ver si aprueban que nos gastemos una suma astronómica en esas habitaciones. Maia dice que la secretaria de Georg se ocupa de reservar todo lo que necesitamos. Al parecer, Georg está de viaje.

—Todavía lo estoy puliendo, pero, por favor, comunica a tus hermanas que creo que mi plan es casi infalible. Diles también que reembolsaré todo lo invertido si fracasamos en nuestro empeño. Ahora he de poner manos a la obra; tengo mucho que preparar esta noche si he de llevar el plan a buen puerto.

—¿Si has de llevar el plan a buen puerto? ¿Es que yo no intervengo?

—Oh, ya lo creo que sí, y debes representar tu papel a la perfección. Supongo que tendrás un vestido o un traje elegante en tu ropero.

—Eh…, creo que podré apañar algo, sí.

—¿Y perlas?

—Tengo un collar y unos pendientes de perlas falsas que compré en una ocasión y están por estrenar.

—Perfecto. Ah, y por supuesto, tacones, pero no demasiado altos. Mañana, mi querida Star, serás lady Sabrina Vaughan.

—¿Insinúas que tendré que actuar?

—Apenas. —Orlando puso los ojos en blanco—. Plantéatelo como una preparación para tu futura boda con mi hermano. Entonces sí serás una lady de verdad.

—Eso es diferente. Se me da fatal actuar, Orlando, siempre he tenido pánico escénico.

—Estarás haciendo de ti misma solo que más rica, y la mayor parte de la actuación recaerá en mí.

—Eso me tranquiliza. ¿Necesitamos ayuda de CeCe y Chrissie? Ahora mismo están en Londres, aunque CeCe está ocupada poniendo a la venta su piso y seleccionando las cosas que quiere enviar a Australia.

—No. —Orlando desestimó la idea—. Dadas las circunstancias, lo último que necesitamos es otra hermana D'Aplièse. Es una operación delicada. Reserva la suite con tu seudónimo y mi habitación con el de Orlando Sackville.

La alusión literaria hizo reír a Star.

—De acuerdo.

—Ahora márchate y déjame trabajar —dijo Orlando—. Te veré mañana en el andén para tomar el tren a Londres de las nueve cuarenta y seis. Buenas noches.

Cuando Star llegó a casa, Mouse ya estaba acostado. Hizo una llamada rápida a Atlantis y explicó la situación a Ally.

—Si Orlando cree que puede ayudar, enviaré un email al Claridge's para reservar las habitaciones —dijo Ally—. ¿Qué crees que trama?

—No tengo ni idea, pero es muy astuto y me ha ayudado a resolver un par de misterios con anterioridad.

—Qué intriga. ¿Y dijo que debía reservar las habitaciones bajo un seudónimo?

—Sí, Orlando Sackville. —Star se lo deletreó—. Estoy segura de que lo eligió en honor a Vita Sackville-West, la amiga en la que Virginia Wolf se inspiró para su novela *Orlando*.

—Bueno, por lo menos no somos la única familia con nombres rebuscados. —Ally se rio—. ¿Cuál es tu seudónimo?

—Yo soy lady Sabrina Vaughan. En fin, será mejor que intente dormir si mañana he de hacer de lady.

—Confiemos en que el plan de tu jefe funcione. Por la mañana telefonearé a la secretaria de Georg para que pida que le envíen a ella la factura.

—De acuerdo. Os llamaré todo lo a menudo que Orlando me permita. Buenas noches, Ally.

—Buenas noches, Star.

Orlando ya estaba en el andén de la estación de Ashford, y el tren ya se acercaba, cuando Star llegó con la lengua fuera.

—Buenos días, a eso se le llama apurar hasta el último segundo —observó él mientras se abrían las puertas y subían al vagón.

—Tuve que llevar a Rory al colegio y luego buscar en mi ropero algo adecuado que ponerme —resopló Star cuando se hubo sentado—. ¿Colará?

—Estás perfecta. —Orlando admiró el elegante vestido sin mangas que resaltaba su delgada figura—. Aunque podrías recogerte el pelo en un moño. Te daría un aire un poco más distinguido.

—Orlando —le susurró Star al oído—, no estamos montando una obra de Oscar Wilde. Hoy día son muchas las actrices y supermodelos, «gente corriente» para ti, que se casan con aristócratas.

—Lo sé, pero dado que me has contado que nuestra señora McDougal lleva treinta años viviendo en Nueva Zelanda, puede que, como yo, se haya quedado algo atrás en cuanto a los hábitos ingleses. Pero no importa, creo que estás deslumbrante y que encajarás a la perfección en nuestro próximo entorno.

—Ojalá Mouse hubiera podido montárselo para venir esta tarde. No nos iría mal un par de noches juntos en un hotel. ¿No te parece irónico que sea lord y no pueda permitirse una habitación en el Claridge's ni en un millón de años?

—Claro que puede, Star. Tiene una casa, o ahora un almacén, lleno de antigüedades, cuadros y objetos de arte que valen una pequeña fortuna. Pero, con mucha sensatez en mi opinión, no cree que gastarse el dinero en alojarse en un hotel de lujo merezca la pena.

—Es cierto, y además todo lo que tiene se le va con la renovación de la casa. A veces sueño que nos mudamos a un adosado moderno donde se está calentito y todo funciona. Y que mi novio llega a casa a la hora de cenar y hablamos de cómo nos ha ido el día… o de cualquier cosa que no sean molduras y perfiles doble T, lo que quiera que sea eso.

—High Weald es la otra mujer en la vida de Mouse —afirmó Orlando.

—Lo sé, y lo peor de todo es que tendré que vivir con ella eternamente.

—Vamos, Star, desde el principio fue obvio que tú también te enamoraste de High Weald.

—Por supuesto, y sí, habrá valido la pena cuando esté terminada. Pero vamos a lo que importa ahora. Por favor, cuéntame tu plan.

—Si todo va bien, debería ser un entretenimiento de lo más agradable —comenzó Orlando—. Llegaremos, desharemos el equipaje y bajaremos por separado para tomar un almuerzo ligero en el restaurante Foyer, que da al vestíbulo. He comprobado todos los vuelos que despegaron anoche de Toronto y solo hay cuatro a los que nuestra señora McDougal pudo subirse. Todos aterrizarán entre las doce y media y las tres del mediodía. He dibujado un plano de la planta baja del Claridge's. Elegiremos un lugar desde donde podamos vigilar la entrada y a las personas con maletas que se registren en el hotel durante ese lapso. Mira. —Orlando sacó una hoja de papel de su vetusto maletín de cuero y señaló el vestíbulo, el Foyer y el mostrador de recepción, que había dibujado en ella minuciosamente—. Cuando nos registremos, tenemos que asegurarnos de reservar las dos mesas del restaurante que tengan la mejor perspectiva.

—Pero puede que durante ese tiempo lleguen varias mujeres a la zona de recepción…

—Sabemos que la señora McDougal tiene cincuenta y muchos, aunque aparente menos, y que es rubia y delgada. Además, sus maletas llevarán las etiquetas de la aerolínea. —Orlando sacó otra hoja del maletín—. Esta es una foto de la etiqueta que indicaría que Merry ha volado desde Toronto Pearson. El código del aeropuerto es YYZ.

—Vale, pero aunque consigamos reconocerla a ella y a su equipaje, ¿cómo nos presentaremos?

—¡Ajá! —exclamó Orlando—. Esa parte puedes dejármela a mí, pero primero, como es natural, debo presentarme formalmente a ti.

Introdujo de nuevo la mano en el maletín y le tendió una tarjeta de visita bellamente repujada.

Vizconde Orlando Sackville,
periodista enogastronómico

Debajo aparecía su número de móvil.

—¿Vizconde? —Star sonrió—. ¿Periodista enogastronómico?

—Bien podría serlo, dada la cantidad de alimentos y vinos de calidad que he ingerido a lo largo de mi vida. Además, mi hermano es lord, por lo que no es ninguna exageración que yo sea vizconde.

—Vale, pero ¿de qué manera te ayudará tener una tarjeta de visita? ¿Y cómo conseguiste imprimirlas tan deprisa?

—Tengo mis recursos, querida muchacha. La imprenta del final de la calle me conoce bien, y en cuanto a de qué manera me ayudará, tuve en cuenta todo lo que me contaste. Busqué The Vinery y averigüé que los propietarios son Jock y Mary McDougal. El negocio arrancó a principios de los ochenta y ahora es uno de los viñedos más prósperos de la región. Vende su vino sobre todo dentro de Nueva Zelanda, pero está empezando a vender a Europa. En otras palabras, teniendo en cuenta que hasta hace pocos años el vino neozelandés no aparecía en ninguna mesa más allá de Australia, Jock y Mary McDougal han construido un negocio del que deben de estar muy orgullosos.

—Sí, pero el marido, Jock, murió hace unos meses.

—Exacto, y me has dicho que su hijo, Jack, está relevando a su padre en la dirección. Si ahora se encuentra en Francia aprendiendo de los maestros del oficio, es fácil deducir que tiene intención de agrandar el negocio. ¿Estás de acuerdo?

—Supongo que sí.

—Por lo que conozco de la naturaleza humana, sé que el instinto maternal supera a todos los demás instintos. Por tanto, la señora McDougal deseará proporcionar a su hijo toda la ayuda que pueda.

—¿Y?

—¿Qué mejor que conocer a un periodista enogastronómico mientras se aloja en el Claridge's? Sobre todo si el periodista tiene influencia en las revistas y columnas sobre vino y gastronomía más reconocidas de Gran Bretaña. «Lo mucho que un artículo así podría favorecer a nuestro viñedo…», piensa la mujer para sí. «Y a mi querido hijo.» ¿Lo vas pillando, Star?

—Creo que sí. Entonces, en pocas palabras, te presentarás a ella como periodista aristócrata, cómo conseguirás abordarla lo ignoro, y le preguntarás si le gustaría que la entrevistaras acerca de su viñedo.

—Y también a su hijo, dado que él es ahora el propietario oficial. Está claro que necesitamos encontrar una manera de entrar en contacto con Master Jack para que nos ayude a averiguar más cosas sobre su hermana menor. Por ejemplo, no tenemos ni idea de si él también es adoptado. Seguro que mamá oso me facilita sus datos de contacto. —Orlando dio una palmada de regocijo—. ¿No es un plan brillante?

—Muy bueno, sí, pero ¿en qué momento entro yo exactamente?

—Necesito que la señora McDougal tenga claro que no soy un charlatán que intenta obtener información sobre ella de manera subrepticia. Por tanto, después de localizarla y presentarme a ella en el mostrador de recepción, tú te levantarás de tu mesa y pasarás junto a nosotros. En ese momento yo me daré la vuelta y te miraré con cara de sorpresa. «¡Caramba, Sabrina!», exclamaré. «¿Qué haces tú aquí?», te preguntaré mientras nos besamos educadamente en las mejillas. Tú responderás que has venido del campo con tu marido para hacer algunas compras. Me propondrás que quedemos esta tarde a las seis en tu suite para tomar una copa. Yo diré: «Será un placer», y tú seguirás tu camino después de darme el número de tu suite —añadió Orlando—. Si nuestra pequeña farsa sale bien, la señora McDougal estará convencida de mis excelentes credenciales y mi seriedad, lo que será un punto a mi favor cuando le pida una entrevista.

Star inspiró hondo.

—¡Madre mía, voy a tener que esmerarme en mi actuación! Espero conseguirlo sin decir nada que nos delate.

—No temas, Star, tu papel será corto y dulce.

—Pero ¿cuándo llegaremos al meollo del asunto? O sea, ¿cuándo desvelo quién soy en realidad y por qué me he hecho pasar por lady Sabrina en una suite gigantesca? —preguntó ella cuando el tren entraba en la estación de Charing Cross.

—Como has dicho antes, esto no es una obra de Oscar Wilde, querida Star, sino una mera improvisación en la vida real. Tendremos que ver si logramos salvar el primer obstáculo, que es reconocer a la señora McDougal cuando entre en el hotel y engatusarla antes de que pueda huir a su habitación. Hay muchas variables que no puedo tener en cuenta, pero iremos paso a paso, ¿te parece?

—Vale. —Star suspiró con un nudo en el estómago cuando bajaban del tren para dirigirse a la parada de taxis.

—¡Dios mío! —exclamó Star cuando el director general, que los había acompañado hasta la suite, abandonó el salón—. ¿No es alucinante?

—He de reconocer que sí. Siempre he adorado el Claridge's, es un triunfo del art déco y me parece fabuloso que lo hayan mantenido así —comentó Orlando mientras deslizaba los dedos por un escritorio de madera veteada y tomaba asiento en una de las butacas de cuero.

—¡Nos han dejado una botella de champán gratis! ¿Podemos tomar una copa? Quizá nos ayude a tranquilizarnos.

—Mi querida Star, te estás comportando como una niña emocionada la mañana de Navidad. Por supuesto que podemos abrir el champán, aunque preferiría que la gente no calificara esas cosas de «gratis». Tú, o mejor dicho, tu familia, acaba de pagar el equivalente a tu salario de un mes en mi librería por alojarte una noche en una suite. Ese champán no es gratis, y si decides disfrutar de los demás accesorios, como los frasquitos de eso que las damas necesitáis verter en la bañera, o incluso las toallas y los albornoces, adelante, porque nada de eso es gratis. Aun así, a la gente le encanta decir que «robaron» cosas cuando regresan de tales excursiones. Ridículo. —Orlando resopló y luego se levantó y se encaminó a la cubitera—. ¿Por qué brindamos? —preguntó mientras alzaba la botella.

—Por vivir siempre aquí o por que no nos arresten por hacernos pasar por quien no somos, decídelo tú.

—¡Por las dos cosas! —dijo él haciendo saltar el corcho—. Toma. —Le tendió una copa de champán—. Y aquí están los bombones ya pagados que había al lado del champán.

—Reina por un día —celebró Star antes de llevarse un bombón delicadamente glaseado a la boca.

—Por lo que me has contado de tu familia, es probable que en ese fondo tengáis suficiente dinero para vivir así cada día.

—No sé cuánto hay en realidad, y aunque es nuestro, lo administra Georg, nuestro abogado.

—No conozco a ese Georg, pero no es más que un miembro del personal contratado por tu familia. Es vuestro dinero, querida Star, y es muy importante que tú y tus hermanas no olvidéis eso.

—Tienes razón, pero Georg da mucho miedo. Estoy segura de que no aprobaría que le pidiera el dinero de un año para vivir en una suite del Claridge's. —Star soltó una risita—. Además, parte de la diversión estriba en que sea algo especial. No lo sería si pudiera vivir aquí cada día, ¿no crees?

—Cierto, cierto —convino Orlando—. Bien, mientras tú te registrabas en la recepción, yo estuve ojo avizor. En otras palabras, estudié qué mesas del restaurante Foyer nos convienen más y he reservado dos. Yo llegaré primero y tú lo harás diez minutos más tarde. No nos pueden ver juntos antes de que nos encontremos por casualidad al lado del mostrador de recepción. Tú te sentarás aquí. —Orlando le indicó en el plano su posición en la mesa—. Y yo me sentaré aquí, con lo que los dos tendremos una buena vista del vestíbulo, aunque el enorme arreglo floral del centro nos impedirá vernos el uno al otro.

—¿Y cómo nos comunicaremos? ¿Por paloma mensajera? —Star rio.

—Star, espero que el alcohol no se te esté subiendo a la cabeza. Utilizaremos el método moderno y más bien soso del teléfono móvil. Si uno de los dos ve a una mujer que podría ser la señora McDougal, le enviará un mensaje al otro. Yo seguiré sus pasos, que con suerte la conducirán al mostrador de recepción, le daré un par de minutos y luego me colocaré detrás de ella. En ese momento tú te levantarás y echarás a andar despacio en nuestra dirección. Te detendrás a admirar el arreglo floral y desde allí comprobarás si he establecido contacto verbal con ella. Luego caminarás hacia nosotros y en ese momento interpretaremos nuestra pequeña escena. Sobre todo, acuérdate de invitarme a tu suite a las seis para una copa.

—Vale. —Star respiró hondo y bebió otro trago de champán—. Podemos hacerlo, Orlando, ¿verdad que sí?

—Desde luego que sí, querida, desde luego que sí. Bien, como ya son las once y media, bajaré al restaurante y te dejaré que te acicales. Buena suerte.

—Buena suerte a ti también —dijo Star mientras Orlando se encaminaba a la puerta—. ¿Orlando?

—¿Sí?

—Gracias.

Merry

Londres, Inglaterra

Junio de 2008

10

Viajaba en el asiento de atrás de un taxi negro y, aunque exhausta después de otra noche insomne a bordo de un avión, no pude por menos que esbozar una sonrisa de placer por el hecho de ir sentada en el asiento de atrás de un taxi negro. Hace ya muchos años, la última vez que había estado en Londres durante aquella época horrible, soñaba con alzar el brazo y parar uno. Pero los taxis, como todo lo que no constituyera una necesidad ineludible, estaban fuera del alcance de mi bolsillo. De hecho, era como pensar en subirme a un cohete y volar a la luna, sueño que se había hecho realidad para Neil Armstrong unos años antes de mi llegada a Londres.

Me costaba creer lo mucho que había cambiado la ciudad desde mi última visita. De Heathrow salían grandes pasos elevados y el tráfico formaba un río lento e interminable. A mi alrededor se alzaban altísimos edificios de oficinas y bloques de pisos, y noté que los ojos se me llenaban de lágrimas, porque lo mismo podía ser Sidney o Toronto o cualquier otra ciudad grande del mundo. Llevaba demasiado tiempo conservando mi recuerdo particular de Londres; en mi imaginación veía su elegante arquitectura, las franjas verdes de los parques públicos y la National Gallery, prácticamente lo único que era gratuito para mí en aquellos tiempos.

—Merry —me dije con firmeza—, sabes que por lo menos el Big Ben y el palacio de Westminster siguen ahí, y el Támesis…

Cerré los ojos al entorno, abrigando la esperanza de que mejorara conforme nos acercáramos a mis preciados recuerdos del centro de esa gran ciudad. Había confiado en poder disfrutar plenamente de ella esta vez, pero los mensajes que Mary-Kate nos había dejado a Bridget y a mí y esas mujeres que habían estado esperándome en el vestíbulo del Radisson me habían transportado a la última vez que había estado en Londres. Y a todo el miedo y el pavor que había experimentado entonces.

«Tiene que ser él, seguro...»

La frase se repitió en mi cabeza por enésima vez. Pero ¿por qué? ¿Por qué después de tantos años? ¿Y cómo él me había encontrado? ¿Cómo me habían encontrado?

El corazón empezó a aporrearme de nuevo el pecho. Y debían de ir en serio para utilizar a tantos y poder seguirme de Nueva Zelanda a Canadá.

A decir verdad, había emprendido ese viaje por placer, pero también para buscarlos, para averiguar dónde estaban. Y descubrir al fin —por lo menos a través de uno de ellos— por qué. No había vuelto a pronunciar sus nombres desde mi llegada a Nueva Zelanda treinta y siete años atrás, consciente de que para sobrevivir tenía que barrer mi pasado y empezar de cero. Pero entonces, después de que mi amado Jock muriera inesperadamente, el dique que él había sido siempre para mí se desmoronó y los recuerdos regresaron como un torrente desbocado.

Cuando visité a Bridget en Isla Norfolk, animadas por el whisky irlandés rememoramos los viejos tiempos y le reconocí que mi Gran Gira contenía un motivo oculto.

—Solo quiero averiguar si están vivos o muertos —dije mientras ella volvía a llenarme el vaso—. No puedo vivir el resto de mi vida ignorando eso o, de hecho, escondiéndome. Me gustaría ir a Irlanda y ver a mi familia. Con suerte, para cuando me llegue el momento de ir ya lo sabré, y sentiré que es seguro tanto para ellos como para mí. ¿Lo entiendes?

—Sí, claro, pero en mi opinión ambos te destrozaron la vida, cada uno a su manera.

—Eso no es justo, Bridget. Tiene que haber una razón para que no viniera. Él me quería, sabes que me quería, y...

—¡Señor! —Bridget llevaba un rato observándome—. Hablas como si todavía sintieras algo por él. ¿Es así?

—No, claro que no. Sabes lo mucho que adoraba a Jock. Él me salvó, Bridget, y lo añoro muchísimo.

—Puede que hayas decidido volver a encender la llama de tu primer amor porque Jock ha muerto. Pero déjame que te diga algo: si quieres conocer a un hombre, súbete a uno de esos cruceros. Mi amiga Priscilla hizo uno por Noruega y dijo que había montones de viudos cachondos buscando esposa. —Bridget soltó una risotada.

—Más bien buscando a alguien que los cuide en la chochez —repliqué, poniendo los ojos en blanco—. Creo que los cruceros no son para mí, Bridget. Y, en serio, mi intención no es encontrar otro hombre, solo quiero intentar averiguar qué le pasó a mi primer amor. Y al hombre que creo fue el responsable de destruir ese amor.

—Pues mi consejo es que no desentierres el pasado. Y menos aún el tuyo.

Bridget nunca ha tenido pelos en la lengua, y yo la he respetado por ello. Nos conocimos de crías, y a pesar de su carácter autoritario, que la llevaba a creer que solo su opinión era la correcta, la quería mucho.

Fue en el sofá de su minúsculo piso donde me alojé durante aquellas terribles tres semanas en Londres. Se portó como una amiga de verdad cuando la necesité, sobre todo teniendo en cuenta que le mentí: al marcharme de Londres le dije que volvía a Irlanda. Me parecía más seguro que no supiera nada por si él llamaba a su puerta.

Fue Bridget la que descubrió mi paradero dos años atrás, cuando una botella de nuestro pinot noir 2005 obtuvo una medalla de oro en los prestigiosos premios Air New Zealand. El *Otago Daily Times* publicaba una foto en la que aparecíamos Jock, Jack y yo, junto con un artículo sobre The Vinery.

Bridget, jubilada y de vacaciones en Nueva Zelanda, me reconoció en la fotografía, y un día apareció en mi casa. Cuando abrí la puerta y la vi, casi me dio un infarto. Tuve que decirle de inmediato que ni Jock ni mis hijos sabían nada de mi pasado, y, pensando que había venido para comunicarme la muerte de algún familiar, experimenté un gran alivio cuando me contó que había visto la fotografía de pura casualidad.

Me alegré mucho cuando semanas después de que se instalara en Isla Norfolk, porque se enamoró de la isla cuando fuimos juntas de viaje, conoció a Tony y..., al cabo de poco tiempo decidió casarse con él. Teniendo en cuenta que Bridget había estado soltera toda su vida, para mí fue una gran sorpresa.

—Se casa porque Tony hace todo lo que ella le ordena, mamá —había comentado Jack antes de irse a Francia. Bridget no era santo de su devoción—. Creo que le pega a escondidas y por la noche lo encierra en la caseta del perro —añadió, por si no había quedado claro.

Era cierto que Tony era un hombre de carácter afable, y daba la impresión de que le gustaba que le dieran órdenes. En cualquier caso, parecían muy felices juntos, pero a Bridget se le pusieron los pelos de punta cuando oímos los mensajes de Mary-Kate sobre «la hermana perdida» y las dos mujeres que querían conocerme.

—¡¿Qué te dije anoche acerca de desenterrar el pasado?! —exclamó.

—Jamás le he mencionado nada de eso a Mary-Kate, tiene que ser una coincidencia. Después de todo, Mary-Kate es adoptada, por lo que una de esas chicas podría ser parte de su familia biológica.

—Es posible, pero recuerdo que él solía llamarte «la hermana perdida». Después de tantos años, y ahora que Tony y yo acabamos de casarnos, no quiero verme involucrada en eso.

De modo que decidimos volar a Sidney esa misma tarde por si las moscas.

—Si esas mujeres llegan a la isla y se presentan en tu casa, Tony podría irse de la lengua —dije inquieta—. ¿Crees que deberíamos sugerirle que pase el día fuera?

—No, Merry. Tony no sabe nada, y si le decimos que mantenga la boca cerrada, me hará un montón de preguntas para las que ni tú ni yo tenemos respuestas. Lo único que tiene que saber es que queremos pasar una noche de chicas en Sidney. Mejor dejarlo así y que ellas lleguen inesperadamente.

Todavía recordaba mi escalofrío de pánico cuando oí a Mary-Kate mencionar lo de la búsqueda de la hermana perdida.

«Te encontraré, da igual dónde te escondas...»

También estaba el anillo de esmeraldas. Él lo odió nada más verlo. Porque era un regalo por mi vigesimoprimer cumpleaños de alguien a quien él detestaba.

«Parece una sortija de compromiso —había farfullado—. Él, a su edad, con todo ese dinero y ese acento inglés… Es un pervertido, eso es lo que es…»

Quizá cuando llegara al Claridge's debería quitarme el anillo y arrojarlo al Támesis. No obstante, sabía que no podía hacerlo, porque, aparte de que ahora pertenecía a Mary-Kate, me lo había regalado una de las personas más queridas por mí, el hombre que me había amado sin condiciones y jamás me había traicionado… Ambrose.

Por fortuna, los edificios a mi alrededor empezaban a perder altura y reconocí algunos de los que había visto desde lo alto de un autobús de dos pisos. Eso me reconfortó e hizo que el recuerdo de las dos mujeres que el día antes se habían presentado en el vestíbulo del Radisson, y de la voz que había gritado mi nombre cuando entraba en el ascensor, ya no resultara tan aterrador. Aunque Mary-Kate y la carta de una mujer llamada Electra aseguraban que esas hermanas solo querían ver mi anillo, no alcanzaba a entender cómo habían conseguido darme alcance tan deprisa. En cualquier caso, la buena noticia era que el rastro se había cortado en Canadá. Nadie, salvo Bridget, a quien podía confiarle mi vida, sabía dónde me encontraba. Por el momento, me hallaba en Londres y no tendría a nadie persiguiéndome en el Claridge's…

Me embargó una ilusión repentina, y muy necesaria, cuando el taxi se detuvo delante del hotel. Los porteros se apresuraron a coger el equipaje mientras pagaba al taxista. Ambrose me había hablado de este célebre y hermoso hotel muchos años atrás, en Dublín, cuando Bridget y yo barajábamos la posibilidad de hacer un viaje exploratorio a Londres durante las vacaciones de verano. «Es una ciudad magnífica, Mary, rebosante de bella arquitectura y edificios históricos —me dijo—. Si vas, tienes que tomar el té en el Claridge's para ver su maravilloso interior art déco. Cuando mis padres tenían que viajar a Londres por negocios o por algún evento social, siempre se alojaban allí.»

Y a Londres que nos fuimos, pero en lugar de tomar el té en el Claridge's, Bridget y yo nos alojamos en un *bed and breakfast* de mala muerte cerca de Gloucester Road. Así y todo, ambas nos enamoramos de la ciudad, lo que provocó que Bridget se mudase a ella poco después de terminar la universidad y yo me refugiara allí cuando me vi obligada a escapar de Dublín...

Y aquí estaba ahora, cruzando el vestíbulo del Claridge's, acompañada por el portero como clienta de pago.

—¿Ha tenido buen viaje, señora? —me preguntó la recepcionista cuando me detuve delante del mostrador y paseé la mirada por la elegancia y el lujo que me rodeaban.

—Sí, gracias.

—Veo que ha volado desde Toronto. Canadá es un país que siempre he querido visitar. ¿Me permite el pasaporte, señora?

Se lo entregué y la observé introducir los datos en el ordenador.

—¿Su dirección es The Vinery, valle de Gibbston, Nueva Zelanda?

—Sí.

—Otro país que siempre he querido conocer —dijo con una sonrisa, todo amabilidad.

—Disculpe mi intromisión —dijo una voz a mi espalda—, pero ¿ha dicho que reside en The Vinery, en el valle de Gibbston?

Me di la vuelta y vi a un hombre alto, de facciones angulosas, cuyo traje de tres piezas parecía inspirado en algo que habría vestido Oscar Wilde en su tiempo.

—Eh, sí —contesté; parecía tan formal que me pregunté si era el director del hotel—. ¿Algún problema?

—Cielo santo, no. —El hombre sonrió y se llevó la mano al bolsillo superior de su chaqueta para entregarme una tarjeta—. Permítame que me presente. —Señaló el nombre escrito en ella—. Vizconde Orlando Sackville y, a mi pesar, periodista de vinos y gastronomía. La razón de que la haya interrumpido con tanta brusquedad es que la semana pasada, sin ir más lejos, estuve comiendo con un amigo que se dedica a la importación de vinos. Y me contó que los vinos de Nueva Zelanda estaban liberándose de su reputación de hermano menor de los vinos australianos y produciendo muy buenas botellas. The Vinery fue uno de los viñedos que mencionó. Creo que ganó una medalla de oro por su pinot noir 2005. ¿Puedo preguntarle si es la propietaria?

—Bueno, mi marido, que por desgracia falleció hace poco, y yo dirigimos juntos el negocio durante muchos años. Ahora lo lleva mi hijo Jack.

—La acompaño en el sentimiento —dijo el hombre, con un pesar que parecía sincero—. Bien, no quiero robarle más tiempo, pero ¿puedo preguntarle si se aloja en el hotel?

—Me alojo aquí, sí.

—En ese caso, ¿puedo suplicarle que me dedique una hora esta tarde? Me encantaría escribir un artículo sobre The Vinery. Es la clase de temas que las páginas sobre gastronomía y vinos de los grandes periódicos adoran. Y, como es natural, conozco bien al editor del club de vinos del *Sunday Times*. Estoy seguro de que usted sabrá que los vinos que se incluyen en su selección, en fin, tienen el éxito asegurado.

—¿Le importa que lo medite? Estoy agotada por el jet lag y…

—¡Sabrina, querida! ¿Qué diantres haces aquí?

Me di la vuelta y vi que una rubia delgada y elegante, que me recordó a Mary-Kate, se aproximaba y recibía un beso en ambas mejillas de mi nuevo amigo.

—He venido del campo con Julian. Estamos alojados aquí un par de noches; él trabaja y yo hago algunas compras —dijo ella.

—Me parece un plan divino —respondió él a la joven, que parecía algo nerviosa; entonces él reparó en mí y la acercó un poco más.

—Permítame que le presente a lady Sabrina Vaughan. Una vieja amiga mía y de mi familia.

—Hola, eh…

—Mary, señora Mary McDougal —dije alargando el brazo para estrecharle la mano.

—La señora McDougal es copropietaria de un maravilloso viñedo en Nueva Zelanda. Justo estaba contándole que el otro día Sebastian Fairclough estuvo hablando maravillas de los vinos neozelandeses. Estoy empeñado en convencerla para que me conceda una entrevista sobre su viñedo.

—Ajá. —Sabrina asintió—. Encantada de conocerla, Mary.

Se hizo el silencio; mi nuevo amigo se quedó mirándola.

—Ah —prosiguió ella—, ¿por qué no vienes a mi suite esta tarde a las seis para una copa? Mi número de habitación es, eh…, el 106. Usted también es bienvenida, señora McDougal —añadió.

—¡Fantástico! Hasta luego, Sabrina —respondió Orlando.

—Perdone, señora McDougal, ¿me permite su tarjeta de crédito? —me preguntó la recepcionista cuando Sabrina echó a andar hacia el ascensor.

—Sí, claro. —Busqué la tarjeta en el bolso y se la entregué.

—Señora McDougal, discúlpeme por interrumpir de nuevo, pero, si puede, venga esta tarde a tomar una copa con Sabrina y conmigo. Así podremos hablar de su viñedo y de todo lo relacionado con el vino.

—Como le comenté, tengo un poco de jet lag, pero lo intentaré.

—Excelente. Hasta luego.

Hizo ademán de alejarse mientras la recepcionista me entregaba la llave, pero de repente se detuvo y se dio la vuelta.

—Perdone, pero no me ha dicho su número de habitación.

Miré la llave que la recepcionista acababa de darme.

—La 112. Adiós, Orlando.

Una vez arriba, en mi preciosa habitación de techos altos, muebles exquisitos y vistas a la bulliciosa London Road, saqué de la maleta un par de vestidos de tirantes, una falda y una blusa y llamé al servicio de habitaciones para pedir un té. Si bien en la habitación había lo necesario para preparármelo, quería beberlo en una taza de porcelana fina y servido de una tetera elegante, tal como Ambrose me lo había descrito. El té llegó enseguida y me senté en una butaca para saborear el momento.

Examiné la tarjeta que el pijo inglés me había plantado en la mano. Si era quien decía ser (y los datos de la tarjeta y el hecho de que otra mujer lo hubiera saludado en el vestíbulo sin duda lo confirmaban), constituía una magnífica oportunidad para que The Vinery recibiera un poco de atención británica, y quizá también internacional.

Decidí que debía telefonear a Jack. Llevada por la costumbre, miré el reloj para calcular la diferencia horaria y caí en la cuenta de que ya no estaba en Nueva Zelanda, Australia o, de hecho, Canadá, y de que Francia solo iba una hora por delante.

Descolgué el teléfono de la mesilla de noche y marqué el móvil de Jack. Tardó unos segundos en establecerse la conexión, y cuando lo hizo oí esa extraña señal de llamada que indicaba que estabas telefoneando a otro país.

—¿Diga?

—Jack, soy mamá. Hay interferencias en la línea, ¿me oyes bien?

—Sí, alto y claro. ¿Cómo estás? O, mejor dicho, ¿dónde estás?

—Estoy bien, Jack, estoy bien —respondí, y confiando en que no conociera los prefijos estadounidense y británico, le dije una mentira—: ¡Estoy en Nueva York!

—¡Uau! ¡La Gran Manzana! ¿Y qué tal es?

—Oh..., ¡ruidoso, animado, increíble! —me lo inventé, nunca he estado en Nueva York—. Justo como me lo imaginaba. Pero dime, ¿cómo estás tú, cielo?

—Feliz, mamá, muy feliz. La comunicación es difícil porque mi francés es patético, pero estoy aprendiendo mucho de François, y el valle del Ródano es alucinante. Kilómetros y kilómetros de viñas, casas de colores pastel y cielos azules. Hasta tenemos una montaña detrás que me recuerda a casa. Aunque no se parece en nada. —Jack rio—. Entonces ¿después de Nueva York toca Londres?

—Sí.

—François dijo que sería un placer para él tenerte aquí de invitada después de la cosecha si le devuelves el favor cuando él y su familia visiten Nueva Zelanda el año que viene.

—Por descontado, Jack, no hace falta ni decirlo. Me encantaría ver la Provenza, pero mi siguiente parada después de Londres es Irlanda, ¿recuerdas?

—El gran regreso a la madre patria... Me gustaría darme una vuelta por allí para ver de dónde proviene mi misteriosa madre. De hecho, creo que nunca has dicho de qué lugar de Irlanda eres exactamente, solo hablas de la universidad de Dublín.

—Para ser justos, Jack, nunca me lo has preguntado —repliqué.

—«Para ser justos», ¿en serio, mamá? ¡Solo de pensar en volver ya hablas como una irlandesa! Bueno, dime, ¿estás disfrutando de tu Gran Gira?

—Me está encantando, aunque echo muchísimo de menos a tu padre. Siempre dijimos que haríamos este viaje cuando se jubilara, pero claro, él era como era, y no se jubiló.

—Lo sé, mamá, y no me gusta que viajes sola.

—No te preocupes por mí, Jack, soy capaz de cuidar de mí misma. Verás, quería hablarte de un hombre que he conocido en el hotel… —de pronto me acordé de que se suponía que estaba en Nueva York—, que conocí anoche. Escribe sobre vino para periódicos internacionales importantes. Nos pusimos a charlar y me preguntó si estaría dispuesta a que me entrevistara para hablarle de The Vinery, su historia, etcétera. ¿Qué opinas?

—Es justo lo que necesitamos. ¡Caray, mamá, te perdemos de vista dos minutos y ya estás ligando con periodistas de vinos en los hoteles!

—Muy gracioso, Jack. A este hombre le doblo la edad. Se llama… —consulté la tarjeta— Orlando Sackville. ¿Has oído hablar de él por casualidad?

—No, pero todavía no soy experto en periodistas de vinos. Papá se ocupaba de esas cosas. En cualquier caso, no pierdes nada por hablar con él, ¿no? Puedes contarle la historia de cómo papá y tú levantasteis el negocio de cero. Si necesita conocer los detalles técnicos de las uvas que utilizamos y esa clase de cosas, dale mi número de teléfono y estaré encantado de hablar con él.

—Lo haré —dije—. Bueno, no te entretengo más. Te echo de menos, Jack, y sé que tu hermana también.

—Y yo a vosotras. Llámame otro día, mamá. Te quiero.

—Y yo a ti.

Colgué y cogí la tarjeta del periodista para marcar el número de móvil que aparecía en ella.

—Orlando Sackville —respondió la voz melodiosa del hombre al que había conocido hacía un rato.

—Hola, soy Mary McDougal, de The Vinery de Otago, nos conocimos abajo. ¿Le molesto?

—Al contrario, es un placer. ¿Significa su llamada que está dispuesta a que la entreviste?

—Lo he hablado con mi hijo Jack, el que está en la Provenza, y cree que es buena idea que hable con usted. Aunque para los detalles técnicos, él es el entendido.

—¡Fantástico! Entonces ¿nos vemos a las seis en la suite de Sabrina?

—Sí, pero no me quedaré mucho rato, temo dormirme en el sofá.

—Lo entiendo perfectamente. Sabrina también está deseando verla.

Aunque Orlando no me había parecido un hombre que pudiera echárseme encima, y yo le doblara la edad, me alegraba de que Sabrina también estuviera.

—Nos vemos a las seis. Adiós, Orlando —dije.

—*À bientôt*, señora McDougal.

Colgué y me trasladé de un salto a mis días en Dublín, cuando fui al Trinity por primera vez y conocí a gente del estilo de Orlando y Sabrina, con su refinado acento inglés y su vida despreocupada.

—Voy a tomar una copa con una lady y un vizconde ingleses —dije en voz alta, y pensé en lo mucho que él lo habría detestado.

Recostándome en las mullidas almohadas, repasé la información que había reunido de los dos hombres que estaba buscando. Tenía la certeza de que no había varones con esos nombres y esas edades viviendo en Nueva Zelanda, pues había agotado tales posibilidades antes de irme. Y después de haber revisado hojas y hojas de matrimonios y defunciones en el registro civil de Toronto sin obtener resultado alguno, el único lugar que me quedaba por inspeccionar antes de partir hacia Irlanda, mi tierra natal, estaba justo aquí, en Londres.

—Vamos, Merry, deja de pensar en todo eso. ¡Ha pasado mucho tiempo y se supone que son unas vacaciones relajantes! —me reprendí.

Saqué de la caja la botella de whisky Jameson's comprada en el *duty free* y me serví un dedo; decidí que, habiendo viajado entre tantas zonas horarias, ya tenía el cuerpo totalmente descolocado. En circunstancias normales, jamás me habría permitido beber alcohol hasta la noche, y apenas eran las dos de la tarde, pero aun así le di un buen trago.

De repente me asaltó el recuerdo vívido de la primera vez que lo vi. Muerta de miedo, había entrado en un bar de Dublín para oír tocar al último novio de Bridget con su banda.

Esa noche me dijo que era la chica más guapa que había visto en su vida, pero yo solo me lo tomé como parte de la seducción. En realidad no habría necesitado decir nada para cautivarme, me bastó mirar esos cálidos ojos color avellana para enamorarme de él.

Dublín...

¿Cómo era posible que el pasado me hubiera arrastrado de manera tan vívida desde la muerte de Jock? ¿Y era solo casualidad que, desde que mi mente había empezado a retroceder en el tiempo, ¿esas mujeres hubieran empezado a perseguirme?

También había comprendido que al abrir, vacilante, los recuerdos que llevaban tanto tiempo sellados, había desatado un torrente de otros recuerdos, alguno de los cuales se remontaban a mi infancia.

Lo recordaba a él, el joven muchacho al que había conocido cuando estudiábamos juntos en el colegio y regresábamos a casa por los campos, y lo apasionado que ya era entonces. Firmemente convencido de sus creencias y decidido a convencerme a mí también.

«Lee esto, Merry, y lo entenderás —me había dicho, plantando el cuaderno en mis manos. Era el día que me marchaba al internado de Dublín—. Te llamaré "la hermana perdida" hasta que vuelvas.»

Recordaba lo mucho que me inquietaba su intensidad, sobre todo porque siempre la enfocaba en mí.

«Quiero que leas acerca de la vida de mi abuela Nuala y sepas lo que los británicos nos hicieron y cómo mi familia luchó por Irlanda y por la libertad… Es un regalo que te hago, Merry…»

La primera página del cuaderno de tapas negras llevaba escritas las palabras «Diario de Nuala Murphy, 19 años». Lo he conservado durante cuarenta y ocho años y no lo he leído. Recordé haber ojeado las páginas tras mi llegada al internado, pero la letra, apretada y retorcida, además de la terrible ortografía, me desalentó, así como las muchas cosas que me absorbían en mi nueva vida en Dublín. Y luego, conforme nos hicimos mayores, intenté distanciarme todo lo posible de él y sus creencias, si bien me llevé el diario conmigo cuando dejé Irlanda. Lo hallé de nuevo en una caja al emprender el doloroso proceso de guardar las cosas de Jock. E instintivamente lo traje conmigo en este viaje.

Me levanté, abrí la maleta y encontré el diario en el bolsillo interior, envuelto con una tela para protegerlo. ¿Por qué no lo había tirado sin más, como había hecho con casi todo lo relacionado con mi pasado?

Saqué el joyero de la maleta y fui a guardarlo en la caja fuerte, pero algo me impulsó a abrirlo. Cogí el anillo y las siete esmeraldas pequeñas titilaron. Entonces me tumbé en la cama, me puse las gafas de leer y cogí el diario.

«Ha llegado el momento, Merry...»

Lo abrí y deslicé los dedos por la gastada caligrafía en negro que cubría las hojas.

«28 de julio de 1920...»

Nuala

Valle de Argideen
West Cork, Irlanda

Julio de 1920

Cumann na mBan
Consejo de Mujeres Voluntarias de Irlanda

11

Nuala Murphy estaba colgando la ropa en el tendedero. En los últimos meses, con las coladas que estaba haciendo para los valerosos hombres de las brigadas locales del Ejército Republicano Irlandés, conocido como el IRA, la ropa se había multiplicado por tres.

El tendedero se hallaba en la parte de delante de la casa que dominaba el valle y recibía el sol de la mañana. Nuala se llevó las manos a las caderas y oteó el camino buscando la presencia de los Negros y Caquis, los temidos agentes de policía británicos, así apodados por la mezcla de su uniforme: pantalón del ejército de color caqui y sayo verde oscuro, casi negro, de la Real Policía Irlandesa. Los Negros y Caquis recorrían las zonas rurales en sus camiones de destrucción sin otra misión que dar con los hombres que luchaban contra los británicos como voluntarios del IRA. Habían llegado a miles el año previo para apoyar al cuerpo de policía local. Nuala vio que, por fortuna, el camino que pasaba por debajo de la granja estaba desierto.

Su amiga Florence, quien, como Nuala, pertenecía a Cumann na mBan, la unidad de mujeres voluntarias, llegaba una vez por semana en su carreta y su poni con una nueva pila de ropa sucia oculta bajo la turba. Nuala se permitió una pequeña sonrisa al contemplar la colada que ondeaba al viento. Había algo gratificante en poner a la vista de todos la ropa interior de algunos de los hombres más buscados de West Cork.

Echó un último vistazo al camino y entró en la casa. En el salón-cocina, con su bajo techo de vigas, hacía un calor sofocante por el fuego que ardía en el hogar para cocinar el almuerzo de toda la familia. Eileen, su madre, ya había pelado las verduras, que estaban cociéndose en una olla encima del fuego. Nuala fue a la despensa a por los huevos que había recogido esa mañana en el gallinero, la harina y los apreciados frutos secos remojados en té frío, y procedió a elaborar una masa que daría para tres o cuatro panes de frutas. En esos días, nunca se sabía cuándo podía llamar a la puerta un voluntario del IRA, agotado de huir y necesitado de alimento y techo.

Cuando hubo volcado la mezcla en el molde de hierro, lista para penderla sobre el fuego una vez cocida la verdura, Nuala se secó el sudor de la frente y se acercó a la puerta para tomar varias bocanadas de aire fresco. Pensó que en su infancia la vida en Cross Farm había sido dura pero tranquila. Sin embargo, eso fue antes de que sus hermanos irlandeses decidieran que había llegado el momento de alzarse contra sus gobernantes británicos, que llevaban siglos dominando y controlando Irlanda. Después del asesinato de policías británicos en Tipperary en enero de 1919, suceso que encendió la chispa de las hostilidades, diez mil soldados británicos fueron enviados a Irlanda para contener la sublevación. De todos los regimientos del ejército británico apostados en Irlanda, el de Essex era el más implacable, pues asaltaba no solo los refugios del IRA, sino también los hogares de los civiles. Después los Negros y Caquis se sumaron a los soldados para sofocar el levantamiento.

Irlanda se había convertido en un país ocupado donde las libertades que Nuala había dado por sentadas eran socavadas a diario. Llevaban más de un año en guerra con el poder del Imperio británico, peleando por su libertad individual y por la de Madre Irlanda.

Nuala ahogó un bostezo; con tanto voluntario como llegaba a la granja en busca de comida y alojamiento, no recordaba la última vez que había dormido más de tres horas. Cross Farm era conocida entre los miembros del IRA local como un refugio, en parte porque estaba enclavada en un valle, lo que ofrecía la posibilidad de apostar centinelas en lo alto de la boscosa ladera que había detrás para obtener una visión panorámica de los caminos. Eso proporcionaba a los ocupantes de la casa tiempo suficiente para huir y dispersarse por los campos.

—Venceremos —susurró Nuala mientras entraba en la casa para echar un vistazo a la verdura.

Daniel, su padre, y Fergus, su hermano mayor, eran voluntarios comprometidos, y Hannah, su hermana mayor, y ella colaboraban con Cumann na mBan. Aunque su grupo no requería tanta acción directa como el de su hermano, Nuala se enorgullecía de que el trabajo de las voluntarias constituyera un firme sostén para los hombres. Sin esas mujeres que entregaban comunicados secretos, pasaban munición y gelignita para las bombas o simplemente proporcionaban ropa limpia a los voluntarios, la causa habría naufragado en cuestión de semanas.

Christy, su primo segundo, vivía con la familia desde hacía casi diez años. Los Murphy lo habían acogido después de que sus padres fallecieran, y Nuala había oído rumores de que tenía un hermano mayor, llamado Colin, que estaba mal de la sesera e internado en un hospital de la ciudad de Cork para personas como él. Eso contrastaba sobremanera con la poderosa presencia que Christy aportaba a la vida de Nuala. A los quince años, su primo había sufrido un accidente en la granja con una trilladora y, aunque salvó la pierna, desde entonces renqueaba. Christy se había tallado un bonito bastón de roble; solo era unos años mayor que ella, pero el bastón le confería un aire de sabiduría. Pese a su lesión, Christy era fuerte como un toro y colaboraba, junto al padre de Nuala, con la brigada de Ballinascarthy del IRA. Ni Christy ni su padre estaban en servicio activo, pero sus cerebros ayudaban a planear emboscadas y se ocupaban de la coordinación de las redes de espionaje y aprovisionamiento. Christy también trabajaba en el pub de Clogagh, y por la tarde, después de laborar todo el día en la granja, se subía a su viejo caballo y bajaba al pueblo para servir vasos de cerveza negra. Si en el pub había un grupo de Negros o de Essexes, permanecía atento a cualquier información útil, pues la lengua se les soltaba con la bebida.

—Hola, hija —dijo Daniel, su padre, mientras se enjuagaba las manos en el tonel de agua que había fuera, junto a la puerta—. ¿Está lista la comida? Hoy tengo un hambre feroz —añadió agachando la cabeza para pasar por el hueco de la puerta y sentándose a la mesa.

Su padre era un hombre corpulento, y aunque Fergus era un muchacho alto, Daniel se enorgullecía de sobrepasar a su hijo en estatura. De todos los sentimientos antibritánicos que impregnaban hasta las mismísimas paredes de Cross Farm, su padre abrigaba los más profundos y vehementes. Los padres de Daniel habían sido víctimas de la hambruna, y siendo un muchacho presenció la revuelta contra los terratenientes británicos, que imponían alquileres desorbitados por las chozas en las que vivían sus aparceros. Daniel era un feniano acérrimo. Los fenianos emulaban a las *fianna*, las bandas de guerreros de la mitología irlandesa, creían firmemente que Irlanda debía ser independiente y que la única manera de lograrlo era por medio de la revolución armada.

Daniel, además, hablaba con soltura en gaélico y había criado a sus hijos en el orgullo de ser irlandeses, enseñándoles el idioma casi antes de que supieran hablar inglés. Los niños sabían que era peligroso hablar gaélico en público, por si los británicos los oían, de manera que solo lo hablaban tras las puertas cerradas de Cross Farm.

Después de la guerra de la Tierra, el abuelo de Nuala había conseguido comprar cuatro acres de tierra fértil a sus terratenientes británicos, los Fitzgerald. Después de relevarlo, Daniel consiguió comprar otro acre para expandir la granja. Nuala sabía que liberarse de «los opresores», como llamaba él a los británicos, era lo más importante en la vida de su padre.

Su héroe era Michael Collins, «Mick» o «el Grandullón», como se lo conocía popularmente. Hijo también de West Cork, nacido a pocos kilómetros de Clonakilty, Mick había participado junto a Daniel en el Alzamiento de Pascua y, después de pasar dos años en una prisión británica, había escalado rangos hasta convertirse en jefe de los voluntarios del IRA de toda Irlanda. Como solía decir el padre de Nuala, era Mick Collins quien llevaba la batuta, en especial mientras Éamon de Valera, el presidente del joven gobierno republicano irlandés, estuviera en Norteamérica recaudando fondos para la lucha contra los señores británicos. El nombre de Michael Collins se pronunciaba en voz baja, y Hannah, la hermana de Nuala, tenía un recorte de periódico con su foto colgado en la pared frente a su cama, así que era lo primero que veía por la mañana al despertarse. Nuala se preguntaba si para ella algún hombre estaría alguna vez a la altura del Grandullón. A sus veinte años, Hannah seguía tenazmente soltera.

—¿Dónde está tu madre, Nuala? —preguntó Daniel.

—Recogiendo patatas, papá. Voy a llamarla.

Salió de la casa, se llevó dos dedos a la boca y soltó un silbido agudo.

—¿Dónde están Fergus y Christy? —preguntó cuando regresó adentro y empezó a servir en los cuencos las patatas, la calabaza y el jamón.

—Siguen sembrando cebada. —Daniel alzó la mirada cuando su hija le puso el cuenco delante. Esos días el jamón iba en medias raciones, pues guardaban el que podían para los hambrientos voluntarios—. ¿Alguna novedad?

—Por el momento no, pero…

Nuala se volvió hacia la puerta abierta al ver que Hannah subía como una bala por el camino montada en su bicicleta. Su hermana trabajaba en un taller de costura de Timoleague y no solía volver a casa para comer. Algo pasaba. El corazón empezó a latirle con fuerza, una sensación tan familiar para ella ahora que era casi una constante.

—¿Qué ha pasado? —preguntó cuando Hannah cruzó la puerta.

Su madre, Fergus y Christy le iban a la zaga. Cerraron la puerta y echaron el pestillo.

—Acabo de oír que los Essexes han detenido a Tom Hales y Pat Harte —explicó Hannah, jadeando por el esfuerzo y la agitación.

—Dios —dijo Daniel, tapándose los ojos con la mano.

El resto de la familia se desplomó en la silla o el taburete más cercano.

—¿Cómo? ¿Dónde? —preguntó Eileen, la madre.

—¿Quién sabía dónde estaban? —inquirió Christy.

Hannah extendió las manos para silenciarlos; Nuala se había quedado inmóvil sujetando en el aire el cuenco que se disponía a dejar encima de la mesa. Tom Hales era el comandante de la Tercera Brigada de West Cork; tomaba todas las decisiones importantes y los hombres confiaban plenamente en él. Pat Hade, siempre imperturbable, era su oficial de intendencia, a cargo de los aspectos prácticos y organizativos de la brigada.

—¿Fue un espía? —preguntó Fergus.

—No sabemos quién los delató —dijo Hannah—. Solo sé que los arrestaron en la granja de los Hurley. Ellie Sheehy también estaba allí, pero consiguió escabullirse. Fue ella quien me pasó el mensaje.

—¡Jesús, María y José! —Daniel clavó un puñetazo en la mesa—. Tom y Pat no. Todos sabemos por qué, por supuesto. Es una represalia por la muerte del sargento Mulhern frente a la iglesia de Saint Patrick ayer por la mañana.

—Que Dios se apiade de su despiadada alma —dijo Christy.

En el silencio que siguió, Nuala consiguió tranquilizarse lo suficiente para servir la comida al conmocionado grupo.

—No podíamos esperar que el asesinato de Mulhern quedara impune, era el jefe de Inteligencia de West Cork —dijo Hannah—. Para ser justos, fue un ataque rastrero, el hombre se dirigía a misa. Fue cruel.

—La guerra es cruel, hija, y el cabrón se lo había buscado. ¿Cuántas vidas irlandesas habrá sobre su conciencia cuando se presente ante su creador? —preguntó Daniel.

—Lo hecho, hecho está —dijo Nuala después de santiguarse con discreción—. Hannah, ¿sabes adónde se han llevado a Tom y a Pat?

—Ellie dijo que los torturaron en la letrina de la granja de los Hurley y que luego se los llevaron con las manos atadas a la espalda. Dijo… dijo que apenas podían sostenerse en pie. Obligaron a Pat a ondear una Union Jack. —Hannah escupió las palabras—. Me han contado que los tienen en el cuartel de Bandon, pero apuesto a que los trasladarán a Cork antes de que los voluntarios puedan organizar una emboscada multitudinaria para rescatarlos.

—Creo que tienes razón, hija —dijo Eileen—. ¿Se ha avisado a las demás brigadas?

—No lo sé, mamá, pero confío en averiguarlo más tarde. —Hannah se llevó a la boca una cucharada de calabaza y patata ya fría—. Nuala, tengo noticias para ti.

—¿Qué?

—Esta mañana ha venido al taller la criada de lady Fitzgerald. Quería saber si estarías dispuesta a ir esta tarde a la Casa Grande para atender a su hijo Philip. La enfermera los ha dejado inesperadamente.

La familia al completo miró atónita a Hannah. Nuala, al fin, recuperó la voz.

—Hannah, después de lo que acabas de contarnos, Argideen House es el último lugar donde querría pasar el tiempo. Además, ¿por qué yo? Solo he ido unas pocas veces para ayudar en alguna cena o cacería, y ni siquiera conozco al hijo.

—Lady Fitzgerald se ha enterado de que estuviste formándote como enfermera antes de que empezaran los problemas. Alguien te recomendó.

—No puedo ir, imposible —respondió Nuala, rotunda—. Tengo ropa y sábanas en el tendedero. Además, ¿quién preparará la cena?

Se hizo otro silencio, luego el padre se volvió hacia ella.

—Creo que deberías ir, hija. El hecho de que estén dispuestos a tenerte dentro de su casa significa que no sospechan de nosotros.

—¡Papá! No, por favor, no puedo. ¡Mamá, díselo tú!

Eileen se encogió de hombros. Ese tipo de decisiones correspondían a su marido.

—Yo estoy de acuerdo con papá —intervino Fergus—. Creo que deberías ir. Nunca se sabe lo que podrías oír mientras estás allí.

Nuala miró furiosa a su familia.

—Es como si me enviarais a las líneas enemigas.

—Venga, Nuala, sir Reginald es protestante, es británico y recibe al enemigo, pero a mí me parece un hombre justo cuya familia lleva mucho tiempo viviendo en Irlanda —replicó Daniel—. En estas situaciones es fácil meter a todos en el mismo saco. Todos sabéis que soy republicano irlandés de los pies a la cabeza y que quiero a los británicos fuera de aquí, pero hay que reconocer que sir Reginald es un hombre decente, teniendo en cuenta de donde viene. Su padre me cedió nuestra tierra a un buen precio y sir Reginald me vendió el otro acre por nada y menos.

Nuala miró a su padre y comprendió que era una batalla perdida. Su palabra iba a misa. Asintió con sequedad y empezó a comer.

—¿A qué hora he de estar allí? —preguntó.

—Lo antes que puedas —dijo Hannah.

—Ve a lavarte y ponte tu mejor vestido de algodón —le ordenó su madre cuando hubo terminado de comer.

Con un largo suspiro de disgusto, Nuala obedeció.

Dejando a su madre a cargo de la colada y la cena, sacó la bicicleta del granero para sumarse a Hannah en su trayecto hacia Timoleague.

—¿Qué hará la brigada sin Tom Hales al mando? —preguntó a su hermana.

—Imagino que Charlie Hurley lo sustituirá como comandante —dijo Hannah; pedalearon colina abajo y tomaron el camino que transcurría junto al río Argideen en dirección a Inchybridge, donde se separarían.

—¿Qué hay de mi Finn? —susurró Nuala—. ¿Sabes algo de él?

—He oído que está con Charlie Hurley en un refugio, así que no tienes de qué preocuparte. Bueno, me voy al taller. Buena suerte en la Casa Grande, hermana.

Hannah agitó la mano y se alejó en su bicicleta mientras Nuala tomaba a regañadientes la dirección de Argideen House.

La estrecha pista seguía la línea del ferrocarril, que a su vez seguía la línea del río. Los pájaros cantaban y el sol jugueteaba entre las ramas del frondoso bosque que rodeaba a Nuala. Pasó junto al lugar especial donde Finn y ella se habían visto en secreto y, tras bajarse de la bicicleta, entró empujándola en el arbóreo interior y la apoyó en un viejo roble. Sentándose bajo el follaje protector, justo donde Finn le dio el primer beso, Nuala se tomó unos minutos para ella.

Había visto por primera vez a Finnbar Casey en un partido de fútbol gaélico, donde había jugado en el mismo equipo que Fergus. Con sus dieciséis años frente a los catorce de Nuala, Finn no le prestó la menor atención. Ella, sin embargo, se quedó prendada de ese muchacho alto y moreno que corría con elegancia y sorteaba sin esfuerzo a sus rivales antes de meter la pelota en la portería. Poseía una risa fácil y unos ojos azules amables, y su imagen permaneció grabada en la memoria de Nuala incluso cuando Finn se marchó a terminar su formación de maestro. Se habían visto de nuevo hacía un año en una boda, después de que él aceptara un puesto de profesor en una escuela local. Cuando Finn le cogió la mano para bailar en el *ceilidh*, Nuala lo supo. Con dieciocho años ella y veinte él, la diferencia de edad ya no era un problema. Y no hizo falta decir más. La boda se fijó para agosto, de ahí a pocas semanas.

—Siempre había imaginado que nos casaríamos en una Irlanda libre… —había comentado Finn la última vez que se vieron.

—Lo sé, pero no pienso esperar más tiempo para convertirme en tu esposa —replicó Nuala—. Lucharemos por ella juntos.

Finn también era miembro comprometido de la Tercera Brigada de West Cork, junto con su mejor amigo, Charlie Hurley. No hacía mucho, la brigada había tendido una emboscada al Real Cuerpo de Policía Irlandés en Ahawadda, matado a tres agentes y confiscado sus fusiles y munición. Se trataba de un botín valioso porque las armas escaseaban; mientras que los británicos contaban con un imperio de hombres y fusiles, los voluntarios luchaban con las pocas armas que robaban o que eran introducidas por mar en el país.

Algunos de sus compañeros ya habían caído, pero Finn siempre conseguía escapar ileso, lo que le había valido el sobrenombre de Finn de las Nueve Vidas. Nuala tragó saliva. Había tenido suerte hasta el momento, pero ella, que había atendido a voluntarios heridos, sabía demasiado bien que la suerte podía acabarse... Como se le había acabado a Tom Hales y Pat Harte la noche anterior.

—Y aquí estoy yo, camino de la Casa Grande para servir a los británicos. —Suspiró, se subió de nuevo a la bicicleta y reemprendió la marcha.

Mientras pedaleaba paralela al elevado muro de piedra que marcaba el límite de la casa y los jardines y ascendía por el largo y sinuoso camino, se preguntó cómo debía de ser vivir en un lugar donde probablemente podría dormir un centenar de personas. Las incontables ventanas parecían mirarla con arrogancia, grandes columnas flanqueaban la entrada principal, y el edificio propiamente dicho era simétrico y cuadrado, como a los británicos parecía gustarles todo.

Al acercarse a la casa dobló a la izquierda y se dirigió a la parte de atrás para acceder por la entrada de la cocina. En el patio, cinco caballos enormes y lustrosos asomaban la cabeza por encima de las puertas de las cuadras.

«Si pudiéramos hacernos con un par de esas linduras, se agilizaría el traslado de los voluntarios entre refugios...»

Bajó de la bicicleta, se mesó su alborotada melena morena, se alisó el vestido y avanzó hasta la puerta para llamar al timbre. Oía los aullidos de los perros de caza en sus casetas.

—Hola, Nuala, un día espléndido, ¿verdad? —Lucy, una de las pinches, a la cual conocía del colegio, la invitó a pasar.

—Para mí cualquier día que no llueva es espléndido —respondió.

—Es cierto —convino Lucy guiándola por la vasta cocina—. Siéntate cinco minutos. —Señaló un taburete junto al enorme hogar, donde ardía un fuego coronado por una olla con algo que desprendía un olor delicioso—. Maureen, la criada, ha ido a buscar a la señora Houghton, el ama de llaves, para que te acompañe arriba.

—¿Qué ha pasado con la enfermera de siempre?

—Oh, ese es un buen chisme que no puede salir de esta cocina. —Lucy acercó un taburete al de Nuala y tomó asiento—. ¡Laura se ha fugado con el mozo de las cuadras!

—¿Y qué tiene eso de malo?

—Tiene de malo, Nuala, que ¡él es de aquí y ella es británica y protestante! La señora la contrató especialmente para que atendiera a Philip. Imagino que a estas alturas ya estarán en un barco camino de Inglaterra. Lady Fitzgerald preguntó a la señora Houghton si conocía a alguien con experiencia como enfermera. La señora Houghton nos preguntó a las criadas y te recomendé.

—Te lo agradezco, Lucy, pero no estoy cualificada como debería —protestó Nuala—. Solo estudié un año en la Enfermería del Norte, en Cork, antes de verme obligada a volver para ayudar en la granja.

—La señora no tiene por qué saber eso, ¿no te parece? Además, el hijo no está enfermo, solo necesita ayuda para lavarse y vestirse y un poco de compañía. Laura pasaba casi todo el tiempo bebiendo té y leyéndole, o eso dice Maureen. Pero ya sabemos que Maureen es un poco bruja. —Lucy bajó la voz—. Es una simple criada pero se da muchos aires y cae mal a todo el mundo. Yo…

Lucy cerró el pico de golpe cuando una mujer, que Nuala supuso que era la impopular Maureen, entró en la cocina. Vestida con el uniforme negro de criada y delantal blanco almidonado, su pálido rostro y su nariz alargada resaltaban con la negrura de su pelo, que llevaba sobriamente recogido con horquillas bajo la cofia. Nuala le echó unos veinticinco años.

—¿Señorita Murphy? —preguntó la mujer.

—Sí, soy Nuala Murphy.

—Acompáñeme, por favor.

Al cruzar la cocina para seguir a Maureen, Nuala se volvió hacia Lucy y puso los ojos en blanco.

—¿Dónde se formó como enfermera? —preguntó la criada mientras la conducía por un amplio vestíbulo hasta el pie de una escalera tan ancha y majestuosa que Nuala pensó que debía de conducir al cielo.

—En la Enfermería del Norte, en Cork.

—¿Y su familia? ¿De dónde es?

—Vivimos en Cross Farm, entre Clogagh y Timoleague. ¿Y usted? —preguntó Nuala con educación.

—Yo nací en Dublín, pero mis padres se mudaron aquí tras heredar una granja del hermano mayor de mi padre. He vuelto para cuidar de mi madre, que está enferma. Ah, señora Houghton, esta es la muchacha que ocupará temporalmente el puesto de enfermera.

Nuala se percató del énfasis en la palabra «temporalmente»; una mujer alta, con un vestido largo de color negro, sin delantal, y un grueso manojo de llaves colgado de la cintura salió de una de las estancias que daban al vestíbulo.

—Gracias, Maureen. Hola, señorita Murphy, la acompañaré a los aposentos de Philip —dijo la mujer con un marcado acento británico.

—¿Puedo preguntar qué le sucede al muchacho? —inquirió Nuala siguiendo a la señora Houghton escaleras arriba.

—Le explotó una mina mientras luchaba en la Gran Guerra. Le hizo trizas la pierna y tuvieron que amputársela hasta la rodilla. Va en silla de ruedas y es muy poco probable que pueda prescindir de ella algún día.

Nuala apenas prestaba atención al ama de llaves, absorta como estaba contemplando los gigantescos retratos de gente del pasado que flanqueaban la escalera.

—¿Y cuáles son mis obligaciones? —preguntó cuando llegó a lo alto de la escalera y siguió a la señora Houghton por un pasillo lo bastante ancho para recorrerlo en un camión de los Negros y Caquis.

—Por la tarde, a Philip le gusta que le lean. Luego, en torno a las cuatro, pedirá té y emparedados. A las siete lo ayudará a lavarse y a ponerse la camisa de dormir y la bata. Puede que escuche la radio, y a las ocho lo ayudará a meterse en la cama. Philip tomará entonces una bebida caliente con galletas, seguida de su medicina. Una vez acostado, podrá irse. Bien —la señora Houghton se volvió hacia Nuala—, espero que no sea remilgada…

—No, no —respondió Nuala, diciéndose que «remilgada» debía de ser una palabra que describía algo que no debería ser—. ¿Por qué?

—La cara del pobre Philip quedó muy desfigurada con la explosión. Perdió un ojo y a duras penas ve por el otro.

—Oh, eso no será problema, he visto a gente así en… el hospital de Cork —continuó Nuala, asustada porque había estado a punto de decir «en una emboscada» cuando un voluntario del IRA fue alcanzado por una explosión.

—Bien, ¿entramos?

Pasaron a un espacioso salón con ventanas desde las que se veían los jardines. Los muebles eran tan suntuosos que Nuala deseó deslizar las manos por el suave damasco que cubría el sofá y las butacas y por las mesas y los aparadores de caoba distribuidos por la estancia. Sentado junto a la ventana, de espaldas a ellas, había un hombre en una silla de ruedas.

—Su nueva enfermera está aquí, Philip.

—Acérquela, entonces —dijo una voz con un acento inglés ligeramente cerrado.

Nuala siguió a la señora Houghton y agradeció que su madre hubiera insistido en que se pusiera su vestido bueno.

El hombre giró la silla de ruedas hacia ellas y Nuala reprimió una exclamación de horror. Le habían reordenado cruelmente los rasgos faciales: la cuenca sin ojo, la nariz y el lado izquierdo de la boca colgaban más abajo que el lado derecho. La piel mostraba multitud de cicatrices, y sin embargo el lado derecho de la cara permanecía intacto. Nuala podía ver que, con su abundante pelo rubio, en otros tiempos había sido un joven atractivo.

—Buenas tardes, señor —dijo Nuala con una pequeña reverencia.

—Buenas tardes, ¿señorita…?

—Murphy, señor. Nuala Murphy.

—Irlandesa, supongo.

—En efecto, señor. Vivo a solo tres kilómetros de aquí.

—Su madre ya se ha puesto en contacto con varias agencias de contratación de Inglaterra —interrumpió la señora Houghton—, pero Nuala, como acaba de decir, vive aquí y es enfermera.

—Ambos sabemos, señora Houghton, que no necesito una enfermera —señaló Philip—. Aproxímese para que pueda verla mejor.

Philip hizo señas a Nuala para que se acercara y no la detuvo hasta que apenas los separaban unos centímetros. La miró de hito en hito y, pese a tener un solo ojo y en principio medio ciego, Nuala advirtió que estaba ante un hombre perspicaz.

—Lo hará bien, señora Houghton. Se lo ruego —agitó la mano derecha—, déjenos solos para que podamos conocernos.

—Muy bien, Philip. Llámeme si necesita algo.

La señora Houghton salió de la sala y Nuala se quedó a solas con él. Pese a su reticencia inicial, su corazón grande y bondadoso enseguida se apiadó de ese pobre hombre desfigurado.

—Por favor —dijo él—, en primer lugar, llámeme Philip, no «señor». El personal ya sabe que no lo soporto. Me recuerda a una época que no quiero recordar. Y si no te importa, preferiría que nos tuteáramos. Ahora, siéntate. —Avanzó con la silla hasta el centro de la sala.

Aunque era una petición sencilla —toda la vida le habían inculcado que debía permanecer erguida (y secretamente orgullosa) delante de cualquier miembro de la nobleza británica—, que le pidieran que se sentara —y en un sofá de damasco, además— produjo en ella un momento de confusión.

—Sí, señor, quiero decir, Philip —respondió Nuala, y se sentó.

Ahora que había superado la impresión de verle la cara, sus ojos viajaron hasta la pernera izquierda semivacía.

—Bueno, Nuala, háblame de ti.

Ella advirtió que le costaba hablar despacio y con claridad debido al labio torcido.

—Pues… tengo un hermano y una hermana y vivo en una granja con ellos, mi primo, mi madre y mi padre, Daniel Murphy.

—Ah, sí, el señor Murphy. Mi padre dice que es un irlandés decente. Un tipo sensato. —Philip asintió—. No de los que participan en la clase de actividades que están teniendo lugar por aquí y por toda Irlanda en estos momentos, estoy seguro.

«¡Jesús, María y José! No dejes que lo vea, te lo ruego, Cara, no dejes que te suba el rubor por las mejillas…»

—No, Philip, en absoluto.

El joven se volvió hacia las ventanas.

—Lo único que me ayudaba a soportar el tiempo que pasaba en las trincheras era la idea de regresar un día a la paz y la tranquilidad del hogar. Y ahora… —Meneó la cabeza—. A veces, por la noche, me despiertan los disparos. No…

Nuala observó que hundía la cabeza y que los hombros le temblaban ligeramente, y comprendió que estaba llorando. Permaneció muy quieta, pensando que nunca había visto llorar a un hombre, ni siquiera cuando extrajo los trocitos de bala del muslo de Sonny O'Neill después de una redada de los Negros y Caquis en su granja.

—Te pido disculpas, Nuala, me temo que lloro con facilidad, sobre todo cuando sale el tema de la guerra. Tantas vidas perdidas, tanto sufrimiento, y aquí estamos, en nuestro discreto rincón del mundo, al parecer otra vez en guerra.

Nuala vio que sacaba un pañuelo del bolsillo del pantalón. Se secó el ojo bueno y, a continuación, la cuenca vacía.

—¿Te traigo algo, Philip?

—Un ojo y una pierna nuevos no me irían nada mal, pero dudo que me lleguen en un futuro próximo. Hasta que, claro está, mi espíritu abandone la carne inútil que ahora habita. Imagino que crees en el cielo, Nuala.

—Sí, Philip.

—Crees porque nunca has visto a cientos de hombres agonizar hasta la muerte llamando a gritos a su madre. Una vez que has oído eso, cuesta mucho creer que un padre benevolente esté esperándonos arriba, ¿no te parece?

—Pues… —Nuala se mordió el labio.

—Prosigue, te lo ruego. Nada de lo que digas me ofenderá. Eres la primera persona joven que veo desde hace más de seis meses, exceptuando la enfermera a la que sustituyes, que era sin duda el ser humano más estúpido que he conocido en mi vida. Los amigos de mis padres ya tienen una edad, no sé si me entiendes. Tú has nacido en estas tierras y además eres católica, por lo que me gustaría conocer tu opinión.

—Pues… supongo que lo que sea que nos espera a todos cuando morimos debe de ser tan grandioso que olvidamos el dolor que hemos sufrido aquí en la tierra.

—Una auténtica creyente —dijo Philip, y Nuala no estuvo segura de si se estaba mofando o no—. Yo no soporto ese sinsentido de que somos castigados por nuestros pecados en la tierra… ¿Qué demonios ha hecho un soldado de diecisiete años en las trincheras para merecer esto, por ejemplo? —Philip señaló su rostro y su pierna ausente—. Yo creo más bien que la raza humana crea su propio infierno en la tierra.

—Estoy de acuerdo en que la guerra es algo horrible, pero a veces es necesario luchar por lo que es tuyo. Como hiciste tú contra los alemanes en Francia.

—Tienes razón, desde luego, no me gustaba que los alemanes marcharan sobre nuestras bellas y verdes tierras.

«Ni que vosotros, los británicos, ocupéis las nuestras…»

—Solo espero que el sacrificio merezca la pena —continuó Philip—. Por cierto, Nuala, ¿sabes jugar al ajedrez?

—No.

—Tampoco la enfermera anterior. Intenté enseñarle, pero era demasiado idiota para aprender. ¿Te gustaría probar?

—Sería interesante aprender un juego nuevo —respondió ella, deseosa de dejar atrás la conversación que acababan de tener.

—Bien. Pues abre la mesa de ajedrez que hay frente a la ventana.

Philip le enseñó cómo se desplegaba. Nuala vio que la superficie de la mesa tenía el diseño de un recuadro decorado con cuadrados oscuros y claros.

—Las piezas están en el armario que hay debajo de la bandeja que contiene la botella de whisky. Sírveme un dedo, de paso. Creo que el cerebro piensa con más claridad cuando está calmado, y déjame decirte que un vaso de whisky irlandés tiene el mismo efecto que veinte de mis calmantes juntos.

Por primera vez, Nuala vio asomar una sonrisa en un lado de sus labios.

Sirvió el dedo de whisky, cogió una caja que repiqueteaba y acercó la silla de ruedas a la mesa.

—Siéntate frente a mí. La luz de la ventana me ayuda a ver mejor. —Philip introdujo la mano en el bolsillo del pantalón y sacó un monóculo que se colocó sobre el ojo bueno—. Ahora —dijo después de darle un sorbo al whisky—, abre la caja y vuelca las piezas. Te enseñaré dónde has de colocar las tuyas.

Nuala lo hizo y vio que las piezas, unas color crema y otras color negro, eran de un material suave y sedoso al tacto. Cada una estaba tallada con delicadeza, como una escultura diminuta.

—Bien…, tú blancas y yo negras. Copia cómo coloco yo las piezas en los cuadrados.

Finalmente, el tablero estuvo listo y, después de que ella le sirviera otro dedo de whisky en el vaso, Philip le enseñó los nombres de las diferentes piezas y los movimientos que podían hacer sobre el tablero.

—Bueno, la única manera de aprender es arremangarse y disfrutar del juego —dijo—. ¿Lista para la contienda?

Nuala dijo que sí, fuera lo que fuese «contienda».

Con toda su atención puesta en el juego, no estaba segura del tiempo que había pasado mientras movían las piezas por el tablero y ella empezaba a comprender las reglas.

Llamaron a la puerta.

—¡Maldita sea! —farfulló Philip—. ¡Adelante!

La señora Houghton se detuvo en el umbral.

—Disculpe la interrupción, pero nos estábamos preguntando si precisa la merienda. La enfermera solía pedirla a las cuatro y son casi las cuatro y media.

—Porque la última enfermera era una idiota con serrín en el cerebro; Nuala, en cambio, ya ha asimilado los conceptos básicos del ajedrez. Merendaremos y seguiremos jugando después.

—Maureen subirá la bandeja. Serán sándwiches de salmón ahumado y pepino.

—Estupendo, señora Houghton. —La puerta se cerró y Philip miró a Nuala—. Ya que nos han interrumpido de forma tan brusca, ¿te importaría empujarme hasta el cuarto de baño?

Philip la guio a través de una puerta hasta un dormitorio con una cama enorme que tenía cuatro postes y, atado a ellos, como un techo de seda.

—A tu derecha —ordenó señalando otra puerta—. Éntrame y a partir de ahí ya puedo solo.

Maravillada, Nuala contempló una bañera enorme con una tubería que entraba en ella y un cuenco bajo y redondo con una cadena en lo alto que pendía del techo.

—¿Seguro que no necesitas ayuda?

—Estaré la mar de bien, como decís los irlandeses. Cierra la puerta y te avisaré cuando haya terminado.

Nuala se detuvo en medio del hermoso dormitorio y se imaginó por un momento tendida en la gran cama contemplando el techo de seda y sintiéndose segura. Lejos de la casa que se hallaba siempre bajo la amenaza de redadas, del jergón de paja lleno de nudos que le hacía de cama por la noche y del arduo trabajo desde la mañana hasta el ocaso para poner comida en sus bocas. Imaginó que tenía gente que le servía y un cuenco en una habitación contigua donde evacuar discretamente. Y, sobre todo, imaginó que no vivía con miedo todas las horas del día…

«Pero ¿querría ser él?»

—Ni en un millón de años —murmuró.

—Estoy listo —la llamó Philip desde el otro cuarto.

Nuala interrumpió sus pensamientos y fue a atenderlo.

—Ya está —dijo él con una sonrisa—. ¿Serías tan amable de tirar de esa cadena?

Nuala así lo hizo y de inmediato un gran chorro de agua se precipitó en el cuenco.

Tratando de disimular su asombro por si Philip la tomaba por la campesina que era, empujó la silla de regreso a la sala de estar, donde Maureen había dejado, frente al sofá de damasco, una bandeja de plata de tres pisos repleta de sándwiches y pastelitos, así como dos tazas de porcelana preciosas.

—La merienda está servida —dijo Maureen.

El ama de llaves realizó una leve inclinación de cabeza y Nuala tuvo la impresión de que le echaba una mirada que era lo contrario de cálida.

—Espero que te guste el pescado —le dijo Philip, cogiendo un sándwich hecho con un pan de color blanco al que habían quitado la corteza.

—La verdad es que nunca he probado el pescado.

—No me sorprende lo más mínimo —comentó Philip—. Nunca he entendido por qué los irlandeses le tenéis tanta aversión. Las aguas que nos rodean están llenas de peces, pero vosotros os aferráis a la carne.

—Me han criado así.

—Pues cuando hayas servido el té, la leche lo último, por cierto, insisto en que pruebes un sándwich. Ya ves que aquí hay suficiente para diez personas.

—Lo haré, gracias.

Nuala sirvió el té y la leche. La tetera y la jarrita de la leche pesaban tanto que supuso que eran de plata maciza.

—Sírvete una taza tú también, Nuala, por favor. Debes de estar deshidratada.

Otra palabra que Nuala no había oído en su vida, pero estaba muerta de sed y eso hizo.

—Chinchín —brindó Philip alzando su taza hacia la de ella—. Y te felicito por dos movimientos inteligentes que has hecho sobre el tablero. A juzgar por tu primer intento, en pocas semanas me estarás ganando.

Eran más de las nueve cuando Nuala abandonó al fin la casa. Empezaba a anochecer y encendió la luz de la bicicleta para no caerse en una zanja. Se detuvo en el mismo roble donde Finn y ella solían verse, se sentó en el suelo y apoyó la espalda en la fuerza y la sabiduría del viejo tronco.

Esa tarde se había adentrado en un mundo diferente y la cabeza estaba a punto de estallarle con todo lo que había descubierto en él.

El juego llamado ajedrez se había prolongado después de la merienda (el salmón, por rosado y caro que fuera, sabía mucho mejor de lo que había imaginado). Luego Philip insistió en jugar otra partida, en la cual dejó de aconsejarle qué movimientos debía hacer. Duró apenas minutos, pero la siguiente se alargó una hora y Philip se dio una palmada en el muslo.

—Bien hecho, sí señor —dijo al tiempo que su leche caliente y sus galletas llegaban con Maureen—. ¿Sabes una cosa, Maureen? Nuala podría ganarme al ajedrez.

Maureen hizo una breve inclinación de cabeza y salió de la sala. Nuala no esperaba que la felicitara, pero esa mujer tenía algo que le erizaba los pelos de la nuca.

Le habría gustado quedarse allí más rato para asimilar las últimas horas, pero vio que había oscurecido del todo y que era hora de irse a casa. Reuniendo fuerzas, se levantó y se subió a la bicicleta.

12

Esa noche, Nuala y Hannah yacían juntas en la cama que compartían en el diminuto desván situado encima de la cocina. Nuala acababa de apagar la vela y de guardar debajo del jergón el diario donde había estado anotando los acontecimientos del día, como su maestra la había animado a hacer. Había dejado el colegio a los catorce años para ayudar en la granja, pero estaba orgullosa de seguir practicando la caligrafía.

—Cuéntame, ¿cómo es él? —le preguntó Hannah en la oscuridad.

—Es… simpático —respondió—. Sufrió heridas terribles en la Gran Guerra y va en silla de ruedas.

—No te estarás compadeciendo de él, ¿verdad? —inquirió Hannah—. Esa familia robó la tierra que hace cuatrocientos años era legítimamente nuestra, ¡y luego nos obligó a pagar para recuperar una porción minúscula!

—Es solo un poco mayor que tú, Hannah, pero tiene una cara con la que podría ganarse un buen dinero en uno de esos circos. Incluso lloró al hablar de la Gran Guerra…

—¡Por Dios! —Hannah se incorporó de golpe y arrastró consigo la sábana y la manta—. ¡No quiero oír que sientes pena del enemigo! Haré que te echen de Cumann na mBan mañana mismo.

—No, no… ¡Calla un momento! Hasta papá dice que, para ser británicos, los Fitzgerald son una familia decente. Además, no hay nadie más comprometida con la causa que yo. En estos momentos mi prometido está poniendo su vida en peligro para derrotar a los británicos. Y ahora, ya que esta noche no tenemos visitas pero sí una reunión de la brigada en el granero mañana, ¿dormimos lo que podamos?

—No paro de pensar en los pobres Tom Hales y Pat Harte. —Hannah suspiró y se tumbó de nuevo—. Ya hemos avisado a nuestras espías; ellas averiguarán dónde los tienen, seguro. Y tienes razón, mañana nos espera un día largo. Los voluntarios estarán hambrientos, y papá dice que llegarán muchos.

—Por lo menos tenemos ropa limpia para ellos —añadió Nuala; no se atrevía a contarle que la señora Houghton le había pedido que siguiera acudiendo a la Casa Grande hasta que encontraran a otra enfermera.

«Hablaré con papá por la mañana», pensó mientras los párpados se le cerraban y sucumbía al sueño.

—¿Qué opinas tú, Hannah? —preguntó Daniel al día siguiente, cuando la familia se sentó alrededor de la mesa para desayunar.

Aunque solo eran las siete de la mañana, ya habían ordeñado las vacas y Fergus se había marchado con las lecheras en la carreta y el poni rumbo a la lechería.

—Yo opino que no debería volver, papá. Para empezar, aquí hay mucho que hacer, y eso sin contar nuestro trabajo en Cumann na mBan. ¿Quién ayudará a mamá con todo lo que hay que cocinar y lavar de más estos días? Por no hablar de recoger las hortalizas y ayudarte a ti en la cosecha que está al caer. Yo he de trabajar en el taller de costura y… y no está bien que uno de los nuestros trabaje en la Casa Grande.

—Yo me las apañaré. Además, tengo a Fergus y a Christy —dijo Eileen, dándole una palmadita en la mano a Christy, que estaba desayunando a su lado. Miró a su marido—. La decisión es tuya, Daniel.

Hannah hizo ademán de decir algo, pero su padre alzó la mano para silenciarla.

—Tenemos muchos voluntarios trabajando como espías para nosotros, y las mujeres sois las que mejores resultados obtenéis porque los británicos no sospechan de vosotras.

—Todavía —murmuró Hannah.

—Si Nuala acepta un empleo temporal en la Casa Grande, cuando esté en la cocina oirá los chismorreos del resto del personal acerca de sus visitantes. Sir Reginald tiene muchos amigos militares que tal vez decidan contarle las actividades que planean, sobre todo después de unos vasos de whisky.

—Dudo que pueda oír lo que hablen en el salón de abajo, papá —intervino Nuala—. Es una casa enorme.

—Pero seguro que el hijo conversa de vez en cuando con su padre sobre lo que está ocurriendo. Sería muy útil tener una oreja cerca.

—A Philip también le gusta el whisky —dijo Nuala con una sonrisa.

—Pues ponle ración doble y averigua qué sabe —dijo Daniel con un guiño—. Además, ¿qué pensarían los Fitzgerald si rechazaras el empleo? Sin duda creen que para ti es un honor trabajar tan estrechamente con la familia.

—Entonces ¿quieres que continúe?

—No tienes elección, Nuala —intervino Eileen—. Cuando la Casa Grande llama…

—Nosotros saltamos —terminó Hannah, poniendo los ojos en blanco—. Algún día venceremos y expulsaremos a esa familia de aquí.

—Nuala, ¿el hijo está con nosotros o contra nosotros? —preguntó Christy.

—¿Cómo se te ocurre siquiera hacerle esa pregunta? —aulló Hannah.

—Deja que tu hermana conteste —dijo Daniel.

—Yo diría que Philip está en contra de cualquier guerra y lo único que quiere es que esto pare —dijo Nuala.

—¿De modo que ahora es Philip? —Hannah lanzó una mirada asesina a su hermana.

—Todo el mundo lo llama así, porque si le llaman «señor» le recuerda a cuando era capitán en las trincheras —disparó Nuala a su vez—. No pienso hacer esto si he de escuchar esa mierda de tu boca.

—¡Nuala! —Eileen dio un golpe en la mesa—. No toleraré ese lenguaje bajo mi techo. Y tú, señorita —continuó volviéndose hacia Hannah—, guárdate tus comentarios. Bien, será mejor que me ponga a trabajar. —Se volvió hacia Daniel—. ¿Sabemos cuántos hombres se supone que llegarán esta noche?

—Quince o veinte; he mandado aviso a Timoleague de que pongan centinelas para vigilar desde arriba mientras estén aquí. Buena parte de ellos se encuentra en la lista de los buscados —explicó Daniel.

—He convocado a algunas mujeres de Cumann na mBan para que ayuden con la comida —añadió Hannah.

—Asegúrate de que escondan las bicicletas en el granero, detrás de las balas de heno —le recordó Christy.

—Por supuesto. —Hannah se levantó—. Hasta luego.

Cuando se hubo marchado, Nuala ayudó a su madre a retirar los cuencos y ponerlos a remojar en uno de los toneles de agua que había fuera.

—Estaré en el último campo, por si me necesitáis —dijo Daniel antes de marcharse.

—Papá… —Nuala le dio alcance—. ¿Vendrá Finn esta noche?

—No lo sé. Con el arresto de Tom y Pat, deben intensificar la prudencia —contestó Daniel, y se alejó agitando una mano grande y fuerte.

Hannah cumplió su palabra y, cuando Nuala y ella se fueron, en la cocina ya había dos mujeres de Cumann na mBan ayudando a Eileen a preparar la cena para esa noche.

Nuala se notaba el corazón agitado mientras pedaleaba hacia Argideen House, no solo por volver allí, sino también porque los hombres de la Tercera Brigada de West Cork, a la que su amado Finn pertenecía, estarían marchando en secreto para reunirse en el viejo granero de Cross Farm.

—Allí donde te encuentres, cariño, rezo para que estés a salvo —susurró con un hilo de voz.

—Caramba, hola —la saludó Lucy cuando entró en la cocina—. He oído que triunfaste con el joven señor.

—¿En serio?

—Ya lo creo. La señora Houghton me contó que le dijo que eres mejor enfermera que la última chica.

—No hice de enfermera. —Nuala frunció el ceño—. Él encuentra la manera de hacerlo casi todo solo. Solo me ocupé de un aseo rápido antes de que se acostara, meterlo en la cama y darle las pastillas.

—Pues debiste de hacerlo muy bien. La señora Houghton ha salido, de modo que esta vez te acompañará Maureen.

Maureen llegó puntual y condujo a Nuala a la planta de arriba sin pronunciar palabra. Se detuvo frente a la puerta de Philip.

—Te agradecería que pidieras la merienda del joven señor a las cuatro en punto. Los sándwiches se ponen rancios si se dejan mucho tiempo, y tengo otras cosas de que ocuparme.

Dicho eso, abrió la puerta para dejar pasar a Nuala.

Philip estaba sentado junto a la ventana, exactamente donde Nuala lo había visto por primera vez el día anterior. En la mesa delante del sofá de damasco había una bandeja con los restos del almuerzo.

—Me llevaré la bandeja, si ha terminado —dijo Maureen.

—Gracias.

Philip no dijo nada más hasta que la puerta se hubo cerrado.

—Es una vieja amargada, ¿no crees? La disculpo porque me han contado que perdió a su marido en la Gran Guerra —dijo Philip—. Siéntate, Nuala. —Señaló el sofá—. ¿Has tenido una mañana plácida?

Nuala reprimió una sonrisa al oír la palabra «plácida», pues no había parado ni un segundo. Ni siquiera había tenido tiempo de comer después se servir el almuerzo a su familia.

—No tienes buena cara, Nuala. ¿Pido té? A mí me parece que el azúcar siempre entona.

—Estoy la mar de bien, Philip. Y he tenido una mañana plácida, gracias.

—Insisto. —Philip cogió la campanilla colgada con un cordel de la silla de ruedas—. Soy capaz de ver el hambre y el cansancio a veinte pasos, y no podemos empezar otra partida de ajedrez hasta que tengas algo sólido en el estómago.

—En serio, Philip, no… —Nuala notó que se sonrojaba.

—No pasa nada; estos días la criada apenas tiene trabajo. Los amigos ingleses de mi padre, y de hecho también los irlandeses, son reacios a viajar hasta aquí por miedo a que el IRA los secuestre o los mate por el camino.

Para mayor incomodidad de Nuala, Maureen entró en la sala.

—¿Ha llamado, Philip?

—Sí. Nuala y yo nos disponemos a embarcarnos en una partida de ajedrez y no quiero que nos molesten. Por tanto, me gustaría que nos subieras el té y los sándwiches antes de empezar. Nuala tiene hambre.

—Bien, me llevará unos diez minutos porque siempre los preparo al momento. —Maureen fulminó a Nuala con la mirada antes de marcharse.

—¿Puedo preguntarte, Nuala, si tú y tu familia pasáis hambre a menudo?

—Oh, no, Philip, en absoluto. Somos afortunados, tenemos un campo lleno de hortalizas, y cerdos que nos dan beicon. Y la cosecha de patatas de este año parece que irá bien.

—A diferencia de la espantosa hambruna de la patata del siglo pasado. Mi padre entonces era apenas un muchacho, pero recuerda los esfuerzos de su padre por mantener a sus aparceros. En las cocinas se preparaban pan y ollas de sopa de más, pero claro, nunca era bastante.

—No.

—¿Emigraron muchos miembros de tu familia a América? —quiso saber Philip.

—Sé que mis abuelos perdieron a muchos parientes por la hambruna, y a hermanos y hermanas que se fueron a América. Tengo primos allí que a veces nos envían paquetes por Navidad. ¿Has estado en América? Parece un gran lugar.

—De hecho, sí, he estado. Viajé en el malhadado *Lusitania* hasta Nueva York y subí a Boston para visitar a unos familiares de mi madre. Nueva York es digno de ver; la isla de Manhattan está llena de edificios tan altos que tienes que echar la cabeza completamente hacia atrás para ver la parte de arriba.

—¿Crees que cualquiera puede hacer fortuna allí?

—¿Por qué lo preguntas?

—Oh, porque mi prometido y yo hemos hablado de eso algunas veces.

—Dudo que exista una familia irlandesa que no haya hablado de ello —dijo Philip—. A algunos les ha ido bien, desde luego, pero quizá habría que tener en cuenta las desalentadoras opciones de tus predecesores: morir de hambre en Irlanda o forjarse una vida mejor en América. Recuerdo que mi padre señaló un lugar llamado Brooklyn que, según él, constituía un enorme asentamiento irlandés porque muchos de los hombres que habían emigrado durante la hambruna de la patata habían encontrado trabajo construyendo el puente de Brooklyn. Paseamos en coche por esa zona y las condiciones eran… incómodas, por decirlo suave. Los edificios estaban muy deteriorados y había un montón de niños sucios jugando en la calle. Respondiendo a tu pregunta, sí, hay unos pocos afortunados que han prosperado, pero entre vivir en la pobreza en un bloque de pisos en Brooklyn y cultivar tu comida y respirar el aire puro del campo, me quedo con Irlanda.

—Finn, mi prometido, es maestro en la escuela de Clogagh y dice que le gustaría probar suerte en América. Yo le he dejado bien claro que no pienso poner un pie en un barco después de lo que les ocurrió a todos esos desdichados del *Titanic* y el *Lusitania*.

—Entiendo tu punto de vista, Nuala, pero debes recordar que el *Lusitania* fue torpedeado por los alemanes. Te aseguro que era un barco imponente; si no lo hubieran derribado, habría seguido transportando pasajeros a través del Atlántico durante muchos años.

—Cuando mi padre se enteró del hundimiento, cogió su caballo y cabalgó hasta la costa de Kinsale para echar una mano. Nunca olvidaré cuando volvió y nos habló de todos los cuerpos que flotaban en el agua. —Nuala se estremeció—. Aunque el mar le da tanto miedo como a mí, se subió a un bote y se adentró en el agua para ayudar a llevar los cuerpos a tierra.

—Yo entonces me hallaba con el ejército en Francia, pero mi padre también estuvo allí y me contó lo mismo. Si algo consiguió el hundimiento de ese barco fue que los americanos entraran en la guerra. Ah, ya está aquí la merienda. Dejemos de hablar de tiempos tristes, ¿te parece? Ponga la bandeja en la mesa, delante de Nuala, ella servirá —ordenó Philip a Maureen.

La mujer asintió y, con una inclinación de cabeza, lanzó otra mirada sombría a Nuala y se marchó.

—No parece muy contenta. —Nuala suspiró—. Hace solo un rato me estaba diciendo que le gusta servir la merienda a las cuatro en punto.

—Por Dios, ni te preocupes por ella, es una mera criada. Ahora, sirve el té, cómete todos los sándwiches que puedas y luego empezaremos la partida.

Para alivio de Nuala, a las siete y media Philip se declaró exhausto y deseoso de acostarse, de modo que, después de asearlo, ponerle la camisa de dormir, meterlo en la cama y darle las pastillas, a las ocho y media ya estaba fuera.

—Es el ajedrez lo que me ha fatigado —había dicho él con una sonrisa cuando Nuala se preparaba para marcharse—. Llevaba demasiado tiempo sin ejercitar el músculo que descansa dentro de mi cabeza. He tenido que esforzarme mucho para ganar la última partida, jovencita. Lo has pillado rápido y no tardarás en ganarme, ya lo veo.

Habituada ya a hacer un alto en el roble —como si necesitara unos minutos para pasar de Nuala la enfermera de la Casa Grande a Nuala Murphy, hija de uno padres republicanos hasta la médula y miembro de Cumann na mBan—, se sentó con la espalda contra el tronco y se abrazó las rodillas.

Por supuesto, no podía contarle a nadie, absolutamente a nadie, que, de hecho, había disfrutado de las dos tardes que había pasado en compañía de Philip. Este le había dicho que nunca tenía hambre tan pronto después del almuerzo, que siempre podía pedir más sándwiches si le apetecían y que Nuala comiera todos los que quisiera. Hoy llevaban algo que Philip llamó «carne en conserva», y Nuala pensó que era de las cosas más ricas que había probado en su vida. También había scones, que comieron acompañados de crema y mermelada después de la segunda partida de ajedrez. Luego jugaron otras dos. Philip seguía ganándola con facilidad, por amables que fueran sus palabras, pero Nuala creía que poco a poco, si seguía practicando, sería capaz de aguantar en la partida más tiempo. Con todo lo que tenía que concentrarse, sus pensamientos —en su mayoría malos— abandonaban su cabeza, y esa noche se sentía más relajada de lo que lo había estado desde antes del sangriento Alzamiento de Pascua de 1916, cuatro largos años atrás, el cual había supuesto un antes y un después para ella. La insurrección había marcado el comienzo del esfuerzo coordinado de los irlandeses para liberarse de sus grilletes, y Nuala supo entonces que su vida ya no volvería a ser la misma.

—Pero Philip me cae bien, Roble —confió a las gruesas y pesadas ramas que pendían sobre su cabeza—. Es amable y atento, y ha sufrido mucho. —Suspiró.

Por lo menos ese día no había llorado, pensó al montarse de nuevo en la bicicleta, consciente de que debía darse prisa en llegar a casa.

—Eso demuestra que la vida es injusta con todos, ya sean ingleses ricos o irlandeses pobres —dijo al viento cuando se preparaba para ascender la empinada cuesta de Cross Farm.

—Al fin has llegado, Nuala. Pensábamos que a lo mejor te quedabas a dormir en uno de sus lujosos dormitorios —comentó Hannah cuando Nuala entró en la cocina.

—Por Dios, si apenas pasan de las nueve.

Nuala miró en torno a la cocina y vio grandes soperas de verduras encima de la mesa. Jenny y Lily, dos mujeres de la rama de Clonakilty de Cumann na mBan, estaban cortando el jamón y sirviéndolo en numerosos cuencos.

—Los hombres no vendrán aquí a cenar —le informó Hannah, que estaba descolgando un bizcocho del gancho que había sobre el fuego—. Han divisado una patrulla del Regimiento de Essex cerca de la granja de los Shannon, a solo una hora de aquí.

—Será mejor que llevemos las papas y las verduras al granero para nuestros invitados antes de que se enfríen —dijo su madre—. Y sí, tu hombre ya ha llegado, Nuala, así que te aconsejo que le pases un cepillo a esa alborotada melena antes de servirle la cena.

—Eileen le dio unas palmaditas en la mano—. No hagas caso a esa hermana tuya —prosiguió bajando la voz—. Es terca como una mula, como su padre.

Nuala cruzó rauda la cocina y subió para utilizar el único espejo de la casa, que pendía del dormitorio de sus padres. Se cepilló su larga mata de rizos morenos pensando que precisaba un buen corte y unos cuidados que en esos momentos no podía prestarle, y se alisó el vestido de algodón que había tenido que lavar la noche previa para poder ponérselo de nuevo. Tras comprobar que no tenía manchas en la cara, corrió escaleras abajo con el corazón acelerado porque iba a ver a su amado.

Empezaba a oscurecer cuando las mujeres salieron de la casa y cruzaron el patio con la cena para los hombres del granero, un recinto cerrado salvo por una puerta lateral. Nuala sabía que en lo alto de la colina había centinelas ojo avizor por si se acercaba algún camión.

Eileen, que encabezaba la marcha, golpeó la puerta del granero con los toques que servían de contraseña.

Tras recibir la respuesta en clave, abrió y las cinco mujeres entraron.

El interior del granero estaba casi a oscuras, con solo una pequeña zona al fondo alumbrada por una vela. Nuala distinguió las siluetas de los hombres sentados en el suelo con las piernas cruzadas o sobre balas de heno dispuestas en semicírculo alrededor de una bala central. Cuando las mujeres se acercaron, los hombres, que estaban hablando en voz baja, levantaron la vista. Nuala reconoció algunas caras, otras no. Paseó la mirada entre los hombres, todos ellos consumidos y exhaustos, hasta detenerla finalmente en uno.

«Hola», articuló él con los labios mirándola en silencio, y alzó discretamente la punta de los dedos.

Nuala siguió a las demás mujeres alrededor del semicírculo repartiendo los cuencos y recibiendo un quedo «gracias».

—Tienes buen aspecto, Nuala. —Finn le sonrió cuando se acercó a él—. ¿Nos encontramos luego en el lugar de siempre?

Ella asintió y abandonó el granero con las demás mujeres.

—¿No te encantaría estar ahí dentro con los hombres, escuchar todas las noticias y conocer sus planes? —le preguntó Nuala a Hannah.

—Ya nos enteraremos cuando nos envíen con mensajes o tengamos que ponernos la capa para esconder munición o pistolas en la capucha —respondió su hermana.

De regreso en la cocina, las mujeres se sentaron para tomar una cena rápida.

—¿Se sabe algo de Tom y Pat? —preguntó Nuala.

—Sí —dijo Jenny—. Intercepté un telegrama dirigido al mayor

Percival, del Regimiento de Essex. Han trasladado a los muchachos a un hospital de Cork.

Jenny trabajaba en la oficina de correos de Bandon, era una espía valiosa para la causa, y a veces Nuala la envidiaba.

—Eso significa que están gravemente heridos. ¡Qué Dios los proteja! —Eileen se santiguó.

—Agradezcamos los pequeños consuelos, chicas —dijo Jenny—. Por lo menos los muchachos ya no están en la cárcel sufriendo más torturas. En el hospital los atenderán nuestras enfermeras.

—Ya le he pasado un mensaje a Florence. Mañana tomará el tren a Cork y lo organizará para que una voluntaria entre con un paquete de comida y vea cómo están —explicó Lily.

—Nuala, ve al cobertizo y trae la pila de ropa limpia, la llevaremos al granero después de la reunión —dijo su madre.

Nuala se levantó.

—¿Se quedarán a dormir?

—Tenemos algunos jergones para ellos si deciden quedarse. Por lo menos esta noche no hace frío, andamos cortos de mantas.

Nuala fue al cobertizo y procedió a amontonar la ropa interior, las camisas y los pantalones limpios en dos cestas grandes. Cuando cruzaba el patio con una de ellas, se detuvo unos instantes y aguzó el oído. Ni un sonido emanaba del granero. No había nada que se saliera de lo normal, pero en su interior estaban concibiendo planes para una guerra de guerrillas.

—Ay, Philip, ¿qué pensarías de mí si supieras esto? —murmuró.

Pasadas las once, Daniel, Fergus y Christy entraron en la cocina. Las chicas de Cumann na mBan habían limpiado y desaparecido en la noche, de modo que en la cocina solo quedaban Hannah, Nuala y su madre.

—Me voy a la cama, esposa —dijo Daniel. Se volvió hacia Nuala—. Hay alguien esperándote fuera. —Señaló la puerta de atrás—. No te demores, tengo ojos en todas partes y vosotros dos aún no estáis casados.

A Nuala se le aceleró el corazón al pensar que su prometido la esperaba fuera. Ella, la hija de un granjero, con una educación escasa y un diploma de enfermería inacabado, y él, con un empleo magnífico como profesor.

«Ojalá pudiera decirle que sé jugar al ajedrez», pensó mientras se dirigía al cobertizo que utilizaban para almacenar la ropa, pero sabía que no podía.

En la oscuridad solo alcanzaba a ver el brillo del cigarrillo.

—¿Eres tú? —susurró él.

—Sí. —Nuala sonrió.

Finn apagó el cigarrillo y la envolvió en sus brazos. La besó y, como siempre, a Nuala le temblaron las piernas y partes de ella ardieron de deseo por lo que solo podía suceder una vez que estuvieran casados. Finn se la llevó del patio, hasta la hierba áspera, donde se tumbaron y ella se acurrucó en sus brazos.

—¿Y si alguien nos ve? —susurró Nuala.

—Está oscurísimo, pero reconozco que me asusta más que nos pille así tu padre que una patrulla entera de Negros y Caquis —dijo él entre risas.

—No te preocupes, Finn, podría oler el aliento a whisky de papá desde la otra punta de la cocina. No saldrá hasta que las vacas se pongan a mugir por la mañana para que las ordeñen.

—Eso quiere decir que puedo seducirte —murmuró Finn mientras se la subía encima.

—¡Finnbar Casey, ya puedes quitarte esa idea de la cabeza! Pienso entrar en esa iglesia pura como el día en que nací. Además, ¿qué pensarían tus alumnos si supieran que el señor Casey se ha dado un revolcón en la hierba con su chica?

—Estoy seguro de que me aplaudirían, sobre todo los chicos.

Cuando los ojos de Nuala se acostumbraron a la penumbra y la luna apareció por detrás de una nube, pudo distinguir las facciones de su amado. Las delineó con la yema de los dedos.

—Te quiero, cariño, y estoy deseando ser tu esposa.

Hubo más besos deliciosos, luego Nuala rodó separándose de él y apoyó la cabeza en el brazo de Finn, mirando las estrellas.

—Hace una noche preciosa —dijo—. Tranquila y serena.

—Sí —murmuró él—. ¿Y qué es eso que he oído de que estás cuidando al hijo Fitzgerald en la Casa Grande?

—¿Quién te lo ha dicho?

—Anoche recibí un mensaje de una chica de Cumann na mBan.

Nuala se sentó de golpe.

—¡No puede ser!

—No, Nuala, claro que no, te estoy tomando el pelo. Me lo mencionó tu padre, me contó que él te había dicho que era buena idea.

—¿Y qué opinas tú, Finn?

—Aunque preferiría sumergirme hasta la cintura en un campo de mierda de vaca a que mi chica se codee con el enemigo, creo que tu padre tiene razón. Yo maestro de escuela y tú trabajando para los Fitzgerald, eso significa que nadie sospecha de nosotros. Por el momento... Las redadas de los Negros y Caquis en las casas son cada vez más frecuentes. Sé de tres a los que anoche les registraron la granja, y sus ocupantes estaban muertos de miedo. La casa de los Buckley ardió por completo. Lo hicieron como represalia por la muerte del desgraciado de Mulhern.

—¿Crees que fue Tom Hales quien ordenó que lo mataran?

—Yo diría que algo tuvo que ver. Es el comandante de la brigada, o lo era. —Finn suspiró.

—¿Qué ocurrirá ahora?

—Charlie sustituirá a Tom hasta que lo suelten, pero es imposible saber en qué estado se encontrará el pobre cuando salga. Su familia se sube por las paredes, sobre todo su hermano Sean.

—Yo jamás te dejaré caer en manos de esos británicos desgraciados —le susurró Nuala al oído con vehemencia.

—Eso me tranquiliza. —Finn soltó una risita—. Aunque me gustaría verte derrotar al Regimiento de Essex chillando como una *banshee*.

—Lo haría para salvarte, Finn, lo juro. ¿De qué más habéis hablado en la reunión?

—De asuntos militares, cariño. Prefiero que no sepas nada para que, si algún día te interrogan, no tengas nada que contarles. Una cosa sí te diré, y es que Tom Barry ha estado aquí esta noche. ¿Te acuerdas de él?

—Creo que sí. ¿No luchó con los británicos en la Gran Guerra?

—Sí, pero es uno de los voluntarios más comprometidos que conozco. Hablamos de la posibilidad de recibir un entrenamiento de verdad —continuó Finn—. Tom Barry, siendo militar, estaría capacitado para dirigirlo. Los demás somos unos aficionados en el juego de la guerra, porque eso es lo que estamos librando, una guerra. No tendremos opción a menos que nos organicemos como es debido.

—Lo sé, Finn. No dejo de preguntarme cómo pueden unos pocos granjeros irlandeses, que lo único que han empuñado en su vida es una horqueta o una pala, enfrentarse al poderío de los británicos. —Nuala suspiró.

—Los Negros y Caquis son los más despiadados. Los reclutaron entre los soldados británicos que regresaron de las trincheras de Francia. Están rabiosos y acostumbrados a las sangrías, lo que los vuelve salvajes. Me parece que perdieron la conciencia en los campos de batalla y quieren desquitarse.

—No me asustes, Finn, por favor. —Nuala se estremeció—. ¿Y tú formarás parte de ese entrenamiento?

—En efecto. Eso podría marcar la diferencia entre perder y ganar. Y. No. Podemos. Perder. Contra. Los. Británicos. Otra. Vez —afirmó Finn apretando los dientes—. Por fin tenemos nuestro propio gobierno en el Dáil de Dublín. Nosotros lo votamos, lo que nos otorga la competencia para formar una república. Los irlandeses tenemos ahora derecho a dirigir nuestro país. No hagas caso a los de la Casa Grande que te digan lo contrario.

—Claro que no, pero no creo que Philip me diga nada. Le he hablado de ti.

—¿De mí? —Finn se dio la vuelta para mirarla—. ¿Quién es Philip?

—El hombre al que estoy cuidando, el hijo de sir Reginald.

—Cuídate de hablar demasiado, Nuala, nunca se sabe lo que se te puede escapar. Venga, hablemos de otras cosas, como, por ejemplo, de nuestra boda. Tu padre dice que necesitaremos la iglesia de Timoleague para que quepan todos vuestros amigos y parientes.

Discutieron afablemente sobre el tamaño de la lista de invitados y después sobre la casita próxima a la escuela de Clogagh que venía con el empleo de Finn.

—La alegraremos con una buena mano de pintura —dijo Nuala—. Y si Hannah consigue telas baratas en el taller de costura, haré unas bonitas cortinas.

—Seguro que la dejarás preciosa. —Finn la atrajo hacia sí y la estrechó con fuerza—. Seremos muy felices en esa casa, Nuala, lo sé.

13

La nueva rutina de Nuala se asentó después de un par de semanas: se levantaba al romper el alba para ayudar en la granja en todo lo que podía y después de comer pedaleaba hasta la Casa Grande. Hannah había continuado con sus comentarios maliciosos sobre lo que denominaba «la vida fácil de Nuala con la nobleza».

—Mientras nosotras recorremos los campos distribuyendo mensajes, atándonos munición a la cintura y lavando la ropa sucia de los compañeros, ¡tú te dedicas a jugar al ajedrez y a comer sándwiches de pepino!

Nuala maldecía la hora en que se le había ocurrido mencionar lo que hacía durante las horas que pasaba con Philip. Había intentado que sonara aburrido, pero su madre la había escuchado con interés y Hannah se había agarrado a los sándwiches y las partidas de ajedrez.

—Aunque papá te excusa diciendo que eres una espía, no entiendo cómo puedes espiar a nadie desde el dormitorio de un inválido —se quejaba su hermana.

Nuala había empezado a rezar para que apareciera alguna pepita de información que pudiera llevar de vuelta y justificar así el tiempo que pasaba en la Casa Grande, aun cuando sus padres le decían que no era necesario, que los chelines que ganaba ayudaban a sufragar el coste añadido de abastecer de comida y ropa limpia a la Tercera Compañía de West Cork. A decir verdad, Hannah tenía razón; aunque Nuala había visto e informado de la llegada de relucientes coches negros flanqueados por una patrulla de Essex, no había podido reconocer a los hombres que viajaban en su interior.

Cuanto alcanzaba a ver, desde la ventana de la sala de estar de Philip, eran las coronillas de sus gorras y sombreros.

—Fíjate en si aparece el mayor Percival —le había dicho su padre—, un pájaro al que nos gustaría cazar. Es el jefe de inteligencia del Regimiento de Essex y el responsable de muchas de las torturas que han sufrido nuestros muchachos. Por la mañana suele pasearse por los campos en su coche descapotable disparando a los granjeros por pura diversión. Sabemos que es el responsable de la detención de Tom y Pat.

A través de la red de voluntarias, los detalles de las torturas que habían soportado los dos hombres se habían filtrado en West Cork. Charlie Hurley, comandante de la brigada desde el apresamiento de Tom, se había personado en la cocina de Cross Farm para informar de los pormenores a los hombres de la familia.

Excluidas de la reunión, Eileen, Hannah y Nuala, desde lo alto de la escalera, habían escuchado a Charlie describir las terribles palizas que habían recibido Tom Hales y Pat Harte. Las tres lloraron cuando mencionó que a Tom le habían arrancado una a una las uñas de las manos y le habían roto los dientes, mientras que a Pat le golpearon tan brutalmente en la cabeza con culatas de fusil que corría el rumor de que había perdido por completo la sesera. Pat seguía en el hospital y Tom había sido condenado a dos años de cárcel y trasladado a la prisión Pentonville de Londres.

Finn también estaba presente esa noche en Cross Farm, en teoría debían hablar de sus planes de boda, pero su encuentro después de la reunión estuvo impregnado de tristeza, y Finn se había limitado a abrazarla mientras ella lloraba.

—Sé por lo que estamos luchando, Finn, y nadie cree tanto en la causa como yo, pero... a veces desearía que las cosas fueran como antes.

—Lo sé, cariño, pero ¿no fortalece eso nuestra determinación de no rendirnos nunca? Estamos metidos hasta el fondo y no podemos abandonar. Es una lucha a muerte, y no hay más que hablar.

—¡No digas eso, te lo ruego! —le suplicó Nuala—. Nos casamos la semana que viene y no tengo intención de enviudar a la primera de cambio.

—Oh, no te preocupes por mí. ¡Soy lo bastante fuerte para enfrentarme a cinco de esos a la vez! Ellos se esconden detrás de sus armas, mientras que Charlie y yo hemos estado haciendo carreras valle arriba, valle abajo. Mira qué fuerte estoy. —Finn le guio la mano hasta el muslo, que parecía de hierro, pero Nuala la apartó rápidamente.

—No habrá nada de eso hasta la noche de bodas, ¿recuerdas? —le advirtió con un amago de sonrisa y secándose las lágrimas.

Mientras subía en bicicleta por el camino de Argideen House, Nuala rezó para que llegara el día en que viera realmente al mayor Percival o reconociera a alguna de las personas que visitaban la casa. Pero, exceptuando a Lucy, Maureen y la señora Houghton, no había visto a nadie aparte de a Philip desde su llegada a la casa tres semanas atrás.

Apoyó la bicicleta en el muro y entró en la silenciosa cocina compadeciéndose aún más del pobre Philip. Nuala pensó en el accidente de Christy con la trilladora y los meses que había estado postrado en la cama.

«En el seno de nuestro hogar, recibiendo atenciones de todos nosotros, no arrinconado arriba con una desconocida como yo», pensó mientras cruzaba la cocina y subía a la habitación de Philip. Desde hacía una semana le permitían subir sola, no tenía que esperar a que la señora Houghton o Maureen la acompañaran. «Eso significa que confían en ti —le había dicho su madre con una sonrisa—. Buen trabajo, Nuala.»

La de veces que había tenido la tentación de entretenerse en la majestuosa escalera y admirar los ventanales que inundaban de luz el vestíbulo, la araña de cristal que en otros tiempos había funcionado con velas y que, según le había contado Philip, habían adaptado a la luz eléctrica. Ella aún no la había visto encendida; estaba deseando que llegara el invierno, cuando sin duda tendrían que prenderla para poder subir y bajar la escalera.

En verdad, pese al sentimiento de culpa que le generaba su «vida fácil», Nuala estaba agradecida. Con la boda a la vuelta de la esquina y todas las cosas que había que preparar, por no mencionar las tareas de la casa y su trabajo de voluntaria, las horas que pasaba en la Casa Grande constituían un grato descanso.

—Soy Nuala, Philip, ¿puedo pasar? —preguntó al tiempo que llamaba a la puerta.

Una voz femenina la invitó a entrar. Nuala abrió la puerta y vio a una mujer, a la que reconoció como lady Fitzgerald, de pie en medio de la estancia. La había visto alguna vez descender de un gran coche frente al taller de costura de Timoleague para elegir una tela o probarse un vestido. Incluso Hannah había comentado que no era «arrogante en exceso», teniendo en cuenta su posición, y que hablaba a las empleadas como si fueran personas, no animales.

—Buenos días, Nuala. Entra y toma asiento. —Hablaba en un tono suave y cálido pese a su marcado acento inglés.

—Buenos días, lady Fitzgerald.

Nuala hizo una pequeña reverencia y se sentó. Observó a la mujer, quien, con su cabello rubio y sus ojos azules, era guapísima para tratarse de una señora mayor. Comparada con su madre, que debía de tener una edad similar, parecía veinte años más joven. Llevaba unos pendientes con unas perlitas colgando y un vestido de color azul pavo real a juego con sus ojos. Si se arreglaba tanto una tarde de agosto corriente, Nuala no alcanzaba a imaginar qué se pondría para una fiesta.

—Philip estaba contándome lo agradable que ha sido para él tenerte de enfermera este mes.

—Es cierto —dijo Philip—. Le he dicho a mi madre lo bien que se te da el ajedrez. No tardará en ganarme, madre.

Lady Fitzgerald sonrió a Nuala.

—Está claro que Philip y tú os lleváis de maravilla, pero me ha dicho que también te ocupas de sus necesidades médicas. Como bien sabes, estábamos buscando una enfermera plenamente formada...

—Madre, ya hemos hablado de eso —la interrumpió Philip—. Ya no necesito una enfermera. Las heridas han cicatrizado y en general tengo una salud estable. Lo único que «necesito» es alguien que me empuje hasta el cuarto de baño, me asee, me ayude a meterme en la cama y me traiga la medicina de la noche.

—Sí, cariño, pero sabes que los médicos han dicho que podrías sufrir convulsiones por las lesiones en la cabeza y...

—Hasta la fecha no he sufrido ninguna y han pasado más de dos años desde la maldita pesadilla. Lo que de verdad necesito es una compañía con la que esté a gusto.

—Lo sé, Philip. —Lady Fitzgerald se volvió hacia Nuala—. Ya ves lo persuasivo que puede ser mi hijo cuando quiere algo. Y me ha persuadido de que te ofrezca un puesto permanente como enfermera. ¿Qué te parecería eso, Nuala?

—Eh...

—Acepta, Nuala —le suplicó Philip—. O sea, no podemos dejar que te vayas antes de que me hayas ganado al ajedrez, ¿no crees? —Esbozó una de esas sonrisas torcidas que siempre derretían el corazón de Nuala.

—Es un honor para mí que me ofrezca el puesto pese a no estar plenamente cualificada. ¿Me permite que pregunte a mis padres si pueden prescindir de mi trabajo en la granja? Esa fue la razón por la que regresé de Cork y no terminé mi formación.

Nuala se percató de que cada día se le daba mejor mentir.

—Por supuesto.

Lady Fitzgerald la obsequió con otra de sus dulces sonrisas y Nuala pensó en lo mucho que le recordaba a la de Philip. Incluso desfigurado, el parecido entre madre e hijo era notable.

—Supongo que querrá referencias —dijo Nuala.

—Madre ya las tiene, ¿verdad?

—En efecto. Las referencias de la Enfermería del Norte son excelentes, aunque mencionaron que están deseando tenerte de vuelta lo antes posible. ¿Son esos tus planes, Nuala?

—Oh, no, señora, las cosas han cambiado desde que me fui. La semana que viene me caso con un maestro de la escuela de Clogagh, y dudo que deje a mi marido apañándoselas solo.

—¿No es una noticia maravillosa, Philip? —La sonrisa de lady Fitzgerald se amplió aún más—. Nuala se casa.

No daba la impresión de que para él lo fuera; estaba costándole mucho no fruncir el ceño.

—En ese caso, quizá deberías preguntarle a tu prometido si te permite trabajar aquí. Dentro de poco será responsable de ti.

—Así lo haré, y prometo que mañana mismo les daré una respuesta —respondió Nuala.

—Muy bien —dijo lady Fitzgerald—. Por cierto, ¿no trabaja tu hermana Hannah en el taller de costura de Timoleague?

—Sí.

—Pídele que te tome medidas. Necesitarás un uniforme si vas a trabajar con nosotros de manera permanente.

—Madre, por favor, sin ánimo de entrometerme en lo referente a vestuario femenino, ¿puedo pedirte que lleve algo sencillo? Quizá unas blusas y faldas lisas… Estoy harto de tener la sensación de que vivo en un hospital rodeado de enfermeras.

—Está bien, cariño, pero he de comprar algunos delantales para cuando Nuala te asee. Bien, tengo que dejaros. El general Strickland y su esposa Barbara vienen hoy a tomar el té, lo que quiere decir que me tocará entretenerla a ella mientras tu padre y el general hablan de negocios. Ah —lady Fitzgerald se detuvo al llegar a la puerta—, recibirás ocho chelines a la semana, con los domingos libres y dos semanas de vacaciones al año. Pagadas, por supuesto —añadió—. Y otra cosa ahora que estoy aquí arriba. Anima a mi hijo a salir al jardín ahora que el tiempo es clemente. Un poco de aire fresco te sentaría bien, Philip. Después de lo complicado que fue instalar el ascensor, es una verdadera lástima que no lo utilices. Subiré a darte las buenas noches, cariño. Adiós, Nuala, ha sido un placer conocerte.

Cuando se hubo marchado, Philip miró Nuala.

—Espero que aceptes el trabajo. Tuve que pelear mucho para que mi madre te lo ofreciera.

—Me encantaría, Philip, de verdad, pero primero he de preguntar si me dejan.

—Claro, claro —asintió él—. ¿Nunca te cansas del control que los hombres ejercen sobre tu vida? Quizá te sorprenda oír que me interesa mucho el movimiento de las sufragistas. Mi padre las detesta, y el Cumann na mBan de Irlanda es un poco demasiado radical incluso para mí…

Nuala contuvo el impulso de corregirle la pronunciación de las palabras gaélicas, pues había dicho «ban» en lugar de «man», pero lo último que deseaba era que Philip supiera que era miembro activo de esa organización «radical».

—Después de ver a las mujeres trabajar en el frente —estaba diciendo él—, he llegado a pensar que los miembros del sexo débil no son solo iguales que los hombres, sino superiores en muchos aspectos.

—Si te digo la verdad, nunca me he parado a pensarlo. En mi familia todos trabajamos duro en la granja, cada uno en sus diferentes tareas.

—Aun así, ¿debe un hombre preguntarle a su padre si le permite aceptar un empleo? —señaló Philip.

—Bueno, Christy, mi primo, que entró a trabajar en el pub de Clogagh, le preguntó a mi padre si le parecía bien.

—Lo que dice el padre es la ley, ¿eh?

—¿No es también tu caso? —preguntó ella con osadía.

—Cierto. Aquí apenas sucede nada sin el consentimiento de mi padre. En fin, espero que el tuyo te dé permiso para trabajar aquí, Nuala.

—Y yo, Philip. —Le sonrió—. Me gustaría más de lo que imaginas. Pero, dime, ¿qué es eso que he oído de un ascensor? ¿Y por qué no me lo habías mencionado?

—Porque hemos dedicado los días a convertirte en una digna rival de ajedrez —se defendió Philip.

—Tiempo para algún que otro paseo habríamos tenido, Philip. Eso les daría algo de color a tus mejillas.

—¿La mejilla que me cuelga por debajo de la nariz y que tiene tantas cicatrices que parece que alguien la haya garabateado con tinta roja? No, gracias, prefiero quedarme aquí arriba.

Nuala vislumbró dolor en sus ojos y se percató de la verdadera razón.

—Te da vergüenza, ¿es eso? No quieres que la gente te vea.

Hubo una pausa, y Philip desvió el rostro, lo que por lo general quería decir que estaba al borde de las lágrimas.

—Claro que me da vergüenza —confesó con voz queda—. ¿No te la daría a ti? ¿Cómo te sentirías si cada vez que la gente te mirara vieras rechazo en sus ojos? Lo había en los tuyos la primera vez que me viste, Nuala.

—No te mentiré, es verdad. Pero después lo superé y vi la persona que realmente eres.

—Porque tú eres diferente. Ha habido jardineros y criadas que han gritado al verme, y no hablemos de las visitas que reciben mis padres. No… no puedo…, ¿de acuerdo?

—Lo entiendo, Philip. Bien, ¿jugamos al ajedrez o qué?

De regreso a casa, a Nuala se le ocurrió un posible plan. Antes, sin embargo, tenía que preguntar a su familia y a su prometido si la dejaban quedarse.

—Por favor, Virgen santa, haz que me dejen.

Mientras pedaleaba se permitió soñar con una vida en la que ya no trabajaba en la granja, con gallinas, puercos y a menudo vacas que atender si su padre iba apurado. Estaría en su casita, se despertaría con Finn a su lado y pasaría las tardes con Philip…

«Sería perfecto», se dijo al tomar la cuesta de Cross Farm.

—¿Dónde están Hannah, Christy y Fergus? —preguntó a su madre, que estaba sentada en su silla favorita, junto al hogar, tejiendo calcetines para los voluntarios.

Daniel estaba frente a ella con la pipa en la boca, leyendo un libro en gaélico.

—Christy está en el pub, Fergus está de centinela en lo alto de la colina por si hay una redada y Hannah se ha acostado ya. Mañana ha de tomar el primer tren a Cork para recoger un mensaje procedente de Dublín —explicó su padre—. ¿Alguna novedad? —Descansó el libro en el regazo y miró a su hija.

—Sí. Eh…, veréis, me han ofrecido el puesto permanente de enfermera de Philip en la Casa Grande. —Nuala vio que sus padres cruzaban una mirada—. Quería preguntaros si creéis que es buena idea. Ah, y… —añadió, confiando en que fuera la guinda del pastel— hoy llegó un coche muy elegante. Un tal general Strickland fue a ver a sir Reginald.

—¡Jesús, María y José! —exclamó Daniel—. Es el desgraciado que dirige el cuerpo de policía y todas las operaciones militares en Cork. ¿Ha estado hoy allí?

—Sí —asintió Nuala.

—¿Sabes por qué?

—No tengo ni idea, papá, pero hoy he conocido a lady Fitzgerald. Habló personalmente conmigo para ofrecerme el puesto. Y fue ella la que mencionó al general.

—Nuestra hija está infiltrándose en el corazón de esa familia, Eileen. —Daniel sonreía.

—Y se me ha ocurrido una idea para ver más cosas.

Nuala les contó su plan de convencer a Philip para que bajara y saliera al jardín. Sus padres volvieron a mirarse en silencio.

—Creo, Nuala, que conviene que sigas en ese trabajo por el momento. Pero dentro de una semana ya no nos corresponderá a nosotros decidir lo que debes hacer. Mañana deberías ir a ver a tu prometido y preguntárselo —dijo Daniel.

—No creo que le haga mucha gracia que su nueva esposa se ausente hasta las nueve de la noche. ¿Quién le servirá la cena cuando regrese de la escuela?

Nuala estaba preparada para ese comentario de su madre.

—Finn casi nunca llega a casa antes de las seis. Le dejaré la cena lista; lo único que tendrá que hacer es levantar la tapa del cuenco y comer.

—Dudo que quiera un estofado frío preparado hace horas —comentó Daniel—, pero la decisión es suya, hija, no nuestra. El lugar de una esposa está al lado de su marido, y estoy seguro de que no querrá que regreses a casa de noche y lloviendo cuando los días se acorten en invierno.

Nuala se acordó de la conversación que había tenido con Philip sobre las sufragistas.

—Ganaré un buen dinero que nos será de gran ayuda —insistió—. El salario de Finn no da para mucho, y no tenemos un terreno para cultivar que nos sirva de complemento. En cualquier caso, si él estuviera de acuerdo, ¿creéis que es buena idea?

—Ya te he dicho lo que pienso, pero no me corresponde a mí decidir —dijo Daniel—. Bien, me voy a la cama. Deja un candil encendido en el alféizar de la ventana. Tenemos terneros nuevos en el granero y vendrán a recogerlos al alba. Buenas noches, hija.

—Buenas noches —dijo Nuala mientras sus padres subían a la cama que a veces rechinaba de forma extraña al rato de cerrarse la puerta de su dormitorio. Conocía el motivo de ese ruido, un ruido que ella misma ayudaría a hacer cuando se casara con Finn… Se sonrojó al pensarlo.

Apagó las velas, dejó el candil en la ventana y subió a su cuarto.

«Solo una semana más durmiendo con mi hermana», pensó cuando se desvestía y se acostaba junto a Hannah. Se turnaban el lado irregular del jergón de paja porque era el más incómodo, pero como Hannah tenía que madrugar para ir a la ciudad de Cork, era justo que esa noche durmiera en el lado bueno. Cerró los ojos y trató de no pensar en los «nuevos terneros» del granero. Era el nombre en clave de los fusiles que habían pasado por incontables manos hasta llegar a West Cork y que aguardaban en el vertedero del bosque situado detrás de la casa. Si los británicos los encontraran antes de su recogida, los hombres de la familia serían trasladados al cuartel de Bandon para correr la misma suerte que Tom y Pat. Pensó en que Fergus hacía guardia en lo alto de la colina y trató de conciliar el sueño. Al fin y al cabo, les habían dejado «terneros» muchas veces…

—¿Qué es eso de que vas a seguir trabajando en la Casa Grande? —inquirió Hannah al día siguiente, cuando regresó de Cork. Nuala estaba limpiando la pocilga y cambiando la paja, tarea que ambas detestaban—. Me pregunto qué pensará Finn.

—Te lo diré cuando se lo cuente —replicó Nuala.

—Qué suerte tienen algunas. Un buen marido con un buen empleo, un trabajo en la Casa Grande y, por si eso fuera poco, una casita acogedora en Clogagh. Dentro de nada te llamaremos lady Nuala. ¿Qué pasa con tu trabajo de voluntaria?

—Llevaré mensajes por la mañana y cuando regrese por la noche, te lo juro. Y además libro los domingos. Ya está. —Nuala arrojó el último lote de paja fresca y se acercó al tonel de agua para quitarse la peste a puerco de las manos. Se saltaría la comida para bañarse en el arroyo de camino a la Casa Grande; no quería llegar oliendo a marrano.

—Perdóname, Nuala. —Hannah suspiró—. Me estoy convirtiendo en una solterona gruñona. Estoy agotada. Tuve que volver por el camino largo que rodea la estación porque vi un camión lleno de Caquis.

—¿Adónde se dirigían? —preguntó Nuala cuando se encaminaban a la cocina.

—Pararon en el cruce de Clogagh y parecían desorientados. Se habían perdido porque los voluntarios habían quitado los letreros —explicó Hannah con una risita.

—Yo me encargaré de preparar la comida antes de irme.

—Gracias. —Hannah esbozó una sonrisa débil mientras entraban en la cocina y subió a su cuarto.

—¿Se llevaron los terneros sin complicaciones, papá? —preguntó Nuala cuando Daniel apareció.

—Me parece a mí que sí. ¿Dónde está mi almuerzo?

Nuala no tuvo tiempo de ir a ver a Finn, de modo que explicó a Philip que le daría una respuesta el lunes porque al día siguiente era domingo, su día libre.

—Pero aunque diga que sí, Philip, tendré que tomarme el viernes libre para mi boda.

—E imagino que también el sábado —dijo Philip con cierta brusquedad—. Bueno, dame una respuesta definitiva el lunes y compadéceme por tener a Maureen de enfermera todo el día de mañana.

Zanjado ese asunto, jugaron su primera partida de ajedrez, la cual se prolongó hasta la hora de la merienda. Mientras Nuala se bebía su té, decidió abordar a Philip.

—Estaba pensando…

—¿Qué?

—¿Y si le dijera a la señora Houghton que deseas bajar al jardín pero no quieres que el personal te moleste? Podríamos tocar el timbre para comunicarle que vamos a bajar, salir por la puerta principal y buscar un lugar donde los jardineros no estén trabajando. Tiene que haber algún rincón en esos enormes jardines donde puedas estar tranquilo. Parece que hará sol los próximos días.

—No sé, Nuala. —Philip suspiró—. Como tú, pensaré en ello mañana y te daré una respuesta el lunes.

—La decisión es tuya, por supuesto, pero, por el amor de Dios, no puedes quedarte aquí arriba el resto de tu vida —dijo ella, procurando que su tono fuera calmado—. Las flores están en su esplendor y el aire huele a perifollo y… creo que te sentaría muy bien. Podríamos ponerte el sombrero de fieltro para ocultarte la cara y…

—¿Has estado confabulando con mi madre, Nuala? —la interrumpió Philip—. Me temo que estás empezando a hablar como ella.

—No, pero probablemente se nos ocurren las mismas cosas porque queremos lo mejor para ti.

—¡Lo mejor para mí es no volver a despertarme! No sé qué es peor —continuó—, si las pesadillas llenas de disparos y silbatos y el golpe seco de los proyectiles al tocar tierra y explotar, o este infierno en vida.

—¡Philip, por favor, no digas esas cosas! Has sufrido muchísimo y es comprensible que te sientas así, pero sigues aquí, en la tierra de Dios, y yo diría que es porque así ha de ser.

—¿De qué utilidad puedo serle a nadie en mi estado?

—Para empezar, a mí me has enseñado a jugar al ajedrez —lo halagó Nuala—. Y una vez que te hayas atrevido a bajar, tal vez podrías disfrutar de otras compañías, como ese hombre que visitó ayer a tus padres.

—¿El general Strickland? Santo Dios, Nuala, ni pensarlo. —Suspiró—. Lo último que deseo es aguantar a mi padre hablando sin parar de la guerra de los Bóeres y a Strickland quejándose de los levantamientos que tienen lugar aquí. Mi padre dijo que están pensando en reclutar una nueva división de Auxiliares para ayudarnos a aplastar a los irlandeses. —Philip levantó raudo la mirada—. Disculpa, Nuala, no pretendía ofenderte.

—No me ofendes. —Nuala estaba demasiado satisfecha consigo misma para ofenderse, pues ahora tenía una información que llevarse a casa.

—Rezo por tu bien y el de tu familia, por que sigas manteniéndote al margen de todo eso —añadió él—. Lo digo pensando solo en tu seguridad, porque mi padre comentó que los hombres de esa nueva división estarán muy bien entrenados y no se detendrán ante nada para sofocar esta rebelión.

—Así será, Philip, te lo prometo —dijo Nuala adoptando su expresión más inocente.

Cuando llegó a casa, la conmovió ver que Finn, que siempre cenaba en Cross Farm los sábados por la noche, la había esperado para comer con ella.

—Hola, cariño. —Se levantó para abrazarla cuando entró en la cocina.

—¿Dónde están los demás? —preguntó Nuala.

—Oh, aquí y allá. Creo que se han dispersado para dejarnos solos un rato.

—¿Te importa esperar unos minutos más para cenar? —le preguntó Nuala—. Tengo información importante que contaros a todos. Voy a avisarlos.

—¿Qué información es esa? —preguntó su madre desde lo alto de la escalera; era obvio que estaba con la oreja puesta—. Tu padre y Fergus están en casa de los O'Hanlon planeando la cosecha.

—Voy a buscarlos —se ofreció Finn; se encasquetó la gorra y salió de la cocina.

Su madre bajó y diez minutos más tarde la familia estaba reunida.

—Bien, Nuala, ¿qué es eso que tienes que contarnos? —inquirió Daniel.

Nuala relató lo que Philip le había explicado sobre la visita del general Strickland. Procuró disimular su satisfacción por estar en posesión de semejante información antes de que el cuartel general de Dublín hubiera enviado un comunicado al respecto.

—A eso llamo yo una noticia. —Daniel golpeó la mesa—. ¿Dijo cuándo llegarán exactamente esos Auxiliares?

—No, pero comentó que estarán muy bien entrenados.

—Imagino que será pronto —dijo Fergus.

—Justo lo que necesitábamos. —Hannah suspiró.

—Buen trabajo, Nuala —dijo Eileen con una sonrisa—. Si te cuenta esas cosas, quiere decir que te has ganado su confianza.

—Hannah, ¿puedes redactar un mensaje y distribuirlo? —dijo Daniel—. Tiene que llegar también a Dublín, aunque estoy seguro de que Mick Collins ya estará al tanto.

—Claro que sí —dijo Hannah, cuyo rostro se había iluminado al escuchar el nombre de su héroe—. Lo escribiré ahora mismo.

—Nuala, yo diría que con esto queda decidido —dijo Daniel—. Si Strickland y sir Reginald conversan sobre los planes de los británicos y el padre se los cuenta a Philip, serías de gran ayuda si te quedaras en la Casa Grande.

—¿De qué está hablando? —Finn lanzó una mirada a Nuala.

—Perdona, Finn —dijo Nuala—, ayer no me dio tiempo de ir a verte para contarte que me han ofrecido un puesto permanente como enfermera de Philip en la Casa Grande.

—No me digas… —Los ojos azules e inteligentes de Finn la escudriñaron.

—Pagan bien, ocho chelines a la semana, y creo que nos serían muy útiles.

—Pero eso significaría que no te encontrarías la cena en la mesa cuando llegaras a casa después de un duro día de trabajo —señaló Eileen con toda la intención.

Se hizo el silencio mientras Finn digería la noticia. Nuala se sentía fatal, lamentaba no habérselo contado nada más cruzar la puerta, en lugar de tenerlo ahora ahí sentado con toda la familia mirándolo.

—Está bien —dijo Finn volviéndose hacia Eileen—. Ahora mismo la escuela está cerrada por vacaciones y llevo tiempo viviendo solo, así que sé manejarme en la cocina. Además, si Nuala está en esa casa para ayudar a la causa, ¿quién soy yo para quejarme? Será más duro para ella que para mí. Tendrás que aprender a ser una gran actriz, cariño. —Finn sonrió a Nuala.

—Todos estamos aprendiendo a serlo, Finn —intervino Hannah.

—Creo que papá y Finn tienen razón —opinó Fergus—. Deberías aceptar el trabajo.

El resto de la familia asintió.

—Entonces, no hay más que hablar. Tienes un empleo nuevo, hija mía. Bien, es hora de dejar a estos dos solos para que hablen de los preparativos de la boda.

Cuando la familia se hubo dispersado, Nuala avivó el fuego para calentar la olla y luego sirvió el estofado en dos cuencos, para ella una ración pequeña porque todavía se notaba llena por el delicioso bizcocho Victoria que Philip había insistido en que probara. Aunque llevaba el nombre de una reina británica y comérselo era un acto de traición, había saboreado hasta el último bocado.

—¿Me perdonas que no te lo contara en cuanto entré? —le preguntó.

—Habría preferido que lo hubiéramos hablado a solas, pero…

—Finn, si no quieres que acepte el empleo, dímelo. No importa lo que piensen mis padres, a partir del viernes que viene deberé responder ante ti.

—¿Por qué iba a impedírtelo? Como bien has dicho, traerás algunos chelines a casa. Además, eso significa que tu formación como enfermera no fue una pérdida de tiempo. Estás haciendo aquello para lo que naciste.

—En verdad no, Finn. No estoy lo que se dice salvando vidas en el campo de batalla.

—Por lo que has contado de esos Auxiliares, puede que eso te llegue con creces en el futuro. ¿Y no eres tú quien siempre dice que no se trata solo de atender heridas, sino almas? Eso es lo que estás haciendo por el pobre Philip. Ah, y otra cosa —Finn le cogió la mano por encima de la mesa—, olvidémonos de esas tonterías desfasadas de responder ante tu marido. Tú solo tienes que responder ante ti y tu conciencia. Dentro de lo razonable, claro —añadió con una sonrisa.

Nuala se quedó mirándolo y pensó en lo bien que Philip y él se llevarían si se conocieran. El corazón estaba a punto de estallarle de amor por Finn.

—Gracias, pero que sepas que nunca haría nada sin hablarlo primero contigo —dijo.

—El matrimonio es un equipo, somos iguales y debemos respetarnos. Lo aprendí de las mujeres en la formación de maestros de Waterford. Yo diría que la mitad de los estudiantes eran mujeres, y tan inteligentes como los hombres o más. —Finn sonrió—. Y aclarado ese punto, cuéntame cómo van los preparativos de nuestra boda.

14

Nuala se despertó la mañana de su boda sintiendo que no había pegado ojo. Cada vez que se imaginaba tomando el brazo de su padre y avanzando hacia el altar en presencia de doscientas personas, temía que fuera a vomitar sobre el precioso vestido blanco que Hannah y otras costureras le habían confeccionado en el taller en su tiempo libre.

Se incorporó y vio que el sol no asomaba aún el rostro al otro lado del valle, lo que quería decir que no eran ni las cinco.

Se tumbó de nuevo, sabía que era la última vez que compartiría cama con Hannah, lo que al instante le provocó otro nudo de angustia en el estómago... Ni siquiera podía preguntarle cómo era «eso» porque de las dos ella era la primera en casarse, y, por supuesto, tampoco podía preguntárselo a su madre. Miró a Hannah, tan lista y llena de vida, aunque con un genio también muy vivo, como solía decir su padre. Había tenido muchos pretendientes, pero no le había interesado ninguno.

«¿Estás resentida conmigo por casarme antes que tú?»

Bueno, ese día ignoraría las pullas que le soltara Hannah. Conforme crecía, Nuala había tomado conciencia de que la hermana mayor era la que más duro lo tenía en la granja. Era Hannah a quien su madre recurría para las tareas extras, y hacía la mayoría sin rechistar.

—Te echaré de menos... —susurró a su hermana durmiente.

Hannah había heredado de su madre la tez blanca, las pecas y el cabello, del color de una lustrosa olla de cobre, mientras que Nuala tenía el pelo moreno de su padre. Siempre se había considerado la más sosa de las dos, pues en las bodas y los *ceilidhs* era

Hannah quien recibía toda la atención. Fergus parecía indiferente a las féminas en general, exceptuando el afecto que profesaba a las vacas que cuidaba en el campo. De modo que ahí estaba ella la mañana de su boda, la menor de sus hermanos pero la primera en casarse…

Saltando de la cama, decidió que daría de comer a las gallinas y prepararía el desayuno por última vez.

Tras bajar con sigilo las escaleras para no despertar a los demás, se llevó un susto tremendo al ver a su madre en camisón removiendo la olla sobre el fuego.

—¿Qué haces levantada tan temprano?

—Menuda estupidez preguntarle eso a una madre la mañana de la boda de su hija —la reprendió Eileen.

—Voy a dar de comer a las gallinas y…

—¡Ni se te ocurra! Hoy es tu día, hija, y te trataremos como a una princesa desde ahora mismo. Siéntate en mi silla mientras te preparo té y gachas. Después, te quiero en la bañera antes de que empiece a llegar la gente.

—Pero…

—No hay peros que valgan, señorita. Hoy es el último día que lo que digo va a misa. Por una vez harás lo que se te manda. —Eileen abrió las manos y tomó el rostro de su hija—. Estoy muy orgullosa de ti, Nuala. Finn es un hombre magnífico. Aprovecha al máximo este tiempo con él antes de que empiecen a llegar los chiquillos, ¿de acuerdo?

—Lo hare, mamá, te lo prometo.

Catorce horas más tarde, Nuala yacía en su nueva cama de su nuevo hogar al lado de su flamante esposo. Con la sábana bien remetida sobre la extraña sensación de su propia desnudez, observó cómo su marido (también desnudo) dormía plácidamente a su lado. Aunque estaba exhausta —nunca se había sentido tan agotada en su agotadora vida—, quería revivir el día para así guardarlo en su memoria y no olvidar ni un detalle.

La habían llevado a la iglesia en una carreta tirada por un poni y engalanada con guirnaldas. A lo largo del trayecto hasta Timoleague, la gente había salido de sus casas y tiendas para aplaudir a su paso. Luego el paseo hasta el altar del brazo de su padre y la mirada de Finn cuando se volvió, la vio y le susurró al oído «Estás preciosa» mientras Daniel le hacía entrega de su mano. El gran banquete dispuesto por amigos y familiares, con el que incluso la madre de Finn, después de una o dos copas de jerez, se mostró impresionada. La banda que empezó a tocar para dar comienzo al *ceilidh*, los comensales bailando exultantes como si nada más importara en el mundo. Finn y ella en el centro, y Finn haciéndola girar y girar… Luego el lanzamiento del ramo de fucsias, violetas y nomeolvides silvestres. Lo atrapó Hannah, para regocijo de todos, en especial porque Nuala había visto que un joven se había fijado en su hermana.

Más tarde, Finn la cogió en brazos y cruzó el umbral de la casa que sería su nuevo hogar. Subió así las escaleras y la dejó con suavidad encima de la cama. Finn se peleó con los diminutos botoncitos blancos de su vestido, pero no dejó de besarla hasta que ella se tendió debajo de él y comenzaron a hacer el amor.

Para Nuala fue una sorpresa descubrir, después de tanto oír que a los hombres les gustaba «eso» más que a las mujeres, que a ella también le gustaba. Sí, al principio le dolió, pero de pronto, cuando se dejó llevar por las sensaciones nuevas y maravillosas que su cuerpo y su mente estaban experimentando, el dolor pasó.

«Ha sido perfecto, sencillamente perfecto», pensó soñolienta, antes de quedarse dormida.

—¿Cómo le va a la nueva señora Casey?

Philip levantó la vista cuando Nuala entró en la sala vestida con su blusa nueva de popelina blanca y la larga falda gris, de una tela tan suave que no le picaba en las piernas. También le habían proporcionado unos botines negros y una pila de delantales blancos almidonados.

—Muy bien, gracias —dijo Nuala—. ¿Y tú cómo estás?

—Oh, yo igual que cuando me dejaste. En cambio tú… Dios mío, ¡qué positiva metamorfosis! Querida Nuala, con tu nuevo atuendo y el pelo recogido, es como si te hubieras convertido en una mujer de un día para otro. Bien, siéntate.

Nuala tomó asiento muerta de vergüenza. Aunque Philip había dicho eso en un tono desenfadado, no se le escapaba lo que pretendía insinuar.

—La señora Houghton dijo que el cabello recogido era más apropiado para mi puesto —se defendió.

—Te favorece, aunque debo decir que lo prefiero suelto. Por lo menos mi madre no insistió en la cofia de enfermera, lo cual es de agradecer. ¿Qué tal la boda?

—Muy bien, Philip, gracias. El día no podría haber transcurrido mejor.

—¿Y tus suegros? ¿Aprueban el enlace?

—El padre de Finn murió muy joven, y su mamá… su madre —se corrigió— es una buena mujer. Volvió a casarse hace unos años, antes de que Finn se marchara a estudiar para maestro, y vive algo lejos de aquí, cerca de Howe's Strand, en Kilbrittain.

—Caramba, qué civilizado suena todo —dijo Philip—. Al menos no tienes a tu suegra viviendo contigo, como sucede en tantas familias irlandesas. A menudo me he preguntado con qué ojos vería mi querida madre a la mujer con la que eligiera casarme. Aunque es una pregunta que ya no tiene sentido. ¿Quién iba a quererme?

—Muchas mujeres, diría yo, una vez que te conocieran.

—Eres muy amable, Nuala, pero no nos engañemos. Soy un monstruo no apto para ser mostrado en público. Pasaré el resto de mis días justo donde estoy ahora. En fin, me alegro de verte feliz y te pido disculpas por mis lamentos. A decir verdad, no puedo evitar sentir envidia por… —Philip se frenó— por ese rito de iniciación tan normal que a mí me ha sido negado. Bueno, imagino que hoy debes de estar agotada, de modo que he pensado darle un descanso al tablero de ajedrez y enseñarte a jugar al backgammon. La caja está en el mismo armario que las piezas de ajedrez.

—Como quieras.

Nuala se dirigió al aparador para sacar otra caja de madera bellamente tallada y llena de fichas redondas blancas y negras. Imaginó a Finn en su pequeño hogar y, por primera vez, le irritó tener que estar ahí con Philip.

Nuala siempre recordaría esas primeras semanas de casada como las más felices y hermosas de su vida. Pasaba casi todo el tiempo en un estado de dicha plena. Se despertaba en los brazos de Finn y así permanecían largo rato. Después bajaban a desayunar y luego Finn se iba en bicicleta a ayudar a su padre y sus vecinos con la cosecha, pues el nuevo curso aún no había comenzado. Nuala se ocupaba entonces de la ropa de los hombres del IRA que su amiga Florence le dejaba en el cobertizo. Tras tenderla en el pequeño patio que había detrás de la casa, hacía un pan y un bizcocho para la cena y se marchaba a la Casa Grande para pasar la tarde con Philip. Cuando regresaba por la noche, si Finn estaba en casa y no en labores de voluntariado, se encontraba la cena puesta. Se sentaban a comer juntos a la luz de la vela, y luego él la cogía de la mano y la llevaba a la cama.

Finn le había enseñado una manera de reducir las probabilidades de traer bebés al mundo y le había asegurado que no era más que una pequeña alteración del procedimiento habitual, y no del todo infalible, por lo que no contradecía las leyes que Dios había enviado a sus sirvientes católicos en la tierra. Con cierto sentimiento de culpa, Nuala respiraba aliviada cada mes al ver que volvía a tener la menstruación, y eso a pesar de las miradas que su madre había empezado a lanzarles cuando se encontraban para la misa dominical en la iglesia de Timoleague. Siguiendo la tradición familiar, después iban todos a rezar a las diminutas tumbas de los cuatro bebés que su madre había perdido, esas almas que en otra vida habrían crecido siendo sus hermanos. Nuala se estremecía al pensar en dar a luz un bebé y que luego se le muriera en los brazos, y había decidido que por el momento Finn y ella estaban obrando de la manera correcta.

Entretanto, la lucha contra los británicos seguía adelante. Una noche de septiembre, Finn, que había vuelto a su trabajo en la escuela, situada al otro lado de la calle, le cogió la mano por encima de la mesa donde solían comer.

—Me han pedido que asista a un campamento de entrenamiento, de modo que desde este viernes hasta el domingo de la semana que viene estaré fuera —dijo.

—Eh… ¿dónde? ¿Por qué? ¿Y el colegio?

—El «dónde» es la casa de los O'Brien, en Clonbuig, el «porqué» ya lo hemos hablado: aunque hemos peleado duramente, tenemos que preparar mejor a nuestros hombres si queremos derrotar a los británicos y ahora a tus Auxiliares...

—No son mis Auxiliares, Finn.

—Sabes que no lo decía en ese sentido. Fue una bendición que descubrieras lo de esos monstruos. Acaban de llegar ciento cincuenta, y vendrán más, estoy seguro, y ya están aterrorizando a los irlandeses de a pie. Aunque se encuentran emplazados en Macroom, parece que tienen intención de bajar hasta aquí. Llegan con sus camiones a los pueblos, ordenan a la gente que salga de casa y disparan al aire. Los obligan a formar filas contra los muros, incluidos a los enfermos y ancianos, los intimidan con sus revólveres y pegan a los hombres con los cinturones de munición. —Finn hundió el rostro en las manos—. Son como animales, Nuala, son soldados muy bien entrenados, acostumbrados a combatir, y están aquí para destruir a los irlandeses en todos los sentidos. Con los Negros y Caquis, los Essexes y ahora esos desgraciados, si queremos estar mínimamente a su altura necesitamos entrenamiento. Tom Barry dirigirá el campamento.

—Entonces ¿estarás fuera toda la semana?

—Sí. El cuartel general de Dublín quiere crear una columna volante de élite formada solo por los voluntarios mejor preparados. Eso significa que no trabajaremos en una brigada o compañía concreta, sino que seremos flexibles y podrán movilizarnos como y cuando sea necesario.

—Pero, Finn, ¡tú eres maestro de escuela, no soldado!

—Esa es la cuestión. Necesito ese entrenamiento si quiero ser de alguna utilidad. Sabes que soy ágil, fuerte y capaz de dar y recibir órdenes, y que puedo aportar mucho a la causa. Me marcharé por la noche, y tú el lunes por la mañana irás a la escuela y le dirás al director O'Driscoll que me he pasado la noche vomitando y que no puedo ir a trabajar. Volverás a casa y cerrarás cada una de esas cortinas hechas por ti. Si alguien llama a la puerta para preguntar por mí, le dices que estoy en la cama, que sigo enfermo.

—¿Y si esos Auxiliares o los Caquis asaltan el pueblo? Si sacan a todo el mundo de casa y los hacen formar filas, la gente se dará cuenta de que no estás.

—En ese caso les dirás que estoy demasiado enfermo para salir de la cama y rezarás para que tu bonita sonrisa consiga que desistan de entrar a por mí.

—¿Y si se enteran de lo del campamento?

—Solo los que van y las mujeres de Cumann na mBan de Kilbrittain lo saben.

—En ese caso, el domingo que viene iré a echar una mano.

—No, Nuala, irás a misa con tu familia, como siempre, y dirás a todo el mundo que el lunes estaré lo bastante bien para regresar al colegio. Procura tener presente que no estamos bajo sospecha y que así ha de seguir siendo, no solo por nosotros, sino por nuestras familias y por los demás hombres y mujeres que están arriesgando su vida por Irlanda.

—Oh, Finn. —Nuala se mordió el labio—. ¿Qué haré sin ti en esta casa vacía?

—Seguro que estarás bien, pero ahora que sigo aquí, ¿qué te parece si subimos y nos acostamos pronto? — Finn sonreía.

—Tienes mala cara, Nuala —observó Philip cuando ella tomó asiento en el sofá de damasco.

—No es nada, Philip. Finn ha pillado algo que le provoca náuseas y me he pasado la noche cuidándolo —respondió con la mayor calma posible.

—La esposa perfecta, ¿eh? ¿Se encuentra lo bastante bien para estar solo?

—Las náuseas empezaron anoche, cuando me marché ya dormía. Dudo que esta noche quiera cenar.

—Yo tuve eso en las trincheras por una lata de carne en mal estado. Estuve muy enfermo, aunque gracias a eso pasé varias noches al abrigo del hospital de campaña. —Philip meneó la cabeza, como si quisiera ahuyentar esos recuerdos—. Hace un día precioso, ¿verdad?

—Así es, y estaba pensando que es el día perfecto para salir a dar un paseo. ¿A que sí, Philip? Por favor.

—Eh…

—Si no lo haces un día como hoy, nunca lo harás. Además, eres un combatiente valeroso, y aquí solo se trata de bajar en el ascensor y salir al jardín. Te lo ruego, Philip…, hazlo por mí.

Philip se quedó mirándola; su ojo bueno le mostraba un abanico de emociones encontradas. Por fin, asintió.

—Tú ganas. Lo haré por ti, Nuala. Puedes llevarme al jardín privado de mi madre, allí nadie nos molestará.

—Gracias, Philip —respondió ella, que a duras penas podía contener las lágrimas. Tenía los nervios a flor de piel por la ausencia de Finn, la mentira que había tenido que decirle al director O'Driscoll esa mañana en el colegio y el temor a que en la Casa Grande descubrieran su traición—. Tocaré el timbre e informaré a la señora Houghton de que vamos a bajar.

Lo ayudó a ponerse la americana de tweed que él señaló en el armario e insistió en una bufanda por si corría aire.

—Por Dios, Nuala, ¿cómo quieres que me resfríe con el día que hace?

—Más vale prevenir. Y ahora el sombrero.

—¿Te importa acercarme al espejo antes de que nos vayamos? Nuala así lo hizo.

—Con la bufanda y el sombrero ladeado hacia la izquierda apenas se nota, ¿no crees, Philip?

—Yo no diría tanto, pero, en fin, ponme la manta sobre las piernas, mejor dicho, la pierna, y acabemos con esto de una vez.

Llamaron a la puerta; Nuala fue a abrir y se encontró con la señora Houghton.

—La puerta del ascensor está abierta y he ordenado al personal que se mantenga alejado del vestíbulo y del jardín privado de lady Fitzgerald —informó.

—¿Nos vamos? —dijo Nuala.

—Si no hay más remedio… —gruñó Philip; su voz salió amortiguada por la gruesa bufanda de lana en la que había enterrado la mitad del rostro.

Nuala empujó la silla de ruedas hacia el rellano.

—Solo caben la silla y usted —dijo la señora Houghton—, de modo que los veré abajo. Pulse el botón «B» y yo cerraré la puerta.

—Nunca he estado en un ascensor —dijo Nuala—. ¡Será como volar!

—Eso es cuando subes, Nuala —respondió secamente Philip.

La puerta de rejilla se cerró tras ellos y, tras un suave bandazo y un chirrido agudo, Nuala vio cómo la cara de la señora Houghton desaparecía de su vista. Cinco segundos después, el ascensor se detuvo. Nuala se dio la vuelta y vio el vestíbulo al otro lado de la reja metálica.

—¡Esto es magia, Philip! Ya estamos abajo. ¿Qué hago ahora?

—Abrir la jaula, imagino.

Nuala localizó la palanca y tiró de ella al tiempo que la señora Houghton se acercaba.

—Ya está, Philip, unos segundos más y estaremos fuera, respirando aire fresco —dijo Nuala.

Al cruzar el vestíbulo reparó en que él se hundía un poco más en la silla. La amplia puerta ya estaba abierta y la señora Houghton le señaló la rampa colocada frente a ella.

—Aunque hay poca pendiente, agarre bien la silla —le ordenó.

—Descuide. —Nuala se rio—. No queremos salir volando por el jardín, ¿verdad, Philip? Bien, y ahora, ¿hacia dónde?

—¿Los acompaño? —se ofreció la señora Houghton.

—No se moleste, estoy seguro de que Nuala no permitirá que me pase nada —dijo Philip—. ¡Adelante, empuja!

Nuala así lo hizo, siguió el camino adoquinado que rodeaba el costado de la casa y desembocaba en un jardín. Un sendero transcurría entre los cuidados arriates rebosantes de rosas y otras flores de vivos colores que no había visto nunca. Llegaron a una zona pavimentada en el centro, en medio de la cual había una suerte de ornamento redondo.

—¡Oh, Philip, este jardín es lo más bonito que he visto en mi vida! —exclamó Nuala deteniendo la silla y girando sobre sus talones para absorberlo todo.

—Es la joya de mi madre —dijo Philip—. Aunque tenemos jardineros, mi madre se pasa horas aquí, a cuatro patas, plantando toda clase de especímenes diferentes que mi padre le trae de sus viajes. Solíamos sentarnos juntos en ese banco de ahí y ella me enseñaba los nombres de todo lo que plantaba.

—Bueno, aquí no tienes que preocuparte de que te vean. Con tantos árboles y arbustos, no se ve nada desde el otro lado. Es como un jardín secreto.

—Eso decía siempre mi madre. Sospecho que viene aquí a menudo para esconderse de mi padre —comentó Philip con una sonrisa.

—¿Qué es eso? —Nuala señaló el ornamento redondo de metal sobre un pedestal en medio de la placita.

—Un cuadrante solar. Antes de que existieran los relojes, se utilizaba para saber la hora. A medida que el sol dibuja su trayectoria desde que sale por el este hasta que se pone por el oeste, las sombras te indican si es mediodía o si se acerca el crepúsculo. Mi madre siempre dice que cuando el sol está sobre la aguja, es la hora del gin-tonic o el whisky. —Philip rio y dirigió el rostro al sol—. Dios, qué sensación tan agradable. Acércame al banco para que tú también puedas sentarte.

Pasaron un largo rato ahí sentados. Philip apenas hablaba, le bastaba con disfrutar del placer de estar en el exterior. Nuala pensó que para ella «estar en el exterior» siempre entrañaba trabajo. Eran muy raras las ocasiones en que su familia se sentaba al aire libre sin hacer nada.

De pronto oyeron unos pasos que se acercaban por el camino adoquinado.

—¿Quién demonios anda ahí? Pensaba que la señora Houghton les había ordenado que…

—Philip, cariño, soy yo.

Lady Fitzgerald apareció tras los arbustos. Nuala se levantó de inmediato y saludó con una leve inclinación de cabeza.

—Siéntate, Nuala, querida. Solo he venido para ver qué tal estás, Philip.

—Estoy bien, madre, gracias.

Lady Fitzgerald se detuvo delante de la silla de ruedas, se arrodilló y tomó las manos de su hijo.

—Cariño, estoy tan contenta de que hayas decidido salir… ¿Qué te parece mi jardín?

—Está muy bonito, madre. Ha prosperado mucho estos últimos años.

—Me mantenía ocupada con las plantas cuando estabas en el frente. Me ayudaba a no pensar. Nuala, ¿te importa que me lleve a Philip? Quiero enseñarle el nuevo parterre de hierbas. Cariño, ¿ves esas cascadas de flores color púrpura? Son *Hydrangea aspera*, y allí he plantado *Rosa moyesii* para que den un toque carmesí. Y estas de aquí son *Callistemon linearis*, parecen cepillos de color rosa. Las planté hace años, ¿recuerdas? No estaba segura de que fuera a gustarles esta tierra, pero ya ves, ¡no solo les gusta, sino que se han hecho dueñas y señoras!

Nuala se quedó en el banco, satisfecha de ver a madre e hijo disfrutar del aire libre juntos. Le extrañaba no haber coincidido aún con sir Reginald. Desde la ventana había alcanzado a ver, en alguna ocasión, una figura oronda con un enorme mostacho blanco despidiendo a algún invitado. Cada vez que Philip le hablaba de su padre, notaba una patente frialdad. Era evidente que no se llevaban demasiado bien.

Madre e hijo regresaron al banco y a Philip se le escapó un bostezo.

—Creo que es hora de llevarlo adentro, Nuala —dijo lady Fitzgerald—. Con tanto aire fresco estarás agotado, Philip. Por cierto, tu padre se ha ido a Londres para reunirse con los constructores. Vamos a renovar la casa de Eaton Square. Haremos unos cuartos de baño como es debido e instalaremos una línea de teléfono. He pensado que esta noche podría subir y cenar contigo. Eso quiere decir, Nuala, que puedes marcharte antes. Yo misma me ocuparé de acostar a Philip.

—Gracias, señora.

—¿Te importa entrar a Philip? —preguntó—. A mi pesar, tengo que escribir algunas cartas.

Una vez arriba, Nuala llevó a Philip al cuarto de baño y luego merendaron. Nuala reparó entonces en lo amodorrado que estaba.

—¿Qué te parece si nos olvidamos de la partida y descansas un poco?

—Reconozco que el paseo me ha dejado fuera de combate. Pensar que hace dos años caminaba cuarenta y cinco kilómetros de un tirón a través de zanjas y campos… ¿Por qué no me lees algo, Nuala?

Ese era el momento que Nuala había estado temiendo desde su llegada a Argideen House.

—Lo intentaré, aunque no sé si estaré a la altura.

—Pero sabes leer, ¿no?

—Oh, sí, conozco las letras, pero leer en voz alta…

Nuala se interrumpió. Había estado en un tris de añadir que los únicos libros que había en su casa eran en gaélico. Pensó que Philip lo consideraría una especie de herejía y consiguió cerrar el pico a tiempo.

—No te preocupes, empezaremos con algo fácil. Hay un libro de poemas de Wordsworth ahí arriba.

Nuala se volvió hacia la librería arrimada contra la pared del fondo de la sala.

—Tercer estante y a la izquierda. Busca «Word».

Nuala encontró un ejemplar encuadernado en piel y se lo acercó.

—Wordsworth es un poeta inglés muy famoso —dijo Philip—. Su poema más conocido es «Erraba solitario como una nube», y habla de los narcisos. ¿Sabes qué es un narciso?

—No.

—Son unas flores muy bonitas; en el jardín tenemos narcisos en primavera. Parecen trompetas amarillas con el centro naranja. Bien, prueba a leerme el poema.

Nuala cogió el libro y contempló la página que Philip le había indicado. Se sentía como si estuviera de nuevo en la escuela y estuviera de pie enfrente de toda la clase para leer un texto en voz alta.

—Está bien, probaré, pero…

Respiró hondo.

—«Erraba solitario como una nube que flota en… en…»

—La palabra es «encumbrada». Continúa, lo estás haciendo de maravilla.

Seis versos después, Nuala quería arrojar el estúpido libro a la chimenea porque estaba quedando como una estúpida.

—Te lo dije, Philip, leer en voz alta no es lo mío, y menos aún estas palabras tan raras que utiliza este tal Wordsworth. Me saldría mejor si fuera la Biblia, o las descripciones de las partes del cuerpo, o enfermedades que aprendí en el curso de enfermería.

—Los desafíos son buenos. Tú me desafiaste hoy y yo acepté, ¿recuerdas?

—Tienes razón. Entonces ¿esto es una venganza por arrastrarte hasta el jardín?

—En efecto, y me alegro mucho de que lo hicieras. Lo mismo te pasará a ti con la lectura. Lo único que hace falta es coraje para intentarlo. ¿Por qué no te llevas el libro a casa y lees el poema con calma? Mañana te ayudaré con las palabras que no sepas pronunciar. Y lo digo en serio, Nuala, gracias por insistir en que saliera. Si quieres, lee alguno más de esos poemas mientras yo echo una cabezada.

Los ojos de Philip seguían cerrados una hora después, cuando llamaron suavemente a la puerta y su madre entró.

Nuala se llevó un dedo a los labios.

—Es evidente que mi querido hijo está exhausto —dijo lady Fitzgerald—. Ha vivido más emociones en las últimas horas que en el año desde que volvió a casa. No imaginas cuánto te agradezco que lo convencieras de que saliera. Philip me dijo que fue todo obra tuya. De verdad, gracias. —La mujer plantó una moneda en la mano de Nuala—. Sé que te casaste hace poco, así que considéralo un pequeño regalo de nupcias y, por favor, no se lo digas a los demás sirvientes.

—Gracias, lady Fitzgerald, pero no es necesario.

—Y ahora, ¿por qué no te vas a casa, con tu marido, y yo me ocupo de acostar a Philip?

—De acuerdo, gracias.

—Convenciste al señorito para que saliera al jardín... —Lucy, la pinche, sonrió a Nuala, que ya se había cambiado y estaba cruzando la cocina para irse—. Todo el mundo habla de eso, ¿verdad, Maureen?

—Así es, Lucy. Me pregunto qué ha estado haciendo Nuala allí arriba para convencerlo.

Maureen giró sobre sus talones y desapareció por la puerta que conectaba con la parte principal de la casa. Nuala miró boquiabierta a Lucy.

—¿Realmente ha dicho lo que creo que ha dicho? —susurró.

—Sí, pero no hagas caso a esa bruja. Todos sabemos que perdió a su marido en la Gran Guerra y que el hijo le nació muerto, pero esa no es razón para ser cruel.

—A mí la semana pasada me dijo que mi peso estaba afectando a mi trabajo. —Cook se volvió y meneó la cabeza—. Entonces le pregunté si había visto alguna vez una cocinera delgada. —Cook (cuyo verdadero nombre era señora O'Sullivan) se echó a reír—. Y, de ser así, si se fiaría de ella. Ignórala, Nuala, tiene celos de tu buena relación con el señorito y lady Fitzgerald.

Después de despedirse, Nuala se subió todavía furiosa a la bicicleta. Desahogó su frustración bajo el roble.

—¡Esa bruja sabe que estoy casada! ¿Cómo se le pasa siquiera por la cabeza que he utilizado mis encantos con Philip? ¡Jesús! Soy su enfermera, eso casi sería...

La idea era tan espantosa que no encontró una palabra para después de «sería».

Impulsada por la rabia, cruzó el valle en la mitad del tiempo que tardaba habitualmente. Estaba apoyando la bicicleta en la pared de su casa cuando la vieja señora Grady, su vecina, apareció de repente a su lado.

—¿Está enfermo tu hombre, Nuala? Lo he oído decir en el pueblo.

—Así es, señora Grady.

—No he oído ningún ruido desde que te marchaste. Llamé a la puerta y miré por la ventana, pero las cortinas estaban echadas.

—Debía de estar durmiendo, pasó muy mala noche. Subiré a ver cómo se encuentra.

—Si tan mal se encuentra, no debería quedarse solo cuando tú estás en el trabajo —dijo la señora Grady—. No es ninguna molestia para mí asomar la cabeza por la tarde para ver si necesita algo mientras tú estás fuera.

—Es usted muy amable, señora Grady, y le tomaré la palabra si mi marido no mejora.

—Bien —dijo la mujer mientras Nuala abría la puerta—. ¿Quieres que entre contigo? Por si…

—La avisaré si hay algún problema. Buenas noches, señora Grady, y gracias.

Nuala cerró la puerta y lamentó no poder echar la llave, pues sabía que eso alertaría a su cordial pero entrometida vecina de que algo pasaba. Tras mirar por la ventana y ver que la señora Grady seguía merodeando por allí, suspiró y subió a la habitación que compartían Finn y ella. Abrió las cortinas y la ventana para llamarla.

—Señora Grady, está vivo y coleando, así que no se preocupe. Buenas noches.

Cerró la ventana, echó de nuevo las cortinas y se sentó en la cama; iba a ser una semana larga.

Fiel a su promesa, Finn llegó a casa la madrugada del lunes siguiente. Fue tan sigiloso que Nuala ni siquiera oyó la puerta.

—¡Finn! ¡Oh, Finn, has vuelto sano y salvo!

—Así es —dijo él desvistiéndose y metiéndose en la cama con ella—. Perdona, apesto a sudor y mugre… Ha sido una semana larga y dura.

—Pero has sobrevivido.

—Sí. Ven aquí, mi Nuala. —Finn alargó el brazo y ella apoyó la cabeza en su pecho.

—¿Quiénes estaban allí? —preguntó—. ¿Qué hicisteis? ¿Hubo redadas?

—Nuala, estoy muerto, necesito…

Nuala vio que los ojos se le habían cerrado. Ella, sin embargo, permaneció despierta, adorando la sensación de su calor y escuchando los latidos regulares de su corazón. Se alegraba enormemente de tenerlo de nuevo en casa; la gente del pueblo se había pasado la semana llamando a su puerta para preguntar por Finn. ¿No debería avisar a un médico si no estaba mejorando? ¿Creía que era contagioso? Al final había pedaleado hasta Timoleague para ir a ver a su hermana al trabajo y le había contado que la gente del pueblo empezaba a sospechar.

—Necesito el nombre de una enfermedad que incluya vómitos. Se me ocurren algunas, pero necesito la correcta.

—Ve a la botica. La mujer del mostrador se llama Susan y es de confianza —le dijo Hannah en voz baja—. Dile que Finn tiene una enfermedad que le hace vomitar y pídele un remedio. Estoy segura de que podrá darte el nombre rebuscado de alguna enfermedad.

Nuala así lo hizo, y Susan pedaleó hasta Clogagh con la medicina y entró en la casa para ver al «paciente». El hecho de que Nuala dijera a la gente que Finn tenía «gastroenteritis» no la dejó bien como cocinera, pero eso y la llegada de Susan complació a los vecinos. Hannah también se había ausentado del taller por «enfermedad» a fin de ayudar a las mujeres que estaban cocinando para los hombres del campamento de entrenamiento de Kilbrittain, lo que había añadido fuerza a la farsa.

Lo absurdo de todo aquello era que Nuala sabía que la señora Grady y el resto del pueblo hubieran aclamado a Finn de haber sabido la verdad. Pero eso los habría puesto en peligro a todos.

«Mi vida es una mentira constante…», pensó Nuala antes de conciliar un sueño inquieto.

A las siete de la mañana tuvo que subir a despertar a Finn. Ya le había preparado el té y las gachas y se las sirvió en la cama.

—¿Te ves con ánimos de ir a trabajar? —le preguntó.

—¿Tengo elección?

—Me temo que no. La gente ha estado preguntando por tu salud, así que tienes que dejarte ver. ¿Cómo fue la semana?

—Muy provechosa. Nos dividieron en secciones y nos enseñaron a actuar como si pudiera producirse un ataque enemigo en cualquier momento. Hemos aprendido a detonar granadas de mano y hemos practicado con los nuevos fusiles Lee-Enfield, apuntando y apretando el gatillo, y hasta dormíamos con el fusil encima. Si daban la alarma y algún hombre de la sección no saltaba de la cama lo bastante rápido, teníamos que repetirlo todo desde el principio. Nos turnábamos como jefes de sección y por la noche, después de cenar, nos juntábamos en el granero para escuchar lecturas o hacer ejercicios escritos.

—Parece algo serio, Finn. ¿Estás seguro de que el enemigo no sabía lo que estabais haciendo ahí arriba? Esa granja está cerca del cuartel de los Negros y Caquis de Kilbrittain.

—Los batallones de Bandon y Kilbrittain desplegaron centinelas e hicieron un gran trabajo a la hora de protegernos. Todos conocíamos el silbido que nos avisaría en caso de que vinieran, pero, por fortuna, nunca vinieron. Pasábamos mucho tiempo en los campos aprendiendo a escondernos en la naturaleza, a movernos con sigilo y a mantener la formación al tender una emboscada a una patrulla.

—Por lo menos ahora estaréis preparados si se produce un ataque —dijo ella.

—En efecto, Nuala, pero la diferencia está en que seremos nosotros los que ataquemos. No podemos estar siempre jugando a la defensiva, tenemos que organizar más ataques si queremos vencer. Se han debatido planes que no tardaremos en llevar a la acción. Durante los próximos meses necesitaré ausentarme más tiempo de la escuela para luchar por la causa.

—Pero ¿por qué, Finn? Tienes un buen trabajo como maestro. No estarás pensando en dejarlo, ¿verdad?

—Dejarlo no, pero si es necesario tendré que informar al director O'Driscoll de mi implicación en la columna volante. Puede que mi «enfermedad» sea más grave de lo que creíamos, por lo que necesitaré más tiempo para descansar, no sé si me explico.

—Pues con la cara tan pálida y chupada que tienes y esos ojos tan rojos, hoy seguro que das el pego. —Nuala suspiró—. ¿Estás seguro de que el director es de fiar?

—Sí. O'Driscoll quiere recuperar Irlanda tanto como yo, y más de una vez ha comentado que estaría luchando con los voluntarios si fuera joven. He de confiar en él, Nuala —dijo Finn antes de llevarse la última cucharada de gachas a la boca.

Ella se quedó mirándolo. Por fin, dijo:

—Sabes que estoy tan comprometida como tú con la causa, Finn, pero si eso significa perderte, incluso yo me subiría a un barco y cruzaría el mar hasta América para empezar allí una vida más segura. Y ya sabes el miedo que le tengo al mar.

Finn le acarició el rostro.

—Lo sé, cariño, pero esta es una lucha que tenemos que ganar cueste lo que cueste. Ah, antes de que se me olvide, Tom Barry me preguntó si has visto recientemente al mayor Percival en la Casa Grande.

—Han llegado algunos coches elegantes, pero no he oído a Philip hablar de nadie más desde lo del general Strickland.

—Percival es el cabrón al que más nos interesa atrapar. Y lo atraparemos, Nuala. Tom Barry ha hecho correr la voz por Bandon para que se vigilen sus movimientos día y noche. Una vez que conozcamos su rutina…

—¿Intentaréis dispararle? —Nuala miró horrorizada a su marido—. Santa Madre… ¿Lo asesinaríais?

—En la guerra no hay asesinatos, Nuala. Bien, he de prepararme para la escuela.

—¿Estarás en casa cuando vuelva esta noche? —preguntó ella mientras lo veía vestirse con camisa, pantalón y corbata.

—Se acordó que todos necesitábamos descansar esta semana, pero… no puedo prometerte nada. Y acuérdate de decirle a la gente que sigo sufriendo los efectos de mi enfermedad y que estás preocupada por mi salud. Adiós, cariño.

—¿Saldremos hoy a pasear y a sentarnos en el jardín, Philip? —preguntó Nuala esa tarde en Argideen House.

Acababa de leer el poema de Wordsworth que él le había pasado, y Philip calificó su recitado de «perfecto».

—No, mi padre espera la visita de ese espantoso mayor Percival. Mi madre y yo no lo soportamos. Es un imbécil arrogante, en mi opinión. Lo peor de los británicos aquí en Irlanda.

—¿Lo conoces?

—No, pero mi madre dice que si por el mayor Percival fuera, mandaría matar a todos los irlandeses. Él nunca ha vivido aquí, no entiende que todos sois necesarios para sacar adelante nuestras granjas y casas. Y que hasta hace pocos años nos llevábamos bastante bien. Como tú y yo, ¿verdad, Nuala?

—Claro, Philip.

Aunque Nuala sabía que las intenciones de Philip eran buenas, el hecho de que considerara la superioridad británica como un derecho divino la irritaba.

—Entonces ¿saldremos al jardín o no? —volvió a preguntar con brusquedad.

—El mayor Percival estuvo hoy en la Casa Grande.

Finn la miró desde el otro lado de la mesa en la que estaban cenando.

—¿Lo viste? ¿Lo oíste? —preguntó.

—No, Philip se negó a salir a dar un paseo por miedo a que el mayor lo viera. Le avergüenza demasiado su aspecto.

—Trata de averiguar de qué hablaron esos dos. El mayor Percival es el objetivo número uno y está siendo vigilado mientras hablamos.

—Lo intentaré, Finn, pero Philip ni siquiera lo conoce. Solo sabe de ese hombre lo que le cuenta su madre. Su padre apenas habla con él.

—Quizá se avergüence de su hijo, si dices que está tan desfigurado.

—Quizá. ¿Qué tal la escuela? ¿Hablaste con el director O'Driscoll?

—Sí. Fuimos a tomar una cerveza al pub después del colegio. Christy estaba sirviendo en la barra y se encargó de que no hubiera nadie escuchando la conversación.

—¿Y?

—O'Driscoll ha dicho que me encubrirá. Conoce a un médico en Timoleague que apoya a los voluntarios. Nos lo enviará mañana para que el pueblo vea que ha venido a visitarme un médico de verdad y piense que lo que tengo es grave. —Finn esbozó una sonrisa débil y le apretó la mano—. Saldremos de esto, Nuala, lo sé. Vendrán tiempos mejores para nuestros hijos.

—Seguro, Finn, pero con tantas mentiras y viviendo en un pueblo donde todos quieren meter las narices, no se puede negar que la situación es peligrosa.

—Bueno, esta noche estamos aquí y estamos juntos. Concentrémonos en el presente, ¿eh, cariño? Es la única manera de sobrellevarlo.

Al día siguiente, dada la ausencia de visitas, Philip aceptó bajar de nuevo al jardín. Nuala decidió que había llegado la hora de plantearle otro reto que podría contribuir a su recuperación.

—¿Philip?

—¿Hum? —Estaba sentado a su lado en la silla de ruedas, disfrutando del delicioso aroma de las flores con los ojos cerrados.

—Estaba pensando…

Philip abrió los ojos y la miró.

—Mala señal. ¿Qué me tienes reservado esta vez? ¿Un chapuzón en el río Argideen? ¿Un paseíto en uno de los sementales que hay en las cuadras?

—Oh, no, nada tan avanzado todavía. El caso es que antes estaba mirando la pierna de mentira que tienes en un rincón de tu dormitorio y me preguntaba por qué nunca la utilizas. Si lo hicieras, podrías ponerte en pie y pasear a mi lado, en lugar de sentado en esta silla que tanto odias.

—Nuala, seré claro y conciso: cuando el médico amarró esa pierna a lo que me queda de rodilla e insistió en que me levantara y apoyara en ella mi peso, que no es excesivo, el dolor fue casi tan atroz como el que experimenté después de que me explotara la mina.

De hecho, fue peor porque estaba consciente. Así pues, la respuesta es no.

—¿Quieres decir que solo lo has intentado una vez?

—Sí, y no pienso repetir.

—Pero… la herida de la amputación ya ha cicatrizado. Puede que, cuando el médico te pidió que te levantaras, aún estuviera en carne viva, por eso te dolió tantísimo apoyar el peso en ella. Creo que ahora sería diferente. ¡Imagina que pudieras caminar otra vez! ¡Ser independiente! ¿No sería maravilloso?

—También sería maravilloso que el hombre pudiera volar a la luna, pero eso es imposible. Ahora, ¿te importaría dejarme disfrutar de este rato en el jardín?

Nuala, que para entonces conocía bien a Philip y su testarudez, no volvió a sacar el tema. Había otro asunto del que necesitaba hablar con él, y una vez arriba encontró el valor para abordarlo.

—¿Disfrutó tu padre de la compañía del mayor Percival ayer? —dijo mientras Maureen llegaba con la merienda y la dejaba en la mesa.

—Dudo que nadie pueda disfrutar de la compañía de ese hombre. Mi madre sí me dijo, no obstante, que mi padre le contó que Percival estaba convencido de que el IRA vigilaba sus movimientos. Ha observado que las cortinas de las casas que hay delante del cuartel de Bandon se mueven cada vez que sale a comer. Cree que el IRA planea asesinarlo, pero le dijo a mi padre que está dispuesto a enviar a sus hombres a registrar todas las casas de Bandon para dar con los responsables. Gracias, Maureen, puedes irte —añadió Philip—, Nuala servirá el té.

Nuala se esforzó por controlar el temblor de sus manos mientras lo hacía.

—Toma.

Le tendió una taza y luego dio un largo sorbo a su té. Había llegado hambrienta porque se había saltado una vez más el almuerzo, pero ahora sentía que podría vomitar si se llevaba algo a la boca.

—Estás un poco rara, Nuala. ¿Te encuentras bien?

—Estoy la mar de bien, Philip, deseando continuar con la partida de ajedrez.

Esa noche, al salir de Argideen House, Nuala pedaleó hasta el roble, se detuvo a su lado y se preguntó a quién debería comunicar la información para que llegara cuanto antes a los voluntarios que vigilaban al mayor Percival. Al final se decantó por Christy, que trabajaba en el pub próximo a su casa, y pedaleó como una loca hacia Clogagh.

Entró corriendo en su casa, escribió una nota a toda prisa y se fue al pub. Saludó a los pocos lugareños repartidos por las mesas y encorvados sobre sus vasos, y caminó hasta el mostrador, donde Christy estaba sirviendo tres tragos de whisky.

—Hola, Nuala —dijo—. ¿Qué se te ha perdido por aquí a estas horas de la noche? No me digas que también quieres un trago de whisky —bromeó.

Se había peinado el abundante pelo moreno hacia atrás, por lo que Nuala podía ver la mirada franca y cálida de sus ojos castaños.

—En la granja tenemos un ternero atravesado en el útero y necesitamos urgentemente tu ayuda. —Nuala empleó la frase que su familia había elaborado como código para casos de emergencia.

—De acuerdo, hablaré con John. Esto está tranquilo, seguro que me deja salir antes.

Vio que la mano de Nuala se deslizaba por el mostrador. Christy la cubrió con la suya y la apretó, luego la retiró y ella hizo otro tanto.

—Espero que el ternero sobreviva —dijo Nuala alejándose entre las mesas.

Con el corazón bombeando adrenalina, respiró hondo varias veces mientras regresaba a casa.

—¿Qué ocurre? ¿Por qué fuiste al pub? —le preguntó Finn, que estaba removiendo la sopa sobre el fuego.

—Philip me contó que el mayor Percival sospecha que están espiándolo. Dijo que está dispuesto a destruir todas las casas de Bandon para encontrar a los responsables. Sabe que los nuestros van a por él. —Nuala resopló, en parte por el alivio de estar en casa y poder relajarse después de tres horas esforzándose por actuar con normalidad delante de Philip. Le había dicho que estaba jugando al ajedrez como una niña de tres años, y llevaba razón.

—Ya había oído algo sobre los registros en las casas de Bandon, pero no que sabían que existe un complot. Tenemos que informar a los hombres —dijo Finn.

—Le he pasado una nota a Christy en el pub. Irá con su caballo a ver a Charlie Hurley y este hará llegar la información a Bandon.

—Buen trabajo, Nuala. —Finn sonrió—. Todas esas horas jugando al ajedrez tal vez salven a algunos hombres de la cárcel y de una paliza brutal.

—Si llegamos a tiempo.

—Sí —dijo Finn—. Si llegamos a tiempo.

15

Nuala no oyó nada esa noche, y tampoco al día siguiente. Finn se había ido a trabajar con un reconfortante «Las malas noticias viajan rápido, Nuala», pero eso no había conseguido aplacar su inquietud.

Lo único que quería saber era si Tom Barry —quien, según le había confiado Finn, estaba al frente del grupo de espías de Bandon— había recibido el mensaje de abortar y huido a tiempo.

—Jesús —jadeó mientras pedaleaba hacia la Casa Grande—, yo soy una simple hija de granjero, no estoy hecha para estas intrigas.

Apenas se permitió exhalar cuando saludó a Lucy con un leve asentimiento al cruzar la cocina y subió a las estancias de Philip. Solo cuando él giró la silla de ruedas para saludarla con su media sonrisa, soltó el aire con alivio.

—Hola, Nuala. Parece que vengas de escalar el Ben Nevis. Siéntate y recupera el aliento.

Agradecida, Nuala tomó asiento preguntándose quién o qué era Ben Nevis.

—Hoy creo que me gustaría que fueras tú la que me enseñara algo —dijo Philip—. Así daremos un nuevo estímulo a nuestra mente antes de volver al ajedrez.

Feliz de comprobar que no la habían descubierto, Nuala sonrió.

—¿Qué tenías pensado?

—¿Conoces algún juego irlandés? El *hurling* y el fútbol gaélico no es lo que más me apetece. ¿Quizá un juego de mesa?

Nuala reflexionó.

—Si te soy franca, Philip, nosotros no tenemos mucho tiempo para juegos como el ajedrez. Los hombres juegan a veces a las cartas o a juegos que consisten en beber, pero…

Philip soltó una carcajada.

—Nosotros también jugábamos a eso en las trincheras. El alcohol era lo que más nos ayudaba a seguir adelante. Por desgracia, dudo mucho que beber té Darjeeling sea tan divertido.

Nuala siguió pensando, deseaba ofrecer a Philip algo que no existiera en su pequeño mundo inglés, un mundo que no sobrepasaba los límites de esos jardines.

—A veces, en invierno, mi padre nos contaba cuentos de hadas para pasar el rato. A mi hermana Hannah le encantaban los aterradores cuentos de *púcaí*, criaturas espirituales que suelen aparecerse como caballos y aterrorizan a cualquier alma viviente que intente montarlos.

—Mejor nos olvidamos de las historias de fantasmas, Nuala —Philip se estremeció—, pero sé que los irlandeses creéis en las hadas y tenéis muchos cuentos sobre ellas.

—Forman parte de nuestro folclore, de la tierra y de la naturaleza que nos rodea. Creo que te gustaría Finnvara, el rey del País de las Hadas. Mi Finn se llama así por él, y yo me llamo Nuala por la reina de las hadas.

Nuala se fijó en el levísimo gesto de disgusto en el labio de Philip que ahora percibía siempre que mencionaba a su marido.

—¿Por qué no me amenizas con la vida del rey Finn y la reina Nuala? —preguntó Philip con una sonrisa irónica.

Así que Nuala le relató la historia de cómo sus tocayos habían gobernado en el reino de las hadas, o «los seres», como se las llamaba en susurros. Eran criaturas poderosas que vivían próximas al mundo de los humanos, acechando debajo de montículos y círculos de piedra, a la espera de que un desventurado trotamundos se extraviara para ser raptado por el todopoderoso y carismático Finnvara.

—¿Como tu Finn te raptó a ti? —intervino Philip con cierto tono sarcástico.

—Oh, yo estaba encantada de que me raptara. Y ahora que se acerca la fiesta de Samhain, los agricultores están aplacando a Finnvara para tener una buena cosecha.

—Como nuestros druidas hacían en Inglaterra. Todos los humanos tienen algún tipo de folclore.

—¿En serio? —preguntó Nuala, sorprendida.

—Desde luego, y esa reina de las hadas de la que me has hablado comparte algunos rasgos con personajes como Morgana le Fay y la Titania de Shakespeare. Todas ellas son hermosas y cautivadoras, pero también inteligentes y a menudo manipuladoras. Quizá tú seas también una reina de las hadas, Nuala.

—Qué cosas se te ocurren —respondió ella, sonrojándose—. ¿Quién es esa Morgana le Fay?

—Era la aprendiz de Merlín en la vieja corte de nuestro rey británico Arturo. Merlín le enseñó todo lo que sabía, su magia secreta y sus conocimientos ancestrales. Luego ella lo traicionó.

—Parece una mala mujer. Nuestra reina Nuala nunca traicionaría a Finnvara.

—Oh, Morgana tenía sus razones. De hecho, si te acercas a ese estante de ahí, encontrarás un gran tomo verde de un escritor llamado sir Thomas Malory: *La muerte de Arturo*.

Nuala lo encontró, regresó a su asiento y abrió el pesado libro; al ver el texto tan pequeño que llenaba las páginas suspiró para sus adentros.

—Creo que podemos saltarnos los relatos de Uther Pendragon —le indicó Philip— e ir directamente al capítulo 25, que se escribe «XXV», en el que Merlín ayuda a Arturo a obtener la espada de Excalibur de la Dama del Lago. Lee para mí, Nuala.

—Haré lo que pueda, Philip.

Al llegar a su casa, Nuala recibió la noticia de que Tom Barry y sus hombres habían escapado justo a tiempo de las garras del Regimiento de Essex, gracias a la información que ella había obtenido en la Casa Grande, y se pasó el resto de la semana embargada por un optimismo y un orgullo cautos.

Conforme el otoño avanzaba y las hojas del bosque se teñían de rojo, naranja y amarillo, pasaba las primeras horas de la mañana con Finn, antes de que él se fuera a la escuela, lo que proporcionaba un pequeño espacio de calma a su joven matrimonio. Después solía pedalear hasta las granjas de otras voluntarias para entregar mensajes —en una ocasión llevó una pistola debajo de la falda, amarrada a la cara externa del muslo— o para lavar la ropa de los voluntarios. Pasaba las tardes con Philip, agradeciendo el fuego que ardía en la gran chimenea de su sala de estar a medida que los días se iban acortando. Alternaban la lectura de *La muerte de Arturo* (Nuala empezaba a cogerle el tranquillo al extraño inglés en que estaba escrito) con las partidas de ajedrez y los paseos por el jardín, rebosante de colores otoñales.

Finn se ausentaba cada vez con más frecuencia por la noche a medida que la columna volante ganaba confianza y organizaba más ataques. Cuando se metía en la cama entrada la madrugada, Nuala soñaba con llevárselo a la tierra de las Hadas, donde gobernarían juntos sobre su reino y solo habría música, risas y baile…

Una noche se le ocurrió una idea relacionada con Philip y fue a ver a Christy al pub después del trabajo.

—¿Va todo bien, Nuala? —le preguntó Christy poniéndole delante un trago de whisky haciéndole un guiño.

—Sí, gracias —respondió ella antes de beber un sorbo para entrar en calor—. Christy, ¿puedo preguntarte algo?

—Adelante.

—¿Sabes que Philip, el hijo de los Fitzgerald, perdió una pierna en Francia?

—Sí, me lo contaste. —Christy asintió—. Tuvo suerte de salir vivo, y me imagino que, con todo el dinero que posee su familia, habrá contado con los mejores médicos y cuidados.

—Así es, pero… ¡es tan testarudo, Christy! Se niega a aceptar la ayuda que se le ofrece. Tiene una magnífica pierna de madera hecha especialmente para él que no hace más que acumular polvo en un rincón porque no se digna ni mirarla. Dice que le causa demasiado dolor.

—¿Cuánto tiempo ha pasado desde que sucedió? —preguntó Christy en tanto que rodeaba el mostrador y se sentaba en un taburete a su lado, aflojando el peso de su pierna mala.

—Más de dos años. Hace poco lo convencí para que saliera al jardín con la silla de ruedas. Es como si se hubiese rendido, lo único que le interesa son las partidas de ajedrez y los libros. Pero, si pudiera caminar, ¡disfrutaría de muchas más cosas!

—Claro, pero recuerda que además de la herida física hay una herida mental. ¿Te acuerdas de cómo estaba yo cuando tuve el accidente? Sentía lástima de mí mismo, pensaba que nunca sería de utilidad a nadie.

—Pero tú sabes que eso no es verdad. No sé qué harían mamá y papá en la granja sin ti, y más ahora que Fergus se… ausenta tan a menudo. Trabajas más que cualquier hombre sin lesiones que conozco, Christy.

—Puede —Christy bajó la voz—, pero cuando veo partir a Fergus y Finn, me siento un estúpido inútil. No hay día que no me acuerde del dolor que sentí en el pie y la espinilla cuando la trilladora los aplastó. Sueño a menudo con eso, y estoy seguro de que tu Philip revive la guerra cada noche. Imagino lo difícil que debe de ser para él apañárselas sin una pierna. Yo por lo menos puedo usar la mía, y aun así tardé mucho en reunir el valor necesario para levantarme y utilizar el bastón. —Lo golpeteó contra el suelo con una sonrisa agradecida.

—Entonces ¿qué te impulsó a seguir adelante? ¿Tener esperanza?

—Tu familia y tú, Nuala, vuestro cariño y vuestros cuidados.

Nuala no pudo soportar la intensidad de su mirada y desvió los ojos hacia la mano grande y callosa que descansaba sobre el bastón de roble.

—De no haber sido por tu alegre sonrisa cada día —continuó él—, no habría querido salir siquiera de la cama, tan fuerte era el dolor. Pero tú siempre estabas ahí, y eso que no tenías más de trece años. Naciste para ser enfermera, Nuala. Y si ese Philip sabe lo que le conviene, te escuchará.

—Tal vez, pero hasta ahora he fracasado, Christy.

—Bueno, el bastón me ayuda a quitarle peso a la pierna mala, y tengo uno de repuesto. Quizá a tu hombre le gustaría probarlo.

—Por lo menos puedo ofrecérselo —dijo Nuala—. Gracias, Christy.

—Nunca me permitiste un no por respuesta —le dijo cuando se iba—. No se lo permitas a él.

Al día siguiente, Christy la acompañó a Argideen House en la carreta porque Nuala llevaba consigo su bastón de repuesto. Cruzó la cocina, corrió escaleras arriba y llamó a la puerta.

—Adelante, Nuala —dijo Philip.

Cuando entró, vio que el gran libro sobre el rey Arturo estaba en la mesita auxiliar que había junto al sofá, esperándola.

—Hola, Philip. Bien, hoy vamos a hacer algo nuevo —anunció sin más demora.

—¿En serio? ¿Qué se te ha ocurrido esta vez? —Miró con cautela el bastón que Nuala sostenía en la mano—. Si es lo que creo que es, debo ponerme firme, por decirlo de alguna manera, y decir no.

Nuala se sentó en el sofá con el bastón en la mano.

—¿Recuerdas que te hablé de mi primo Christy?

—¿El que trabaja en el pub?

—El mismo. —Nuala dio unos golpecitos en el suelo con el bastón—. Cuando tenía quince años, estaba manejando la trilladora en la temporada de la cebada. Una trilladora es…

—Sé qué es una trilladora, Nuala.

—Entonces también sabrás que puede ser muy peligrosa. Christy siempre ha sido un muchacho fuerte y listo, pero resbaló y el pie derecho y parte de la pierna quedaron atrapados en la trilladora. No hace falta que te explique la terrible herida que le hizo.

—Me la puedo imaginar. ¿Le amputaron la pierna?

—No, logró salvarla, pero tardó casi un año en recuperarse y ya no puede andar sin bastón. Nunca correrá ni volverá a bailar con una chica en un *ceilidh*, pero camina y puede montar a caballo.

—Me alegro por él, pero no veo qué tiene que ver eso conmigo —repuso Philip, irritado—. Christy tiene dos piernas, y supongo que dos ojos, además de una cara intacta.

—Y tú, en tu dormitorio, tienes una magnífica pierna de madera hecha especialmente para ti —replicó ella.

—¡Nuala, he dicho que no y punto!

Ella lo ignoró y fue a buscar la pierna a la habitación. Estaba apoyada, como de costumbre, en la pared del fondo, y la señora Houghton ya le había mostrado el montón de calcetines de algodón que había en el cajón de la cómoda. Le pondría uno en el muñón y así protegería la delicada piel de la cicatriz.

Cogió la pierna —le sorprendió lo pesada que era— y se la llevó a la sala de estar.

—¡No, Nuala, por favor! —gritó Philip con cara de pánico.

—Iremos poco a poco —lo tranquilizó ella—, pero tienes que intentarlo. ¿Qué te parece si te la ponemos y te sientas con ella mientras jugamos una partida de ajedrez? Solo para experimentar la sensación.

—Sé que tus intenciones son buenas, pero es inútil. Estoy estupendamente aquí, en mi silla.

—¿Lo estás, Philip? —Nuala lo miró directamente a los ojos—. Cada día te observo y veo cómo hiere tu orgullo tener que pedir ayuda a la gente. Yo me sentiría igual en tu lugar, y fue justo eso lo que impulsó a Christy a salir de la cama y ponerse a caminar. Además, la mayoría de los soldados que he visto en tu situación tienen poco más que un palo de madera, ¡mientras que tú cuentas con una pierna hecha a medida! Por lo menos has de intentarlo, no permitas que tu testarudez se interponga.

Sonrojada por la franqueza con la que había hablado, temió que Philip fuera a despedirla en ese mismo instante.

Tras un largo silencio en el que ambos permanecieron inmóviles, Philip soltó un suspiro y asintió.

—De acuerdo, pero no pienso descansar el peso en ella.

—Gracias. Allá vamos —dijo Nuala arrodillándose frente a él—. Te remangaré la pernera para que no estorbe —explicó al tiempo que dejaba al descubierto el muñón. Aunque Philip estaba acostumbrado a que lo lavara cada noche, Nuala podía notar su tensión—. Ahora lo cubriremos con un calcetín de algodón —continuó mientras eso hacía—. Bien, voy a abrir las hebillas de las correas.

La pierna estaba hecha de una madera, lijada y barnizada, de color crema oscuro. Tenía un pie tallado en el extremo y correas de cuero para poder sujetarla alrededor del muslo de Philip. Nuala procuraba trabajar con movimientos firmes para que no se notara que era la primera vez que hacía eso.

Una vez que hubo amarrado la pierna y comprobado con Philip que no era demasiado incómoda, probó la bisagra para asegurarse de que giraba bien con la rodilla y colocó el pie de madera en el reposapiés de la silla de ruedas. A continuación, sin decir palabra, acercó a Philip hasta la ventana y montó la mesa de ajedrez.

Jugaron en un silencio roto únicamente por el crepitar del fuego y el gratificante chasquido de las piezas cuando las movían por el tablero. Tras declarar Philip jaque mate, en lugar de pedir la merienda, Nuala bajó a la cocina y subió la bandeja para que él no tuviera que ver a Maureen mirando boquiabierta la pierna.

Mientras le servía el té y añadía la cantidad justa de leche, Philip carraspeó.

—¿Viste muchos… amputados cuando estuviste en el hospital de Cork? —preguntó.

—Sí. Era el final de la Gran Guerra y teníamos a hombres jóvenes recuperándose de heridas parecidas a la tuya. Yo me estaba formando, así que me dedicaba a vaciar cuñas y esa clase de cosas, no realizaba labores de enfermería, pero vi mucho sufrimiento. Y coraje —añadió Nuala.

Philip mordisqueó pensativo su sándwich antes de decir nada.

—No lo dudo, y sé que soy más afortunado que la mayoría de los que viven aquí, pero creo que nunca volveré a sentir verdadera paz.

—Yo creo que sí, Philip, si fueras más independiente. Sé que requiere mucho trabajo y valentía, pero puedes hacerlo, sé que puedes.

—Eres optimista por naturaleza, Nuala. —Philip suspiró.

—No veo qué ganaría siendo de otra manera. Además, Philip, tengo fe, y he puesto mucha de esa fe en ti.

—Entonces, detesto decepcionarte pero…

—Pues no lo hagas.

Tras una larga pausa, Philip suspiró de nuevo.

—Está bien, probémoslo.

Con el corazón dando saltos de alegría, Nuala lo empujó hasta la larga librería, donde había unas cuantas superficies firmes con la altura adecuada a las que agarrarse. Le puso los pies en el suelo, le entregó el bastón de Christy y le rodeó suavemente la cintura con los brazos, como hacía cuando lo ayudaba a meterse en la cama por la noche.

—Te tengo bien sujeto, Philip —dijo—. Ahora, te levantaremos y, por el momento, apoyarás el peso en la pierna buena. Una vez que te sientas cómodo, intentaremos apoyar algo de peso en la pierna mala.

Mientras lo ayudaba a levantarse, podía notar que Philip temblaba por el esfuerzo y los nervios, y vio que los nudillos de la mano que sujetaba el bastón de Christy se teñían de blanco.

—Respira, Philip. Inspira, espira.

Philip soltó un resoplido y tomó y soltó el aire tan rápido que Nuala temió que hiperventilase.

—Bien, agárrate a ese estante con la otra mano… —Nuala señaló la altura adecuada—. Ahora ha llegado el momento de que pruebes a trasladar algo de peso a la pierna mala. Te prometo que no te dolerá tanto como antes —lo alentó.

Notó que el cuerpo de Philip se desplazaba al apoyar con cuidado parte de su peso en la pierna de madera y oyó otra inspiración brusca.

—¿Qué tal? ¿Quieres sentarte? —preguntó.

—No —resolló Philip, tenía gotas de sudor en la frente—. No, no voy a rendirme ahora que he llegado hasta aquí. No me duele tanto como antes. Deja que me equilibre y luego intentaré sostenerme solo.

—Magnífico. Estás siendo muy valiente. Bien, cuando estés listo…

Philip se removió hasta que estuvo cómodo.

—Listo —murmuró.

—Apóyate en el bastón y suelta el estante… Estoy aquí para cogerte si te caes.

Philip se soltó despacio; ella permanecía delante de él, con los brazos extendidos hacia Philip.

—¡Mira! —exclamó Nuala, se sentía tan orgullosa de él que no cabía en sí—. ¡Te sostienes solo! ¿A que es pan comido?

De repente, llamaron a la puerta y esta se abrió antes de que Nuala pudiera gritar que esperaran.

—¿Philip? —Lady Fitzgerald entró en la sala—. ¡Oh…, Dios mío…!

Philip se quedó petrificado al ver a su madre y Nuala lo sujetó con los brazos para que no perdiera el equilibrio.

—Es solo un experimento, madre, para ver si la pierna todavía me encaja —dijo con fingida indiferencia mientras Nuala lo ayudaba a sentarse en la silla de ruedas.

Lady Fitzgerald se volvió hacia Nuala, que le lanzó una mirada de advertencia.

—Por supuesto —dijo la mujer, captando el mensaje—. He subido a preguntarte si, ya que al final nuestros invitados no vendrán, te apetece que esta noche cene aquí arriba contigo.

—Me encantaría, madre.

—Estupendo. Subiré a las siete —dijo lady Fitzgerald—. Nuala —añadió con un asentimiento de cabeza, y la miró con tanta alegría y gratitud que a la muchacha se le llenaron los ojos de lágrimas.

Cuando la puerta se hubo cerrado, Philip miró a Nuala y rompió a reír.

—¿Viste la cara de mi madre cuando entró? Ya solo por eso ha merecido la pena el esfuerzo. Gracias, Nuala. Tendría que haberlo probado hace tiempo, pero tenía… miedo.

—Es comprensible. —Lo empujó hacia la ventana, donde el sol empezaba a ponerse y proyectaba una luz dorada en la estancia—. No voy a mentirte, queda mucho por hacer hasta que puedas caminar solo. —Se arrodilló para desatar la pierna.

—Pero tú me ayudarás, ¿verdad, Nuala?

—Claro que sí, Philip.

Justo antes de las siete, Nuala se disponía a marcharse cuando lady Fitzgerald la detuvo al pie de la escalera.

—¿Tienes un momento, Nuala? —preguntó.

—Desde luego, señora.

Advirtió que lady Fitzgerald tenía los ojos enrojecidos, como si hubiera estado llorando.

—Nuala, lo que has conseguido hacer por Philip es un milagro —dijo suavemente—. Solo puedo darte las gracias desde lo más hondo de mi corazón.

—Fue su hijo quien lo hizo —respondió Nuala—. Buenas noches, lady Fitzgerald.

Esa noche regresó andando a casa y ni siquiera notó el viento frío que le azotaba las mejillas. Solo podía pensar en la expresión de Philip cuando se sostuvo solo, sin apoyo, por primera vez desde su herida. Y se sintió decidida a ayudarle a encontrar la paz y el amor propio que tanto anhelaba.

16

A medida que el otoño se adueñaba de West Cork, la guerra de Independencia de Irlanda se iba intensificando. Mientras los británicos seguían invadiendo pueblos e incendiando granjas en represalia por las numerosas emboscadas sufridas, los voluntarios del IRA desbarataban sus planes lo mejor que podían volando puentes, cambiando postes indicadores y cortando cables de telégrafo allí donde los había. Finn se ausentaba por la noche con frecuencia, y Nuala estaba más ocupada que nunca entregando o recogiendo envíos o armas.

Lady Fitzgerald había encargado al mozo de cuadra que trabajaba en los establos de Argideen House que construyese un armazón con dos barras de madera para que Philip se agarrase a ellas cuando practicaba con la pierna de madera. Habían instalado la estructura en la sala de estar de Philip, y este aceptó que Nuala lo sometiese a un riguroso plan de ejercicios con los que fortalecer los músculos de las piernas.

—Creo que ha llegado el momento de que dejes las barras y empieces a dar pasos con el bastón —dijo ella una neblinosa tarde de octubre.

—Si hubiera sabido que eras una déspota, nunca habría convencido a mi madre para que te contratara —declaró Philip mientras, con los brazos temblando y la cara perlada de sudor, se sujetaba a las barras y avanzaba cojeando de un lado a otro de la alfombra.

—Lo intentaremos mañana, ¿de acuerdo? —dijo Nuala al tiempo que lo sentaba y le soltaba la correa de la pierna.

Una hora después de que llegase a casa, Finn, que había salido con la columna volante las últimas noches, apareció por la puerta trasera con cara de agotamiento.

—Hola, cariño, qué bien huele —dijo abrazándola, y luego se acercó a oler la olla colgada encima de la lumbre.

—Tienes pinta de necesitar un estofado, Finn Casey. Estás adelgazando.

—Es de tanto caminar de un lado a otro. En mi vida había estado tan en forma, te lo juro. Ahora soy puro músculo, Nuala. —Le guiñó un ojo.

—¿Alguna noticia?

—Sí, y buenas, para variar. —Nuala le pasó el plato de estofado y él empezó a devorarlo con avidez—. La columna abrió fuego contra el Regimiento de Essex en Newcestown; hemos matado a dos oficiales y herido a tres. ¡Por fin hemos conseguido una victoria!

Nuala se santiguó y pronunció una oración por los muertos. Finn la vio hacerlo.

—Cariño, lo último que queremos es matar a otros hombres, pero... —se encogió de hombros— es la única forma. O los británicos o nosotros. Han pillado a algunos de nuestros voluntarios y han asaltado e incendiado sus hogares. Nuala, también están deteniendo a mujeres: sé de tres chicas de Cumann na mBan que han sido condenadas a la cárcel en Cork. Me preocupa que estés aquí sola por la noche cuando yo ando por ahí fuera, y eso va a ser cada vez más habitual. Estarías más segura con tu familia en Cross Farm.

—Tengo a Christy al otro lado de la calle para protegerme y...

—Nadie puede proteger a una mujer sola de los británicos, y menos de noche. Esta semana nos han informado desde Kerry de que dos Negros y Caquis aterrorizaron y abusaron de una mujer. Así que, de ahora en adelante, cuando yo esté fuera de noche, te irás a la granja y no vendrás hasta que te avisen de que he vuelto.

—Pero, Finn, ¿qué pensarán los vecinos si ninguno de los dos estamos en casa?

—He hablado con Christy y con el director O'Driscoll. Los dos están seguros de que en el pueblo no hay espías, solo partidarios de los voluntarios y las mujeres que trabajáis por la causa.

—Tal vez, pero no podemos poner en peligro mi puesto en casa de los Fitzgerald. Si llega a saberse…

—No llegará a saberse. Podemos confiar en O'Driscoll y en nuestros amigos del pueblo. Y si se da el caso, cariño, te pediría que dejaras el puesto para estar a salvo.

—Pero yo no quiero dejarlo —protestó ella—. Tú mismo has dicho que lo que hago tiene valor… ¡Tom Barry y sus hombres se salvaron en Bandon gracias a mi trabajo!

—Es cierto, pero no eres la única espía que tenemos, Nuala, y en cambio ¡sí que eres mi única esposa! —Le tomó las manos y suavizó el tono—. Puede que ya sea demasiado tarde para fingir que somos una pareja normal, pero mi deber es protegerte. Y ahora, comámonos el estofado antes de que se enfríe.

Cuando octubre dio paso a noviembre, Finn se ausentaba tan a menudo que Nuala pasaba como mínimo la mitad de las noches en Cross Farm. Se dio cuenta de que Philip casi nunca preguntaba por su marido, quizá porque estaba muy ocupado fortaleciendo las piernas. Habían terminado de leer *La muerte de Arturo*. La historia del rey británico se volvía más siniestra hacia el final, aunque a Nuala le había gustado la misión última de los caballeros de conseguir el Santo Grial.

—¿Cuál es tu «Santo Grial», Nuala? —le había preguntado Philip cuando ella había cerrado el libro.

«La libertad de Irlanda», había pensado ella, pero en lugar de eso había dicho:

—Que te liberes de la silla de ruedas y así no tenga que empujarte.

Philip había reído entre dientes y había tocado la campana para que les subiesen el té.

Tumbada en la cama al lado de Hannah porque Finn se encontraba otra vez fuera, Nuala pensó que nunca se le había pasado por la cabeza que volvería a vivir allí siendo una mujer casada. Sin embargo, por lo menos estaba ocupada: a medida que los enfrentamientos se recrudecían, las bajas de los voluntarios aumentaban, de modo que, con la ayuda de Hannah, había decidido organizar una jornada de formación en primeros auxilios en Cross Farm para las mujeres de Cumann na mBan. Aoife, una de sus amigas de su etapa como enfermera en Cork, iría a ayudarla a enseñar las técnicas básicas para vendar y limpiar una herida, ocuparse de un paciente inconsciente e incluso extraer una bala. Habían pedido a las mujeres que recogiesen antiséptico, vendas y medicamentos esenciales en las farmacias y los hospitales de la zona. Llegaron a la hora acordada y colocaron el botín en un extremo del granero, donde Aoife iba preparando botiquines para que cada mujer se llevase uno.

—Me está gustando esto —dijo Nuala a Hannah después de la clase de primeros auxilios, mientras distribuían el estofado que se serviría en el granero.

—Sí, es bueno para la moral que nos reunamos, y también que los hombres hagan el trabajo de vigilancia de las mujeres para variar. Aunque yo no me fiaría de ellos como cocineros —dijo Hannah riendo por lo bajo.

Después de comer, las mujeres, dieciséis en total, escucharon a sus capitanas locales hablar de varios temas que abarcaban desde la conveniencia de que aprovechasen cualquier momento libre para hacer punto porque los chicos estaban necesitados de calcetines, bufandas y jerséis, hasta la exhibición de un revólver Webley y un rifle. Mary Walsh, de la brigada de Kilbrittain, hizo una demostración de cómo cargarlos y dispararlos, habló de los distintos tipos de munición y explicó los métodos de limpieza. También hicieron un llamamiento a las mujeres para que redoblasen sus esfuerzos en la recaudación de fondos.

—No voy a servir té en mitad del pueblo y a pedir a los vecinos que apoyen nuestra causa, ¿no? —replicó mordazmente Florence—. ¡Me detendrían antes de que me diese tiempo a retirar las tazas!

—No, Florence, tienes razón, pero puedes pedir a todas las mujeres de las que te fíes que pidan a las mujeres de su pueblo de las que se fíen que aporten lo que puedan para ayudar a nuestros valientes compañeros.

—¡Nosotras también necesitamos ayuda! —soltó de sopetón otra mujer—. ¡Con toda la ropa sucia que tengo que lavar, no gano para pastillas jabón!

—Y comida…

—¡Y lana!

—Tenemos que hacer lo que podamos, chicas —dijo Hannah—. Nuestros muchachos dependen de nosotras, y no podemos fallarles, ¿verdad?

Las mujeres prorrumpieron en una calurosa ovación que se silenció al instante; luego todas se tumbaron en camastros de paja y se acurrucaron bajo mantas, pues hacía un frío gélido. Mientras caía una lluvia torrencial sobre el tejado, Nuala, con los pies medio congelados, pensó en que Finn y sus camaradas soportaban eso noche tras noche, a veces después de horas de marcha o tumbados en una zanja empapada a la espera de que el enemigo se acercase. La valentía de todos ellos la impresionaba.

A la mañana siguiente, una vez que la última mujer se hubo marchado después del desayuno, Hannah, Nuala y su madre fregaron los cacharros.

—Me parece fantástico lo que has organizado, Nuala —dijo Eileen.

—Es verdad —convino Hannah—. Todas se han ido muy motivadas.

—Me voy a dar de comer a los cerdos —anunció Eileen—. Vosotras sentaos y entrad en calor después de la noche al fresco que habéis pasado.

—Gracias, mamá.

Las dos hermanas se quedaron un rato escuchando el crepitar del fuego.

—Aprovechando que ahora no hay nadie delante —dijo Hannah al poco—, me gustaría decirte algo. Pero tienes que jurarme que lo mantendrás en secreto.

—Claro, Hannah. ¿De qué se trata?

—¿Te acuerdas de Ryan, el amigo de Finn que vino a vuestra boda, el de Kinsale?

—Sí, me acuerdo de que bailó contigo. ¿Por qué?

—Lo he visto de vez en cuando desde entonces porque trabaja en la oficina de correos que hay en la misma calle del taller de costura de Timoleague. Se presentó a las oposiciones para la administración pública y tenía que ir a Inglaterra, pero cuando pasó lo del Alzamiento de Pascua decidió no ir.

—Qué callado te lo tenías. No me habías dicho nada —comentó Nuala sonriendo.

—Porque no hay nada que contar. Hemos ido a pasear a la hora de comer y nos hemos visto alguna vez después de trabajar, cuando yo no estaba fuera llevando mensajes, pero…

—¿Sí? —Nuala notaba la emoción de su hermana.

—El miércoles pasado por la tarde me llevó a dar un largo paseo por la playa y…

—¡Ya vale de suspense, mujer! ¿Qué?

—¡Me propuso matrimonio!

—¡Santa María, Madre de Dios! ¡Menudo notición! ¿Y…?

—Le dije que sí. Oh, Nuala. —Hannah estiró los brazos y apretó las manos de su hermana—. ¡Soy tan feliz que creo que voy a estallar!

—¡Y yo soy muy feliz por ti, hermana! Es una noticia maravillosa, justo lo que la familia necesita ahora.

—Tal vez, pero ya sabes lo que papá piensa de estas cosas. Ryan es de Kinsale, así que no conocerá a su familia.

—Claro que sí, Finn es amigo suyo, Hannah.

—Puede, pero cuando Ryan se presente aquí a pedirle a papá mi mano, papá se pasará como mínimo una hora interrogándolo, como hizo con Finn.

—Eso seguro, está en su derecho como padre, y Ryan tendrá que estar preparado. ¿Cuándo vendrá?

—El domingo que viene. ¿Quieres ver el anillo?

—¡Claro!

Hannah pasó la vista por la cocina vacía como si pudiese haber alguien escondido debajo de la mesa. Luego metió la mano por la pechera de la blusa y sacó un anillo que llevaba colgado de un trozo de hilo.

—Tiene la forma del *claddagh*, y solo está chapado en plata, porque el sueldo no le da para mucho aparte de para la pensión, pero me encanta.

Nuala admiró el pequeño anillo, con su corazón de plata sujeto entre dos manos. Miró los ojos brillantes de Hannah mientras su hermana besaba el anillo.

—Es precioso. ¿Es un hombre bueno?

—¡Ryan es tan bueno que me hace quedar mal! Dudo que le haya pasado por la cabeza un pensamiento malo. Me contó que cuando era más joven quería ser sacerdote. El único problema es…

—¿Sí?

—Que no sabe nada de mi actividad en Cumann na mBan. Si lo supiera, no le haría gracia. No está de acuerdo con la guerra, ¿sabes?

—Hannah, me has dicho que prefirió no prosperar en su carrera y no fue a Inglaterra después del levantamiento. ¿Seguro que no te apoyaría?

—En mi opinión, hay una diferencia entre odiar a los británicos y tomar parte activa en la lucha. Él es pacifista, y eso quiere decir que está en contra de cualquier tipo de violencia.

Nuala miró pasmada a su hermana.

—¡Pero, Hannah, tú eres uno de los miembros más apasionados de nuestra causa! ¿Me estás diciendo que renunciarías a tus actividades por él?

—Claro que no, pero cuando estemos casados tendré que andarme con más cuidado. A lo mejor, si le explicara que todo lo que hacemos es por Mick Collins, Ryan lo entendería. Creo que adora a Michael Collins más que yo. —Hannah soltó una risita—. Dice que es un político de verdad; cree que Mick usa la inteligencia y no los músculos para solucionar los problemas.

—Las dos sabemos que eso no es cierto, Hannah. Michael Collins fue un buen soldado antes que un político. Ayudó a dirigir el levantamiento con Éamon de Valera, y pasó dos años en una cárcel británica por eso.

—Es verdad, pero ahora sale en los periódicos vestido con traje y corbata, parece elegante e importante.

—¿Sabe Ryan que su héroe también es el jefe de Inteligencia del IRA? —preguntó Nuala—. ¿Que no hay nada que el IRA haga en ningún rincón del país de lo que él no se entere? ¿O que muchas veces él mismo lo ordena?

—Puede que sí, puede que no. El caso es que no le gustaría descubrir que su prometida es tan partidaria de la violencia que se dejaría arrastrar por ella. —Hannah soltó un largo suspiro y a continuación miró a su hermana—. ¿Qué hago, Nuala? Me moriría si lo perdiera…

—No lo sé. Venimos de una familia de fenianos dispuestos a dar la vida por la libertad de Irlanda.

—Lo sé. ¿Y si papá dice algo que nos delata a todos? —se preguntó Hannah en voz alta—. ¡Ryan podría salir por piernas y volver corriendo a su pensión de Timoleague!

—Como has dicho, Ryan no es de la zona. Seguro que papá no dirá nada hasta que sepa que puede confiar en él.

—Tienes razón —convino Hannah—. Y no es que Ryan no crea en la causa…

—Solo no cree en la guerra. —Nuala se acordó enseguida de Philip—. Por lo menos no es inglés —comentó riendo por lo bajo.

—Ni un Negro y Caqui…

—Ni un Auxiliar…

—¡Ni un protestante! —dijo Hannah riendo, y su rostro se relajó un poco.

—A mi modo de ver, si quieres a tu hombre como yo quiero a Finn, harás cualquier cosa para estar con él.

—Sí, lo quiero, de verdad. Seguiría haciendo lo que pudiera…, coser y recaudar dinero, pero… ¿tú lo entenderías, Nuala?

—Haría todo lo posible por entenderlo, Hannah —dijo Nuala encogiéndose de hombros con tristeza—. El amor lo cambia todo.

Como estaba previsto, una semana más tarde Hannah comunicó a la familia que había invitado a comer a «un amigo» el domingo después de misa.

Nadie se lo tragó, y menos Eileen, que acosó a preguntas a Nuala, Christy y Fergus.

—¿Queréis dejar de preguntarme? —rogó Nuala mientras su padre llevaba a la familia a casa en el carro tirado por el poni después de misa—. Juro que no sé nada.

Hannah los seguía con su «amigo».

Cuando por fin llegaron, Nuala sintió lástima por el hombre pálido, delgado, de cabello rizado que cruzó la puerta detrás de Hannah.

—Este es Ryan O'Reilly, puede que lo recordéis de la boda de Finn y Nuala —anunció Hannah, y un rubor de un vivo color rojo le subió por el cuello hasta la cara.

Finn, que para gran alegría de Nuala había vuelto a casa hacía un par de días, dio un paso adelante.

—¿Qué tal estás, Ryan? —preguntó, estrechando la mano a su amigo.

A Nuala el pobre le pareció tan asustado como si los Negros y Caquis estuvieran a punto de fusilarlo.

Tras la presentación de cada miembro de la familia, se sentaron a comer. El padre ocupaba la cabecera de la mesa, en silencio por una vez; su mirada penetrante evaluaba a Ryan.

Después de comer, entonado con abundante oporto del barril que tenían en el exterior, Ryan se aclaró la garganta y se dirigió a Daniel.

—¿Puedo hablar en privado con usted, señor?

—Como puedes ver, en esta casa no hay mucha intimidad, así que propongo que salgamos —dijo Daniel—. Hace buen tiempo.

—Sí, señor.

Toda la familia observó cómo Daniel lo llevaba fuera.

—Como un borrego al matadero —comentó Fergus.

—Por lo menos él ha encontrado mujer, no como tú, hermano —replicó Nuala, bromeando solo a medias.

—No sería justo pedirle a una mujer que fuera mi esposa cuando no sé si llegaré a finales de año —contestó Fergus—. Además, creo que soy más feliz solo. Algunos hombres lo son —añadió encogiéndose de hombros.

—Tu hermano se está volviendo un solterón empedernido. —Eileen suspiró.

—Bueno, así me evito pasar por todo eso. —Fergus señaló a Ryan y a Daniel, que hablaban en el banco de fuera.

—Bah, seguro que a Ryan le va bien. —Finn sonrió—. Es buena persona, un tipo callado, ¡al contrario que vosotros!

Nuala miraba a los dos hombres desde la ventana.

—Ryan se está levantando y...

—¡Apártate de esa ventana, muchacha! —dijo Eileen—. Déjales algo de intimidad.

Todas las miradas se volvieron hacia Hannah.

—¡Dejad de mirarme! —gritó, y a continuación subió corriendo a su cuarto.

Mientras esperaban, Finn, Christy y Fergus hicieron corrillo junto a la mesa de la cocina. Nuala dudaba si debatían acerca de la idoneidad de Ryan O'Reilly para Hannah o sobre asuntos de los voluntarios. Las dos cosas —en distintos sentidos— eran igual de importantes.

—Jesús, María y José, ¿habéis visto qué hora es? Voy a poner el té —gritó Eileen más alto de lo necesario a los que seguían reunidos en la cocina.

Mientras el agua hervía, la puerta trasera se abrió y los dos hombres entraron.

—Quiero que sepáis que Ryan O'Reilly me ha pedido la mano de nuestra Hannah en matrimonio. Y después de cierto debate, se le ha concedido permiso —anunció Daniel.

Al instante estalló una calurosa ovación, y mientras los hombres estrechaban la mano a Ryan y le daban la bienvenida a la familia, Daniel fue a la despensa a sacar la botella de whisky. Nuala y Eileen miraron expectantes a la futura esposa, que bajó los escalones y se lanzó directa a los brazos de su madre.

—¡Cuánto me alegro por ti! —dijo Eileen llorando—. Me preocupaba que te convirtieras en una solterona.

—Santo Dios, solo tengo veinte años, mamá —replicó Hanna sonriendo.

Entonces fue Nuala la que abrazó a su hermana mayor.

—Enhorabuena, hermana. Y no me pidas que me ponga un vestido rosa si quieres que sea tu dama de honor.

—¿Quién dice que vayas a serlo? —bromeó Hannah, y acto seguido volvió a abrazarla—. Gracias, Nuala. No sé qué haría sin ti.

17

A finales de noviembre, un día después de lo que los periódicos dieron en llamar el «Domingo Sangriento», Nuala llegó a Argideen House tratando de contener una furia que sabía que no debía exteriorizar. Philip andaba ya sin la red de seguridad de las barras, y usaba el bastón de Christy para dar vueltas por la sala de estar, con Nuala al lado por si se tambaleaba. Pero, cuando se sentaron a merendar, él le preguntó si estaba disgustada por los sucesos de Croke Park.

Nuala bebió un largo trago de té para ganar tiempo.

—Lo que ha pasado es una tragedia —dijo tratando de que su voz no reflejase ninguna emoción—. Esa gente solo estaba viendo un partido de fútbol gaélico, y los ingleses les dispararon sin avisar. Catorce irlandeses muertos, incluidos niños.

—Solo los muertos ven el final de la guerra —dijo Philip con solemnidad, y Nuala supo que estaba citando a alguien de quien ella no había oído hablar nunca.

—Eso a sus familias no les sirve de nada —replicó, y en su voz hubo cierta vehemencia—. ¿Asesinar niños es parte de la guerra?

—No, por supuesto que no, y lo siento tanto como tú, Nuala. —Philip suspiró—. Como tú, solo deseo que británicos e irlandeses lleguen a un acuerdo pacífico. Aunque, considerando cómo hablaba el mayor Percival cuando estuvo aquí ayer, podría tardar en llegar.

—¿El mayor Percival estuvo aquí? —preguntó ella.

—Sí. Mi madre trató de convencerme de que bajara a tomar el té con él, pero me quedaría encantado en una silla de ruedas si eso me evitara mirar a ese hombre.

—¿Sabes por qué vino ayer? —inquirió ella.

—Por el tono autocomplaciente de su voz atronadora, diría que quería alardear delante de mi padre de una cosa u otra. Y teniendo en cuenta los terribles sucesos de ayer, creo que ambos podemos imaginar de qué se trataba.

En ese momento Nuala decidió que ese mayor Percival merecía la muerte más dolorosa que Dios pudiese depararle. Y supo que lo odiaba tanto como cualquiera de los valientes voluntarios que habían sufrido en sus crueles y despiadadas manos.

La boda de Hannah y Ryan se había fijado para mediados de diciembre.

—No es el momento perfecto para casarse, pero, tal como están las cosas, cuanto antes mejor —había dicho Hannah suspirando.

Nadie entendía mejor que Nuala la necesidad de actuar con urgencia de Hannah. La había animado proponiendo un montón de cosas que harían especial una boda en invierno. Philip le había contado que en el vestíbulo de Argideen House solían poner un abeto lleno de adornos, y que era una tradición de la reina Victoria de Inglaterra, instaurada por su marido alemán Alberto. A Nuala le encantó la idea, pero sabía que no sería adecuada.

—Podemos decorar la iglesia con ramilletes de acebo y encender velas y…

—Y que esté todo lleno de charcos de barro que me salpiquen los bajos del vestido de novia —se había quejado Hannah. Pero era una queja alegre, y las mejillas de su hermana tenían un brillo que a Nuala le complacía ver.

Le había contado a Finn que el mayor Percival había vuelto a estar en la Casa Grande, pero se sentía fatal por no haberse enterado de nada más.

—No pasa nada, cariño, tú pega la oreja —había dicho Finn.

Esa noche él había ido a una reunión del consejo de la brigada en Kilbrittain, y ella sabía que no volvería hasta tarde. Aun así, al ver que a las tres de la madrugada no había regresado, el corazón empezó a latirle más fuerte. Por fin, a las cuatro y media, oyó que la puerta trasera se abría. Bajó volando la escalera y vio a Finn calado hasta los huesos y jadeando. Detrás de él había otra figura.

—Hola, Nuala, ¿puedo pasar? —Charlie Hurley se apartó el pelo apelmazado por la lluvia de su rostro demacrado y pálido.

—Claro, Charlie, pasa y siéntate un rato.

—Creo que los dos necesitamos un trago, Nuala —dijo Finn, que cerró la puerta trasera haciendo el menor ruido posible.

Los dos hombres llevaban todavía los elementos propios de los voluntarios; aunque la columna volante no contaba con uniforme, todos sus miembros llevaban una gorra con visera y gabardina larga para protegerse de la lluvia y esconder cualquier arma que portasen debajo.

—¿Qué ha pasado? —susurró Nuala, para no alertar a la señora Grady, la anciana de la casita de al lado.

—Primero iré a por el whisky. —Finn se encaminó al armario, de donde sacó dos vasos y sirvió dos dedos largos de bebida para cada uno.

Mientras se quitaban las prendas empapadas, Nuala subió corriendo a buscar camisas, pantalones y calcetines para que se cambiasen de ropa.

—Después de la reunión, todos nos fuimos en grupos de tres —empezó a contar Finn—. Estábamos llegando a Coppeen, pero había un camión de Auxiliares. Ellos nos vieron antes que nosotros y nos registraron a todos. Gracias a Dios, ninguno llevábamos papeles encima.

—Nos hicimos los borrachos —intervino Charlie—. Les dijimos que habíamos ido al pub a tomar un trago, pero que no se lo contasen a nuestras mujeres.

—¿Y os dejaron marchar? —preguntó Nuala.

—Sí. Sean Hales y su grupo iban detrás de nosotros, acompañados de Con Crowley y John O'Mahoney, que tenían documentos sobre los planes de los que habíamos hablado en la reunión. Volvimos sobre nuestros pasos para avisarlos, pero no llegamos a tiempo. —Finn suspiró—. Nos escondimos en una zanja mientras los Auxiliares los registraban. Encontraron las pruebas que necesitaban, y subieron a Con y a John a la parte de atrás del camión.

—No podíamos hacer nada, Finn —dijo Charlie, apurando su whisky y sirviéndose otro—. Dios, pobres chicos.

—¿Son muy incriminatorios los documentos? —preguntó ella.

—Gracias a Dios, Con utiliza un código, pero hay bastante información que demuestra que son voluntarios del IRA.

—¿Y Sean?

—Oh, Sean es capaz de evitar que lo metan en la cárcel de Mountjoy. Le dijo a Crake (así se llamaba el oficial al mando) que estaba en la zona comprando ganado. ¡Le dio un nombre falso, y el muy idiota se lo creyó! Dijo que tenía cara de persona honrada y que ojalá más irlandeses fueran como él.

Charlie y Finn rieron a carcajadas; el whisky los calmaba.

—¡Chis! —les advirtió Nuala—. ¿Y Con y John?

—No me gustaría ver cómo están ahora mismo, teniendo en cuenta cómo quedaron Tom Hales y Pat Harte. —Finn se estremeció.

—Esos Auxiliares no os vieron bien la cara, ¿verdad? —dijo ella.

—Bueno, solo nos enfocaron con una linterna debajo de la barbilla. —Charlie suspiró—. Nos vieron perfectamente, pero todos los irlandeses les parecemos iguales.

—¿Qué crees que pasará ahora con lo que hemos hablado? —preguntó Finn a Charlie.

—En mi opinión, todavía hay más posibilidades de que Sean lo haga.

—¿Hacer qué? —quiso saber Nuala.

Charlie miró a Finn.

—A Nuala puedes contarle lo que sea —dijo Finn en tono tranquilizador—. Está tan comprometida como cualquiera de nuestros hombres.

—Entonces se enterará pronto —dijo Charlie—. Esto implicará a todos los voluntarios de la zona… Vamos a volar el puesto de la Policía Real de Timoleague y luego prenderemos fuego al castillo de Timoleague y a la casa de los Travers.

Nuala se los quedó mirando boquiabierta.

—¡Ni se os ocurra! ¡Está aquí al lado! —dijo con voz entrecortada—. Si lo hacéis, registrarán hasta la última casa.

—Lo sé, Nuala, pero tenemos información del cuartel general de Dublín —dijo Charlie—. Los británicos quieren tomar el castillo y la casa y destinar a más hombres allí porque les estamos dando muchos problemas. Y no lo podemos permitir. Esos malnacidos nos invadirían.

—El puesto de la Policía Real ya ha sido evacuado, ¿no?

—Sí —asintió Charlie—, pero los británicos quieren volver a ocuparlo. La compañía de Clogagh y otras entrarán en movimiento. Tenemos que recoger gelignita por todo el pueblo y esconderla en algún lugar cercano. Habíamos pensado en Cross Farm, Nuala, si tu madre y tu padre están de acuerdo. Está lo bastante cerca de Timoleague.

—¡Pero la familia Travers no ha sido evacuada! ¿Les prenderéis fuego mientras duermen? —preguntó Nuala, horrorizada. Había visto al viejo Robert Travers de Timoleague House desde una ventana de Argideen House una vez que él y su esposa habían ido a visitar a los Fitzgerald.

—Los británicos nos quemarían en la cama sin pensárselo dos veces, Nuala, pero antes pondremos a los Travers a salvo, no te preocupes —la calmó Finn.

Ella inspiró y espiró despacio.

—Bueno, Nuala, vuelve arriba a descansar —dijo Finn—. Te traeré un camastro del cobertizo, Charlie.

—No te preocupes, estoy la mar de bien en esta silla. Vosotros dos subid. Yo me…

—Ya se ha dormido, el pobre —susurró Finn—. Trabaja por cinco. Al ser el jefe, es como si sufriese en persona cada herida o cada muerte de la compañía.

Una vez arriba, Nuala abrazó a su marido, que se quedó dormido en cuanto su cabeza tocó la almohada.

—Te quiero, cariño —dijo acariciándole el pelo y preguntándose con tristeza cuántos días y noches sentiría el latir constante del corazón de Finn contra el suyo.

Cuando Nuala fue a la siguiente feria mensual de Timoleague, con los granjeros llevando reses para la venta y los tenderos instalando sus puestos a lo largo de la calle, donde vendían desde mermelada casera hasta sillas de montar, la alegría habitual brillaba por su ausencia. El Regimiento de Essex era una presencia amenazante en el lugar, y los soldados marchaban por las calles o sacaban a los hombres de los pubs para sentarse en sus sillas. Hannah se reunió con ella cuando el taller de costura cerró al mediodía y recorrieron juntas la calle ojeando los puestos.

—¿Te has enterado de lo que va a pasar? —preguntó Nuala a su hermana en voz baja.

—Claro. El «estiércol» se entregó en Cross Farm hace dos días.

—Santa Madre de Dios, esto sembrará el caos en la zona.

—No me digas, Nuala. Mi boda es dentro de tres semanas. Tengo miedo de que la mitad de los invitados estén encerrados en el cuartel de Bandon o algo peor si los pillan.

Nuala agarró la mano de su hermana.

—Tenemos que pensar que eso no ocurrirá —dijo para tranquilizarla mientras sorteaban un ternero que su orgulloso nuevo dueño paseaba por la calle—. ¿Por qué no compramos unas manitas de cerdo empanadas en el puesto de la señora MacNally, nos las comemos y luego vamos a ver tu vestido a la tienda? —Nuala forzó una sonrisa—. ¡Y el mío, claro, aunque solo de pensarlo se me ponen los pelos de punta!

—A mí me gusta el lila —dijo Hannah a la defensiva—, y en París está muy de moda, según mi revista.

Nuala puso los ojos en blanco y se fueron a comprar las manitas de cerdo; luego se sentaron en su banco favorito con vistas a la bahía de Courtmacsherry. Hacía un día radiante y templado, y abajo se veían las ruinas de la antigua abadía de piedra. El sonido de las olas rompiendo en la orilla ayudaba a Nuala a calmar sus nervios a flor de piel.

—¿Sabe él lo que va a pasar? —preguntó a su hermana.

—No, y no pienso contárselo —contestó Hannah con firmeza—. Al día siguiente me sorprenderé tanto como Ryan.

—Sé que no es asunto mío, Hannah, pero ¿te parece que está bien mentir sobre aquello en lo que crees y las cosas tan valientes que has hecho por tu país, su país, antes de casarte?

—Esta guerra no puede durar para siempre; si tengo que fingir unos meses, fingiré. ¿Acaso no fingimos todos? —dijo lanzándole una indirecta.

—Pero no delante de nuestro marido, ¿no?

—Nuala, déjalo ya. Todo el mundo sabe que pronto me casaré con Ryan, así que ya no me piden que lleve mensajes. O sea, no le estoy mintiendo, ¿no?

Nuala quería seguir hablando, pero sabía que no era el lugar.

—Anda, ¿vamos a la tienda y me pruebo ese trapo lila que me vas a obligar a poner?

—¿Estás listo para caminar fuera? —preguntó Nuala a Philip unos días más tarde, mientras paseaban por la sala de estar por enésima vez, o eso le parecía a ella.

Un mes de ejercicio diario le había fortalecido el torso además de las piernas, de modo que ahora tenía una postura más erguida incluso cuando estaba sentado en el sillón. A Nuala le había sorprendido lo alto que era; medía más de un metro ochenta.

—¿Fuera? —Philip bufó—. Es diciembre ¿y quieres sacarme con ese aire húmedo y gélido?

—Sí —dijo ella—. Te sentará bien. Te abrigaremos bien y, a la que camines, no tardarás en entrar en calor —le instó ella.

—Está bien —concedió él, ablandándose—. Al fin y al cabo, sobreviví en una trinchera a bajo cero, así que, en comparación, un paseo por el jardín de mi madre será pan comido.

—Muy bien, avisaré a la señora Houghton de que vamos a salir.

—Oh, no hace falta, Nuala, solo ponme a punto, ¿de acuerdo?

Ella le ayudó a ponerse el abrigo de lana, la bufanda y el sombrero, y a continuación salieron juntos al rellano y se metieron en el ascensor. Al llegar al vestíbulo, Maureen, que pasaba con una bandeja en las manos, se paró en seco y miró a Philip asombrada. Nuala sintió cierta satisfacción.

En el exterior, el aire era frío y cortante, se veía el vaho de sus respiraciones, pero había salido el sol y brillaba sobre el árido paisaje invernal de los jardines. Con el bastón, y con Nuala del otro brazo, anduvieron con cuidado por el sendero hacia el jardín, donde Philip no resbalaría en el musgo húmedo.

—Aaah… —Philip olfateó el aire—. El maravilloso olor irlandés de los fuegos de turba. Me inclino a creer que eres una reina de las hadas, Nuala —dijo cuando llegaron al jardín privado de lady Fitzgerald y pasaron delante de las macetas de piedra llenas de pensamientos de invierno, cuyos preciosos toques morados y amarillos contrastaban con las dormidas plantas perennes—. Me siento como si me hubieras hechizado. Nunca imaginé que volvería a andar. Ir adonde me plazca, tener independencia…

—No es magia, Philip —contestó ella—. Es tu fuerza y tu dedicación.

—Y tus ánimos —dijo él, deteniéndose para mirarla—. Nuala, nunca te agradeceré lo suficiente lo que has hecho por mí. Me has devuelto la vida.

Entonces le tomó la mano y se la besó.

—Prométeme que nunca me dejarás, Nuala. Te juro que me moriría sin ti. Me has dado un motivo para volver a vivir. Prométemelo, Nuala, por favor.

Ella lo miró y vio lágrimas en sus ojos.

—Te lo prometo —respondió. ¿Qué otra cosa podía decir?

A las siete de la tarde, Philip anunció que estaba agotado, así que Nuala se quitó el uniforme de trabajo y se disponía a partir hacia su casa cuando la señora Houghton la hizo volver.

—La señora quiere verla, Nuala —dijo, y la hizo cruzar el vestíbulo y entrar en un bonito salón, donde había un escritorio que daba al jardín por el que ella y Philip habían paseado antes.

Lady Fitzgerald estaba leyendo una carta, pero se dio la vuelta y se levantó cuando Nuala entró.

—Gracias, señora Houghton. Puede dejarnos. Siéntate, por favor, Nuala. —Lady Fitzgerald señaló un sillón.

—¿Hay algún problema, señora? Philip tenía ganas de pasear, pero si usted prefiere que se quede dentro…

—Por Dios, todo lo contrario, Nuala. Solo quería darte las gracias —dijo lady Fitzgerald—. Philip ha experimentado un cambio maravilloso gracias a ti. No solo físicamente, sino que vuelve a… tener esperanzas. Me hace muy feliz cuando os oigo reíros. Yo… —Hizo una pausa y respiró hondo—. En señal de agradecimiento, me gustaría aumentarte el sueldo a diez chelines por semana. Sé lo mucho que te has esforzado, y espero que te…

Unos golpes en la puerta interrumpieron a lady Fitzgerald, y la señora Houghton entró.

—Disculpe, lady Fitzgerald. El señor Lewis ha llegado por el cuadro del dormitorio de Lily al que le quiere cambiar el marco.

—Gracias, señora Houghton, ahora salgo a verlo. —Lady Fitzgerald se volvió hacia Nuala—. Solo me llevará un momento, querida; luego podremos terminar la conversación.

Cuando las dos mujeres salieron de la habitación y cerraron la puerta para conservar el calor, Nuala dejó escapar una risita de regocijo.

—Diez chelines —dijo con voz entrecortada pensando en lo que ella y Finn podrían hacer con ese dinero extra que tanto necesitaban.

Se levantó y paseó por la bonita estancia, admirando los cuadros de paisajes que decoraban las paredes revestidas de paneles de madera y el escritorio rematado con una superficie de cuero.

Sin pararse a pensar, miró la carta que lady Fitzgerald había estado leyendo.

Queridos Laura y Reginald:

Una vez más os escribo para mostraros mi agradecimiento por la cena de la otra noche; un puerto delicioso en medio de un mar cada vez más tormentoso. Por lo menos tenemos buenas noticias al respecto; dos de nuestros espías que se hacen pasar por desertores se han ganado la confianza del enemigo y han concertado un encuentro con el cabecilla TB el 3 de diciembre, momento en que lo detendremos.

Nuala leyó a toda velocidad el resto y vio la firma escrita al final:

Arthur Percival

Oyó pasos que se acercaban a la puerta y se apresuró a sentarse en el sillón.

—Disculpa —dijo lady Fitzgerald cuando entró en la habitación, y acto seguido abrió un cajón del escritorio y sacó un sobre—. Dentro está tu sueldo de esta semana más dos chelines extra. —Puso el sobre en las manos de Nuala y lo apretó en ellas—. Gracias de nuevo, querida. Anda, vuelve a casa con tu marido.

Nuala pedaleó hasta Clogagh como si la persiguiese el mismísimo diablo. Llegó a la casita y se alegró de encontrar a Finn en mangas de camisa calificando deberes en la mesa de la cocina.

—Finn —dijo jadeando—. ¡Tengo noticias urgentes para Tom Barry!

Entre sorbo y sorbo de agua del vaso que él le puso delante, Nuala le habló de la misiva del mayor Percival.

Finn andaba de un lado a otro delante de la lumbre mientras asimilaba lo que ella le estaba contando.

—Nuala, mañana es el ataque de Timoleague, y la columna entera está movilizada, hay gente escondida en sitios secretos… No sé cómo encontrar a Tom a tiempo para avisarle…

—¡Tenemos que encontrarlo! —gritó Nuala—. ¡Esos desertores con los que va a reunirse son espías de los británicos! ¡El Regimiento de Essex estará al acecho, y ya sabemos lo que le harán! Saben que Tom es el cerebro detrás de la columna volante, ¡así que le reservarán algo peor que lo que les hicieron a Tom Hales y Pat Harte!

Finn se agachó junto a su esposa y la abrazó.

—Lo solucionaré, cariño, no te preocupes. Lo que has descubierto es vital. Ahora tenemos la oportunidad de evitar ese encuentro. Anda, come algo antes de que te desmayes de agotamiento, por favor.

18

Finn había salido poco después, y al regresar le había asegurado a Nuala que había dejado un mensaje para Tom Barry a todos los voluntarios que había logrado encontrar. A la mañana siguiente —el día de los incendios planeados en Timoleague— se puso con calma su ropa de maestro.

—Bueno, esta noche, después de trabajar, irás directa en bicicleta a Cross Farm y esperarás allí hasta que te enteres, por mí o por otro al que mande con el recado, de que no hay peligro.

—¿Siguen los explosivos…, o sea, el estiércol, en el vertedero? —Nuala estaba tan agitada que se olvidó de hablar en clave.

—Lo han llevado más cerca del lugar donde será necesario —contestó Finn—. Me voy a ayudar a esparcirlo. —La besó apasionadamente en los labios y la abrazó fuerte—. Adiós, Nuala, te quiero. Hasta luego.

Y se fue.

Esa noche, en la granja, la familia (menos Fergus, que estaba ayudando a «esparcir el estiércol», y Christy, que había ayudado a transportar el «estiércol» pero en ese momento estaba trabajando en el pub como siempre) llevaba a cabo su rutina nocturna. Aunque cuando se sentaron a tomar el té no se habló del tema, la tensión se palpaba en el ambiente. Incluso su padre, que era capaz de mantener una conversación con una piedra, guardaba silencio. Cada uno de ellos sabía cuántos vecinos estaban implicados en las actividades de esa noche.

—¿Cantamos una vieja canción, marido? —preguntó Eileen mientras las mujeres terminaban de recoger—. ¿Sacas el violín?

—Esta noche no; hay centinelas en lo alto de la colina, pero me preocupa que llamen a la puerta.

—Cuando esparzan el estiércol, todos andarán muy ocupados allí abajo, papá —dijo Nuala.

—Seguro que estás en lo cierto, hija, pero esta noche más vale no correr riesgos. Hannah nos leerá la Biblia. ¿Qué tal cuando Moisés separa las aguas del mar Rojo y luego el pasaje en el que guía al pueblo a la Tierra Prometida?

Daniel las miró con una sonrisa grave, y ellas asintieron con la cabeza ante lo adecuado de las propuestas.

Sentada con las piernas cruzadas junto al fuego, con su madre a un lado y su padre al otro, Nuala escuchó a Hannah leer el pasaje. Y eso la serenó.

«Dios bendito y Virgen santísima, proteged a Finn y a Fergus esta noche, y que nuestra Tierra Prometida nos sea devuelta a todos los irlandeses…»

La familia estaba apagando las lámparas de aceite cuando Seamus O'Hanlon, su vecino y uno de los centinelas, entró de repente por la puerta trasera. Todos se quedaron paralizados.

—¡Los chicos lo han conseguido! ¡Venid a lo alto de la colina a verlo!

Lo siguieron por la puerta trasera y por la empinada colina boscosa hasta la cumbre. Y allí, al otro lado del valle, abajo, hacia Timoleague, vieron grandes llamas amarillas que se zambullían en el cielo nocturno.

La familia se santiguó y luego se sentaron bien juntos en la hierba empapada. Nuala imaginó que olía el humo flotando en el aire frío de la noche.

—Espero que el fuego no se propague —murmuró Hannah a Nuala.

—Ryan no está en la pensión, ¿verdad? —susurró Nuala—. ¿Le has avisado?

—¿Cómo iba a avisarle? Se habría enterado de que yo lo sabía.

—Claro. No le pasará nada, Hannah, vive muy lejos de los objetivos. Rezo para que mi Finn y nuestro Fergus vuelvan a casa sanos y salvos.

—¡Que se enteren los británicos de que no nos andamos con chiquitas! —Daniel lanzó un puñetazo al aire.

—¡Chis, Daniel! —le hizo callar su esposa—. Nunca se sabe quién puede andar cerca.

—Esta noche es nuestra, mujer, y pienso alegrarme tanto como me plazca en mi tierra.

En el trayecto de vuelta a la granja, Eileen alcanzó a las chicas.

—Le he dicho a vuestro padre que nada de usar nuestra casa como polvorín durante una temporada. Habrá represalias, os lo aseguro.

—Y cuando llegue ese momento estaremos listos, mamá —dijo Nuala con firmeza.

Hannah no dijo nada, siguió bajando sola por la colina.

Para alivio de Nuala, Finn y Fergus regresaron sanos y salvos de madrugada, pero a la mañana siguiente la calle principal de Clogagh estaba en silencio, todo el mundo se escondía en sus casas, tanto por miedo a las represalias como por la peste a madera quemada que todavía persistía en el ambiente.

—Hola, Lucy —dijo al entrar en la cocina de Argideen House.

Lucy alzó la vista del suelo que estaba fregando.

—Hola, Nuala. No te cambies aún; lady Fitzgerald quiere verte antes.

—¿Ah, sí? ¿Por qué?

—No tengo ni idea. La señora Houghton vendrá a recogerte.

Nuala se dejó caer con brusquedad en el taburete más cercano.

A Lucy no le apetecía hablar, así que siguieron en silencio hasta que la señora Houghton pasó a buscarla.

—Sígame, Nuala.

La señora Houghton cruzó el vestíbulo y llamó a la puerta del salón de lady Fitzgerald.

—Adelante —dijo una voz desde dentro.

Lady Fitzgerald estaba de pie, de espaldas, muy tiesa, mirando por la ventana que daba a su jardín; llevaba una bata de color verde oscuro.

Cuando se giró, Nuala reparó en que sus bonitas facciones estaban tan rígidas como su cuerpo.

—Siéntate, Nuala —dijo lady Fitzgerald con un gesto, y ella así lo hizo—. Bueno —empezó—, quiero hablarte de la llamada que el mayor Percival ha hecho a mi marido esta mañana en relación con los graves sucesos de anoche.

—Ah —dijo Nuala, echando mano de sus dotes interpretativas para mantener una expresión imperturbable—. ¿Se refiere a los incendios? Fue terrible.

—Sí, lo fue, y mis amigos, los Travers, que viven en Timoleague House, se han refugiado aquí con nosotros. Solo tienen la ropa que llevan puesta, pero por lo menos pueden dar gracias de que los irlandeses que asaltaron su hogar les dejaron marchar. En fin…

Lady Fitzgerald se pasó la mano por la frente.

—Estamos viviendo tiempos duros, Nuala. Se ha descubierto que cierta… información confidencial relacionada con unos detalles que el mayor Percival en persona envió a esta casa llegó al IRA. El hombre mencionado en la carta (o, al menos, sus iniciales) no llegó a reunirse con los espías, sino que envió a otros en su lugar. Por supuesto, no se salieron con la suya, pero el hombre al que el mayor Percival y su equipo habían dedicado meses a tender una trampa sigue a sus anchas y puede cometer más atrocidades como la de anoche.

Nuala podía sentir la mirada de lady Fitzgerald posada en ella.

—Esa carta estaba abierta en este mismo escritorio hace dos días. Cuando tú estuviste sentada en ese sillón, y te dejé sola para ir a ver al señor Lewis unos minutos.

A Nuala le costaba respirar.

—Yo…

—Y ese incidente me ha hecho dudar de otros acontecimientos —continuó lady Fitzgerald—. Hace unos meses, el mayor frustró un atentado contra su vida, en Bandon, pero al parecer habían avisado al asesino y desapareció. Nadie, aparte del mayor, sus hombres y mi marido, sabían que el Regimiento de Essex iba a allanar esas casas para atrapar al responsable. Salvo yo, claro, y mi hijo, al que se lo revelé en confianza. Nuala, te pido que me digas la verdad. ¿Habló Philip del asunto contigo?

—Pues…, hace mucho de eso, pero creo que Philip comentó el día antes que el mayor Percival iba a venir a ver al señor Reginald, y que no le apetecía andar por los jardines mientras hubiera visitas. Eso fue todo.

—¿Estás segura, Nuala?

—Sí, señora —contestó ella asintiendo con la cabeza.

—Por desgracia —dijo lady Fitzgerald dejando escapar un largo suspiro de resignación—, parece que mientes. Antes le he preguntado a Philip de pasada si había hablado del plan del mayor Percival contigo y me ha dicho que sí. Su versión ha sido corroborada por Maureen, quien ha lamentado mucho informarme de que se encontraba en la habitación sirviendo el té cuando la conversación tuvo lugar.

—Sí, ahora que lo pienso, es cierto, señora. Philip sí comentó algo sobre el mayor Percival. He evitado decírselo a usted para no meterlo en un lío. Solemos hablar de los… problemas. Somos…, bueno, somos amigos.

—Y tengo entendido que él confía en ti. —Lady Fitzgerald suspiró—. Lo que no hace más que empeorar la situación.

—Le juro que en el futuro le diré que no quiero hablar de nada con él. Me pareció que no tenía a nadie con quien hablar, aparte de usted, claro —añadió Nuala enseguida—. Y yo nunca curiosearía sus objetos personales ni leería sus cartas…

—Perdona, Nuala, pero me cuesta creerlo. Después de hablar con Maureen y de que corroborara la versión de mi hijo, la pobrecilla se ha echado a llorar. Ha dicho que sentía que te debía lealtad como miembro del servicio, pero que creía que tenía que decirme que tus familiares son fenianos declarados y que tu hermano es un conocido voluntario del IRA. También me ha contado que tu hermana Hannah es una figura importante de una organización de voluntarias irlandesas. Sospecha que es posible que tú también lo seas o, como mínimo, que apoyes las… actividades de tu familia desde fuera. ¿Qué tienes que decir a eso, Nuala?

—Nada, salvo que es cierto que mi familia está formada por irlandeses orgullosos de serlo, pero aparte de eso no sé nada más. Y yo ya no vivo bajo el mismo techo que ellos. Estoy casada con Finn Casey, maestro en la escuela de Clogagh.

—Lo sé, Nuala, y también sé que se ha ausentado misteriosamente del trabajo muchas veces durante los últimos meses.

—Ha estado enfermo, lady Fitzgerald, con dolor de estómago. ¿Qué hay de malo en eso?

—En apariencia, nada, pero Maureen tiene una amiga que vive cerca de tu casa. Por lo visto, por la tarde, mientras tú estabas aquí trabajando, iba a ver si tu marido necesitaba algo. Le contó a Maureen que todas las cortinas de la casa estaban echadas y que nadie contestaba dentro, como si estuviera vacía.

—Estaba muy enfermo, lady Fitzgerald, no se encontraba en condiciones de recibir a vecinos.

—¿Tan enfermo que lo dejabas solo todas las tardes para venir a trabajar ocho horas aquí?

La pregunta se quedó en el aire varios segundos largos, hasta que lady Fitzgerald volvió a hablar.

—Estamos en Irlanda, Nuala, y aunque yo soy inglesa de nacimiento, este ha sido mi hogar durante más de veintiséis años. Sé que los vecinos cuidan unos de otros. Y que una esposa recién casada no dejaría a un marido muy enfermo sin alguien que lo cuidara. Habría habido alguien con él, Nuala, o por lo menos alguien que fuera a verlo con regularidad.

—Yo…

—No me corresponde a mí juzgar las actividades que podáis realizar tú, tu familia o tu marido fuera de esta casa. De hecho, preferiría no saber nada, porque me gustas mucho, Nuala. Y lo más trágico de todo esto es que también le gustas mucho a mi hijo.

Nuala vio que los ojos de lady Fitzgerald se llenaban de lágrimas.

—Sin embargo, considerando esa nueva información y los devastadores incendios de anoche en Timoleague, ya no puedo fiarme de ti. Ni de tu familia.

—Pero ¡si apenas conozco a Maureen! ¿Por qué cree que sabe tanto de ellos? En realidad nunca le he caído bien.

—A ver, Nuala, no seas maleducada, por favor. No va contigo. La verdad es que no puedo correr el riesgo de que mi querido e inocente Philip divulgue más información a una mujer que cree que es su amiga. Por lo tanto, me veo en la obligación de despedirte. Te irás de inmediato. —Lady Fitzgerald se acercó al escritorio, lo abrió y sacó un pequeño sobre marrón—. Esta es tu paga hasta final de mes.

Nuala se levantó boquiabierta, aterrorizada.

—¿Ni siquiera puedo despedirme de Philip?

—Es mejor que no. Le he dicho que tu marido se encuentra muy mal y que has decidido quedarte en casa para cuidarlo, como haría cualquier buena esposa.

Nuala lloraba ahora sin pudor.

—Por favor…, dígale que lo echaré de menos y que le agradezco muchísimo que me enseñara a jugar al ajedrez… aunque nunca llegué a ganarle porque es muy inteligente y…

—Lo haré, por supuesto, y ten por seguro que no le diré a nadie una palabra de las conversaciones de esta mañana. Tus secretos, si es que son secretos, se quedan conmigo, pero ten presente que con otras personas no estarán tan seguros. La vida está llena de decisiones difíciles, Nuala, y vivimos momentos difíciles. Entiendo que tu lealtad debe estar siempre con tu marido y tu familia.

A Nuala le goteaba tanto la nariz que tuvo que acudir a la ordinariez de limpiársela con la mano.

—Perdóneme, lady Fitzgerald. Ha sido usted muy amable conmigo…

Nuala notó una mano en el hombro.

—Y tú te has portado muy bien con Philip, y te doy las gracias por ello.

Cuando Nuala llegó a casa, corrió las cortinas de la parte de atrás y de delante. Acto seguido se sentó en la silla al lado de la lumbre y lloró desconsoladamente.

—Oh, Philip, cuánto siento haberte decepcionado. No había maldad en ti, y ya no podré estar contigo para cuidarte.

Cuando ya no le quedaron más lágrimas y sintió la necesidad de hablar con alguien de lo que le había pasado, se echó agua en la cara y se arregló el pelo para ir a ver a Christy. Nadie podía saber lo afectada que estaba por lo ocurrido con Philip —ni siquiera Finn—, o a la mañana siguiente la considerarían una traidora.

—¿Quieres pasar por casa a tomar un trago cuando hayas terminado? —le preguntó.

—Claro, hoy hay poco movimiento aquí.

De vuelta en casa, Nuala comió de mala gana un poco de pan con mantequilla y luego sacó la botella de whisky del armario y buscó dos tazas. Christy llegó veinte minutos más tarde, y ella sirvió un trago para cada uno.

—¿Tú bebiendo alcohol, Nuala? —dijo Christy con una sonrisa.

—Cuando sepas el día que he tenido, entenderás por qué.

Acto seguido le contó a su primo lo que había sucedido en la Casa Grande. Él se sirvió más whisky.

—Dios santo —susurró Christy—. ¿Crees que esa mujer podría contarle al mayor Percival lo que sospecha? No tendría ningún motivo para no hacerlo, Nuala.

—No, no lo creo. A lo mejor soy una ingenua, pero fue amable conmigo, Christy, incluso cuando me dijo que tenía que dejar el trabajo. Es como si lo entendiera y de alguna forma se solidarizara.

—Su marido y su hijo han luchado en dos guerras. Y ahora todos están metidos en otra. Por lo que dices, parece una de las pocas personas británicas con corazón. La peligrosa es esa Maureen. Menuda bruja, delatarte de esa forma.

—Me detestó desde el día en que llegué. No le gustaba que Philip y yo fuéramos amigos y que tuviera que servirme el té cada día. —Al pensarlo, una sonrisa afloró a los labios de Nuala.

—Debía de tenerte envidia.

—Lucy, mi amiga allí, me dijo que perdió a su marido y su hijo. Imagino que está amargada, así que supongo que sí.

—La guerra tiene esas cosas. Oye, tengo que volver. Luego pasaré por Cross Farm y le contaré a la familia lo que ha pasado. Nos prepararemos para lo peor. Finn volverá pronto de la escuela.

—Y se irá con la columna. Creo que están planeando algo más.

—Tienes que mantener la calma, Nuala. Si me necesitas, estaré enfrente. —Christy se levantó y le dio un beso en la cabeza—. Hasta luego —dijo mientras salía por la puerta.

La familia estuvo en vilo los días siguientes por si el motivo de la marcha de Nuala de Argideen House llegaba a oídos de las autoridades. Para alivio de todos, ni la casita de Nuala y Finn ni Cross Farm fueron objeto de redadas. Cuando Nuala fue a Timoleague a recoger un mensaje de Hannah para llevárselo a la capitana de Cumann na mBan, en Darrara, vio a lady Fitzgerald a lo lejos. Le hubiera gustado darle las gracias por cumplir su palabra, pero Nuala se volvió y siguió en dirección contraria.

Por suerte, las clases terminaron antes de las vacaciones de Navidad, de modo que no fue necesario inventar excusas cuando Finn anunció que se iba a otro campo de entrenamiento de la columna volante.

—No sé cuándo volveré, cariño. Tenemos que entrenar y luego planear una emboscada: los Auxiliares se están alejando del castillo de Macroom y entrando en nuestro territorio, y tenemos que dejarles claro quién manda aquí. Ve a Cross Farm con tu familia unos días; puede que yo esté fuera un tiempo.

Los preparativos para la boda de su hermana y para las Navidades le ayudaron a aliviar un poco la preocupación por la ausencia de Finn. A menudo iba en bicicleta a Timoleague para encontrarse con Hannah a la hora de comer.

—¿Has estado ya en la pensión de Ryan? —le preguntó Nuala mientras comían en el banco con vistas a la bahía.

—Sí. La casa es propiedad de la señora O'Flanaghan, y Ryan tiene el piso de arriba para él solo.

—¿Tiene cama de matrimonio? —Nuala dio un codazo a su hermana.

—Solo una individual, pero de momento servirá. Estamos buscando otra casa, porque me gustaría tener mi cocina y lo demás. Con mi sueldo y el de Ryan nos lo podemos permitir, pero ahora mismo no hay nada disponible en el pueblo.

Para llenar las horas de la tarde que antes pasaba con Philip, Nuala había empezado a coser una colcha multicolor como regalo de boda usando varios retales que había reunido a lo largo de los años. Al contrario que a su hermana, nunca se le había dado bien la costura, y le estaba costando, pero ¿acaso lo importante no era la intención?, se decía mientras descosía un remiendo por enésima vez. Por lo menos así no pensaba tanto en si Philip seguiría ejercitándose y si Finn estaría a salvo. Las represalias por el incendio del cuartel y el castillo todavía no habían terminado, y la perseguían imágenes espantosas de las torturas que otros voluntarios habían sufrido a manos de los británicos.

«Si me descubrieran y me hicieran sufrir…», pensaba sintiendo un escalofrío, y luego se decía que preocuparse no ayudaba a nadie, apretaba los dientes y se concentraba en la colcha que estaba cosiendo.

19

Un par de días después llegaron más malas noticias: se declaró la ley marcial en el condado de Cork. Eso implicaba que podían parar y registrar a cualquier hombre, y si resultaba que llevaba munición o armas, lo detenían al instante y lo sometían a un consejo de guerra. En caso de que se le declarase culpable, podía ser fusilado. También se instauró un toque de queda en todo el territorio: entre las ocho de la tarde y las seis de la mañana no se podía salir de casa.

—¿Y qué pasa si un pariente se está muriendo en el pueblo de al lado o incluso en la calle de al lado? —dijo Nuala, enseñando a Finn el periódico *Cork Examiner*, en el que se habían publicado las nuevas leyes.

—Las patrullas te detendrían en el acto. —Finn se encogió de hombros.

—Aquí pone que también te pueden detener por dar asilo a un presunto voluntario, por «holgazanear», o simplemente por ir con las manos en los bolsillos… —Nuala meneó la cabeza con gesto de disgusto.

—Lo bueno es que, debido a la nueva regulación, ahora todos los vecinos de las ciudades y los pueblos odian a los británicos aún más. Charlie me ha contado que le han abordado cuarenta nuevos voluntarios que quieren alistarse. Ganaremos esta guerra, Nuala, te lo juro, la ganaremos.

Finn siguió desapareciendo con frecuencia después del anochecer, a pesar del toque de queda, cuando miembros de los Negros y Caquis y del Regimiento de Essex recorrían las calles de los pueblos de la zona para meter miedo a la gente. Nuala insistió en que-

darse en su casa, donde pasaba la mayoría de las noches sola trabajando en la colcha de Hannah. Por lo menos sabía que podía
recurrir a Christy, que se quedaba a dormir en el pub debido al
toque de queda. Solía coger la bicicleta para ir a desahogarse con su
familia siempre que las prohibiciones se lo permitían.

—¡Santo Dios! ¿Habéis visto esto? —Daniel arrojó el periódico sobre la mesa y señaló el titular con su dedo calloso—. ¿Cómo
puede hacernos esto a nosotros cuando estamos luchando para liberar a su rebaño de la tiranía de los británicos?

La familia se acercó y leyó en el periódico que el obispo de
Cork había promulgado un decreto según el cual cualquier católico que participase en una emboscada sería declarado culpable
de asesinato y excomulgado de inmediato.

—¡Jesús, María y José! —murmuró Eileen, se santiguó y se
sentó pesadamente en el taburete—. ¡Casi todos los voluntarios
son católicos! ¡Necesitan sentir que Dios está de su parte, no que
los expulsará del cielo y los mandará al infierno!

—Los Negros y Caquis prenden fuego a la mitad de la ciudad
de Cork —espetó Daniel—, ¡y él nos sale con esto!

—¿No creéis que tenía un rifle inglés apuntándole por la espalda cuando lo hizo? —dijo Fergus.

—Es posible, pero estoy más que seguro de que será a él a quien
no le dejarán cruzar las puertas del cielo, no a nuestros valientes
hombres y mujeres.

—Pero ¿seguirán luchando? —preguntó Nuala.

—¿Dejarás tú por esto de hacer lo que haces? —Daniel la
miró—. ¿Dejaríais de hacerlo cualquiera de los dos?

Hermano y hermana se miraron.

—Yo no —dijo Fergus.

—Yo tampoco —murmuró Nuala, y alcanzó la mano de su
madre en busca de consuelo.

Necesitada de la seguridad de su familia después de semejante
noticia, optó por pasar la noche allí. Hannah llegó del taller de
costura y, después del té, las dos subieron a hablar.

—¿Qué tal está el futuro marido? —preguntó Nuala mientras
se tumbaban en la cama.

—Cuando me despedí de él se iba a misa. —Hannah suspiró—. Me dijo que necesitaba pensar en la proclamación del obis-

po. Ya te he dicho alguna vez que la fe de Ryan nos hace quedar mal a todos.

—¿Cree que el decreto es justo?

—Dijo que por lo menos conseguiría que algunos voluntarios dejaran la violencia, y que eso solo podía ser bueno. Él quiere la paz, Nuala, nada más.

—¿Sabe Ryan que la mayoría de los que van a asistir a su boda son voluntarios?

—Yo no se lo ha dicho, nadie se lo ha dicho. Tiene derecho a tener sus propias opiniones. —Hannah lanzó una mirada a su hermana—. Sigue queriendo la libertad de los irlandeses, pero piensa que debería conseguirse de otra forma.

—Entonces ¿nos quedamos sentados esperando a que el ejército nos mate a todos? Me gustaría enseñarle algunos mensajes de su héroe Michael Collins. Fue idea suya formar la columna volante y…

—¡¿Crees que no lo sé?! Pero ¿qué puedo hacer? ¡Voy a casarme con él dentro de unos días! En fin, hablemos de otra cosa.

La mañana antes de la boda de Hannah llamaron a la puerta de la casa de Nuala. Ella abrió y encontró a su amiga Lucy, de la Casa Grande.

—Hola, Lucy, cuánto me alegro de verte. ¿Quieres pasar?

—Voy de camino al trabajo, pero quiero que te enteres por mí antes que por otra persona.

—¿Qué pasa? —preguntó Nuala mientras Lucy entraba en la casa.

Siempre había sido menuda, pero ese día Lucy parecía un pajarillo frágil y asustado.

—Ay, Nuala, creo que es mejor que te sientes. Tengo una noticia terrible que darte.

—¿Qué pasa? ¿Qué ocurre?

—No sé cómo decir esto, pero ayer… hubo un estallido muy fuerte en el dormitorio del joven señor. La señora subió corriendo lo más rápido que pudo, pero él se había disparado en la cabeza y… ya estaba muerto.

—¿Qué? —Nuala, confundida, agitó la cabeza—. ¿Quién estaba muerto?

—Philip. Sacó su revólver del ejército del cajón y se disparó en la cabeza. Lo siento mucho, Nuala. Sé que le tenías mucho cariño.

—No —fue cuanto Nuala logró susurrar—. ¿Por qué? Estaba mejorando, andaba sin ayuda y salía y…

—Todo eso se acabó después de que tú te fueras, Nuala. Maureen pasó a encargarse de él mientras lady Fitzgerald buscaba una nueva enfermera. Decía que se quedaba sentado en su sillón mirando por la ventana sin decirle nada. Lady Fitzgerald estaba tan preocupada que llamó al médico, y este le recetó unas pastillas, pero…

—¿Cómo está… ella?

—Se ha encerrado en su dormitorio y no deja entrar a nadie. Supongo que tú sabes mejor que la mayoría lo mucho que quería a ese chico.

—Sí, lo quería mucho. Oh…

Incapaz de encontrar palabras, se llevó las manos a la cara y rompió a llorar.

—Oye, me tengo que ir, pero ¿quieres que llame a una vecina para que venga a hacerte compañía?

—¡No! No pueden verme llorando por el enemigo, ¿no, Lucy?

—Tienes razón —convino Lucy—. Cuídate, Nuala. Lo siento mucho.

Cuando Lucy se hubo marchado, Nuala montó en la bicicleta y se dirigió al único sitio que creía que podía calmarla. Mientras la fría lluvia de diciembre la calaba hasta los huesos, miró las ramas desnudas del roble.

—Philip, si me oyes ahí arriba, soy yo, Nuala —susurró—. Siento mucho haber tenido que dejarte, pero tu madre tuvo que despedirme por todo el lío que se armó. La culpa es mía; traicioné tu confianza y nunca me lo perdonaré, nunca.

Empapada, se levantó y pedaleó rumbo a Timoleague; diluviaba de tal manera que pensó que iba a ahogarse, pero le daba igual. Se apeó de la bicicleta delante de la puerta de la iglesia y entró. Después de santiguarse y hacer una reverencia enfrente del altar, se arrodilló para pedir perdón a Dios y a la Madre Santísima. Luego se levantó y se acercó al lampadario de las velas votivas. Sacó un penique del bolsillo, lo metió en el bote y encendió una vela por el honorable Philip Fitzgerald, hijo protestante del terrateniente local y amigo suyo.

—Descansa en paz, Philip. Nunca te olvidaré —murmuró mientras la vela ardía entre otras encendidas por almas católicas.

Luego se volvió y salió de la iglesia.

Merry

Hotel Claridge's, Londres

Junio de 2008

20

Agarré un pañuelo de papel y me soné fuerte la nariz. Luego pasé la página del maltrecho cuaderno.

«No puedo escribir más.»

El resto de las páginas detrás de esa estaban en blanco.

Cerré el cuaderno y me recosté pensando en esa joven que había cargado con un peso tan tremendo sobre los hombros, librando una guerra aparentemente imposible de ganar. Era más joven que mi hija, y sin embargo se había enfrentado a horrores que ni Mary-Kate, ni yo ni nadie que no había vivido una guerra podía alcanzar a entender. No obstante, ahora comprendía que las semillas de violencia sembradas en la vida de Nuala hacía casi noventa años habían tenido consecuencias desastrosas en la mía...

Mi cabeza estaba llena de voces del pasado; la particular cadencia melódica de West Cork que Nuala había plasmado a través de su forma de escribir, los nombres de sitios familiares que yo había borrado de mi mente hacía ya mucho tiempo.

Él me había dado ese diario tantos años atrás para hacerme entender. Y, en efecto, si esas eran las palabras de su abuela, sin duda explicaban el odio que él tenía a los británicos. Un detalle que recordaba bien de mi época en Irlanda era que todo el mundo tenía mucha memoria. Y los viejos agravios casi nunca se perdonaban y se olvidaban, sino que se transmitían de generación en generación.

De repente bostecé y me di cuenta de que estaba agotada. El pasado había sido para mí un país extranjero durante mucho tiempo, pero, tanto en sentido literal como figurado, me acercaba cada vez más a él...

21

Star
Hotel Claridge's

Dónde está? ¿Crees que vendrá?
Star daba vueltas por la sala de su suite consultando nerviosa su reloj.

—Ya son las siete y diez. No debemos perderla, Orlando.

—Que no cunda el pánico, lady Sabrina. Seguro que todo ha salido de acuerdo con mi plan —contestó él, bebiendo un sorbo de champán.

—Ojalá pudiera estar tan tranquila como tú —murmuró Star, y acto seguido cogió el auricular y marcó el 0—. Hola, ¿es la recepción? ¿Podría ponerme con la señora Mary McDougal de la habitación ciento doce? Muchas gracias, es muy amable.

Star esperó mientras la recepcionista la conectaba y arqueó una ceja con gesto de desaprobación en dirección a Orlando, que estaba sirviendo champán para los dos. El tono sonó durante un tiempo insoportable hasta que contestaron.

—¿Diga? —respondió una voz aturdida.

—¿Señora McDougal? Soy Sabrina Vaughan. Orlando y yo nos preguntábamos si va a venir.

—Pues… pues sí. Vaya por Dios, me he sentado en la cama y debo de haberme quedado dormida. Qué maleducada. En diez minutos estoy ahí.

—No hay ningún problema, señora McDougal. Hasta ahora.

Cuando Star colgó, Orlando alzó su copa hacia ella.

—Y se recoge el sedal y se mete el pez en la red.

—¡Vamos, Orlando, no hables como si pretendiéramos pescarla! Solo queremos hablar con ella. Voy a arreglarme.

Quince minutos más tarde, llamaron a la puerta. Star fue a abrir alisándose nerviosa la falda del vestido.

Merry McDougal se hallaba en el pasillo ataviada con un exquisito vestido verde jade combinado con unos zapatos de salón negros. La melena, rubia y ondulada, le llegaba a los hombros y enmarcaba un rostro de facciones finas en el que los ojos azul zafiro destacaban con la tez pálida. Star pensó en que era muy elegante, y eso a pesar de que acababa de despertarse de una siesta imprevista. Sostenía un bolsito en la mano, y Star tragó saliva al ver un brillo verde esmeralda en uno de sus dedos.

—Hola, señora McDougal. Adelante —dijo tratando de parecer lo más natural posible.

Hizo pasar a Merry a la gran sala de estar y vio que Orlando se había metido en el dormitorio.

—Siéntese mientras voy a buscar a Orlando, por favor. Estaba hablando por teléfono con un… distribuidor de vinos. Vuelvo enseguida —dijo, y acto seguido se metió en el dormitorio.

Él estaba de pie junto a la puerta; era evidente que había estado escuchando detrás.

—¡Es ella! —susurró Star—. Madre mía, qué nerviosa estoy. ¿Y adivina qué?

—¿Qué?

—Solo le he echado una ojeada rápida, pero parece que lleva el anillo.

—Como dicen ahora, ¡choca esos cinco! —Y sin alzar la mano hacia Star para la pertinente palmada, Orlando cruzó majestuosamente la puerta.

—Muchas gracias por venir, señora McDougal. No se levante, por favor —dijo cuando la mujer se disponía a ponerse en pie.

—Lamento el retraso. Como le dije a Sabrina, creo que el jet lag me afectó y me quedé dormida.

Star reparó en que tenía un ligero acento que no identificó bajo su tono grave y agradable.

—No se disculpe, por favor, señora McDougal. Mi vieja amiga aquí presente y yo hemos tenido ocasión de recuperar el tiempo perdido desde que no nos veíamos, aunque quizá sea usted la que tiene que recuperar el tiempo perdido en materia de alcohol. —Orlando señaló con la cabeza su copa de champán—. Una copita de esto sienta de maravilla. Es de una bodega nueva, más asequible que su Krug y que el Dom Pérignon, y bastante agradable, la verdad. Yo no soy demasiado aficionado a los champanes, sobre todo cuando el elemento espumoso domina el sabor, que es lo que pasa con algunas marcas, pero este es muy sabroso. ¿Le apetece compartir esta botella con nosotros o prefiere tomar otra cosa?

—Les pareceré una sosa, pero creo que beberé agua mientras hacemos la entrevista. Bastante nublado tengo ya el cerebro. Ah, y llámenme Merry, por favor —añadió al tiempo que Star cruzaba la habitación hasta un rincón y levantaba dos botellas de agua.

—¿Con o sin gas? —preguntó.

—Con gas, así al menos me sentiré un poco más festiva.

Una vez servida el agua, Orlando se sentó en la butaca de cuero enfrente de Merry. Señaló con el dedo el dictáfono situado en la mesa entre los dos.

—¿Le importa si grabo la conversación? Mis dotes taquigráficas son nulas y me gustaría registrar cada palabra que sale de sus labios.

—Por supuesto que no —contestó Merry, bebiendo un sorbo de agua—. ¿Qué le gustaría saber?

—Empecemos por cómo empezó todo. Me parece detectar por su acento que no es nativa de Nueva Zelanda. De hecho, y discúlpeme si me equivoco —dijo él, mientras Star se sentaba en el sofá—, creo que capto un ligerísimo rastro de pronunciación irlandesa.

Star vio que las mejillas de la mujer se teñían de un leve rubor.

—Tiene buen oído, aunque me fui de Dublín justo después de la universidad. Hace décadas que vivo en Nueva Zelanda.

—Ah, ¿una de los muchos millones de emigrantes irlandeses?

—Es triste, pero así es. Hoy día todos buscamos una vida mejor en otra parte.

—La verdad es que tengo un par de amigos que fueron al Trinity College. ¿Estudió allí o en la University College de Dublín?

—En el Trinity. Estudié Literatura Clásica.

A Orlando se le iluminó la cara.

—Entonces tenemos mucho más de que hablar aparte de vino. La filosofía y la mitología griegas son dos de mis grandes pasiones.

A veces pienso que debería haberme dedicado a ellas después de la universidad.

—También eran mis pasiones. De niña estaba obsesionada con los mitos griegos —dijo.

—Mi padre fue quien estimuló mi pasión —comentó Orlando—. ¿Quién alimentó la suya?

—Tuve un padrino que era investigador en Literatura Clásica en el Trinity cuando lo conocí, y luego pasó a ser jefe de departamento. Hace mucho que se jubiló, claro, y es posible que ya no esté vivo.

—¿Perdió el contacto con él? —preguntó Orlando.

—Sí…, bueno —Merry se encogió de hombros—, ya sabe cómo son esas cosas. En fin, ¿le cuento cómo mi marido y yo fundamos The Vinery?

—Por favor, soy todo oídos, querida señora.

—Jock y yo nos conocimos cuando llegué a Nueva Zelanda. Los dos trabajábamos en un hotel llamado The Hermitage que está al pie del monte Cook, en la isla Sur. Por entonces yo trabajaba allí de camarera. Él había empezado como camarero, pero ya había ascendido a maître y sumiller. Ya entonces le apasionaba el vino. Perdón, seguramente he retrocedido demasiado en el tiempo para su artículo…

—Por favor, tiene usted la palabra, Merry. Hable cuanto desee; me parece fascinante.

Star escuchaba con atención mientras la mujer contaba que se habían casado y luego, en un viaje al valle de Gibbston, en la región de Central Otago, habían encontrado las ruinas de una casa de piedra que, según Merry, debió de construirse durante la fiebre del oro. Se enamoraron de ella y dedicaron años a reconstruirla.

—Solíamos ir allí los fines de semana y en vacaciones. Jack era un niño pequeño en aquel entonces, pero nos gustaba tanto el sitio y la belleza de nuestro valle, que al final Jock y yo decidimos invertir todos nuestros ahorros en plantar un pequeño viñedo.

Con Merry sintiéndose cada vez más cómoda y contándole a Orlando que Jock y ella se habían matado a trabajar y se habían bañado en riachuelos hasta que pudieron construir un cuarto de baño, Star bajó subrepticiamente la mirada de la cara de Merry a sus manos, pequeñas, pálidas y delicadas. La mujer posó una en su regazo, y Star vio que el anillo estaba hecho de esmeraldas y tenía un diseño con forma de estrella alrededor de un diamante. Hizo una fotografía mental del anillo y acto seguido se levantó.

—Disculpadme, voy al cuarto de baño —dijo de camino hacia el dormitorio.

Cerró la puerta. Corrió a por su bolsa de viaje, la puso encima de la cama y buscó dentro de la redecilla el sobre que contenía el dibujo del anillo. En el cuarto de baño, echó el pestillo, sacó el dibujo del sobre y se lo quedó mirando.

Era idéntico.

Después de tirar de la cadena y guardar el sobre en el cajón de la mesilla de noche, volvió a la sala.

—Si quiere conocer los detalles de la mezcla de uvas que usamos ahora —estaba diciendo Merry—, tendrá que hablar con mi hijo, Jack, que ahora está en el valle del Ródano estudiando viticultura y buscando técnicas que podamos aplicar en nuestro viñedo. Otago es famosa por su pinot noir, como ya sabe. Le anotaré su número de teléfono.

Cuando Merry se inclinó para buscar el móvil en el bolso que había traído y Orlando le ofreció un bolígrafo y un papel del bloc del hotel, Star miró otra vez el anillo para asegurarse.

—Este es su móvil francés. Mejor si lo llama después de las cuatro de la tarde de nuestro horario.

—Muchas gracias, señora McDougal. Creo que su historia dará lugar a un artículo de lo más interesante. En caso de que necesite hacerle más preguntas, ¿podría proporcionarme su número de teléfono?

—Claro —contestó Merry, y lo añadió a la nota.

—Y ahora, ¿seguro que no quiere tomar una copa con nosotros?

—Qué demonios, tomaré un poco de whisky —convino Merry.

—Bueno —dijo Star, recogiendo el testigo mientras Orlando se dirigía al minibar—, ¿cuánto tiempo se quedará en Londres?

—Todavía no estoy segura, quizá un par de días, quizá dos semanas o dos meses... Desde que Jock murió y Jack se ha hecho cargo de The Vinery, soy libre como un pájaro. Es una lástima que mi hija no me haya acompañado. No ha estado nunca en Europa —añadió Merry al tiempo que cogía el whisky.

—Como dicen en Irlanda, *Sláinte!* —brindó Orlando.

—*Sláinte!* —repitió Merry, y entrechocaron los vasos.

—¿Cuántos años tiene su hija? —preguntó Star, aunque ya lo sabía.

—Mary-Kate tiene veintidós años; Jack y su hermana se llevan diez. Tuvimos a Jack y luego concebir se convirtió en un problema, de modo que adoptamos.

—¿Le interesa a Mary-Kate la empresa familiar? —inquirió Orlando.

—No, para nada. Estudió música en la universidad y quiere dedicarse a ello.

—Cabe esperar que, con su hijo al timón y este artículo, el legado que usted y Jock cultivaron empiece a llamar la atención del sector vinícola internacional.

—Eso espero. Era la pasión de Jock. —Merry esbozó una sonrisa triste.

—Me llama la atención que usted, como yo, no se dedicara a la que ha confesado era su pasión después de la universidad —dijo Orlando, pensativo—. ¿Puedo preguntarle por qué?

—Bueno, había empezado un máster y luego pensaba doctorarme, pero... la vida tenía otros planes.

—Como nos pasa a muchos —convino Orlando suspirando.

—Qué anillo más bonito —dijo Star, sabiendo que debía hablar antes de que fuese demasiado tarde—. Esa forma de estrella es muy poco habitual.

—Gracias. Me lo regaló mi padrino cuando cumplí veintiún años.

—¿Tiene siete puntas? —preguntó Star—. Me recuerda a las Siete Hermanas... del cúmulo estelar de las Pléyades...

—Sí, siempre me han fascinado sus mitos —la interrumpió Orlando—. En especial la historia de la hermana perdida. Me encantaría charlar de filosofía con usted, si tiene tiempo. Podríamos cenar juntos mañana, después de que haya realizado mis entrevistas, claro —añadió rápidamente—. Sabrina, ¿tú podrías acompañarnos?

—Quizá sí, tendré que consultar, ejem, qué va a hacer Julian. —Star notó que estaba bajando la guardia, pero, con Merry allí cautiva, se moría de ganas de hacer más preguntas.

—Sí, me encantaría —dijo Merry levantándose de golpe y dejando el vaso de whisky en la mesa—. Y ahora, con su permiso, debo retirarme antes de quedarme dormida en el sillón. Gracias por el whisky y por la entrevista.

Star y Orlando se pusieron de pie y observaron cómo ella se dirigía a la puerta.

—¿Qué le parece mañana a las ocho y media de la noche en el restaurante de Gordon Ramsay? —gritó Orlando detrás de ella.

—Perfecto. Buenas noches, Sabrina, Orlando.

La puerta se cerró de un portazo antes de que Star y Orlando pudiesen decir una palabra más.

Los dos se quedaron quietos unos segundos mirándose fijamente, y luego Orlando volvió a sentarse y bebió un trago de champán.

—¡Mierda! —gritó Star, que rara vez decía tacos—. En cuanto mencionaste a la hermana perdida, se asustó.

—Un error de cálculo, quizá. —Orlando suspiró—. Aunque tú ya habías comentado lo raro que era su anillo.

—Tenía que decir algo, Orlando. Cuando salí de esta habitación, fui a comparar el anillo con el dibujo que me mandó Ally. No hay duda, es el anillo. Es idéntico. ¡Lo tiene ella! Debería llamar a Atlantis y hablar con Maia y Ally...

—Un momento, Star. Reflexionemos con calma. Para mí está claro que la señora Merry McDougal tiene algo que esconder. Y, dado que se ha asustado en cuanto he mencionado a la hermana perdida, podemos deducir que tiene algo que ver con el tema. Hay que examinar los hechos: ¿por qué se fue del Trinity tan de repente, antes de terminar el máster?

—Pues...

—Podría ser por un motivo simple, pero déjame terminar. Esta mujer, sin duda muy inteligente, se fue lo más lejos posible de Irlanda, se ocultó en un valle precioso pero fuera del mapa y nunca más se ha dedicado al mundo académico. En mi opinión, se ha pasado las últimas décadas escondiéndose. Lo que tenemos que preguntarnos es ¿de qué? O, mejor dicho, ¿de quién?

—¿Eso no es mucho suponer, Orlando? Que no quisiera hacer carrera en el mundo académico no significa nada. A lo mejor se enamoró.

—Puede, pero si contrastas su trayectoria vital con el hecho de que ha estado evitando de forma muy evidente que tus hermanas la busquen, cuando lo único que su hija le ha dicho es que puede que tenga alguna relación con tu familia, y que la pista es el anillo de esmeraldas con forma de estrella, el resultado es una mujer que tiene miedo de lo que esa revelación pueda suponer para ella. Y para su hija —añadió.

—Tal vez hayas leído demasiadas novelas policíacas, pero sí, pienso lo mismo, está claro que tiene miedo de algo. Lo más desesperante es que la mujer que ahora mismo duerme a pocas puertas de esta habitación tiene las respuestas al enigma, pero no nos arriesguemos a presionarla más o la ahuyentaremos. CeCe me dijo que Mary-Kate nunca ha buscado a su familia biológica. Aunque, como ahora pensamos que podría ser la hermana perdida, tal vez podríamos llamarla y pedirle que viniera con nosotras al crucero. Pero… —Star suspiró.

—Considerando la evidente reticencia de la madre de Mary, crees que sería inadecuado.

—Sí. Hemos conseguido citarnos con ella mintiéndole, y sería… moralmente reprobable utilizar esa información para ponernos en contacto con su hija a sus espaldas. Oh, querido Orlando, en menudo lío nos hemos metido…

Se hizo el silencio mientras los dos reflexionaban sobre el asunto.

—Tal vez haya otra forma de obtener información sobre la adopción de Mary-Kate —dijo al final Orlando—. Por algún motivo que solo Merry conoce, no quiere que su hija investigue su verdadera herencia. Sin embargo, no debemos olvidar que Merry tiene un hijo que se llama Jack. ¿Puedo proponer una cosa?

—Adelante.

—Yo llamaría a Atlantis para ver si Maia puede ir a Francia a verlo. Ginebra no está lejos de la Provenza, y tengo la dirección de la bodega en la que se aloja. Nos ha dicho que Jack tiene treinta y dos años y que tenía diez cuando Mary-Kate entró en la familia. Seguro que se acuerda de ese momento, y con suerte también sabe más del legado de su madre.

—Tal vez, pero Mary-Kate no sabe nada de sus padres adoptivos, de modo que ¿por qué Jack iba a saber más? Orlando, no podemos dejar que Merry se vaya y no volvamos a verla. Solo quiero sincerarme, decirle quiénes somos en realidad. Me siento fatal con tanto engaño. Esto no es un juego, Orlando, en absoluto es un juego.

—No. Te prometo que aunque tenga que pasarme toda la noche sentado de piernas cruzadas frente a la puerta de la habitación de la señora McDougal, eso no pasará —dijo Orlando con decisión—. Bueno, me retiro a mi habitación a pensar. Hablaremos por teléfono más tarde, cuando tenga la mente despejada. Mientras tanto, puedes llamar a Atlantis y decirles que una de ellas tiene que ir a la Provenza. Te mandaré la dirección por teléfono. —Cruzó la habitación con paso resuelto, se detuvo ante la puerta y se volvió hacia Star—. Acaso otra pregunta que deberíamos hacernos es de dónde sacó Merry ese anillo. *Adieu* de momento.

Y con eso salió de la suite.

Star se irguió y, sintiéndose cansada, entró en el dormitorio para estar cómoda cuando hablase con Maia y Ally. Intentó tener claros en su cabeza los datos que debía comunicarles.

Buscó el número de Atlantis en el móvil, esperó a oír el sonido de la línea y abrió el cajón de la mesilla de noche para sacar el sobre con el dibujo del anillo.

—Hola, Ma, soy Star. ¿Qué tal estás?

—Bien, *chérie*, disfrutando del maravilloso tiempo que hace aquí. Y de la compañía de tus hermanas, claro. ¿Y tú? ¿Va todo bien?

—Sí, gracias. Me… —Star se interrumpió porque no estaba segura de cuánto le habían contado a Ma sus hermanas sobre la búsqueda de la hermana perdida—. ¿Puedo hablar con una de ellas o con las dos?

—Claro. Están en la terraza, y sé que tienen muchas ganas de hablar contigo. Estoy deseando verte pronto.

Mientras Star esperaba a que Ma fuese a buscar a sus hermanas, se recordó que justo después tenía que llamar a Mouse para asegurarse de que había dado de comer a Rory y lo había acostado.

—¡Star! Soy Ally. Maia también te escucha.

—Hola, Star —dijo Maia—. ¿Tienes alguna novedad?

—Pues sí. El plan maestro de Orlando ha dado resultado. Acabo de pasar una hora con Merry McDougal.

Se hizo el silencio al otro lado de la línea. Y luego las dos hermanas hablaron a la vez.

—¡Qué fuerte!

—¿Qué ha dicho?

—¿Es Mary-Kate la hermana perdida…?

—Si esperáis, os contaré lo que sé, aunque todavía estoy intentando asimilarlo todo. Primero, y seguramente lo más importante, cuando entró me fijé en que llevaba el anillo. Mientras Orlando la entrevistaba y le hacía preguntas sobre su viñedo, yo fui al dormitorio y lo comparé con el dibujo que me mandasteis. Es idéntico, en serio.

—¡Qué noticia más maravillosa! ¿Le has preguntado de dónde lo ha sacado? —quiso saber Maia.

—Dijo que cuando cumplió veintiún años se lo regaló su padrino, que por lo visto era profesor de Literatura Clásica del Trinity College de Dublín, donde ella estudió esa carrera.

—Entonces ¿le has dicho que el anillo significa que su hija es la hermana perdida? —intervino Ally.

—No, porque en cuanto mencioné el diseño y lo raro que era, y Orlando dijo que le interesaba en especial la hermana perdida de las Pléyades, se levantó y se largó. Se asustó. Orlando y yo le hemos propuesto cenar juntos mañana (estoy deseando contarle quiénes somos), pero los dos creemos que puede volver a huir. Es evidente que, por algún motivo, evitó a CeCe y a Chrissie cuando fueron a esa isla, y luego a Electra cuando viajó a Canadá. Y ahora es posible que trate de evitarnos a nosotros. La verdad, me siento fatal por haber conseguido que viniera aquí engañada.

Siguió una pausa; Star oía a las dos hermanas susurrando de fondo.

—Lo entiendo, Star. El único motivo que se nos ocurre es que no quiera que su hija sepa quiénes fueron sus verdaderos padres —dijo Maia—. Tiene que ser eso, ¿no?

—Creo que sí; parecía realmente asustada cuando se fue. —Star suspiró—. Hasta Orlando parece confundido. Dice que tiene un plan para asegurarse de que ella no salga del hotel sin que él se entere; no me preguntéis cómo. Pero, en caso de que se nos vuelva a escapar, Orlando piensa que una de vosotras debería ir a la Provenza para hablar con el hermano de Mary-Kate, Jack. Quizá él sepa más sobre su madre y su pasado.

—Quizá, pero ¿cómo va a saber él más sobre la adopción de Mary-Kate y sobre sus padres biológicos que su hermana? —preguntó Ally.

—Tiene diez años más que Mary-Kate, así que podría acordarse de algo. Y también podría estar menos involucrado emocionalmente que su madre.

—¿Sabemos en qué parte de la Provenza está? —inquirió Maia.

—Os mandaré la dirección de la bodega; Orlando la tiene grabada. ¿Podríais ir una de las dos? ¿Mañana, por ejemplo?

—Estará a cinco o seis horas largas de Ginebra en coche —informó Maia.

—Mándanos la dirección y te contestaremos dentro de un rato, cuando hayamos hablado y decidamos planes, ¿vale? —propuso Ally.

—Vale —dijo Star.

—Y dale las gracias a Orlando por su ayuda, por favor. De momento sois los únicos que habéis conseguido ver a Merry cara a cara —apuntó Maia.

—Mi interpretación de lady Sabrina fue una birria —Star rio por lo bajo—, pero Orlando estuvo genial. Os parecerá raro, pero ella me recuerda a alguien a quien he visto antes, pero no caigo.

—Si lo descubres, avísanos. Hablamos luego, Star. Y, en serio, enhorabuena. Adiós.

Star colgó y a continuación se tumbó en la cama y cerró los ojos unos segundos. Luego respiró hondo, los abrió y llamó al móvil de Mouse. Sonó durante una eternidad, pero al final contestó.

—Hola, cariño, ¿qué tal estás? —dijo la voz grave de Mouse.

—Bien, gracias. Solo llamaba para darte las buenas noches y para asegurarme de que Rory ha cenado y lo has acostado —respondió ella sonriendo.

—¡Claro que sí! Star, soy capaz de cuidar de mi hijo cuando tú no estás.

—Lo sé, pero también estás muy ocupado.

—Es verdad. Bueno, ¿qué tal ha ido el «asunto» que Orlando y tú teníais que resolver en Londres?

—Ah, ha ido… bien. Es complicado, Mouse. Te lo explicaré cuando vuelva a casa.

—Cuánto misterio, cariño.

—Ya te lo dije anoche, tiene que ver con mi familia y con los preparativos del funeral de Pa. Llegaré a casa mañana o a la mañana siguiente. ¿No podrías por casualidad venir a Londres mañana por la noche? La suite es preciosa, y seguro que Jenny, la canguro, podría quedarse con Rory.

—Lo siento, pero estoy muy liado.

—Ah…, vale.

—Bueno, cariño, seguiremos en contacto.

—Sí, y dale a Rory un abrazo de mi parte. Buenas noches.

—Buenas noches.

Cuando Star colgó, dejó escapar un profundo suspiro. ¿Por qué seguía costándole tanto decir lo que sentía? Tal vez después de todos los años que había pasado con CeCe, se había convertido en algo innato, o quizá se debía al tipo de persona que era. Pero guardárselo todo dentro no era saludable, y ya había estado a punto de cargarse su relación con su querida hermana. Sabía que Mouse la quería, pero era de esa estirpe de ingleses a los que tampoco se les daba bien expresar sus sentimientos. Ella lo comprendía, pero entre su incapacidad para decir lo que necesitaba de él (por ejemplo, una noche de vez en cuando en la que se olvidaran de las casas y el trabajo y simplemente pudieran estar juntos) y los problemas de Mouse para demostrar sus emociones, su comunicación no era como debería.

—Tienes que intentarlo —murmuró para sí cuando el teléfono de la habitación sonó en la mesilla de noche.

—Tiene una llamada de la habitación ciento sesenta y uno, señora. ¿Se la paso?

—Sí, gracias.

—Querida Star, ¿has conseguido ponerte en contacto con tus hermanas? —dijo la voz melodiosa de Orlando.

—Sí. Me llamarán cuando hayan decidido un plan.

—Pero ¿has insistido en que vayan a la Provenza cuanto antes?

—Sí, Orlando. Estoy segura de que Maia irá.

—Bien, bien. Pues yo me he asegurado de que si la señora McDougal sale del hotel de ahora en adelante nos enteremos. Te llamaré si mi… contacto me avisa de que se pone en movimiento.

Star no pudo contener la risa.

—Orlando, te lo estás pasando en grande, ¿eh?

—Mentiría si dijera que no, aunque todavía estamos lejos de resolver el misterio. Venga, no ocupes la línea de teléfono del hotel y comprueba que tienes el móvil cargado y encendido el resto de la noche.

—Lo haré, lo prometo. Ah, necesito la dirección de Jack en la Provenza.

—Es la Bodega Minuet de Châteauneuf-du-Pape. Yo me quedaré en mi cuartucho diminuto y seguiré pensando. Por el momento, te doy las buenas noches.

—Buenas noches, Orlando. Que duermas bien, y gracias.

Después de enviar un mensaje a Ally con la dirección, Star se aseó y, a pesar de que se sentía culpable, no pudo evitar reírse de Orlando y su excentricidad. Con lo serio que era Mouse y lo que lo absorbía su trabajo, era su hermano quien le sacaba una sonrisa muchas veces. Mientras se metía en la cama y apagaba la luz, dio gracias al cielo por contar con él en su vida.

22

Atlantis

L o he encontrado —dijo Ally, cruzando la puerta ventana de la cocina y saliendo a la terraza donde Maia estaba sentada. El sol se estaba poniendo detrás de las montañas y teñía el cielo de un vivo tono morado—. La bodega está en el pueblo de Châteauneuf-du-Pape, en el valle del Ródano, y el aeropuerto más cercano es el de Marsella. También podrías ir desde aquí en coche, porque, entre que llegas al aeropuerto de Ginebra, pierdes el tiempo por ahí, y luego alquilas un coche en Marsella, probablemente sea más rápido.

—De acuerdo —dijo Maia en voz baja.

—No te importa ir, ¿verdad?

Maia dejó escapar un suspiro de cansancio.

—Ahora mismo no me encuentro muy bien, Ally.

—Te lo dije, deberías haber ido al médico hace días. Cuanto antes sepas qué es...

—¡Ally, ya sé qué es, ese no es el problema!

—¿Ah, sí?

—Sí. No quería contártelo hasta que viera a Floriano la semana que viene, pero...

—¿Qué es? Dímelo, por favor, porque se me dispara la imaginación.

—No es nada preocupante, en serio. Estoy bien y...

—¡Madre mía! —Ally la miró y luego echó la cabeza hacia atrás y rio—. Vale, Maia, ya sé lo que es. Estás...

—Embarazada. Sí, eso es. Cuando fui a Ginebra con Christian compré un test y dio positivo. De hecho, compré tres, que están escondidos en el cajón de la ropa interior del Pabellón, ¡y los tres dieron positivo!

—¡Es una noticia maravillosa! —Ally se levantó y la abrazó—. Te alegras, ¿no?

—Claro, pero ha removido algunas cosas del pasado.

—Ah. —Ally miró a su hermana—. Entiendo.

—Y aparte de eso, ¡tengo ganas de vomitar todo el tiempo! Y cuando no estoy vomitando, creo que voy a vomitar, ¿lo entiendes?

—Claro, cariño. He pasado por eso.

—Y Floriano y yo… todavía no estamos casados, y por otra parte hay que tener en cuenta a Valentina. ¿Qué le parecerá tener un nuevo hermanito o una nueva hermanita?

—Yo creo que en esta época que estéis casados o no da lo mismo, Maia. Llevas casi un año viviendo con Floriano y nunca te he visto tan feliz. De verdad creo que a él le hará ilusión, y a Valentina también. Estoy segura de que os unirá a los tres aún más. Si crees que casarte es importante, estoy segura de que a Floriano tampoco le importará.

—No —dijo Maia sonriendo por primera vez—. No le importará en absoluto. Me propuso matrimonio muy poco después de que me mudara con él. Fui yo la que quiso esperar. Pero entiendes por qué esto me está haciendo revivir el pasado, ¿verdad? O sea —Maia inclinó la cabeza y se llevó una mano a la frente—, si voy a tener a este niño y a criarlo, ¿por qué no me quedé con mi hijo hace años? Oh, Ally, estoy hecha un lío… Notar otra vez las sensaciones del embarazo me recuerda la época de la universidad en París, lo sola y asustada que estaba. ¡Y luego cuando di a luz a un bebé que nunca me reconocerá como a su madre y al que yo nunca reconoceré como a mi hijo! Yo… ¿cómo pude darlo? ¿Cómo fui capaz?

Ally abrazó a su hermana, que lloraba con toda la pena de los últimos quince años.

—¡Y para colmo, el padre de ese niño es Zed Eszu! Es un hombre malo, Ally. Sabemos que también ha perseguido a Tiggy y a Electra. ¿Por qué lo ha hecho? No puede ser casual que esté tan obsesionado con nosotras. ¡No deja en paz a nuestra familia!

—No, yo también lo he pensado —convino Ally.

—Yo soy la única que ha dado a luz a un hijo suyo, pero por lo menos él nunca lo sabrá.

—¿No quieres que lo sepa?

—¡Jamás! No sé nada de sus negocios, pero sé qué tipo de ser humano es. Cuando consigue lo que quiere, pasa a otra cosa. No tiene escrúpulos. Ni remordimientos —añadió Maia.

Ally sacó un pañuelo de papel del bolsillo de sus vaqueros y se lo dio.

—Bueno, la ausencia de culpabilidad o de empatía es un indicio de que alguien es un psicópata. A lo mejor él lo es.

—No lo sé —dijo Maia, sonándose la nariz—. Pero está claro que esa fijación por mí en París y luego por dos de nuestras hermanas no es casualidad.

—Lo que lo hace todo aún más raro es que el barco de su padre estaba cerca del de Pa cuando llamé por radio al *Titán* para despedirme el pasado junio. El *Olympus* aparecía en el radar. En fin, Maia, dejémoslo. Ojalá estuvieras más contenta con una noticia tan maravillosa.

—¿Tú lo estabas?

—Sí y no. Tenía sentimientos encontrados, como tú. A lo mejor la mayoría de las mujeres se sienten más o menos así al principio, aunque sus circunstancias no sean tan complicadas como las tuyas o las mías.

—Pero tú seguiste adelante, te quedaste al bebé aunque habías perdido a tu querido Theo. Mis circunstancias hace años no eran tan distintas.

—Por favor, Maia, yo no tenía diecinueve años y no estaba dando mis primeros pasos en la vida y en mi carrera como tú. Yo era una mujer de treinta años que sabía que quería con toda mi alma al padre del bebé, y que ese bebé era un regalo, una oportunidad de tener una parte de Theo conmigo para siempre. Eran unas circunstancias totalmente distintas.

—Gracias por intentar que me sienta mejor por haber entregado a mi bebé, pero es imposible, Ally, imposible.

—Tal vez, pero no puedes dejar que la culpa relacionada con el pasado afecte a tu presente y tu futuro. Este bebé es el principio de una vida nueva para ti, Floriano y Valentina. Sería muy triste que no fueras capaz de aceptarlo, por ellos pero también por ti.

Maia permaneció un rato en silencio, luego miró a Ally con sus preciosos ojos oscuros todavía húmedos por las lágrimas, y asintió con la cabeza.

—Tienes razón. Debo aceptarlo por ellos. Gracias, Ally.

—¿Sabes de qué me he dado cuenta? —dijo Ally pensativa—. Aunque perdimos a Pa el año pasado, por lo menos nosotras nos hemos vuelto a encontrar. Todos los años que estuviste sin hablarme... Echaba de menos a mi hermana mayor, mucho.

—Perdóname, por favor. Me daba mucha vergüenza... Me odié a mí misma mucho tiempo. Pero tienes razón. Debo pasar página.

—Sí. Una última pregunta: ¿alguna vez te has planteado buscar a tu hijo?

—Aunque todo mi ser desea conocerlo, abrazarlo y decirle que lo quiero, y aunque, desde que lo di, no ha pasado un día en que no haya pensado en él y me haya preguntado dónde estará y cómo le irá..., no puedo. Lo haría por mí, no por él. Ni siquiera sé si sus padres le han contado que es adoptado. Si entrara en su vida ahora, podría trastocarla del todo. Tiene una edad muy delicada..., quince años. Ya no es un bebé ni un niño. Es casi un adulto. Y luego están sus padres: ellos lo han querido como si fuera su hijo, o al menos eso espero, desde que tenía un día. ¿Cómo se sentirían si la madre biológica apareciera de repente?

—No puedo imaginármelo, pero entiendo lo que dices.

—Tal vez algún día lo vea en el futuro. Si él quiere contactar conmigo. Seguro que lo conseguiría si lo intentara. —Maia suspiró.

—Hablando del tema, sigo convencida de que ese es el problema de Merry; es evidente que no quiere arriesgarse a que otra familia le robe a su querida hija.

—Estoy de acuerdo, pero es Mary-Kate quien tiene que decidir si quiere conocer a su familia biológica... o lo que seamos de ella, ¿no? Del mismo modo que mi hijo es quien tendría que decidirlo —señaló Maia.

—Por lo que CeCe nos dijo, a Mary-Kate no se le ha ocurrido nunca investigar sobre sus padres biológicos. No ha necesitado saberlo.

—Entonces, quiénes somos nosotras para meternos. Esa chica debería hablar primero con su madre.

—Por las conversaciones que hemos tenido con ella, parece que ahora quiere saberlo. Ay, Dios. —Ally suspiró—. Según Star, el anillo de esmeraldas indica que es la persona a la que estamos buscando, pero dado que Mary-Kate está en Nueva Zelanda y su madre en Londres, sin una fecha fija de vuelta, no parece que vaya a acompañarnos en el crucero.

—Ya sé que lo he dicho mil veces, pero ojalá Pa estuviera aquí para decirnos qué hacer —comentó Maia.

—Pero no está y, la verdad, antes de volver a reunirnos con Mary-Kate y decirle que el anillo es idéntico, creo que Orlando tiene razón: deberías ir a la Provenza a ver a Jack.

—Ally —Maia la miró—, lo siento, pero no me encuentro en condiciones de hacer un viaje así. Tengo ganas de vomitar todo el tiempo, y no me veo capaz de ir en coche.

—Está bien, lo entiendo. Bueno, pues no se hable más. Es una lástima porque en el sitio web he visto que tienen una casa rural muy bonita que se puede alquilar. Ahora mismo está libre. Sé lo mucho que te gusta Francia, sobre todo porque allí descubriste tu herencia. Forma parte de quien eres, Maia.

—Lo siento, Ally; tienes razón, y me encantaría ir a la Provenza, pero no puedo.

—Llamaré a Tiggy para ver si puede ir ella en avión. No está tan lejos de Escocia, ¿no?

—No, pero… ¿Por qué no vas tú, Ally?

—¡¿Yo?! ¿Cinco horas en coche con Bear? No podría.

—Podrías si dejaras a Bear con Ma y conmigo en Atlantis. Te sentaría bien, Ally. No te has separado de él más de un par de horas desde que nació, y me has dicho que has empezado a darle suplementos de leche porque tiene mucha hambre. Podrías sacarte leche esta noche y mañana por la mañana antes de irte.

—Oh, Maia, no puedo. ¿Y si se pone enfermo? ¿Y si tiene fiebre? ¿Cómo iba a dejarlo aquí? Yo…

—A riesgo de parecer condescendiente, Ma crio a seis bebés, es capaz de lidiar con una fiebre o algo peor. Adora a Bear, y parece que él la adora a ella. Y yo también le caigo bastante bien —añadió Maia sonriendo.

—¿Estás diciendo que no necesita a su madre?

—No, Ally, no digo eso. Lo que digo es que deberías reconocer que estás agotada y que te ha costado arreglártelas sola. Creo que un viaje en coche por la campiña a una casa rural del valle del Ródano, y unos días (y noches) sola, te sentaría de maravilla. Es de lo más normal que una madre deje a su bebé a cargo de una abuela y de una tía. ¿Lo pensarás al menos?

—Está bien, pero…

—No hay peros que valgan. Tú piénsalo. Bueno, hoy me voy a acostar temprano. Ma ha insistido en que me preparará una leche caliente antes de que me vaya a la cama, como cuando éramos pequeñas —dijo Maia sonriendo—. Que duermas bien, y gracias. Nuestra conversación me ha ayudado mucho. No le cuentes a nadie la noticia, por favor, ni siquiera a Ma… Quiero hablar antes con Floriano.

—Sabes que puedes confiar en mí.

—Siempre. Buenas noches, tesoro. —Maia besó los rizos pelirrojos de Ally y entró en la cocina.

Ally se recostó y observó los insectos zumbando alrededor de las lámparas que iluminaban el jardín. Pensó en lo que Maia le había propuesto y al principio lo rechazó de plano porque la idea le resultaba muy ajena. Hacía ya casi un año que Bear se había convertido en parte de ella. Había vivido cada día con él, tanto en la barriga como fuera de ella. Por otra parte, la posibilidad de viajar sola en coche a la Provenza la atraía. Podría ir con el Mercedes descapotable deportivo que Pa tenía en el garaje del pontón. Una vez Pa la había recogido con él en el aeropuerto después de una carrera y habían ido juntos a Niza para embarcar en el *Titán*. Con *La flauta mágica* a todo volumen y el cabello al viento.

—Me sentí tan libre entonces… —murmuró.

Miró el reloj y vio que eran las diez pasadas. Volvió a la cocina y encontró a Ma preparando los biberones de Bear.

—Es tarde, Ma. Podría haberlo hecho yo.

—No es ningún problema, Ally. Hoy también le daré yo las tomas de la noche. Si te digo que disfruto de esos momentos en que el mundo está en silencio y tengo un bebé satisfecho dormido en mis brazos, ¿pensarás que estoy loca?

—En absoluto. —Ally cogió un biberón del esterilizador y lo puso en la mesa; se lo levaría arriba y se sacaría leche para la mañana siguiente.

—Maia acaba de contarme que tenéis que viajar a la Provenza —dijo Ma—. Como ella no se encuentra bien, ha propuesto que vayas tú. Ya sabes que yo estaría encantada de cuidar de Bear mientras tú estuvieras fuera. De hecho, sería un placer.

—Parece que Maia tiene mucho interés en que vaya, pero yo no estoy segura de querer ir.

—Tú decides, claro, pero si se trata de ver a alguien para averiguar más cosas sobre la hermana perdida, deberías considerarlo. Sé que tu padre deseaba con toda su alma encontrarla. En fin —Ma suspiró—, haz lo que consideres correcto, Ally. Y aunque no la encontréis a tiempo para el crucero, lo importante es que la encontréis.

—¿Y si ella no quiere o no necesita ser parte de esta familia? Por lo que CeCe y Chrissie han dicho, Mary-Kate tiene una familia adoptiva que la quiere mucho, aunque ella también ha perdido a su padre hace poco. Y está claro que a su madre tampoco le hace gracia que nos hayamos colado en la vida de su hija. Ya sé que es lo que Pa quería, pero a veces las cosas no pueden ser, por el motivo que sea.

—Lo sé, Ally, lo sé. No te enfades, por favor, es lo último que tu padre habría querido. Venga, sube conmigo a la cama, ¿o te vas a quedar aquí abajo?

—Voy contigo.

Apagaron las luces de la cocina y subieron la escalera.

—Buenas noches —dijo Ally cuando Ma se volvió hacia una de las habitaciones de la primera planta—. Ma…

—¿Sí, *chérie*?

—Hay algo…, o sea, ¿sabes algo sobre Pa y su vida que pueda sernos de ayuda?

—Sé muy poco, Ally, te lo prometo. Tú padre era un hombre reservado y nunca compartió sus secretos conmigo.

—Pero tenía secretos, ¿verdad?

—Sí, *chérie*, creo que sí. Buenas noches.

Ally recorrió el pasillo y se detuvo enfrente del dormitorio de Pa. Alargó la mano con aire vacilante para abrir la puerta, pero decidió no hacerlo. Necesitaba dormir, no que los fantasmas del pasado la persiguiesen.

Una vez dentro de la cómoda habitación de invitados, se desvistió rápido y se metió en la cama.

—¿Quién eras, Pa? ¿Quién eras? —murmuró antes de quedarse dormida.

23

Me voy a la Provenza —dijo Ally temprano a la mañana siguiente cuando entró en la suite de Ma y se dirigió a la cuna de Bear.

Sacó al bebé, que no paraba de gritar, de la cuna, se sentó en el sillón y empezó a darle el pecho. Siguió un hermoso silencio. Ma se sentó en el sofá de enfrente; con su bata de seda azul pavo real, incluso a esas horas de la mañana se la veía elegante.

—Me parece muy buena idea, Ally.

—Solo son las seis. —Ally miró por la ventana el sol que ya asomaba por encima de las montañas—. Si saliera dentro de una hora más o menos, podría estar en la Provenza a primera hora de la tarde.

—Ally, ¿no preferirías que Christian te llevara? Así podrías relajarte y disfrutar del paisaje.

—No. Hace siglos que no viajo en coche y, como voy sin Bear, creo que me sentará bien estar a mi aire y escuchar música por el camino.

—Cuidaré del pequeñín lo mejor que pueda hasta que vuelvas —dijo Ma.

—Lo sé, Ma. Anoche estuve pensando que en algún momento tendré que volver a trabajar, aunque no estoy segura de dónde ni en qué. Así que tendré que acostumbrarme a dejarlo a cargo de otras personas.

—Cada cosa a su tiempo, Ally. Has vivido un año muy traumático. Tienes tiempo de sobra para decidir tu futuro.

—Bueno, voy a tener que preguntarle a Georg si puedo retirar algo de dinero del fondo que Pa nos dejó. Ya sé que solo tengo que pedírselo —dijo Ally cambiando a Bear de un pecho al otro—, pero es algo que a todas nos intimida.

—Te aseguro que Georg es uno de los hombres más amables que he conocido en mi vida. Sé que, cuando estéis todas en el *Titán*, quiere hablar con vosotras de cómo debería administrarse el fondo en el futuro. Según Georg, él solo es el guardián temporal hasta que las seis estéis preparadas para administrarlo. Bueno, si estás cómoda, iré a vestirme. ¿Llamo a Christian y le digo que traiga la lancha dentro de una hora?

—Sí, por favor. Y dile también que me llevaré el viejo Mercedes descapotable.

—Claro, Ally. Te veo abajo con Bear.

—La leche que me he sacado está en la nevera, y contrólale la temperatura: le subió un poco hace un par de días y…

—Ally, confía en mí, por favor. Cuidaré de tu querido pequeñín. Nos veremos cuando vuelvas —dijo Ma. Le dio a Ally un beso en la mejilla y bajó del muelle en el que estaba amarrada la lancha.

—Adiós, Ally —dijo Maia abrazándola—. Estaremos en contacto.

—Sí. *Au revoir!*

Les dijo adiós con la mano mientras Christian alejaba la lancha del muelle. Normalmente habría llevado ella el timón, pero ese día decidió ponerse cómoda y disfrutar de otra espléndida mañana en el lago. El agua empezó a rielar bajo el sol cuando emprendieron la travesía a Ginebra. Christian sabía que no tenía que preocuparse por el equilibrio de su pasajera, de modo que iba a toda máquina. Ally veía que el hombre estaba como pez en el agua al timón de la embarcación, con la piel bronceada de un intenso moreno y los anchos hombros relajados.

Aunque se sentía nerviosa tras despedirse de su hijo por primera vez, estar en el mar la reconfortó y le recodó quién era antes de la llegada de Bear a su vida. Hacía un año, por esa misma época, estaba entrenando con la tripulación y se encontraba en plena forma. Y entonces se enamoró…

—Siempre recordaré esas semanas como las mejores de mi vida —murmuró al cielo al tiempo que Christian empezaba a reducir la velocidad y se dirigía al pontón.

Ally saltó a atar las amarras; Christian cogió la bolsa de viaje y se reunió con ella en tierra firme.

El pequeño coche deportivo estaba aparcado al lado del muelle, con la pintura verde reluciendo al sol y la capota bajada. Ally vio que un joven vestido con una camiseta de un blanco inmaculado y pantalones cortos entregaba las llaves a Christian. Los dos charlaron un instante y acto seguido el joven se despidió con la mano y se alejó hacia una bicicleta.

—Le había pedido a Julien, del taller local, que revisara el aceite y llenara el depósito —dijo Christian—. Se está haciendo viejo, pero Julien dice que parece que todo está bien, así que no debería darte problemas.

—Ahora ya debe de ser un coche vintage. —Ally rio por lo bajo y cogió las llaves.

—¿Estás segura de que no quieres que te lleve?

—Segurísima —contestó ella, que subió al coche y encendió el motor—. Gracias, Christian. Te llamaré cuando necesite que vengas a recogerme.

—Cuídate, Ally, y conduce con precaución —gritó él por encima del ruido del motor mientras el vehículo daba marcha atrás.

—¡Lo haré, gracias!

Ally atravesó Ginebra sin demora y cruzó la frontera con Francia. Había llevado una colección de CD y se pasó el viaje alternando música clásica y pop y cantando a grito pelado algunos de sus temas favoritos. Paró en un área de servicio a comprar café y una baguette y a sacarse leche; aunque había empezado a darle además leche de fórmula, todavía no quería dejar de amamantar a Bear.

Cuando llegó a Grenoble, salió de la autopista sintiéndose agotada de repente. Después de una siestecita de veinte minutos, emprendió el último tramo de viaje hasta la Provenza. Contempló cómo el paisaje se suavizaba a su alrededor.

—Esto es precioso —murmuró al pasar delante de una casa de labranza de color amarillo claro especialmente bonita.

En lo alto de una pendiente poco pronunciada llena de viñas había un majestuoso *château*. La verja estaba abierta, y una parte de ella deseó acercarse a la bodega anunciada y probar uno de sus vinos favoritos: el rosado de la Provenza. Una señal le indicó que se encontraba a solo tres kilómetros de Châteauneuf-du-Pape. Estaba tan cerca que decidió parar a poner sus pensamientos en orden. Buscó el móvil en el bolso y vio que tenía varios mensajes, todos de Star.

«¡Llámame!», decían casi todos.

Ally marcó el número de Star, y su hermana contestó enseguida.

—Hola, Star, ¿qué pasa?

—Tranquila, no pasa nada malo. Que nosotros sepamos, Merry McDougal no se ha ido del hotel. Pero ha salido de su habitación, y Orlando la ha seguido para ver adónde va. Su equipaje sigue aquí, según el conserje.

—De acuerdo. Ya casi he llegado a la bodega donde se supone que está el tal Jack. He disfrutado tanto del viaje que he desconectado el cerebro y no sé qué voy a decir cuando llegue. No sé si hacerme pasar por una turista y entablar una conversación con Jack sobre su familia como quien no quiere la cosa o decirle la verdad enseguida. ¿Tú qué opinas?

—Caray, Ally. Supongo que depende de si Merry ya le ha hablado de las visitas de CeCe y de Electra.

—Si consigo conocerlo y que hable conmigo sin tener que secuestrarlo y atarlo a una silla a punta de pistola, haré todo lo que pueda. La verdad, Star, creo que tienes razón; ahora que estoy aquí, todo resulta muy incómodo. Si Merry no quiere que su hija conozca sus orígenes, no creo que sea justo que nosotras la obliguemos. A pesar de los motivos que Pa tuviera para querer encontrarla.

—Estoy de acuerdo. Yo en tu lugar improvisaría. Sé tú misma y deja que las cosas evolucionen de forma natural. Buena suerte, Ally, y mantente en contacto, por favor.

—Tú también. Adiós, Star.

Dejando escapar un suspiro, Ally arrancó el motor y se metió en la carretera. Pensó en que todas sus hermanas habían estado acompañadas cuando seguían el rastro a la hermana perdida. CeCe tenía a Chrissie a su lado; Electra, a Mariam, y Star a Orlando.

—Y aquí estoy yo, sola otra vez —murmuró al ver un letrero de la Bodega Minuet.

El edificio al que se dirigía se parecía mucho a los otros que salpicaban la campiña; una vieja granja de piedra con tejado de terracota y grandes ventanas con los postigos azules. Se detuvo en el desvío hacia un camino que discurría junto a una senda de tierra entre las vides, respiró hondo y visualizó una imagen de Theo.

—No te separes de mí, ¿vale, cariño?

Enfiló el camino y se dirigió a la finca.

—Bueno, allá voy —susurró; bajó del coche y siguió los indicadores hasta la tienda.

La tienda, situada en una sala oscura como una bodega en un extremo del edificio, estaba desierta. Había botellas de Château-neuf-du-Pape apiladas unas al lado de las otras, y no quedaba un centímetro de espacio libre. Ally se disponía a entrar a ver si había alguien cuando un chico de unos dieciséis años llegó y le sonrió.

—*Je peux vous aider?*

—Sí, he visto el letrero que anuncia la casa rural en alquiler y me preguntaba si está disponible.

—¿Para cuándo, *mademoiselle*? —El joven rodeó el pequeño mostrador encajado en un rincón de la sala y sacó un libro de un estante de debajo.

—Para esta misma noche.

Él ojeó el libro y a continuación asintió con la cabeza.

—Sí, está disponible.

—¿Cuánto cuesta?

El chico le dijo el precio, y Ally, después de indicarle que quería alojarse dos noches como mínimo, sacó la tarjeta de crédito del bolso.

—No, no, *mademoiselle*. Ya pagará cuando se marche. Espere un momento y llamaré a *maman* para que la acompañe a la casa. —A continuación se acercó a un pequeño y viejo frigorífico y sacó una botella de rosado—. ¿Le apetece una copa?

—Pues sí, la verdad —dijo Ally sonriendo—. Ha sido un largo viaje.

Una vez que le hubo servido una copa de vino color rosa claro, el chico se dirigió a la puerta.

—*Excusez-moi, maman* vendrá enseguida.

Mientras esperaba, Ally salió al patio y se sentó en un antiguo banco de hierro forjado. El patio estaba lleno de palés de madera, pero también había patinetes y bicicletas infantiles y una estructura oxidada para trepar. El sol ya estaba más bajo en el cielo azul celeste, y Ally echó la cabeza hacia atrás y disfrutó de su calor en la cara. El vino rosado estaba delicioso; cerró los ojos, respiró profundamente y trató de relajarse.

—*Bonjour, mademoiselle*, soy Ginette Valmer. La acompañaré a la casa rural —anunció una voz alegre.

Ally abrió los ojos y vio a una mujer morena de unos cuarenta años vestida con vaqueros, camiseta de manga corta y un delantal manchado. Llevaba en la mano una cestita de comida.

—Encantada de conocerla. Soy Ally D'Aplièse —dijo Ally en francés, estrechando la mano de la mujer.

Cogió la bolsa de viaje del coche, y juntas recorrieron la senda de tierra hacia la casa rural, que se encontraba a la izquierda de la finca, en un lugar idílico entre las viñas. Ally mantuvo una conversación educada con madame Valmer respondiendo a sus preguntas.

—Sí, vivo en Ginebra. He venido unos días de visita.

—¿A probar los vinos?

—Sí, y también… a buscar una casa en la zona. —Las palabras le salieron de la boca antes de que pudiese contenerlas.

—Pues hay *immobiliers* en Gigondas y Vacqueyras, y otra en Beaumes-de-Venise. Puedo darle los números de teléfono o, si lo prefiere, puede visitarlas —comentó madame Valmer cuando llegaron a la puerta de la casa rural—. Bueno, ya estamos. Es muy pequeña, pero está bien para una persona o una pareja —dijo mientras entraban.

Ally vio un espacio básico pero limpio con una pequeña cocina a un lado, una pesada cama de caoba francesa y un sofá y dos sillones situados enfrente de una diminuta chimenea de esquina.

—La ducha y el retrete están al otro lado —añadió madame Valmer, señalando una puerta de madera al fondo. Dejó la cesta encima de la pequeña encimera—. Aquí tiene una baguette recién hecha, mantequilla, queso y leche, y en la nevera hay vino rosado.

—Gracias, pero puedo ir a comprar.

—A estas horas todo estará cerrado. Ya sabe cómo son las cosas en Francia. —Madame Valmer sonrió y sus ojos oscuros bailaron—. No hay nada abierto cuando lo necesitas.

—Entonces tal vez pueda recomendarme un restaurante o una cafetería por aquí cerca donde pueda ir a cenar. El viaje desde Ginebra ha sido largo.

—Ah, hay unos cuantos, pero…

Madame Valmer hizo una pausa para observarla.

—Venga a cenar con nosotros.

—¿Está segura? Puedo buscar algo en Gigondas —dijo Ally.

—Una boca más no se notará. Tengo tres hijos y cuatro hombres hambrientos que trabajan en la bodega, así que —madame Valmer señaló con las manos a Ally de forma expresiva—, una más no es ningún problema. ¡Y será una novedad tener a otra mujer a la mesa!

—Si de verdad le va bien, me gustaría mucho.

—No espere comida elaborada. Cenaremos a las siete y media. Hasta entonces.

—*Merci, madame Valmer, à ce soir.*

—¡Llámame Ginette! —dijo la mujer mientras salía de la casa despidiéndose con la mano.

Ally se acercó a la nevera y abrió una botella helada de vino rosado que Ginette le había dejado. Al salir vio una vieja mesa gastada y dos sillas de hierro situadas a un lado de la casa. Se sentó a disfrutar del sol en la cara y a llamar a Atlantis. El número fijo estaba ocupado, de modo que llamó a Maia.

—Hola, solo llamo para decir que he llegado bien. ¿Qué tal está Bear?

—Está en el baño con Ma, que parece una gallina con su polluelo. Está bien, y creo que Ma se lo pasa en grande cuidándolo. Bueno, ¿has conocido ya a Jack?

—No, solo a un hijo de la familia y a la que deduzco que es la mujer del dueño de la bodega. No sé qué me ha pasado, pero cuando me ha preguntado a qué he venido, ¡le he dicho que estoy buscando casa! —Ally soltó una risita—. En fin, la buena noticia es que me ha invitado a cenar con ellos esta noche. Con suerte, ese Jack estará a la mesa y podré hablar con él.

—¡Estupendo! Pase lo que pase, alojarte en una casa rural en la Provenza y cenar comida francesa casera me parece un planazo.

—Esto es tan bonito que me plantearía en serio comprar una casa. La idea de pasar otro invierno frío y lluvioso no me atrae nada ahora mismo.

—No pierdes nada por mirar, ¿no?

—Hablaba en broma, Maia. Tengo a Thom y a mi padre allí. De hecho, debería llamar a Felix para asegurarme de que no está tumbado en medio de un charco de whisky en alguna parte. Dile a Ma que le dé un beso de buenas noches a Bear de su *maman*, ¿vale?

—Descuida. Oye, Ally…

—¿Sí…?

—Olvídate de Jack de momento y disfruta de tu estancia. *À bientôt.*

Impaciente por estirar las piernas después del largo viaje en coche, Ally se fue a pasear entre las vides. Las uvas todavía no estaban maduras para la vendimia y aún no habían adquirido el tono azul oscuro con el que se elaboraría el mundialmente conocido vino tinto de Châteauneuf-du-Pape. A su alrededor se oía el sonido de las cigarras y la vida insectil que bullía en el aire caluroso y calmo. A lo lejos, un perro pastor jadeaba tumbado a la sombra de un pino con forma de parasol; la luz del atardecer, oblicua y cada vez más tenue, daba un brillo dorado a las hojas de las vides.

Ally se sentó a la sombra, junto a una mata de lavanda silvestre. Pasó las manos por encima de las gruesas flores moradas para inundar sus fosas nasales del relajante aroma. Y por fin se alegró de que Maia y Ma la hubiesen convencido de ir allí.

Volvió a la casa rural para darse una ducha rápida en el pequeño cubículo (el agua no pasaba de templada, pero hacía tanto calor que resultaba refrescante), luego se puso unos vaqueros limpios y una camisa, se aplicó una pizca de rímel y un poco de lápiz de labios, y se dejó el pelo suelto sobre los hombros.

—Vaya, hace mucho que no salgo a cenar —se dijo cuando subía hacia la granja entre las parras.

Contenta de haberse tomado una copa y media de rosado para reforzar su confianza, llamó a la puerta principal.

—¡Están todos en la parte de atrás! —La cabeza de Ginette asomó por una ventana—. Da la vuelta, Ally.

Hizo lo que la mujer le indicó y vio una galería adornada con vides que sobresalía de la parte trasera de la casa, con vistas a las montañas Dentelles. En la creciente oscuridad, había farolillos repartidos por la galería, listos para encenderlos cuando anocheciese. Había cuatro hombres sentados a la mesa, además del chico con el que había coincidido antes, un niño de unos doce años y otro más pequeño, de siete u ocho. Al acercarse, oyó unas carcajadas, y a continuación todos los hombres se volvieron para mirarla. Uno de ellos —bajo pero fornido— se levantó.

—Disculpe, *mademoiselle*, ¡no nos reíamos de usted, sino de las expresiones tan raras de nuestro amigo neozelandés! Siéntese, por favor. Soy François, el dueño de la bodega. Estos son Vincent y Pierre-Jean, que trabajan aquí conmigo, y estos son mis hijos: Tomás, Olivier y Gerard. Y este —François señaló al hombre al lado del que iba a sentarse— es Jack McDougal, de Nueva Zelanda.

Ally se quedó de pie detrás de su silla y observó cómo el hombre al que había ido a conocer se daba la vuelta y se levantaba. Jack McDougal era mucho más alto que ella. Tenía la piel muy blanca, penetrantes ojos azules y el cabello rubio, ondulado y muy corto.

—*Enchanté, mademoiselle* —dijo con un acento muy extraño—. Disculpe por mi pésimo francés. Por favor —alargó la mano—, siéntese.

—¿Habla usted inglés, *mademoiselle*? —le preguntó François, el anfitrión.

—Sí.

—¡Vaya, Jack, esta noche por fin tendrás a alguien que entienda lo que dices!

Todos alrededor de la mesa volvieron a reír.

—Y no miente cuando dice que su francés es pésimo —añadió François.

—Pero ¡nuestro inglés es peor! ¿Le apetece vino, *mademoiselle*? —Vincent, que estaba sentado enfrente de ella, dio unos golpecitos a una botella de tinto—. Es una primera muestra de nuestra cosecha de 2006, que todos esperamos que sea una de las mejores hasta la fecha.

—Gracias —dijo Ally mientras el hombre le llenaba la copa hasta el borde—. Me temo que no sé mucho de vinos, pero *santé!*

—*Santé.*

Todos alzaron sus copas, y Ally se fijó en que hasta Gerard, el niño pequeño, tenía una pizca de vino en la suya.

Ally probó el vino, que era suave e intenso y se deslizó por su garganta como el terciopelo.

—Tiene razón, este vino está delicioso —le dijo a François.

—Recemos para que en el futuro, cuando esté en su punto, ganemos medallas con él —dijo.

Ally reparó en que Jack miraba de reojo a los comensales.

—François dice que espera ganar algún premio con este vino —tradujo ella al inglés.

—Ah, gracias. Llevo aquí unas semanas y, aunque hago lo que puedo por ampliar mi vocabulario, hablan tan rápido que solo entiendo alguna que otra frase.

—El francés es un idioma difícil de aprender. Yo tuve suerte porque mi padre se empeñó en que mis hermanas y yo fuéramos bilingües desde que nacimos. Es la única forma.

—Estoy de acuerdo. Mi madre habla un francés pasable y lee latín y griego, pero me temo que yo no heredé ese don —dijo Jack—. Perdón, antes no he oído su nombre…

—Soy Ally, Ally D'Aplièse. —Contuvo el aliento a la espera de si él reconocía su apellido.

—Jack McDougal. Como le acaban de decir, soy de Nueva Zelanda. ¿Y usted?

—De Ginebra —respondió Ally. El alivio la embargó al comprobar que no sabía quién era.

Ginette sacó una bandeja de comida, y Jack se levantó de inmediato y le ayudó a llevar fuentes de ensalada a la mesa.

—Ginebra, ¿eh? No lo conozco, bueno, no he estado en ningún otro sitio de Europa aparte de en Francia. ¿Está bien para vivir? —preguntó Jack mientras todos empezaban a servirse la cena.

—Sí, es precioso. Vivimos a orillas de un lago con una vista muy bonita de las montañas. Pero en realidad ahora vivo en Noruega. En Ginebra está el hogar de mi familia —dijo al tiempo que Jack le ofrecía la fuente de la ensalada de atún—. Gracias. —Cogió la cuchara de madera y se sirvió una generosa ración porque se moría de hambre.

—Una pequeña advertencia; no coma demasiado ahora: esto es solo el entrante. Después viene el solomillo y luego, cómo no, queso —dijo él sonriendo—. Los franceses sí que saben comer.

Ally detectó un ligero acento que sonaba vagamente a australiano pero más suave.

—Gracias por el aviso. La verdad es que estoy hambrienta. El viaje en coche ha sido largo.

—¿Cuántos kilómetros?

—De Ginebra aquí hay casi cuatrocientos, pero por la autopista se viene bastante bien.

—¿Y qué la trae por aquí?

—Estoy… buscando casa.

—No me extraña. Si yo no tuviera un viñedo que dirigir en Nueva Zelanda y el idioma no fuera tan difícil, me instalaría aquí sin dudarlo.

—¿Cómo es que está tan lejos de su casa? —preguntó Ally mientras probaba la ensalada de atún: una mezcla de judías verdes crujientes, huevo y atún aliñada con una salsa cremosa y ácida.

—He venido a aprender las técnicas de la vinicultura francesa para ver si puedo aplicar algunas de sus tradiciones antiguas y sus ideas modernas en nuestros vinos. Y, con suerte, probar también nuevas combinaciones de uvas. O sea —dijo, bebiendo un trago de vino—, que si consiguiera hacer algo que se acercase a esto, moriría feliz.

—Es un apasionado del vino…

—Así es. Me crie en el viñedo que fundó mi padre. Él fue uno de los primeros que se establecieron en Nueva Zelanda, y a él y a mi madre les costó sangre, sudor y muchos sacrificios convertir el viñedo en lo que es hoy. Es la herencia familiar, por así decirlo. Mi padre murió hace unos meses, así que ahora yo soy el responsable. Lo echo de menos. A veces era un pesado, pero no tenerlo a mi lado ha sido duro.

Mientras estiraba el brazo hacia la botella para servirse otra copa, a Ally la sorprendió la facilidad con que fluía la conversación entre ellos. Jack parecía tan abierto, tan natural…, sin aires de grandeza.

Ayudó a Ginette a recoger las fuentes y luego sacó unos platos de judías verdes con patatitas asadas; Ginette pasó un *filet de boeuf* a su marido para que lo repartiese entre los comensales.

—*Mon Dieu!* —exclamó Ally al probar el solomillo: rosado en el centro, justo como a ella le gustaba—. Está riquísimo.

—Aquí todo está rico. Para mí el solomillo es un lujo, en Nueva Zelanda se come más carne de cordero que de ternera —dijo

Jack sonriendo—. Aunque el número de cabezas de ganado está aumentando en el país. Entonces, Ally, ¿ha dicho que tiene hermanas?

—Sí. —De repente Ally se dio cuenta de que tenía que andar con pies de plomo—. Cinco.

—¡Vaya! Yo tengo una hermana y con ella me basta y me sobra.

—¿Están unidos? —preguntó Ally, desviando la conversación hacia él.

—Ahora sí. En realidad, es adoptada. Yo tenía diez años cuando ella llegó a la familia, de modo que no crecimos juntos, pero a medida que nos hacíamos mayores fuimos acercándonos. A ella le afectó mucho la muerte de mi padre. Solo tiene veintidós años… Se siente como si la hubieran timado, supongo, porque no pasó mucho tiempo con él. Y, claro, mi madre lo echa muchísimo de menos.

—Me lo imagino. Yo perdí a mi padre y a mi novio el año pasado, así que me parece que los dos hemos pasado una temporada delicada.

—¿De verdad? Lo siento mucho, Ally. Lo mejor que puedo decir del último año es que espero que dé un pinot noir bastante bueno. Será mi primera cosecha —dijo Jack—. ¿Por eso ha venido aquí?

—¿A qué se refiere?

—Bueno, en este momento mi madre está en algún rincón del globo dando la vuelta al mundo. A lo mejor las mujeres necesitan escapar cuando les pasa algo malo… No quiero decir que ese sea su caso. Perdón, no conozco sus circunstancias en absoluto.

Ally vio que Jack se ruborizaba de vergüenza.

—No se disculpe. Puede que tenga razón. Creo que todo el mundo reacciona al dolor de forma distinta; desde luego todas mis hermanas reaccionaron de manera diferente. Por otra parte —Ally se volvió hacia Jack y sonrió a la luz cada vez más tenue—, usted también está muy lejos de su hogar.

—*Touché!* —dijo él, entrechocando su copa con la de ella—. Aunque en realidad este viaje ya estaba planeado antes de que mi padre muriera, así que tengo una excusa. En mi opinión, cada uno debe hacer lo que le ayude a lidiar con su situación.

Siguió una pausa mientras los dos ayudaban a recoger los platos sucios y llevaban el queso a la mesa. Alguien había encendido los farolillos, que arrojaban una luz suave bajo la galería.

—Bueno, señorita… Dios, he olvidado su apellido.

—D'Aplièse.

—Bueno, señorita D'Aplièse —continuó Jack mientras el vino dulce circulaba por la mesa—, parece que, como siempre, le he soltado el rollo de mi vida. ¿Qué me cuenta de usted? Quiero decir, ¿qué le apasiona?

—Me formé como flautista, pero luego cambié de trayectoria y acabé participando en algunas regatas bastante importantes. El año pasado por estas fechas estaba en Grecia en el mar Egeo. Luego navegué en la Fastnet y…

—¡¿Qué?! ¡No me lo puedo creer! ¡Participó en la Fastnet! Esa es una de las regatas más duras del mundo, o sea… usted está entre los mejores. El valle de Gibbston, donde yo vivo, es famoso por sus lagos, así que cuando era joven me apunté a clases de navegación y me encantó. Luego, durante el año sabático antes de entrar en la universidad, me incorporé a una tripulación y me dediqué a hacer viajes en barco por la costa de Nueva Zelanda. Nada que ver con las regatas de verdad (solo eran por placer), pero estar en mar abierto tiene algo único, ¿verdad?

—Sí que lo tiene. Me has dejado impresionada, Jack. ¡No hay mucha gente que sepa lo que es la Fastnet! Por desgracia, fue entonces cuando perdí a mi novio. Él era el capitán de nuestro barco. Topamos con una tormenta y…, en fin, murió intentando salvar la vida de un miembro de la tripulación.

—Dios, lo siento mucho, Ally. Seguramente leí sobre el accidente en el periódico. Siempre se dice que lo que el mar da, el mar lo quita. Está claro que tú perdiste mucho.

—Sí, así es, pero por lo menos… —Ally estuvo a punto de hablarle de Bear, pero algo la detuvo—. Ya me estoy recuperando.

—¿Cuánto tiempo vas a quedarte aquí?

—Todavía no lo sé —contestó ella yéndose por la tangente.

—Si te quedas una temporada, un día podríamos ir a Marsella y alquilar un barco. Yo sería tu segundo de a bordo, y podrías enseñarme cómo se navega.

—La idea me atrae, pero dudo que tenga tiempo. Me encanta el Mediterráneo; es un paseo comparado con el mar Celta y el Atlántico.

—Entonces ¿quién te espera en Ginebra? ¿Tu madre y tus hermanas? —preguntó él.

—Ma sigue en casa, pero mis hermanas han volado del nido.
—De nuevo, Ally desvió a propósito la conversación hacia Jack—.
Disculpa si te parezco indiscreta, pero ¿por qué crees que tus padres adoptaron a tu hermana diez años después de tenerte a ti?
O sea... ¿siempre habían pensado adoptar, o lo hicieron por otro motivo?

—La verdad, no estoy seguro. Ya sabes cómo son los padres con sus hijos: no entran en detalles. Yo solo tenía diez años y no pregunté. Recuerdo que un día volví a casa del colegio y allí estaba Mary-Kate, en brazos de mi madre, y mi padre mirándola. En realidad, estaba embobado con ella. En aquel entonces me fastidió, para ser sincero.

—Ser hijo único durante mucho tiempo y de repente tener una hermanita debió de ser duro.

—Sí, tal cual —dijo Jack sonriendo—. De pronto ya no era el centro de atención. Pero cuando cumplí los dieciocho, me fui a la universidad y lo acepté. Pensándolo ahora, fue algo positivo. Supongo que de niño fui un malcriado y se lo hice pasar mal a mi hermana. Le molestaba y esas cosas. Mary-Kate ahora es una chica estupenda y nos llevamos muy bien. La muerte de mi padre sin duda nos ha unido más.

Llegó el café, y Ally lo bebió acompañado de un vaso grande de agua de la jarra de cerámica que había en la mesa.

—¿Te apetece probar un poco de Beaumes-des-Venise? Es néctar de la zona servido en una copa —dijo Jack alzando la suya.

—No, gracias. He bebido mucho más de lo que suelo.

—¡Yo he bebido mucho más de lo que suelo cada noche desde que llegué! —Rio—. Aquí el vino es parte del menú diario. Comparado con ellos, hasta mi padre parecería frugal, y eso que bebía una botella de vino al día. Por curiosidad, ¿cómo has acabado en Noruega?

—Bueno, a mí también me adoptaron. Localicé a mi familia biológica en Noruega, y por eso me mudé allí. Mi madre biológica está muerta, pero vivo con mi hermano gemelo, Thom. Mi padre biológico, Felix (a quien toda esta cantidad de alcohol le parecería el paraíso), vive muy cerca de nosotros en Bergen.

—¿Crees que es buena idea? Me refiero a buscar a la familia biológica. Hace poco mi hermana me contó por teléfono que un par de chicas se habían presentado en la puerta de casa diciendo que existía alguna conexión con su familia. No conozco los detalles, pero me pregunto qué opinas.

Ally tragó saliva y deseó haber tomado una copa de vino dulce. Aunque había creído que tendría que sacarle información a la fuerza, todo estaba surgiendo de forma más o menos natural en la conversación.

—Sinceramente, creo que nunca me lo planteé hasta que Pa murió —confesó Ally—. Con él... había suficiente, no sé si me entiendes. Por lo menos para mí. Y respondiendo a tu pregunta, encontrar a mi familia biológica fue fantástico; había perdido a los dos amores de mi vida con pocos meses de diferencia, de modo que descubrir que tenía un hermano y un padre biológico, por muy borracho que sea, fue maravilloso.

—Pues quizá ahora que papá ya no está y esas chicas han contactado con Mary-Kate, ella también busque a su familia biológica. Espero que tenga tanta suerte como tú.

—Entonces ¿ella no sabe quiénes son sus padres biológicos?

—No. —Jack se encogió de hombros—. Yo no recuerdo que mi madre y mi padre tuvieran que viajar para ir a por ella, de modo que debió de ser una adopción local. —Bebió un trago de vino dulce—. Caray, menuda conversación estamos teniendo, Ally. Espero no haber dicho nada que te haya disgustado.

—Qué va. A veces es más fácil hablar con extraños de estos asuntos que con tus seres queridos, ¿verdad?

—Cierto, aunque espero que dejes de ser una extraña durante los próximos días. Me ha alegrado mucho hablar con alguien en mi idioma para variar —dijo él sonriendo—. Entonces ¿empezarás a buscar casa mañana?

—Te he anotado los nombres de unas inmobiliarias muy recomendables —soltó de sopetón Ginette en francés sirviéndoles a los dos más café—. Voy a la cocina a buscarlos.

—En realidad, estoy bastante cansada del viaje, así que me voy a acostar. —Ally se levantó, notaba los pechos llenos de leche, listos para la toma nocturna de Bear—. Buenas noches, Jack, ha sido un placer conocerte.

—Lo mismo digo, Ally. Espero volver a verte los próximos días —dijo él mientras Ally seguía a Ginette a la cocina.

—*À bientôt* —contestó ella con una sonrisa.

—Toma. —Ginette le dio un sobre viejo en el que había apuntado el nombre y el número de tres inmobiliarias.

—Muchas gracias por una noche tan maravillosa. La comida estaba increíble.

—*Merci*, Ally, me alegro de que hayas estado a gusto —dijo ella acompañándola a la puerta principal—. Parece que tú y Jack os habéis caído muy bien —añadió, abriendo la puerta.

—Oh, eso es porque los dos hablamos inglés —dijo Ally, y notó que le ardía la cara—. Pero parece muy simpático.

—Lo es, y le ha venido bien tener a alguien con quien hablar en su idioma. Me preocupa que se sienta excluido en las conversaciones mientras cenamos, pero ¿qué se le va a hacer? *Bonne nuit*, Ally.

—*Bonne nuit*, Ginette, y gracias otra vez.

24

A la mañana siguiente, Ally se despertó, se dio la vuelta para ver la hora en el viejo radiodespertador y se llevó una sorpresa al ver que eran las diez pasadas.

Se tumbó boca arriba, estiró los brazos y las piernas y disfrutó de la sensación de notarse descansada, aunque con un ligero dolor de cabeza debido al exceso de vino. Alcanzó el móvil, comprobó que no había recibido mensajes de Atlantis por la noche y entonces vio un mensaje de Star que decía «¡Llámame!».

Reacia a interrumpir esa sensación de placidez, salió de la cama para preparar café y luego, sentada en el blando colchón con las piernas cruzadas, se lo bebió contemplando el viñedo por la ventana. No recordaba la última noche que se lo había pasado tan bien como la anterior. Entre el precioso entorno y la compañía agradable y cordial, había sido una gozada. En la mesa no habían faltado las risas, y aunque su conversación con Jack había sido un campo minado, también había sido un placer.

Habían hablado muy abiertamente, como solía hablar con Theo, y sin embargo los dos hombres no podrían haber sido más distintos: Theo, de espíritu intelectual a pesar de su trabajo de marinero, y Jack, inteligente y considerado, pero un alma menos compleja que su novio. Incluso en lo tocante al físico, Theo era fuerte pero no era alto, y su piel bronceada y su pelo oscuro contrastaban con la altura y las facciones claras de Jack.

—¡Por favor, Ally! —se reprendió a sí misma, como si estuviese traicionando a Theo por haber disfrutado de la compañía de otro hombre.

Era la primera vez que le pasaba eso desde su muerte, y no

había nada malo en hacer un nuevo amigo, fuese hombre o mujer, ¿no?

«Pero ¿fue solo eso…?»

—Entonces ¿cómo es que no le hablaste de Bear ni le contaste qué haces realmente aquí? —murmuró al tiempo que se levantaba para servirse más café.

Lo cierto era que en ese momento no lo sabía, o tal vez no quería saberlo.

El móvil sonó en la cama, a su lado, y, tras comprobar que no la llamaban de Atlantis sino que era otra vez Star, Ally no se sintió con ánimo de hablar con ella hasta que hubiese puesto en orden sus pensamientos. Recordó lo sincero que se había mostrado Jack, cuando ella se había presentado allí con engaños, y el sentimiento de culpa se intensificó.

Dejó escapar un suspiro, cogió el móvil y llamó a Atlantis.

—Hola, Ma, ¿qué tal está Bear?

—Muy bien, Ally. Acabo de llevarlo de paseo, y ahora duerme tranquilo en su cochecito a la sombra del roble detrás de la terraza…

—Donde solías ponernos a todas —concluyó Ally sonriendo.

—¿Qué tal estás tú, *chérie*? ¿Qué tal la preciosa Provenza?

—Preciosa. Además, los dueños de la bodega son encantadores, y he dormido de maravilla. Así que gracias a ti y a Maia por convencerme para que viniera. ¿Cómo se encuentra ella, por cierto?

—Oh, igual —respondió Ma—, pero…, bueno, así son estas cosas, *n'est-ce pas*?

«Ma sabe que Maia está embarazada», pensó Ally en el acto.

—Está en el Pabellón, revisando cosas que quiere llevarse a Brasil —continuó Ma— y preparándolo para cuando lleguen Floriano y Valentina. Si quieres hablar con ella, tiene el móvil, pero te aviso que Star está impaciente por contactar contigo. ¿Puedes llamarla?

—Claro.

—¿Cuándo crees que volverás, Ally?

—Lo antes posible, pero todavía tengo que conseguir cierta información.

—Tómate todo el tiempo que quieras, *chérie*. Yo me lo estoy pasando en grande ejerciendo de *grand-mère* de tu querido pequeñín.

—Gracias, Ma. Dale un abrazo muy fuerte de mi parte, ¿vale?

—Por supuesto. Adiós, Ally.

Después de ponerse unos pantalones cortos y una camiseta, Ally comió un poco de baguette del día anterior con mantequilla y decidió ir al supermercado más cercano a comprar provisiones. Se puso una gorra y unas gafas de sol, para tratar de detener la incesante marcha de las pecas por su cara ya teñida de rosa, y salió a disfrutar de la suave brisa matutina mientras hablaba con Star.

—Hola, Ally, ¿cómo te va?

—Bien, gracias. Pareces un poco ansiosa. ¿Va todo bien?

—Sí, solo quería saber si has conseguido localizar al hijo de la señora McDougal en la bodega.

—Pues sí. De hecho, ayer estuve cenando a su lado toda la noche.

—¡Oooh! Genial, Ally. ¿Has averiguado algo sobre los padres biológicos de Mary-Kate?

—Nada. Y eso que hablamos sin tapujos sobre la adopción. Me dijo que recuerda que una tarde sus padres llegaron a casa con Mary-Kate, así que cree que fue una adopción local. No parece que su madre le haya advertido que evite cualquier cosa que tenga que ver con las hermanas D'Aplièse, pero sí que dijo que Mary-Kate le comentó la visita de CeCe y Chrissie la última vez que hablaron por teléfono. Y que pensaba que quizá ahora ella quisiera saber más de su familia biológica. Fue tan amable que me siento fatal por no haberle dicho a qué he venido. ¿Y por ahí qué? ¿Ha vuelto a escapar Merry?

—Creemos que no. Ayer Orlando la siguió a Clerkenwell; por lo visto fue al registro, donde los certificados de nacimiento, matrimonio y defunción. Le siguió la pista otra vez al hotel, luego ella desapareció en su habitación, y a eso de las seis de la tarde recibí una llamada de ella en la suite para decirme que no se encontraba bien y que si podíamos dejar la cena. Quedó en que volvería a llamarme esta mañana para decirnos cómo se encontraba y si podía comer con nosotros. El problema es que a) yo tengo que volver a Kent para recoger a Rory en el colegio, y b) Orlando tiene que volver a la librería. Por supuesto, él se quedará si Merry accede a comer con nosotros, pero…, ay, no sé, esto no me gusta. Hasta Orlando está desanimado, cosa rara en él. Me duele haberla asustado y que sigamos persiguiéndola. A ver, si Mary-Kate no puede estar con nosotras para depositar la corona tampoco es el fin del mundo, ¿no, Ally? Después de ver ese anillo con mis propios ojos, estoy convencida de que es el mismo del dibujo, pero tal vez deberíamos esperar a que la pobre Merry haya disfrutado de su viaje por el mundo y esté en casa con su hija. Entonces podrán decidir juntas si Mary-Kate quiere conocernos a todas.

—Entiendo lo que quieres decir. —Ally suspiró—. Bueno, te llamaré más tarde si vuelvo a coincidir con Jack, pero no voy a forzar el encuentro, Star.

—No. Lo entiendo. Bueno, tengo que dejarte. Adiós, Ally, hablaremos pronto.

Ally dejó el teléfono sintiéndose ligeramente desanimada por la situación, como Orlando. Una parte de ella quería dejar de lado su motivación inicial y disfrutar de la calma con la que se había despertado. Estaba a punto de levantarse y de ir a ver si Ginette podía indicarle cómo llegar al supermercado de la zona cuando de repente Jack apareció por la esquina de la casa.

—Buenos días. No te molesto, ¿verdad? —Señaló el móvil que Ally sostenía aún en las manos.

—En absoluto. ¿Quieres sentarte?

—Lo siento, no puedo. En realidad he venido a preguntarte si necesitas comida. François anda con reuniones para hablar de la próxima vendimia, y Ginette, cuando estoy ocioso, me manda al pueblo a hacerle la compra. Dice que me viene bien para mejorar el francés —comentó sonriendo.

—La verdad es que estaba a punto de ir a preguntarle dónde está el supermercado más cercano. Y la inmobiliaria, claro —añadió enseguida—. Como mínimo debería inscribirme.

—¿Y si te llevo a Gigondas? Así matamos dos pájaros de un tiro y me ayudas en el supermercado a no confundir las *ananas* con el *anis*.

—Vale, pero ¿no prefieres que te siga con mi coche? Si no, tendrás que esperar a que acabe en la oficina inmobiliaria.

—Me da igual. Cuando François está fuera, o me siento por ahí con el diccionario de francés para intentar entender qué significa alguna frase relacionada con la viticultura o me voy a Gigondas a tomar una cerveza al sol.

—Podrías hacer las dos cosas a la vez —señaló Ally, y los dos rieron.

—Bueno, te dejo para que cojas lo que necesites. Nos vemos en el coche dentro de diez minutos, ¿vale?

—Vale. Gracias, Jack.

—De nada.

Cuando llegaron al pintoresco pueblo de Gigondas, que según Jack era una de las mejores *appellations* de la región, Ally vio que estaba abarrotado de turistas deseosos de probar los vinos de las bodegas locales. Las cafeterías, con los comensales ocupando las mesas que se desparramaban por las aceras, eran un hervidero de conversaciones. Les costó aparcar el abollado Citroën de Ginette.

—Qué pueblo más bonito —comentó Ally cuando bajaban la cuesta bajo un sol radiante.

—Sí. Bueno, vamos al supermercado a comprar las cosas de la lista de Ginette —dijo Jack, entrando en una tienda estrecha que por dentro era como una Tardis, muy profunda y llena hasta los topes de comestibles.

—Vale, pero no pienso ayudarte —le dijo Ally—. La única forma de aprender idiomas es cometiendo errores.

Cada uno cogió una cesta y se fue por su lado, y al rato volvieron a encontrarse en la caja registradora.

—¿Puedes al menos comprobar que lo que he cogido se corresponde con lo que hay en la lista? —le preguntó él mientras esperaban para pagar en la cola.

Ally examinó la cesta y comprobó uno por uno los elementos de la lista.

—Casi lo has bordado, pero Ginette quiere leche *demi-écrémé*, no *entier*.

—Súper. Gracias —dijo él, y se fue volando a cambiar el tetrabrik.

Después de dejar las bolsas en el coche, Jack la acompañó hasta la oficina inmobiliaria. Ally empujó la puerta, pero estaba cerrada.

—¡Caray! Pasa un minuto del mediodía y ya han cerrado. Típico de los franceses —comentó Jack riendo por lo bajo—. La comida siempre es lo primero. Perdona…, como hablamos en inglés, siempre me olvido de que en realidad eres francesa.

—No, Jack, soy suiza, ¿recuerdas?

—Ay, claro, perdona —dijo él mientras atravesaban el pueblo en dirección al coche—. La verdad es que creo que los franceses no se equivocan con sus prioridades: lo importante es disfrutar de las cosas buenas de la vida. Al fin y al cabo, solo estamos aquí una vez —añadió Jack.

—Mi hermana Tiggy no estaría de acuerdo contigo.

—¿En serio? Oye —Jack señaló una cafetería con una terraza muy animada—, ¿y si nos quedamos aquí hasta que la inmobiliaria abra a las dos? A menos que tengas otra cosa que hacer.

—No tengo nada que hacer, pero ¿Ginette no necesita la compra?

—Hasta más tarde, no. Y seguro que se alegra de perderme de vista un rato. ¿Vamos?

—¿Por qué no?

En la cafetería, Jack señaló una mesa libre para dos y se sentaron.

—¿Cerveza? ¿Vino? —preguntó—. Ya que estamos aquí, voy a pedir algo de comer. ¿Te apuntas?

—Una copa de rosado para mí y, sí, esta carta tiene muy buena pinta.

—Bien, pues a ver si conseguimos que nos atiendan. —Jack puso los ojos en blanco—. Una vez tuve que esperar veinte minutos hasta que se fijaron en mí. En Nueva Zelanda eso no pasa, seguro.

—Todas las personas que conozco que han estado allí dicen que es precioso.

—Sí, lo es, tiene prácticamente de todo. Esquí en invierno, buen tiempo y playas en verano, y el interior, donde yo vivo, también es muy bonito. Lo único que falta en los pueblos y las ciudades es gente. Nuestro vecino más cercano está a quince minutos en coche. Así que si te gusta la soledad, es ideal.

—¿Es tu caso? ¿Te gusta la soledad?

—Después de volver de la universidad, no me gustaba, pero supongo que me he acostumbrado. Entonces vienes a un sitio como este, un pueblecito con tanta vidilla, y te preguntas qué narices estás haciendo. Pero no me quejo. Me encanta lo que hago y vivo en una parte increíble del mundo.

—Nueva Zelanda está en mi lista de sitios que me gustaría visitar algún día —dijo ella al tiempo que levantaba la carta hacia un camarero que pasaba, quien hizo como si no la viera de forma descarada.

—No hace falta que diga que nos encantaría recibirte en The Vinery. Otro problema del valle de Gibbston es que todos los jóvenes se han ido a las ciudades, a mi alrededor casi solo viven vejetes. Siempre estoy deseando que lleguen mochileros; a veces paran en The Vinery y se quedan a dormir.

Ally volvió a agitar la carta cuando el camarero volvía y por fin les tomó nota: cerveza, vino rosado, una jarra de agua y dos *steaks hachés*.

—Supongo que tus padres son neozelandeses —dijo ella.

—Ningún neozelandés lo es de origen, aparte de los maoríes —contestó él—. La mayoría de los habitantes han emigrado de otra parte. Yo nací allí, pero los padres de mi padre eran de Escocia, de ahí el apellido McDougal. Y mi madre es de Dublín, Irlanda. Pero sí, supongo que los dos se consideran neozelandeses después de vivir allí tanto tiempo.

—¿No han vuelto de visita a Escocia e Irlanda?

—Creo que mi padre sí fue un par de veces con mis abuelos, pero mi madre no ha vuelto a Irlanda, que yo sepa. Tenemos una foto de ella recibiendo un título en la universidad de Dublín, pero diría que cuando la gente empieza una nueva vida quiere centrarse en el presente, no en el pasado.

—Yo pienso lo mismo —dijo ella mientras el camarero dejaba en la mesa dos jarras, una botella de cerveza y copas.

Ally miró las dos jarras buscando el agua.

—*Mon Dieu!* Esta jarra está llena de vino rosado. ¡Yo solo quería una copa!

—Aquí las cosas no se hacen así. —Jack sonrió y le sirvió agua y rosado—. ¡Salud!

—Salud —dijo Ally alzando su copa—. Volviendo a tu madre, como te dije anoche, cuando yo fui en busca de mis ascendientes, descubrí cosas dolorosas pero también cosas fantásticas.

—Bueno, mamá dijo que pensaba visitar Irlanda en algún momento del viaje.

—¿Ha ido sola de vacaciones?

—Sí. A MK (es como llamo a mi hermanita) y a mí no nos entusiasmaba la idea, pero mi madre es bastante independiente y muy inteligente, ¿sabes? La verdad, nunca he entendido por qué se encerró en el valle de Gibbston con mi padre y no aprovechó su título.

—A lo mejor porque quería a tu padre —propuso Ally—. El amor puede cambiarlo todo.

—Cierto, aunque, para ser sincero, yo todavía no he sentido algo así. Está claro que tú sí.

—Sí, y si no vuelvo a sentirlo, por lo menos sabré que una vez lo sentí. Entonces, ahora que tu madre y tú estáis fuera, ¿tu hermana se ha quedado al frente del negocio en Nueva Zelanda?

—No; contamos con un encargado muy profesional que se ocupa del viñedo. Mi hermana está haciendo sus pinitos como cantautora, componiendo con un chico que conoció en la universidad.

—Uau. Ya sé que es una pregunta horrible, pero... ¿es buena?

—Como supongo que no os veréis nunca, seré sincero. —Jack rio entre dientes—. La respuesta es... que no tengo ni idea. Está obsesionada con Joni Mitchell y artistas como ella (solo letras existenciales); yo nací una década antes y prefiero las canciones con ritmo, ¿me entiendes?

—Claro —dijo Ally—. Una canción que te haga sentir bien, bailable y con una letra para cantar a gritos. En el viaje en coche hasta la bodega vine con esa clase de música.

—Tal vez sea de mala educación hacerle esta pregunta a una mujer, pero ¿puede ser que tengas mi edad? Tengo treinta y dos años.

—Yo treinta y uno.

—Entonces somos de la misma generación y nos gustan los buenos himnos —dijo él sonriendo.

Los dos *steaks hachés* llegaron, y Jack pidió otra cerveza.

—Tienes que conducir —le recordó ella.

—Sí, pero tengo masa de sobra para absorber el alcohol. Son botellines, Ally, y nunca me arriesgaría a pasarme de la raya.

—Lo entiendo. Lo bueno es que, como conduces tú, yo puedo beber todo lo que quiera. —Sonrió y se sirvió una segunda copa de rosado.

—Háblame de tu hermana Tiggy. Parece interesante —dijo Jack al tiempo que hincaba el diente a su hamburguesa.

—Todas mis hermanas son interesantes, y no podríamos ser más distintas.

—¿En qué sentido?

Mientras comían, Ally lo deleitó con una biografía resumida de cada una de ellas. Cuando llegó a Electra, Jack reaccionó como era habitual.

—¡Es increíble que seas pariente de ella! La semana pasada su foto estaba en todas partes. Comparada con la vuestra, vaya sosada de familia la mía. —Jack suspiró—. Tu padre debía de ser un auténtico filántropo para adoptaros a todas.

—Lo era, y también un hombre increíble. Era muy inteligente, como tu madre.

—¿A qué se dedicaba?

—Aunque no te lo creas, ninguna de nosotras lo sabemos a ciencia cierta. Sabíamos que dirigía algún tipo de negocio, pero no tengo ni idea de qué exactamente. Pasaba mucho tiempo fuera viajando.

—¿Crees que era un espía?

—Puede, pero no sé si los espías ganan tanto dinero como Pa —comentó Ally riendo—. Nos criamos rodeadas de lujo, aunque él solo nos dio siempre una paga mínima. Todas hemos tenido que buscarnos la vida.

—Bueno, si te sirve de consuelo, no pareces una niña de papá.

—Me consuela. Gracias.

—Aparte de por el coche tan pijo en el que llegaste —dijo Jack tomándole el pelo—. Es una pasada, por cierto. ¿Es tuyo?

—Era de Pa, pero cualquiera de nosotras podíamos conducirlo cuando queríamos. Cuando Pa murió, ninguna quiso ocuparse de los detalles de nuestra economía. Por suerte, contamos con personas que han administrado el fondo que él nos dejó, pero dentro de unas semanas nos reuniremos con nuestro abogado para que nos lo explique todo. Ya es hora de que todas maduremos y tomemos las riendas.

—Parece complicadísimo. Por lo menos, si no tienes gran cosa, tampoco tienes mucho que organizar. —Jack se encogió de hombros—. Cuando mi padre murió, la casa pasó a mi madre, y la bodega a los tres. Y punto. ¿Café?

—Sí —convino Ally—. La inmobiliaria abrirá pronto, así que después del café iré a inscribirme.

—De acuerdo. Y, oye, Ally, no creas que el hecho de que vengas de una familia rica supone un problema para mí. Debo decir, en favor de tu padre y de ti, que nunca me lo habría imaginado.

—Aparte de por el coche —dijeron los dos al unísono, y acto seguido rieron.

—Invito yo —dijo Ally cuando llegó el camarero, y acto seguido dejó con decisión unos cuantos euros encima de la mesa.

—En realidad, me toca a mí, niña rica —repuso Jack, dejando sus euros con la misma energía.

Al final decidieron que pagarían a medias y fueron andando a la inmobiliaria, donde Ally se inscribió y, como le incomodaba que Jack pensase que era una princesita malcriada, insistió en buscar inmuebles que costasen menos de 200.000 euros.

—Esta es bonita —dijo Jack, que miraba los anuncios por encima del hombro de ella.

—Está hecha una ruina, y lo último que quiero es tener que contratar a un equipo de albañiles para que hagan obras. ¿Y esta?

Mientras debatían sobre las propiedades imaginarias que ella podía comprar, Ally se sintió como una impostora.

—Oye, volvamos a la bodega. Ahora que he visto a lo que puedo aspirar con el dinero que tengo, estoy demasiado deprimida. Y, no, no puedo gastar más —recalcó con toda la intención cuando salieron y enfilaron hacia el coche—. Bueno, ¿estás aprendiendo algo durante tu estancia a pesar de la barrera idiomática?

—Sí, he aprendido un montón de cosas —respondió él; entró en el coche y arrancó el motor—. Observando el proceso práctico se aprende un montón, no hacen falta palabras para saber lo que hacen. El problema es que el terreno aquí es más alcalino que el de Nueva Zelanda, pero voy a intentar sacar adelante unos cuantos vinos nuevos y a probar una mezcla de las uvas que ellos usan para el Châteauneuf-du-Pape.

—¿Cuánto tiempo vas a quedarte?

—En teoría, hasta después de la vendimia. Pero podría quedarme en Europa más tiempo si quisiera, es el período en que menos trabajo tengo en mi viñedo. Así que quizá aproveche que estoy aquí para visitar otros países. Nunca se sabe, a lo mejor me presento en Noruega.

—No dudes en hacerlo —dijo Ally cuando llegaron a la bodega, y se apeó del vehículo para ayudar a Jack a llevar la compra adentro.

—Buenas tardes —dijo Ginette en el patio—. Me preguntaba dónde os habíais metido. ¿Podéis dejar la compra en la cocina? Tengo que ir a recoger a los niños al colegio.

—Claro —dijo Jack.

—Ah, Ally, si quieres volver a cenar con nosotros esta noche, serás muy bienvenida.

—Gracias, Ginette —dijo Ally siguiendo a Jack hasta la cocina.

Mientras vaciaba las bolsas y guardaba los productos perecederos en la nevera, pensó que esa estancia —de hecho, todo el edificio— necesitaba una reforma.

—¿Gana dinero François con su vino? —preguntó a Jack.

—No mucho, todos los beneficios que saca los reinvierte en ampliar el viñedo o en modernizar la maquinaria. Los barriles de roble de la bodega tienen más de cien años. El invierno pasado les cayó un montón de lluvia y ha tenido que gastar un dineral en impermeabilizar la bodega. Es lo que tiene el cambio climático. —Jack se encogió de hombros—. Bueno, necesito una taza.

—¿Una taza?

—Una taza de té. —Jack cogió el hervidor y lo puso bajo el grifo—. En la Provenza no son muy aficionados al té. Esto lo compré yo —añadió al tiempo que lo encendía—. Y las bolsitas de té. ¿Quieres?

—No, gracias. Voy a volver a la casa rural. Tengo que hacer unas llamadas.

—Está bien. ¿Vendrás esta noche?

—Pues… ¿Ginette invita a todos sus huéspedes a cenar con la familia?

—Solo a los que le caen bien. Y está claro que tú le caes bien.

—No quiero abusar.

—Te aseguro que si Ginette no quisiera que vinieras, no te lo habría dicho. Ella es la que lleva los pantalones aquí, no François.

Como todas las mujeres, supongo. —Jack sonrió—. ¿Nos vemos luego?

—Sí, vale. Adiós, Jack.

Ally volvió andando entre las vides con la bolsa de la compra, que ya no necesitaría porque iba a cenar en la granja.

Se sirvió un vaso grande de agua para aliviar el dolor de cabeza que le daba siempre que bebía a la hora de comer, salió a sentarse en el exterior y hurgó en su bolso para consultar el móvil; lo había silenciado cuando se fue a Gigondas con Jack esa mañana. Como esperaba, tenía varios mensajes de voz. Menos mal que ninguno era de Atlantis; todos de Star. Ally marcó su número.

—Hola, Star, soy yo. No he escuchado ninguno de los mensajes que me has dejado, así que cuéntame, ¿qué ha pasado?

—Me temo que se nos ha escapado, Ally. Orlando estuvo sentado en el vestíbulo del hotel todo el día, pero fue un momento al servicio y, cuando volvió, ella se había marchado. Ahora estoy otra vez en Kent, me voy a recoger a Rory. Orlando vendrá después en tren. No tenemos ni idea de adónde ha ido, Ally. Le hemos perdido el rastro.

—Vaya por Dios. —Ally se mordió el labio—. Lo siento, Star. Sé que os habéis esforzado mucho para conseguir que hablara.

—Sí. Orlando está furioso consigo mismo por haberla dejado escapar. Le dijo al portero de guardia que estuviera atento por si la veía, pero por lo visto llegó un grupo grande de huéspedes, y ella consiguió escabullirse. ¿Sigues en la bodega?

—Sí. He pasado casi todo el día con Jack: me llevó al pueblo de al lado para que pudiera visitar la inmobiliaria, pero estaba cerrada, así que aprovechamos para comer. No sabe casi nada del pasado de su familia. Me dijo que su madre es de Dublín y que se licenció en el Trinity College, cosa que ya sabíamos, pero nada más. Esta noche volveré a verlo porque cenaré otra vez aquí, pero me incomoda muchísimo seguir sondeándolo.

—Orlando está convencido de que el problema tiene que ver con cualquier referencia a la hermana perdida. Tal vez deberías preguntarle si le sugiere algo.

—No, Star, no puedo. Lo siento, él es un tipo muy majo y yo miento fatal. Está claro que su madre nos está evitando, y creo que de momento deberíamos dejar el asunto.

Se produjo una pausa en la línea telefónica.

—Lo entiendo, Ally, y estoy de acuerdo contigo. Bueno, por lo menos parece que has entablado amistad con Jack. ¿Cómo es?

—Encantador. —A Ally se le escapó la palabra antes de que pudiese impedirlo.

—¿En serio? —Star rio entre dientes—. No te había oído decir eso de un hombre desde, bueno… En fin, olvida todo lo demás y disfruta de la cena. Me tengo que ir a buscar a Rory. Adiós, Ally.

—Adiós, Star.

Esa noche, Ally se dirigió a la casa con sentimientos encontrados. Una gran parte de ella solo quería disfrutar de la cena y de la compañía de Jack, fluir con la velada. Otra parte sentía la necesidad de contarle a Jack el motivo real por el que estaba allí. Ella siempre había intentado vivir de la forma más sincera posible, aunque sin hacer daño a nadie soltando lo que realmente pensaba, como sí hacían Electra y CeCe. Si ella fuese Jack y descubriese que la simpática mujer con la que había pasado algunos ratos durante las últimas veinticuatro horas solo quería sacarle información, no querría volver a saber nada de ella.

«¿Te importa si eso pasa? —pensó— Y si es así, ¿por qué…?»

—Porque es un buen tío que te ha tratado como a un ser humano normal, no como a una víctima —se dijo mientras se acercaba decidida a la puerta principal—. Tú bebe vino, mucho —murmuró.

Entró en la cocina a saludar a Ginette.

—Te he traído un detallito para darte las gracias por ser una anfitriona tan increíble —dijo Ally—. Perdona si no es muy original, pero cuesta bastante pensar qué puedes traer cuando te alojas en una bodega en uno de los sitios más bonitos del mundo. Incluso tus parterres están llenos de especímenes preciosos. —Ally señaló un ramo de flores frescas en un jarrón sobre la mesa de la cocina.

—¡Oh! ¡Macarons de Ladurée! Qué sorpresa, gracias. Por favor, mételos en ese cajón, ¡me los comeré todos yo sola! ¿Te vas mañana?

—Sí, por desgracia tengo que irme, pero me encantaría volver en otro momento y quedarme más tiempo.

—¿Has visto alguna casa que te interese?

—No, parece que las propiedades de la zona son mucho más caras de lo que yo pensaba.

—O a lo mejor estabas demasiado distraída para buscar... —Los ojos de Ginette bailaron mientras sujetaba un calabacín—. Me he enterado de que monsieur Jack y tú habéis comido juntos. —Le dio la risa tonta, acercó un cuchillo afilado al calabacín y empezó a picarlo.

—Charlamos a gusto porque yo hablo su idioma.

—*Mon Dieu!* —Ginette se pasó la mano por su cabello oscuro y ondulado—. ¿Por qué ahora a todo el mundo le da miedo reconocer que se siente atraído por otra persona? Desde el momento en que te sentaste a la mesa anoche resultó evidente que había química entre vosotros. Todos los que os vieron lo comentaron. Esto es Francia, Ally, nosotros inventamos la palabra «amor». ¿Qué más da si queréis pasar una noche, una semana, un mes o una vida juntos? Es muy raro conocer a alguien a quien le atraes tanto como él te atrae a ti. Y de momento todo es sencillo. No habéis vaciado vuestras mochilas, no habéis profundizado en vuestra alma... —Ginette se encogió de hombros con un aire muy galo—. ¿Qué os impide disfrutar? En fin, si vas a salir, ¿puedes llevar esa bandeja con platos?

—Claro. —Ally cogió la bandeja repleta, se alegró de tener algo que hacer. Tal vez Ginette estaba en lo cierto; debía disfrutar de su última noche en compañía de alguien que le caía bien. Y, posiblemente, que también le resultaba atractivo.

Después de recibir una calurosa bienvenida por parte de todos los que estaban a la mesa, le adjudicaron el mismo asiento que la noche anterior, al lado de Jack.

—Buenas noches —dijo él, llenándole la copa con una jarra de cerámica, no con una botella, cuando ella se sentó—. Esta noche bebemos el Côtes du Rhône habitual, por cierto. Un vino de mesa sencillo pero estupendo.

—Me da lo mismo, me beberé lo que me pongan delante.

—¿Ah, sí? Entonces ¿luego tomaremos unos chupitos de vodka?

—No tanto, pero si pasas tiempo en el mar y llegas a un puerto con un montón de hombres sedientos, te aseguro que aprendes a tolerar el alcohol. *Santé.* —Ally levantó su copa y le sonrió.

—*Santé*. Seguro que los tenías a todos a raya, ¿verdad? —bromeó Jack.

—Para nada. Después de los comentarios sexistas de siempre, nos hacíamos a la mar y cuando volvíamos me llamaban «Al» y era como si no se dieran cuenta de mi género. Yo siempre fingía que era un desastre cocinando para que no me mandaran a la cocina por ser una chica.

—¿Y eres un desastre cocinando?

—Es posible —dijo Ally riendo por lo bajo.

—Una cosa que a mí me deja perplejo es que en las cocinas de la mayoría de las casas a las que iba de niño siempre estaban las madres, y sin embargo la mayoría de los chefs famosos son hombres. ¿A qué crees que se debe?

—No estoy segura de querer discutir sobre políticas de género ahora mismo, Jack —replicó Ally bebiendo otro trago de vino.

—¿Te refieres a que podrías acabar pegándome en la cabeza con esa jarra de vino?

—Espero que no fuera tan dramático, pero después de años en entornos dominados por hombres, hay unas cuantas cosas que no me callaría. Sí —convino consigo misma, y Jack le sirvió otra copa de vino.

—Bueno, debo añadir que mi madre me educó para respetar plenamente al otro sexo, o sea, a vosotras —dijo él sonriendo—. También me enseñó a preparar pasta, asado y ensalada de atún; me dijo que con esos tres platos me bastaría para cualquier situación.

—¿Ella cocina bien?

—Está claro que no es una gran chef, pero tiene una capacidad legendaria para preparar un potaje estupendo para un montón de gente con todo lo que tenga a mano. Donde vivimos, uno puede ir corriendo a la tienda de al lado, ¿sabes? Mi madre es una fanática del aprovechamiento de las sobras; supongo que eso tiene que ver con su infancia. Por lo poco que sé de psicología, esas cosas suelen estar relacionadas.

—Me… —Aunque Ally estaba verdaderamente interesada más allá de obtener información sobre su madre, seguía sintiéndose culpable por sondear a Jack—. ¿Crees que tuvo una infancia difícil?

—Ya te dije que no habla del tema, y creo que ningún niño está deseando que sus padres le den la tabarra con su pasado. Pero ahora que mi padre ya no está y no puedo preguntarle, me gustaría haberlo hecho.

—Lo mismo digo —convino Ally mientras cuencos de *crudités* y aceite de oliva llegaban a la mesa por encima de ellos—. No sabes cuántas preguntas me gustaría hacerle ahora a Pa.

—Da la impresión de que tuviste una infancia bastante idílica. —Jack le ofreció el cuenco de *crudités*.

—Sí. Teníamos todo lo que podíamos desear. Una figura materna cariñosa en nuestra abuela, toda la atención de Ma y Pa cuando la necesitábamos... y a nosotras. Pensándolo ahora, casi me parece demasiado idílica. Creo que por eso Pa nos mandó al internado cuando cumplimos trece años. Quería que supiéramos cómo es el mundo real.

—¿Me estás diciendo que el internado es el mundo real? —inquirió Jack—. O sea, para que entraseis allí, vuestro padre tuvo que pagar. Y los centros de esa clase solo estaban disponibles para la élite, y siguen estándolo, ¿no?

—Sí, tienes razón, pero en el mío no había ninguna comodidad. Era como estar en una cárcel de aprendizaje y pagar por estar ahí, y te aseguro que llegas a saber lo que es la humanidad si vives con ella veinticuatro horas al día. Tienes que aprender a librar tus propias batallas sin la ayuda de tus padres.

—Así que los ricos van al internado para saber lo que es pasar privaciones...

—Eso es generalizar demasiado, pero en esencia sí. ¿Que si me habría gustado ir a un colegio público y poder volver con mi familia cada noche, hubiera lo que hubiese en la mesa para cenar y fuera como fuese la casa en la que viviéramos? Cuando empecé en el internado, lo habría preferido. Luego, a medida que me adaptaba y me volvía más independiente, empecé a darme cuenta de lo privilegiada que era. El internado me ofrecía toda clase de actividades extraescolares que no habría tenido en un colegio público.

—En realidad, mi madre también fue a un internado y me dijo que fue muy beneficioso para ella por las razones que acabas de comentar, aunque al principio ella también lo detestaba. Me pregunto qué harás con tus hijos cuando los tengas.

Jack la miraba fijamente a los ojos, y Ally notó que se sonrojaba. Giró la cara para concentrarse en sus *crudités* y asintió con la cabeza.

—Sí, es muy beneficioso —contestó sin convicción.

Después de un exquisito primer plato de jabalí, por cuya procedencia ninguno de los comensales preguntó, pues cazar era ilegal en esa época del año, Ally fue al lavabo y se sacó leche de los pechos para reducir la presión y el riesgo de sufrir pérdidas.

Se lavó la cara con agua fría y se miró al espejo.

—Acuérdate de lo que ha dicho Ginette —susurró—, y disfruta. Mañana te habrás ido.

—Debería irme a la cama —dijo Ally después de tomar el café y una copa de delicioso, aunque innecesario, armañac—. Mañana saldré temprano.

—Está bien, te acompañaré —se ofreció Jack.

Tras despedirse de todos, prometer que volvería y decirle a Ginette que la vería a la mañana siguiente temprano para pagar la cuenta, ella y Jack recorrieron el sendero iluminado por la luna hasta la casa rural.

—Si tuviera que comprar algo aquí, creo que la casa rural sería casi perfecta —comentó.

—Salvo en la época de la vendimia, porque entonces debe de haber bastante ruido. Además, tendrías montones de vendimiadores sudorosos mirando por las ventanas a primera hora de la mañana. Y arañas de las vides que vendrían a hacerte compañía.

—Tú sí que sabes cómo vendérmela —dijo ella sonriendo—. Estaba pensando en lo pintoresca que se ve a la luz de la luna. Después de encontrarme una rata en mi colchón a bordo de un barco, las arañas no me preocupan. Debió de entrar cuando estábamos en el puerto y decidió acompañarnos el resto de la travesía.

—¡Caray! Supongo que hasta a mí me habría molestado eso. ¿Qué hiciste?

—La verdad es que grité y uno de los chicos me socorrió —contestó Ally riendo.

—No te preocupes, yo habría hecho lo mismo, pero debajo de ese exterior delicado eres una chica fuerte.

—No lo sé, pero ya hay pocas cosas que me den miedo, aparte de perder a un ser querido.

—Sí, la muerte lo pone todo en perspectiva, ¿verdad? A mí lo que me da miedo es verme trabajando en el viñedo dentro de treinta años viejo y solo. Ya te he dicho que no tengo muchas oportunidades de conocer a gente de mi edad; donde yo vivo hay muchos viticultores viejos y solteros.

—¿Puede haber alguien que quiera estar solo? —Ally suspiró.

—Bueno, mejor eso que conformarse con alguien solo para no estar solo, ¿no?

—Desde luego —convino Ally.

—Tú y tu novio, ¿estuvisteis juntos mucho tiempo? Perdona, no quiero meterme donde no me llaman.

—Tranquilo, no pasa nada. No mucho tiempo, no. Fue un idilio breve pero apasionado. Supe que él era mi alma gemela, y él sintió lo mismo, así que nos comprometimos bastante rápido.

—Tengo la sensación de que eso fue lo que les pasó a mis padres, aunque, claro, nunca se sabe lo que pasa a puerta cerrada. Pero cuando comparaba su matrimonio con los padres de mis amigos, siempre me parecían muy felices. Nunca discutían, ¿sabes? O por lo menos nosotros no nos enterábamos. Me preocupa mi madre ahora que mi padre ya no está. Tiene casi sesenta años, así que es poco probable que vuelva a conocer a otra persona.

—¿Y todos esos agricultores solteros que acabas de mencionar?

—Lo dudo. Mi madre y mi padre estuvieron juntos más de treinta y cinco años. Por cierto, he recibido una llamada muy extraña de mi madre poco antes de la cena.

—¿Ah, sí? —A Ally empezó a latirle el corazón con fuerza a medida que se acercaban a la entrada de la casa rural—. ¿Por qué?

—Quería decirme que hoy ha llegado a Dublín en avión, aunque yo pensaba que iba a quedarse una temporada en Nueva York para ver a unos viejos amigos y que luego iba a ir a Londres. Le contesté en plan: Qué ilusión volver a tu patria después de tanto tiempo, y ella me dijo algo como: Sí, bueno, tenía que volver, pero nunca se sabe a quién encontrarás del pasado. Puede que solo fuera una broma, pero, la verdad, Ally, me pareció, no sé —Jack se encogió de hombros—, asustada.

—Bueno…, supongo que todo el mundo se pone nervioso cuando vuelve a su lugar de origen después de tanto tiempo.

—Sí, tal vez, pero luego me dijo lo mucho que me quería y lo orgullosa que estaba de mí y esas cosas. Parecía a punto de llorar. No sé si debería volar a Irlanda para asegurarme de que está bien. Marsella solo está a un par de horas de Dublín, y mi madre parecía… muy rara. ¿Qué opinas?

Jack la miró fijamente, y Ally quiso que el suelo se la tragase y desaparecer en medio de una nube de humo.

—Bueno, yo… yo… creo que si te preocupa, tal vez deberías ir. No está tan lejos —dijo tartamudeando.

—Todavía no me he hecho a la idea de que en Europa todo queda cerca —comentó él sonriendo—. Estoy acostumbrado a estar en la otra punta del mundo.

—¿Sabes dónde se aloja? ¿Con unos amigos o…?

—Sí, se reía porque el hotel en el que está se llama Merrion, y dijo en broma que seguro que le pusieron ese nombre por ella: la llaman Merry. En fin, la llamaré mañana por la mañana para ver cómo está y entonces decidiré.

—Bien pensado. Bueno, me voy a la cama —dijo Ally, notando que un rubor le subía por el cuello y deseando entrar en la casa.

—Oye, por si no te veo mañana, quería decirte que ha sido un placer estar contigo. ¿Podemos seguir en contacto?

—Sí, claro.

—Estupendo. Te doy mi número de móvil de Nueva Zelanda y de Francia.

—Y yo los míos de Suiza y Noruega.

Introdujeron los números del otro en sus respectivos teléfonos.

—En fin, buenas noches —dijo ella; sacó la llave de la casa del bolsillo de los vaqueros y la metió en la cerradura. Al girarla, notó unas manos en los hombros y se sobresaltó.

—Ay, perdona, Ally, yo… —Jack se apartó levantando las manos como si ella fuese a dispararle—. No quería… no iba a… ¡Mierda!

—No te preocupes, de verdad. Es solo que no estoy…

—¿Preparada?

—Sí, al menos de momento, pero me lo he pasado muy bien contigo, Jack, y… —Lo miró—. ¿Vale un abrazo?

—Por supuesto —dijo él sonriendo—. Ven aquí.

Cuando la atrajo hacia sí, todo él olía justo como ella esperaba: fresco, natural, limpio. Notó su fuerza, y su estatura la hizo sentirse como una flor frágil, algo raro en ella.

Por diferentes motivos, se soltó mucho antes de lo que habría deseado. Él se inclinó y le dio un tierno beso en la mejilla.

—*Bonne nuit*, Ally —dijo—. Espero que volvamos a vernos pronto.

Y con una sonrisa triste, se volvió y regresó sin prisa por el sendero de tierra a la granja.

Dentro de la casa rural, Ally se quedó sin aliento y «jadeosa», como le había dicho una vez que se sentía a Ma cuando había tenido un ataque de pánico justo antes de su primer examen de flauta. Se sentó en la cama y se inclinó hacia delante tratando de reducir el ritmo de su respiración. Mientras se preguntaba qué momento exacto de los últimos quince minutos había provocado esa reacción, cogió la botella de agua que había junto a la cama y bebió un trago. Su respiración por fin se calmó, y también su pulso. Cuando consultó el móvil, vio que no tenía mensajes de voz nuevos, lo que quería decir que Bear estaba bien. Había recibido mensajes de Star preguntándole cómo había ido la noche y otro de Maia que básicamente decía lo mismo.

«¡Llámame!», terminaban las dos.

—No —Ally negó con la cabeza—, esta noche no.

Solo quería que esa noche y ese delicioso abrazo siguiesen siendo lo que eran unas horas más, hasta que no le quedase más remedio que contárselo a sus hermanas y se convirtiesen en un elemento más de su treta conjunta. Además, decidió quitándose la ropa, si Jack iba a ir a Irlanda a ver a su madre al día siguiente, se sentía obligada a avisarle de las extrañas mujeres que la perseguían para intentar identificar a su hermana como una más de la familia...

—Y después de eso no querrá seguir en contacto conmigo —murmuró para sí mientras se metía en la cama, ponía el despertador y apagaba la luz.

Se quedó tumbada mirando la oscuridad, pensando no solo en el abrazo sino también en todas las risas que habían compartido. Hacía mucho que no reía de verdad, y aunque Jack había hecho referencia a su falta de dotes académicas, para ella estaba claro que era muy inteligente.

«No necesitas un montón de diplomas para ser sabia», le había dicho Pa cuando ella le había contado lo insegura que se sentía por licenciarse en música, en vez de en ciencias o literatura.

«Jack es sabio», pensó antes de quedarse dormida.

25

Después de pasar una mala noche, a las seis y media Ally estaba despierta y una hora más tarde lista para marcharse. Sabía que Ginette estaría levantada preparándose para dejar a los niños en el colegio, de modo que pasó por la cocina para pagar la cuenta y despedirse de ella.

—Ha sido un placer tenerte de huésped, Ally. Vuelve a visitarnos pronto —dijo Ginette mientras los niños entraban a recoger fiambreras, material de deporte y libros y salían corriendo por la puerta.

—Me encantaría —respondió Ally cuando salieron y Ginette le plantó en las mejillas los tres besos habituales de la región.

Contenta de no haber tropezado con Jack cuando se iba, Ally partió a Ginebra. Una vez en la autopista, paró en un área de servicio para hacer uso del baño y llamar por teléfono a Atlantis.

—Hola, Ma, estoy de camino a casa. ¿Está Bear bien?

—Ya lo sabrías si no lo estuviera. Tiene muchas ganas de ver a su *maman* —añadió Ma.

—Seguro que no es verdad, pero gracias de todas formas, Ma —dijo Ally sonriendo—. Hasta luego.

—Maia quiere hablar contigo.

—Dile que hablaremos cuando llegue a casa —contestó Ally con decisión—. Te tengo que dejar, Ma. Adiós.

De nuevo en el coche, cambió los CD por algunas de sus piezas de música clásica favoritas y revivió cada segundo de los dos últimos días. De momento eran suyos y solo suyos…

Cuando llegó a Atlantis, Bear dormitaba sobre el hombro de Ma, listo para su siesta de la tarde. Ally lo llevó a su dormitorio y se lo puso en el pecho.

—*Maman* está en casa y te ha echado mucho de menos, cariño.

Bear mamó unos segundos y acto seguido despegó sus diminutos labios y se recostó entre los brazos de su madre profundamente dormido.

Se alegró de que su ausencia no le hubiese causado ningún efecto adverso, pero, mientras lo acomodaba en la cuna, el hecho de que hubiese dejado de necesitarla con tanta facilidad le seguía doliendo.

Deseó tumbarse en la cama a echarse ella también una siesta, pero ni Maia ni ninguna de sus hermanas que habían participado en la búsqueda de la esquiva Merry merecían eso. Llevaba esperando desde la noche anterior para contarles que sabía exactamente dónde estaba la mujer. Opinara lo que opinase sobre su papel en aquella farsa, como mínimo tenía que transmitirles esa información.

—Hola, Ally —dijo Maia cuando su hermana entró en la cocina—. Perdona por no haberte recibido cuando has llegado. Floriano acababa de llamarme y tenía que hablar con él de su vuelo. Bueno, ¿qué tal la Provenza?

—Preciosa, como os dije por teléfono. Oye, Maia, estoy muy cansada del viaje, así que perdona pero iré directa al grano. Jack me contó que su madre le había llamado para decirle que estaba en Dublín. Se aloja en el hotel Merrion. El único detalle más que le saqué es que, según él, parecía «asustada». Considerando que se fue de Londres tan de repente, está claro que la hemos asustado, y me siento fatal.

—Vaya por Dios, eso no está bien —convino Maia—, pero lo entiendo. Seguro que no quiere que otra familia reclame a la niña a la que ella ha cuidado desde que nació. A lo mejor teme que Mary-Kate quiera más a su otra familia. —Maia miró a Ally y se mordió el labio—. Tal vez deberíamos dejar este asunto.

—Eso mismo le dije a Star anoche. Jack es amable y sincero, y me sentí muy miserable fingiendo ser alguien que no soy (una turista de paso interesada en comprar una casa en la zona), más aún cuando me dijo que le preocupaba mucho el estado de ánimo de su madre. Creo que tenemos que decirle la verdad a Merry o dejarlo del todo. Esto no es un juego, y me da la impresión de que Orlando lo ha tratado casi como si lo fuera.

—Solo quería ayudar, pero es posible que disfrute de la emoción de la caza más de lo debido. Estoy de acuerdo contigo, Ally, pero, por otra parte, no puedo dejar de pensar en Pa y en el tiempo que según Georg hacía que buscaba a la hermana perdida. Me acuerdo de que cuando era adolescente le pregunté por qué nuestra séptima hermana no había llegado a la familia. Y su expresión, cuando me dijo que no la había encontrado, me partió el corazón. —Maia suspiró—. No sé qué debemos hacer, la verdad.

—Pues creo que tenemos que ver a Merry en persona y asegurarle que no vamos a por ella.

Maia advirtió la tensión en el rostro de su hermana.

—Oh, Ally, esperaba que el viaje a la Provenza te ayudara a relajarte, pero pareces más tensa que cuando te fuiste.

—Ya sabes lo que pienso de la sinceridad. No me siento cómoda con falsedades ni engaños. Habría sido una espía pésima.

—¿Y si mandamos a Tiggy? Al fin y al cabo, es la única que no ha participado en la búsqueda, y sería incapaz de asustar a nadie: es la más dulce de nosotras. Si alguien puede explicarle a Merry que no queremos hacerle daño es ella.

—Sí, es una idea estupenda, Maia. Y Escocia no está muy lejos de Irlanda, ¿no?

—No.

—Bueno —dijo Ally dejando escapar un suspiro—, por lo menos preguntémosle a ver qué dice.

Maia sacó el móvil y llamó a Tiggy. Para su sorpresa, después de un par de tonos, contestó.

—Hola, Maia. Acabo de leer el correo electrónico de Ally sobre la hermana perdida y había cogido el móvil para llamar… ¿Va todo bien?

—Sí, aquí todo en orden —respondió Maia—. Ally está conmigo. ¿Qué tal te va a ti?

—Estoy bien, deseando veros pronto a las dos. ¿Habéis localizado ya a la hermana perdida y su anillo? —preguntó Tiggy.

—Es una larga historia, pero… —Maia le explicó lo más brevemente posible lo que había ocurrido durante los últimos días.

»Creemos que podría deberse a que no quiere que Mary-Kate, su hija, sepa de sus padres biológicos —concluyó Maia.

—¿Qué opinas, Tiggy? —quiso saber Ally.

Se hizo el silencio en la línea, y al poco Tiggy contestó:

—Me parece que está… asustada.

—Es interesante, porque es justo lo que su hijo Jack me dijo después de que hablara con ella. ¿No podrías saber tú, o alguien a quien conozcas…, en fin, allá arriba, por qué está asustada? —Ally se ruborizó al hacer referencia a los poderes espirituales de Tiggy, pero, después de presenciarlos con sus propios ojos en Granada, ya no tenía dudas.

—Tendría que pensarlo, pero es mucho más fácil hablar con la persona que intentar percibir cosas de lejos. Aunque sí, mi instinto me dice que tiene miedo.

—El caso —intervino Maia— es que Ally y yo nos preguntábamos si sería posible que hicieras precisamente eso: hablar con ella en persona.

—¿Tenéis su número de teléfono?

—Sí, Orlando lo consiguió, pero necesitamos que alguien vaya a verla en persona y le explique que no queremos hacerle daño —insistió Ally—. Sabemos dónde está, y no queda muy lejos de donde tú estás.

—Todo queda lejos de donde yo estoy —comentó Tiggy riendo—. ¿Está en Escocia?

—No, en Dublín. No puede ser más de una o dos horas de avión.

—Creo que podría ir; seguro que Cal se las apaña sin mí un par de días. Lo que me preocupa es la parte, digamos, ética. Es evidente que ella huye por un motivo, y no quiero asustarla más apareciendo de repente. ¿Puedo pensármelo?

—Claro —dijo Maia—, y si no te parece bien, lo dejaremos.

—Dadme media hora. Ah, por cierto, Maia, la infusión de jengibre podría ayudarte a aliviar los síntomas. Adiós.

La comunicación se cortó, y Ally y Maia se miraron con los ojos como platos.

—Creía que no le habías contado a nadie lo del… ya sabes —susurró Ally, señalando con la mano el vientre de su hermana.

—¡Y no se lo he contado a nadie! De verdad.

—Yo tampoco, te lo aseguro.

—Entonces ¿cómo lo sabe? —preguntó Maia.

—Simplemente lo sabe. —Ally se encogió de hombros—. En Granada, poco antes de que Bear naciera, me contó cosas sobre Theo y un collar que me había regalado que era imposible que ella supiera. Dijo... dijo que lo veía allí de pie. Yo... —a Ally se le llenaron los ojos de lágrimas—, fue un momento muy especial. Nuestra hermana pequeña tiene un don extraordinario.

—Viniendo de ti, que siempre dudas de cualquier cosa que no puedes someter a la lógica, es mucho decir. A ver qué ha decidido cuando nos llame.

El pitido del móvil de Ally que avisaba de la llegada de un mensaje la hizo mirar abajo.

> Hola, Ally, soy Jack de la Provenza/NZ. Te escribo para saber si has llegado bien a casa. Me ha encantado conocerte. Sigamos en contacto. A lo mejor podemos vernos en Europa antes de que vuelva a casa. Jack.

Al final del mensaje había un beso. Al verlo, a Ally se le hizo un nudo en el estómago.

—¿De quién es? —quiso saber Maia.

—De Jack, el hijo de Merry.

—¿De verdad? Por tu expresión, está claro que habéis hecho buenas migas.

—No me quedaba más remedio, ¿no? Tenía que sacarle información sobre su madre. Voy a subir a ver si Bear se ha despertado ya.

Maia la observó salir de la cocina y sonrió.

—Quien se pica, ajos come —dijo.

Esa noche, cuando Ally se estaba metiendo en la cama, llamaron a la puerta de su dormitorio y Maia asomó la cabeza.

—Tiggy me ha dicho que irá. Está buscando un vuelo a Dublín para mañana por la tarde. Está a menos de dos horas de Aberdeen.

—Vale. Magnífico. Bueno, esperemos que para entonces Merry no haya vuelto a desaparecer y Tiggy tenga la oportunidad de explicarse.

—Como ha dicho ella, «dudo que haya llegado lejos». En fin, solo quería contártelo.

—Me alegro mucho de que vaya. Si consigue verla, por lo menos podrá aclarar las cosas.

—Sí. Que duermas bien, Ally.

—Tú también.

Una vez que Maia hubo cerrado la puerta, Ally se recostó y de repente ya no estaba segura respecto a la decisión de Tiggy. Moralmente era lo correcto, pero Jack acabaría enterándose por su madre del papel que ella había desempeñado en la farsa…

—Por el amor de Dios, Ally, has coincidido con él menos de cuarenta y ocho horas —se dijo con firmeza.

Aun así, estuvo un buen rato dándole vueltas a si debía mandarle un mensaje o qué debería escribir, y se durmió pensando en el beso con el que terminaba el suyo…

26

Merry
Dublín, Irlanda

Amanecí con el despertador, que había puesto a las nueve de la mañana la noche anterior, y me quedé tumbada sintiéndome descansada después de la primera noche de sueño reparador desde que me había ido de Nueva Zelanda. Tal vez tenía que ver con el hecho de estar de nuevo en «mi territorio»; era reconfortante encontrarme otra vez en Irlanda, algo irónico considerando por qué me había ido de Dublín hacía tantos años. Y sin embargo, saber que una parte de mí era de allí, que venía de la tierra de esa isla orgullosa, extraordinaria y hermosa, me había puesto sentimental desde que el avión había aterrizado.

Jock me había preguntado muchas veces si quería visitar a mi familia de la «madre patria», pero yo siempre me negaba. Por mucho que los echara de menos, sabía que se les podía escapar algo sobre mi partida apresurada y, lo más importante, tenía que protegerlos también a ellos. Lo cierto era que hacía treinta y siete años que no hablaba con ningún miembro de mi familia.

«Mentiras, mentiras, mentiras...»

—Basta —dije en voz alta a otra habitación de hotel con bonitos muebles y detalles. Y por si había alguien escuchando al otro lado de la puerta, añadí—: ¡Ya no tengo miedo!

Estiré el brazo para llamar al servicio de habitaciones y pedí una tetera y galletas. Desayunar galletas me parecía excesivo, sobre todo esas caseras que ofrecen hoteles como el Merrion, pero ¿por qué no podía darme el gusto? Cogí uno de los folletos relucientes que habían dejado al lado del teléfono para tentarme. Nunca había estado en un spa; cada vez que imaginaba uno, veía un baño de la antigua Roma lleno de mujeres bañándose en aguas con propiedades reconstituyentes. Hacía poco había descubierto su equivalente moderno, que siempre parecía encontrarse en el sótano del hotel, donde al final de largos pasillos había cabinas de tratamiento en las que sonaba de fondo música tintineante que salía de un reproductor de CD discretamente escondido. Examiné los folletos dudando si armarme de valor y solicitar uno de los muchos masajes que ofrecían, pero las propuestas eran tan variadas y confusas como las de un restaurante de comida china para llevar.

Llamaron a la puerta y se me aceleró el corazón en el acto, pero respiré hondo y abrí. Cuando un camarero me saludó, su acento cantarín y la característica afabilidad irlandesa me tranquilizaron. Entró en la habitación para dejarme el desayuno en una mesita y me preguntó de dónde venía.

—De Londres.

—¿Tiene allí su hogar?

—No, vivo en Nueva Zelanda.

—¿De verdad? Vaya, viene usted de muy lejos. Espero que disfrute de su estancia, señora McDougal.

Cuando se fue, cogí el té que me había servido y saqué una de las bolsitas de té que llevaba en la bolsa de viaje para añadirla a la tetera. Había llegado a la conclusión de que el té de los hoteles estaba aguado estuvieras en el lugar del mundo en el que estuvieses, pero, por otra parte, me había criado bebiendo unas infusiones tan cargadas que podían arrancarte la piel de las manos a tiras, como a Jock le gustaba decir acerca de mi forma de prepararlas.

De vuelta en la cama con la taza de té, pensé en cuánto había deseado dejar de esconderme cuando llegué a suelo irlandés. En el control de pasaportes, me habían dado ganas de anunciar con mi acento cerrado de la infancia que había nacido allí y que había tenido pasaporte irlandés, pero que había eliminado a propósito todo lo relacionado con mi persona y el lugar del que provenía para protegernos a mí y a mis seres queridos.

Allí estaba, con otro nombre y otra nacionalidad, en la tierra que me había visto nacer y que me había causado todos los problemas que me habían empujado a huir de ella…

Y hoy iba a ir a buscar a la persona de la que más me fiaba en el mundo, pero a la que también me había visto obligada a dejar atrás. Necesitaba su ayuda, y en vista de los acosadores que me habían perseguido desde que me había ido de Nueva Zelanda, no tenía otro sitio al que acudir.

Miré el anillo que mi querido Ambrose me regaló cuando cumplí veintiún años. ¿Quién iba a decir que algo tan pequeño y tan bonito, y que me había sido entregado por amor, podría dar lugar a todo esto simplemente porque identificaba a mi yo del pasado?

O yo, por lo menos, creí que me había sido entregado por amor...

—No, Merry, no empieces a dudar de él; si lo haces, estás perdida —me reprendí a mí misma—. Venga, guapa, a ducharte. Luego iremos a dar la vuelta a la esquina.

A mediodía estaba en Merrion Square, enfrente de la alta y elegante casa adosada que antaño albergaba el dúplex de Ambrose, que ocupaba la planta baja y el sótano. Miré a escondidas a través de la ventana y vi que las cortinas, la lámpara y las estanterías estaban exactamente como la última vez que las había visto.

En el peor de los casos, él había muerto y un pariente o un nuevo comprador o inquilino se había hecho cargo de la casa sin molestarse en cambiar nada.

—Sube esos escalones y llama a la puerta, Merry —me dije—. Tiene ochenta y cinco años, así que dudo que vaya a pegarte un tiro.

Subí los escalones y llamé al timbre, que hizo sonar las dos mismas notas que recordaba de hacía muchas décadas. No hubo respuesta durante un rato, pero entonces una voz —una voz muy querida por mí y que conocía perfectamente— me habló a través de una rejilla situada encima del timbre.

—Ambrose Lister. ¿Quién llama?

—Soy... soy yo, Mary O'Reilly. La chica de hace años. ¡Ambrose, soy yo! —rogué, y para entonces mis labios casi besaban la rejilla. ¿Puedo pasar?

—¿Mary? ¿Mary O'Reilly?

—Sí, soy yo, he perdido un poco el acento, Ambrose, pero soy yo.

Se hizo el silencio y me tragué las lágrimas provocadas por los pocos segundos en que había sido la de entonces y por la idea de volver a verlo. Entonces la puerta se abrió y allí estaba él.

—¡Jesús, María y José! —susurré—. Lo siento, estoy llorando.

—Santo Dios, no me había llevado una sorpresa tan grande en ochenta y cinco años. Entra, por favor, no nos pongamos en evidencia a la vista de todos.

Ambrose me hizo pasar y vi que, aunque ahora andaba con bastón y tenía menos pelo (aunque en aquel entonces tampoco le sobraba), seguía igual que como lo recordaba. Llevaba una vieja chaqueta de tweed, una camisa de cuadros y una pajarita verde oscuro, y sus dulces ojos marrones parecían los de un búho tras las gruesas gafas redondas. Él era la única persona que me llamaba Mary en lugar de Merry, y al oír mi nombre pronunciado otra vez con su acento entrecortado estuvo a punto de estallarme el corazón.

Una vez cerrada la puerta, me llevó por el pasillo a la sala de estar. El escritorio junto a la ventana y los dos sillones de cuero, situados uno enfrente del otro delante de una chimenea, no habían cambiado. Y tampoco el sofá raído pegado a la pared y orientado hacia las estanterías rebosantes del otro lado de la chimenea. Ambrose cerró la puerta del salón y se dio la vuelta para mirarme.

—Vaya, vaya… —fue cuanto logró decir.

Yo no lo hice mejor, seguía tragándome las lágrimas.

—Creo que, aunque solo son las once, la ocasión requiere un medicamento fuerte.

Ambrose se acercó a una estantería y cogió una botella de whisky y dos vasos del armario de debajo. Al poner los tres artículos en el escritorio, vi que le temblaban las manos.

—¿Sirvo yo? —pregunté.

—Si me haces el favor, querida. Estoy bastante azorado.

—Siéntate. Yo me encargo.

Mientras se instalaba en su sillón de cuero favorito, serví dos cantidades generosas y le tendí un vaso. Luego me senté en el sillón de enfrente.

—*Sláinte!*

—*Sláinte!*

Los dos bebimos un buen trago que un segundo más tarde me ardió en el estómago, pero no fue desagradable. Después de que ambos apurásemos los vasos en silencio, Ambrose dejó el suyo en la mesilla redonda situada al lado de su sillón. Me alegró ver que le temblaba menos la mano.

—Podría emplear muchas citas célebres para conmemorar este momento, pero no quiero recurrir ni a un cliché ni a una hipérbole —dijo—. Simplemente voy a preguntarte dónde demonios has estado los últimos treinta y siete años. Y tú, seguro —levantó un dedo, gesto que yo sabía que significaba que todavía no había acabado—, me dirás que es una larga historia. Esas son las mejores, pero tal vez podrías abreviar al principio y, como se dice hoy, ir al grano.

—He estado viviendo en Nueva Zelanda —contesté—. Me casé con un hombre llamado Jock y hemos tenido dos hijos. Uno se llama Jack, que tiene treinta y dos años, y la otra se llama Mary-Kate y tiene diez años menos, veintidós.

—Y ahora la pregunta más importante: ¿has sido feliz?

—Cuando me fui era terriblemente infeliz —reconocí—, pero, con el tiempo, sí que lo he sido. Cuando conocí a Jock me di cuenta de que tenía que olvidar el pasado y aprender a vivir con lo que había encontrado. Una vez que lo hice, fui capaz de disfrutar y volver a valorar la vida.

Ambrose guardó silencio; apoyaba los codos en el borde del sillón de cuero y los dedos debajo del mentón.

—La siguiente pregunta es si dispones del tiempo y los medios para contarme los detalles de los años intermedios. ¿O tienes que volver a marcharte pronto?

—En este momento no tengo planeado ir a ninguna parte. Lo irónico, por motivos de los que quiero hablarte, es que había emprendido una Gran Gira por el mundo que tenía que durar meses. De momento he estado en cuatro países en una semana. En mis planes Irlanda era mi última parada.

Ambrose sonrió al oírlo.

—El hombre propone (y la mujer, debería añadir), y Dios dispone. Lo importante es que ahora estás aquí y, aunque estoy perdiendo la vista a pasos agigantados, no has cambiado. Sigues siendo la joven a la que quise y a la que vi por última vez en este mismo salón cuando solo tenía veintidós años.

—Pues sí que estás perdiendo la vista, querido Ambrose. Tengo casi cincuenta y nueve años, me hago vieja.

—Entonces ¿puedes concederme algo de tiempo durante las próximas horas, o los próximos días, y contarme, en primer lugar, por qué tuviste que irte de Irlanda e interrumpir todo contacto conmigo?

—Sí, tengo intención de hacerlo. Pero eso…, en fin, eso depende de tu reacción cuando te cuente el problema que tengo actualmente. Que tiene mucho que ver con el motivo por el que me fui de Irlanda.

—¡Santo Dios! ¿Estás escribiendo una tragedia griega? ¿O estás narrando la historia de tu vida? —Ambrose arqueó una ceja de forma expresiva.

—Tal vez exagere, pero esa es la razón por la que estoy aquí sentada contigo. Eres la única persona que me queda a la que puedo pedirle consejo.

—¿Y tu marido? ¿Jock?

—Mi marido murió hace cinco meses. Fue entonces cuando decidí…

—¿Reencontrarte con tu pasado?

—Sí

—¿Y tienes la sensación de que los viejos demonios han vuelto? —preguntó él, perspicaz como siempre.

—Sí, así es. Totalmente… —Me levanté—. ¿Te importa si me sirvo otro whisky?

—En absoluto, Mary. Ponme otra gota a mí también. Siempre pienso mejor cuando tengo un pequeño porcentaje de alcohol dentro, pero no se lo cuentes a ninguno de mis exalumnos, por favor —dijo guiñándome un ojo—. En la cocina tengo una bandeja de sándwiches que nos ayudarán a absorberlo. La asistenta que me lo hace todo (o no, según el caso) los preparó antes de irse.

—Voy a buscarlos.

Recorrí el oscuro pasillo hasta la cocina y vi que ni un solo armario había cambiado desde la última vez que había estado allí, aunque ahora había una nueva cocina e incluso un microondas en un rincón. Los sándwiches de la bandeja estaban hechos con pan de soda y cubiertos con papel film.

—Aquí está —dije al volver, dejando la bandeja en la mesilla situada a su lado.

—Sírvete. Unos deben de ser de queso y ensalada y los otros de jamón y ensalada. Siempre lo mismo.

—Tienen bastante buena pinta; desde luego, mejor que cualquiera de las cosas que preparaba la señora Cavanagh —dije sonriendo mientras cogía un sándwich.

—Ah, la señora Cavanagh. —Ambrose suspiró—. Yo me he perdido una gran porción de tu vida, querida Mary, pero tú también te has perdido una gran porción de la mía. Y hablando de porciones, comamos y cuando hayamos terminado seguiremos hablando.

Comimos los sándwiches en silencio. Ambrose me había enseñado que era de mala educación hablar con la boca llena. Y yo les había enseñado lo mismo a mis hijos.

—Entonces, aparte de la vista, ¿te conservas bien? —pregunté cuando hubimos terminado.

—Creo que la palabra «aparte» es el denominador común de cualquier persona de mi edad. Aparte del reúma y del colesterol bastante alto (con el que me apresuro a añadir que he vivido desde que tenía cincuenta y tantos), estoy como una rosa.

—¿Vas a West Cork con frecuencia?

La sonrisa de Ambrose se desvaneció de sus labios.

—Por desgracia no. De hecho, no he vuelto desde principios de los setenta, más o menos un año después de que tú te fueras.

—Pero ¿y el padre O'Brien? Tú y él erais muy buenos amigos.

—Ah, Mary, esa historia tendrá que esperar a otro día.

Vi que Ambrose desviaba la mirada hacia la ventana y comprendí que, fuera lo que fuese lo que había puesto fin a su amistad, había sido una experiencia dolorosa para él.

—Veo que todavía llevas el anillo que te regalé —dijo, volviéndose otra vez hacia mí y señalándolo con el dedo.

—Sí, aunque ahora es de mi hija: se lo regalé cuando cumplió los veintiuno, pero le pedí que me lo prestara para el viaje. Temía que no me reconocieras después de tantos años, así que lo he traído como un seguro.

—¿Que no te reconociera? ¡Mary, posiblemente seas la persona más querida de mi vida! ¿Cómo has podido pensar eso? A menos…, ah —Ambrose se llevó un dedo a la cabeza—, pensaste que con la vejez podía haber perdido la chaveta y estar senil, ¿verdad?

—Para ser sincera, sí que se me ocurrió que podría necesitar algo para refrescarte la memoria. Perdóname, Ambrose.

—Pensaré si te mereces mi perdón mientras preparas café para los dos. Supongo que te acuerdas de cómo me gusta.

—¿Cargado, con una pizca de leche y una cucharadita de azúcar moreno? —le pregunté al tiempo que me levantaba.

—Exacto, querida, exacto.

Cinco minutos más tarde volví con el café y con el té que me había preparado para mí.

—Bueno, ¿por dónde quieres empezar? —me preguntó.

—Ya sé que debería empezar por el principio, pero puede que tengamos que retroceder un poco. Si te hago un resumen, ¿me dejarás rellenar los espacios en blanco luego?

—Como tú prefieras. En el Trinity ya no me necesitan ni mis colegas ni los alumnos, hace más de quince años que me jubilé, así que tienes la palabra todo el tiempo que quieras.

—En realidad, no he traído el anillo solo para refrescarte la memoria, Ambrose, sino también porque parece que se ha convertido en un elemento clave de mi problema. Tanto entonces como ahora.

—¿De verdad? Lo lamento mucho.

—El caso es que… me fui de Irlanda porque tenía que, en fin, escapar de alguien. Primero fui a Londres, pero luego no me quedó más remedio que marcharme. Decidí viajar más lejos, primero a Canadá y luego a Nueva Zelanda.

Ambrose permaneció en silencio mientras yo ponía orden en mi cabeza para continuar.

—Cuando me casé cambié de apellido, ahora me llamo Mc-Dougal, y unos años más tarde pasé a ser ciudadana neozelandesa gracias al matrimonio. Tenía una nueva identidad y estaba convencida de que me había librado del peligro de que él me encontrara. Ya te he dicho que allí, gestionando un viñedo y criando a mi familia con Jock, volví a disfrutar de la vida. Pero entonces…

—¿Sí?

—Acababa de emprender mi Gran Gira y la primera parada era en Isla Norfolk: una isla diminuta entre Nueva Zelanda y Australia. Iba a visitar a mi vieja amiga Bridget, que se había mudado allí hacía poco. ¿Te acuerdas de Bridget?

—¿Cómo podría haberla olvidado si hemos quedado en que no estoy senil? Tu enemiga pelirroja en la infancia y mejor amiga en la universidad.

—Sí, esa misma. El caso es que estaba en Isla Norfolk tomando algo con Bridget y su nuevo marido cuando recibí un mensaje de mi hija Mary-Kate. Por lo visto, dos mujeres habían preguntado por ella y le habían dicho que podría ser la «hermana perdida» de su familia de seis hermanas: todas adoptadas por un hombre muy raro que al parecer murió hace un año. La prueba de la relación era un anillo de esmeraldas en forma de estrella con siete puntas en medio de un pequeño diamante. —Levanté la mano y señalé el anillo—. Mary-Kate me dijo que había visto un dibujo del anillo que las mujeres llevaban. Estaba bastante segura de que era este.

—¿En serio? Continúa, por favor.

—El caso es que esas mujeres estaban tan desesperadas por localizarnos a mí y al anillo que Mary-Kate me avisó de que venían a Isla Norfolk a verme.

—¿Sabes por qué estaban tan desesperadas?

—Un cuento sobre su difunto padre: su mayor deseo era encontrar a la «hermana perdida». Aunque ya era demasiado tarde para él, las hermanas iban a celebrar una especie de honras fúnebres al año de su muerte yendo al lugar en el que creían que su padre estaba enterrado en el mar. ¡Esas chicas incluso tienen los nombres de las Siete Hermanas de las Pléyades! ¿Has oído alguna vez una historia más ridícula?

—Bueno, desde luego sé que el tema de la hermana perdida aparece en varias leyendas mitológicas de todo el mundo, y tú también lo sabes, Mary. Al fin y al cabo, escribiste tu tesina sobre la persecución de Mérope por parte de Orión.

—Sí, Ambrose, pero las Siete Hermanas eran… son imaginarias, no una familia humana auténtica.

—Si les dijeras eso a los griegos, te tirarían de la cima del monte Olimpo como sacrificio a sus dioses.

—Por favor, Ambrose, esto no es cosa de risa.

—Discúlpame, Mary. Continúa, por favor. Seguro que hay alguna lógica en lo absurdo de esos sucesos.

—Bien, cuando me enteré de que iban a viajar a Isla Norfolk, hablé con Bridget del tema, ella lo sabe todo de mi pasado, y estuvo de acuerdo en que tenía que irme para no coincidir con ellas. Volé a Canadá, que era la siguiente parada del viaje, pero en mi primer día en Toronto el conserje me llamó y me mandó mensajes para informarme de que dos mujeres habían avisado de que irían a verme. Cuando llegaron a la recepción, le pregunté al conserje cómo eran, y me dijo que llevaban ropa musulmana.

—Entonces ¿no son las mismas dos mujeres que te siguieron a Isla Norfolk?

—No. Por lo poco que las vi, tenían la piel oscura, y aunque le indiqué al conserje que les dijera que había salido, se quedaron sentadas esperando en el vestíbulo. Al final no aguanté más y bajé a verlas con mis propios ojos. Una de ellas debió de reconocerme, porque me llamó por mi nombre cuando yo corría al ascensor. Por suerte, se cerró antes que pudiera alcanzarme. Me dejó una carta en la que explicaba la misma historia que las chicas que habían visitado a Mary-Kate. Me asusté tanto que decidí irme a Londres.

—Esto se pone cada vez más interesante —dijo Ambrose cuando hice una pausa para respirar hondo y beber un sorbo de té.

—Cuando llegué a la recepción del hotel, me encontré por casualidad a un hombre que me pareció muy amable. Me dijo que era periodista especializado en vinos y me preguntó si me interesaría concederle una entrevista sobre el viñedo que mi marido y yo levantamos y dirigimos. Me invitó a su suite con su amiga, a la que me presentó como lady Sabrina. La verdad es que no podrían haber parecido más honrados. Pero entonces —bebí un sorbo de té—, mientras ese hombre llamado Orlando me estaba entrevistando, me di cuenta de que la mujer miraba fijamente mi anillo. Cuando la entrevista terminó, me preguntó por él. Dijo que las siete puntas le parecían muy poco habituales, y entonces el hombre habló de las Siete Hermanas de las Pléyades y de la hermana perdida... —Moví la cabeza con gesto de desesperación—. En ese momento me levanté y me fui. Y al día siguiente fui a Clerkenwell a consultar los certificados de matrimonio y de defunción y vi que el hombre me seguía. Me habían invitado a cenar esa noche, pero cancelé la invitación y me quedé tumbada en mi habitación sin poder pegar ojo, viendo las horas pasar. A la mañana siguiente, quería escapar temprano, vi que el hombre ya estaba leyendo el periódico en el vestíbulo de la entrada. Al final pedí que bajaran mi equipaje y que un botones me lo guardara. Tuve que esperar a que ese tal Orlando fuera al servicio para poder escapar. ¡Y aquí estoy! Yo...

Me llevé la mano a la frente, avergonzada porque habría querido llorar pegada a sus rodillas, como hacía a veces de niña cuando los problemas me sobrepasaban.

—Estoy agotada, Ambrose, de verdad. Me persiguen otra vez, lo sé.

—¿Quiénes?

—Una gente muy peligrosa y violenta, o una persona que conocía a gente peligrosa... que me amenazó hace mucho. También amenazó a mi familia y a todos mis seres queridos, tú incluido. Por eso...

—Huiste —dijo Ambrose.

—Sí. No tendrás un pañuelo de papel por casualidad...

—Toma, Mary, sécate los ojos. —Me dio su pañuelo, y su olor me recordó tanto mi infancia con él que afloraron más lágrimas a mis ojos.

—Me preocupa mucho Mary-Kate. Está sola en el viñedo, en Nueva Zelanda, y no sabe nada de mi pasado. Ni tampoco Jack, mi hijo. Él sería capaz de mandarlos a por mis hijos, lo sé, y...

—Calla un momento —me pidió Ambrose con delicadeza—. Es evidente que no sé mucho del pasado del que hablas, pero...

—¡Él siempre me llamaba «la hermana perdida»! En aquel entonces, cuando... Oh. —Era incapaz de encontrar las palabras con las que expresar la complejidad de lo que me había pasado.

—Supongo que hablas de alguien a quien yo conocí cuando vivías aquí conmigo.

—Sí. Pero no digas su nombre, por favor. No soporto oírlo. Me ha encontrado, Ambrose, sé que me ha encontrado.

Vi que entrecruzaba los dedos debajo del mentón y me miraba fijamente durante un tiempo que me pareció larguísimo. Sus facciones expresaron una gama de emociones que no conseguí descifrar. Al final, dejó escapar un largo suspiro.

—Lo entiendo, querida Mary, y espero poder calmar un poco tus miedos. Pero me temo que tendrás que disculparme. Mi única concesión a la edad es echarme una breve siesta por la tarde. En lugar de dormitar o, peor aún, roncar sonoramente delante de ti, ¿te importa si me retiro a mi cuarto una hora o dos? Parece que tu repentina aparición me ha fatigado.

—Oh, Ambrose, por supuesto que no. Me iré y volveré más tarde. Lo siento mucho, de verdad. Después de todos estos años, no esperaba que nuestro primer encuentro fuera así.

—Por favor, no te disculpes, querida Mary. Solo hazte a la idea de que ya no soy tan joven como antes. —Ambrose me ofreció una débil sonrisa, se levantó y recorrió el pasillo hacia la parte trasera de su dúplex—. Puedes quedarte aquí. Como bien sabes, tienes una plétora de libros a tu disposición. Si quieres salir, la llave está donde siempre: dentro de la tetera de porcelana azul Copenhague, en la mesa del pasillo.

—¿Necesitas ayuda? —pregunté cuando él empezaba a bajar la escalera del sótano, que albergaba dos dormitorios y un cuarto de baño.

—Me las he apañado bastante bien desde que te fuiste, y espero apañármelas igual unos cuantos años. Te veré a las cuatro y media, Mary, pero…, por favor, ten claro que creo que aquí estás a salvo.

Cuando se fue, decidí volver al hotel a dormir yo también la siesta.

Salí de la casa y recorrí los pocos cientos de metros hasta la esquina aspirando la familiaridad del ambiente y las voces que oía a mi alrededor. Esa ciudad había sido el telón de fondo de algunos de los momentos más felices de mi vida, antes de que las cosas se torcieran.

Cuando entré en el hotel, me acerqué a la recepción para recoger la llave.

—Aquí tiene, señora McDougal —dijo el recepcionista—. Ah, alguien la está esperando en el vestíbulo.

El corazón empezó a latirme tan rápido que pensé que me iba a desmayar allí mismo. Me agarré al mostrador para no caerme y agaché la cabeza tratando de recobrar el aliento.

—¿Se encuentra bien, señora McDougal?

—Sí, sí, estoy bien. ¿Le… le ha dicho su nombre esa persona?

—Sí. Llegó hace solo unos quince minutos. Déjeme ver…

Una mano se posó en mi hombro por detrás, y solté un pequeño grito.

—¡Mamá! ¡Soy yo!

—Ah… —Me agarré más fuerte al mostrador, el mundo daba vueltas.

—¿Acompañas a tu madre a sentarse en el vestíbulo mientras yo voy a buscarle agua? —propuso el recepcionista.

—No, estoy bien, de verdad. —Me volví hacia el hombre grande y alto que había traído al mundo, apoyé la cabeza en su pecho y él me abrazó.

—Siento mucho haberte asustado, mamá. ¿Por qué no vamos al vestíbulo, como ha dicho este señor, y pedimos té?

—De acuerdo —accedí, y Jack me rodeó la cintura con el brazo para servirme de apoyo de camino al vestíbulo.

Una vez que estuvimos sentados en un sofá del silencioso vestíbulo y hubimos pedido el té, noté la mirada de Jack posada en mí.

—En serio, ya estoy bien. Bueno, cuéntame, ¿qué haces aquí? —le pregunté.

—Muy sencillo, mamá: estaba preocupado por ti.

—¿Por qué?

—El otro día por teléfono me pareció que estabas… rara. Te he llamado esta mañana temprano, pero no has contestado.

—Estoy perfectamente, Jack. Siento mucho haberte hecho venir desde la otra punta del mundo.

—No estaba en la otra punta del mundo, ¿recuerdas, mamá? Solo he tardado un par de horas en llegar desde la Provenza. El vuelo no ha durado mucho más que ir de Christchurch a Auckland. Bueno, ya estoy aquí, y después de ver cómo has reaccionado cuando he aparecido en la recepción, me alegro. ¿Qué pasa, mamá? —inquirió cuando llegó el té.

—Vamos a beber el té, ¿vale? Sirve tú —dije, pues no me fiaba de que mis manos pudiesen sostener con firmeza la tetera—. Ponle una cucharadita de azúcar de más al mío.

Al final, el té dulce y caliente y la presencia reconfortante de Jack calmaron el ritmo de mi corazón y me despejaron la cabeza.

—Ya me siento mucho mejor —anuncié, para aliviar la mirada de preocupación de mi hijo—. Siento haberme sobresaltado tanto.

—Tranquila. —Jack se encogió de hombros—. Está claro que pensabas que era alguien a quien no querías ver.

Mi hijo me miró con unos ojos de vivo color azul, muy parecidos a los míos.

—Sí, eso he pensado. —Suspiré. Siempre me había resultado dificilísimo mentirle a Jack a la cara; su franqueza y sinceridad intrínsecas, y su profunda perspicacia, sobre todo en lo que a mí respectaba, lo hacían casi imposible.

—Bueno, ¿a quién esperabas?

—Oh, Jack, es una larga historia. En resumen, creo… creo que alguien que vivía aquí en Dublín, un hombre peligroso, puede estar siguiéndome otra vez la pista.

Jack bebió su té con calma mientras asimilaba la información.

—Vale. ¿Y cómo lo sabes?

—Simplemente lo sé.

—De acuerdo. ¿Y qué ha pasado durante la última semana para que pienses eso?

Miré a mi alrededor nerviosa.

—Preferiría no hablar del tema en público. Nunca se sabe quién puede estar escuchando.

—¡Caray, mamá, parece que estés paranoica! Y un poco loca, la verdad, y eso me preocupa porque siempre has sido la persona más calmada y más cuerda que conozco. De momento voy a concederte el beneficio de la duda y no te voy a llevar al psiquiatra más cercano para saber si has empezado a delirar, pero ya puedes ir explicándome quién es ese hombre.

—Estoy cuerda. —Bajé la voz por si la camarera que había en la esquina del vestíbulo, por lo demás desierto, nos oía—. Todo empezó cuando esas chicas visitaron a tu hermana en The Vinery y le dijeron que era la hermana que habían perdido hace mucho y a la que su padre había estado buscando.

—Ah. —Jack asintió con la cabeza—. Vale. MK me contó que la prueba tenía algo que ver con el anillo de esmeraldas que llevas ahora mismo. Solo querían echarle un vistazo.

—Sí. Pues desde que ellas llegaron allí, me he tropezado con extraños que han querido verme en cada hotel que he pisado. Cuando estuve en Londres, ¿te acuerdas de que te llamé para hablarte de un hombre que quería hacerme una entrevista sobre The Vinery para el periódico para el que trabajaba?

—Sí, me acuerdo. Un momento. ¡Me dijiste que estabas en Nueva York! —Jack entornó los ojos.

—Lo siento, Jack. Sabía que te preocuparías si te enterabas de que me había desviado tanto de mi itinerario original. El caso es que ese hombre no era quien decía ser. La mujer que estaba con él vio el anillo y preguntó por él. Ese hombre incluso me siguió al día siguiente cuando salí del hotel. Entonces fue cuando decidí venir a Irlanda, y por eso ayer me encontraste rara por teléfono cuando hablamos.

—De acuerdo —dijo Jack asintiendo con la cabeza—. ¿Y sabes por qué te siguen esas personas? O sea, ¿qué quieren? ¿Es solo por el anillo? Es pequeño —comentó Jack mirándolo—. No parece tan valioso… Oh, mamá, no lo habrás robado, ¿verdad? —Me dedicó una sonrisa irónica.

—¡Pues claro que no! Te prometo que te contaré toda la historia en algún momento…, supongo que ya va siendo hora. —Suspiré y acto seguido consulté mi reloj—. Voy a tener que irme dentro de poco. Solo he venido al hotel a esperar una hora mientras mi amigo se echa la siesta.

—¿Tu amigo?

—En realidad es mi padrino, Ambrose. He ido a verlo antes. Hacía treinta y siete años que no lo veía.

—¿Tu padrino? —Jack frunció el ceño—. ¿Por qué nunca nos has hablado de él a ninguno de nosotros?

—Digamos que quería dejar el pasado atrás. Por el bien de todos. Fue él quien me regaló este anillo cuando cumplí veintiún años.

—Entonces, está metido en esto…, sea lo que sea, ¿no?

—No, él no. —Dirigí a mi hijo una sonrisa triste—. Por cierto, ¿has tenido noticias de Mary-Kate?

—Durante los últimos días, no.

—Te parecerá ridículo, pero me preocupa que esté sola en The Vinery. Tú no has tenido visitas últimamente en la Provenza, ¿verdad? ¿Alguien preguntando por mí?

—No, conocí a una mujer muy simpática que vino a alojarse en la casa rural que tienen François y Ginette y… —de repente Jack frunció el ceño—. Uau —murmuró.

—¿Qué? —le pregunté, y mi ritmo cardíaco se aceleró otra vez.

—Nada, seguro que no es nada. Nos entendimos muy bien. Me alegré mucho de poder charlar en inglés con alguien durante la cena. Me dijo que tenía hermanas adoptadas y, de hecho, hizo bastantes preguntas sobre ti y la adopción de MK.

—Oh, no, Jack. —Suspiré y me llevé los dedos a la frente—. Te han encontrado a ti también.

—¿A quiénes te refieres, mamá? —insistió él—. Esa mujer, Ally, era muy agradable, y nos sentaron juntos a la mesa por pura casualidad. De hecho, fui yo quien me ofrecí a llevarla en coche al pueblo de al lado al día siguiente porque me cayó muy bien. No dijo nada de una hermana perdida ni de las Siete Hermanas ni de un anillo…

—Vale. Bueno, podría ser una coincidencia, pero hasta que lo sepamos con seguridad, voy a pedirle a Mary-Kate que se vaya de The Vinery y venga aquí en avión.

—Pero, mamá, ¿qué demonios…? ¿Crees que nuestra vida corre peligro?

—Sí, tal vez sí, y hasta que estemos seguros de que no es así, tenemos que estar juntos.

Miré la expresión de mi querido hijo, una mezcla de asombro y duda. Supe que debía añadir algo o me llevaría al psiquiátrico más cercano.

—Lo que pasa, Jack, es que hace mucho tiempo alguien que estaba en un grupo de gente muy peligrosa amenazó con seguirme la pista y matarme. —Tragué saliva—. Te parecerá ridículo y exagerado, pero las cosas eran así en aquel entonces. Él siempre me llamaba «la hermana perdida», y no soportaba este anillo ni a mi padrino porque él me lo había regalado. Todo esto viene de muy atrás, Jack, y hasta que descubra si está vivo o muerto, no podré estar tranquila, ¿vale? Por eso estoy aquí, en Irlanda. Tengo que cerrar este capítulo para siempre.

—Vale. —Jack asintió con la cabeza—. Entonces ¿crees que él y su… gente te persiguen?

—Hasta que se demuestre lo contrario, sí, creo que es posible. Tú no lo conoces, Jack, ni las cosas en las que creía, la causa por la que luchaba. Esa causa… —tragué saliva— lo consumía. Y así había sido toda su vida.

—Está bien, por lo menos ahora la cosa tiene más sentido. ¿Por eso nunca nos hablaste de tu pasado en Irlanda? ¿Y por eso acabaste en Nueva Zelanda, lo más lejos que pudiste llegar?

—Sí. Bueno, tengo que ir a ver a Ambrose. Estará preguntándose dónde me he metido.

—¿Puedo ir contigo, mamá? Después de lo que acabas de contarme, creo que debería ir, por si acaso.

—Eh…, vale. Ya va siendo hora de que conozcas tu herencia —dije, e hice señas a la camarera para que trajese la cuenta.

Una vez pagado el té, salimos juntos del hotel.

—¿Has traído equipaje? —pregunté a mi hijo mientras dábamos la vuelta a la esquina hacia Merrion Square.

—Sí, me lo ha guardado el botones y me han reservado una habitación, pero quería asegurarme de que realmente estabas aquí antes de registrarme. ¿El hombre que crees que te busca pertenece a algún grupo extremista?

—Cuando lo conocí no, pero hacia el final sí. Te lo juro, Jack, no exagero. Sé que la organización a la que pertenecía funcionaba como una red. Me dijo que ocupaba un puesto bastante alto, así que con solo dar una orden…, en fin, pasaban cosas. Bueno —hice una pausa enfrente del edificio de Ambrose—, mi padrino es muy mayor, pero que eso no te engañe: no ha perdido ni pizca de su enorme cerebro. Ambrose era y sigue siendo el hombre más inteligente que conozco.

—Vaya —dijo Jack mirando el alto y elegante edificio de ladrillo rojo con anticuadas ventanas de cristales cuadrados—, debe de ser muy rico para tener una casa así en esta plaza con jardín tan bonita.

—Él solo es dueño del piso de la planta baja y el sótano, pero tienes razón. Hoy día costaría un dineral. Él lo compró hace mucho. Otra cosa, Jack…

—No te preocupes, mamá —dijo Jack encogiéndose de hombros con gesto afable—. Seré educado.

—Lo sé, cielo. Bueno, ¿entramos?

Abrí la puerta con la llave y me quedé en el recibidor, con sus azulejos originales estampados en blanco y negro.

—¿Ambrose? Soy Mary —anuncié al abrir la puerta principal interior que daba a la sala de estar.

—Buenas tardes —dijo él, levantándose de su sillón favorito para recibirme.

Vi que desviaba la mirada a Jack, que iba vestido con su habitual atuendo informal de pantalones cortos, camiseta y zapatillas de deporte no demasiado blancas.

—¿Quién es él? —preguntó Ambrose.

—Jack McDougal, el hijo de Merry. —Le tendió la mano—. ¿Cómo está usted? —dijo, y me dieron ganas de darle un beso por usar una expresión tan formal, con la que estaba segura de que se ganaría la simpatía de Ambrose.

—Muy bien, gracias, joven. Bueno, como somos tres, propongo que vosotros dos os sentéis en el sofá. Mary, no me dijiste que tu hijo estaba contigo.

—No lo estaba cuando te vi, pero resulta que se ha presentado aquí para verme.

—Entiendo. Bueno —dijo Ambrose—, ¿a alguien le apetece beber algo? Me temo que no tengo mucho que ofrecer aparte de los dos elementos básicos de mi vida: whisky y agua. —Ambrose miró el reloj de la repisa sobre la chimenea de mármol—. Son casi las cinco, así que yo tomaré un whisky. Tu madre sabe dónde están guardados la botella y los vasos —añadió cuando Jack se levantó.

—Yo de momento beberé agua, Jack, gracias. Me vale la del grifo. La cocina está al final del pasillo.

Jack asintió con la cabeza y salió de la sala y yo fui a por la botella de whisky y un vaso.

—Un joven magnífico. Se parece mucho a su madre —dijo Ambrose—. Y apuesto a que no tiene ni pizca de maldad.

—La verdad es que no, Ambrose, aunque ya no es tan joven. Me preocupa que se quede soltero y no siente cabeza.

—¿Alguna mujer sería lo bastante buena para él? ¿O, mejor dicho, para su madre? —Ambrose me miró arqueando una ceja cuando le di el whisky.

—Tal vez no. No tiene la más mínima malicia —dije suspirando—. Le han partido el corazón unas cuantas veces.

—Antes de que él vuelva, ¿te parece bien que hablemos abiertamente delante de él?

—No me queda más remedio, Ambrose. Le he contado lo que creo que está pasando y que todo es consecuencia del pasado. Va siendo hora de acabar con los secretos. He vivido demasiado tiempo con ellos.

Jack volvió con dos vasos de agua, me dio uno y se sentó.

—*Sláinte!* —dijo Ambrose alzando su vaso—. Quiere decir «Salud» en gaélico —añadió para Jack.

—*Sláinte!* —brindamos Jack y yo.

—¿Usted también es irlandés, señor? —preguntó Jack.

—Llámame Ambrose, por favor. Y, en efecto, soy irlandés. De hecho, si fuera un bastón de caramelo tradicional, llevaría escrito en el centro «Fabricado en Irlanda».

—No tiene acento irlandés. Y mi madre tampoco.

—Deberías haber oído a tu madre cuando era niña, Jack. No podía tener un acento de West Cork más cerrado. Por supuesto, se lo quité yo cuando vino a Dublín.

—¿Dónde está eso?

—Es otra región de Irlanda, en el sudoeste.

—Entonces ¿no te criaste en Dublín, mamá? —preguntó Jack.

—Oh, no. —Negué con la cabeza—. Me crie en West Cork, en el campo… ¡En casa no hubo electricidad hasta que tuve seis años!

—Pero no eres tan mayor, mamá. Naciste a finales de los años cuarenta, ¿no?

—West Cork estaba bastante atrasado en aquel entonces —intervino Ambrose.

—¿Conocía usted bien a la familia de mi madre?

—En cierto modo —contestó Ambrose, lanzándome una mirada—. ¿Nunca le has hablado a tu hijo de tu infancia?

—No. Ni a mi marido ni a Mary-Kate —reconocí.

—¿Puedo preguntar por qué? —dijo Ambrose.

—Porque… porque quería dejar atrás el pasado y comenzar de cero.

—Me encantaría saber más, mamá, de verdad —me animó Jack.

—Puede que este sea el momento de contarle al joven Jack un poco de su legado —propuso Ambrose con delicadeza—. Aquí estaré yo para ayudarte si no recuerdas bien algún detalle, Mary, estoy seguro de que mi mente retrocederá sin problemas a mi juventud perdida.

Me volví hacia mi hijo, que me miraba con ojos suplicantes. La lectura del diario de Nuala me había recordado espacios de mi infancia. Cerré los ojos y me invadió una oleada de emociones y recuerdos, los que tanto me había esforzado por olvidar durante más de la mitad de mi vida.

«Pero no puedes olvidar, Merry. Es lo que eres…»

De modo que me dejé arrastrar por esa oleada, sin oponer resistencia, y me di cuenta de que allí, con mi hijo y mi querido padrino, podría nadar en las aguas del pasado sin ahogarme.

Respiré hondo y empecé…

Merry

Valle de Argideen

Octubre de 1955

Cláirseach
El arpa celta

27

Merry se sobresaltó cuando un brazo se desplomó sobre su pecho. Katie, su hermana mayor, que tenía solo dos años más que ella, estaba soñando otra vez. Merry retiró el brazo al lado que ocupaba Katie en la cama, donde tenía que estar. Su hermana se dio la vuelta y se hizo un ovillo; sus rizos pelirrojos se esparcieron sobre la almohada. Merry también se dio la vuelta, sus traseros se tocaron sobre el estrecho colchón, y miró por el pequeño cristal de la ventana a qué altura estaba el sol y si su padre había salido ya al ordeñadero. El cielo estaba como de costumbre: lleno de grandes nubarrones que parecían a punto de reventar en gotas de lluvia. Calculó que todavía podía quedarse una hora calentita bajo las mantas antes de que tuviera que levantarse y dar de comer a las gallinas.

Enfrente de ella, Nora, que compartía colchón con la hermana mayor, Ellen, roncaba suavemente. A medida que su cerebro se despertaba, Merry notó una emoción especial en la barriga y recordó a qué se debía.

Ese día iban a conectar el trasto de la electricidad y se mudarían al otro lado del patio, a la casa nueva. Había visto construirla a su padre y su hermano mayor, John, y a sus vecinos cuando podían escaparse de sus granjas, desde que le alcanzaba la memoria. Cuando su padre no estaba en el ordeñadero con las vacas ni en los campos de cebada, estaba al otro lado del patio, levantando la casa nueva.

Merry miró el techo, que era muy bajo y tenía forma de triángulo (había aprendido lo que eran los triángulos en el colegio nuevo), con una viga en lo alto para sostenerlo. A Merry no le gustaba esa viga porque era oscura y las arañas gordas hacían sus casas justo encima de ella. Cierto día se despertó y vio a la araña más gorda del mundo colgada de su hilo plateado encima de ella. Gritó y su madre llegó corriendo, la atrapó y le dijo que no fuera «bobalicona», que las arañas eran buenas porque cazaban moscas, pero Merry no creía que fuesen para nada buenas, por mucho que dijese su madre.

El cuarto nuevo tenía el techo liso y pintado de blanco, con lo que sería mucho más fácil ver las telas antes de que las arañas siguiesen construyendo sus casas. Merry sabía que dormiría mucho mejor en la casa nueva.

Arriba había otros cuatro cuartos, de modo que Ellen y Nora tendrían una habitación para cada una y Katie y ella compartirían. Los chicos —John y el pequeño Bill— tendrían otra habitación, y su madre y su padre la más grande de todas. Su madre llevaba otro bebé en la barriga, y Merry había rezado a Jesús para que también fuese niño, y así Katie y ella pudiesen quedarse con su cuarto nuevo para ellas solas. Sabía que tenía que querer a sus hermanos y hermanas, pero en la Biblia no decía que tuviesen que caerle bien.

Y a Merry y a Katie no les caía bien Nora. Era muy mandona y les encargaba trabajos que Ellen, la hermana mayor, le había encargado a ella.

Su madre y su padre también esperaban que fuera niño: otro muchacho grande y fuerte que ayudase en la granja. Merry y Katie tenían las manos demasiado pequeñas para ordeñar, y a Ellen solo le interesaba dar besos a su novio, Merry y Katie la habían visto hacerlo detrás del ordeñadero y les había parecido asqueroso. En la granja había muchas más tareas, y su padre solía decir que John era el único útil que había en casa, cosa que Merry consideraba muy injusta porque ella era la que más cuidaba del pequeño Bill. Y además ella no tenía la culpa de haber nacido niña, ¿no?

Aparte de con Katie, la persona con la que a Merry más le gustaba hablar era un hombre que se llamaba Ambrose, que a veces estaba en la casa del padre O'Brien, donde su madre hacía la limpieza los lunes. Ambrose había empezado a enseñarle a leer antes incluso de que hubiese comenzado las clases el mes anterior. No sabía por qué siempre la elegían a ella para ir a la casa del cura a limpiar con su madre, pero no le importaba lo más mínimo. Es más, ¡le encantaba! Algunos de sus mejores recuerdos eran cuando estaba sentada enfrente de un buen fuego comiendo una tartita redonda caliente del horno, rellena de mermelada de fresa y algo blanco cremoso que tenía un sabor dulce y riquísimo. Ahora que era mayor sabía que esas tartitas se llamaban «scones». Ella comía y Ambrose le hablaba, cosa que hacía muy difícil contestarle porque tenía la boca llena de tarta, y a él no le gustaba que hablase mientras masticaba. Otras veces le leía un cuento de una princesa a la que hacían dormir cien años y solo se despertaba con el beso de un príncipe.

Ambrose se portaba muy bien con ella, pero Merry no sabía por qué. Cuando le había preguntado al padre O'Brien qué era él para ella y por qué le permitían llamarlo por su nombre de pila, en lugar de «señor Lister», como su madre se dirigía a él, vio que se lo pensaba un buen rato.

—Se podría decir que es tu padrino, Mary.

Ella no quiso preguntar qué era en realidad un «padrino»; desde luego Ambrose no se parecía a su padre. Tenía unos ojillos redondos de búho detrás de sus gafas gruesas y mechones rubios en la cabeza: mucho menos pelo que el padre O'Brien y que su padre. También era mucho más menudo que ellos, pero su cara siempre estaba más alegre y menos seria.

Entonces, como si el padre O'Brien le hubiese leído el pensamiento, le había sonreído.

—Piensa en él como tu protector especial en la tierra.

—Ah. ¿Mis hermanos y hermanas también tienen uno?

—Sí, todos tienen padrino, pero como Ambrose puede mimarte a ti más que a ellos, es mejor que mantengas en secreto todo lo que te dé, o ellos tendrán envidia.

—Pero mamá lo sabe, ¿verdad?

—Sí, y tu padre también, así que no pienses que estás haciendo nada malo.

—Entiendo —había dicho ella asintiendo muy seria.

Las Navidades anteriores Ambrose le había regalado un libro, pero no tenía nada escrito, solo líneas para que practicase las letras y formase palabras con ellas. Le había dicho que no importaba si las escribía mal, que él se las corregiría y así ella mejoraría.

Metió la mano debajo del colchón y sacó el libro. Había muy poca luz, pero estaba acostumbrada.

La portada era lisa y suave al tacto, y a ella le gustaba esa sensación, pero cuando le había preguntado a Ambrose de qué estaba hecha, le había contestado que de cuero, que venía de la piel de una vaca. Eso no tenía ningún sentido, todas las vacas que conocía tenían la piel áspera, peluda y llena de barro.

Lo abrió y cogió el lápiz, sujeto con una cintita en un lado del libro, y pasó las páginas hasta la última que había escrito.

Mi familia

Ellen: edá, 16: mandona. Besa a su nobio.
John: edá, 14: Alluda a papá. Le gustan las vacas. Uele a vacas. Mi ermano faborito.
Nora: edá, 12. No le gusta ná.
Katie: edá, casi 8. Mi mejor amiga. MUI guapa. no alluda mucho con el peqeño Bill.
Yo: edá, casi 6. Me gustan los livros. No mui guapa. Me llaman Merry porqe rio MUCHO.
Bill: edá, 2. Uele.
Bebé nuebo: aun no a llegao.

Después de decidir que debía añadir algo sobre su madre y su padre, Merry pensó qué podía escribir sobre ellos.

Los quería mucho a los dos, pero su madre siempre estaba tan ocupada cocinando y lavando y teniendo más bebés, que costaba hablar con ella de las cosas que le pasaban por la cabeza. Cada vez que su madre la veía, le mandaba otra tarea, como poner paja nueva a los cerdos o arrancar coles del terreno para la merienda.

En cuanto a su padre, siempre estaba en la granja, y de todas formas tampoco era muy hablador.

Papá: travaja MUCHO. Uele a vaca.

A Merry le pareció que no quedaba muy bonito, de modo que añadió:

MUI guapo.

Antes de empezar las clases, hacía un mes, el día favorito de la semana de Merry siempre había sido el lunes, cuando ella y su madre iban juntas a casa del cura. Charlaban de toda clase de cosas (Merry sabía que sus hermanos y hermanas pensaban que era una cotorra, pero es que le interesaban muchas cosas). Su madre siempre le besaba la coronilla y la llamaba «mi niña especial».

Escribió con cuidado:

Mamá: MUI guapa. Buena. La qiero MUCHO.

Cuando limpiaba la casa del cura, su madre siempre corría de un lado a otro y se quejaba de la señora Cavanagh. En casa, su madre la llamaba «esa vieja urraca», pero a Merry le habían dicho que nunca repitiese eso delante de alguien que no fuese de la familia, aunque la señora Cavanagh se pareciese de verdad a una urraca. Cada vez que la veía en misa los domingos, sentada en el primer banco y recorriendo con la mirada a los feligreses, veía a un gran pájaro negro. El padre O'Brien le había dicho que no tenía por qué tenerle miedo; la señora Cavanagh limpiaba la casa del cura todos los días menos los lunes y se quejaba de que su madre no hacía bien su trabajo, cosa que enfadaba a Merry aún más.

La señora Cavanagh solía contar que había trabajado en la Casa Grande, y Bobby, un amigo de Merry, le dijo que era porque había trabajado tanto tiempo para una familia británica (y pronunciaba la palabra «británica» de la misma forma que Katie pronunciaba la palabra «babosa») que se había contagiado de «las opiniones de los colonizadores» y desahogaba su rabia en los «trabajadores irlandeses». Cuando Merry había preguntado a Bobby qué era un «colonizador», él se había puesto todo rojo, cosa que a ella le había hecho pensar que era una palabra que había oído en casa pero en realidad no entendía.

Bobby estaba en su misma clase en la escuela de Clogagh, y como su casa estaba en la misma dirección que la granja de Merry, ella y Katie volvían a casa con él parte del camino después de clase. Como Merry y Bobby tenían el mismo nivel de lectura, su profesora, la señorita Lucey, a la que Merry adoraba porque era muy guapa y parecía saber todo lo que había que saber en el mundo, a menudo los sentaba juntos. Al principio, Merry se había alegrado de conocer a alguien a quien también le gustaba leer. Aunque el resto de los alumnos de la clase lo evitaban por su genio y los rumores sobre su familia, Bobby podía ser bueno cuando se lo proponía. Una vez le dio un lápiz de color rosa y le dijo que se lo podía quedar, aunque todo el mundo sabía que su familia era muy pobre. Llevaba un jersey lleno de agujeros, y parecía que su pelo, largo y oscuro, no había visto nunca un cepillo. Él, su madre y su hermana pequeña (a ninguna de las cuales Merry había visto) vivían en una casita que según Nora no tenía grifo ni electricidad.

Katie decía que estaba como una cabra y que deberían llevárselo los Gardaí, pero, a pesar de su mala y a veces extraña conducta, a Merry le daba lástima. A veces pensaba que el único que lo quería era su perro Hunter, un collie blanco y negro que probablemente nunca había cazado nada. Hunter siempre esperaba a Bobby en el camino cerca de Inchybridge, meneando la cola y sacando la lengua con una sonrisa en la boca. A veces, cuando ella y Katie se separaban de Bobby, Merry miraba hacia atrás para ver cómo Hunter andaba fielmente al lado de Bobby. Hunter siempre conseguía tranquilizarlo, incluso cuando Merry no podía.

Cerró el cuaderno con cuidado, volvió a poner el lápiz dentro de la cintita y lo guardó otra vez debajo del colchón. A continuación se irguió y miró por la ventana la casa nueva. Costaba creer que ese día se convertiría en su hogar. Incluso tendrían un grifo dentro, con agua que vendría del arroyo que corría por la ladera que había detrás. Le habían dejado probarlo, y parecía cosa de magia; el agua salía cuando lo girabas y desaparecía cuando lo girabas en sentido contrario. Había una cocina de carbón para que su madre cocinase sin tener que poner la olla encima del fuego, y una gran mesa de cocina que su padre había hecho con madera, a la que se podían sentar los ocho y medio de la familia con espacio de sobra. Y luego… lo mejor de todo: un pequeño cobertizo al que se podía ir desde la cocina. Dentro había un artilugio con un asiento que ella solo había visto en casa del padre O'Brien y una cadena encima para descargar agua.

El caso es que gracias a eso ninguno de ellos tendría que ir al campo de detrás a hacer sus «cosas», como decía su madre. Merry no sabía cómo funcionaba, pero, como el resto de las cosas de la casa nueva, era mágico.

Cuando una ráfaga de viento silbó a través de una grieta del cristal de la ventana, se estremeció y volvió a acurrucarse bajo la manta. Y por primera vez en su vida, aparte de en los cumpleaños, Navidad y cuando iba con su madre a casa del cura, Merry deseó que llegase la hora de dar de comer a las gallinas, porque eso significaría que el día más emocionante de todos había llegado.

—Merry, ¿puedes recoger esa manta? ¡La estás arrastrando por el barro! —gritó su madre; ella y Katie la seguían al otro lado del patio por enésima vez llevando sus cosas a la casa nueva.

Las dos chicas observaron cómo su madre dejaba las cazuelas en la larga mesa y cogía un paño viejo para abrir la puertecita de la cocina de carbón nueva. Había advertido muy seria a ella y a Katie que no la tocasen porque estaba muy caliente. Un olor delicioso salió cuando la abrió.

—¿Es pan de frutas, mamá? —preguntó Merry.

—Sí, Merry. Tenemos que celebrar nuestro primer té en la casa con algo especial.

—¿Lleva de esas frutitas negras dentro? —quiso saber Katie.

—Sí, pasas —contestó su madre, que lo sacó y lo colocó en una mesa a un lado de la cocina para que se enfriase—. No lo toquéis aún o tendréis que limpiar la pocilga. Merry, vuelve a la otra casa para ocuparte de Bill, ¿quieres?

—¿Dónde está Nora? —preguntó Merry—. Ha vuelto a desaparecer.

—No lo sé, pero encárgate de Bill mientras Ellen, Katie y yo hacemos las camas arriba.

—Sí, mamá —dijo Merry poniendo los ojos en blanco y lanzando una mirada a Katie.

Mientras volvía a cruzar el patio, Merry se enfadó tanto con Nora que se le aceleró el corazón. Siempre desaparecía cuando había trabajo que hacer. Y esta vez eso suponía otro pañal apestoso que cambiar, cuando en realidad le tocaba hacerlo a Nora.

Bill estaba sentado en el pequeño parque de madera en una esquina de la cocina vieja, la única habitación que había abajo y donde estaba toda la familia cuando no estaban en la cama o fuera. Por primera vez desde que le alcanzaba la memoria, Merry vio que habían dejado apagar el fuego en el hueco grande que ocupaba casi una pared entera.

—Adiós, fuego —dijo Merry en voz alta—. Ya no te necesitaremos para cocinar.

Centrando su atención en Bill, que olía peor que los campos cuando su padre y John esparcían el estiércol, cogió una manta del aparador y la extendió sobre el frío suelo de piedra. Acto seguido sacó a Bill del parque y lo puso encima de la manta. Cogió un pañal limpio del cajón del aparador y un balde con agua que usaban para limpiar la caca de Bill.

—¿Sabes que dentro de poco seréis dos y tendrás que dejar de llevar pañales?

Bill, que a Merry le parecía la viva imagen de su padre con su pelo oscuro y sus ojos azules, se rio de ella mientras Merry contenía la respiración, desabrochaba el pañal y luego lo deslizaba con la caca dentro por debajo del pequeño. Enrolló el pañal sucio para lavarlo y restregarlo más tarde, y cogió un paño y lo mojó en el balde con agua para limpiarle el trasero. A continuación le abrochó con destreza un pañal limpio. En cuanto hubo terminado, Bill se dio la vuelta y se puso a cuatro patas. Aunque ya andaba, prefería gatear, y era muy rápido. Sabía cómo ponerse debajo de la mesa con las sillas alrededor y que las manos no lo alcanzasen fácilmente. Le parecía un juego de lo más divertido, y se quedaba allí sentado riendo mientras Merry tenía que mover las sillas para llegar hasta él.

—¡Ajá! —dijo Merry metiéndose debajo de la mesa y agarrándolo—. ¡Hoy no hay sillas, señor Bill! Todas se han ido a la casa nueva.

Bill protestó mucho cuando lo sacó, lo cogió en brazos y volvió a ponerlo a salvo en el parque. Sus alaridos aumentaron de volumen, de modo que su hermana cogió el biberón vacío y lo rellenó de leche del balde que había al otro lado de la puerta principal para que se mantuviera fría.

—Toma, bébete la leche y pórtate bien, que yo tengo que seguir trabajando en la casa nueva —le dijo Merry—. Y toma tu perrito para que juegues —añadió, acercándole un juguete de madera que a ella le gustaba mucho cuando era pequeña.

Merry sacó el pañal sucio al exterior para vaciar su contenido en la palangana que luego vaciaría en el campo, y se preguntó por qué su madre quería tener más bebés. Aunque quería a su hermano pequeño, todavía se acordaba de la expresión de miedo atroz de su madre cuando estaba en la cocina y le brotó un gran chorro de agua entre las piernas. En ese momento, Merry había pensado que su madre se había puesto en ridículo, pero resultó que Bill estaba saliendo de su barriga. La señora de los partos llegó poco después, y la familia se quedó sentada en la cocina oyendo los gritos de su madre que venían de arriba.

—¿Se está muriendo, papá? —había osado preguntar Merry—. ¿Va a ir al cielo con Jesús?

—No, Merry, está dando a luz a un bebé, como dio a luz a tu hermano y tus hermanas.

Merry pensaba ahora que el nuevo bebé llegaría pronto y que a ella le tocaría limpiar aún más pañales.

—Y eso también cambiará a mejor, Bill —le dijo empapando el pañal en el líquido especial que quitaba casi todas las manchas—. En la casa nueva tenemos un grifo, así que serán más fáciles de lavar.

Dejó la puerta entreabierta para que pudiesen oír a Bill si gritaba, y volvió corriendo a la casa nueva para ayudar a su madre.

28

Me marcho, padre —dijo la señora Cavanagh en la puerta del estudio de James—. La habitación de su amigo tiene sábanas limpias y he limpiado el polvo. El fuego está encendido y el té en la cocina.

—Gracias, señora Cavanagh. Disfrute del resto del día. Hasta el martes, como siempre.

—Asegúrese de que la señora O'Reilly dedica más tiempo a limpiar que a darle al palique. Me estoy cansando de tener que trabajar el doble cuando vuelvo. Buenas noches, padre.

Dicho eso, la señora Cavanagh cerró la puerta con más firmeza de la necesaria para subrayar su comentario. Un comentario que hacía cada domingo por la tarde, cuando se iba para descansar al día siguiente. Durante los últimos siete años, James había querido contarle la verdad muchas veces: para él era un placer tener a la joven Maggie O'Reilly en casa, con su bonita sonrisa y esa forma de cantar, con su voz dulce y aguda, mientras hacía las tareas. Además, cocinaba mucho mejor de lo que la señora Cavanagh cocinaría jamás, y en las pocas horas que pasaba en la casa la dejaba reluciente. Sin embargo, después de orar y reflexionar sobre el tema, había comprendido que la señora Cavanagh debía de saber esas cosas si escuchaba a su corazón: se sentía amenazada por la joven, y por eso se comportaba con ella como lo hacía.

El padre James O'Brien se estiró detrás de su escritorio y dejó escapar un suspiro de alivio. Había terminado sus deberes dominicales, y esa tarde —el inicio de su día libre extraoficial, aunque siempre tenía la puerta abierta a sus feligreses con problemas— se presentaba aún mejor porque su querido amigo Ambrose llegaría de Dublín para su visita mensual.

James se levantó para apagar la bombilla eléctrica que colgaba del centro de la habitación. Cada vez anochecía antes, y solo estaban a principios de octubre.

La visita de Ambrose le llevó a pensar en cuánto habían cambiado las cosas desde que James había llegado a la parroquia de Timoleague hacía casi siete años. Ambrose le había dicho entonces que tardarían tiempo en aceptarlo, y así fue. Ahora no solo tenía la sensación de que lo habían aceptado, sino que además, y más importante, que la comunidad a la que servía lo respetaba. Y había logrado que su juventud, en vez de una desventaja, fuera algo positivo echando una mano durante la cosecha y aconsejando sin juzgar a las esposas que acudían a él embarazadas de nuevo y preguntándose cómo podrían con otro bebé.

Aunque al principio pensaba que lo destinarían a un puesto más prestigioso en una parroquia con más fieles, cuando le ofrecieron una plaza libre en la ciudad de Cork decidió rechazarla, después de días de reflexión y oración. Allí era feliz, lo recibían con una sonrisa en los hogares que visitaba, y lo agasajaban con suficientes tartas y scones como para compensar la falta de talento de la señora Cavanagh en ese aspecto.

La llegada de la electricidad a su casa hacía cuatro años le había resultado de muchísima utilidad porque le permitía escuchar la radio y estar en contacto con lo que ahora consideraba «el mundo exterior». Cuando había viajado a Dublín para visitar a Ambrose, la ciudad en la que se había criado y que había querido con toda su alma le había parecido claustrofóbica y ruidosa. Había descubierto que la tranquilidad y la belleza de West Cork iban con su carácter. Qué mejor manera de meditar sobre los dilemas de alguno de sus feligreses que ir en coche a la espléndida playa de Inchydoney, cerca de Clonakilty, y caminar por la arena con las olas rugiendo y el viento azotando los faldones de la sotana. O pasear por los acantilados de Dunworley, donde no coincidías con un alma hasta que llegabas a un cabo que daba por todos los lados al océano Atlántico. A menos que algo cambiase, James había decidido que lo suyo era el campo y que sería feliz allí el resto de la vida que Dios le había reservado.

Por supuesto, Ambrose, que era catedrático de Literatura Clásica en el Trinity College, siempre estaba intentando convencerlo de que volviese a las luces radiantes de Dublín, donde para verlo solo habría tenido que dar la vuelta a la esquina en lugar de conducir cuatro o cinco horas hasta Timoleague. Pero las carreteras que conectaban Dublín con West Cork habían mejorado en los últimos años, ahora que los trabajadores, no solo las clases acomodadas, podían permitirse un coche. Además, James creía que su amigo disfrutaba del viaje en su Escarabajo rojo chillón. James llamaba al coche la Mariquita porque solía llegar cubierto de grandes manchas oscuras de barro de los charcos del camino. Y tenía que estar al llegar…

Mientras esperaba, se acercó al gramófono y sacó un disco de la funda. Colocó el círculo de vinilo en el gramófono y desplazó la aguja hasta su variación favorita de *Rapsodia sobre un tema de Paganini*. Ambrose le había explicado que Rajmáninov había dado la vuelta al tema principal para crear esa extraordinaria pieza de música clásica. Se sentó en el sillón de cuero y el pianista tocó los primeros y sencillos acordes…

—Querido amigo, aquí estoy despertándote después de tu tan largo día en la «oficina».

James abrió los ojos y, enfocando lo mejor posible, vio a Ambrose de pie por encima de él. Y eso era una novedad, ya que siempre era él quien tenía que bajar la vista para mirar a Ambrose.

—Discúlpame, Ambrose. Me…, sí, debo de haberme quedado dormido.

—Y al son de Rajmáninov, veo. —Ambrose se acercó al gramófono y levantó la aguja del círculo interminable del final de la grabación—. Dios mío, el vinilo tiene un montón de arañazos; te traeré uno nuevo la próxima vez que venga.

—No hace falta, me gusta más con arañazos, le dan a la música un aire antiguo que le va muy bien —dijo James dándole unas palmaditas en la espalda—. Qué alegría verte, como siempre. ¿Te apetece comer algo?

—Para ser sincero, no. —Ambrose se quitó la gorra y los guantes de conducir y los puso encima del escritorio de James—. Al menos, no las viandas de la señora Cavanagh. Poco antes de entrar en Cork, paré a disfrutar de la merienda que mi asistenta me había preparado.

—Estupendo, entonces me deleitaré con un poco de pan, jamón y el chutney casero con que me ha obsequiado una de mis feligresas. El caldo de la señora Cavanagh se lo daremos a las gallinas. —James le guiñó un ojo.

Una hora más tarde, con el fuego ardiendo en la chimenea y con una nueva grabación de *Sheherezade* de Rimski-Kórsakov, que Ambrose había traído, sonando en el gramófono, los dos hombres estaban sentados, uno enfrente del otro, en sus respectivos sillones de cuero.

—Estaba deseando que llegara nuestros noche y día de serena contemplación y debate filosófico —dijo Ambrose con una sonrisa irónica—. Aunque siempre temo que mientras estoy aquí intentes salvar mi alma.

—Sabes perfectamente que hace años que me di por vencido. Eres una causa perdida.

—Tal vez. No obstante, permítete el consuelo de que en mi particular periplo filosófico vivo rodeado de mitos y leyendas. La mitología griega no es más que una versión previa de la Biblia: cuentos morales para domar al ser humano.

—Y quizá para enseñarle —dijo James, pensativo—. Me pregunto si hemos aprendido algo desde la antigüedad.

—Si te refieres a si somos más civilizados, dado que en los últimos cuarenta años nos hemos enfrentado a dos de las guerras mundiales más duras de la historia, yo tendría mis dudas. Usar aviones y tanques para descargar la muerte sobre millares de personas puede parecer más refinado. De hecho, yo preferiría que un obús me volara por los aires a que me colgaran, me destriparan y me descuartizaran, pero…

—Creo que la respuesta es no —dijo James—. Mira cómo han sufrido los irlandeses bajo el dominio británico. Les arrebataron las tierras, muchos se vieron forzados a cambiar de religión durante la Reforma. Estar aquí, entre gente mucho más sencilla que la de Dublín, me ha hecho darme cuenta de lo dura que ha sido su vida.

—Percibo que en tu alma está brotando un atisbo de republicanismo, padre O'Brien, pero gran parte de Irlanda es ahora una república, y yo diría que la civilización ha avanzado. Creo que deberías leer eso. —Ambrose señaló el libro que había traído a su amigo—. Kierkegaard fue un hombre religioso y un filósofo. Según él, la vida no es un problema que resolver, sino una realidad que experimentar.

—En ese caso, tú y yo tal vez deberíamos dejar de hablar de la condición divina y humana y seguir su ejemplo —comentó James observando el libro—. *Temor y temblor...* El título no inspira confianza.

—Léelo. Te prometo que te gustará, James, aunque el autor fuese un protestante acérrimo.

—Añadiré entonces que a mi obispo le parecerías una mala influencia para mí —dijo James riendo entre dientes.

—Entonces habré alcanzado mi objetivo. Bueno, cuéntame cómo le va a la pequeña Mary O'Reilly. ¿Se han mudado ya a la nueva casa?

—Sí, justo ayer. Hoy he ido a bendecir la casa después de misa.

—¿Y?

—Considerando que John O'Reilly la ha construido casi entera con sus propias manos, bloque a bloque, desde luego es lo bastante sólida para que no entre el viento y tres veces más grande que la vieja granja. Tienen electricidad, y la cocina de carbón y el grifo funcionan. Diría que toda la familia está agotada pero muy feliz.

—Gracias a Dios. Esa vieja granja no era mucho mejor que una choza —comentó Ambrose.

—Bueno, Fergus Murphy, el último dueño, no tenía recursos para adaptarse a los modernos métodos agrícolas. El pobre John, cuando su tío murió, heredó un museo, no una granja.

—Por fin van a entrar en el siglo xx.

—Por lo menos ahora puede dar de comer a sus hijos todos los días y, con suerte, incluso sacar un poco de beneficios de sus esfuerzos.

—¿Y cómo está Mary?

—Tan alegre y encantadora como siempre. Esta mañana me dijo que le gusta mucho la escuela.

—Me alegro de que vaya; esa cabecita brillante necesita estimulación. ¿Qué tal lee?

—Como sabía que me lo preguntarías, hoy he aprovechado que he ido allí para pedirle que me leyera unas frases sencillas de la parábola del sembrador, que le habían enseñado en el colegio. Dudó poquísimo con las palabras, pero me preocupa que en casa apenas cuenta con material de lectura. Ya ha superado a su hermano y a sus hermanas mayores, y, que yo sepa, los O'Reilly solo poseen un libro, que, naturalmente, es la Biblia. Les dije a Merry y a su hermana Katie que leyeran y se aprendieran las palabras de la parábola del hijo pródigo y que la próxima vez que fuera de visita les preguntaría. Así no parece que Merry esté recibiendo un trato especial.

—Bien hecho. Sé de buena tinta que los O'Reilly tienen recursos para que sus hijas mayores sigan estudiando en el futuro si lo desean, no solo Mary. Seguro que a ti también te interesa que Mary reciba catequesis extra —dijo Ambrose sonriendo—. Es una lástima que ahora que va a la escuela la vea tan poco, pero espero verla en Navidades. Es muy importante que reciba cierto nivel de educación.

—Su maestra, la señorita Lucey, es joven y está muy ilusionada con estimular a los niños. Yo diría que Merry está en buenas manos. La última vez que estuve allí, me comentó que estaba sorprendidísima de ver que la nueva niña O'Reilly ya sabía leer.

—Ojalá pudiera darle más material de lectura cuando viene aquí —dijo Ambrose.

—Los dos sabemos que no puedes, amigo mío. Un regalo a una niña que visita la casa del cura podría considerarse sospechoso.

—Desde luego, James, desde luego. Sabes que jamás haría nada que pusiera en peligro tu puesto. Ya me has dicho que los fieles han empezado a confiar en ti.

—He llegado a entender sus costumbres y ellos las mías, aunque hace poco tuve un incidente lamentable con una feligresa joven.

—Ya te digo yo lo que pasó: fue a buscarte después de misa y parecía angustiada, tú la llevaste a dar un paseo por el cementerio, y allí ella te declaró su amor eterno.

James miró a Ambrose atónito.

—¿Cómo lo sabes?

—Porque eres un hombre apuesto en la flor de la vida que consuela a los enfermos y da la extremaunción a los moribundos. Ejerces de brújula moral de la comunidad: eres accesible y a la vez intocable. Y eso es muy tentador para unas chicas que no tienen a nadie más a quien idolatrar.

—¡Soy sacerdote! —exclamó James, pesaroso—. Ya le dije a Colleen que si mostré alguna atención especial hacia ella fue porque su madre había muerto hacía poco y la había dejado, con solo catorce años, al cuidado de cinco hermanos pequeños. Fui amable, nada más.

—Me sorprende mucho que una situación así no se haya dado antes, James. Seguro que se repetirá muchas veces en el futuro, así que ya puedes ir preparándote.

—Creo que con Colleen no manejé nada bien la situación. No la he visto en misa desde entonces, y cuando fui a visitarla a su casa se negó a dejarme pasar.

—Déjala de momento; lo superará con el tiempo, cuando encuentre un blanco más adecuado para sus afectos.

—Parece que eres un experto. —James sonrió.

—En absoluto, y te aviso de que se te está pegando el acento de West Cork. Te estás convirtiendo en un auténtico nativo.

—¿Y si es así, ¿qué? —James rio por lo bajo—. Es mi hogar de adopción, donde viviré el resto de mi vida.

—Diría que has perdido toda ambición de trasladarte a una parroquia más prestigiosa.

—De momento, siento que aquí lo estoy haciendo bien.

—Bueno, en lo que me atañe, aunque tenga que cruzar los pantanos del interior para verte, sé que estás cerca de esa niña tan especial, y te lo agradezco.

Esa noche Ambrose se acomodó lo mejor que pudo en la estrecha cama de hierro, con su colchón duro de crin de caballo, y soltó un profundo suspiro. Se preguntó por enésima vez qué hacía yendo cada mes a un rincón perdido de la mano de Dios en la costa sudoeste para visitar a su viejo amigo, cuando podía haber disfrutado de un día mucho más tranquilo en su cómodo piso de Merrion

Square, quizá compartiendo una cena ligera con Mairead O'Connell, catedrática de Literatura Inglesa del Trinity.

Mientras el resto del mundo bailaba al ritmo de Bill Haley y sus Comets, West Cork se hallaba estancado en el tiempo, con una cabeza de cerdo como manjar en la cena del sábado. La idea de una radio en cada hogar, o las pantallas de televisión que habían empezado a aparecer en Dublín desde que habían instalado un transmisor en Belfast, quedaba todavía muy lejos. Por no hablar de que hacía ese viaje para visitar a un hombre que sabía que siempre lo consideraría solo su mejor amigo.

Hacía mucho, cuando estaban juntos en el internado, había soñado con que James vería lo que Ambrose creía que era realmente, que lo aceptaría y que cambiaría el curso de su plan vital en consecuencia. Un plan que, en su escenario ideal, lo incluiría a él. Pero después de veinticinco años Ambrose tenía que aceptar que aquello era un sueño y que siempre lo sería, porque el único amor de la vida de James era Dios.

Sabía que tenía la oportunidad de elegir: desistir y pasar página, disfrutar de su agradable y satisfactoria vida dando clases en el Trinity, o seguir anhelando algo que jamás ocurriría. Lo único que James estaba dispuesto —o capacitado— a ofrecerle era amistad. Pero ¿era más doloroso eso que no tener a James en su vida?

Él sabía la respuesta, claro; James lo quería a su manera, y con eso tendría que bastarle, porque, para Ambrose, pensar en una vida sin él era simplemente inimaginable.

29

Merry se despertó en su nuevo cuarto, sintió un pinchazo en el estómago, y el corazón empezó a latirle más rápido. Ese día era su cumpleaños, el siete de noviembre, y su madre le había cosido un vestido especial de color rosa para que se lo pusiese en su fiesta. Los compañeros de su clase iban a asistir, además de sus padres.

Su madre les había hecho fregar todas las superficies, e incluso limpiar el polvo de dentro de los armarios desde el día anterior por la mañana.

—Nadie dirá que los O'Reilly somos sucios —repitió su madre por enésima vez.

John, el hermano mayor de Merry, había dicho que para su madre y su padre era una oportunidad de enseñar su nueva casa, pero aunque él estuviese en lo cierto, a ella le hacía mucha ilusión. Todos sus amigos del colegio estaban invitados, menos Bobby Noiro, que por algún motivo que ella desconocía nunca podía ir a la granja.

Merry también sabía que Bridget O'Mahoney, que se parecía a su madre y su hermana Katie, con su piel pálida y su cabello pelirrojo, llevaría un vestido mucho más caro que ella, pues se lo habría hecho la costurera que trabajaba para el sastre de Timoleague, como toda su ropa. Bridget pertenecía a la familia más rica de la zona; vivían en una casa todavía más grande que la del padre O'Brien. Su padre la llevaba cada día al colegio en un cochazo reluciente, mientras que el resto de sus compañeros de clase iban andando por los campos (que en invierno, cuando llovía, se convertían en un lodazal). La señorita Lucey siempre les hacía quitarse las botas y dejarlas junto al fuego del aula para que se secasen durante la clase. Era todo un detalle por su parte, pero la mayoría de las veces se volvían a empapar a los pocos metros de iniciar el trayecto de vuelta a casa.

Merry movió los dedos de los pies. Le sorprendió que no se hubiesen convertido en aletas, como las de los peces, con la cantidad de tiempo que pasaban en el agua. A veces los charcos que atravesaba le llegaban entre el tobillo y la rodilla (tenía que preguntarle a la señorita Lucey cómo se llamaba esa parte del cuerpo). Pero ese día no llovía, y Merry decidió disfrutar de cada momento.

Como era domingo, la familia fue a misa, y después, en el exterior, el padre O'Brien le deseó un muy feliz sexto cumpleaños.

El domingo era su segundo día favorito, después de los lunes en casa del cura. Merry se pasaba toda la semana deseando que llegara, porque era el único momento en que los hermanos tenían tiempo para jugar todos juntos después de recoger la comida. Salían al campo, lloviera o tronase, y se desmelenaban. Jugaban al *hurling* y trataban de colar la pelota, pequeña y dura, entre los postes improvisados que su padre o John habían levantado. O a pillar, o al escondite, pero ella siempre era la primera a la que encontraban porque no podía aguantarse la risa. Hoy, como era su fiesta de cumpleaños, le habían dejado elegir todos los juegos.

Cuando la familia subió al poni y al carro para volver a casa, Merry decidió que por muy perfecto que fuese el vestido de Bridget O'Mahoney, y por muchas capas de tul que tuviese, no le importaba lo más mínimo, porque era su cumpleaños y era un BUEN día.

—Qué guapa estás con ese vestido, mamá —dijo Merry con admiración cuando su madre entró en la cocina poco antes de que empezase la fiesta—. ¿Verdad que sí, papá?

—Ya lo creo. Estás preciosa, cariño —dijo su padre, y puso una mano en actitud protectora sobre la enorme barriga de su madre.

Merry contempló el banquete dispuesto sobre la larga mesa de madera. Había sándwiches de distintos sabores, el jamón cocido especial de su madre, scones y, en el centro, una tarta de cumpleaños con cobertura rosa en la que ponía «Feliz cumpleaños, Merry».

En otra mesa había una serie de jarras alineadas listas para sumergirlas en el barril que su padre había llevado en el carro unos días antes. Su padre no frecuentaba mucho el pub, pero le había oído decir que nada animaba más una fiesta con hombres que un vaso de cerveza negra.

—¿Listo? —preguntó su madre a su padre.

Él le dirigió una de aquellas miradas secretas y una sonrisa.

—Listo.

—Ya han llegado los primeros invitados —anunció Nora cuando la familia Sheehy entró en el patio.

—Que empiece la fiesta —oyó murmurar Merry a su madre al tiempo que se acariciaba su panza gorda rellena de bebé.

Solo unas horas más tarde, Merry estaba tumbada en la cama con Katie. Las dos escondían la cabeza debajo de la almohada para intentar no oír los gritos de su madre. Poco después de que los invitados se hubiesen marchado, le había vuelto a salir agua entre las piernas y habían mandado llamar a la señora de los partos. La señora Moran llegó, los apartó a todos y se llevó a su madre a su cuarto, en el piso de arriba.

—¿Se va a morir? —preguntó Katie a sus hermanas, y Merry notó que su cuerpo menudo temblaba contra ella.

Las cuatro niñas y el pequeño Bill estaban en la habitación de Merry y Katie, porque era la que quedaba más apartada de los gritos.

—No, Katie —contestó Elle—. Siempre es así. Cuando mamá tuvo a Bill fue igual.

—Entonces yo nunca tendré bebés —dijo Katie, reproduciendo los pensamientos de Merry sobre el tema.

—No te preocupes, pronto se acabará y tendremos un precioso hermanito o hermanita con el que jugar. Mamá y papá sonreirán y se pondrán como pavos reales —declaró Nora.

—¿Y si algo sale mal?

—Nada saldrá mal —aseguró Ellen con firmeza.

—Pues la mamá de Orla se murió cuando tuvo a su hermana pequeña —insistió Katie.

—Todo irá bien. Intenta dormir, Katie —dijo Ellen en tono tranquilizador.

—¿Cómo voy a dormir oyendo los gritos de mamá?

—Pues vamos a cantar, ¿de acuerdo? ¿Qué tal «Sé tú mi visión»?

De modo que las cuatro niñas cantaron sus himnos favoritos y un par de las viejas canciones que a su padre le gustaba tocar con el violín los domingos por la tarde. Los gritos de angustia se alargaron hasta bien entrada la noche. Ellen y Nora volvieron a su cuarto con Bill, y Merry y Katie durmieron a ratos durante las horas de oscuridad, hasta que amaneció, cuando oyeron un gritito procedente de la habitación de sus padres.

—Ya ha llegado el bebé, Katie —murmuró Merry.

Un silencio tan ensordecedor como los gritos se posó como un manto sobre la casa.

—¿Cuándo podremos ver al bebé?

A la mañana siguiente todos los niños se apiñaron en torno a su padre.

—¿Es niño o niña? —preguntó John—. ¡Yo quiero un niño!

—Es un niño —murmuró su padre con rostro ceniciento.

—Todos los niños son tontos —dijo Nora suspirando.

—Todas las niñas son tontas —replicó John.

—¿Podemos ver a mamá? —preguntó Merry.

—De momento no. La comadrona está cuidando de ella. El parto la ha dejado agotada —respondió su padre.

—Pero se pondrá bien, ¿verdad? —quiso saber Merry, que veía la preocupación en la cara de su padre.

—Claro, la comadrona dice que se recuperará y que no tenemos que preocuparnos.

Pero Merry se preocupó, incluso cuando la señora Moran bajó con el recién nacido envuelto en una sábana. Todos lo miraron con curiosidad.

—¡Qué pequeñito es!

—¡No tiene los ojos abiertos!

—¡Se parece a papá!

—Bueno, ¿quiere coger el papá a su nuevo hijo? —preguntó la señora Moran.

John O'Reilly estiró los brazos, y ella le depositó el bebé.

—¿Le apetece una taza de té, señora Moran? —ofreció educadamente Ellen, la hermana mayor y, por tanto, la encargada de todos los asuntos domésticos cuando no estaba su madre.

—No, gracias, tesoro. En Clogagh tengo a otra mujer de parto. ¿Por qué no salís un momento conmigo, chicas?

Ellen acompañó a la señora Moran a la puerta, y Nora, Katie y Merry las siguieron.

—Vuestra mamá ha perdido mucha sangre en el parto, pero gracias a Dios la hemorragia ha parado de momento —dijo la señora Moran en voz baja—. Tendréis que ir a ver cómo está a menudo y comprobar que no haya empezado otra vez, y necesita reposo absoluto hasta que esté más fuerte.

Ellen asintió con la cabeza y, cuando la señora Moran les dijo adiós con la mano, Merry tiró a Ellen de la falda.

—¿Dónde tenemos que comprobar eso? —le preguntó Merry.

—¡Entre las piernas, dónde va a ser! —contestó Ellen, inquieta—. No os preocupéis. Yo me encargaré de eso. Mamá tiene que descansar los próximos días, así que Nora, Katie y tú os ocuparéis de más tareas, ¿entendido? Además de cuidar de Bill y de las gallinas, prepararéis los desayunos y haréis un caldo con huesos de pollo para mamá, para que se ponga fuerte, porque yo no tendré tiempo para eso.

—Pero hoy hay clase y yo no sé preparar caldo —susurró Merry.

—Pues tendrás que quedarte en casa y aprender, ¿no, niña? —dijo Ellen antes de darse la vuelta para volver arriba con su madre—. Ah, y una de vosotras tiene que ir a casa del cura a decirle al padre O'Brien que mamá no irá hoy a limpiar.

El padre O'Brien se disponía a ir a oficiar la misa cuando oyó que llamaban a la puerta de su casa. La abrió y vio a Katie O'Reilly, una versión diminuta de su madre Maggie, allí plantada jadeando y empapada de lluvia.

—Hola, padre O'Brien, le traigo un mensaje. Nuestro nuevo hermanito ha nacido por la noche y mamá está muy cansada del parto y tiene que quedarse en la cama a descansar y no podrá venir hoy a limpiar su casa y nosotras no podemos ir al colegio porque tenemos que ayudar a Nora a dar de comer a las gallinas pero Merry no sabe hacer caldo y papá quiere saber cuándo podría usted bendecir a mi madre y bautizar al bebé y…

—Despacio, Katie —dijo James posando la mano con delicadeza en el hombro de Katie—, y respira. Diría que estás calada hasta los huesos. Pasa a calentarte un rato junto al fuego.

—Debería volver para ayudar a mis hermanas, padre.

—Seguro que por cinco minutos no pasa nada.

James le dio un empujoncito y la hizo cruzar la puerta de su estudio, donde Ambrose estaba sentado leyendo el periódico *Cork Examiner*.

—Este es mi amigo Ambrose Lister. Ambrose, esta es Katie, una hija de Maggie O'Reilly. A ver, Katie, quítate las botas y las pondremos junto al fuego para que se sequen un poco. Siéntate ahí.

James señaló el sillón de enfrente de Ambrose, que miraba fijamente a la niña de rizos pelirrojos.

—¿Así que tu mamá ha tenido otro bebé? —dijo James.

—Sí, y va a llamarse Patrick.

—Un nombre muy bonito. ¿Y dices que Merry no sabe hacer caldo?

—No, padre. Ellen le dijo que hiciera caldo, pero Merry ha estado muy ocupada ayudándola a cuidar de mamá, y nosotras solo sabemos que se hace con huesos de pollo y que mamá tiene que tomarlo para ponerse fuerte, pero…

A James se le partió el corazón viendo cómo la niña retorcía las manos.

—Bueno, ahora tengo que dar misa en la iglesia, pero ¿qué te parece si luego voy a ver en qué puedo ayudaros? —propuso.

—¿Sabe preparar caldo, padre? —preguntó Katie, con una mirada esperanzada en sus grandes ojos verdes.

—Seguro que alguien me aconseja cómo echaros una mano. Y también me encargaré de bendecir a tu madre y de bautizar a tu hermano. ¿Has desayunado?

—No, padre, porque Merry ha intentado hacer poleadas y le han salido asquerosas. —Katie hizo una mueca—. Creo que no es muy buena cocinera.

—Espera aquí. Vuelvo en un santiamén.

—Siento molestarle, padre —dijo Katie, estirando instintivamente los piececitos hacia el calor del fuego—. Y a usted también, señor —añadió dirigiéndose a Ambrose cuando James desapareció en la cocina.

—Oh, no te preocupes por mí. Me gusta que me molesten.

Katie lo miró con una expresión seria en su carita.

—Tiene usted un acento raro, si me permite decirlo.

—Te lo permito, Katie. Y estoy de acuerdo contigo.

—No es usted de por aquí, ¿verdad, señor?

—No, no soy de aquí. Vivo en Dublín.

—¡Dublín! Es una ciudad muy grande, ¿verdad, señor? Y está muy muy lejos…

—En efecto, Katie.

—¿Es suyo el coche de afuera? Me gusta el color. —Katie señaló por la ventana el Escarabajo rojo en el camino de entrada—. Pero tiene una forma rara para un coche.

—Se llama Escarabajo porque se parece un poco a un escarabajo, ¿a que sí? ¿Te gustaría dar una vuelta?

—Oh, señor, nunca he estado en un coche. Me asustaría el ruido.

James volvió con una cesta y la dejó a los pies de Katie.

—Ahí dentro hay media hogaza de pan y también queso y jamón. Debería llegaros a todos para almorzar.

—Oh, gracias, padre. Merry dejará de preocuparse porque no tenemos nada que servirles a papá y John cuando vuelvan del campo. —Se levantó, recogió sus botas y empezó a ponérselas. Acto seguido agarró la cesta—. Seguro que mi mamá volverá la semana que viene a limpiar —les dijo a los dos para tranquilizarlos.

—Bueno, después de misa iré a veros, Katie.

—¿Seguro que no quieres que te lleve a casa en mi coche rojo? —preguntó Ambrose cuando la niña se dirigía a la puerta con la cesta, que era casi tan grande como ella.

—No, gracias, señor. Iré la mar de bien andando.

Una vez que James hubo despedido a Katie, volvió al estudio.

—Qué criatura más encantadora —dijo Ambrose—. Parece que en la granja O'Reilly ha cundido el caos. No les tocará a Mary y a sus hermanas llevar la casa mientras su madre se recupera del parto, ¿no? ¿No puede ocuparse de la casa la hermana mayor y que las pequeñas vayan al colegio? ¿Y qué rayos son las poleadas?

—Una versión barata de las gachas que se hace con pan duro. Y la respuesta es no. Es una granja muy grande, y Merry y Katie tienen edad para ayudar.

—Pobrecillas. —Ambrose suspiró—. Tenemos que hacer lo que podamos para ayudar.

—Podría llevarles la sopa que no cenamos anoche, en lugar de dársela a las gallinas. Cuando llegue allí, veré cómo están las cosas.

Llamaron otra vez a la puerta, y luego se oyó el sonido del pomo al girar y el taconeo familiar de unos zapatos recios de cuero que avanzaban por el pasillo.

Se oyó un golpe brusco en la puerta del estudio, y la señora Cavanagh asomó la cabeza.

—Disculpen que los interrumpa, pero he oído decir que la señora O'Reilly no vendrá hoy a trabajar, así que he pensado que era mi deber venir y ofrecerme a sustituirla.

«Suena como si se estuviera entregando en sacrificio», pensó Ambrose notando su habitual mirada de desaprobación posada en él.

—Es muy amable por su parte, señora Cavanagh, pero estoy seguro de que el señor Lister y yo podremos cuidar de nosotros durante el día si usted tiene cosas que hacer —dijo James.

—Puedo dejarlas para otro momento, padre. ¿Han desayunado ya?

—No, pero...

—Entonces les prepararé algo. Menos mal que yo no tengo pequeños y puedo trabajar para usted siempre que me necesita, padre.

Y a continuación la señora Cavanagh se volvió y salió del estudio.

En lugar de contemplar su nueva manta, cosida por su madre para su cumpleaños con retales de vivos colores, o contar los peniques que le habían regalado todos los invitados a la fiesta, Merry estaba teniendo el peor día de su vida.

Lo peor era ver a su madre blanca como las sábanas de su cama. Estaba tan débil que ni siquiera podía beber un sorbo de agua, y menos aún coger en brazos a Patrick. El recién nacido era más pequeño que la muñeca de madera de Katie y estaba tan pálido como su madre. Ellen dijo que parecía que ni siquiera sabía mamar. Pero por lo menos cuando Merry rezó a la Virgen Santísima arrodillada a la cabecera de su madre, ella sonrió y le acarició el brazo. Ellen entró en la habitación y la apartó de un empujón para comprobar cómo seguía su madre.

—Baja a la cocina —le espetó Ellen.

Merry observó por la rendija de la puerta cómo Ellen retiraba la sábana y miraba entre las piernas de su madre. No había ninguna mancha roja como las que la señora Moran les había avisado que podían aparecer, de modo que dejó escapar un suspiro de alivio.

—Merry, te he dicho que te vayas —susurró Ellen—. Ve a preparar el caldo, niña.

Merry bajó pitando por la escalera y entró en la cocina. Su padre, que rara vez bebía de la botella de whisky que guardaba en el armario de la habitación nueva, estaba profundamente dormido con la botella al lado.

Katie estaba también en la cocina, con Bill dormido en su pequeño regazo.

—Tengo que preparar caldo para mamá —dijo Merry, desesperada—. Me lo ha dicho Ellen. ¿Y si se muere por la noche porque no sé cómo se hace, Katie?

—El padre O'Brien me ha dicho que vendrá a enseñarnos. Subiré a Bill y lo pondré en nuestra cama, y le llevaré a mamá una taza nueva de agua. Cogeré una cucharada de azúcar de la despensa y se la echaré dentro. Le he oído decir a la señora Moran que el agua azucarada es buena para recuperar las fuerzas.

Merry se quedó junto a la cocina de carbón mirando el montón de huesos de pollo que tenía que convertir en la sopa aguada que su madre a veces preparaba cuando uno de ellos estaba enfermo. Hizo memoria y recordó que también se le echaban zanahorias y patatas, de modo que fue a buscar unas pocas.

Peló y picó unas cuantas, las metió en una olla con los huesos, echó agua y la puso en el hornillo de la cocina. Observó cómo empezaba a hervir, esperando que se obrase algún tipo de magia, pero no fue así. El agua empezó a salpicar por todas partes, de modo que tuvo que apartarla del fuego. La olla pesaba, le cayó agua en los dedos y notó una punzada de dolor.

—¡Ay! —gritó; dejó la olla, abrió el grifo y puso los dedos debajo del agua fría; le caían lágrimas.

En ese momento llamaron a la puerta y el padre O'Brien apareció con otra cesta.

—¿Qué ha pasado, Merry?

—Oh, no es nada, padre —dijo ella, secándose los ojos con el paño más cercano—. Estaba intentando hacer caldo.

—Os he traído sopa. —El padre O'Brien dejó la cesta, levantó el paño de la parte superior y le ofreció dos frascos—. Con unas pocas zanahorias y patatas de esa cazuela, tu madre debería tener para un par de días. ¿Dónde están tus hermanas?

—Ellen está arriba con mamá, Nora está fuera ayudando a John porque papá se ha dormido, y Katie ha subido a acostar a Bill y todavía no ha vuelto.

Merry miró al padre O'Brien y se acordó de que su madre siempre le ofrecía una taza de té y un trozo de tarta. Pero antes de que pudiera hacerlo, él ya había cogido su cesta.

—Bueno, si eres tan amable de acompañarme a la habitación de tu mamá, me encargaré de la parte religiosa. —Le sonrió, sacó otro frasco, lo destapó y lo olió—. Estoy comprobando que este es el que tiene agua bendita. No estaría bien bautizar a tu hermano con sopa, ¿verdad?

Merry rio por lo bajo y, mientras lo llevaba escaleras arriba, pensó en lo mucho que quería al padre O'Brien; él siempre sabía lo que había que hacer.

Después de que él llegase, el día mejoró mucho. Una vez que su madre hubo sido bendecida (fuera lo que fuese eso), Ellen despertó a su padre y todos subieron para asistir al bautizo de Patrick. Ellen se hizo cargo de la cocina tras recibir una ligera reprimenda del padre O'Brien sobre los peligros de los pequeños y el agua hirviendo, y Nora subió con el caldo y se quedó con su madre.

Cuando se hizo de noche, Ellen mandó a Merry y a Katie a la cama.

—Esta noche Bill dormirá con vosotras; no tenemos que molestar a mamá —añadió.

—Cógelo tú ahora —dijo Katie metiendo a Bill debajo de la manta nueva con Merry.

Acto seguido cogió el cepillo que compartían de encima de la cómoda.

—Cuenta hasta cien —pidió Katie, porque Merry sabía que se perdía al pasar de treinta y tantos.

Merry así lo hizo, maravillada porque el pelo de su hermana brillaba como hilo de cobre.

—Algún día te casarás con un príncipe guapísimo —dijo Merry con admiración.

—Te juro que me buscaré un marido más rico que el padre de Bridget O'Mahoney y con una casa diez veces más grande que esta. Aunque no lo quiera y tenga una nariz más larga que la de la señora Cavanagh —dijo Katie muy seria—. ¿Me enseñas cuántos peniques te dieron ayer por tu cumpleaños?

—Si me prometes que no le dirás a nadie dónde están escondidos. Por nada del mundo, Katie. Primero júralo por todos los santos.

Katie se santiguó.

—Lo juro por todos los santos.

Merry salió de la cama y abrió el cajón en el que guardaba las bragas y los calcetines. Pensando que sus hermanas no tocarían su ropa interior ni siquiera a la caza de peniques, sacó un calcetín negro, lo llevó a la cama y volcó su contenido.

—¡Jesús, María y José! ¡Con esa cantidad podrías comprarte una vaca! —Katie se puso una de las brillantes monedas redondas en la palma de la mano y la acarició—. ¿Cuántos tienes?

—Trece en total.

—Ese número trae mala suerte, Merry. A lo mejor deberías darme uno para que te lo guardara en un sitio seguro.

—Puedes quedarte uno, Katie, claro que sí, pero no se lo digas a las demás o ellas también querrán.

—¿Iremos a Timoleague a comprar caramelos esta semana? —propuso Katie.

—Puede, pero el resto lo voy a ahorrar.

—¿Para qué?

—No lo sé —dijo Merry—. Para algo.

—John me contó un secreto una vez.

—¿Qué secreto?

—Cómo conseguir más caramelos si…

—¿Qué?

—No sé si debo contártelo.

—¡Katie O'Reilly! Yo acabo de decirte dónde escondo mis peniques. Cuéntamelo o…

—Ahora te toca a ti jurar por todos los santos que no le contarás a nadie lo que te diga.

Merry lo hizo.

—Venga, Katie, cuéntamelo.

—John me contó que, cuando tenía mi edad, algunos niños de su clase que tenían peniques los llevaban a la vía cuando iba a pasar un tren. Cuando oían el silbato, corrían a la vía y ponían los peniques en los raíles. El tren pasaba y las ruedas los aplastaban. Y la señora Delaney, de la tienda de caramelos, siempre les daba más caramelos si los niños pagaban con peniques aplastados. Yo creo que es porque se hacen más grandes —dijo Katie asintiendo con la cabeza con conocimiento de causa.

—John nunca lo ha hecho, ¿verdad?

En ese momento, la piel de Katie se tiñó de un intenso color carmesí al tiempo que negaba con la cabeza.

—No puedes contárselo a mamá y a papá.

—¡Pero es peligroso, Katie! ¡Podría haber muerto! —dijo Merry recogiendo los peniques y guardándolos otra vez en el cajón.

Acababa de volver a meterse en la cama cuando Nora entró en la habitación.

—Merry, ve con mamá mientras yo bajo al lavadero con esta sábana. —Bostezó sonoramente—. Estoy agotada, y aquí estáis vosotras dos, calentitas en vuestras camas. —Nora dio media vuelta y cruzó la puerta con paso resuelto.

—Ella se ha pasado casi toda la tarde sentada con mamá —se quejó Katie—. Yo he sido la que ha lavado los pañales del recién nacido.

—Bueno, será mejor que vaya con mamá.

Merry avanzó por el estrecho pasillo y abrió la puerta de la habitación de sus padres. Vio aliviada que su madre y el recién nacido estaban dormidos, aunque estaban quietos y pálidos como una tumba.

Se arrodilló y pronunció otra oración; luego levantó con cautela la sábana para ver si tenía sangre, como había hecho Ellen. Estaba limpia.

—Gracias, Madre Santísima, por proteger a los míos —susurró al tiempo que recolocaba la sábana y se sentaba en la silla para esperar a que Nora volviese.

La semana siguiente a la llegada del pequeño Patrick fue la más larga de su vida. Por lo menos ella y Katie habían vuelto a la escuela, porque Nora había anunciado que iba a dejar el colegio de monjas de Clonakilty. Con su madre enferma, Ellen, John y su padre necesitaban ayuda en casa. Además, decía Nora, ¿para qué necesitaba ella las letras y los números?

Cuando Merry estaba en casa, parecía que el recién nacido lloraba a todas horas, Ellen y Nora no hacían más que quejarse de lo mucho que tenían que trabajar, y su padre rezongaba que él apenas había dormido por culpa de los gritos del bebé. Su padre había empezado a dormir en la habitación nueva porque decía que abajo había menos ruido. La habitación nueva estaba junto a la cocina, y los niños no podían entrar nunca porque era «para ocasiones especiales». Tenía una chimenea grande y dos sillones para su madre y su padre, donde él dormía ahora sentado en posición erguida.

En cuanto Merry y Katie cruzaban la puerta, Nora les endilgaba a Bill. Él ya se movía bastante rápido sobre sus piernecitas regordetas, y las dos se pasaban la vida persiguiéndolo dentro y fuera de casa.

Merry subía a ver a su madre cada día cuando llegaba a casa. Ella se despertaba y le pedía que le hablase de lo que había aprendido mientras daba el pecho al pequeño Pat, que parecía que ya había aprendido a mamar. Merry le hablaba del nuevo libro que estaba leyendo y le contaba que la señorita Lucey les estaba enseñando algo que se llamaba geografía, que trataba de los otros países del mundo. Luego bajaba a hacer los deberes en la mesa de la cocina.

Una tarde neblinosa, Katie estaba sentada en el suelo lanzando una pelota a Bill.

—Lo juro, no pienso tener nunca bebés. Jamás —dijo Katie de nuevo mientras Bill iba a por la pelota, tropezaba, se daba un cabezazo contra una pata de la mesa y empezaba a gritar.

—Pero es lo que Dios quiere que hagamos, Katie. El padre O'Brien lo dijo. Si nadie tuviera bebés, no habría gente en la tierra, ¿no? Además, mamá dice que se encuentra mucho mejor y que hoy es el último día que Ellen se encarga de la casa —añadió Merry, tratando de animar a Katie.

—Bridget O'Mahoney tiene una criada en casa. —Katie cogió a Bill entre sus bracitos para consolarlo—. Yo también tendré una cuando sea mayor.

De repente llamaron a la puerta principal. Merry miró a Katie sorprendida, pues nadie usaba nunca esa puerta.

—Ve a abrir —dijo Katie encogiéndose de hombros.

Merry se levantó y abrió. En la oscuridad había un hombre delgado con un sombrero alto.

—Hola, soy el doctor Townsend —anunció con una sonrisa—. ¿Quién eres tú?

—Soy Merry O'Reilly —respondió ella educadamente, y se dio cuenta por su acento raro de que él era británico.

—Claro, querida. El padre O'Brien me ha dicho que venga. ¿Puedo ver a tu madre, por favor?

El hombre siguió a Merry a la cocina, se quitó su elegante sombrero y a continuación dejó que Katie lo guiase escaleras arriba hasta el cuarto de su madre. Una vez allí, cerró la puerta detrás de él.

Merry y Katie decidieron rezar a la Virgen Santísima para que no les diese malas noticias, porque Bobby Noiro le había dicho que los médicos solo iban a las casas para eso. Un médico se presentó en la puerta de su casa cuando su padre murió en un incendio en su granero, pero Bobby no entraba en detalles.

Ellen llegó para empezar a preparar la cena, y Nora salió de donde estaba escondida escabulléndose de las tareas.

—¿Quién era ese hombre? —preguntó.

—Un médico. Le he hecho pasar —dijo Merry dándose importancia.

Ellen y Nora cruzaron una mirada que infundió miedo en el corazón de Merry. Se hizo el silencio en la cocina mientras las cuatro hermanas esperaban a que el médico bajase la escalera.

Cuando por fin bajó, mandaron a Nora a buscar a su padre a la vaqueriza.

—¿Puedo hablar con usted en privado, señor O'Reilly?

Su padre le hizo pasar a la habitación nueva, y la puerta se cerró otra vez a cal y canto.

Quince minutos más tarde, los dos hombres volvieron a aparecer en la cocina.

—¿Va todo bien, doctor? —preguntó Katie, siempre la primera en hablar.

—Desde luego, jovencita —contestó el médico con una sonrisa tranquilizadora—. Tu madre se va a poner muy bien y tu hermanito también.

Por la expresión de su padre, Merry habría dicho que su madre había muerto y la habían mandado al purgatorio para toda la eternidad.

—Bueno, doctor, ¿cuánto le debo? —preguntó su padre.

—Como solo le he asesorado, no le cobraré nada. No hace falta que me acompañe —dijo—. Buenas noches a todos.

Se dio un toquecito en el sombrero y se marchó.

—Qué noticia tan maravillosa que mamá esté bien, ¿verdad, papá? —dijo Merry.

—Sí —respondió él; su boca pronunció esa palabra, pero la expresión de su cara no se alteró.

Cuando la familia se sentó a tomar el té, cotorreando sin parar, su padre permaneció en silencio con un rostro pétreo.

Más tarde, después de terminar la sopa y el pan y rezar todos juntos, Katie y Merry subieron a su cuarto.

—Papá no parece muy contento de que mamá esté bien, ¿no? —dijo Merry.

—No, no lo parece. ¿Crees… crees que el médico nos ha mentido y mamá se va a morir? —preguntó Katie.

—No lo sé. —Merry se estremeció al pensarlo.

—Madre santísima, qué frío hace en esta habitación —dijo Katie—. Está llegando el invierno. ¿Puedo dormir en tu cama esta noche?

—Claro —contestó ella, y se preguntó por qué su madre y su padre habían decidido ponerlas en camas separadas; Katie casi nunca dormía sola.

Se acurrucaron una al lado de la otra, y por fin Merry empezó a recuperar la sensibilidad en los pies helados.

—Katie, ¿verdad que los adultos son un misterio? —dijo en voz alta en la oscuridad.

—Ya lo creo. ¿Y sabes qué, Merry?

—¿Qué?

—¡Algún día nosotras también seremos adultas!

30

Eran las fiestas de Navidad, y Merry había hecho de ángel en la función que la señorita Lucey había puesto en escena en el salón de actos del colegio para los padres que quisieran verla. Katie había detestado su papel de pastora desde el primer momento, pero a Merry le encantaba su disfraz, aunque estuviese hecho con una sábana y un poco de espumillón a modo de corona en la cabeza. Había tenido que concentrarse mucho porque tenía que recordar su frase:

—Y María dará a luz a un hijo, y le pondrás por nombre Jesús, porque él salvará a su pueblo de los pecados.

Llamándose Mary, ella habría preferido ser la Virgen María, pero en el colegio había otras cuatro con su mismo nombre (por eso era mucho mejor que la llamasen por su apodo que ser Mary M. o Mary O. o Mary D.). Ninguna de las otras Mary había recibido el papel. Ese honor había recaído en Bridget O'Mahoney. Su madre había encargado el disfraz a su costurera, naturalmente, y al ver a Bridget con un precioso vestido azul a juego con sus ojos, Merry pensó que si fuese suyo no se lo quitaría jamás.

Su madre había ido a ver la función, y aunque el pequeño Pat había berreado mientras cantaban «Noche de paz», a Merry le había parecido la madre más guapa del salón. Ya estaba bien, había recuperado el color en las mejillas y, como había dicho su hermano John, también había puesto «un poco de carne en los huesos».

A Bobby Noiro no le habían dado ningún papel en la obra como castigo por pegar en la cabeza a Seamus Daly. Desde entonces, Seamus decía que la familia de Bobby eran todos unos traidores y unos asesinos. Lo más probable es que Bobby hubiera pegado más veces a Seamus si el señor Byrne, el conserje, no los hubiese separado.

En el trayecto de vuelta a casa, lo que más le gustaba hacer a Bobby era esconderse detrás de los árboles y salir de repente gritando: «¡Pam!». Le decía a Merry que disparaba a los Negros y Caquis. Ella no entendía a quién disparaba, porque esos eran dos colores, ¿no? Katie siempre se enfadaba con él, sacudía su cabello pelirrojo y aceleraba el paso, de modo que Merry y Bobby acababan andando juntos y él le narraba historias de «los viejos tiempos» que su abuela le había contado relacionadas con una guerra.

Al día siguiente, como durante las vacaciones de Navidad no había clases, sería la última vez que ella volvería a casa con Bobby, de modo que le dio la tarjetita que le había dibujado escribiendo la palabra «Navidad» con mucho cuidado. La había hecho solo porque el día anterior, cuando en la clase todos habían intercambiado tarjetas, Bobby fue el único que no recibió ninguna. Y aunque él no lo reconoció, Merry sabía que se había llevado un gran disgusto.

Cuando Bobby vio la tarjeta que le había hecho, sonrió de oreja a oreja y le dio un trozo de cinta arrugada y manchada.

—Es azul, como tus ojos —dijo mirándose las botas.

—Mil gracias, Bobby. Me la pondré cuando venga Papá Noel —dijo ella.

Entonces él se volvió y se fue corriendo a casa con Hunter pisándole los talones. Katie se pasó todo el camino a casa haciendo ruidos de besos para Merry.

Por algún motivo que Merry no acababa de entender, el ambiente en casa parecía distinto del de otras Navidades. Aunque habían hecho guirnaldas de papel y habían puesto acebo y cantado villancicos, algo había cambiado.

Merry pensó que era porque su madre y su padre parecían muy tristes. Antes de que Pat naciese y de que el médico visitase su casa, ella veía a menudo que su padre le daba un beso a su madre en la coronilla o le apretaba la mano por debajo de la mesa mientras tomaban el té, como si compartiesen un secreto que los hacía sonreír a los dos. Pero ahora apenas hablaban, y Merry había visto la botella de whisky de su padre vaciarse y vaciarse hasta que casi no quedó nada.

«A lo mejor son imaginaciones mías», pensó cuando se levantó el día de Nochebuena y notó aquel agradable hormigueo de emoción en la barriga.

—Hoy será un BUEN día —se anunció a sí misma.

Esa mañana tenía que ayudar a su madre a limpiar en casa del cura porque eran las fiestas de Navidad. Esperaba que Ambrose estuviese allí, hacía una eternidad que no lo veía. Le encantaba estar en el estudio del padre O'Brien con el fuego ardiendo en la chimenea. La última vez habían charlado sobre las clases de Merry, luego él había cogido un libro de cuentos del señor Hans Christian Andersen y le había leído *La cerillera*. El cuento trataba de una niña que encendía cerillas en Nochevieja porque le daban luz y calor. Al final se moría de frío en la calle, pero su alma iba al cielo y allí era feliz con su querida abuela.

—Qué triste —había dicho Katie haciendo un mohín cuando Merry le había contado el cuento—. ¡Y no salen hadas!

Merry oyó llorar a Pat en la habitación de sus padres. Parecía que el bebé siempre tenía hambre, y a veces Merry miraba a su madre con Pat al pecho y pensaba en las vacas que daban leche noche y día.

Impaciente por empezar el día, se puso el jersey que más le abrigaba, aunque ya le quedaba pequeño, una falda y unos calcetines de lana, y bajó por la escalera. Como su madre había estado muy débil desde que el bebé había nacido, y tenía que dar de comer a Pat muy temprano, Merry se había vuelto una experta preparando poleadas, que elaboraba con el pan del día anterior mezclado con leche y una pizca de azúcar. Pero esa mañana, para celebrar que era Nochebuena, su madre había dicho que la ocasión merecía unas gachas como Dios manda. Merry encendió la luz del techo, cogió la avena de la despensa y llenó una jarra de leche de la lechera que tenían fuera. Mientras removía las gachas en la cocina, miró al exterior y vio que el campo de enfrente de la granja, cubierto de escarcha, brillaba.

—Parece un cuadro de Navidad —dijo para sí.

Estaba disfrutando de ese momento de tranquilidad en la cocina antes de que las demás bajasen por la escalera y su padre y John volviesen del ordeñadero con ganas de desayunar. Con las gachas hirviendo a fuego lento, Merry cogió el pan de soda que su madre había preparado el día anterior y lo puso en la mesa con la mantequilla. Colocó los cuencos encima de la cocina para que se calentasen, y pensó en los regalos que había comprado a su familia con los peniques de su cumpleaños. Bonitas cintas nuevas para Ellen y Nora, un peine especial para el pelo de Katie, y un conejo y un ratón de juguete para Pat y Bill. Había comprado hilo y, con retales de algodón, había bordado pañuelos para mamá y papá, aunque las pes le habían salido un poco torcidas. Ahora solo le quedaban dos peniques, que guardaría para cuando llegasen las vacas flacas, como decía siempre su madre cuando hablaba de ahorrar. Como sus vacas estaban bastante flacas, suponía que esos ahorros eran muy importantes.

—Buenos días, Merry —dijo su madre cuando entró en la cocina con el pequeño Pat metido en el fular que llevaba envuelto al pecho.

—Siéntate, mamá. Ya está todo hecho.

Su madre le sonrió y se sentó en la silla.

—Anoche no había forma de que Pat se calmara, así que esta mañana estoy un poco cansada. Gracias, Merry, eres una niña muy buena.

—Hoy es Nochebuena, mamá, el mejor día del año.

—Y tengo que ir a limpiar la casa del padre —dijo su madre con un suspiro.

—Te ayudaré, te lo prometo.

—Oh, Merry, no lo decía por eso. Tú ya haces la parte que te corresponde aquí y más. Y el señor Lister es un hombre muy amable. De no haber sido por él…

Merry, que estaba removiendo las gachas para evitar que se pusieran demasiado espesas, se volvió para mirar a su madre.

—¿Qué quieres decir, mamá?

—Nada, Merry, solo que te ayuda con las letras. Da clases en una universidad famosa, y para eso hay que ser muy inteligente. Solo espero que este allí se tranquilice y me deje trabajar. Así podré volver a casa a tiempo para prepararlo todo para mañana.

—Yo puedo cuidar de Pat cuando estemos allí, mamá, ya lo sabes.

—Lo sé, cariño —dijo Maggie sonriéndole—. Voy a probar ya esas gachas, y quizá me ponga una pizca de azúcar de más para que me dé energía.

—¿Qué vas a probar, mamá? —preguntó Ellen cuando entró con Bill en brazos, que no se estaba quieto.

—A saber —dijo ella—. Estábamos hablando de Papá Noel, ¿verdad?

—Sí, mamá. —Merry sonrió para sus adentros mientras espolvoreaba un poco de azúcar en los cuencos y los llevaba a la mesa.

Una hora más tarde, las dos subían por la colina en lo alto de la cual se hallaba la casa del cura, dominando el pueblo de Timoleague. Cuando llegaron, su madre llamó educadamente a la puerta y esperó a que contestaran. Ambrose abrió.

—Buenos días a las dos —dijo sonriendo—. El padre ya ha salido a visitar a los enfermos y darles la bendición de Navidad. Usted ya sabe lo que tiene que hacer, señora O'Reilly. Ah, el padre me pidió que le dijese que todos los ingredientes que necesita están en la alacena.

—Muy bien, señor Lister. Siento haber tenido que traer a Pat, pero no se calmaba y las otras niñas están ocupadas en casa…

—No es ningún problema, señora O'Reilly. Acabo de poner agua a hervir y he llenado la tetera. ¿Les apetece una taza de té caliente después del paseo? Hace un frío helador ahí fuera.

Diez minutos más tarde, tras tomar una taza de té, en la que Merry echó todo el azúcar que quiso del azucarero que Ambrose había sacado, llevó a Pat al estudio y su madre se puso a trabajar.

—Seguro que se tranquiliza enseguida, Ambrose, pero grita como un descosido.

—Eso mismo decía mi madre de mí cuando era un bebé —dijo Ambrose sonriendo; Merry, con el bebé en brazos, lo acunaba con suavidad y le rogaba en silencio que se durmiese—. Tal vez el calor del fuego lo calme.

—Ojalá algo lo calmara. —Merry suspiró.

—Bueno, Mary, ¿qué tal te han ido las clases desde la última vez que te vi?

Ambrose siempre insistía en llamarla Mary, pues le había dicho que no le agradaban los apodos.

—Muy bien, Ambrose. Voy por el libro de lectura número diez, que la señorita Lucey me dijo que es para niños más mayores.

Y con los números me las apaño, creo, aunque son más difíciles que leer. Por lo menos las letras no hay que sumarlas.

—No, tienes razón, Mary.

—Mire, por fin Pat ha cerrado los ojos. Voy a tumbarlo en esa alfombra, si no le importa.

—En absoluto. ¿Hablamos en voz baja para no despertarlo?

—Oh, no, debería oír el ruido que hacen mis hermanos y hermanas en casa cuando está dormido. No se enterará de nada.

Ambrose observó cómo la niña acostaba al bebé con cuidado y luego lo tapaba con una manta gastada.

—¿Qué tal está tu familia, Mary?

—Hace unas semanas nos resfriamos todos, pero ya estamos mejor, gracias —contestó Merry mientras se sentaba—. Mamá también está mucho mejor, pero este pequeñajo quiere mucha leche.

—¿Y tu padre?

—Bueno, bebé más vasos de whisky que antes, y a veces tiene cara triste… —Merry meneó la cabeza—. No sé por qué, Ambrose, porque acabamos de mudarnos a la casa nueva, la cosecha ha sido abundante y… —Merry se encogió de hombros—. A veces no entiendo a los adultos.

—No, Mary —Ambrose contuvo una sonrisa—, a veces yo tampoco, ¡y soy un adulto! Bueno, ¿te leo un cuento?

—¿Puede ser *La cerillera*?

—Vamos a ver, como estamos en Nochebuena, ¿qué tal si te leo un cuento nuevo de Navidad?

—Sí, por favor.

Merry observó cómo él se estiraba para agarrar un libro que parecía muy viejo de la mesa de al lado.

—Este cuento es de un escritor inglés llamado Charles Dickens. Es un cuento para adultos, y además largo, así que puede que hoy solo leamos una parte. También aparecen unas cosas que se llaman fantasmas. ¿Sabes lo que son los fantasmas?

—¡Oh, sí, Ambrose! Mamá nos explica historias de hadas de hace muchos años en Irlanda y salen fantasmas. Katie y yo creemos que son verdad, pero Ellen y Nora dicen que somos bobas.

—Yo no te llamaría boba, Mary, pero comparto la opinión de tus hermanas: los fantasmas no existen. Sin embargo, a veces es divertido pasar miedo, ¿verdad?

—Eso creo, pero no a medianoche, cuando en casa todos están dormidos menos yo.

—Creo que eres lo bastante lista para entender la diferencia entre la vida real y los cuentos. Tal vez lo mejor es que empiece a leer y si te asustas me dices que pare, ¿de acuerdo?

Merry asintió; tenía los ojos muy abiertos.

—Bueno, este cuento se titula…

Ambrose le mostró la página y señaló el título.

—¡Cuento de Navidad!

—Muy bien, Mary. Es la historia de un hombre llamado Ebenezer Scrooge. Si piensas en la persona más mala que conozcas, alguien que nunca parezca contento, te harás una idea de cómo es.

—O sea, ¿como la señora Cavanagh? —preguntó Merry, y al darse cuenta de lo que había dicho se tapó la boca.

Ambrose rio entre dientes.

—Si lo deseas, aunque al padre O'Brien le parecería poco cristiano por nuestra parte. Claro que tampoco es que a mí eso me importe.

—¿Qué quiere decir? ¿No es usted católico? —preguntó Merry, quien de repente cayó en la cuenta de que, aunque Ambrose era muy amigo del padre O'Brien, nunca lo veía en misa los domingos que estaba allí.

—Vaya —dijo él, quitándose las gafas y limpiándolas con el pañuelo. Sin ellas parecía un pequeño topo—. Esa es una pregunta importante.

—¿Ah, sí? Pero todo el mundo es católico —dijo ella.

—La verdad es que hay muchas religiones distintas en el mundo —dijo él, poniéndose otra vez las gafas en el puente de la nariz—. Y el catolicismo es solo una de ellas. Por ejemplo, en la India están los hindúes, que creen en muchos dioses…

—¡Pero si solo hay un dios! —protestó ella.

—Según la fe católica, sí, pero hay personas en la tierra que adoran a otros dioses.

—¿Eso quiere decir que todos irán al infierno? —preguntó ella—. Porque no creen en el Dios de verdad…

—¿Tú crees que debería pasarles eso, Mary?

Merry se frotó la nariz, nerviosa porque Ambrose tenía la costumbre de responder con preguntas cada vez que ella le preguntaba algo.

—Creo… —dijo mordiéndose el labio—. Creo que si son buenos en la tierra no deberían ir al infierno, porque el infierno solo es para la gente mala. Pero si uno no cree en Dios para nada, es que es malo.

—Entonces, si yo no creo en Dios, ¿soy malo? —replicó él.

Ella se lo quedó mirando boquiabierta.

—No, yo…

—Tranquila, Mary —dijo Ambrose con delicadeza—. Siento haberte disgustado. Solo intento explicarte que la gente cree en cosas distintas. De la misma manera que tú y Katie creéis en los fantasmas y en cambio tus hermanas no. Eso no significa que ninguno de nosotros tengamos razón; simplemente quiere decir que tú tienes otras creencias. Y no hay ningún problema.

—Sí. —Merry asintió con la cabeza porque en cierto modo entendía lo que él quería decir, pero Dios no era un fantasma.

—Bueno, ¿volvemos al cuento? —dijo él—. Pues empecemos…

Merry estaba tan fascinada con el cuento que Ambrose tuvo que señalar con el dedo al pequeño Pat y sacarla del ensimismamiento con el que lo escuchaba.

—Tal vez deberíamos parar aquí, querida Mary. Parece que tu hermanito tiene hambre.

Merry volvió al mundo real de golpe: acababan de llegar a la parte en la que se presentaba al Fantasma de las Navidades Pasadas, que parecía muy alegre después de la aparición del espeluznante fantasma de Jacob Marley. Desvió la mirada a Pat, que estaba llorando, y le costó no sacarle la lengua.

—Voy a buscar a mi madre.

Recogió al fastidioso bebé y entró con paso resuelto en la cocina, donde su madre estaba estirando masa con el rodillo.

—Perdona, mamá, pero…

Su madre suspiró y se pasó la mano enharinada por la frente, que le dejó una pizca de polvo blanco.

—También huele —añadió Merry plantándolo en los brazos de su madre y volviéndose rápidamente hacia la puerta de la cocina, impaciente por retomar el cuento.

—¿Puedes hacerme el favor de cambiarlo antes de irte, muchacha? A menos que tengas mejores cosas que hacer.

Merry puso los ojos en blanco y se volvió otra vez hacia su madre, resignada.

—Claro, mamá —dijo.

Era casi la hora de regresar a casa cuando Ambrose hizo señas a Merry para que volviese al estudio. Todavía tenía en brazos a Pat, que no paraba de gimotear. Cada vez que lo dejaba, el pequeño empezaba a armar jaleo de nuevo, de modo que no habían seguido leyendo el cuento.

—Hoy no te soporto, Patrick O'Reilly —le susurró mientras recorría el pasillo hacia el estudio.

—¿Qué tal si cojo yo a Pat un rato? —propuso Ambrose, y le quitó el bebé de los brazos. Pat dejó de quejarse de inmediato y se quedó mirando los ojos de búho de Ambrose—. Qué niño más bueno —dijo Ambrose—. Y con ese pelo moreno como su papá.

—Yo esperaba que fuese rubio como yo, para no ser la única de la familia —comentó ella—. Katie dice que es porque soy la hermana más pequeña. A Dios se le acabó el color, y por eso tengo el pelo tan claro.

—Desde luego Katie tiene mucha imaginación —dijo Ambrose riendo—. Vamos a ver, Mary, voy a quedarme unos días con el padre, así que podremos seguir leyendo *Cuento de Navidad* antes de que me marche. Pero de momento…

Señaló un paquete plano en el escritorio del padre O'Brien que estaba envuelto en papel de vivo color rojo con dibujos de Papá Noel por todas partes. Era un papel de Navidad de verdad, no el marrón liso que su familia usaba para los regalos.

—¡Oooh! Ambrose…

—Quizá mejor que lo abras ahora, así tus hermanos y hermanas no tendrán envidia.

—¿Cree que no pasará nada si lo abro antes de que llegue Papá Noel?

—Claro que no, porque este es un regalo de Navidad de mi parte. Venga, siéntate y ábrelo.

Merry lo hizo temblando de emoción ante lo que podía haber dentro, aunque por la forma y el tacto podía imaginárselo. Deshizo el lazo y apartó el papel con cuidado, porque, si Ambrose se lo permitía, lo guardaría y lo usaría para otros regalos. Lo retiró y miró las palabras escritas en la portada de lo que ya había adivinado que era un libro.

—Es precioso. Gracias, Ambrose.

—¿Puedes leer el título, Mary?

—Ejem…, voy a intentarlo.

—Adelante, por favor.

—Mir-tos y ley-endas de los dio… ¡dioses griegos! —Merry miró a Ambrose para ver si lo había hecho correctamente.

—Muy buen intento. En realidad es *Mitos y leyendas de los dioses griegos*. Los mitos y leyendas son otras palabras para referirse a los antiguos cuentos irlandeses que te han contado tus padres. Estas historias tratan de los dioses que vivían hace mucho en Grecia en la cima de un monte llamado Olimpo.

Merry seguía cautivada con la portada. Deslizó los dedos por encima de las letras, que eran de oro. En la cubierta aparecía la figura de un hombre con el torso desnudo, pero por lo menos llevaba una tela que le tapaba lo de en medio, de modo que parecía Jesús en la cruz. Solo que ese tenía unas alas en la espalda; Jesús no, porque las alas eran cosa de los pájaros y los ángeles.

—Tenemos que volver a casa. Lo dejaré aquí con mis otros libros, así podré mirar despacio cada página y leerlo cuando venga de visita. —Acarició amorosamente la portada—. Gracias, Ambrose, es lo más bonito que he visto en mi vida.

—No hay de qué, Mary, y feliz Navidad.

Durante el camino de vuelta a casa con su madre, Merry trató de entender qué había querido decirle Ambrose sobre Dios. En realidad, tenía la mente repleta de nuevas ideas en las que pensar.

—Qué callada estás, Merry. No es propio de ti —dijo su madre sonriéndole—. ¿Estás pensando en los regalos de Navidad?

—Estoy pensando en que Ambrose me ha dicho que no cree en Dios. ¿Eso quiere decir que irá al infierno? —le espetó.

—De… ¿de verdad ha dicho eso?

Merry advirtió la sorpresa de su madre.

—Creo que sí, pero me he hecho un lío.

—Seguro que no lo decía en serio.

—Seguro. Ambrose es buena persona, mamá, y siempre tiene mucha paciencia conmigo. —«Paciencia» era una palabra que a su madre le gustaba, siempre les decía a ella y a Katie que debían tenerla.

—Lo es, Merry, y se ha portado muy bien contigo enseñándote a leer y regalándote libros. Conozco al señor Lister desde que tú eras muy pequeña, y es un hombre muy bueno. Recuerda que es de Dublín, y allí la gente piensa cosas raras, distintas de las que pensamos nosotros, pero estoy segura de que lleva a Dios en su corazón.

—Sí, yo también. —Merry asintió con la cabeza, aliviada de poder seguir siendo amiga de Ambrose sin hacer enfadar a Dios. Además, tenía muchas ganas de escuchar el resto del *Cuento de Navidad*...

—A la pobre Mary se le llenaron los ojos de lágrimas cuando vio el libro. Acarició las letras como si estuvieran hechas de oro macizo. Me hizo llorar a mí, James, en serio.

James estaba sentado enfrente de Ambrose con una taza de té entre las manos mientras su amigo bebía un whisky doble. Había sido un día largo y ajetreado como todas las Nochebuenas, y James todavía tenía que ir a dar la misa del gallo. Le pesaba el estómago por los muchos dulces navideños con que sus amables feligreses le habían obsequiado, pues se sentía obligado a comerlos con gratitud y a elogiar su delicioso sabor.

—¿Va todo bien en la casa de los O'Reilly? —estaba preguntándole Ambrose—. Por lo que Merry me ha dicho, me ha dado la impresión de que sus padres son menos felices. Y su pobre madre está muy delgada y parece exhausta.

—Le mandé al médico para que la viera, como me pediste. Me explicó que la fatiga de Maggie O'Reilly es resultado de haber tenido muchos bebés. No conozco los detalles exactos, pero el médico les ha dicho al marido y a la mujer que el pequeño Patrick debe ser su último hijo. Por lo visto, duda que Maggie sobreviviera a otro embarazo.

—¿Qué significa eso en la práctica?

—Estoy seguro de que entiendes lo que significa, Ambrose. Según las costumbres católicas, nada debe impedir que vengan hijos de Dios al mundo, salvo la naturaleza.

—Resumiendo, ¿los derechos conyugales se han convertido ahora en pecado? —dijo Ambrose.

—Sí. Maggie y John ya no pueden entregarse a los placeres naturales de la carne, porque sin duda cualquier hijo fruto de ellos la mataría. Y tampoco pueden tomar medidas de protección para impedirlo, o irían en contra de Dios y todo lo que representa su fe.

—No me extraña que hasta una niña de seis años se haya dado cuenta de que su padre bebe más whisky que antes. —Ambrose suspiró—. Hace seis años Maggie O'Reilly era una joven hermosa, y su marido un hombre fuerte y apuesto. Ahora parece que ella lleve encima un peso enorme.

—Los dos lo llevan —asintió James suspirando también—. Por desgracia, son una de las muchas parejas jóvenes de la parroquia con el mismo problema.

—¿Crees que debería ofrecerles más ayuda? Si la familia pudiera contratar servicio doméstico, entonces...

—No, Ambrose. Solo los agricultores y los comerciantes más ricos, y yo como sacerdote, claro, podemos tener personal doméstico. Se vería como un privilegio muy por encima de sus posibilidades, y los separaría de su comunidad.

—Entonces ¿no podemos hacer nada?

—Tengo que irme a preparar la misa del gallo. Seguiremos hablando cuando vuelva, pero no, creo que no podemos hacer nada.

Ambrose observó a James salir de la habitación para ir a celebrar una de las principales festividades de la fe cristiana. Antes le había dicho que la mayoría de sus feligreses eran todavía menos pudientes que los O'Reilly. La esperanza de una existencia celestial más allá de las penalidades de su vida en la tierra era un mito fácil de vender a los pobres.

Se preguntaba si él estaba jugando a ser dios con Mary debido al cariño que le tenía.

De niño, a él también le habían obsequiado con su primer libro de fábulas griegas, como el que acababa de regalar a Mary. Lo había leído fascinado, y se podía decir que el libro había determinado lo que era ahora: un catedrático de Literatura Clásica en el Trinity College de Dublín.

En aquel entonces imaginaba a los dioses en la cumbre del monte Olimpo como titiriteros; cada deidad a cargo de varios millones de seres humanos que vivían como hormigas debajo de ellos en la tierra.

—Los juegos de los dioses —murmuró Ambrose sirviéndose otro whisky.

Y, sin embargo, ahora él era un dios humano, capaz de utilizar un dinero que nunca había merecido para cambiar la vida de una niña. Quería asegurarse de que Mary tuviera un futuro académico brillante, pero ¿acaso era como todos los padres —un cuasipadre— e intentaba moldear a Mary a su imagen y semejanza?

Los filósofos griegos tenían mucho que decir a ese respecto. Pero por una vez Ambrose prefirió pensar por sí mismo.

Cuando el reloj dio la medianoche, Ambrose se santiguó por costumbre. James tenía razón; debían confiar en que los O'Reilly fuesen el sostén firme y seguro que Mary necesitaba hasta que se hiciera mayor…, o antes, si el destino colaboraba y él podía intervenir.

31

Junio de 1960
(Cinco años más tarde)

Ojalá hubiera vivido en la época de la guerra de Independencia contra los británicos —dijo Bobby mientras él y Merry cruzaban los campos desde Clogagh hasta su casa.

Bill, el hermano pequeño de Merry, que había empezado a ir al colegio el otoño anterior, los seguía cogido de la mano de Helen, la hermana pequeña de Bobby, una niña callada y tímida que tenía la tez de Bobby pero ni pizca de su ira.

—Entonces podrían haberte disparado, Bobby Noiro —contestó Merry, y vio que él se detenía de repente. El juego más reciente de Bobby consistía en lanzar piedras con un tirachinas fingiendo que era una cosa llamada «voluntario».

—Algún día te enseñaré la pistola que usó mi abuelo para matar a los colonizadores británicos —dijo cuando la alcanzó.

—¿Qué es un colonizador? —le preguntó ella, solo para comprobar si en realidad lo sabía.

—Los británicos que robaban países. Mi abuelo me lo explicó —dijo él dándose importancia.

Merry suspiró y meneó la cabeza. A medida que Bobby crecía, también lo hacían su agresividad y su odio a los británicos. Y como ella sabía que la familia de Ambrose era de origen británico, aunque habían llegado hacía cientos de años, lo que lo convertía en irlandés, no le gustaba cuando Bobby le venía con que los británicos eran malvados.

—¡Pam! —disparó de repente—. ¡Te he dado!

Merry miró horrorizada cómo empezaba a disparar a las vacas del campo de los O'Hanlon.

—¡Para ya, Bobby!

—Solo son prácticas de tiro, Merry —protestó él cuando ella lo apartó de las vacas, que mugían alteradas. Helen había empezado a llorar y parecía realmente asustada—. De todas formas, pronto irán al matadero.

—No está bien hacer daño a los animales por diversión —lo reprimió ella, que aupó a Helen en brazos y agarró a Bill de la mano—. No tienes ningún motivo.

—Es lo que los británicos nos hicieron —murmuró él, enfadado, pero se alejó de las vacas y anduvo al lado de ella el resto del camino.

Merry sabía que era mejor no dirigirle la palabra cuando se comportaba así. Durante los años que habían estado juntos en el colegio había aprendido que sus estados de ánimo podían cambiar como una veleta. Aunque el resto de los alumnos de su clase ya apenas lo saludaban, debido a sus ataques violentos cuando los chicos jugaban al fútbol en el recreo y alguien decía que las tácticas de Bobby eran «sucias», Merry todavía veía una faceta distinta de él cuando estaban solos. En clase, era el único que estaba a su nivel de lectura y al que le interesaba el mundo más allá de su pequeña comunidad agrícola. Bobby quería aprender, como ella, y ese vínculo, junto con el lado más amable que los demás no veían, la hacía albergar esperanzas en que dejaría atrás su mala conducta con la edad. Además, a ella le daba pena, no tenía amigos y tenía que ser el hombre de la familia porque era huérfano de padre.

Merry nunca olvidaría el día en que él lloro como un bebé sobre su hombro. Un granjero vecino que estaba cazando conejos había disparado sin querer a su perro, Hunter. Bobby se había regocijado cuando la pocilga del granjero se había incendiado misteriosamente días más tarde. «"Ojo por ojo", como dice la Biblia, Merry», había concluido Bobby, aunque ella había tratado de explicarle hasta la saciedad que la muerte de Hunter había sido un accidente.

Sin embargo, a pesar de lo raro y a veces extremadamente cruel que Bobby era, Merry sabía que ella era su única amiga, y no podía evitar compadecerse de él.

La situación había empeorado cuando Katie, que ahora tenía trece años, había dejado el colegio las Navidades pasadas porque le «aburría aprender». «Además —había dicho Katie—, entre que Ellen se ha casado y ya no está, y Nora trabaja en la Casa Grande durante la temporada de caza y cuando la familia viene en verano, ahora yo soy la hermana mayor y mamá necesita que la ayude en casa.»

Bobby temía a Katie, que siempre decía lo que le pasaba por la cabeza, de modo que ahora solo Merry y los pequeños volvían andando a casa con él.

Desde que había dejado las clases hacía seis meses, Katie ya no leía y solo le interesaba cambiar de peinado o escuchar música a todo volumen, en la radio que su padre había comprado hacía un año, de alguien llamado Elvis. Ella y Nora solían ensayar distintos bailes en la cocina, y Merry se sentía excluida, aunque Katie insistía en que ella seguía siendo su mejor amiga.

—Y no me gusta que pases tanto tiempo con Bobby Noiro —le había dicho Katie—. Ese chico está como una regadera.

—No, no es cierto. Solo tiene mucha imaginación, nada más —lo había defendido Merry, pero en el fondo coincidía en parte con su hermana.

Había descubierto que la mejor forma de tranquilizarlo cuando estaba de malas era contarle un cuento. Le había relatado mitos y leyendas griegos del libro que Ambrose le había regalado hacía años por Navidad. A Bobby las historias que más le gustaban eran las violentas de dioses que se vengaban de otros dioses, en cambio la favorita de Merry era la de las Siete Hermanas, pues ella era una de siete hermanos.

—¿Sabes que el IRA guardaba armas en el granero de mi familia durante la revolución? —continuó Bobby mientras andaban—. Mi abuela me ha contado que siempre desaparecían por la mañana. Odia a los británicos, y por eso yo también —añadió, por si acaso a ella no le había quedado claro después de los miles de veces que se lo había dicho.

—Bobby, no debemos odiar a nadie. La Biblia dice que… —empezó a decir Merry.

—Me da igual lo que diga la Biblia. Los protestantes británicos han gobernado nuestro país demasiado tiempo. ¡Nos robaron las tierras, nos trataron como a campesinos y nos dejaron morir de hambre! Mi abuela dice que en el norte siguen haciéndolo. —Se volvió hacia Merry, con el cabello oscuro y largo ondeando al viento y las pobladas y negras cejas feroces sobre sus ojos azules—. Un dios bueno no nos habría hecho sufrir así, ¿no?

—No, pero seguro que tenía sus motivos. ¡Y mira ahora! Irlanda es una república, Bobby. ¡Somos libres! —dijo ella.

—Pero los ingleses siguen aquí, en un país que debería ser nuestro, solo nuestro, también el norte.

—El mundo no es perfecto, ¿no? Además, echa un vistazo al mundo en el que vivimos —insistió ella, dándose la vuelta y estirando los brazos—. ¡Es precioso!

Merry contempló los campos; Bill cogió una mariquita y se la dio a Helen, que enseguida gritó y la soltó.

—Mira, hay pendientes de la reina por todas partes —dijo Merry señalando con el dedo—, y las crocosmias del bosque. Y luego están los campos verdes y los árboles y el mar azul más allá del valle.

—Ese es el problema de las chicas —se quejó Bobby—. Estáis en las nubes; os pasáis el día soñando. Por eso los hombres tenemos que luchar en las guerras y dejaros en casa con los bebés.

—Eso no es justo, Bobby Noiro —soltó Merry reemprendiendo la marcha hacia Inchybridge—. Yo te ganaría en lectura con los ojos cerrados. Apuesto a que ni siquiera sabes quién es Charles Dickens.

—No, pero con ese nombre seguro que es un británico.

—¿Y qué más da si lo es? Shakespeare, el mejor escritor del mundo, también era inglés. Bueno, ya hemos llegado —anunció ella aliviada cuando alcanzaron el estrecho puente que cruzaba la fina franja del río Argideen—. Hasta mañana, Bobby. A las ocho en punto, o me iré sin ti. Adiós, Helen —le dijo a la niña, que se despidió de ella con la cabeza y se fue trotando detrás de su hermano mayor. A Merry también le daba lástima ella: estaba delgadísima y apenas pronunciaba palabra.

—Hasta mañana —contestó Bobby siguiendo por el camino a su casa, situada más adelante en el valle.

Merry continuó andando con Bill, disfrutando de la sensación poco habitual del sol en la cara. El aire olía a algo que Merry solo podía describir como frescor, y los campos estaban salpicados de margaritas y dientes de león. Se detuvo, se sentó y se tumbó boca arriba, y Bill, que adoraba a su hermana mayor, hizo otro tanto. Le entristecía que faltasen solo unos días para el final de las clases. El año siguiente sería su último curso con la señorita Lucey, porque cumpliría once años. Después, no sabía a qué colegio la mandarían; tal vez al convento de Santa María en Clonakilty, donde todas sus hermanas habían estudiado una temporada.

«Las monjas te pegan con una regla si la falda no te llega a los tobillos o no te brillan los zapatos —se quejaba Katie cuando estudiaba allí—. Y no hay chicos», añadía suspirando.

Merry había decidido que era bueno que no hubiese chicos, pero las monjas le daban miedo, y había que caminar mucho todos los días para llegar a la parada del autobús.

Cuando se levantó, se dijo que, a diferencia de Nora y Katie, ella no quería hacerse mayor.

—¡Uf, qué calor hace aquí! —comentó Merry lanzando la cartera a la mesa de la cocina.

—No te quejes del calor cuando te pasas todo el invierno quejándote del frío —la regañó Katie.

—¿Quieres pan y mermelada? —preguntó Merry a su hermana cortando una rebanada y untándola con la sabrosa conserva de fresa que el padre O'Brien le había dado a su madre la semana pasada. A Merry le parecía lo mejor que había probado en su vida—. ¿Dónde está mamá? ¿Se ha llevado a Pat de visita?

—Creo que está descansando. Siempre está agotada. Menos mal que yo estoy aquí para encargarme de la casa.

—Aquí estoy, chicas. —Su madre esbozó una débil sonrisa al cruzar la puerta de la cocina—. ¿Dónde está Pat?

—En el campo con papá y John —respondió Katie.

Merry observó a su madre y pensó que estaba tan pálida como después de que naciese Pat. Durante los últimos años parecía que había mejorado, pero cuando su madre se volvió hacia la cocina para poner agua a hervir, a Merry se le revolvió el estómago al ver el ligero contorno de un bulto.

—Katie, ¿quieres ir a buscar a los chicos para que vengan a tomar el té? —le ordenó su madre.

Katie sacudió sus rizos pelirrojos y salió de la casa.

—Mamá —dijo Merry bajando la voz y encaminándose hacia ella—, ¿vas a, ejem, vas a tener otro bebé?

Maggie se volvió hacia su hija, luego le acarició su rubia cabeza.

—No se te escapa nada, ¿eh, Merry? Sí, pero tus hermanos y hermanas aún no saben nada.

—Pero yo pensaba que el médico había dicho que no podías tener más niños porque volverías a ponerte enferma. —Merry notó que la embargaba el pánico; todavía recordaba las semanas después del nacimiento de Pat como las peores de su vida.

—Lo sé, pero a veces estas cosas… pasan. Dios ha puesto una nueva vida aquí y… —Merry vio que su querida madre tragaba saliva y que los ojos le brillaban por las lágrimas—, si eso es lo que quiere, nadie puede decir que esté mal. Bueno, Merry —Maggie se llevó un dedo a los labios—, chitón, ¿me lo prometes?

—Te lo prometo.

Esa noche Merry no pegó ojo. Creía que se moriría si a su madre le pasaba algo.

—¡Dios, por favor, haré lo que sea, lo que sea, incluso matar británicos, pero deja vivir a mamá, por favor!

—Maggie O'Reilly está otra vez embarazada —dijo James suspirando cuando él y Ambrose disfrutaban de un raro día soleado en el jardín de su casa, con vistas a toda la bahía de Courtmacsherry.

Ambrose lo miró horrorizado.

—¡Eso es un desastre! Acaba de firmar su pena de muerte.

—Tendremos que rezar para que ahora esté más fuerte que hace cinco años. Puede que el doctor se equivocara.

—James, sabes lo que esto podría significar para Mary, con lo bien que le va en el colegio.

—Le va muy bien, y encima la señorita Lucey vino el otro día a hablar conmigo de ella. Merry necesita urgentemente educación superior. Ha superado al resto de los alumnos del colegio, y la señorita Lucey no sabe qué hacer con ella el año que viene. Al fin y al cabo —James suspiró—, si su madre va a tener otro bebé, tal vez necesiten que ella eche una mano en casa.

—¿Qué puedo hacer yo?

—De momento, muy poco —respondió James—. Yo por lo menos puedo asegurarme de que el médico ingrese a Maggie en un hospital cuando vaya a dar a luz. Así, si las cosas se tuercen, tendrá profesionales cerca.

—Mary debe seguir con su educación, James —le instó Ambrose—. Se ha leído la obra entera de Charles Dickens, y la última vez que la vi le regalé un ejemplar de *Jane Eyre*.

—¿No te parece que es un poco pequeña para la… parte romántica del libro?

—En esa historia no hay rastro de la parte física del amor, James.

—No, y los dos debemos tener presente que Mary ha crecido viendo cómo los toros montan a las vacas. Los niños de por aquí son inocentes en muchos aspectos, pero al mismo tiempo tienen que crecer muy rápido.

—No tan rápido como las jóvenes de Dublín. ¿Has oído hablar del nuevo libro *Las chicas del campo*, de una joven escritora llamada Edna O'Brien? En Irlanda acaban de prohibirlo porque habla abiertamente de las relaciones sexuales de las mujeres antes del matrimonio. La Iglesia ha puesto el grito en el cielo, pero una amiga mía catedrática de Literatura Inglesa me ha proporcionado un ejemplar —dijo Ambrose sonriendo.

—¿Y?

—Es un triunfo, si uno desea romper barreras y hacer que Irlanda (y las mujeres que viven aquí) avance, aunque dudo que sea de tu agrado. También nos enfrentamos a la perspectiva inminente de la inauguración de un servicio de televisión nacional que cambiará el país como lo conocemos.

—¿Has visto algún televisor?

—Sí, en efecto. Tengo un amigo que vive cerca de la frontera con el norte y puede captar la señal de la emisora británica. Es como tener un cine en miniatura en tu sala de estar.

—Pasarán años hasta que algo así llegue a West Cork —dijo James.

—¿Eso te alegra o al contrario?

James contempló los campos, el pueblo más allá y la costa.

—Me gustaría que mis feligreses no vivieran en la miseria y que hubiera avances en la medicina, desde luego… Estoy a favor de eso.

—¿Y también de los anticonceptivos?

James vio un brillo malicioso en la mirada de su amigo.

—Los dos sabemos la respuesta. ¿Cómo puedo estarlo siendo sacerdote?

—¿Aunque eso salvara la vida de Maggie O'Reilly?

—No, Ambrose. Impedir voluntariamente que nazca una vida humana va en contra de toda creencia cristiana. La decisión de dar o quitar la vida corresponde a Dios, no a nosotros.

—Lo dice un hombre que, después de tomar unos tragos de whisky el mes pasado, reconoció que en nombre de la religión se han librado muchas guerras y se han perdido millones de vidas.

James no podía negar que lo había admitido, de modo que apuró la taza de té y volvió a dejarla en el platillo.

—En fin, querido amigo, nos hemos ido por las ramas —dijo Ambrose—. Nos guste o no, la señora O'Reilly va a tener un bebé dentro de… ¿cuánto? ¿Seis meses? Y el destino de Mary se sabrá entonces. Supongo que lo único que podemos hacer es esperar.

—Y rezar por las dos —susurró James.

A medida que los espléndidos meses del verano daban paso al otoño y al invierno, Merry veía cómo la barriga de su madre crecía y minaba sus energías. El doctor Townsend había estado de visita la semana anterior y, para gran alivio de todos, les había informado de que madre y bebé evolucionaban bien.

—Sin embargo, considerando el daño sufrido por la señora O'Reilly en el último parto y el hecho de que pesa menos de lo que debería, debo recomendarle reposo absoluto. Así podrá reservar energías para cuando llegue el momento de necesitarlas.

Merry había mirado a su padre espantada, pero no parecía que él estuviese oyendo lo que decía el médico. Últimamente apenas veía a su padre, y él apenas veía a su familia. Se pasaba todo el día en la granja, volvía a tomar el té y luego se iba o al pub Henry Ford o al bar Abbey de Timoleague a charlar con otros granjeros. A Merry no le gustaba Pa Griffin, el dueño del bar. Cuando no estaba sirviendo cerveza negra o whisky, estaba recogiendo cadáveres y haciendo los ataúdes para darles sepultura, porque también era enterrador. Merry llevaba mucho en la cama cuando oía a su padre llegar a casa. Por la mañana, cuando bajaba a desayunar, tenía los ojos enrojecidos, como si fuese el demonio.

—¿Qué vamos a hacer, papá? —le preguntó Merry cuando el médico se fue—. Mientras mamá esté en cama —añadió por si no la había entendido.

Su padre se encogió de hombros.

—Bueno, tú, Katie y Nora sois las mujeres de la casa. Seguro que os organizáis.

Cuando él salió de la cocina, su madre bajó del piso de arriba. Estaba todavía más pálida que antes de que el médico llegase, y se sentó pesadamente en una silla junto a la cocina de carbón.

Katie las miró a todas con gesto de impotencia.

—A mí no me mires, Katie —dijo Nora—. Yo estoy en la Casa Grande la mayoría del tiempo, sirviendo en la cocina.

—Podrías dejar tu trabajo y ayudarme —propuso Katie.

—¿Qué? ¿Y perder los pocos chelines que me pagan? —Nora negó con la cabeza—. Aquí trabajaría gratis haciendo lo mismo.

—Tu sueldo no nos ayuda —le espetó Katie—. Solo sirve para pagarte ropa elegante y los viajes a Cork para comprártela mientras aquí yo lo hago todo.

—¡Por favor, chicas! —dijo su madre; Nora y Katie se miraban con furia—. Seguro que se nos ocurre algo.

—Por lo menos Bill vendrá al colegio conmigo —terció Merry—. Y prepararé el desayuno antes de irme.

—Pero ¡hay que cuidar de Pat y lavar y cocinar y limpiar y encargarse de los cerdos! ¿Quién se ocupará de los cerdos? —Katie tenía los ojos llenos de lágrimas.

—No vamos a tomarnos cada palabra del médico al pie de la letra —dijo su madre—. Puedo descansar cuando Merry y Bill vuelvan del colegio.

—Mamá, tenemos que hacer lo que ha dicho el médico, ¿no, Katie? —le rogó Merry.

—Sí —contestó Katie de mala gana—. Pero, Nora, tú tienes que ayudar cuando estés aquí.

—¿Quieres decir que ahora no ayudo? Eso es mentira, Katie O'Reilly, y...

—Me...

—¡Basta! —zanjó Merry antes de que empezasen a discutir otra vez—. Solo faltan unas semanas para que nazca el bebé, y además yo tengo las vacaciones de Navidad. Ayudaré en todo lo que pueda, lo juro.

—No pienso permitir que hagas las tareas de la casa en lugar de los deberes, Merry —dijo su madre con firmeza—. Le pediré a Ellen que venga cada día a ayudarnos.

—Ay, mamá, traerá a su bebé y entonces esto será una casa de locos —se quejó Nora.

—¡Callaos ya! —ordenó su madre, y Merry vio que tenía lágrimas en los ojos—. A ver, ¿puede poner alguna de vosotras los platos para el té?

Más tarde, en su cuarto, Merry y Katie hablaron de la situación.

—Me parece muy bien que mamá diga que encontraremos una solución, pero, para empezar, ella no podrá ir a trabajar los lunes para el padre O'Brien —dijo Merry—. Es un caserón viejo, y la señora Cavanagh se enfada mucho si no lo deja reluciente. Y se dedica a soltar chismes por el pueblo sobre lo mal que limpia mamá.

—Oh, no te preocupes por ella; todo el mundo sabe que es una vieja bruja. Un día su corazón frío la convertirá en piedra e irá al infierno por toda la eternidad.

—Yo podría limpiar la casa del padre O'Brien —pensó Merry en voz alta—. Si faltara un día a clase no pasaría nada. John dejó el colegio a mi edad para ayudar a papá con la granja.

—Pero él nació para trabajar en la granja, Merry. Todo el mundo sabe que tú eres más lista que nadie por estos pagos. Y que te encanta aprender. El padre O'Brien no lo permitiría.

Merry suspiró y acto seguido apagó la luz de la mesilla de noche de madera que su padre les había hecho unas Navidades.

—¿Merry? —dijo una voz en la oscuridad.

—¿Sí?

—¿Crees… crees que papá es un borracho?

—¿Por qué me lo preguntas?

—Porque he oído a Seamus O'Hanlon reírse de lo aficionado que es papá a la botella. Ya sabes que muchas veces John se levanta y empieza a ordeñar él solo en el establo. Y la mayoría de las mañanas lleva el carro con las lecheras a la lechería porque papá sigue dormido abajo.

Merry se quedó tumbada pensando en que Katie siempre decía en voz alta lo que ella solo se atrevía a pensar. Claro que se había fijado, pero ¿qué podía hacer ella?

Nada, era la respuesta.

Durante los dos meses siguientes, Merry y Katie hicieron todo lo que pudieron para que su madre descansara. Compartían las tareas de primera hora de la mañana y se aseguraban de dar de desayunar a todo el mundo antes de que Merry y Bill se fuesen al colegio. Los días que Nora no trabajaba en la Casa Grande cuidaba de Pat, aunque, como era habitual en ella, no solían encontrarla cuando la necesitaban.

—Creo que se ve con un chico cuando vuelve a casa —le dijo Katie a Merry—. Charlie Doonan vive cerca de la Casa Grande, y ella siempre ha estado colada por él.

Su madre se sentaba en el sillón de cuero al lado de la cocina y enseñaba a sus hijas pequeñas a preparar sopas y estofados con las verduras que cultivaban en el campo. Merry decidió que cuando fuese mayor no volvería a cocinar un nabo. También habían tenido que aprender a partirle el pescuezo a los pollos, y eso era horrible, porque ellas les daban de comer cada mañana y les habían puesto nombre a todos. Aunque su madre también le había enseñado a preparar dulces como pan de frutas y scones, Merry se desesperaba porque todas las recetas le salían mal. De modo que lo dejaba en manos de Katie, a quien se le daba mucho mejor.

A menudo su madre insistía en bajar más de lo debido a supervisarlas.

—Soy vuestra madre, chicas, y no estoy enferma, solo embarazada —decía cuando ellas la regañaban por estar en la cocina.

Ellen se había hecho cargo temporalmente de las tareas de su madre en casa del padre O'Brien, así podría retomar el trabajo cuando hubiese dado a luz al bebé.

—Necesito ese trabajo, muchachas —les había dicho una noche que las tres estaban sentadas junto al fuego en la habitación nueva, cosiendo patucos y gorros para el bebé—. Con lo que he ahorrado del sueldo he pagado la lana para que el niño nunca pase frío, ¿veis?

Era el inicio de las vacaciones de Navidad —el bebé debía nacer la misma semana de Navidad—, y a Merry la desesperaba no poder subir la colina a casa del cura con su madre para sentarse enfrente del fuego con Ambrose a hablar y leer. Todos los libros que él le había regalado seguían en el estudio del padre O'Brien, y ella había leído todos los volúmenes que había en el colegio, que eran en su mayoría libros para niños pequeños.

«Ven pronto, por favor, bebé», pensó con tristeza Merry una mañana lluviosa al salir a rastras de la cama para bajar a preparar las poleadas. Mientras espesaban, cruzó el pasillo y fue a asomarse a la habitación nueva. Desde que su madre se había quedado embarazada, su padre había vuelto a adoptar la costumbre de dormir abajo porque ahora tenía un sofá largo en el que tumbarse. Como era de esperar, allí estaba, roncando con las botas puestas en una habitación que olía igual que una botella de whisky. Ella había oído antes a John levantarse para ordeñar las vacas y el sonido de los cascos del burro y el carro cuando llevó las lecheras a la lechería.

—¿Papá? —susurró, pero no hubo respuesta—. ¡Papá! ¿No te vas a levantar? —dijo más fuerte—. John ya se ha ido con las lecheras.

Él se movió pero siguió dormido. Merry suspiró y puso los ojos en blanco. Por lo menos, pensó mientras echaba el pestillo detrás de ella, John era decidido y trabajador y nunca se quejaba de todo el trabajo de más que tenía que hacer. La familia no hablaba de la afición de su padre a la botella de whisky, pero Merry siempre ponía una cucharada de azúcar extra en las poleadas de John por la mañana. Para él también era duro.

Katie llegó a la cocina bostezando, seguida de Pat y Bill.

—Pat, en cuanto se despierta, se pone a aporrear el tambor que Ellen le regaló por su cumpleaños —se quejó Katie mirando por la ventana—. No parece que pronto vaya a ser Navidad, ¿verdad?

—Todo mejorará cuando nazca el bebé, Katie.

—¿Por qué tiene que venir en Navidad?

—A lo mejor es el nuevo Niño Jesús. —Merry soltó una risita—. Esta granja será como el portal de Belén, y cobraremos entrada a los millones de peregrinos que quieran ver dónde ha nacido.

—Eso será en el hospital Bon Secours —contestó Katie, pragmática.

—¡Madre santísima, a mí no me gustaría que me asistieran monjas en el parto!

—Allí también hay médicos, Merry, y es por el bien de mamá.

—Hablando de Navidad, ¿has añadido whisky a la tarta de frutas cada día? —le preguntó Merry.

—Lo he intentado, pero cada vez que voy a buscar la botella, está vacía. ¿Dónde está él ahora?

—Dormido en la habitación nueva. Ahora podríamos llamarla el cuarto de papá.

—¿Y si lo despiertas? —propuso Katie—. Son las siete pasadas.

—Lo he intentado, pero no hay manera. —Merry se encogió de hombros—. Vendrá cuando le rujan las tripas.

—Papá debería estar con John. Su hijo debería ayudarle a él, no al revés. Igual que Nora debería ayudarnos a nosotras.

—Lo sé, Katie, pero todo se arreglará cuando llegue el bebé, te lo prometo.

—Eso si nada sale mal —dijo Katie muy seria mientras repartía poleadas en un cuenco—. Voy a llevarle esto a mamá y a recoger la ropa sucia del cuarto de los niños. Deberías ver cómo está: esos niños viven como cerdos. Aprovecharé para darle a Nora una patada —gritó al salir de la cocina.

Merry removió otra vez las poleadas y pensó que su hermana había expresado inconscientemente por qué no parecía Navidad; toda la familia estaría en vilo hasta que el bebé naciese sano y salvo.

Cuando solo faltaba una semana para Navidad, Merry abrió la puerta al doctor Townsend.

—Buenas tardes —dijo él quitándose el sombrero—. Vengo a ver a tu madre. ¿Qué tal está?

—Pues...

A Merry le daba miedo el doctor Townsend, aunque era de lo más simpático y el padre O'Brien había dicho que era de fiar.

—Está bien, señor, aunque ha dicho que le duele un poco la cabeza y se queja de que tiene los tobillos hinchados, pero eso es por el peso del bebé, ¿verdad? ¿Le apetece una taza de té, señor?

¿Y una tartaleta de frutas? Mi hermana ha hecho una hornada esta mañana.

—Me encantaría. Gracias, Katie. Voy a subir a ver a tu madre y luego bajo a por la tartaleta.

Merry no se molestó en corregirlo por haber confundido su nombre con el de su hermana. El hecho de que el doctor se hubiese tomado la molestia de intentarlo lo humanizaba un poco a sus ojos.

Diez minutos más tarde, cuando ella estaba apartando del fogón la tartaleta caliente, y el té de la tetera estaba en su punto, el doctor Townsend entró en la cocina.

—Aquí tiene, doctor —dijo señalando la taza y el platillo (su madre les había dicho que debían servirle el té en una de las dos tazas de porcelana que tenían)—. Siéntese, por favor.

—Gracias, Katie. ¿Está tu padre en casa?

—Creo que está en el ordeñadero —contestó Merry sirviéndole el té.

—Bien. Mientras me bebo esto, ¿puedes ir corriendo a buscarlo? Tengo que hablar con él.

—Claro. ¿Le ocurre algo a mi madre?

—Nada que no tenga solución. No te preocupes. Ve, anda.

Unos minutos más tarde, Merry estaba de vuelta con su padre y John, seguidos de Bill y Pat. Katie llegó del fregadero, y Nora del trabajo. Merry se alegró de que fuese pronto y su padre no se hubiese ido ya de visita nocturna al pub.

—¿Qué sucede, doctor? —preguntó su padre, y aunque su mirada de preocupación la asustó, también se alegró porque significaba que no estaba borracho.

Merry le dio una taza de té y luego sirvió al resto de la familia.

—Por favor, no se alarme, señor O'Reilly. Como le he dicho a su hija, no es nada que no tenga solución. Y, por cierto, Katie —el doctor Townsend se volvió hacia Merry—, has hecho muy bien en mencionar los tobillos hinchados de tu madre. Se llama «edema», y es muy común en las mujeres cuando van a dar a luz. Sin embargo, considerando el hecho de que la señora O'Reilly padece dolores de cabeza y tiene un historial previo de problemas, me gustaría organizar ya su traslado al hospital para poder controlarla de cerca hasta el parto. Si usted me autoriza, señor O'Reilly, iré en coche a casa del padre O'Brien para llamar por teléfono al hospital y avisar del ingreso de la señora O'Reilly. —Se volvió otra vez hacia Merry—. ¿Por qué no subes y metes en un bolso las cosas que tu madre pueda necesitar? Un camisón, unas zapatillas y una bata. Y cosas para el bebé, claro. Supongo que no tienen medio de transporte.

—No, señor, solo un carro tirado por un burro y un tractor —respondió su padre.

—Entonces volveré dentro de una hora para llevar a su esposa a Cork. Hasta luego —dijo el doctor Townsend, y se fue.

Se hizo el silencio en la cocina.

—Subo corriendo a preparar las cosas de mamá —dijo Merry.

Al llegar a la puerta, se volvió para mirar la cara de su padre. Parecía aterrado; en esos pagos todo el mundo sabía que cuando uno entraba en el hospital ya no salía.

«Basta, Merry, siempre has sabido que mamá iba a tener el bebé allí. Solo va a ir un poco antes, nada más.»

Llamó suavemente a la puerta de su madre y entró. Se había incorporado y estaba sentada en un lado de la cama, abrazándose la enorme barriga. Estaba pálida como una muerta y tenía la frente perlada de sudor.

—He venido a ayudarte a coger las cosas para el hospital.

—Gracias, Merry. El camisón de repuesto está en el armario y…

Indicó a su hija dónde encontrar los distintos artículos que necesitaba.

—¿Has estado alguna vez en un hospital, mamá?

—No, pero una vez fui a Cork con papá. Es muy grande.

Merry pensó que parecía una niña asustada.

Una vez que la bolsa de su madre y el bebé estuvo lista y la hubo ayudado a ponerse uno de sus vestidos holgados, Merry se sentó a su lado en la cama y le cogió la mano.

—Allí estarás bien cuidada, mamá.

—¿Qué pensarán de mí las mujeres de la gran ciudad? —Su madre señaló su viejo vestido de premamá.

—Qué más da. Lo único importante es que tú y el bebé estéis sanos y salvos. El padre O'Brien dice que es un hospital muy bueno.

Maggie tomó la cabeza de Merry entre sus manos y le besó la coronilla.

—Qué buena eres, Merry. Me pase lo que me pase, haz caso al padre O'Brien y al señor Lister. Ellos te ayudarán, lo sé.

—Sí, mamá, lo haré, pero tú volverás pronto a casa.

Maggie abrazó fuerte a su hija, como si no soportase soltarla.

—Acuérdate de perseguir tus sueños, ¿de acuerdo? Eres especial, Merry, no lo olvides. ¿Me lo prometes?

—Te lo prometo.

Fue la última conversación que Merry tuvo con su querida madre.

32

Fue un día gélido de enero cuando enterraron a Maggie O'Reilly con su recién nacido en el cementerio de la iglesia de Timoleague. El padre O'Brien ofició la misa, con Merry sujetando a Pat en su regazo y sus hermanos y hermanas apretujados a su alrededor, todos aturdidos por la pena. Pat todavía no había entendido que su mamá había muerto; el resto de la familia había sido incapaz de explicarle al niño de cinco años lo que había pasado.

Merry se sintió aliviada cuando Nora lo cogió de sus brazos durante el velatorio en la granja y lo llevó arriba. Todavía oía a Pat chillando a pleno pulmón preguntando dónde estaba su madre.

—No soporto el ruido —murmuró Katie mientras sacaba otro plato de scones para los asistentes—. ¿Qué haremos ahora, Merry? ¿Qué será de nuestra familia?

—No lo sé. —Merry se rascó el cuello alto de su vestido de luto con aire distraído; estaba demasiado atondada por el dolor para pensar con claridad.

—¿Has visto cuánta gente ha venido a la iglesia? —dijo Katie—. En mi vida había visto a tantas personas. ¿Quién era el viejo que andaba con bastón? ¿Y la señora con cara de pocos amigos que lo llevaba del brazo? ¿Los conocía mamá?

—Baja la voz, Katie O'Reilly —susurró Ellen acercándose a ellas por detrás; cargaba en brazos con su hija de dos años, que se llamaba Maggie por su madre—. Creo que esa señora era la madre de mamá —murmuró.

—¿Te refieres a nuestra abuela? —preguntó Katie, anonadada.

—Recuerdo que la vi en la calle hace años, yo estaba con mamá en Timoleague —dijo Ellen—. Mamá la miró, y cuando la señora estaba a punto de pasar de largo, ella la llamó y dijo: «Hola, mamá». La señora no contestó y siguió andando.

—¿No saludó a su propia hija? —dijo Merry en voz baja con incredulidad—. ¿Por qué?

—No lo sé —Ellen se encogió de hombros—, pero lo mínimo que esa mujer podía hacer era ir al funeral de su hija —murmuró airada, y acto seguido se apartó para llenar los vasos de los asistentes al velatorio.

Merry no se movió, estaba demasiado aturdida para reunir la energía necesaria para seguir preguntando. Le parecía que en la casa, llena de gente, hacía un calor sofocante. Todos sus amigos y vecinos estaban allí; Bobby le había dado alcance en Inchybridge el día anterior, cuando ella volvía de comprar en Timoleague.

—Siento mucho lo de tu madre, Merry. Quería decirte que mi madre nos ha ordenado a mi hermana y a mí que nos quedemos en casa. Supongo que es porque desde que mi padre murió no ha querido ir a ningún funeral. No es por faltar el respeto a tu madre o a tu familia, Merry.

Ella había asentido con la cabeza y a punto estuvo de llorar por enésima vez desde que el doctor Townsend había llegado con el padre O'Brien para darles la terrible noticia.

—No importa, Bobby. Gracias por explicármelo.

—Creo que tiene que ver con nuestras familias. Hace mucho pasó algo, pero no sé qué. Ya nos veremos. —A continuación le había dado un abrazo de la única forma que sabía, apretándola fuerte por la cintura.

Merry sintió que se ahogaba. Tenía que alejarse de toda esa gente que se paseaba por la habitación nueva y la cocina. En el exterior, oyó a las vacas mugir en el establo como si todo fuese normal, pero no lo era. Y ya nunca lo sería, porque su madre no iba a volver.

—Santo Dios, qué día más horrible —murmuró Ambrose mirando por la ventana; densos nubarrones pendían del cielo.

Como la mayoría de las personas del norte de Europa, detestaba el mes de enero. Para él, volver al colegio, cuando era niño, después de las vacaciones de Navidad siempre había sido el trayecto más deprimente de su vida. Ninguna perspectiva ilusionante y un tiempo pésimo, como el que hacía en ese momento. Manchado de barro hasta las rodillas corriendo penosamente por un campo de rugby, esperando a que lo atacase un chico más grande, que, considerando lo bajito que era él, podía ser cualquiera de los que había en el campo.

Y ahora, tantos años después, tenía otros motivos para sentirse deprimido e inútil.

—Bueno, ¿qué vamos a hacer a partir de ahora? —dijo Ambrose mientras tomaba asiento y miraba a James, sentado enfrente de él delante del fuego de su estudio.

Había pasado una semana desde el funeral de Maggie O'Reilly, al que él había querido asistir con toda su alma, pero James le había dicho que su presencia llamaría demasiado la atención en aquella comunidad agrícola tan unida.

—Por desgracia, dudo que haya mucho que podamos hacer, Ambrose —contestó James.

—La familia debe de estar desconsolada.

—¿Cómo no van a estarlo? Maggie era la que los mantenía unidos. Sobre todo después de que John O'Reilly empezó a ahogar sus penas en el whisky.

—¿Qué tal está ahora?

—Intenté hablar con él en el velatorio, pero no dijo gran cosa.

—¿Sabe Mary lo que supondrá esto para ella? —preguntó Ambrose.

—Oh, claro, todas las chicas saben que en el futuro tendrán que trabajar duro.

—Pero, James, ¿y su educación?

—Me temo que en estos pagos la educación no está por encima de cuidar de dos niños, y no digamos de dar de comer a las gallinas, lavar la ropa, hacer la compra y cocinar, ocuparse de las vacas y ayudar a recoger la cosecha.

—Pero… es obligatorio que todos los niños asistan al colegio.

—Solo a la escuela primaria, hasta los once años, que es la edad que tiene Merry ahora. E incluso entonces, y más en una zona rural como esta, los profesores ya cuentan con que faltarán varios niños de la edad de Merry.

—¿Estás diciendo que la educación reglada de Mary podría terminar dentro de seis meses, cuando acabe la escuela primaria? —Ambrose movió la cabeza con gesto de desesperación—. ¡Ver esa mente brillante e inquieta rebajada a preparar tartas y lavar la ropa interior de la familia es una tragedia! ¡Y no pienso permitirlo!

—Estoy de acuerdo contigo, pero no veo cómo evitarlo —dijo James.

—James, en mi semipapel de padrino, lo único que deseo es protegerla y educarla. ¿Lo entiendes?

—Claro que lo entiendo...

—Sabes que tengo los recursos para ayudarla. ¿Se te ocurre alguna forma en la que podría hacerlo?

—En mi opinión, cualquier dinero que le dieses a John serviría para una sola cosa, y eso no beneficiaría a Merry ni al resto de la familia.

—¿Y si me la llevara a Dublín conmigo y la matriculara en un instituto? Seguro que el señor O'Reilly no se quejaría. Le quitaría a una de sus hijas de encima, le ahorraría tener que dar de comer a una boca más...

James respiró hondo para tranquilizarse y ordenar sus pensamientos antes de hablar. Los dos habían discutido muchas veces a lo largo de los años, pero los temas que habían provocado esos desacuerdos, como la política o la religión, no se presentaban en forma de una niña de once años ni de su familia, que eran miembros de su rebaño.

—Ambrose, ¿no se te ha pasado por la cabeza que John O'Reilly podría querer de verdad a su hija? ¿Que sus hermanos y hermanas también la quieren? Y, lo más importante, ¿que ella los quiere? Merry está de luto por su madre. Por lo que yo he visto, Nora, la hermana mayor que queda en casa, es una joven egocéntrica que siempre consigue librarse de cualquier tarea. Y eso significa que la carga de llevar la casa y cuidar de los hermanos pequeños recae en Katie y Merry. ¿Es justo para Katie sacar a Merry de su casa? Yo también la quiero mucho, pero debo tener en cuenta a todos los miembros de la familia.

—¿No hay algún pariente que pueda intervenir en este momento? John O'Reilly tendrá familia, ¿no? Todo el mundo tiene parientes en Irlanda, sobre todo en esta zona.

—Tienen familia por las dos partes, pero están… distanciados. Es una larga historia y, como la mayoría de las cosas aquí, se remonta muy atrás en el tiempo. —James suspiró—. Desde que estoy aquí he aprendido que las heridas del pasado son muy profundas. Al fin y al cabo, en esta zona vivió y murió Michael Collins.

—Entiendo, ¿y amigos y vecinos?

—No cargaremos a amigos ni vecinos con la situación doméstica de otra familia, Ambrose. Bastante tienen con la suya.

Ambrose bebió un trago de whisky.

—Esto me lleva a preguntarme cuándo dejará Irlanda de mirar al pasado y empezará a ver el futuro.

—Yo diría que todavía faltan bastantes años. A los jóvenes les cuentan historias, al calor del hogar, acerca de los héroes de la familia en la guerra de Independencia, y eso suele sembrar el odio en la siguiente generación.

—Aun así, nada de eso resuelve el problema de qué hacer con Mary —dijo Ambrose.

—Creo que debes aceptar que de momento no puedes hacer nada. Merry todavía está de luto; necesita a su familia, y su familia la necesita a ella.

—Pero si deja de estudiar ahora, perderá la oportunidad de conseguir el título universitario que yo sé que podría tener a su alcance. Eso le cambiaría la vida, James.

James estiró la mano y la posó sobre la de Ambrose.

—Confía en mí, déjalo de momento.

Llamaron a la puerta y al instante esta se abrió y apareció la señora Cavanagh. James retiró la mano en el acto.

Tras una breve pausa, los ojillos brillantes de la señora Cavanagh ascendieron de la mano de James a su cara.

—Disculpe la interrupción, pero me preguntaba a qué hora desea el té.

—El señor Lister partirá a Dublín dentro de veinte minutos

más o menos. Yo puedo prepararme un sándwich más tarde —contestó James bruscamente.

—Muy bien. —La señora Cavanagh asintió con la cabeza—. Entonces me marcho. Tendremos que encontrar pronto una sustituta para la señora O'Reilly. En mi opinión, Ellen O'Reilly no es de fiar, y yo necesito mi día libre. Buenas noches, padre —dijo, y acto seguido se despidió de Ambrose con un gesto de la cabeza y añadió—: Señor. —Y cerró la puerta con un golpazo.

—Esa mujer nunca deja de recordarme a la señora Danvers de *Rebeca*, de Daphne du Maurier. —Ambrose suspiró—. Y tienes razón, amigo mío, debo partir. —Ambrose se levantó—. ¿Me llamarás cuando tus pensamientos sobre Mary tomen forma?

—Lo haré, y tú procura no preocuparte, por favor. No permitiré que el cerebro de tu querida niña se atrofie —dijo acompañando a Ambrose hasta la puerta principal—. Que Dios cuide de ti hasta que volvamos a vernos.

—Y tú cuida de Mary —murmuró Ambrose con un hilo de voz mientras subía a su Escarabajo, listo para atravesar la lluvia de West Cork y regresar a Dublín.

James aplazó la conversación que debía mantener con John O'Reilly dos meses más. Durante ese tiempo consultó a la señorita Lucey, que también deseaba que su mejor alumna siguiera progresando.

—Es una niña inteligentísima, padre —dijo Geraldine Lucey.

James la escuchaba sentado en el salón de los padres de Geraldine mientras daba cuenta del que consideraba (y tenía amplios conocimientos sobre la materia) que era un magnífico pan de frutas preparado por la madre de la señorita Lucey. Ahora entendía por qué todos los sacerdotes veteranos tenían sobrepeso.

—Sigue viniendo al colegio con su hermano Bill, pero parece una sombra de lo que era. Creo que hace tareas de más en casa, porque nunca tiene los deberes hechos. De momento no hay problema, padre, porque de todas formas va adelantada, pero si deja de estudiar en junio para ayudar en la granja a tiempo completo, su potencial se echará a perder.

—Sí, sería una tragedia —convino James.

Geraldine negó con la cabeza y respiró agitada.

—Ya sé cómo son las cosas aquí, pero… ¡estamos en 1961, padre! El comienzo de una nueva década. ¡Debería ver las fotos que publican las revistas de lo que llevan las chicas en Londres y en Dublín! ¡Pantalones y faldas por encima de las rodillas! La liberación está cerca, y creo que Merry O'Reilly tiene madera de maestra, puede que incluso de algo más. Tiene un cerebro que necesita estimulación.

—Estoy de acuerdo, señorita Lucey, pero la liberación todavía tiene que llegar al sudoeste de Irlanda. Bueno, veamos, tal vez yo pueda ayudar en el futuro próximo.

—¿Cómo? Ya le he dicho que Merry ha leído todos los libros de la biblioteca del colegio.

—Estaría dispuesto a prestarle algunos de mi biblioteca. Tengo los *Cuentos de Shakespeare* de Lamb, algunas obras de Austen y de Brontë. ¿Y qué le parece si la introduzco en la poesía moderna? ¿T.S. Eliot, por ejemplo?

—Diría que ya está lista para eso, padre. Por supuesto, cuidaría muy bien de ellos y los guardaría bajo llave en mi despacho después de que Merry los hubiera leído.

—En lo que me atañe, solo podría hacer esto si también se ofrecieran al resto de los alumnos de la clase.

—Se los ofrecería, padre, pero ningún niño de once años querría leerlos; la mayoría todavía tienen problemas para construir una frase. Menos un niño: Bobby Noiro, que es más listo que el hambre pero es también un alma atormentada. —La señorita Lucey suspiró.

—Viene de una familia atormentada, ya lo sabe. En fin, respecto a los libros, no se pierde nada por ofrecérselos a los demás niños. —James sonrió a la señorita Lucey—. Bueno, debo irme, pero le agradezco su ayuda y su discreción en este tema.

James se subió a su bicicleta y se alejó de la casa pintada con alegres colores situada a media cuesta por las calles sinuosas de Timoleague. Después de mirar la empinada pendiente y su abultada barriga, pedaleó con determinación colina arriba hacia su casa.

Ese mes Ambrose llegó de visita cargado de toda clase de libros para ayudar a complementar la educación de Merry.

—Debe aprender del mundo que la rodea —dijo, apilando el último de varios volúmenes encuadernados en piel sobre el escritorio de James—. Esta es la edición completa de la Enciclopedia Británica Infantil, publicada el año pasado. Va dirigida a niños de siete a catorce años: una variante de la enciclopedia para adultos. Pedí que me la mandasen de Hatchards, en Londres. Abarca casi todos los temas y servirá para estimular la mente curiosa de Mary.

James observó el título y dedicó a Ambrose una sonrisa irónica.

—No sé si la palabra «británica» será bien recibida en estos pagos.

—¡Por Dios, James, es el compendio del saber colectivo más completo que se puede leer en inglés! ¡No puede ser que a alguien le preocupe su nacionalidad! ¡Los irlandeses ya tienen su república, y después de todo siguen hablando el mismo idioma!

—Lo dejaré al criterio de la señorita Lucey. Tal vez ella pueda tenerla en su despacho de manera que los niños la lean cuando quieran.

—Lo que tú y la señorita Lucey consideréis más adecuado. Bueno, ¿qué tal está Mary?

—Sigue desolada por la muerte de su madre, como toda la familia. La última vez que la vi en el colegio me dijo que era lo único que le ayudaba a seguir adelante. Por lo menos su hermana mayor Nora vuelve a trabajar a tiempo completo en la granja porque la temporada de caza ha terminado y en las cocinas de Argideen House ya no la necesitan. Y… me he enterado de algo que puede resultar útil. En septiembre van a mandar a Bridget O'Mahoney, una compañera de clase de Merry, a un internado de Dublín. Su familia es rica y quieren que Bridget reciba la mejor educación posible.

—Ah… —dijo Ambrose mientras se sentaba en el estudio de James y miraba expectante a su amigo.

—La matrícula es exorbitante, pero ofrecen becas para chicas católicas inteligentes de origen pobre. —James miró a Ambrose—. ¿Qué opinas?

—Opino… opino que puede que hayas resuelto el problema, James. ¡Eres un genio!

—Lo dudo, Ambrose. Para empezar, Merry debería conseguir la beca. Además, no sabemos si querría ir. Y luego su padre tendría que aceptar que fuera, aunque el hecho de que envíen allí a Bridget sería de gran ayuda. Los O'Mahoney son muy respetados en la zona.

—Lo que yo digo, eres un genio, James. Bueno, ¿cuál es el siguiente paso?

Una semana más tarde, James había ido a hacer su visita habitual al colegio. Después había llamado a Merry al despacho de la señorita Lucey. La niña tenía cara de agotamiento y había adelgazado, sus grandes ojos azules sobresalían en su rostro pálido y demacrado.

Él le explicó la idea y observó cómo su expresión reflejaba toda una gama de emociones.

—¿Qué piensas, Merry?

—Creo que no vale la pena pensarlo porque no soy tan lista como para conseguir nada, y menos frente a chicas de Dublín. Seguro que son mucho más listas que yo, padre.

—Pues la señorita Lucey, Ambrose y yo creemos que eres lista de sobra para intentarlo, Merry. Será como uno de los exámenes de la señorita Lucey. Y ella se asegurará de que antes hayas practicado mucho.

—Pero, aunque consiguiera la beca, no quiero dejar a toda mi familia, padre. Me necesitan en la granja. Y Dublín está muy lejos.

—Ambrose vive allí, como ya sabes, y yo antes también. Es una ciudad preciosa. Y recuerda que Bridget O'Mahoney irá al internado.

—Sí, pero…

—¿Qué, Merry?

—Nada, padre.

James vio que Merry se mordía el labio y supo que la niña no quería hablar mal de una compañera de clase delante de él.

—¿Puedo aconsejarte que solicites la beca? Al fin y al cabo, si crees que no vas a superar la prueba, ¿qué tienes que perder?

—Nada, supongo —susurró Merry—. Pero si Bridget se enterara de que no he aprobado, se burlaría de mí porque ella sí que va a ir.

—Bueno, ¿por qué no lo mantienes en secreto de momento? Así, si no apruebas el examen, nadie tiene por qué saberlo. —James era consciente de que proponiendo eso estaba dejando a un lado sus atribuciones como sacerdote, pero no le quedaba más remedio.

—Sí, padre. Es buena idea. Gracias.

Durante las semanas siguientes la señorita Lucey puso a su mejor alumna a trabajar, ayudada en secreto por Ambrose en la recopilación del material que Merry tenía que estudiar.

Merry nunca se había sentido tan agotada. Cada día volvía a casa con libros que debía estudiar una vez que había acabado las tareas.

—¿Por qué pesa tanto tu cartera? —le preguntó Bobby una tarde lluviosa en que se la aguantó mientras ella saltaba una cerca—. ¿Llevas munición aquí dentro o qué?

—Qué tonterías dices, Bobby Noiro —replicó ella arrebatándole la cartera después de ayudar a la pequeña Helen y a Bill a saltar—. ¿A quién iba a querer matar?

—¿Al médico británico que mandó a tu madre al hospital a morir?

—¡Intentó ayudarla, no matarla! ¿Quieres dejar de decir tonterías?

—Te parecerán tonterías, pero he estado leyendo el diario que mi abuela escribió durante la guerra de Independencia y...

—¡Te dije que ya vale de hablar de guerras! Vamos, Bill —dijo agarrando a su hermano de la mano y llevándolo a rastras a través del campo.

—¡Hasta mañana, Merry! —gritó Bobby, y Helen levantó su manita para despedirse.

Merry no se molestó en responder.

Llegó el día del examen para solicitar la beca, y la señorita Lucey hizo pasar a Merry a su despacho.

—Aquí tienes, Merry —dijo la señorita Lucey—, una taza de té calentito con azúcar y una galleta de mantequilla casera de mi madre.

—Gracias, señorita Lucey —contestó Merry, pero le temblaba tanto la mano que tuvo que dejar la taza.

—Procura bebértelo ahora y comerte la galleta. Necesitas el azúcar para el cerebro.

Merry rezó muy rápido antes de dar la vuelta al examen. Cuando lo hizo, le sorprendió lo fáciles que eran muchas preguntas y terminó con veinte minutos de sobra.

La señorita Lucey entró.

—¿Has terminado, Merry?

Merry asintió con la cabeza y se apresuró a secarse los ojos con las manos.

—Vaya, ¿ha sido muy difícil?

—No..., o sea, creo que no porque he terminado hace mucho y... debo de haberme equivocado en las respuestas o algo —respondió Merry sollozando.

—Lo dudo, Merry —dijo la señorita Lucey mientras recogía los papeles del escritorio—. A veces las cosas son más fáciles de lo que uno imagina. Venga, sécate las lágrimas y cómete esa galleta. Lo has hecho lo mejor que has podido. Ahora solo nos queda esperar a ver qué pasa.

—¿Qué has estado haciendo toda la mañana en el despacho de la señorita Lucey? —le preguntó Bobby esa tarde.

Merry tenía la respuesta preparada.

—Me castigó por robarle la goma a Bridget, así que me ha hecho copiar frases.

—No te creo —dijo Bobby, que esperaba a que ella, Helen y Bill lo alcanzasen.

—Me da igual lo que creas, Bobby Noiro —replicó ella, que en su vida se había sentido tan agotada como en ese momento.

—Te conozco y sé cuándo mientes, Merry O'Reilly. Tú y yo somos iguales.

—No, Bobby, no somos iguales para nada.

—Sí, Merry, ya lo verás. ¡Vamos a tener mucho mucho tiempo para conocernos! —le gritó mientras ella cogía a Bill de la mano y, empleando las últimas fuerzas que le quedaban, siguió hacia su casa sin mirar atrás.

33

Una mañana radiante de marzo, James abrió la puerta de su casa y se encontró a Geraldine Lucey allí plantada.

—Hola, padre, perdone que le moleste, pero tengo noticias sobre Merry O'Reilly.

—Claro. Entre, por favor.

James la hizo pasar a su estudio y señaló uno de los sillones de cuero junto al fuego.

—Por la cara que trae, sospecho que no son buenas noticias.

—Sí que lo son, padre. Merry ha conseguido la beca, pero…

A James se le hizo un nudo en la garganta. Tragó saliva, sabía que era inapropiado mostrar tanta emoción por una joven de su rebaño.

—¡Eso es maravilloso, Geraldine! Maravilloso. ¿Cuál es el problema? —preguntó.

—El problema es que la beca cubre la matrícula del internado pero no incluye ningún extra, padre. Mire. —Geraldine sacó un sobre del bolso—. El uniforme está incluido, pero además necesitará una larga lista de cosas: ropa de deporte, toda clase de zapatos, un palo para jugar al *hurling*, camisones, una bata, zapatillas…, por no hablar de los billetes de tren de aquí a Dublín. Ay, padre, los dos sabemos que John O'Reilly apenas tiene dinero para alimentar a su familia, ¡menos aún para comprarle a Merry todo esto!

—No, él no, pero… Oiga, ¿sería tan amable de darme un tiempo para pensar en ello? Puede que haya una manera de encontrar el dinero necesario.

—¿De verdad? ¿Dónde?

—Déjelo en mis manos. No le diga nada a Merry aún. No nos conviene darle esperanzas si luego se van a frustrar.

—Por supuesto, padre. ¿Le dejo a usted el papeleo? Tenemos que comunicarles si Merry acepta en un plazo de catorce días.

—Sí, gracias.

Geraldine se levantó y se dirigió a la puerta.

—Oh, padre, espero que pueda ir. Se merece la mejor educación posible.

—Lo sé, y voy a hacer todo lo que esté en mi mano para que la reciba.

—¡Pues claro que lo pagaré! Santo cielo, James, no hacía falta que me lo pidieras —dijo Ambrose por teléfono ese mismo día—. No podría alegrarme más de que le hayan concedido la beca. Deberíamos estar celebrándolo, no preocupándonos por los detalles.

—Para ti serán «detalles», Ambrose, pero te aseguro que para su padre y su familia la posible partida de Merry no lo es. Tengo que encontrar la forma de convencer a John O'Reilly de que esto es lo correcto.

—Lo sé, James. Perdóname, pero me he quitado de encima una preocupación grandísima y no puedo evitar emocionarme. ¿Cómo piensas plantearlo?

—Aún no lo sé; pediré consejo en mis oraciones, como siempre.

—Bien, si Dios te sugiere que con un tractor nuevo John sobrellevará mejor la pérdida de su hija, házmelo saber, por favor —dijo Ambrose riendo entre dientes.

James había rezado y no había obtenido ninguna respuesta directa, así que decidió dejarse guiar por su intuición. El domingo después de misa, preguntó a un John con cara de sueño si le parecía bien que fuera a visitarlo al día siguiente por la tarde.

—A las seis me viene bien, padre. Tengo… cosas que hacer a partir de las siete. ¿Ocurre algo?

—Nada malo. En realidad, es una buena noticia.

—Esas son las que necesito ahora mismo. Adiós, padre.

James lo vio caminar hasta la larga hilera de tumbas del cementerio que rodeaba la iglesia. El resto de la familia estaba arrodillada junto al terreno donde habían enterrado a su madre y a su diminuto bebé. La sepultura seguía sin lápida, y al ver a los hijos de Maggie O'Reilly colocando ramilletes de flores de primavera cogidas en los campos y los setos, se le llenaron los ojos de lágrimas. Incluso Bill y el pequeño Pat dejaron un puñado aplastado de violetas silvestres sobre el montículo, que todavía no se había cubierto de hierba.

—Creo en ti, Señor, pero a veces no entiendo tu forma de proceder —murmuró James mientras volvía al interior de la iglesia.

—Esa es la situación, John. ¿Qué opinas? Como padre de Merry, tú tienes la última palabra.

James vio varias emociones en el rostro de John O'Reilly. El hombre tardó un buen rato en hablar.

—¿Lo pagará su amigo Ambrose Lister?

—No. Merry ha conseguido la beca con todas las de la ley. Es un gran logro, John, y todo es mérito de ella.

Hubo otra larga pausa.

—Yo… y Maggie… la queríamos mucho. Maggie siempre decía que era especial. Merry tiene cerebro, pero también buen corazón, y mucha fuerza. Es la que ha consolado a los pequeños y ha dormido con ellos cuando lloraban por su madre. A Nora y a Katie se les da mejor lavar y cocinar, pero Merry es la que ha mantenido el ánimo de esta familia desde…

James no pudo hacer otra cosa que observar cómo John se llevaba las manos a la cara.

—Perdone, padre. Quise a Maggie desde que la vi en un *ceilidh* en Timoleague. Nuestros padres no veían el matrimonio con buenos ojos; su madre y su padre se negaron a darle permiso, pero nos casamos igualmente. Renunció a todo para estar conmigo, ¿y qué le di yo? ¡Una vida infernal, eso le di! No llevó mejor vida que si la hubiera encadenado en un sótano y le hubiera racionado la comida. Y entonces…, Dios mío, padre, la maté poniéndole esa criatura dentro, pero Maggie y yo…, eso era lo único que nos quedaba en el matrimonio.

—También tienes siete hijos preciosos fruto de ese amor —dijo James en voz baja—. Y debes dar gracias al Señor por ello.

John lo miró.

—No quiero perder a Merry, pero ¿tengo que tomar yo la decisión?

—Tú eres su padre, John, de modo que sí, tienes que tomarla tú.

—¿Qué dice el señor Lister?

—Que Merry debería ir. Pero, claro, dando clases en una universidad famosa, lo más importante para él es la educación. Cree que es una oportunidad para que Merry prospere.

John hizo otra pausa antes de hablar.

—Pues debe prosperar. Es lo que mi Maggie habría querido. Aunque me parta el corazón.

—Volverá a casa en vacaciones, John. Y allí coincidirá con Bridget O'Mahoney, así que por lo menos estará con alguien conocido. Podrían hacer el viaje juntas en tren. ¿Quieres contárselo tú o se lo digo yo?

—Usted, padre. Yo no sabría qué decir.

Cuando James salía de la estancia, alcanzó a ver que John estiraba el brazo a un lado de la silla para echar mano a la botella de whisky. Y sintió una lástima tremenda por aquel hombre bueno y formidable, vencido por la dura vida que Dios había elegido para él.

Merry y Katie estaban en la cocina poniendo la mesa para el té cuando el padre O'Brien entró y solicitó hablar con Merry fuera de la casa. Le indicó que se sentase en el banco del patio.

—¿He hecho algo mal, padre?

—No, no, Merry, en absoluto. En realidad, todo lo contrario. Te han concedido la beca.

—¿Que me han qué? —Merry lo miraba como si le hubiera dicho que iba a dispararle.

—Te han concedido la beca para estudiar en el internado de Dublín.

—Me...

Y rompió a llorar.

—No llores, por favor, Merry. Es una noticia maravillosa. Has superado a chicas de todo el país. Eso significa que eres muy lista.

—Pero... ¡pero tiene que ser un error! Sé que suspendí. Es un error, padre, de verdad.

—No, Merry, no lo es. Mira, aquí está la carta.

James la observó leerla y vio cómo su expresión pasaba del asombro a la tristeza.

—Bueno, ¿qué opinas? —preguntó.

—Opino que son muy amables por ofrecérmelo, pero no puedo ir.

—¿Por qué no?

—Porque Nora y Katie y los pequeños me necesitan. No puedo dejar a mi familia. ¿Qué diría mi padre?

—Ya he hablado con él y ha accedido a que vayas. Está muy orgulloso de ti, Merry.

—¿Quiere que vaya?

—Sí. Cree que es una oportunidad maravillosa. Igual que yo y Ambrose —añadió.

—Pero es en Dublín, y está muy lejos.

—Lo sé, pero volverás en vacaciones y... —James hizo una pausa para elegir las palabras con cuidado—. Merry, el mundo es mucho más grande que West Cork, y cada vez lo es más para las jóvenes. Con una educación adecuada, podrías tener un futuro maravilloso por delante. Ambrose siempre lo ha creído.

—¿Puedo... puedo pensármelo?

—Claro. Avísame cuando te hayas decidido.

Esa noche, en la cama, Merry le confesó a Katie lo que el padre O'Brien le había contado. Como esperaba que su hermana reaccionase airadamente y protestase diciendo que no podía marcharse porque entonces ella tendría más trabajo, le sorprendió cuando Katie asintió con calma.

—Es lo que necesitas, Merry —dijo.

—¡No! Yo necesito quedarme aquí y ayudaros a ti y a Nora a cuidar de Pat y de Bill y de papá y de la granja...

—Y lo harás yendo a Dublín y volviéndote todavía más lista de lo que eres, y haciendo rica a esta familia —dijo Katie—. Ellen me ha enseñado algunas revistas. ¡Merry, en Dublín las chicas conducen! Y bailan en conciertos de rock, no en *ceilidhs*... A lo mejor puedo ir a visitarte alguna vez y verlo con estos ojitos. Nos las arreglaremos la mar de bien sin ti. Te echaremos mucho de menos, pero volveremos a tenerte aquí en vacaciones.

—Oh, Katie, estoy asustada. Dublín es una ciudad grande, y sé que os añoraría a todos.

—Lo sé —dijo ella, abrazando a su hermana—. Pero te voy a decir una cosa, Merry O'Reilly: cuando yo sea mayor no pienso seguir llevando esta vida. Mamá murió por eso, y fíjate en Ellen: se ha casado con el hijo de un granjero y ya tiene un bebé y otro en camino. Ha cambiado una vida difícil por otra. Yo no voy a hacer lo mismo. Mi baza es mi físico, la tuya, tu cerebro. Aprovecha lo que Dios te ha dado, Merry, yo también lo haré, y ninguna de las dos nos pasaremos el resto de la vida limpiando una pocilga. Piensa en lo que mamá habría querido para ti. Sé que ella diría que esto es lo correcto.

Con la aprobación de su querida hermana, y ante la insistencia de su padre, la señorita Lucey, el padre O'Brien y Ambrose en que debía ir, Merry aceptó.

En la granja lo celebraron y, por una vez, a Merry no le importó que su padre bebiese whisky, porque sacó el violín y tocó y los niños se pusieron a bailar en la habitación nueva.

El pequeño Pat no entendía por qué todos estaban contentos y bailaban, pero Merry pensó que no importaba, era la primera vez que veía a su familia sonreír desde la muerte de su madre. Todos menos Nora, que le había lanzado una mirada fulminante cuando su padre anunció la buena nueva. Pero todo el mundo sabía que era una boba envidiosa, así que Merry no le hizo caso.

A principios de septiembre, vestida con el uniforme de su nuevo colegio, Merry salió al patio a despedirse de los animales. El padre de Bridget no tardaría en llegar en coche para llevarlas a la estación de Cork, donde tomarían juntas el tren a Dublín. Sería la primera vez que Merry subiese a un tren. Cuando se lo había confesado a Bridget, se rio de ella, como ya esperaba, pero dijo que se lo pasarían en grande porque su criada le pondría muchos sándwiches para merendar y una gran tableta de chocolate para después.

—Habrá suficiente para las dos, te lo prometo.

Tal vez se hiciesen amigas, pensó Merry.

En el establo hacía calor y se oía el murmullo familiar de los terneros jóvenes.

—¡Merry! —gritó su hermano, que estaba cambiando la paja—. Te vas a manchar la ropa nueva de estiércol. ¡Venga, sal de aquí! —La mandó al patio y luego le dio un fuerte abrazo—. Que no se te suban los humos y vuelvas con acento de Dublín, ¿eh? —dijo—. Ten cuidado en la gran ciudad.

—Sí, John. Hasta pronto.

Después de despedirse de los cerdos y las gallinas, Merry cruzó el campo para despedirse de las vacas y luego se subió a una cerca y contempló el valle. Procuró no acobardarse al pensar en su nueva vida en Dublín porque al menos sabía que Ambrose estaría allí. Le había dicho que podía alojarse en su casa los fines de semana, cuando los alumnos tenían permiso para salir del colegio; la casa familiar quedaba demasiado lejos.

—Hola, Merry.

Ella pegó un respingo y se dio la vuelta.

—¡Bobby Noiro! —exclamó al verlo—. ¿Por qué no puedes decir hola como una persona normal? —se quejó Merry.

—¿Te marchas hoy?

—Sí, el padre de Bridget nos lleva en coche a la estación de tren de Cork.

—Es un simpatizante de los británicos —dijo en tono de mofa—. Así es como ha ganado tanto dinero.

—Puede, pero mejor eso que ir a pie hasta la estación arrastrando la maleta —replicó ella, inmune ya a sus comentarios mordaces.

—Tengo algo para ti —dijo él, que metió la mano en el bolsillo del pantalón y sacó un librito negro—. Es un libro muy especial, Merry. Es el diario de mi abuela Nuala, de la que te he hablado. Léelo y lo entenderás. —Se lo puso en las manos.

—¡Oh, Bobby, no puedo aceptarlo! Debe de ser muy valioso para ti.

—Te lo doy porque quiero que sepas de su vida y veas lo que los británicos nos hicieron, y cómo mi familia luchó por Irlanda y por la libertad. Es un regalo que te hago, Merry. Léelo, por favor.

—Vaya…, gracias, Bobby.

Él se la quedó mirando fijamente; tenía el iris de sus ojos azul oscuro casi negro.

—Volverás, ¿no? —dijo por fin.

—¡Pues claro! Para Navidad estaré en casa.

—Te llamaré «la hermana perdida» hasta que vuelvas, como en el cuento griego que me contaste sobre las Siete Hermanas y Gorrión —dijo él—. Necesitaré que vuelvas, Merry. Tú eres la única persona con la que puedo hablar.

—Es Orión, y estarás la mar de bien sin mí —contestó ella.

—No. —Bobby negó con la cabeza enérgicamente—. Te necesito. Tú eres distinta de todos los que viven aquí. Adiós, Merry. Ten cuidado en Dublín. Y recuerda, eres mía.

Estremecida, Merry lo miró marcharse corriendo por el campo. Y por primera vez se alegró de irse lejos.

Oyó un coche y vio que el padre de Bridget se acercaba colina arriba hacia la granja, de modo que saltó de la cerca y echó a correr de vuelta por el campo.

John, Katie y Nora habían salido a despedirse de ella con Bill y Pat; los dos pequeños iban peinados y con la cara limpia para no poner en evidencia a la familia delante de Emmet O'Mahoney. A Merry se le llenaron los ojos de lágrimas al ver que su padre salía de casa vestido con una camisa limpia. Se encaminó hacia ella y le plantó un beso áspero en la mejilla.

—Tu madre estaría orgullosa de ti, Merry —le susurró al oído—. Y yo lo estoy.

Ella asintió con la cabeza, era incapaz de contestar porque se le había hecho un nudo en la garganta.

—Ten cuidado en Dublín, y aprende muchísimas cosas. —Notó que su padre le metía una moneda en la mano, y luego la abrazó y de repente Merry solo quiso quedarse en casa.

Subió al coche, se sentó en el lujoso asiento de cuero negro al lado de Bridget, e intentó no llorar. Mientras el coche salía del patio y ella se despedía de su familia agitando la mano, se acordó de las últimas palabras que le había dicho su madre: «Eres especial, Merry, no lo olvides. ¿Me lo prometes?».

Le había hecho una promesa a su madre. Y haría todo lo posible por cumplirla.

Merry

Dublin

Junio de 2008

34

Y a partir de entonces, cuando volvía a casa en vacaciones, Bobby siempre me llamaba «la hermana perdida». —Suspiré.

Me sentía agotada; llevaba más de dos horas hablando, con aportaciones de Ambrose sobre el papel que el padre O'Brien y él habían desempeñado entre bastidores.

—Cuando tu madre murió debió de ser terrible. —Jack movió la cabeza con cara triste—. Eras muy pequeña.

—Lo fue. Todavía pienso en ella cada día, a pesar de todo el tiempo que ha pasado —reconocí—. La adoraba.

—Maggie era una mujer extraordinaria —dijo Ambrose, y vi que palidecía—. Ver a toda la familia de luto y saber que yo podía hacer tan poco para ayudaros…

—Pero me ayudaste, Ambrose, y ahora empiezo a comprender hasta qué punto. Así que fuiste tú el que le dio a la señorita Lucey la Enciclopedia Británica… Siempre me lo pregunté.

—Sí, y fue un placer, Mary. Eras una niña muy fuerte y jovial, y creciste a pasos agigantados cuando estuviste en el internado de Dublín, con los profesores y los recursos adecuados para avivar el fuego de tu curiosidad. Aunque a menudo me preguntaba si habría sido mejor que te quedaras con tu familia, rodeada del amor de tus hermanos.

—Ambrose, no me arrepiento de haber ido al internado de Dublín —lo tranquilicé—. Sé que solo tenía once años, pero tomé una decisión y sé que fue la correcta. Si me hubiera quedado en West Cork, nunca habría ido a la universidad. Lo más probable es que me hubiera casado con un granjero y hubiera tenido tantos hijos como mi madre —dije medio en broma.

—Me encantaría conocer a tu… mi familia —comentó Jack—. Se me hace muy raro pensar que a pocas horas de aquí hay gente que tiene nuestra misma sangre.

Ambrose se levantó y empezó a recoger nuestros vasos.

—No te preocupes por eso, Ambrose —dije—. Lo fregaré todo antes de que nos vayamos.

—Mary, todavía no estoy tan decrépito —protestó él, pero advertí que le temblaba la mano cuando cogió mi vaso de agua vacío.

Me puse de pie y se lo quité con delicadeza de la mano.

—¿Qué pasa, Ambrose?

Él me miró con una sonrisa triste.

—Me conoces bien, Mary. Yo… hay… aspectos de tu pasado que debería haber hablado contigo cuando te regalé ese anillo de esmeraldas hace tantos años. En aquel entonces siempre había un mañana, pero desapareciste hace treinta y siete años. Y aquí estamos ahora, sin que yo te haya explicado aún todo lo que pasó.

—¿A qué te refieres?

—Vaya, como puedes ver, estoy muy cansado. ¿Por qué no volvéis los dos mañana, cuando todos tengamos la mente fresca? —propuso—. Siempre que me prometas que volverás.

—Claro —dije, y lo abracé; la culpabilidad por haber abandonado a aquel hombre que había sido como un padre para mí me pesaba enormemente.

Una vez que Jack y yo hubimos fregado los vasos y las tazas y comprobamos que Ambrose se había instalado de nuevo en su sillón, salimos al cálido aire vespertino. Merrion Square estaba tranquila, las farolas acababan de encenderse; aún había algo de luz en aquella larga tarde de verano.

Jack y yo cenamos *fish and chips* en el restaurante del hotel, pero tenía la mente tan colmada de recuerdos de mi familia que apenas oía a Jack hablar.

—¿Sabes qué, mamá? —dijo él, colándose en mis pensamientos—. Creo que Mary-Kate debería estar en Dublín con nosotros. Diría que vamos a quedarnos un tiempo en Irlanda, así que deberías preguntarle si quiere venir. No sé en qué consiste el enigma de la hermana perdida, pero me sentiría mucho mejor si estuviéramos aquí todos juntos.

—Sí —convine—, tienes razón. Debería estar aquí, por si acaso…

—¿Por si acaso qué, mamá? ¿No piensas decirme qué te da tanto miedo? Interrumpiste tu historia justo cuando llegaste al internado. ¿Qué pasó después? ¿Tuvo algo que ver con ese Bobby tan raro que te llamaba «la hermana perdida»?

—Yo…, querías conocer mi infancia y el papel que desempeñó Ambrose en ella. Ya te lo he contado. Pero no, Jack, no puedo contarte más. Por lo menos hasta que haya descubierto cierta información por mí misma.

—Pero si Ambrose no ha sabido nada de ti desde que te fuiste, debe de haber un motivo.

—Por favor, Jack, basta de preguntas. Yo también estoy muy cansada, necesito dormir. Como solía decir mi querida madre, las cosas se verán mejor por la mañana.

Terminamos de cenar en silencio y nos dirigimos juntos al ascensor.

—¿En qué piso está tu habitación? —pregunté cuando entramos.

—En el mismo que la tuya, al final del pasillo; cualquier problema, dame un toque.

—Seguro que no será necesario —dije—, pero ¿puedes llamar a Mary-Kate y preguntarle si podría venir en avión lo antes posible? Toma. —Metí la mano en el bolso, saqué la cartera y le di la tarjeta de crédito—. Paga el vuelo con esto, y no la asustes.

—Anda ya. —Jack puso los ojos en blanco—. Le diré que nuestra madre se ha embarcado en un viaje de descubrimiento personal y que debería estar aquí para presenciarlo. Buenas noches, mamá. —Jack me besó en la frente y acto seguido enfiló el pasillo en dirección a su habitación.

—¡Que sueñes con los angelitos! —grité.

—Y que las chinches no te piquen el culito —coreó él como hacía desde que era niño.

Entré en la habitación, me quité la ropa, me aseé y me metí en la comodísima cama. Tomé nota mentalmente de que cuando volviese a Nueva Zelanda tenía que cambiar el colchón de hacía treinta y cinco años; todavía tenía el de crin de caballo que Jock compró poco después de que nos casáramos. Me quedé quieta, cerré los ojos e intenté dormir, pero me zumbaba tanto la cabeza que parecía que un enjambre de abejas la hubiese colonizado. Me di cuenta de que en el diario de Nuala se mencionaban nombres que ahora volvía a recordar de la infancia.

—No tiene sentido intentar comprenderlo todo esta noche —me dije, pero aun así no me dormía.

Empleé las técnicas de relajación que había aprendido a lo largo de los años, aunque me dejaban más tensa porque ninguna funcionaba nunca. Al final me levanté a por la botella de whisky del *duty free* y me sedé hasta que me sumí en un sueño agitado.

—Bueno —dijo Jack a la mañana siguiente cuando se reunió conmigo abajo para desayunar—. El avión de MK ya ha despegado. Entre las escalas y la diferencia horaria, debería llegar en algún momento después de medianoche —anunció mientras nos sentábamos a comer.

—Las maravillas de la era moderna —comenté sonriendo—. De una punta a otra del mundo en un día. Qué lejos hemos llegado como seres humanos. Cuando yo era niña, se habría considerado un milagro.

—Por lo que me contaste ayer, tuviste una infancia muy dura —dijo Jack, con cautela, frente a su plato colmado de beicon y huevos.

—Bueno, nunca desayunábamos así, pero tampoco pasábamos hambre. Sí, la vida en la granja era dura y todos trabajábamos mucho, pero nunca faltaban el amor y las risas. En el internado lo echaba mucho de menos, y eso que no tenía que ir a la pocilga a limpiar la porquería de los cerdos las mañanas lluviosas de invierno. Siempre estaba deseando que llegaran las vacaciones.

—¿A tus hermanos no les molestó que recibieras mejor educación que ellos?

—No, para nada. Creo que les daba lástima. Cuando volvía de Dublín, andaba con cuidado de que no pareciera que se me habían subido los humos, como decían ellos. A la que más echaba de menos era a Katie. —Suspiré—. De pequeñas estábamos muy unidas.

—Eso parecía, por lo que contaste. Y sin embargo no habéis seguido en contacto. Rompiste con todas las personas de tu pasado cuando te fuiste. ¿Por qué, mamá?

Mi hijo me miraba; sus ojos azules me instaban a que le diese explicaciones.

—Te lo contaré todo, ya te lo dije, pero todavía no. Venga, vamos a oír lo que Ambrose tiene que decirme.

—Vale, voy a mi habitación a buscar el móvil y a llamar a Ginette, a la bodega de la Provenza, para avisarle de que estaré fuera un tiempo.

—Jack, por favor —le agarré del brazo antes de que se fuese de la mesa—, si te necesitan allí, puedo hacerlo sola, de verdad.

—Lo sé, mamá, pero falta más de un mes para la vendimia, y esto es mucho más importante. Nos vemos en el vestíbulo dentro de quince minutos, ¿vale?

A medida que nos acercábamos a la puerta de la casa de Ambrose, tuve el presentimiento de que quería contarme algo importante, algo que incluso te podía cambiar la vida. Llamé al timbre y me embargó una oleada de inquietud.

Ambrose nos dio la bienvenida, pero cuando nos hizo pasar a la sala de estar pensé que aparentaba los ochenta y cinco años que había pasado en la tierra.

Jack y yo nos sentamos en el sofá, como el día anterior.

—¿Te encuentras bien? Estás un poco pálido, Ambrose —dije.

—Debo reconocer que no he dormido tan bien como de costumbre, Mary.

—¿Le preparo café? ¿Té? —se ofreció Jack.

—No, gracias. Me he puesto un vaso de agua. Después de la cantidad de whisky que bebí ayer, volverá a inflar los órganos vitales de los que tanto dependemos todos. Hablando en plata, no tengo más dolencia que una considerable resaca —dijo sonriendo.

—¿Prefieres que volvamos más tarde? ¿Te dejamos dormir un rato? —propuse.

—No, no. Mientras me quede aliento en la tierra y tú estés aquí, debo contarte la verdad. La alternativa es que un abogado anónimo te mande una carta después de mi muerte. Que es lo que había pensado hacer hasta que te presentaste en la puerta de casa —declaró riendo entre dientes.

Cogí instintivamente la mano de Jack y él apretó la mía.

—Ambrose, sea lo que sea, es mejor decirlo, ¿verdad?

—Así es, querida. Ayer, cuando te oí hablar con tanto cariño de tu infancia y tu familia, supe que lo que tenía que contarte sería muy difícil, pero…

—Ambrose, por favor, hemos acordado que no habrá más secretos —le rogué—. No hay nada que puedas contarnos a Jack o a mí que yo no sepa ya, ¿no?

—En realidad, sí. Cuando te regalé ese anillo el día de tu veintiún cumpleaños —dijo señalando mi mano—, había jurado que te contaría la verdad sobre su procedencia. Pero en el último momento cambié de opinión.

—¿Por qué? ¿Y por qué es tan importante el anillo?

—Me dispongo a contártelo, pero me temo que la historia que me explicaste ayer sobre las personas que crees que te siguen de hotel en hotel tiene algo que ver.

—Lo siento, Ambrose, pero no te entiendo.

—Tienes que comprender que los objetos pueden convertirse en símbolos importantes para distintos bandos. Las mujeres que se presentaron en tu casa de Nueva Zelanda diciendo que Mary-Kate es la hermana perdida de las Siete Hermanas no tienen, creo, nada que ver con tu período en Dublín antes de que te marcharas.

—Tú no puedes saber eso, Ambrose…

—Querida Mary, tal vez te sorprenda, pero tenía una vaga idea del apuro en el que estabas. Sobre todo durante el último año. Vivíamos bajo el mismo techo, ¿recuerdas?

Me ruboricé.

—Sí. Perdona, Ambrose. Pero este anillo… —Levanté la mano para que Jack lo viera—. Me dijiste que las siete puntas que rodean el diamante nos representan a mis hermanos y a mí, con nuestra madre en medio.

—Así es, pero por desgracia, Mary, y para mi vergüenza eterna, era mentira. O mejor dicho, me inventé una historia sobre su diseño que sabía que te agradaría por tu fascinación con los mitos de las Siete Hermanas y el hecho de que eras una de siete hermanos.

Lo miré fijamente, sorprendidísima de que ese hombre al que tanto había adorado y en el que había confiado más que en nadie me hubiese mentido.

—Entonces —dije tragando saliva—, ¿de dónde viene el anillo?

—Antes de que os cuente cómo di con él, tengo que poneros en situación. Tal vez lo primero que tú tienes que entender, Jack, es que aunque los irlandeses lograron hacer realidad su sueño de independencia, fue según las condiciones impuestas por el Gobierno británico. Dividieron el país en el norte, gobernado por los británicos, y la República de Irlanda en el sur. Hubo muchas cosas que no mejoraron para los pobres a cada lado de la frontera. Cuando tú naciste en 1949, Mary, hacía poco que Irlanda se había convertido en república, pero los niveles de pobreza eran más o menos los mismos que en los años veinte. Muchos habían emigrado a Estados Unidos, pero los que se quedaron padecían los efectos de la depresión que se extendió por Europa después de la Segunda Guerra Mundial. Fueron tiempos aciagos en Irlanda; como tú experimentaste en tus propias carnes, las familias como la tuya vivían en el umbral de la pobreza; en otras palabras, utilizaban lo que cultivaban para alimentar y vestir a los suyos. Y para las mujeres irlandesas en concreto, no había cambiado prácticamente nada.

—¿Quiere decir que a pesar de los cambios políticos, Irlanda estaba anclada en el pasado? —dijo Jack.

—Desde luego ese era el caso de zonas rurales como West Cork. —Ambrose asintió con la cabeza—. Cuando tu naciste, Mary, hacía poco que yo me había doctorado en el Trinity y acababan de ascenderme a investigador. Como oíste ayer, viajaba con regularidad a Timoleague para ver a mi querido amigo James (el padre O'Brien), que hacía poco había sido ordenado sacerdote de una parroquia que abarcaba Timoleague, Clogagh y Ballinascarthy. Yo tenía pocos amigos y menos familiares, y James era mi mejor amigo y confidente.

—Te quedaba muy lejos, ¿verdad? —intervine.

—Y más lejos aún antes de que tú nacieras, querida, porque entonces no tenía el Escarabajo rojo. Viajaba en tren, y me acuerdo de que la señora Cavanagh, la asistenta de la casa del cura, me recibía como si fuera un manojo apestoso de algas arrastrado hasta la orilla. —Ambrose se rio entre dientes.

—A la señora Cavanagh no le caía bien nadie —dije con vehemencia.

—La verdad es que no. El caso es que durante una de esas visitas para ver a James, mi vida cambió, Mary. Pero deja que retroceda al West Cork de aquel entonces, al momento de tu nacimiento en noviembre de 1949...

Ambrose y James

West Cork

Noviembre de 1949

Cros Cheilteach
La cruz celta

35

El padre James O'Brien se despertó sobresaltado y se incorporó. El llanto de un bebé había resonado en sus sueños, y al aguzar el oído se dio cuenta de que todavía lo oía. Después de pellizcarse para comprobar que no estaba dormido, abandonó el calor de su cama, se acercó a la ventana que daba a la parte delantera de la casa y descorrió las cortinas. No vio a nadie en el camino ni en el jardín; esperaba encontrar a una madre joven con una prole numerosa que acudía a él buscando consuelo porque le estaba costando sobrellevar la situación. Levantó el bastidor de la ventana, se asomó y miró abajo para asegurarse de que no había nadie en la puerta principal, y entonces dejó escapar un grito de sorpresa. Dentro de lo que parecía una cesta de mimbre había una manta que se retorcía. Sin duda el llanto venía de allí.

James se santiguó. Muy de vez en cuando habían dejado bebés en la puerta de la casa parroquial de Dublín, pero el padre O'Donovan, el sacerdote del que él dependía cuando era diácono, siempre se ocupaba de ellos. Cuando James le preguntaba adónde los llevaban, él siempre se encogía de hombros. «Al orfanato de la ciudad. Que el Señor los ampare cuando estén allí», añadía.

Con lo grande que era Dublín, no era de extrañar que allí ocurriesen esas cosas cuando las jóvenes se quedaban embarazadas, pero en una comunidad tan unida, donde si algo había aprendido James en sus seis meses de estancia era que todos conocían los secretos del vecino mejor que los propios, le sorprendió. Se puso a toda prisa un grueso jersey de punto para protegerse del invierno de West Cork y pasó revista mentalmente a sus feligreses. Sí, había varias jóvenes embarazadas, pero todas estaban casadas y se habían resignado a la llegada del recién nacido. Abrió la puerta de su cuarto, recorrió el pasillo y bajó la escalera pensando en todas las adolescentes de la parroquia.

—¡Santo Dios! ¿De dónde vienen esos berridos?

James miró detrás de él y vio a su amigo Ambrose en lo alto de la escalera vestido con un pijama a cuadros.

—Han dejado un bebé en la puerta. Voy a meterlo en casa.

—Voy a por la bata y bajo enseguida —dijo Ambrose mientras James descorría los pestillos y abría la puerta.

Por fortuna, sabía por los gritos que cuando retirase las mantas no se encontraría con un pequeño amoratado y sin vida. Temblando por el viento frío, agarró el asa de mimbre y metió la cesta en la casa.

—Caramba, este fardo parece todavía más interesante que los paquetes de libros que me mandan de Hatchards —exclamó Ambrose. Los dos permanecían de pie junto a la cesta.

—Bueno —dijo James; respiró hondo y se preparó para destapar al bebé con la esperanza de que la pobre criatura no estuviese tan desfigurada que la madre la hubiera abandonado por eso.

—Interesante, sin duda —dijo Ambrose mientras los dos miraban lo que parecía (incluso a los ojos de dos aficionados) un recién nacido perfectamente formado, aunque con la cara bastante colorada—. ¿Niño o niña? —murmuró Ambrose pensativo, señalando el trozo de tela que cubría los genitales de la criatura.

—Ya lo averiguaremos, vamos a llevarlo a mi estudio y a encender el fuego. Tiene las puntas de los dedos moradas.

James dejó la cesta encima de la alfombra, frente a la chimenea, y encendió el fuego, y Ambrose siguió mirando al bebé, cuyos gritos habían disminuido y ahora solo soltaba algún que otro chillido de desagrado.

—Parece que le pasa algo en el ombligo —dijo Ambrose—. Le asoma un rabillo gris manchado de sangre.

—¿No te acuerdas de las clases de biología? —James rio entre dientes—. Es lo que queda del cordón umbilical que une a la madre con el bebé. —Se arrodilló junto a la cesta—. Por su aspecto, esta cosita no tiene más que unas horas de vida. Vamos a ver si es niño o niña.

—Me apuesto unas libras a que es niña. Mira qué ojos.

James los miró y, aunque la piel que los rodeaba estaba enrojecida por los lloros, eran unos ojos enormes, de un intenso azul, enmarcados por pestañas largas y oscuras.

—Yo diría que tienes razón —convino James al tiempo que retiraba despacio la tela húmeda y sucia para descubrir que, en efecto, el bebé de la cesta era una niña.

—Qué lástima, ya no la puedes llamar Moisés —bromeó Ambrose—. Crees que acaba de nacer por el cordón umbilical, pero diría que es bastante grande. Claro que yo no soy experto en estas cosas —añadió.

James miró los bracitos y los muslos rollizos —las piernas de los bebés siempre le recordaban las patas de las ranas— y asintió.

—Cierto, esta niña parece mejor alimentada que la mayoría de las criaturas raquíticas a las que bautizo aquí. Vamos a ver, ¿puedo dejarla contigo y yo voy a buscar un paño a la cocina para cambiarle esta porquería pegajosa?

—Claro. Siempre me han encantado los bebés, y yo también les caigo bien —contestó Ambrose—. Ya está, pequeñina —dijo a la niña en tono tranquilizador cuando James se fue—, con nosotros estás a salvo.

Cuando James volvió, después de hacer pedazos una sábana inmaculada por obra de la señora Cavanagh, el bebé miraba fijamente a Ambrose, que le hablaba en susurros.

James rio al oírlo.

—¿Le estás hablando en latín?

—Claro. Nunca es demasiado pronto para empezar a aprender, ¿no?

—Si se está callada y tranquila mientras yo me encargo de lo otro, háblale en el idioma que quieras. Tenemos que sacarla de la cesta y ponerla encima de una toalla para que pueda limpiarla.

—Deja que la coja…

James observó con verdadera sorpresa cómo Ambrose sujetaba la cabeza del bebé con una mano, deslizaba la otra por debajo de la parte baja de la espalda y la dejaba con delicadeza sobre la toalla que James había colocado cerca del fuego.

—Parece que tienes buena mano con los pequeños —comentó James.

—¿Y por qué no iba a tener buena mano?

—Es verdad. Bueno, voy a hacer un pañal lo mejor que pueda, aunque será el primero de mi vida.

Mientras Ambrose seguía hablando al bebé —había pasado al griego—, James se esforzó en limpiar y luego sujetar el trozo de sábana alrededor del pompis rollizo de la criatura.

—Con esto valdrá —dijo haciendo un nudo justo debajo del ombligo.

—¿Había alguna nota en la cesta? —preguntó Ambrose—. ¿O alguna pista de quién puede ser la madre?

—Lo dudo, pero... —James sacudió la manta que acompañaba al bebé, y un pequeño objeto cayó al suelo—. Santo cielo —dijo James con voz entrecortada al tiempo que se inclinaba para recogerlo.

—¿Es un anillo? —preguntó Ambrose.

Se acercaron juntos a la lámpara del escritorio para inspeccionar el objeto que James sostenía en la palma de la mano. En efecto, era un anillo y tenía forma de estrella: esmeraldas engastadas alrededor de un diamante central.

—En mi vida había visto algo semejante —susurró Ambrose—. Tiene siete puntas, y los colores de las esmeraldas son tan claros y vivos... que no puede ser bisutería, James. Yo diría que es auténtico.

—Sí. —James tenía el ceño fruncido—. Alguien que puede permitirse un anillo como este debería poder mantener a su hija. En lugar de responder preguntas, el anillo ha planteado más.

—A lo mejor es de familia rica, fruto de un amor prohibido, y la madre ha tenido que deshacerse de ella para no enfrentarse a los reproches de sus padres —apuntó Ambrose.

—Es evidente que has leído demasiadas novelas románticas —dijo James en broma—. Podría ser un anillo robado. Sea cual sea su procedencia, de momento lo guardaré en un sitio seguro —decidió James.

Fue al cajón del escritorio a buscar una llave pequeña y el saquito de piel en el que guardaba la cruz de plata que sus padres le habían regalado por la confirmación. Metió el anillo con la cruz y acto seguido se acercó a la librería para abrir un armario situado debajo de los estantes.

—¿Ahí es donde le escondes el whisky a la señora Cavanagh? —dijo Ambrose riendo entre dientes.

—Eso y otras cosas que no quiero que encuentre —contestó James, y metió la bolsita de piel en el armario y lo cerró con llave.

—Bueno, de una cosa no cabe duda —dijo Ambrose mirando a la pequeña, que ahora estaba tumbada tranquilamente en la toalla—, parece que nuestra niña es muy especial. Es muy despierta para ser una recién nacida.

Sin embargo, las amables atenciones de Ambrose dejaron de tener efecto cuando el bebé se percató de que seguía con la barriga vacía y se puso a llorar otra vez. Ambrose la cogió en brazos y la meció con suavidad, pero fue en vano.

—Esta niña necesita la leche de su madre, o de cualquiera, de hecho —dijo Ambrose—. Y eso es algo que ninguno de los dos podemos darle. ¿Qué vamos a hacer ahora, James? ¿Secuestrar a la primera vaca que encontremos y meterle una ubre en la boca?

—No tengo ni idea —respondió James suspirando con impotencia—. Tendré que escribir al padre Norton, en Bandon, y esperar a ver qué aconseja.

—¡No me refiero a lo que será de ella a la larga, sino ahora mismo! —replicó Ambrose alzando la voz—. ¡Caray, niña, cómo una criatura tan pequeña puede armar tanto ruido!

Justo cuando los dos hombres estaban al borde de un ataque de pánico, llamaron a la puerta del estudio.

—¿Quién demonios es a estas horas de la mañana? —preguntó Ambrose.

—Debe de ser Maggie, la asistenta que viene a limpiar la casa el día que la señora Cavanagh libra. ¡Adelante! —gritó James.

Un par de ojazos color esmeralda, en una piel pálida salpicada de pecas típicamente irlandesa, aparecieron en la puerta. Tenía una espléndida melena pelirroja que le caía sobre el hombro en tirabuzones y que llevaba recogida con una redecilla.

—Hola, padre…

—Pasa, Maggie, pasa —dijo James—. Como puedes ver, tenemos a una invitada. La han dejado en una cesta en la puerta de mi casa.

—¡Oh, no! —Maggie abrió los ojos aún más, conmocionada y sorprendida.

—¿Conocías… conoces a alguna joven de la zona que pueda haberse, ejem, bueno…?

—¿Metido en líos? —terminó ella la frase.

—Sí.

Maggie frunció el ceño y reflexionó, y por primera vez James vio un asomo de arrugas en su rostro juvenil, producto de las adversidades físicas de la vida que llevaba. Él sabía que tenía cuatro niños en casa y que estaba esperando otro. Se fijó en que la piel de alrededor de los ojos estaba irritada, como si hubiese llorado hacía poco, y que tenía manchas oscuras de agotamiento debajo.

—No, padre, no se me ocurre ninguna.

—¿Estás segura?

—Sí —contestó ella mirándolo fijamente a los ojos—. Esa pequeña necesita comida —dijo, comentando lo evidente—. Y ese cordón necesita que alguien se encargue de él.

—¿Conoces a alguna mujer en estos pagos que esté amamantando y que estaría dispuesta a dar de mamar a otro bebé hasta que le encontráramos una casa? Si no damos con su madre, claro.

Siguió un silencio; Maggie miraba a James.

—Pues…

—¿Sí, Maggie?

—Ay, padre…

James vio que Maggie se llevaba las manos a la cara.

—Mi bebé pasó a manos de Dios ayer…

—Lo siento mucho, Maggie. Si lo hubiera sabido, habría ido a darle la extremaunción. ¿Por qué no me lo dijiste?

Cuando Maggie alzó la vista, James vio miedo en sus ojos.

—Debería habérselo dicho, padre, pero John y yo no podemos permitirnos un entierro digno. La pobre nació con un mes de adelanto y… dio su último suspiro dentro de mí… —Respiró hondo de forma entrecortada—. Ayer la… pusimos con su hermano, que murió de la misma forma, debajo del roble de nuestro terreno. Perdóneme, padre, pero…

—Por favor. —A James empezaban a zumbarle los oídos del alboroto que armaba el bebé y la espantosa noticia que Maggie acababa de darle—. No tienes por qué pedir perdón, ni a Dios ni a mí. Iré a la granja a dar una misa por el alma de tu niña.

—¿De verdad?

—Sí.

—Oh, padre, no sé cómo darle las gracias. El padre O'Malley habría dicho que al alma del bebé estaba condenada por no haberlo enterrado en el camposanto.

—Y yo, mensajero del Señor en la tierra, te digo que con toda seguridad el alma del bebé no está condenada. Entonces, Maggie, ¿eso significa que tienes… leche?

—Sí, padre, me sale como si ella siguiera aquí, esperándola.

—Entonces… ¿estarías dispuesta a dar de mamar a esta niña?

—Claro que sí, pero todavía no he encendido los otros fuegos, ni el fogón, ni…

—No te preocupes por nada de eso. Seguro que nos las apañamos mientras tú cuidas del bebé. ¿Verdad, Ambrose?

—Por supuesto. Toma —dijo Ambrose pasándole el bebé a Maggie.

Vio que ella miraba a la niña con tal desolación que casi se le partió el corazón.

—Le daré de comer en la cocina —dijo ella, sobreponiéndose.

—No, la cocina está helada —dijo James—. Siéntate en el sillón al lado del fuego. Avísanos cuando se haya saciado.

—¿Está seguro, padre? Puedo…

—Totalmente. Nosotros nos encargamos de todo, ¿verdad, Ambrose?

—Por supuesto. Tómate todo el tiempo que necesites, querida.

Los dos hombres salieron del estudio.

Ambrose se sentó en una silla de la cocina, envuelto en una manta, mientras James avivaba el fuego de la cocina de carbón y esperaba a que el agua hirviese para que pudieran tomar una taza de té.

—¿Te encuentras bien, amigo mío? —le preguntó James—. Estás muy pálido.

—Confieso que los acontecimientos de esta mañana me han impresionado. No solo la aparición del bebé en la puerta de casa, sino la joven Maggie… —Ambrose suspiró y meneó la cabeza—. Enterró a su recién nacido ayer mismo, y aquí está trabajando, a pesar del agotamiento físico y el dolor inexorable que debe de suponer para ella.

—Sí. —James se calentaba las manos en la cocina y le pedía a la tetera que se diese pisa en hervir. Él también necesitaba consuelo, y, solo se lo podía proporcionar una taza de té caliente y dulce—. Aquí la vida humana no vale nada, Ambrose. Debes ser consciente de lo privilegiados que somos tú y yo, cada uno a su manera. En la iglesia de Dublín en la que estaba, me protegía mi sacerdote, en cambio aquí estoy en primera línea. Y si quiero quedarme y sobrevivir, tengo que entender las costumbres de los fieles a los que sirvo. Y esos fieles son pobres y tienen problemas para subsistir.

—Por lo que he visto esta mañana, pondrá a prueba hasta tu fe en Dios…

—Aprenderé, y espero poder ofrecer consuelo a los que padezcan situaciones que ni alcanzo a imaginar. No pone a prueba mi fe, Ambrose, la reafirma, porque soy las manos de Dios en la tierra. Y lo poco que pueda hacer por ellos, lo haré.

Por fin la tetera emitió un débil silbido, y James echó agua caliente sobre las hojas de té.

—¿Y el bebé? ¿Esa preciosa nueva vida?

—Tengo que enviar un mensaje al padre Norton, ya te lo he dicho; él sabrá cuál es el orfanato local, pero… —James meneó la cabeza—. Una vez me mandaron a un orfanato cerca de mi antigua parroquia de Dublín a dar la extremaunción a un niño al que la tuberculosis lo estaba matando. Era un lugar espantoso; no puedo decir otra cosa. Había tres bebés por cuna, estaban manchados de sus propios excrementos, tenían la piel llena de piojos…

—Tal vez lo primero sería que los padres desistieran de la actividad que trae a los niños al mundo —dijo Ambrose mientras James le ponía una taza de té delante.

—Yo no diría que esa sea la solución —advirtió James—. Es un instinto natural, como bien sabes. Y el único solaz para esas pobres parejas jóvenes.

Llamaron tímidamente a la puerta de la cocina.

—Adelante —dijo James, y Maggie entró con el bebé dormido en brazos.

—Ha comido bien y ahora está tranquila. Me preguntaba si puedo coger un poco de sal de la despensa y agua caliente para lavar el cordón del bebé, padre, no sea que se infecte.

—Claro. Siéntate, Maggie. Iré a buscar una palangana y echaré agua con sal.

—Gracias, padre.

—Ambrose te preparará té, Maggie. Estás muy pálida, solo hace un día que diste a luz, por no hablar del dolor de la pérdida de tu criatura. No deberías haber venido.

—Oh, no, padre, estoy bien y con salud y preparada para trabajar.

—¿Cómo lo llevan tus hijos? —preguntó James.

—Todavía no lo saben. Cuando noté que venía el bebé y que algo no iba bien, le dije a la mayor, Ellen, que los llevara a casa de los vecinos. Todavía… todavía no he ido a buscarlos para darles la noticia porque tenía que venir a trabajar. Ahora mismo me pongo a limpiar, padre.

—Descansa de momento, por favor —le dijo Ambrose al tiempo que le ponía una taza de té delante y James iba a la despensa a buscar la sal—. ¿Por qué no me pasas el bebé mientras tomas el té?

—Estoy bien, señor, de verdad —repitió Maggie.

—Aun así, me gustaría tenerla un rato.

Ambrose cogió a la niña de los brazos de Maggie y acto seguido se sentó y la acunó en los suyos.

—Es muy guapa —dijo mirando al bebé dormido.

—Sí que lo es, señor, y también grande. Pesa más que cualquiera de los míos. Debió de ser un parto difícil para la madre.

—¿No tienes ni idea de quién podría ser hija?

—No, señor. Y conozco a todas las madres embarazadas de por aquí.

—Entonces ¿debe de ser de fuera del pueblo? —inquirió Ambrose.

—Yo diría que sí.

James volvió con una palangana y sal y, siguiendo las instrucciones de Maggie, echó un poco de agua caliente de la tetera en la palangana y la mezcló con agua fría. Le sorprendió lo mucho que Ambrose insistió en sostener al bebé mientras Maggie se ocupaba del cordón umbilical.

—Ya está limpio. Dentro de unos días se habrá secado y luego se caerá —explicó ella, volviendo a tapar al bebé con la manta—. Bueno, si no les importa, tengo que ponerme a trabajar, si no la señora Cavanagh me dirá cuatro palabras la próxima vez que me vea.

Maggie hizo una breve reverencia y salió de la cocina.

—¿No debería estar en casa descansando? La aterroriza perder el trabajo. Y la señora Cavanagh —comentó Ambrose.

—Sí, y los dos vamos a intentar que hoy descanse lo máximo posible. Los pocos chelines que gana por trabajar un día a la semana pueden decidir si su familia come o pasa hambre.

—¿Quién cuida de sus hijos cuando ella está aquí?

—Me da miedo pensarlo. —James se estremeció—. Probablemente se cuiden solos.

—No alcanzo a entender cómo puede coger en brazos a ese bebé sano y darle de mamar la leche destinada a su niña muerta. Qué valor…

James vio lágrimas en los ojos de su amigo. Nunca lo había visto llorar, ni siquiera cuando lo acosaban de forma cruel en el colegio.

—¿De verdad un orfanato es la única salida para esta pobre niña inocente? —Ambrose lo miró—. Has visto ese anillo, quizá podríamos averiguar de quién es y localizar a su familia… O, si no, hay mujeres sin hijos desesperadas por adoptar; mi amiga la catedrática de Literatura Inglesa me dijo que hay parejas de Estados Unidos que vienen a Irlanda para adoptar niños de los orfanatos.

—Si a los irlandeses se les da bien algo, parece que es dar a luz hijos sanos. ¿Quieres que la coja? Puedo tumbarla en mi cama. Seguro que Maggie volverá a darle de comer más tarde.

—¿Qué harás ahora, James?

—Hablaré con el padre Norton después de misa para enterarme de cuál es el protocolo en estos casos. —James cogió al bebé de los brazos de su amigo—. Bueno, me la llevo antes de que la adoptes.

Y con una sonrisa triste salió de la cocina.

36

Mientras James iba a la iglesia de Timoleague a dar la misa matinal, Ambrose se fue a pasear colina abajo, a la bahía de Courtmacsherry. El agua estaba como una balsa de aceite, y cuando caminó por la costa soplaba una suave brisa. Era un día frío, despejado y radiante de noviembre, como a él le gustaban, y aunque no entendía cómo la fe en un ser invisible podía arrastrar a su alma gemela a ese rincón de Irlanda perdido de la mano de Dios, de vez en cuando era capaz de apreciar su salvaje belleza natural.

El día en que conoció a James —a los once años ya era alto y tenía un atractivo casi pícaro—, Ambrose supo que ese niño que se convertiría en el hombre apuesto que era ahora había prometido consagrar su vida a Dios. Recordaba estar sentado en el banco duro e incómodo de la capilla del colegio de Blackrock, siempre con un libro en rústica a mano para leer a escondidas hasta el final del interminable canto fúnebre de la misa vespertina. A veces miraba a James, sentado a su lado en el banco, rezando con la cabeza baja y con una expresión que solo podía describir como éxtasis.

Ambrose sabía que nunca podría hablar de su falta de fe espiritual en público; después de todo, estudiaba en un colegio católico y tenía como maestros a monjes devotos. Los espiritanos, la orden que dirigía la escuela, preparaban a los alumnos para que fuesen misioneros en África Occidental. Ya de niño, la idea de cruzar los mares para ir a una tierra desconocida lo aterraba. Cuando olvidaba dónde había puesto las gafas, enseguida se sumía en un mundo borroso e indescifrable. A diferencia de James, cuya constitución soportaba los días más fríos y húmedos en el campo de rugby,

Ambrose, después de un partido, podía guardar cama en el sanatorio durante días con los pulmones delicados.

—Sé un hombre —le decía siempre su padre, sobre todo porque Ambrose era el heredero de su dinastía angloirlandesa, o al menos de lo que quedaba de ella.

Su familia había sido dueña de la mitad de Wicklow hacía trescientos años, eran los señores de los pobres católicos del lugar. Pero gracias a la labor filantrópica de su antepasado para con los arrendatarios y sus granjas, la familia había llegado a ser querida. Lord Lister había transmitido sus valores a su hijo, que había dado un paso más allá y, en su testamento, había legado la tierra a sus arrendatarios. Ese acto había dejado únicamente a las futuras generaciones de los Lister una mansión enorme y pocos recursos para mantenerla. Sin embargo, esa generosidad había impedido que la vivienda quedase reducida a cenizas, como había sucedido con muchas otras casas señoriales durante la guerra de Independencia. Y allí seguía viviendo su padre hasta el día de hoy. Ambrose era técnicamente un «honorable», el heredero de la dinastía; un anillo de sello de oro que le regalaron cuando cumplió veintiún años demostraba su noble abolengo. Su padre tampoco usaba el suyo casi nunca, a menos que tuviese que impresionar a un inglés, al que le decía en broma que podía considerarlo un «peón irlandés» debido a su nacionalidad. Ambrose siempre reía por lo bajo cuando su padre volvía de Inglaterra y decía eso, porque, a pesar de todo, tenía un acento inglés que podía cortar el cristal.

A Ambrose no le extrañaría lo más mínimo que la hipoteca de Lister House no se terminase de pagar. A los once años ya estaba seguro de que la dinastía de los Lister estaba condenada a acabar con él porque nunca se casaría. Su madre había muerto joven y le había dejado un considerable fondo fiduciario a heredar a través de su familia. Como su padre seguía vivo y se estaba bebiendo lo que quedaba de la herencia de los Lister, ella había querido proteger a su hijo. Ambrose soñaba con vender Lister House a una familia irlandesa de nuevos ricos que hubiese ganado dinero con la guerra y comprarse un piso pequeño y acogedor cerca del Trinity College, donde podría rodearse de sus libros y, lo más importante, estar calentito…

Lo que, desde luego, en ese momento no era el caso.

—Uf, cómo odio el frío… —murmuró mientras volvía hacia el pueblo, con sus bonitas casas color pastel, muchos de cuyos dueños se ganaban la vida con las tiendas que habían puesto en la planta baja de las viviendas.

Como siempre, la iglesia católica descollaba sobre el pueblo; en Timoleague o sus alrededores ni un alma faltaba a la misa de los domingos. A menudo, según James, se llenaba tanto que solo se podía estar de pie, aunque la iglesia tenía cabida como mínimo para trescientas personas.

Ambrose miró la pequeña iglesia protestante, a su izquierda, construida justo debajo de la enorme extensión de la iglesia católica de la Natividad de la Santísima Virgen María. Allí, sin duda, había tenido lugar una guerra impía que aún proseguía. Desde la división, cuando Irlanda del Norte se había separado del resto de la nueva República de Irlanda, el hecho de que los británicos protestantes gobernasen parte de la isla era motivo de ira. Y, sin embargo, ¿acaso el acto de la comunión no se hallaba en el seno de la comunidad católica y la protestante?

—Querido James —dijo en voz baja—, te quiero mucho, pero también temo que te hayas atado a una promesa vana.

Con todo, Ambrose aceptaba que, como los monjes franciscanos que habían construido la abadía de Timoleague hacía ochocientos años, su querido amigo deseaba hacer el bien mientras estuviese en la tierra. Al pensar en la preciosa recién nacida —cómo se había sentido cuando la había cogido en brazos sabiendo que nunca abrazaría a una hija suya—, Ambrose se emocionó.

Después de dar media vuelta y prepararse para el resto del trayecto colina arriba, se encaminó otra vez a la casa del cura.

—¿Cómo está la pequeña? —preguntó James a Maggie, que estaba poniendo la mesa para comer.

—La mar de bien, gracias, padre. Le he vuelto a dar de comer y está soñando con los angelitos en la cama de usted.

—¿Y tú, Maggie? Debes de estar agotada.

—Estoy muy bien, padre —contestó, aunque su cara decía otra cosa—. ¿Ha hablado con el padre de Bandon?

—No, vengo de misa. ¿Por casualidad no sabrás dónde está el orfanato más cercano?

—Creo que en Clonakilty. Hay un convento donde acogen a bebés como el nuestro..., el suyo —se corrigió Maggie ruborizándose.

James advirtió que estaba a punto de llorar mientras removía la sopa en el fogón. Abrió la puerta de la cocina de carbón y sacó una lata con algo que olía deliciosamente.

—Le he preparado un pan de frutas, padre. He visto que tenía frutas secas en la despensa y he pensado que le apetecería esta tarde con una taza de té.

—Gracias, Maggie. No he probado el pan de frutas desde que estaba en Dublín. Ah —dijo al oír que la puerta principal se abría y se cerraba—, ese debe de ser Ambrose. Sirve, por favor.

Ambrose entró en la cocina resoplando.

—Hay una buena subida desde la costa —dijo James—. ¿Estás bien, amigo mío?

—Sí, no estoy acostumbrado a las cuestas, eso es todo. —Ambrose se sentó y bebió agua del vaso que Maggie había dejado en la mesa—. ¿Qué tal la misa?

—Llena para un lunes por la mañana. Y después han venido a confesarse varias personas.

—Imagino que eso tiene que ver con el alcohol bebido en el Día del Señor —apuntó Ambrose sonriendo mientras Maggie le ponía un plato de sopa delante.

—También hay pan y mantequilla para los dos. Si no necesitan nada más, seguiré con mis tareas.

—Gracias, Maggie. Huele de maravilla.

—Solo tiene nabo y patata, pero le he añadido una manzana del montón de fruta que tiene en la despensa. Le da un toque dulce.

Y después de hacer una reverencia, Maggie salió de la cocina.

—Sabe tan bien como huele —dijo James; sopló una cucharada de sopa y tomó un sorbo, y luego cortó un grueso pedazo de pan casero y lo untó con mantequilla—. ¿Quieres pan, Ambrose?

—Desde luego. Y la sopa está muy buena. Qué lástima que no puedas contratar a la chica para que sustituya definitivamente a la señora Cavanagh.

—Qué más quisiera. —James suspiró—. Pero se armaría un alboroto en la jerarquía, te lo aseguro. Se ocupó de mis antecesores durante años.

—Además, Maggie es una auténtica belleza. Ojalá no estuviera tan delgada —comentó Ambrose—. Escucha, querido amigo, durante el paseo he estado pensando.

—Me consta que eso es algo peligroso —dijo James sonriendo.

—Por algún motivo, me ha dado por reflexionar sobre mi genealogía y me he remontado hasta lord Henry Lister, conocido en nuestra familia como el Gran Filántropo. Su generosidad estuvo a punto de arruinar a los Lister. También he estado pensando en el bebé que duerme arriba. Y en que, como sabes, lo máximo a lo que podrá aspirar si sobrevive a la infancia es a una educación elemental, que en el futuro solo la capacitaría para servir o para ejercer otro trabajo mal pagado.

—¿Y…?

—Bueno, vayamos al grano, yo tengo dinero, James. Y como sé que nunca tendré familia propia…

—Eso no puedes saberlo.

—Sí puedo —respondió Ambrose con firmeza—. Soy consciente de que no puedo cambiar el mundo, y menos salvarlo, pero quizá un pequeño acto de caridad podría cambiar al menos una vida.

—Entiendo. —James sorbió la sopa, pensativo—. ¿Significa eso que pretendes adoptar a la niña que está durmiendo arriba? Esta mañana me ha parecido que intentabas establecer un vínculo con ella.

—¡No, por Dios! No sabría por dónde empezar. —Ambrose rio entre dientes—. Sin embargo, sí que me parece que, con mi ayuda, podríamos encontrar una solución para el rompecabezas que tenemos bajo nuestro techo.

—¿Cuál exactamente?

—Tenemos a una mujer que acaba de perder a su querido bebé. Y una huérfana recién nacida que necesita una madre y su leche. Lo único que les impide juntarse es el dinero. ¿Y si le propusiera a Maggie que yo correría con todos los gastos del bebé y añadiría un dinero extra para ayudarles a ella y a su familia? ¿Qué opinas?

—No sé qué pensar, la verdad. ¿Estás diciendo que pagarías a Maggie para que adoptara al bebé?

—En esencia, sí.

—Ambrose, eso parece un soborno. Para empezar, ni siquiera sabemos si ella querría al bebé de otra mujer.

—Su mirada cuando la cuidaba me dice que sí.

—Puede, pero Maggie también tiene un marido, y es posible que él disienta.

—¿Lo conoces? ¿Cómo es?

—Por las veces que lo he visto en misa, John O'Reilly es un hombre bueno y temeroso de Dios. No se rumorea que frecuente los pubs del pueblo; si lo hiciera, créeme, me habría enterado. De todas formas, puede que ni siquiera esté dispuesto a considerar la idea de criar a una hija de un hombre desconocido.

—Entonces debemos hablar con él. ¿Y qué hay del resto de la familia? ¿Cuáles son sus circunstancias?

—Tienen a una hija mayor, Ellen, de diez años, un hijo, John, que tiene ocho, y dos niñas de seis y dos años. He oído que Maggie y John se casaron por amor en contra de los deseos de los padres de ambos y que están muy unidos.

Ambrose sonrió.

—La suerte y el amor sonríen a los audaces.

—Puede ser, pero no dan de comer. La familia tiene algunos cerdos y gallinas y unas cuantas vacas en una hectárea de terreno. Viven en una casa oscura y estrecha, sin electricidad ni agua corriente. Ambrose, no sé si eres consciente de la pobreza extrema a la que se enfrentan algunas familias de la zona.

—James, sé que soy un privilegiado, pero no ignoro las privaciones de los demás. Me parece que, pese a su pobreza, la familia O'Reilly cuenta con los cimientos necesarios para dar a esa niña un futuro estable, con un poco de ayuda de mi parte. Y debemos actuar rápido. Esta mañana Maggie ha dicho que no le ha contado a nadie que su hija ha muerto, y todavía no ha recogido a sus hijos de casa de los vecinos. Si nos diéramos prisa, todo podría quedar en secreto. Ya te he dicho que estoy dispuesto a pagar. Lo que haga falta —añadió Ambrose con vehemencia.

James miró pensativo a su amigo.

—Tendrás que perdonarme, pero que me hables de tu antepasado filántropo no va a convencerme de tu repentina necesidad de hacer un acto de caridad.

—Tal vez los espiritanos no consiguieron que creyese en un dios, católico o no, pero la simple inocencia de esa criatura recién nacida que duerme arriba ha hecho más por mi sensibilidad caritativa de lo que ellos podrían haber logrado en toda una vida. Siento que no he hecho nada especialmente bueno en mis veintiséis años de existencia, a diferencia de ti, que haces el bien a diario. Y quiero ayudar, James, así de sencillo.

—Ay, Ambrose. —James suspiró—. Me pides mucho como sacerdote. El bebé debería constar legalmente en el registro de mi iglesia como abandonado y…

—¿Provocaríamos la ira del Señor si intentáramos encontrarle una vida mejor que la que puede ofrecerle la Iglesia?

—¿Quién dice que sería mejor? Maggie y su marido John son muy pobres, Ambrose. Esa niña estará entre varios hermanos que tal vez no tengan ni qué comer. Le pedirán que trabaje duro en la granja y no le darán una educación mejor que la que recibiría en el orfanato.

—¡Pero la querrán! ¡Tendrá una familia! Y te aseguro que, como hijo único, con un padre que apenas me hacía caso, preferiría una vida más dura con una familia a mi alrededor. Sobre todo porque tú y yo estaremos aquí para velar por ella mientras crece.

James miró a su amigo y vio lágrimas en sus ojos. Desde que conocía a Ambrose, nunca le había oído hablar así de su padre.

—¿Puedo tomarme un tiempo para pensarlo, Ambrose? Maggie no se marchará hasta las seis, cuando nos haya servido la cena. Necesito ir a la iglesia a rezar y meditar sobre tu propuesta.

—Por supuesto. —Ambrose se aclaró la garganta y sacó un pañuelo impoluto del bolsillo del pantalón para sonarse la nariz—. Discúlpame, James. La llegada de ese bebé me ha desconcertado bastante. Sé que te estoy pidiendo mucho.

—Volveré para tomar el té y un trozo del pan de frutas de Maggie que huele tan bien.

James se despidió con un gesto de la cabeza y salió de la cocina.

Como siempre que pasaba por un momento difícil, Ambrose fue a su habitación y sacó el ejemplar de la *Odisea* de Homero de su viejo maletín. Su profunda sabiduría milenaria lo reconfortaba. Cuando volvió abajo, vio a Maggie ocupada con la niña y le dijo que se sentase a descansar junto a la cocina y le preparó una taza de té caliente y dulce. Entró en el estudio de James, avivó el fuego y se instaló en el sillón de cuero a leer. Pero ese día ni siquiera las palabras de Homero lo consolaban. Con el libro abierto sobre el regazo, cuestionó sus motivos para ayudar a esa niña. Una vez que fue consciente de la respuesta, se preguntó si porque los motivos fuesen intrínsecamente egoístas el resultado sería peor.

No, estaba convencido de que no. La niña necesitaba un hogar donde la quisiesen, y es posible que hubiese uno disponible. Y no había nada malo en ello desde el punto de vista moral.

—¿Qué tal te han ido las oraciones? —preguntó cuando James apareció en el estudio una hora más tarde.

—Hemos tenido una conversación muy interesante, gracias.

—¿Has tomado una decisión?

—Creo que primero debemos hablar con Maggie. Si ella y su marido se oponen a la idea, no hay ninguna decisión que tomar.

—Está descansando en la cocina con el bebé. Le he insistido.

—Entonces iré a por ella.

James salió del estudio y Ambrose se quedó mirando el fuego. Por una vez en su vida, también él tenía ganas de rezar.

James volvió seguido de Maggie. La joven había utilizado la otra mitad de la sábana rota para enrollársela alrededor de manera que pudiese llevar a la pequeña sujeta contra su pecho.

—¿He hecho algo mal, padre? —preguntó mientras James le ofrecía el sillón al lado de la lumbre—. El bebé estaba impaciente y yo tenía que preparar la cena, así que cogí la sábana y…

—Maggie, no te preocupes, por favor. Ambrose te dijo que descansaras —dijo James; los dos hombres miraron los diminutos puños y pies que asomaban de la sábana—. Bueno —continuó James al tiempo que el bebé empezaba a gimotear con unos ruiditos que parecían los maullidos de un gato—, el caso es que… Será mejor que Ambrose te lo explique.

—Ya sé que acabas de perder a tu bebé, Maggie, y que era una niña —empezó a decir Ambrose.

—Sí, señor, era una niña.

—Lamento mucho el dolor que has padecido. Y aquí estás, dando de mamar a una recién nacida.

Las lágrimas brillaban en los ojos de Maggie.

—Pesa mucho más que mi pobre niña. Mary (John y yo le habíamos puesto nombre antes de que naciera) solo era una cosita...

Ambrose le dio un pañuelo y esperó a que se repusiese antes de continuar.

—Todos sabemos dónde acabará esta pobre niña si el padre O'Brien se pone en contacto con el padre Norton —prosiguió Ambrose.

—He oído que los orfanatos son unos sitios terribles —convino Maggie—. En el de Clonakilty hubo un brote de sarampión hace poco y murieron muchos bebés, pobrecitos. —Maggie miró con ternura a la pequeña y le acarició la mejilla con un dedo—. Pero ¿qué podemos hacer?

—Dijiste que no le habías contado a nadie que tu pobre Mary había muerto —intervino James para confirmarlo.

—No, padre —contestó ella tragando saliva—. Como ya le dije, todo pasó tan de repente que decidimos que era mejor que nadie se enterara porque no podíamos permitirnos el velatorio. No somos paganos, se lo juro. Rezamos por ella cuando la enterramos y...

—Lo entiendo, Maggie, y estoy seguro de que no sois los únicos padres de la zona que hacéis eso.

—El caso —dijo Ambrose— es que me preguntaba si tú (y tu marido, claro) estarías dispuesta a adoptar a este bebé.

—Pues... claro que la acogería como a una hija mía, pero —Maggie se ruborizó hasta las raíces de su bonito cabello pelirrojo— ya tenemos cuatro niños hambrientos, la situación ya es bastante difícil...

—No pases mal rato, por favor, Maggie —dijo James para consolarla al ver la vergüenza y la angustia de la mujer—. Escucha lo que mi amigo Ambrose tiene que decir. Ha sido idea suya, no mía, pero le he dicho que como mínimo tenía que planteártela.

Ambrose se aclaró la garganta.

—Entiendo vuestras dificultades económicas, y si tú y tu marido considerarais acogerla como a una hija vuestra, yo estaría encantado de correr con todos los gastos que la niña generase hasta que cumpliera veintiún años. Eso incluye su educación si desea seguir estudiando después de la enseñanza secundaria. Ese importe se os pagaría al contado cada cinco años. También añadiría otra cantidad, que pagaría en el acto, por las molestias y por vuestra discreción. Vuestros amigos y familiares deben creer que el bebé es la niña que llevabas en el vientre. De lo contrario, el padre O'Brien se vería en una posición intolerable por no haber informado de su llegada a través de los canales adecuados. Bueno, esta es la cantidad que estoy dispuesto a daros para pagar los costes de la crianza de la niña durante los cinco primeros años de su vida. —Le dio una hoja de papel en la que antes había anotado una cifra. Esperó a que Maggie la mirase, y a continuación le dio otra hoja—. Y esta es la cantidad al contado que os pagaría a ti y a tu marido en el acto por las molestias y los extras que pudieran surgir sobre la marcha.

James y Ambrose observaron a Maggie mientras descifraba los números. A James le pasó por la cabeza que tal vez no supiera leer, pero la expresión de absoluta conmoción que se reflejó en el rostro de la joven cuando alzó la vista hacia Ambrose le indicó que sí sabía.

—¡Jesús, María y José! —Maggie se tapó la boca con la mano y miró a James—. Discúlpeme el lenguaje, padre, pero me he quedado anonadada. Estos números… ¿Es posible que haya puesto un cero de más sin querer?

—En absoluto, Maggie. Esas son las cifras que estoy dispuesto a pagaros por acoger a la niña.

—Pero, señor, ¡la primera cantidad es más de lo que podríamos plantearnos ganar en cinco años o más! Y con la segunda, no sé, podríamos empezar a construir una casa nueva, o comprar más hectáreas de terreno…

—Naturalmente, debes consultar a tu marido y explicarle lo que os propongo. Pero si él está de acuerdo, yo podría ir al banco del pueblo mañana y pagaros el dinero en su totalidad. ¿Está él en casa ahora?

—Debe de estar en el ordeñadero, pero sé que cuando vea estos números pensará que me he vuelto loca de atar.

—Está bien. ¿Por qué no te vas a casa, le explicas lo que Ambrose te ha propuesto y, si quieres, traes a tu marido para que yo pueda confirmarle todo?

—¿Y la cena, padre? Todavía no la he servido, ni siquiera he cocinado la col.

—Seguro que nosotros podemos ocuparnos —dijo James—. Si queremos que esto llegue a buen puerto, es crucial que el bebé se vaya contigo esta noche. No nos interesaría que la señora Cavanagh se enterara, ¿verdad?

—No, señor, no nos interesaría. Bueno, me voy a casa a ver a mi marido, si usted está seguro.

—Estoy seguro —dijo Ambrose—. Cuidaremos del bebé hasta que vuelvas.

Se levantó para coger a la niña.

Una vez que Maggie se hubo marchado, los dos y el bebé fueron a la cocina, donde James apartó del fogón algo que olía a estofado de carne irlandés.

—Si a ti te da igual, no haré la col. Será un alivio no cenar col una noche.

Miró a su amigo, que tenía toda la atención puesta en el bebé y lo acunaba suavemente en sus brazos.

—¿Puedo preguntar cuánto le has ofrecido? —inquirió James.

—No.

—Si te lo pregunto es porque estoy pensando que cabe la posibilidad de que acojan al bebé solo por esa cantidad.

—Sin duda es suficiente para animarlos a acoger al bebé y para que Maggie engorde un poco, aunque no para emperifollarse con ropa elegante. Y, sí, para ayudarlos a llevar una vida un poco más soportable. Es una niña preciosa, ¿verdad? —murmuró.

—Estás embelesado, Ambrose. Tal vez esta cría consiga que cambies de opinión en cuanto a lo de no tener hijos.

—Imposible, pero desde luego me gustaría cuidarla y ser para ella una figura paternal mientras crece. Y tú también deberías serlo cuando yo esté en Dublín.

—Claro, pero primero veamos si el marido está de acuerdo. Anda, ven a probar el estofado. Está riquísimo.

Una hora más tarde, Maggie volvió con un joven apuesto y fornido. Saltaba a la vista que se había puesto su mejor ropa para la ocasión, e iba tocado con la gorra plana que la mayoría de los varones de la parroquia de James llevaban a misa.

—Entrad, por favor —dijo James; los hizo pasar, cerró rápido la puerta y se alegró de que la casa del cura tuviese dos hectáreas de terreno desierto alrededor, con lo que no quedaba expuesto a vecinos indiscretos.

Los llevó a su estudio, donde Ambrose había dejado al bebé en la cesta en la que había llegado. Sabía que al marido podía extrañarle ver a un hombre cuidando de una recién nacida.

—Este es John, mi marido —dijo Maggie con timidez.

—Y este es mi amigo de Dublín, Ambrose Lister, investigador del Trinity College.

—Encantado de conocerlo, señor —masculló John.

James se dio cuenta de lo incómodo que estaba: muchos granjeros de la zona pasaban gran parte del día en el campo, y a menudo solo hablaban unos minutos con otras personas que no fuesen de su familia los domingos después de misa.

—Mucho gusto, señor O'Reilly —dijo Ambrose, quien advirtió que el cuerpo de John se ponía rígido instintivamente al oír su acento inglés.

—¿Nos sentamos? —propuso James—. John, tú y Maggie sentaos en los sillones al lado del fuego.

James se instaló en la silla detrás del escritorio, separándose a conciencia de Ambrose y de los posibles padres, pues era vital que el «trato» no lo incluyera a él. Ambrose se sentó en la silla de madera de delante del escritorio. Vio que marido y mujer se sentaban tímidamente junto al fuego y se quedaban mirando la cesta.

—Por favor, Maggie, saca al bebé si lo deseas —dijo Ambrose.

—No, señor, prefiero dejarla ahí hasta…, en fin, de momento.

—Bueno, señor O'Reilly, Maggie ya le habrá contado lo que he pensado —empezó.

—Sí, señor, me lo ha contado.

—¿Y qué piensa usted?

—Me gustaría preguntarle por qué está dispuesto a hacer algo así por la niña —dijo John sin mirarlo a los ojos.

—Vaya, esa es una muy buena pregunta, señor O'Reilly. Y la respuesta sencilla es que soy un soltero que vive en Dublín y tengo la suerte de recibir unas rentas que financian mis actuales estudios en el Trinity College. Antes de que lo pregunte, soy católico —se apresuró a añadir; aunque John O'Reilly era un hombre sencillo de West Cork, podía haber oído que el famoso Trinity College había sido fundado en la fe protestante.

Ambrose tomó aire para continuar; era consciente de que debía elegir sus palabras con cuidado.

—Por lo tanto, dispongo de una renta. Cuando esta niña apareció en la puerta de la casa del padre esta mañana, y él me contó que su destino sería un orfanato, me pregunté qué podría hacer para ayudar. Y luego, claro, su esposa llegó y nos confesó su trágica pérdida… En pocas palabras, vi una manera de ayudar al bebé a recibir una educación en un entorno familiar y, al mismo tiempo, de aliviar un poco la pena que los dos deben de sentir por su pérdida.

Se produjo una pausa, y John reflexionó sobre lo que Ambrose había dicho. Maggie miraba a su marido con evidente esperanza en la mirada.

Como el silencio se alargaba, Ambrose consideró que debía llenarlo.

—Por supuesto, ninguno de ustedes dos tiene por qué sentirse presionado a aceptar, pero he pensado que no había nada malo en proponer una posible manera de proceder que conviniera a todas las partes. Tanto al padre O'Brien como a mí nos educaron los espiritanos, que nos enseñaron a ser caritativos. Últimamente me ha dado por pensar que al estar ocupado con mis estudios en Dublín no hago lo suficiente para ayudar a otros con menos suerte que yo.

John alzó la vista, y su mirada se encontró por primera vez con la de Ambrose.

—Nos está ofreciendo un montón de dinero, señor. ¿Qué querría a cambio?

—Nada en absoluto. De hecho, como Maggie le habrá explicado, cualquier transacción que tenga lugar entre nosotros no deberá volver a mencionarse nunca. Por el bien de ustedes dos y del padre —dijo señalando a James—. El padre O'Brien no puede ser considerado partícipe de esto, y en realidad él no ha tenido nada que ver.

John desvió su atención a James.

—¿Fue al colegio con el señor…?

—Lister —confirmó James—, y sí, estudié con él. Puedo responder plenamente de su carácter y garantizaros que esto no es más que un acto de caridad con una niña huérfana.

—Y con nosotros —murmuró John—. No necesitamos recibir semejante cantidad de dinero por una criatura.

El bebé en cuestión había empezado a lloriquear durante su conversación y en ese momento se puso a chillar a pleno pulmón.

—¿Puedo cogerla y llevarla a la cocina para darle de mamar? —Maggie lanzó una mirada suplicante a su marido.

John asintió con la cabeza. Maggie levantó a la niña y prácticamente salió corriendo de la estancia, como si no pudiese oír más.

—Creo que antes de que empecéis a tratar el tema económico, lo más importante es decidir si estáis dispuestos a acogerla —terció James desde detrás de su escritorio.

—Como puede ver, Maggie está ilusionada con la niña —dijo John—. Ayer se le rompió el corazón cuando perdimos a nuestra Mary. Y solo hace un año que perdimos a otra criatura. Por supuesto, esperábamos tener más hijos en el futuro. ¿Está sana la niña?

—Yo diría que sí, por el tamaño que tiene —contestó James—. Y tu mujer ha pensado lo mismo.

John O'Reilly permaneció en silencio un rato antes de hablar.

—¿Seguro que no querrá nada más de nosotros?

—Nada —confirmó Ambrose—. El padre O'Brien me mantendrá al tanto periódicamente de sus progresos, y esa será suficiente recompensa. Solo quiero ver que la niña se cría con una familia y que está bien cuidada.

—Lo haremos lo mejor que podamos, pero no podemos garantizarle que no se ponga enferma si hay sarampión o gripe.

—Lo entiendo, señor O'Reilly. Me refería a que me interesaré por su estado en la distancia. Pero si lo prefiere, puedo no interesarme.

—Bueno, en cuanto al dinero… ¿Le ha dicho a Maggie que nos pagaría en efectivo? ¿Y que lo tendríamos mañana?

—Sí.

—Entonces debo decirle que somos una familia religiosa, y si mi esposa hubiera vuelto a casa y me hubiera hablado del bebé, y dado que ella todavía tiene leche, puede que me hubiera convencido para que nos quedásemos a la niña sin necesidad de aceptar su oferta.

Ambrose advirtió por sus hombros erguidos que, aunque el hombre era pobre, también tenía su orgullo. Le cayó todavía mejor.

—Le creo, señor O'Reilly. Puedo ver que quiere mucho a su esposa, de modo que tal vez la mejor manera de aceptar la cantidad que recibirá es pensar que puede ayudar a que la vida de ella y la de su familia sean más desahogadas que hasta ahora.

—Ya lo creo que sí, señor. Tenemos mucha humedad en casa. Podría arreglarla, o incluso empezar a construir una casa nueva. Pero no demasiado rápido, o los vecinos empezarían a preguntarse de dónde ha salido el dinero. No me gustaría que chismorrearan sobre este asunto.

—Seguro que los dos sois lo bastante sensatos para que eso no pase —intervino James—. No debemos olvidar que lo principal aquí es que estamos hablando de una niña recién nacida que necesita un hogar y una familia. Todos los implicados están llevando a cabo un acto de caridad.

—Sí, padre, gracias. Y tendré prudencia en cómo se gasta el dinero. Despacio, con el tiempo.

Llamaron a la puerta, y Maggie apareció con el bebé en brazos.

—Ya está dormida —dijo, y acto seguido miró a su marido—. ¿Lo ves, John? ¿A que es preciosa?

John se acercó a ver al bebé y esbozó una sonrisa.

—Sí que lo es, cariño.

—¿Y bien…? —Maggie parecía incapaz de preguntar.

John se volvió otra vez hacia Ambrose y James.

—¿Nos la llevaríamos a casa con nosotros ahora?

—Dios bendito —dijo Ambrose cuando James volvió al estudio después de despedirse de la joven pareja y su nueva hija—. Me siento abrumado.

James vio que Ambrose sacaba un pañuelo y se secaba los ojos.

—¿Qué pasa?

—Ay, supongo que es una mezcla de cosas —respondió Ambrose—. Pero sobre todo es por John O'Reilly: más pobre que el ratón más paupérrimo de tu sacristía y sin embargo tan orgulloso...

—Es un hombre bueno —convino James—. Y besa la tierra que pisa su mujer, cosa que da gozo ver, considerando la cantidad de matrimonios que he oficiado que son como unir una hectárea con otra en lugar de a un hombre y una mujer. La suya es sin duda una unión por amor.

—¿Te importa si me sirvo un whisky? Después de tantas emociones, creo que necesito uno para calmar los nervios.

—Hoy has hecho algo bueno, amigo mío. *Sláinte* —dijo James aceptando el vaso que le ofrecía Ambrose y brindando con él—. Por ti, y por el bebé.

—Que se llamará Mary porque es lo que ellos querían, y es una lástima. Hay un sinfín de nombres griegos que habría preferido. Atenea, por ejemplo, o Antígona...

—Entonces me alegro de que le hayan puesto el nombre de la Virgen María. —James sonrió.

—Mary es especial, James, lo presiento. Me la han mandado para que cuide de ella.

—Estoy de acuerdo en que los caminos del Señor son inescrutables.

—Yo lo llamaría azar, aunque debo reconocer que las posibilidades de que yo esté aquí, combinadas con la ausencia de la señora Cavanagh, junto con una madre que acaba de perder a una hija, hacen que parezca que todo estaba predestinado.

—Aún es posible que te convierta en creyente —dijo James sonriendo.

A la mañana siguiente Ambrose fue andando al pueblo y entró en el banco. Extrajo la cantidad que había prometido al señor y la señora O'Reilly, y volvió andando colina arriba. Cogió dos sobres del escritorio de James, separó las cantidades y cerró los sobres. El reintegro apenas afectaría a su fondo fiduciario, y sin embargo para los O'Reilly representaba la seguridad económica durante los próximos cinco años. La señora Cavanagh iba de aquí para allá quejándose de todo lo que encontraba que pareciera indicar que «la muchacha O'Reilly» no había hecho sus labores a fondo, de modo que metió los sobres en el cajón del escritorio.

Llamaron a la puerta del estudio.

—Adelante —dijo.

—¿Se quedará a comer, señor Lister?

—No, señora Cavanagh. Mi tren sale al mediodía, así que me iré a la estación dentro de quince minutos —respondió Ambrose, consultando su reloj.

—De acuerdo. Buen viaje, pues —dijo ella, y se fue dando casi un portazo.

Ambrose percibía la animosidad que emanaba de ella. Aunque se había hecho a la idea de que esa mujer no amaba a la raza humana en general, su aversión a él, pese a ser un invitado del hombre para el que ella trabajaba, resultaba palpable. Era evidente que le parecía inadecuado que el sacerdote tuviese un amigo que lo visitaba cada mes. Él se había esforzado por ser lo más educado posible, al menos por James, pero presentía que esa mujer iba a darle problemas.

James entró en el estudio y le dedicó una débil sonrisa.

—Tienes cara de cansado, querido amigo —comentó Ambrose.

—Confieso que anoche no dormí bien, después de toda la… actividad de ayer.

—¿Te preocupa?

—No me inquieta el acto en sí, sino el engaño. Si alguien descubriera que he tenido algo que ver con esto…

—Eso no pasará; los O'Reilly no hablarán, estoy seguro.

Ambrose se llevó un dedo a los labios cuando los dos oyeron pasos por el pasillo.

—Debo irme ya —dijo en tono normal al tiempo que se acercaba al cajón y le enseñaba a James dónde había guardado los sobres.

James asintió con la cabeza.

—Se los daré a Maggie el lunes que viene cuando venga a trabajar, como acordamos —susurró.

Llamaron otra vez a la puerta del estudio, y ahí estaba otra vez la señora Cavanagh.

—No se olvide de que tiene ensayo con el coro dentro de diez minutos, padre: el organista cambió la fecha porque el jueves es día de feria en el pueblo y tiene que llevar dos de sus vaquillas.

—Gracias por recordármelo, señora Cavanagh: me había olvidado por completo. Te acompañaré hasta la iglesia, Ambrose.

Los dos hombres salieron de casa y recorrieron la corta distancia hasta la iglesia. Ya se oía el sonido de órgano dentro.

—Muchas gracias por venir, Ambrose. Te escribiré.

—Claro. Haré todo lo posible por venir al menos una vez antes de Navidad. Vigila de cerca a nuestra Mary, ¿quieres? —susurró Ambrose.

James le tocó el hombro.

—Buen viaje, amigo mío. Gracias.

Ambrose lo observó entrar rápidamente en la iglesia. Acto seguido se dio la vuelta para bajar la escalera y dirigirse a la pequeña estación de ferrocarril. Siempre que se despedía de James sentía un vacío, pero por lo menos ahora, a través de una huérfana recién nacida abandonada en la puerta de una casa, le consolaba pensar que compartían un secreto que duraría toda la vida.

Merry

Dublín

Junio de 2008

37

Cuando Ambrose concluyó el relato, me vi incapaz de hablar. No encontraba palabras para describir cómo, en menos de una hora, todo lo que pensaba que sabía de mí misma —de mi infancia y de mi viaje hasta la vida adulta— había dejado de ser real.

—Entonces, Ambrose... —La voz tranquila de mi hijo habló por mí. No le había soltado la mano desde que Ambrose había empezado a contarme quién era. O, en realidad, quién no era...—. Lo que estás diciendo es que mamá en verdad no tiene lazos de sangre con sus padres, ni con sus hermanos.

—Eso es, Jack.

—Yo... —Carraspeé, pues tenía la garganta seca de la impresión y la emoción—. No sé qué decir.

—Claro que no —respondió Ambrose—. Debes de sentirte como si toda tu infancia hubiese sido una mentira. Una mentira que yo mismo urdí hace demasiado tiempo. Mi queridísima Mary, solo puedo deshacerme en disculpas, porque el cobarde fui yo. Debería haberte contado la verdad cuando cumpliste veintiún años y te di ese anillo. Por favor, créeme cuando te digo que, aunque me equivocara, continué mintiendo por amor a ti. Sencillamente no soportaba la idea de destruir tu amor y tu confianza en tu familia. Nunca se me ocurrió que acabaríamos los tres aquí sentados, tantos años después, contigo sometida a un dolor innecesario debido a mi engaño continuo.

Jack se volvió hacia mí.

—Mamá, sé que ahora mismo te sientes fatal, pero no olvides que papá y tú adoptasteis a Mary-Kate. Ella tampoco comparte ningún vínculo de sangre con nosotros, pero ¿la quieres menos por ello?

—No, claro que no. Y tu padre tampoco la quería menos. Los dos la queríamos y la considerábamos nuestra.

—Y yo. Es mi hermana y siempre lo será.

—La diferencia es —repuse— que, en cuanto tuvo edad para entenderlo, le contamos que la habíamos adoptado. No queríamos que crecieses pensando que la habíamos engañado de algún modo. Era algo que tu padre y yo teníamos clarísimo.

Se me volvió a encoger el corazón al pronunciar esas palabras. Sabía que había ocultado mi pasado a mi marido y mis hijos. ¿Me convertía eso en una hipócrita?

—Mary, entiendo que debes de estar muy enfadada conmigo, pero te ruego que me perdones por lo que no te conté cuando te entregué ese anillo. Ibas a ver a tu familia para celebrar que cumplías los veintiuno y te licenciabas en Clásicas. ¿Cómo iba a echar por tierra esa alegría?

Pese a que la imagen que tenía de mí misma acababa de desmoronarse en un abrir y cerrar de ojos, advertí que Ambrose estaba a punto de llorar. Estaba enfadada, por supuesto, pero, tras pensar en el modo en que lo había abandonado hacía treinta y siete años, me levanté y me acerqué a él; luego me arrodillé y le cogí la mano.

—Lo entiendo, Ambrose, de verdad que lo entiendo. Tal vez todos mentimos para proteger a aquellos a los que amamos. O al menos no les contamos cosas que pensamos que pueden hacerles daño o asustarlos.

—Eso es muy generoso por tu parte, querida niña. Imagino que habría acabado confesándotelo. Pero desapareciste de mi vida de forma muy repentina. No tenía ni idea de dónde estabas. Como ya te he contado, pensaba dejarte una carta en la que te explicase todo esto con la esperanza de que algún abogado diera con tu paradero. Eres la única beneficiaria de mi testamento... Yo... —Ambrose retiró su mano de la mía y se sacó el pañuelo impecable que llevaba en el bolsillo delantero de la chaqueta. Se sonó con fuerza.

—Bueno, como acabas de decir, Jack, aunque no fuésemos de la misma sangre, los O'Reilly siempre serán mi familia.

—Debes saber que te quise desde el momento en que te vi —agregó Ambrose.

—Y yo a menudo deseé que fueras mi padre, querido Ambrose. Lo que me has contado supone un impacto enorme, pero no podías saber que desaparecería de tu vida durante tanto tiempo. Tengo que creer que me lo habrías contado antes. Además, me salvaste de acabar en un orfanato.

—Gracias, querida niña, recibir la noticia como lo has hecho demuestra una gran generosidad. Aunque en parte también me siento responsable de lo que te empujó a abandonar Dublín. Era consciente de lo que estaba ocurriendo, pero sentía que no me correspondía intervenir. Habías crecido, eras adulta.

—¿Preparo té? —preguntó Jack para romper el silencio que siguió.

—Quizá nos vendría mejor un poco de whisky... —Señalé la botella.

—¡Me queréis emborrachar! Es poco más de mediodía. —Ambrose miró el reloj que estaba desde siempre en la repisa de la chimenea. No obstante, no rechazó el vaso que le ofreció Jack. Dio unos sorbos y, finalmente, vi que sus mejillas recuperaban algo de color.

Fui a sentarme junto a Jack.

—¿Mejor? —pregunté a Ambrose.

—Mucho mejor.

—Por supuesto, mamá, esto significa que, si te adoptaron, Ally y sus hermanas podrían estar buscándote a ti o a MK —dijo Jack.

Lo miré sorprendida.

—Dios mío, tienes razón. Eso suponiendo que esas mujeres nos hayan contado la verdad acerca de por qué me están siguiendo —añadí, lo cual, no obstante, me llevó a formular una pregunta importante a Ambrose—: ¿Tú...? O sea, ¿tienes alguna idea de quiénes eran mis padres biológicos, Ambrose? —aventuré con vacilación.

—Ninguna, Mary, ninguna en absoluto. Fuiste lo que antes se llamaba una niña «expósita» y, como reemplazaste a la Mary que había fallecido, nunca circularon rumores acerca de ti. Nadie, salvo la persona desconocida que te llevó allí, sabía que te habían dejado en la puerta de la casa de James.

—¿Y...? Bueno, ¿crees que mis padres me acogieron por lo que les pagaste?

—Al principio me preocupaba eso, claro, pero recuerdo vívidamente la cara de tu madre cuando te cogió en brazos por primera vez. Y tu querido padre estaba tan enamorado de ella que habría hecho cualquier cosa por hacerla feliz. Fui testigo de cómo él también te quería cada vez más. Te hacías querer, Mary. —Sonrió.

—Quizá nunca averigües quiénes eran tus padres, mamá —dijo Jack—. ¿Te importaría?

—En circunstancias normales, tal vez no —intervino Ambrose—; sin embargo, parece que hay un grupo de hermanas en plena búsqueda y decididas a echar un vistazo a ese anillo tuyo. Es la única pista sobre tus orígenes, lo que apunta a que podrían ser sinceras. Mary, yo te aconsejaría que te plantearas quedar con una de esas mujeres para averiguar qué quieren.

—Creo que Ambrose tiene razón, mamá —dijo Jack—. Podría ponerme en contacto con Ally.

—Pero ni siquiera estás seguro de que Ally sea una de las hermanas, ¿no, Jack? —repliqué.

—Cuanto más pienso en las conversaciones que mantuvimos, más creo que me buscó, de manera intencionada. De cualquier manera, solo hay un modo de averiguarlo.

—Acabo de darme cuenta de una cosa —dije con un escalofrío—. Aquel hombre al que conocí en Londres, Orlando Algo, le conté en qué bodega estabas en la Provenza, e incluso le di tu número de teléfono por si quería más detalles técnicos sobre nuestro viñedo.

—Bueno, pues asunto resuelto —Jack suspiró con tristeza—. Así es como me encontró ella.

—Me da la impresión de que esas hermanas tienen muchos recursos. —Ambrose esbozó una leve sonrisa—. A pesar de tu miedo a que su motivación esté relacionada con tu pasado aquí en Irlanda, podría ser que tú o tu hija fuerais su hermana perdida.

Noté que me hormigueaban todos los nervios del cuerpo al pensar en las connotaciones de que yo fuese la hermana perdida. Aunque Ambrose dijese que tenía una idea de por qué me había marchado tantos años antes, y estaba seguro de que las mujeres que me buscaban no tenían ninguna conexión con ello, yo seguía sin estar convencida. Me levanté de golpe.

—¿Os importa que salga a dar un paseo? Necesito un poco de aire fresco. —Dicho esto, me volví, me encaminé hacia el vestíbulo y salí de la casa.

Fuera, tomé varias bocanadas de aire irlandés y, a continuación, crucé con paso decidido el parque de Merrion Square, entre parejas y grupos de estudiantes que celebraban picnics a la sombra de grandes árboles, como yo misma había hecho en su día. Dejé atrás la estatua de Oscar Wilde y seguí el mismo camino que había hollado en mi época universitaria. Cuando salí a la intersección de Merrion Square Este y Norte, vi que, aunque las calles se hallaban atestadas de coches y había algún que otro edificio nuevo, por lo demás no había cambiado. Siempre me había encantado lo verde que era todo en el centro de la ciudad, pues echaba de menos los grandes espacios abiertos de West Cork, y, aturdida, enfilé la calle de manera automática, pasé por delante del Lincoln Inn, que siempre había sido un antro popular entre los estudiantes, y luego rodeé College Park, donde hombres vestidos de blanco practicaban el críquet. Llegué al jardín más pequeño de Fellow's Square y recordé que solía encontrarme con Ambrose a la salida de la facultad de Humanidades para volver andando juntos a casa.

Vi que los turistas hacían cola delante del edificio de la Biblioteca del Trinity College para ver el famoso *Libro de Kells* y llegué a Parliament Square, donde alcé la vista hacia el campanario central; construido de granito blanco, seguía siendo tan imponente como lo recordaba. Sonreí apenas a los turistas que posaban debajo para las fotos y pensé en la superstición de los estudiantes según la cual si lo atravesabas mientras sonaba la campana suspenderías todos los exámenes.

La vida estudiantil estaba plagada de creencias extrañas, tradiciones antiguas, bailes, fiestas en casa y nervios por los exámenes, todo regado con una buena cantidad de alcohol. Estar allí a principios de los setenta, una década nueva y prometedora, cuando los jóvenes encontraban su propia voz, había sido estimulante: Parliament Square a menudo se hallaba atestada de estudiantes que protestaban contra el *apartheid* en Sudáfrica o de clubes de estudiantes republicanos que se concentraban para sumar apoyos.

Fui a sentarme en los escalones de la capilla y, abrumada por los recuerdos que me traía esa plaza, cerré los ojos. Había estado sentada en esos mismos escalones con mis primeros Levi's. Había empezado a fumar, solo porque entonces todos los demás lo hacían..., incluso teníamos nuestra propia marca de cigarrillos del Trinity, que vendía en la entrada principal un hombre que flirteaba de manera escandalosa con todas las chicas que pasaban. Fue allí donde celebré el hecho de haber ganado la Classics School al comienzo de segundo. Aquella beca significaba que no tendría que preocuparme por los gastos de matrícula, alojamiento o comida, pues me los sufragaba la universidad. Había sido de lo más competitivo y, tras meses estudiando, jamás me había sentido tan eufórica. Estuvimos bebiendo botellas de cerveza y luego fuimos al café estudiantil de New Square a continuar celebrándolo. La gramola contenía «Hey Jude», de los Beatles, y «Congratulations», de Cliff Richard, que pusimos una y otra vez. Había sido uno de los días más felices de mi vida. Me había sentido joven y libre; como si todo fuera posible.

—Ojalá la vida hubiera seguido así —murmuré mientras veía ir y venir a los estudiantes, que ya habían acabado los exámenes y se mostraban tan despreocupados como yo por aquel entonces, antes de que todo cambiara.

Ahí sentada, tantos años después, no sabía dónde buscar consuelo. Mi mente —siempre tan despejada y organizada— era un caos.

—Estoy hecha polvo —susurré, al borde de las lágrimas—. Nunca debí salir de Nueva Zelanda.

—¿Mamá?

Jack se encontraba al pie de las escaleras, mirándome. No lo había visto acercarse porque se había camuflado con el resto de las caras jóvenes que se arremolinaban a mi alrededor.

—¿Estás bien? —me preguntó.

—La verdad es que no. Necesitaba...

—Lo sé. Lo entiendo. Si quieres te dejo sola...

—No, ven, siéntate aquí conmigo.

Subió y se sentó a mi lado. Levantamos el rostro al sol, que acababa de asomar por detrás de una nube gris muy irlandesa.

—Qué sitio más bonito. Debía de encantarte estudiar aquí —dijo.

—Sí.

Jack me conocía lo suficiente como para no presionarme en busca de más información. Se limitó a permanecer a mi lado en silencio.

—¿Ambrose está bien? —acabé por preguntarle.

—Sí, aunque está bastante apenado por haberte causado este disgusto, claro. Le he llevado los sándwiches que le ha dejado su asistenta, como él la llama, para comer. Es un hombre muy majo, me gusta mucho. Y te adora, mamá, de verdad que sí.

—Fue como un padre para mí, Jack, y un mentor, en el plano académico, y ahora sé que era mi benefactor económico... Tenía grandes planes para mi futuro.

—Parece que él y ese cura, James, estaban muy unidos.

—Así es. Le pregunté cómo estaba el padre O'Brien, pero me dijo que lleva años sin verlo.

—Qué pena. Me pregunto por qué.

—Quién sabe. —Suspiré—. Solo espero que no tuviera nada que ver conmigo. El padre O'Brien era un hombre muy bueno, Jack. Algunos curas, en aquellos tiempos, daban mucho miedo, pero el padre O'Brien era accesible, muy humano.

—Quizá deberíamos dar una vuelta y buscar un pub para comer algo. Quiero probar mi primera pinta de Guinness. —Jack sonrió mientras se ponía en pie y me tendía la mano—. ¿Alguna sugerencia?

—Pues claro. —Le cogí la mano y dejé que tirara de mí para levantarme.

Y pensé que nunca lo había querido más.

Lo llevé al pub Bailey, en Duke Street, al que íbamos de estudiantes. Me sorprendió lo mucho que había cambiado: habían colocado mesas fuera, y había hombres y mujeres comiendo marisco al sol. Luke, el arisco portero, ya no estaba, por supuesto, y habían reformado por completo el interior: muebles nuevos y de líneas puras habían sustituido las antiguas mesas maltrechas y los bancos de cuero desgastado; la única concesión a la historia eran las fotografías de la pared. Olía a comida deliciosa, en lugar de a cerveza y a sudor masculino.

Jack declaró su Guinness la mejor pinta de cerveza negra que había probado en la vida, y yo insistí en que pidiera *colcannon* con jamón para comer.

—Esta es la manduca que a mí me gusta —dijo Jack cuando dejó el cuchillo y el tenedor juntos, tras acabarse en un tiempo récord el jamón y el cremoso puré de patatas mezclado con col—. Me recuerda a tus platos, mamá.

—Bueno, aprendí a cocinar en Irlanda.

—Sí. Hum..., ¿mamá?

—¿Sí?

—Estaba pensando que quizá deberíamos plantearnos viajar adonde naciste. Quiero decir, ya estamos aquí, ¿no? ¿En Irlanda? Podría ser bueno volver a ver a parte de tu familia.

—¿Bajar hasta West Cork? —Puse los ojos en blanco—. Oh, Jack, después de las revelaciones de esta mañana, no me veo muy capaz.

—Aparte de ver a tu familia al cabo de tantos años (y sigue siendo tu familia aun después de lo que te ha contado Ambrose), es el único lugar en el que podrías obtener respuestas acerca de quiénes son tus padres biológicos. Debe de haber alguien que sepa cómo acabaste en la puerta del padre de O'Brien.

—No, Jack. Si de verdad alguien sabía algo entonces, ahora ya habría muerto, ¿no?

—Ambrose sigue vivito y coleando, mamá, y aún quedarán muchos como él.

—Puede, pero no estoy segura de que quiera saberlo. ¿Querrías tú?

—Es una pregunta que nunca he tenido que plantearme, pero sí, en tu lugar, supongo que querría saberlo. Vamos, mamá —insistió—, me encantaría ver de dónde vienes y conocer a tu familia... a mi familia.

—Vale, vale, lo pensaré —accedí, solo para que se callara—. ¿Nos vamos?

Regresamos paseando por la ciudad, entramos en el vestíbulo del Merrion a coger las llaves, y el recepcionista se volvió para sacar una nota de un casillero.

—Un mensaje para usted, señora McDougal.

—Gracias.

Cuando nos dirigíamos al ascensor, miré a Jack.

—¿Quién iba a enviarme mensajes? Nadie sabe que estoy aquí.

—Tendrás que abrirlo y averiguarlo, ¿no?

—¿Puedes abrirlo tú?

—Bien —dijo mientras entrábamos en mi habitación.

Me senté en la silla más cercana, con los nervios todavía a flor de piel. A ese ritmo, pensé, no tardaría en morir de un ataque al corazón y reunirme con Jock. Curiosamente, me sentí reconfortada por la imagen de mis restos mortales esparcidos con los suyos por las viñas, juntos para siempre en el refugio que habíamos creado.

—Vale. —Jack rasgó el sobre y sacó la breve nota que contenía.

Querida señora McDougal:

Me llamo Tiggy D'Aplièse y, como quizá sepa, mis hermanas y yo hemos estado intentando encontrarla para hablar con usted. No deseo molestarla ni, menos aún, asustarla, pero me alojo en la habitación 107 y abajo aparece mi número de móvil. Puede ponerse en contacto conmigo en cualquier momento.

Cordialmente,

TIGGY D'APLIÈSE

—Bueno —Jack me miró al tiempo que me entregaba la nota—, una cosa que puedo confirmar es que Ally y Tiggy son hermanas, porque Ally mencionó a una hermana llamada Tiggy. No es un nombre común, ¿verdad?

Alcé la vista hacia él y advertí la expresión de su rostro. Había estado tan absorta en el hecho de que esas mujeres me persiguieran que no había atado cabos.

—Ally te gustaba mucho, ¿verdad, Jack?

—Pues sí, aunque solo hubiese ido allí porque soy tu hijo y tuviese intenciones ocultas —dijo con tristeza—. Le mandé un mensaje, pero no he recibido respuesta. Parece que no tengo mucha suerte con las mujeres, ¿eh? En fin, por lo visto tenemos a otra de esas hermanas aquí en el hotel. ¿Qué quieres hacer, mamá?

—Yo… no lo sé.

—Bueno, no sé qué te llevó a abandonar Irlanda, o por qué tienes miedo desde entonces, pero lo que sí sé, porque la conozco, es que Ally es buena persona.

—Eso mismo pensó James Bond de Vesper Lynd en *Casino Royale*. —Esbocé una leve sonrisa.

—Por Dios, mamá, ¡esto no es una novela de suspense!

—Lo cierto es que Ian Fleming basó sus historias de espías en la realidad. Hazme caso, sé cómo trabajan esas organizaciones.

—Quizá me lo cuentes todo algún día, pero ahora mismo ya estoy harto de subterfugios. Cerciorémonos, ¿vale? Voy a llamar a la habitación de la tal Tiggy para quedar con ella. Tú puedes quedarte a salvo aquí arriba hasta que te dé vía libre, ¿vale?

—Mira —suspiré, me debatía entre parecer una pirada delante de mi hijo y protegerlo—, sé que crees que tu anciana madre está perdiendo la cabeza, pero te prometo, Jack, que mi miedo es fundado.

—Por eso seré yo quien quede con el flamante miembro de esa familia. Ya es suficiente, mamá; salta a la vista que has perdido un montón de peso desde que te fuiste de casa y estás muy alterada. Papá ya no está para protegerte, así que voy a hacerlo yo.

Vi a mi hijo encaminarse con decisión hacia teléfono que había junto a la cama y levantar el auricular.

—Hola, ¿podría ponerme con la habitación ciento siete, por favor? Sí, me llamo Jack McDougal.

Esperamos a que la recepcionista transfiriera la llamada; yo, muerta de tensión; Jack con toda la calma.

—Hola, ¿Tiggy D'Aplièse? Sí, hola. Soy Jack McDougal, el hijo de Merry McDougal. Me preguntaba si podríamos vernos en el vestíbulo para charlar cuando tengas un rato libre.

Vi que Jack asentía y levantaba el pulgar en mi dirección.

—De acuerdo, nos vemos allí en diez minutos. Hasta ahora. —Colgó el teléfono—. Vale, voy a encontrarme con ella abajo, dudo que me dispare en un lugar con gente tomando té. Te aconsejo que des una cabezada mientras yo la calo. Te llamaré al móvil para ponerte al tanto.

—Pero...

—No más peros, mamá, por favor. Confía en mí. Por el bien de todos, tenemos que llegar al fondo de esto, ¿vale?

—Vale. —Asentí. ¿Qué otra cosa podía decir?

Salió a grandes zancadas de la habitación y, aunque una parte de mí deseaba llamarlo para que volviera por el peligro que pudiese correr, nunca me había sentido más orgullosa de él. Había heredado la lucidez y tranquilidad de su padre, y cada día me recordaba más a mi querido esposo.

—Oh, Merry —dije mientras seguía el consejo de Jack y me acostaba—. Menudo desastre has hecho de tu vida…

Por supuesto, no podía dormir, así que al cabo de cinco minutos estaba levantada, sirviéndome una taza de té dulce y caliente y aguardando, hecha un manojo de nervios, a que llamara Jack.

Quince largos minutos después, llamó.

—Hola, mamá, soy Jack. Acabo de hablar con Tiggy y, te lo prometo, puedes bajar con toda tranquilidad.

—Ay, Jack, no sé.

—Bueno, yo sí, mamá, y tienes que venir. ¿Llevas ese anillo de esmeraldas?

—Sí, ¿por qué?

—Porque Tiggy tiene un dibujo que quiere enseñarte. Te lo juro, mamá, es encantadora. ¿Quieres que suba a recogerte?

—No, no. Si estás seguro de que no hay ningún peligro, bajo. Te veo enseguida.

Me arreglé un poco el pelo delante del espejo, me apliqué colorete en las pálidas mejillas y un poco de carmín. Jack tenía razón; debía dejar de huir y enfrentarme a mis miedos. Inspiré hondo, salí de la habitación y me dirigí al ascensor.

Abajo, en el vestíbulo, localicé la cabeza rubia de mi hijo de inmediato, luego me tomé unos segundos para estudiar a la mujer joven que se encontraba sentada con él. Era delgada y menuda, con una espesa melena caoba que le caía preciosa alrededor de los hombros. Cuando me acercaba, los dos se levantaron y, de forma instintiva, sentí la fragilidad de la joven; los expresivos ojos, de color ámbar oscuro, dominaban el resto de su rostro.

—Hola, mamá, te presento a Tiggy D'Aplièse, que es la hermana número… —Jack miró a Tiggy en busca de confirmación.

—Soy la número cinco de las seis —dijo ella con un leve acento francés—. Me alegro mucho de conocerla, señora McDougal, y solo quiero decirle que, de verdad, no pretendemos causarles ningún daño.

Tiggy me sonrió y, a pesar de mi paranoia, me costó creer que esa joven educada estuviese ahí para darme caza.

—Gracias, Tiggy. Y, por favor, llámame Merry.

—Siéntate, mamá. —Jack dio unas palmaditas a su lado en el sofá.

Obedecí, y sentí que los ojos de Tiggy viajaban de mi cara al anillo, en el anular de mi mano izquierda. De forma instintiva, puse la otra mano encima.

—Tiggy ha estado contándome exactamente lo que nos dijo MK a los dos después de la visita que recibió de la hermana de Tiggy, CeCe, y su amiga, Chrissie. Si no te importa, Tiggy, ¿podrías contárselo tú misma a mi madre?

—Por supuesto, pero quiero disculparme en nombre de todas mis hermanas. Entiendo que te asustaras con todas nosotras siguiéndote la pista —dijo Tiggy—. Lo siento mucho, Merry, de verdad. Es solo que, bueno, como es probable que te contara tu hija, nuestro padre murió hace un año, y las seis vamos a ir en barco al lugar donde mi hermana Ally, a quien Jack conoce, cree que vio que le daban sepultura en el mar. Hace poco el abogado de mi padre recibió información acerca de alguien a quien mi familia apodó «la hermana perdida». Verás, Pa nos puso a todas nombres de las Siete Hermanas de las Pléyades, y, claro, la séptima habría sido…

—Mérope —terminé por ella.

—Sí, y cada vez que alguna de nosotras preguntaba por qué no había una séptima hermana, mi padre decía que no la había encontrado. Así que, cuando nuestro abogado nos proporcionó esta información, mis dos hermanas mayores se pusieron en contacto con el resto para ver si podíamos ayudar a encontrarla. Y, si era quien nos habían dicho que es, pedirle que nos acompañara en nuestro peregrinaje para depositar una corona de flores en el mar, en el punto en el que creemos que Pa recibió sepultura.

Por supuesto, yo ya conocía esa historia, pero me tranquilizó oírla en boca de aquella chica dulce cuyos ojos brillaban con lo que solo podría describir como bondad.

—No seguimos un plan elaborado ni nada parecido —continuó—. Solo enviamos a la hermana que estaba más cerca de adonde Mary-Kate dijo que viajabas. Electra vive en Nueva York. Es la mujer a la que me ha dicho Jack que viste en el vestíbulo del hotel de Toronto. Descubrió que a continuación ibas a Londres, así que enviamos a la tercera hermana, Star.

—Sí. A ella la conocí. Se hacía llamar Sabrina. ¿Es rubia, alta y delgada?

—Sí, esa es Star. Estaba con su futuro cuñado, Orlando. Es un tanto excéntrico, y se le ocurrió que, presentándose como crítico de vinos, te apetecería acercarte a él y a Star.

—Bueno, logró engañarme, así que fue un buen plan.

—Pero también te asustó, ¿no, mamá? —intervino Jack.

—Sí, porque, aunque él había elaborado una buena historia, no es alguien que pase desapercibido. Lo vi siguiéndome por Londres al día siguiente.

—Oh, querida. —Tiggy soltó una risita avergonzada y suspiró—. Solo puedo disculparme de nuevo por el modo desorganizado e irreflexivo en que hemos actuado. Debiste de sentirte perseguida.

—Es exactamente como me sentí, sí.

—Y luego está Ally —añadió Jack—. Me engañó por completo, hasta que mi madre me habló de las otras mujeres que se habían presentado dondequiera que ella se dirigiera, y até cabos.

—Ahora estás tú aquí —dije—. ¿Significa que entre los Mc-Dougal hemos conocido a todas tus hermanas? —Conté brevemente con los dedos—. Sí, con las dos musulmanas de Toronto, suman seis. ¿La otra era Maia?

—¿Sabes cómo se llama? —dijo Tiggy, sorprendida.

—Mi madre hizo su tesina acerca de los mitos de Orión. Una parte estaba relacionada con las Siete Hermanas de las Pléyades y la obsesión de Orión con Mérope —explicó Jack—. A otros niños les contaban los cuentos de Blancanieves o la Bella Durmiente antes de acostarse, a nosotros los mitos griegos. Sin ánimo de ofender, mamá —agregó de pronto—. A ti tampoco, Tiggy.

—No me ofendes. —Sonrió y, mientras me recorría con la mirada, tuve la extrañísima sensación de que me radiografiaba—. Es evidente que nosotras también crecimos con esas historias —prosiguió—. Por cierto, la que acompañaba a Electra no era Maia, era su ayudante, Mariam. Maia está defendiendo el fuerte en Ginebra, en la casa familiar que, por cierto, se llama Atlantis.

—Uau. —Jack meneó la cabeza—. A ver, ¿no es casualidad que los niños de las dos familias creciésemos con un progenitor obsesionado con la mitología griega?

—Yo no creo en las casualidades —repuso Tiggy, que me observaba de nuevo sin pestañear.

—Entonces ¿crees en el destino, Tiggy? —pregunté.

—Sí, pero eso sí que es otra historia. Bueno, señora McDougal, la razón por la que mis hermanas y yo hemos estado intentando verla era su anillo. Tenga. —Tiggy sacó una hoja de papel que tenía en el regazo, le dio la vuelta y la depositó en la mesita delante de mí—. Es el dibujo que nos dio nuestro abogado. Star confirmó que era idéntico al que llevaba usted. ¿Está de acuerdo?

Bajé la vista al dibujo y, a regañadientes, aparté la mano izquierda, con la que cubría la derecha. La extendí para que Tiggy lo viera. Los tres contemplamos el dibujo y el anillo.

—Son idénticos, mamá.

Jack habló por los tres porque, hasta en el más mínimo detalle, el anillo y el dibujo eran iguales.

Guardamos silencio unos segundos. No sabíamos qué decir exactamente.

Entonces Tiggy alargó el brazo y me cogió la mano con suavidad entre las suyas. Me miró y vi que tenía los ojos llenos de lágrimas.

—Hemos encontrado a la hermana perdida —afirmó—. Estoy segura.

El contacto de su pequeña mano, y la emoción y la convicción que era evidente que experimentaba arrasaron con los últimos vestigios de miedo que me quedaban.

—¿Alguien quiere té? —dijo Jack.

Nos tomamos el té, y Jack, consciente de que me sentía abrumada, cargó con el peso de la conversación, comentando que era su primera visita a Dublín y quería explorar la ciudad antes de marcharse. Tanto Tiggy como yo contestamos con monosílabos; las dos sumidas en nuestro propio mundo, intentando dar sentido a todo aquello. O al menos yo, en especial después de la noticia que había recibido de Ambrose ese mismo día…

Apenas lograba apartar la vista de la chica que tenía sentada enfrente. Me sentía conectada con ella de alguna manera, y si bien resultaba evidente que era muy joven, reflejaba una sabiduría, una profundidad, que yo no acababa de identificar, como si de algún modo tuviera todas las respuestas pero no las compartiera.

—¿Puedo preguntarte de dónde procede la información acerca del anillo, Tiggy? Me refiero a la fuente de vuestro abogado.

—Lo único que puedo decirte es que nos contó que había seguido muchas pistas falsas a lo largo de los años, pero nuestro padre le había asegurado que este anillo era una prueba incontestable.

—¿Y cómo se llamaba tu padre?

—En casa lo llamábamos Pa Salt. Creo que se lo puso Maia o Ally, porque siempre olía a mar. Y era cierto. —Tiggy asintió—. Una pena la P de Pa en el nombre, porque con el resto he visto que se forma el anagrama Atlas.

—¿La P podría ser de Pléyone, la madre de las Siete Hermanas? —sugerí.

—¡Oh! —Tiggy juntó las manos y las lágrimas volvieron a anegar aquellos enormes ojos castaños—. ¡Claro! Claro. Vale, ahora sí que me dan escalofríos.

—A mí también, y no soy de las que suelen sentir escalofríos. —Le sonreí.

—Bueno, me encantaría conocer a Mary-Kate, pero si aún no os sentís cómodos con esta situación, lo entiendo —dijo.

—De hecho, llega esta noche —intervino Jack—. Mamá estaba preocupada por ella y no quería que se quedase sola en Nueva Zelanda mientras ocurría todo esto…

Allí sentada, fulminé a mi hijo con la mirada. Que me fiase de esa mujer tenía un pase, pero Mary-Kate era mi hija, y yo aún no quería divulgar esa información.

—¡Oh, maravilloso! Espero conocerla —celebró Tiggy—. CeCe dijo que era encantadora. Encaja a la perfección con la edad; será la más joven de las siete hermanas.

—Nosotros éramos siete hermanos —dije, intentando cambiar de tema.

—¡¿De verdad?! —A Tiggy se le iluminaron los ojos—. ¿Qué número eras tú?

—La quinta.

—¡Igual que yo! Qué bueno —añadió—. Nunca había coincidido con una quinta hermana.

—Bueno, yo tengo tres hermanos, que no es tu caso.

—No, pero aun así es interesante. —Tiggy sonrió—. Un día tenemos que hablar de la mitología que compartimos.

—Conozco la leyenda de Taygeta. Zeus la persiguió de forma implacable —dije.

—Sí, y, oh, es una larga historia, pero... —Tiggy se encogió de hombros—. Espero que podamos hablar más en otra ocasión.

—Sí, me gustaría.

Jack me miró.

—Mamá, pareces agotada. Yo lo estoy, y eso que no he sido más que un espectador. Ve a descansar un poco antes de que llegue Mary-Kate.

—Sí, deberías.

Tiggy puso aquellas manos tranquilizadoras de nuevo en las mías y sentí que se me ralentizaba el pulso. Esa chica, quienquiera que fuera, era mágica.

—Sí, creo que necesito dormir —convine, al tiempo que me levantaba—. ¿Me disculpáis?

—Por supuesto —Tiggy se levantó también—, y gracias por confiar en mí hoy. Sé que resulta desconcertante, pero mi instinto me dice que todo es como debería ser. —Entonces me envolvió en un fuerte abrazo—. Que duermas bien, Merry. Estaré aquí cuando me necesites.

—¿Quieres que te acompañe arriba, mamá? —me preguntó Jack.

—No, estoy bien. ¿Por qué no vais a disfrutar de la ciudad esta tarde? Os recomiendo el *Libro de Kells*, en la Biblioteca del Trinity College.

—Lo tengo pendiente desde siempre —dijo Tiggy—. ¿Te apuntas, Jack?

—Claro, Tiggy. Nos vemos luego, mamá.

Cuando llegué a la habitación, me costaba tenerme en pie de puro cansancio. Tras poner el cartel de NO MOLESTAR, corrí las cortinas —nunca me ha gustado dormir de día—, me desvestí y me hundí debajo del edredón.

—¿Quién soy? —susurré medio dormida.

Por primera vez en mi vida, me di cuenta de que no lo sabía.

38

Maia? Soy Tiggy.

—¡Hola, Tiggy! Ally está aquí, y CeCe y Chrissie acaban de llegar de Londres. ¿La has encontrado?

—Pues sí.

—Lo que es más importante, ¿has logrado hablar con ella y explicárselo todo?

—Sí.

—¿Y?

—Creo que he conseguido tranquilizarla. Le he enseñado el dibujo del anillo y está de acuerdo en que es idéntico.

—Genial. ¿Y qué impresión te ha dado la señora McDougal? —preguntó Maia.

—Ah, es encantadora, aunque no creo que nuestras tácticas chapuceras de infiltración fueran de ayuda… Su hijo me ha dicho que creía que éramos alguna clase de organización que la perseguía, pero espero haberla convencido de que no era eso lo que intentábamos hacer.

—¿Y qué hay de su hija Mary-Kate? ¿Qué le parece a Merry que la conozcamos todas? —intervino CeCe de sopetón.

—Aún no hemos hablado de eso. La buena noticia es que Mary-Kate aterriza esta noche en Dublín, así que espero conocerla.

—¡Qué emoción! —exclamó Maia.

—Salúdala de mi parte y de la de Chrissie —dijo CeCe.

—Tú eres la que tiene instinto, Tiggy. ¿Crees que hemos encontrado a la hermana perdida? —llegó la voz de Ally.

—Seguro que sí, pero...

—¿Qué? —dijeron las tres a la vez al otro lado de la línea.

—Tengo que pensar en algo. Os lo diré cuando lo haya hecho. Su hijo Jack también es encantador.

—Eh, él no es adoptado, ¿no? —CeCe soltó una risita—. Anda que no sería curioso que la hermana perdida fuese un tío...

—Merry no ha dicho que fuera adoptado. Jack ha hablado mucho de ti, Ally.

—¿De verdad?

—Sí.

—Seguro que me maldecía, porque ahora sabe que le mentí para sonsacarle. —Ally suspiró.

—En absoluto, te lo prometo. Hemos ido a ver el *Libro de Kells* esta tarde y ha dicho que ojalá hubieses podido verlo tú también.

—Oh, vamos, Tiggy, debe de odiarme —insistió Ally.

—Es posible que sienta muchas cosas por ti, Ally, pero odio seguro que no es una de ellas.

—Bueno, sea como sea, bien hecho, Tiggy. Me alegro mucho de que hayas sido capaz de tranquilizarla —dijo Maia—. ¿Crees que es posible que Mary-Kate vuele desde Dublín para acompañarnos en el viaje?

—Esperemos a ver, ¿vale? Si tiene que ser...

—Será —corearon sus hermanas.

—Aunque mi instinto me dice que vamos por el buen camino, ¿creéis que podríais llamar a Georg para contarle que he encontrado a Merry y el anillo? Me gustaría mucho hablar de una cosa con él.

—Me temo que Georg no está —dijo Ally—. Intenté ponerme en contacto con él y su secretaria me dijo que no volverá hasta el viaje en barco.

—Vaya, eso complica las cosas —contestó Tiggy—. Me refiero a que está muy bien que nosotras nos fiemos de él y de su información, pero otros quizá no lo hagan. Lo único que tenemos es el anillo.

—Cuando yo descubrí a mis antepasados —intervino Maia—, aparte de por el parecido con mi abuela Bel en un cuadro, fue una joya, mi piedra lunar, lo que me convenció de que de verdad era su nieta. Tal vez ocurra lo mismo con el anillo.

—Lo sé, pero no tenemos ningún cuadro, y no hay nadie en la faz de la Tierra que pueda confirmar que Mary-Kate es quien creemos que es, ¿no?

—A menos que descubra quiénes eran sus padres biológicos —concluyó Ally.

—Cierto —convino Tiggy—, por eso me vendría bien algo de ayuda por parte de Georg, averiguar si conoce algún otro detalle. Por favor, si queréis que convenza a Mary-Kate y a su familia de que nos acompañen en el crucero, intentad localizarlo.

—¿Estás diciendo que Merry y Jack también deberían venir?

—Creo que deberían estar los tres allí —dijo Tiggy con firmeza—. Bueno, os aviso si hay noticias. Esta vez tendré que fiarme de mi instinto.

—¿Alguna vez vives de otra forma? —Ally sonrió—. Sería increíble si Mary-Kate nos acompañara.

—Haré todo lo que pueda, lo prometo. Adiós, chicas.

Tiggy colgó y luego llamó a Charlie al móvil. Últimamente pasaba mucho menos tiempo en el hospital de Aberdeen, pues la finca de Kinnaird necesitaba todas las manos disponibles. Aunque había pasado a trabajar tres días a la semana, si había alguna urgencia, todavía podía subirse a su Defender destartalado (con el acuerdo de separación, Ulrika se había quedado el nuevo Range Rover y la casa familiar de Aberdeen) y recorrer el trayecto de dos horas al hospital. Saltó el buzón de voz, como de costumbre, y Tiggy dejó un mensaje.

—Hola, cariño, he llegado bien a Irlanda y he conseguido quedar con Merry. Es encantadora, y su hijo, Jack, también. Bueno, su hija llega esta noche, así que intentaré volver mañana a última hora. Te quiero y te echo de menos, adiós.

Tiggy volvió a recostar la cabeza en la suave almohada del hotel, suspiró de placer y se preguntó si tendrían fondos para comprar unas nuevas para ella y para Charlie. Habían alquilado el lujoso pabellón a familias adineradas para el verano y se habían visto obligados a instalarse en la diminuta cabaña en la que había vivido Fraser tiempo atrás. No es que le importase, pero cada penique que entraba de los huéspedes se destinaba a plantar árboles jóvenes, colocar cercas y repoblar la fauna autóctona, como el alce europeo en el que ella y la hija de Charlie, Zara, habían puesto toda la ilusión.

Su mayor victoria hasta el momento consistía en que los gatos monteses habían conseguido tener un macho sano en abril. Había tenido tentaciones de mimarlo, pero por supuesto sabía que no debía; para que algún día pudiesen soltar a los gatos del cercado en el que vivían y volvieran a su hábitat natural, cualquier contacto humano quedaba prohibido.

—Quizá le pregunte a Georg si puedo acceder a parte del dinero del fideicomiso de Pa Salt para ayudar.

Al menos parecía que Ulrika había decidido no intentar quedarse con la finca de Kinnaird, pero sus exigencias en el acuerdo de divorcio seguían siendo enormes. Cuando Charlie muriese, el lugar pasaría a Zara. Su futura hijastra sentía pasión por la finca, y Tiggy pensaba que sería terrible que tuvieran que hacerla pedazos para sufragar el gusto de su madre por la ropa de diseño.

—Todo pasa —murmuró Tiggy, que cerró los ojos y respiró hondo.

Desde que había tenido aquel susto con el corazón y había descubierto la afección con la que tendría que vivir el resto de su vida, había cobrado consciencia de su pulso. Y en ese momento se le había acelerado.

Al conocer a Merry, había sentido algo tan fuerte que apenas podía describirlo. Y con su hijo Jack también... En cuanto a Mary-Kate, la conocería más tarde esa misma noche, pero estaba bastante segura de que ya sabía la respuesta.

—¿Me equivoco, Pa? —preguntó.

De nuevo, no obtuvo respuesta. ¿Era porque su padre aún no se había asentado o porque sus propias emociones atestaban la línea por lo general despejada entre el cielo y la tierra? Siempre que pedía ayuda a su padre le respondía el silencio: era como un vacío, como si no estuviese ahí...

—Quizá hables conmigo algún día, Pa.

Suspiró y, a continuación, recurrió a otro familiar fallecido. Caviló acerca de la pregunta para la que requería respuesta y la formuló.

«Sí —fue la respuesta—. Sí.»

Jack había pasado el resto de la tarde en la habitación del hotel, anotando todo lo que había averiguado hasta el momento. Le gustaba el orden, no el caos, y esa situación con su madre y su hermana lo perturbaba. ¿Cómo era posible que dos mundos, que incluían de un modo u otro a las Siete Hermanas, hubiesen entrado en colisión? ¿O era mera coincidencia...?

Tiggy había dicho que las coincidencias no existían. Él no estaba tan seguro. Había escrito:

> Intereses compartidos.
> ¿Llegó a conocer mamá al padre de las hermanas? (eso explicaría intereses compartidos).
> ¿Ambrose?
> ¿El padre O'Brien?
> ¿Pruebas? El anillo. (¿Es suficiente?)
> Ally: ¿Por qué sigo pensando en ella?

—Eso —dijo en voz alta—, ¿por qué? O sea, debo de ser... ¡Maldita sea!

Jack, frustrado, lanzó el cuaderno a la cama. Se alegraba de que Mary-Kate fuese a llegar pronto, necesitaba hablar con alguien de todo aquello.

—¿Por qué tiene tanto miedo mamá? —preguntó a la gran pantalla de televisión que había en la pared.

Para su sorpresa, no contestó.

—Es hora de una cerveza y algo de manduca, Jack —dijo. Y se levantó de la cama, se puso las zapatillas y bajó al bar.

Justo cuando estaba pidiendo, le llegó un mensaje al móvil.

En el vuelo de las 22 h a Dublín. Cogeré un taxi al hotel Merrion.
Te veo pronto, hermano. MK. Besos

Sentado a la barra del bar con una cerveza, escuchó el murmullo de voces irlandesas y se preguntó si aquella pequeña isla constituía una parte de sus genes. Si el ADN corría por las venas de su madre, también debía de hacerlo por las suyas. Pero, teniendo en cuenta que acababa de descubrir que era adoptada, ¿quién sabía?

«Ay, te echo de menos, papá —pensó—. Siempre fuiste la voz de la razón, y mira ahora cuánto la necesito…»

Al advertir que eran más de las nueve, fue a recepción y pidió que llamaran a la habitación de su madre para ver si quería comer algo con él mientras esperaban a que llegase Mary-Kate.

—Lo siento, señor, pero la señora McDougal aún tiene el teléfono de la habitación en «No molestar» —dijo el recepcionista.

—Vale, de acuerdo, gracias. —Jack se alejó del mostrador preguntándose si debía subir y llamar a la puerta.

Decidió dejarla —la había visto muy pálida antes— y se dirigió al restaurante, donde vio a Tiggy sola en una mesa.

—Hola —dijo.

—Hola, Jack —contestó ella con aquella dulce sonrisa—. ¿Quieres acompañarme? Justo iba a pedir algo para cenar.

—Gracias —dijo, y se sentó enfrente de ella—. Yo también.

—¿Tu madre no tiene hambre?

—Creo que está dormida, o al menos eso espero. Ha pasado por muchas cosas estos días.

—¿Porque la estábamos buscando?

—En parte, sí, pero también porque… —Jack suspiró y negó con la cabeza—. Pidamos, ¿vale?

—Yo voy a tomar la crema de calabaza.

—Yo el filete con patatas —dijo él.

Pidieron los dos; Tiggy, una copa de vino blanco, y Jack, otra cerveza.

—Salud —dijo Tiggy cuando entrechocaron los vasos—. Por los nuevos amigos.

—Sí. Aunque…, bueno, todo esto resulta un poco raro. Sin ánimo de ofenderte a ti y a tus hermanas, pero ¿quién era ese hombre que os adoptó a todas?

—Esa es la pregunta que nos trae de cabeza —respondió Tiggy—. Ninguna de nosotras supo nunca ni de dónde venía ni cómo se ganaba la vida. Creo que está en la naturaleza humana creer que la gente a la que quieres vivirá siempre, así que nunca haces las preguntas que deberías haber hecho hasta que es demasiado tarde. Creo que ahora todas nos arrepentimos de no haber preguntado más cosas a Pa de sí mismo o por qué nos adoptó a cada una en concreto.

—¿Te importa que te pregunte cuántos años tenía?

—Tampoco lo sabemos, pero yo diría que ochenta y tantos largos. ¿Cuántos años tiene tu madre?

—Cumplirá cincuenta y nueve en noviembre, y lo sé seguro —dijo Jack con una sonrisa—. Tuvo que renovarse el pasaporte el año pasado. Así que él y mi madre se llevarían… ¿qué?, veinticinco o treinta años, incluso.

—¿Qué estás pensando?

—Solo que, bueno, me preguntaba si los dos…

—¿Si podrían haber estado juntos en algún momento? A mí también se me ha pasado por la cabeza, pero entonces… —Tiggy lo miró detenidamente.

—¡Eso me convertiría a mí en el hermano perdido! —Jack sonrió de oreja a oreja—. Estoy de broma. Mi madre y mi padre se adoraban, y yo soy clavado a mi padre.

—Bueno, si algo caracterizaba a mi padre era la precisión. Sin duda era a la hermana perdida a quien quería encontrar.

—Entonces tiene que ser Mary-Kate, ¿verdad? Ella es la adoptada, pero…

—¿Sí?

—Nada —dijo Jack.

—¿Sabe Mary-Kate o, de hecho, sabe tu madre quiénes eran los padres biológicos de Mary-Kate?

—No tengo ni idea, pero en estos tiempos es probable que a Mary-Kate no le cueste averiguarlo si quiere.

—¿Y quiere?

—Tiggy, de verdad que no lo sé, pero llega en un par de horas, se lo preguntaré.

—¿Y qué hay de tu madre? ¿Quiénes eran sus padres?

Jack dio un sorbo a su cerveza, consciente de que no le correspondía a él contarle lo que había dicho Ambrose esa misma mañana.

—Eran irlandeses, creo.

—Jack, ¿tu madre también es adoptada?

Jack se quedó mirando a Tiggy mientras esta se comía su crema con calma.

—¡Dios! ¿Cómo lo has sabido? ¡A mi madre se lo han contado esta misma mañana! ¿Quién te lo ha dicho?

—Ah, nadie, era solo un presentimiento —dijo—. Tengo muchos, Jack, y cuando estuve con tu madre, lo supe.

—¿El qué?

—Solo que era adoptada. Ahora todo cobra sentido.

—Bueno, al menos no te lo he contado yo. En serio, Tiggy, tiene que ser un secreto para todo el mundo, incluidas tus hermanas. Mamá estaba bastante hecha polvo, ¿sabes? Aunque nunca nos hubiera hablado de su pasado, saber de dónde vienes y creer que tu familia es tu familia… Te proporciona identidad, ¿no?

—Sí…, pero, como adoptada que soy, creo firmemente que si creces en un entorno cariñoso no importa cuál sea tu constitución genética.

—Sí, pero al igual que Mary-Kate, tú siempre has sabido que eras adoptada. E hiciste de eso parte de tu identidad. Mi madre lleva toda la vida pensando que proviene de su familia irlandesa. Y ahora, con casi sesenta años, acaban de decirle que era todo mentira.

—Debe de ser muy difícil de asimilar. Estoy segura de que tardará un tiempo. Por favor, no te preocupes, se me da muy bien guardar secretos. No diré una palabra hasta que se me permita, pero eso significa que es posible que lo hayamos entendido todo mal.

—¿Acerca de qué?

—Oh, al dar cosas por sentado. En fin —Tiggy se encogió de hombros—, no importa.

—Ahora mismo es todo un poco de locos, ¿no? Sobre todo para mi madre. No me gusta la locura.

—Quizá tenga que haber un momento en el que todo salte por los aires antes de volver a asentarse, para que pueda ser aún mejor que antes. Dime si me equivoco, pero me da la sensación de que tu madre tiene miedo de algo más, aparte de que la persigamos nosotras. ¿Es así?

—Sí, así es. Uau, Tiggy, ¿lees el pensamiento o qué?

—Solo lo he sentido. Bueno, ¿echamos un vistazo a la carta de postres? Yo sigo con hambre.

Después de cenar, Tiggy y Jack se sentaron en la cafetería a tomar café y charlar acerca de su vida en lugares remotos y aislados, cuando a Jack le sonó el móvil.

—Perdona —dijo antes de contestar.

—¡Hola, Jack! ¡Estoy aquí! —le llegó la voz alegre de Mary-Kate.

—¿Dónde es «aquí»?

—¡En el vestíbulo, tonto! ¿Dónde estás tú? Al teléfono de la habitación no contestas.

Jack consultó la hora en su reloj y vio que era pasada la medianoche.

—¡Claro! Perdona, he perdido la noción del tiempo. Voy a buscarte.

»Mary-Kate está aquí —dijo Jack al tiempo que se ponía en pie—. No me había dado cuenta de que era tan tarde —añadió al tiempo que echaba a andar hacia la recepción.

—¡Jack! —lo llamó Tiggy—, me vuelvo a mi habitación. Necesitas pasar algo de tiempo con tu hermana.

—Vale, pero ¿por qué no vienes a saludar? Al fin y al cabo, podría ser tu hermana perdida…

—Si estás seguro…

Tiggy se levantó y siguió a Jack al vestíbulo. Vio a una mujer joven vestida con vaqueros y sudadera negros, con el pelo recogido en un moño alto. Percibió el cariño y el afecto entre los dos hermanos cuando se abrazaron con naturalidad.

—Tiggy —Jack le hizo señas para que se acercara—, esta es Mary-Kate, más conocida como MK. MK, te presento a Tiggy D'Aplièse, la quinta hermana.

—Encantada de conocerte, Tiggy. Siento ir hecha un desastre; el viaje de Nueva Zelanda a Irlanda es largo, y salí a toda prisa para coger el avión.

—Debes de estar agotada, pero me alegro muchísimo de conocerte, Mary-Kate. Mi hermana CeCe me dijo que habías sido muy acogedora con ella y con Chrissie cuando te visitaron.

—Así nos crían a los neozelandeses, ¿eh, Jack? Pero es que ellas fueron geniales y lo pasamos muy bien juntas.

—Vale, os dejo, que paséis una buena noche.

—Buenas noches, Tiggy, y gracias por la charla —le dijo Jack cuando ya se dirigía al ascensor. Después de que Mary-Kate se registrara, le cogió la mochila—. Subamos a tu habitación para que puedas echar un sueñecito.

—No estoy segura de que pueda dormir, ¿sabes? —dijo Mary-Kate—. Estoy activadísima; mi cuerpo no tiene ni idea de qué hora es o qué se supone que debe hacer. ¿Dónde está mamá?

—Durmiendo. No la he despertado. Sé que mañana por la mañana estará cabreada conmigo, pero hoy ha tenido un día tremendo.

—¿De verdad? ¿Está bien?

—Seguro que lo estará —contestó Jack mientras subían en el ascensor; luego se encaminaron a la habitación de Mary-Kate—. Volver a Irlanda ha sido un poco como reventar un grano: hay que sacar el pus para que empiece a curarse.

—Una analogía preciosa, Jacko —comentó Mary-Kate cuando su hermano abría la puerta de la habitación—. ¿Qué tipo de «pus»?

—Está todo relacionado con su pasado. Dejaré que te lo cuente ella. Bueno, qué bien que hayas venido, hermanita. Me alegro de verte.

—Pensé que no tenía elección, Jack. —Mary-Kate se sentó en la cama y se recostó contra las almohadas—. ¿Qué ha estado pasando?

—Ojalá pudiera contártelo, pero ahora mismo no puedo. Básicamente mamá tiene miedo de algo, o de alguien. Y con esa familia de hermanas que no paraban de aparecer en los hoteles intentando hablar con ella, acabó asustándose de verdad.

—Solo querían conocerla para identificar ese anillo, Jack. ¿Por qué iba a asustarla eso?

—No tengo ni idea. —Suspiró—. Lo único que he conseguido sacarle hasta ahora es que cuando era más joven solían llamarla «la hermana perdida». Escucha, yo también he tenido un día largo; aunque no he recorrido medio mundo como tú, estoy reventado. Creo que los dos deberíamos echar un sueñecito; si mañana se parece en algo a hoy, tendrás que estar muy centrada.

—¿Cosas malas? —preguntó Mary-Kate.

—Solo… cosas. Digámoslo así, tras años sin mencionarlo siquiera, mamá está en plena odisea por su pasado, y es complicado.

—Entonces ¿no tiene nada que ver conmigo? ¿O con el hecho de que yo podría ser esa hermana perdida? Venía pensando en el avión que quizá tenga miedo de perderme por otra familia.

—Tal vez, sí, pero el resto de las hermanas son adoptadas y su padre está muerto, no estoy seguro de cuál sería el parentesco de todos modos.

—¿Y la madre adoptiva? ¿Quién es?

—Creo que no tenían. Tiggy me ha contado que las crio a todas una niñera. Es todo un poco raro, la verdad, pero ella y su hermana Ally, a quien conocí en la Provenza, son encantadoras y parecen bastante normales.

—CeCe y su amiga Chrissie también eran geniales —convino Mary-Kate—. Bueno, mañana os contaré algo a ti y a mamá. Vale, voy a darme una ducha y luego intentaré dormir un poco. Buenas noches, Jacko.

—Buenas noches, hermanita.

39

M e desperté y, allí acostada, a oscuras, pensé que estaba en casa. Palpé la cama en busca del bulto reconfortante de Jock a mi lado, pero no hallé más que vacío.

Y recordé.

—Te echo de menos, amor mío, cada día más, y siento mucho si no llegué a apreciarte como debía cuando estabas conmigo —susurré a la oscuridad.

Sentí que las lágrimas me escocían en los ojos a medida que mi presente empezaba a inundarme de nuevo el cerebro. Estiré el brazo para encender la luz y detener los malos pensamientos. Y me sorprendió que el reloj indicara que eran las nueve menos diez.

—¿De la noche? —murmuré mientras salía tambaleante de la cama para descorrer las cortinas.

Me quedé pasmada al ver que el sol brillaba en lo alto del cielo. En parte porque era raro ver un cielo tan despejado en Dublín, pero también porque significaba que era por la mañana y había conseguido dormir casi catorce horas de un tirón.

—¡Mary-Kate! —exclamé al recordar.

Cogí el teléfono y marqué el número de la habitación de Jack.

—Hola, mamá. ¿Has dormido bien?

—Sí, pero ¿ha llegado Mary-Kate? ¿Está bien?

—Sí, está perfectamente. La dejé en su habitación alrededor de la una.

—¿Por qué no me despertasteis?

—Porque necesitabas dormir. Menudo día tuviste. ¿Te apetece desayunar?

—Necesito despejarme, Jack. Me siento como si me hubiesen drogado. Me conformo con té y un baño, pero ve tú si quieres.

—Puedo esperar. Llámame cuando estés lista para bajar.

—¿Seguro que Mary-Kate está bien?

—Seguro, mamá. Nos vemos en un rato.

Tumbada en la bañera mientras tomaba té, di gracias a Dios y al cielo por obsequiarme con mis dos hijos. Viniendo de una familia numerosa, había esperado tener más bebés, pero no había podido ser.

—Pero no venías de una familia numerosa, Merry, solo pertenecías a una —me corregí en un susurro.

Sin embargo, pensar en Mary-Kate, mi preciosa hija en todos los sentidos menos el biológico, acostada a apenas unos metros de mí, me impidió compadecerme de mí misma. Jock y yo no podríamos haberla querido más. Éramos su madre y su padre, y Jack, su hermano, independientemente de los genes que ella llevara o no llevara.

Salí de la bañera más tranquila, me sequé el pelo y pensé en la razón —la verdadera razón— por la que había decidido embarcarme en aquel viaje por el mundo. Me encontraba en Dublín y, aunque me asustaba, sabía exactamente adónde debíamos ir mis hijos y yo a continuación.

—Pero primero… —dije al espejo cuando me apliqué el toque habitual de carmín rosa— tengo que ir a ver a mi padrino.

—¡Mary-Kate, me alegro tanto de verte! —exclamé cuando llegué a nuestra mesa en el comedor.

—Y yo a ti —dijo mi hija mientras nos abrazábamos—. Tienes buen aspecto, mamá. Me preocupé cuando Jacko me llamó y me dijo que habías salido disparada a coger un avión.

—Estoy bien, de verdad, cariño. ¿Te apetece desayunar?

—Es raro, me muero por una copa de nuestro vino, preferiblemente tinto.

—Tu reloj biológico aún no se ha sincronizado. —Jack sonrió de oreja a oreja—. En Nueva Zelanda es la hora del vino nocturno.

Habrá que conformarse con esta fantástica salchicha negra de Clo-nakilty. —Jack señaló su plato.

—Puaj, tiene una pinta asquerosa. ¿De qué está hecha? —preguntó Mary-Kate.

—Mamá dice que sobre todo con sangre de cerdo, pero está buenísima, te lo prometo.

—Cogeré unas tostadas, si es que tienen algo parecido —dijo al tiempo que echaba a andar hacia el bufet.

—Ah, claro que tienen, ¡prueba el pan de soda con un poco de mermelada! —grité—. Te va a encantar.

Mary-Kate levantó el pulgar, y di un sorbo a mi capuchino humeante.

—Cuando yo vivía aquí no había café así. Irlanda, o al menos Dublín, ha cambiado tanto que me cuesta creerlo.

—¿En qué sentido, mamá? —me preguntó Jack.

—En todos. A ver, Dublín siempre estuvo a la vanguardia de Irlanda, así que sería interesante ver West Cork en la actualidad, pero...

—No me extraña que tus frituras sean tan buenas, mamá —dijo Mary-Kate cuando volvió con un plato a rebosar—. He cogido tostadas, huevos con beicon y un poco de la salchicha esa. En realidad me muero de hambre.

Contemplé como mi hija comía con avidez y disfruté del mero hecho de tenerla allí conmigo.

—Este pan está delicioso, mamá —dijo entre bocado y bocado—. Y la salchicha, aunque esté llena de cosas en las que no quiero ni pensar, buenísima. —Dejó el cuchillo y el tenedor juntos, y me miró—. Jacko dice que estás descubriéndote desde que llegaste aquí. ¿Qué hay de nuevo?

Miré mi reloj.

—En realidad, tengo que ir a un sitio. —Me levanté de la mesa de golpe—. No tardaré más que una hora o así, te lo contaré todo cuando vuelva. No dudéis en salir a explorar la ciudad mientras estoy fuera.

—Vale —contestó Jack, y advertí que mis hijos intercambiaban una mirada.

—Os veo luego —dije, y salí del hotel y me dirigí a Merrion Square.

—Pasa, Mary. —Ambrose me condujo lentamente hasta la sala de estar y se sentó con cuidado en su sillón de cuero—. ¿Qué tal, querida? Estaba muy preocupado por tu estado anímico después de lo que te conté ayer. Vuelvo a rogarte que me perdones.

—Ambrose, por favor, no te preocupes por mí. Claro que me impactó. Pero, antes que nada, conocí a Tiggy, la quinta de las seis hermanas que han estado siguiéndome. Llegó al hotel ayer por la tarde.

Le referí la conversación que habíamos mantenido y que me había ayudado a calmarme.

—Y, tras dormir sorprendentemente bien, me he despertado sintiéndome mucho más tranquila. De verdad, entiendo por qué no me lo contaste antes. Mi hija Mary-Kate llegó anoche de Nueva Zelanda, y que esté aquí conmigo, en especial porque ella también es adoptada, me ha ayudado mucho.

—Me encantaría conocerla.

—Estoy segura de que la conocerás. Ambrose… —Hice una pausa—, sabes que siempre he acudido a ti en busca de ayuda y consejo, o al menos solía hacerlo. Y… ahora lo necesito.

—Dispara, Mary, y esperemos que mi consejo sea mejor que el que me di a mí mismo hace tantos años, cuando no te conté cómo te habíamos encontrado James y yo.

—Yo… Bueno, después de que muriera Jock, decidí que por fin había llegado el momento de enterrar el pasado. Así que, cuando visité a Bridget en Isla Norfolk al principio de mi Gran Gira, quería saber si había visto a…, bueno, si lo había visto a él, en Dublín, después de que me marchara. Creo que sabes a quién me refiero.

—Lo sé, querida, sí.

—Me dijo que no lo había visto, porque ella se había mudado a Londres y, como yo, no ha vuelto a Irlanda desde entonces, pues sus padres vendieron el negocio y se mudaron a Florida. Me dijo que sería mejor dejarlo estar. Sobre todo cuando aparecieron las dos chicas para ver a Mary-Kate en The Vinery y utilizaron esas palabras, «la hermana perdida». Y dijeron que querían ver el anillo.

—Creo que lo entiendo, Mary, pero seguro que ahora, después de conocer a Tiggy, ya ves que tus antiguos problemas en Dublín no tienen nada que ver con las hermanas que te están buscando, ¿verdad?

—Estoy empezando a creer que es casualidad, pero no te imaginas el miedo que he pasado. En lo que a mí respecta..., he decidido que tengo que averiguar qué le ocurrió a él. He estado buscando su nombre en los archivos públicos de todos los países a los que creía que podría haber ido si me estaba buscando. Hasta ahora no he encontrado ni rastro de él.

Ambrose guardó silencio antes de contestar.

—Mary, nunca me contaste toda la historia, así que no puedo afirmar que sé lo que ocurrió con exactitud, pero te diré que, después de que te fueras, él vino aquí.

—¿En serio? —El estómago me dio un vuelco—. ¿Hablaste con él?

—Brevemente; estaba aporreando la puerta con tal brutalidad que creí que no me quedaba más remedio que dejarle entrar. Por supuesto, quería saber si estabas aquí. Entró arrasando con todo, miró debajo de las camas, rebuscó en los rincones y en el jardincito de atrás, ¡no fueras a esconderte debajo de alguna begonia! Entonces me agarró de las solapas de la chaqueta y me amenazó con ponerse violento si no le contaba dónde estabas.

—Oh, Ambrose, lo siento muchísimo, yo...

—Fue hace mucho tiempo, Mary, y solo te lo estoy contando para asegurarte que comprendo por qué te fuiste. Por suerte, ya lo había visto merodeando en la calle antes de dejarlo entrar y había tomado la precaución de llamar a la Gardaí. Un coche patrulla llegó justo a tiempo, y huyó.

—¿Lo atraparon?

—No, pero no volvió a aparecer por aquí.

—¿Recibiste la nota en la que te decía que tenía que irme una temporada?

—Sí. Tu griego era casi impecable; solo contenía un par de errores gramaticales leves. —Enarcó una ceja con ironía—. Todavía la tengo.

—Siento que se presentara aquí, Ambrose. Sus amenazas habían sido terribles, contra mí, mis amigos, mi familia..., contra todas las personas a las que quería. Y a quien más odiaba era a ti, a ti y el anillo que me regalaste. Lo calificó de «obsceno», decía que era como un anillo de compromiso y que estabas enamorado de mí. Al final decidí que lo único que podía hacer era desaparecer y cortar el contacto con todos. No eran amenazas vacías; me había dicho que se mezclaba con hombres violentos y, dado su radicalismo y lo que estaba ocurriendo aquí en Irlanda, le creí. Dios mío… —Suspiré; sentí que me mareaba al pronunciar las palabras que me había guardado durante tanto tiempo, pero tenía que continuar—. La cuestión es, Ambrose, que tengo que saber si está vivo o muerto, y acabar con esto de una vez por todas. Aunque he cambiado de nombre y de nacionalidad, y he vivido en el lugar más seguro que podrías imaginar, aún me sobresalto cada vez que oigo un coche que enfila el camino hacia nuestra casa. Así que la pregunta es… ¿crees que debería volver adonde empezó todo?

Ambrose apoyó la barbilla en los dedos y pensó un rato. Fue un gesto tan familiar que se me hizo un nudo en la garganta.

—En mi opinión, siempre es bueno deshacerse de los demonios, si es posible —acabó por decir.

—Pero ¿y si volvió a West Cork y ahora vive allí? Creo que me moriría de miedo si llegase a verlo.

—¿Tus hijos están al tanto de… tu situación?

—No, no saben nada, aunque, después de los últimos días, creo que Jack es consciente de que algo va mal.

—Seguro que sí. Imagino que te acompañarían…

—Sí.

—¿Y visitarías a tu familia?

—Eso espero. Ni siquiera sé si siguen allí. —Suspiré—. Una de las razones por las que vine a verte en un principio era tu amistad con el padre O'Brien. Siempre pensé que sobreviviría al paso del tiempo, y si alguien sabía si él seguía allí, sería él. Al fin y al cabo, era el cura de la parroquia.

—Ah, por desgracia, no pudo ser —respondió Ambrose en voz baja.

—¿Puedo preguntar por qué?

—Puedes, y la respuesta son dos palabras: señora Cavanagh.

—¿Cómo olvidarla? Con aquella nariz larga y puntiaguda siempre me recordó a la Bruja Malvada del Oeste de *El mago de Oz*. ¿Qué hizo?

—Bueno, desde el momento en que posó sus ojos en mí, sentí que me aborrecía. No le gustaba ni yo ni mis visitas ni, por encima de todo, la amistad que me unía a James. Después de todo, era un hombre soltero con acento británico, y me etiquetó en cuanto abrí la boca. Irónico, la verdad, teniendo en cuenta que ella trabajaba como ama de llaves en Argideen House y era la persona más arrogante que he conocido en mi vida. Bueno, ya está.

—Pero ¿qué hizo para poner fin a vuestra amistad?

—Oh, Mary, solo estaba esperando la oportunidad de destruirla. Cuando andaba cerca, yo tomaba todas las precauciones que podía para asegurarme de que no tuviera munición. Entonces, unos años después de que te fueras de Dublín, murió mi padre. Aunque mi padre y yo teníamos una relación difícil, fue el fin de una era…, vendí la casa familiar apenas unos meses más tarde, tras cuatrocientos años de ocupación Lister. Después del funeral, bajé a ver a James, y reconozco que me vine abajo y lloré en su estudio. James me rodeó los hombros con los brazos para consolarme, justo cuando la señora Cavanagh abrió la puerta para decirnos que la comida estaba servida. A la mañana siguiente, cuando James estaba fuera dando misa, ella me acorraló y me dijo que siempre había sentido que nuestra relación era «inapropiada», sobre todo para un cura. O me iba y no volvía nunca, o le contaba al obispo lo que había visto.

—Oh, Ambrose, no. —Se me llenaron los ojos de lágrimas—. ¿Qué hiciste?

—Bueno, los dos sabemos lo devoto que era el bueno del padre O'Brien. Si hubiese llegado alguna murmuración a oídos del obispo (palabras que ella se encargaría de adornar), su carrera sacerdotal habría acabado en el acto. Lo habría destrozado; no solo en el plano profesional, sino también espiritualmente. Así que, cuando regresé a Dublín, escribí a James para decirle que, debido a mi designación como jefe del departamento de Literatura Clásica, el trabajo me impediría bajar a verlo con frecuencia.

—Pero el padre O'Brien debió de contactar contigo después de eso, ¿no?

—Oh, sí que lo hizo, y yo lo eludí y lo eludí, con una excusa tras otra de por qué no tenía tiempo… Incluso vino a verme a Dublín, así que me inventé a una amiga. —Ambrose rio con tristeza—. Al final cogió la indirecta y no volví a saber de él. Por supuesto, ahora que estoy jubilado tengo demasiado tiempo para mirar atrás y recordar cosas que preferiría no recordar. —Se sacó el pañuelo del bolsillo y se enjugó los ojos.

—Lo querías, ¿verdad? —susurré.

—Sí, Mary, y eres la única persona ante la que lo he reconocido en toda mi vida. Por supuesto, desde el principio fui consciente de que él nunca podría quererme, al menos no del modo en que yo deseaba. Para mí, era el amor que no se atreve a pronunciar su nombre, y para James, la verdadera encarnación del amor platónico de mi querido Platón. Aun así, el mero hecho de verlo con regularidad constituía un regalo. Valoraba nuestra amistad, como recordarás.

—Sí. Era un hombre muy bueno, y hasta yo veía cuánto le importabas. Si tan solo…

—Por desgracia, la vida está llena de «si tan solos», querida, pero no hay día que no lo eche de menos.

—Supongo que no tienes ni idea de dónde está el padre O'Brien. O si está vivo siquiera.

—No. Al igual que tú, sentí que lo mejor para nosotros era cortar todo contacto. Y si ya está con su querido Dios, me alegro por él. Bueno —Ambrose suspiró—, eso es todo.

—Siento mucho haberte preguntado. Lo último que quería era causarte un disgusto.

—Dios, no; en realidad es un alivio contárselo todo en voz alta a alguien que lo conocía. Y que conocía su bondad.

—Ambrose, yo acabo de descubrir que, si no hubiese sido por tu bondad y la del padre O'Brien, habría acabado en un orfanato. Y todos sabemos lo terribles que eran la mayoría.

—Por suerte, entonces James ya lo sabía, pues había visto uno en persona en Dublín.

—Al menos la señora Cavanagh ya debe de estar varios metros bajo tierra. La verdad, espero que se pudra en el infierno, y creo que nunca había dicho eso sobre ningún ser humano —añadí con firmeza.

—En fin, nos hemos desviado del tema, Mary. Continúa con lo que me estabas contando.

—Bueno, hasta hace poco no había leído el diario que él me

regaló cuando me marché al internado. Quería que entendiera por qué yo también debía odiar a los británicos y sumarme a la lucha por una Irlanda unida. Me dijo que lo había escrito su abuela, Nuala. Al parecer se lo había entregado a él para que no olvidara nunca. Por supuesto, por aquel entonces no llegué a leerlo, pero dada mi odisea actual, decidí que debía hacerlo. Así que lo leí, hace unos días.

—¿Y?

—Bueno, no fue una lectura fácil, desde luego, pero resulta evidente de dónde sacó sus tendencias republicanas.

—No pierdas ese diario, Mary. Hay muy pocos documentos de primera mano sobre la lucha por la independencia irlandesa. Todo el mundo tenía demasiado miedo de que lo descubriesen.

—Puedes leerlo si quieres. Se mencionan nombres y lugares que me hacen pensar que existía una conexión familiar entre nosotros. Por ejemplo, Nuala habla de que su casa era Cross Farm, y su hermano, Fergus. Bueno, nuestra familia vivía en Cross Farm y sé que mi padre la heredó de nuestro tío abuelo Fergus.

—Ya veo. Entonces estás pensando que podrías estar emparentada con «él».

—Sí.

—Bueno, tampoco es que me sorprenda, en West Cork todo el mundo está emparentado.

—Lo sé, y me pregunto si él también lo sabía. Nunca le dejaron entrar en la granja, y estoy pensando si tal vez hubo alguna disputa hace mucho. Y por eso se comportaba de un modo tan extraño conmigo cuando era una niña. Parecía quererme y odiarme a partes iguales.

—Tal vez —convino Ambrose—. Solo hay una forma de averiguarlo y es volver adonde empezó todo.

—Es lo que he venido a preguntarte: ¿debería volver a West Cork?

—En general, creo que sí, deberías. Tienes a tu hijo y a tu hija para protegerte, además de una familia allí, que estoy seguro de que estará encantada de que vuelvas al redil.

—Oh, Ambrose, no sé. ¿Y si él está allí? Sería mucho más fácil coger un avión a Nueva Zelanda y olvidarlo todo.

—Si está allí, no tardarás en averiguarlo, Mary; los dos sabemos que allí todo el mundo se entera de tus asuntos antes que tú. Y sé que la joven que fuiste era fuerte y valiente, y se habría enfrentado a sus enemigos cara a cara. Además, ahora tienes otra razón para viajar allí, ¿no?

—¿Cuál?

—Es el único lugar en el que podrías descubrir quién era tu familia biológica. Como te conté ayer, no podías tener más que unas horas cuando te encontramos en la puerta, Mary, así que tus padres biológicos debían de proceder de algún lugar muy cerca de la casa del párroco, en Timoleague.

—Supongo —suspiré—, pero no estoy convencida de querer encontrarlos. Tengo tantas cosas en la cabeza que me cuesta saber por dónde tirar.

—Lo entiendo, Mary, pero creo que al final todos debemos volver adonde empezamos para comprender.

—Sí, tienes razón, como de costumbre. —Sonreí.

—Lo que tengo que preguntarte es qué fue de aquel agradable joven con el que salías antes de marcharte. Peter, se llamaba, ¿verdad?

—Yo… —Por alguna razón, me sonrojé con solo escuchar su nombre—. No lo sé.

—Vale. Él también vino a verme cuando te fuiste. Parecía desconsolado, me dijo que no había recibido respuesta a las cartas que te había enviado a Londres.

—¿En serio? —Empezó a martillearme el corazón—. No recibí ninguna. En realidad, él…, también quería pedirte consejo acerca de eso…

Llegué al hotel y en la recepción me entregaron un mensaje de Jack; decía que había salido a dar una vuelta con Mary-Kate por la ciudad y que regresarían a tiempo para una comida tardía.

Ya en la habitación, antes de que pudiera empezar siquiera a procesar la conversación que acababa de mantener, hice lo que me había sugerido Ambrose. Cogí una libreta del hotel de una carpeta de cuero que había en el escritorio, saqué mi bolígrafo del bolso y me senté a escribir.

—¡Jesús, María y José! —murmuré—. ¿Qué demonios digo?

Al final, opté por la brevedad. De todos modos, qué importaba, tenía muy pocos números de dar con ese «él».

Lo leí una vez, luego lo firmé y lo guardé en un sobre que me apresuré a cerrar para no darme tiempo a perder el valor. Hice la maleta a toda prisa y metí lo imprescindible en la bolsa de viaje, luego me levanté para abandonar el hotel y llevar la carta a Ambrose antes de cambiar de opinión.

—Si pudieras guardarme la maleta hasta que vuelva, sería maravilloso —le dije a Ambrose cuando salió a abrirme—. Y aquí está la carta —añadí.

—De acuerdo. —Asintió—. Haré todo lo que pueda para localizarlo; si lo consigo, te lo haré saber.

—Gracias, querido Ambrose. Ah, y te he traído el diario de Nuala para que lo leas. Me temo que la letra no es muy clara y la escritura a veces es fonética —dije al tiempo que le entregaba el pequeño cuaderno negro.

—Justo lo que necesito para mantener activo el cerebro. —Ambrose sonrió—. Ahora ve con tus hijos, Mary, e intenta relajarte. Como dijo Jean de la Fontaine, uno a menudo encuentra su destino en el camino que tomó para evitarlo. O una, en tu caso. Por favor, mantén…

—…el contacto —concluí como un loro bajando ya los escalones de la entrada—. Lo prometo, Ambrose, en serio.

A continuación vi que tenía tiempo suficiente hasta que volviesen los niños y me dirigí al registro de Dublín.

—Hola, mamá, perdona que lleguemos tarde, nos hemos perdido en los callejones de alrededor de Grafton Street —dijo Jack cuando él y Mary-Kate aparecieron en el vestíbulo del hotel unos minutos después que yo.

—Ah, no os preocupéis, yo también tenía cosillas que hacer.

—Bueno, me muero de hambre —anunció Mary-Kate.

—Entonces vamos a por un sándwich rápido al bar, ¿vale? —propuse—. El tren sale a las cuatro —añadí.

—¿Qué tren?

—El tren a West Cork, por supuesto. El condado en el que pasé mi infancia. Dijiste que debería volver, Jack, así que allá vamos.

Jack y Mary-Kate se miraron el uno al otro mientras nos sentábamos en un sofá libre.

—Vale —contestaron al unísono.

Una vez que hubimos pedido, vi que Mary-Kate asentía ligeramente hacia Jack.

—¿Qué? —inquirí.

—MK tiene algo que contarte.

—Es verdad, pero… Bueno, has pasado una mala época, mamá, y no quiero causarte más disgustos —dijo mi hija, que apenas era capaz de mirarme a los ojos.

—Sea lo que sea, cuéntamelo; si no, me preocuparé de todos modos —dije.

—Bueno —miró a Jack, que asintió para alentarla—, ¿te acuerdas de la conversación que mantuvimos después de que fueran a verme CeCe y Chrissie?

—Mantuvimos unas cuantas, así que recuérdame cuál.

De nuevo la vi recurrir a su hermano, que le tendió la mano.

—Aquella en la que te pregunté si sabías quién era mi familia biológica y dónde estaba.

—Sí. —Asentí mientras me preguntaba cuánto estrés más podría soportar mi corazón, pronto de cincuenta y nueve años—. Te dije que hablaríamos de ello cuando volviese a casa.

—Sí, bueno, todo el asunto me hizo pensar, evidentemente, así que encontré la agencia de adopción que mencionaste en Christchurch, y tenían mis datos en los archivos. La semana pasada pedí cita para ir a ver al tío que lleva el departamento de registro. Le expliqué la situación, que una mujer se presentó en mi puerta y me dijo que era posible que estuviese emparentada con su familia y que yo quería saber si de verdad ella era quien decía ser. —Mary-Kate me miró, y era evidente que intentaba calibrar mi reacción—. Perdona que no pudiera esperar a que volvieses a casa, pero, bueno, había surgido y no podía pensar en nada más. No estás enfadada ni nada, ¿verdad?

—Claro que no. Solo siento no haber estado ahí contigo.

—Mamá, tengo veintidós años, ya soy mayorcita. En fin, el tío fue genial. Me dijo que si quería dar con mis padres biológicos debía rellenar algunos formularios y que también tendrían qué preguntarles a ellos, suponiendo que aún pudieran encontrarlos. —Mary-

Kate soltó la mano de Jack para apoyarla en la mía—. Te prometo que esto no cambiará lo que siento por ti. Ni por papá. Quiero decir que tú eres mi madre y siempre lo serás, pero, con todo esto de la hermana perdida, solo quiero saber quién es mi familia biológica y seguir adelante, ¿entiendes?

—Claro. —Asentí—. ¿Y qué pasó después?

—Bueno, rellené los formularios y les envié una copia del certificado de nacimiento y el pasaporte por fax. El tipo, Chip, me dijo que el asunto llevaría su tiempo, así que yo no esperaba recibir noticias pronto, pero…

—¿Qué?

—Recibí un correo electrónico hace un par de días. ¡La han encontrado! ¡Han encontrado a mi madre biológica!

—Vale. —Asentí, y me dieron ganas de llorar, porque aquellas dos palabras me dolían en el alma—. ¿Y? —añadí con un hilo de voz.

—Le escribí un correo rápido, como me había pedido Chip, diciendo que me gustaría ponerme en contacto con ella, y adivina.

—Recibiste respuesta —dije.

—Sí. Anoche, cuando estaba en el aeropuerto de Heathrow, en Londres. De momento va todo a través de la agencia, claro, pero sé que se llama Michelle y que me va a escribir. Quiere mantener el contacto. ¿A ti te parece bien, mamá?

—Es genial, sí, genial —contesté, aunque no estaba por la labor de fingir alegría por mi hija como correspondía. Mi hija. Apareció la camarera y fue un alivio que llegaran los sándwiches y tuviera algo en lo que concentrarme—. Qué buena pinta tienen. —Cogí uno y le di un bocado, pese a que tenía el estómago revuelto.

—Creo que lo que Mary-Kate quiere decir es que al menos, si esa mujer responde al correo, quizá podamos llegar al fondo de todo esto de la hermana perdida —dijo Jack con delicadeza.

—Exacto. Todos queremos saber si estoy emparentada con esas chicas. Lo que se me ha ocurrido, mamá —dijo Mary-Kate sin dejar de masticar—, es si había otras personas intentando adoptarme. Chip mencionó que no suele haber muchos recién nacidos neozelandeses en la zona. Me pregunto si su difunto padre, Pa Salt o fuera cual fuese el estúpido nombre con el que le llamaban esas hermanas, solicitó adoptarme y perdió ante ti y papá. O algo así.

—Se encogió de hombros.

—Es otra teoría, sin duda. —Asentí, tratando de parecer entusiasmada. Mary-Kate no tenía la culpa de que sintiese emociones encontradas acerca de esa noticia, como acerca de casi cualquier otra cosa en la vorágine en la que se había sumido mi vida—. Bueno, ¿habéis visto alguno a Tiggy esta mañana?

—Sí, ha bajado a desayunar después de que te fueras, así que ha venido con nosotros a dar una vuelta por la ciudad —explicó Jack.

—¿Dónde está ahora?

—Creo que ha subido a su habitación para hacer la maleta. Coge el vuelo de la tarde de vuelta a Escocia.

—Vale, tenéis mi tarjeta de crédito, así que ¿puedes pagar la cuenta, Jack, y pedir que llamen a un taxi para que nos recoja en veinte minutos?

—Claro, mamá.

—Tú ven conmigo, Mary-Kate —dije mientras firmaba la cuenta del almuerzo, luego me encaminé hacia el ascensor y Jack se dirigió a la recepción.

—¿Te parece bien todo esto, mamá? —me preguntó Mary-Kate con vacilación.

—Por supuesto —contesté cuando salimos del ascensor y enfilamos el pasillo—. Siempre supe que cabía la posibilidad de que un día quisieras conocer a tu familia biológica.

—Eh, no tan rápido, mamá. De momento solo vamos a escribirnos —aclaró Mary-Kate—. Lo último que quiero hacer, sobre todo después de perder a papá, es causarte más dolor.

—Ven aquí.

Tiré de mi hija y la abracé. Ella se acurrucó contra mí, como cuando era una diminuta recién nacida de solo dos días.

—Muy bien —dije, sabiéndome al borde de las lágrimas—, recoge tus cosas y te veo abajo en veinte minutos, ¿vale?

—Vale. Te quiero, mamá —dijo desde el pasillo, de camino a su habitación.

Justo cuando me disponía a bajar, llamaron a la puerta. Abrí y allí estaba Tiggy.

—¡Tiggy, pasa!

—Hola, Merry, solo quería pasar a despedirme. Me ha dicho Jack que os ibais.

—Sí. Bueno, no nos vamos de Irlanda, solo bajamos a West Cork, donde nací.

Se quedó mirándome.

—¿Estás buscando respuestas?

—Supongo, sí, pero que las encuentre ya es otra historia. No tengo ni idea de qué esperar.

Tiggy se me acercó y, de nuevo, me tomó la mano con su manita.

—Estoy segura de que las encontrarás, Merry. El año pasado, después de que nuestro padre muriera, mis hermanas y yo nos embarcamos en nuestros respectivos viajes al pasado. En algunos momentos daba miedo, pero cada una de nosotras encontró lo que buscaba y eso mejoró mucho nuestra vida. La tuya también lo hará.

—Ojalá.

—Me doy cuenta de que estás asustada, pero ¿no será mucho mejor si te libras al fin de ese miedo?

Me quedé mirando a aquella mujer joven que parecía tan frágil y tan sabia a un tiempo. Cada vez que me cogía la mano, sentía que me invadía la calma.

—Te he apuntado mi número de móvil —dijo al tiempo que me soltaba la mano y sacaba un papelito del bolsillo—. Si tenéis algún problema, llámame y deja un mensaje, y prometo ponerme en contacto contigo en cuanto pueda. Hay poca cobertura donde vivo —explicó—. También he anotado el número de mi hermana Maia y el del fijo de Atlantis, nuestra casa de Ginebra. Cualquier cosa que necesites, llama.

—Gracias. ¿Cuándo sale vuestro barco?

—El jueves de la semana que viene. Algunas vamos en avión hasta Ginebra y otras directas a Niza, donde está atracado el barco. Nos encantaría que vinierais. Los tres —añadió Tiggy con firmeza.

—Pero... ni siquiera sabemos con seguridad si Mary-Kate es la hermana perdida, ¿no?

Tiggy bajó la vista a mi anillo y lo acarició con el dedo.

—Esta es la prueba. Siete esmeraldas para siete hermanas. El círculo está completo. Adiós, Merry, espero veros muy pronto.

En el tren, dormí la mayor parte del trayecto de dos horas y media hasta la ciudad de Cork; el mero contacto de las manos de Tiggy parecía surtir ese efecto en mí.

—Mamá, estamos entrando en la estación. —Mary-Kate me zarandeó con suavidad.

Volví en mí y me asomé a la estación de Kent, que había llegado a conocer bien entre los once y los veintidós años. La habían modernizado, por supuesto, pero seguía teniendo ese aire de lujo antiguo, con su techo abovedado de hierro y el eco de voces y pasos. Tiempo atrás, me alegraba cuando regresaba allí con Bridget para las vacaciones del internado. Su padre nos recogía en su brillante coche negro y nos llevaba de vuelta a West Cork, porque las viejas vías que la servían, y que en su día habían llevado a Ambrose prácticamente hasta la puerta del padre O'Brien, se habían cerrado en 1961. Recordé el suspiro de alivio que soltaba siempre que me subía a aquel coche, porque iba de camino a casa. Luego, cuando me fui al Trinity College a los dieciocho, se giraron las tornas, y al volver a Dublín veía la estación de Kent como la puerta a mi libertad.

—Bueno, y ahora, ¿adónde, mamá? —me preguntó Jack una vez que nos plantamos en el vestíbulo.

—La cola para los taxis. —Señalé.

—Hola —saludó un taxista cuando llegamos al principio de la cola, y nos abrió las puertas del coche con una sonrisa—. Bienvenidos a Cork, la mejor ciudad de Irlanda. Me llamo Niall —añadió mientras metía mi bolso de viaje y las dos mochilas en el maletero, luego se puso al volante y se volvió hacia mí—. Y bien, ¿adónde os llevo?

Oír el acento cantarín de la zona hizo que se me formara un nudo en la garganta. Saqué la cartera del bolso y le entregué el papelito con la dirección del hotel.

—Ah, el Inchydoney Island Lodge and Spa. Un hotel magnífico —añadió—. No vivo muy lejos de allí, está cerca de Clonakilty. ¿Venís de vacaciones, a hacer turismo?

—Algo así —dijo Jack desde el asiento delantero—. Mi hermana y yo es la primera vez que venimos, pero mi madre vivió aquí.

Vi que Niall me lanzaba una mirada por el retrovisor.

—¿Y en qué zona vivías?

—Entre Clogagh y Timoleague, pero ya hace mucho tiempo de eso —añadí a toda prisa. Sabía que los cotilleos podían empezar con un susurro sobre la llegada de alguien y pregonarse en el lapso de unas horas.

—Yo tengo unos primos en Timoleague —dijo—. ¿Cómo te apellidas?

—Yo… Bueno, me apellidaba O'Reilly.

—Claro, hay unos cuantos O'Reilly por la zona. ¿Cómo se llamaba tu casa?

—Cross Farm —dije.

—Ah, creo que la conozco, y me atrevería a apostar a que estamos emparentados. Como todos por aquí. —Niall se volvió hacia Jack—. Entonces es vuestra primera vez aquí, ¿para ver dónde se crio vuestra madre?

—Sí, tenemos muchas ganas, ¿verdad, Mary-Kate?

—Sí —convino ella.

—Vais a alojaros en uno de los mejores sitios de la costa, pero si os apetece hacer alguna excursión fuera, os recomendaría que fuerais al faro de Galleyhead, que no queda lejos de la casa de vuestra madre. Y también está el convento de Timoleague, claro, y en Castleview deberíais visitar el Centro Michael Collins.

Mientras Niall entretenía a mis hijos con qué ver y hacer, miré asombrada por la ventanilla, no solo por el número de coches, sino por las carreteras mismas. Estábamos en alguna clase de autovía con mediana, y la superficie por la que circulábamos era completamente lisa. Los viajes a casa desde Dublín, incluso en el coche grande y cómodo del padre de Bridget, eran cuando menos movidos. Estaba claro que West Cork había acabado entrando en el siglo XXI.

—Ahí está el aeropuerto —iba diciendo Niall—. Hace solo dos años que abrieron la nueva terminal, ¡y está de lujo! A menudo me dejo caer por ahí de camino a casa para tomar un café.

Cuando llegamos a Innishannon, fue un alivio ver que la calle principal del pueblo no había cambiado mucho.

—¡Oh, mira, mamá! —dijo Mary-Kate—. ¡Todas las casas están pintadas de diferentes colores! Qué bonito.

—Verás muchas así por aquí, y en otros pueblos de Irlanda también —intervino Niall—. Está bien ver algo colorido cuando no para de llover en invierno, o cualquier día del año.

Pasamos por Bandon, que Niall debidamente anunció como «la entrada a West Cork», y reconocí algunas tiendas que aún tenían los mismos apellidos pintados encima de la puerta. A continuación, por fin, nos alejamos para adentrarnos en el campo frondoso e inalterado que tan bien recordaba. Las suaves colinas que teníamos a ambos lados se hallaban salpicadas de vacas que pastaban, y atisbé arbustos fucsia en plena floración. El único cambio era el número de adosados que habían sustituido las viejas ruinas de piedra de las casitas de campo.

—Uau, cuánto verde… —exclamó Mary-Kate.

—Bueno, por algo la llaman la Isla Esmeralda. —Sonreí, y bajé la vista al anillo.

—¿Me lo vas a devolver algún día, mamá? —bromeó.

—Por supuesto. Solo lo necesitaba por si alguien de aquellos tiempos no me reconocía.

—Mamá, estás exactamente igual que en esa foto en blanco y negro de cuando te licenciaste —dijo Jack.

—Zalamero —contesté—. ¡Mirad! Estamos en el cruce de Clonakilty. Antes aquí había una línea de tren que daba servicio a West Cork. Mis hermanas mayores lo cogían para pasar el día de compras o ir a bailar a Cork.

—Mi padre solía ir en bici cuando había algún partido de fútbol gaélico importante en el antiguo campo del Cork Athletic —dijo Niall.

—¿Recorría todo el trecho que acabamos de hacer en bici? —preguntó Mary-Kate.

—Y muchos kilómetros más también —dijo Niall.

—Yo iba en bici a todas partes cuando vivía aquí; era la forma que teníamos de movernos entonces —añadí.

—Claro, teníamos gemelos de culturista por aquel entonces, ¿verdad, señora O'Reilly? —Niall se rio.

—Por favor, llámame Merry —pedí, sin molestarme en corregir el apellido.

—Ahora mirad a la izquierda, al coche de esa plataforma. Este es el pueblo donde vivían los padres del mismísimo Henry Ford antes de que siguieran a media Irlanda cruzando el Atlántico hasta Estados Unidos.

Eché un vistazo a la réplica de acero inoxidable de un Ford

Modelo T, expuesto en una plataforma justo enfrente del pub Henry Ford. Conocía bien aquella calle porque llevaba hasta nuestra granja.

—Así que ahora nos dirigimos a Clonakilty —dijo Niall—. Si hace unos cuantos años que no vienes por aquí, Merry, creo que advertirás algunos cambios. Tenemos un nuevo polígono industrial con un cine, y un polideportivo con piscina. Por supuesto, Clonakilty es conocido por ser el pueblo más cercano al lugar de nacimiento de Michael Collins.

—¿Michael qué? —preguntó Jack.

—¿Es una estrella de cine? —preguntó Mary-Kate—. Estoy segura de que he leído que salía en alguna peli.

—Ah, creo que te refieres a que has leído algo sobre una película acerca de él —la corrigió Niall—. Los jóvenes de ahora no conocen la historia, ¿verdad, Merry?

—Para ser justos, los dos se han criado en Nueva Zelanda —lo interrumpí—. La verdad es que lo que ocurrió aquí y quién era Michael Collins no se incluye en sus clases de historia.

—¿Quieres decir que naciste aquí y nunca has hablado a tus hijos del Grandullón?

—Si te soy sincero, Niall, mi madre no nos contó mucho de nada que tuviera que ver con su infancia —dijo Jack.

—Bueno, te diré que Michael Collins fue uno de los mayores héroes que jamás dio Irlanda —explicó Niall—. Nos lideró hacia la independencia de los británicos y…

«Bienvenida a casa, Merry», pensé, cuando doblábamos hacia Inchydoney dejándome llevar por la historia de Niall acerca de Michael Collins.

Cinco minutos después, Niall detuvo el coche delante de la entrada del Inchydoney Lodge.

—Bueno, Merry, ¿qué te parece? —me preguntó al tiempo que bajaba del taxi y los tres abríamos las puertas—. Apuesto a que te acuerdas de aquella vieja casucha que había aquí cuando eras una niña.

—Sí que me acuerdo —contesté mientras admiraba el hotel, grande y elegante.

Luego me volví hacia la espléndida playa de arena blanca en la que rompían las olas y sentí que el viento me azotaba el cabello.

Inspiré hondo el aire fresco y puro de West Cork y olí su aroma único a mar y a vaca.

—¿Y cómo os moveréis por aquí? —me preguntó Niall cuando le pagué en euros, no con los chelines que contaba con tanto cuidado cuando crecía.

—Alquilaré un coche —respondí—. ¿Cuál sería el lugar más cercano?

—El aeropuerto de Cork… Deberías haberlo mencionado, podríamos haberlo arreglado de camino aquí. No te preocupes, puedo ayudarte hasta que te hagas con uno —añadió Niall, que cogió mi bolsa de viaje y entró con nosotros en el vestíbulo.

—Qué elegante. —Jack recorrió la recepción, moderna y espaciosa, con la mirada—. Me esperaba algo con vigas de madera, como una granja, ya sabéis.

Nos registramos; Niall charló con el personal de detrás del mostrador, que me dio el número de una empresa de alquiler de coches con base en el aeropuerto.

—Puedo llevaros mañana temprano. Solo llámame —dijo Niall—. Para cualquier cosa que necesitéis, tienes mi número. Nos vemos. —Saludó con la mano y se alejó.

—Qué amable es todo el mundo, mamá. ¿Siempre ha sido así? —me preguntó Mary-Kate cuando seguíamos al botones hasta el ascensor.

—Supongo que sí, pero para mí era distinto porque vivía aquí. Andábamos siempre preocupados por lo que los demás dijeran de nosotros.

—Bueno, está claro que les gusta hablar —dijo Jack mientras recorríamos otro pasillo de hotel.

—Aquí es —indicó el botones haciéndonos pasar a una habitación aún inundada por la suave luz vespertina procedente de unas puertas correderas de cristal que daban a un balconcito—. Tienen unas vistas preciosas del océano.

—Gracias —dije al tiempo que le daba una propina—. Puedes dejar las mochilas aquí.

»¿Alguien se apunta a una taza de té? —pregunté a mis hijos cuando el botones se hubo marchado.

—Son casi las ocho, para mí es la hora de la cerveza, gracias, mamá —dijo Jack.

—Yo también mataría por una —convino Mary-Kate.

—Entonces démonos el gusto de pedir servicio de habitaciones, ¿vale? Podemos sentarnos en el balconcito y disfrutar de la puesta de sol —propuse acercándome al teléfono.

—¿Por qué no te sientas, mamá? Yo me encargo de las bebidas —dijo Jack.

—Mamá, ¿este hotel es el número…? —me preguntó Mary-Kate cuando abríamos la puerta del balcón.

—Si te soy sincera, he perdido la cuenta, cariño. —Cogí una silla y me senté.

—Se suponía que iba a llevarte meses lo que en realidad has hecho en menos de dos semanas.

—No contaba con que me siguieran…

—Sigo sin entender por qué huías, si te conté que las hermanas solo querían ver el anillo y…

—¿Podemos dejarlo por esta noche, Mary-Kate? —Suspiré—. Si no te importa, me gustaría darme un respiro con todo ese asunto.

—Claro, pero ¿a que Tiggy es encantadora? Conmigo fue adorable. Me dijo que, si al final resulta que no somos familia, le encantaría mantener el contacto y que fuese a verlas a Atlantis mientras estuviera en Europa.

—Es encantadora, sí —contesté—. Incluso nos ha invitado a los tres a ese viaje en barco a Grecia.

—Bueno, a ver si Michelle se pone en contacto conmigo pronto a través de la agencia y averiguaremos más acerca de quién soy. Chip también me dijo que es bastante fácil hacer una prueba de ADN.

—No dudo de que seas su hija, cariño. Tal vez la cuestión sea de quién es hija ella. O, de hecho, quién es tu padre biológico. Quizá el que estaba emparentado con el misterioso Pa Salt fuera él.

—¿Sabes qué, mamá? —dijo Mary-Kate cuando Jack sacó la bandeja con las bebidas al balcón—. Tienes razón. No había pensado en eso.

—Como te decía, ¿dejamos todo eso para mañana? Disfrutemos de estar aquí juntos en West Cork; un momento que creí que nunca llegaría.

—Yo me alegro mucho de que haya llegado, mamá —intervino Jack—. ¡Salud!

—Salud —brindé, y di un sorbo al fuerte té, que sabía mucho mejor que ninguno de los que había tomado desde que había iniciado aquel viaje.

Allí sentada con mis hijos, de pronto me sentí muy bien por haber vuelto a casa.

Después de la cena en el relajado pub Dunes de abajo, los tres nos decantamos por acostarnos temprano.

Me metí en la cama y apagué la luz; había dejado abierta la puerta del balcón para oír el romper de las olas en la orilla.

Era un sonido hermoso, un sonido que la humanidad había oído desde que empezamos a poblar esta tierra nuestra. Y que otras criaturas habían oído millones de años antes de eso. Independientemente de lo que nos ocurriera a cualquiera de nosotros en nuestra pequeña vida, esa marea subiría y bajaría hasta que el planeta y todo lo que contenía dejase de existir.

—Entonces ¿por qué las cosas que nos ocurren en nuestra pequeña vida sí importan? —murmuré.

»Porque amamos —respondí yo misma—, porque amamos.

40

Niall nos recogió a las nueve de la mañana siguiente para lle-
varnos al aeropuerto. Tras pasar a buscar el coche de alquiler,
y registrarnos a Jack y a mí en el seguro, me senté al volante.

—¿Adónde vamos, mamá? —preguntó Mary-Kate desde el
asiento de atrás.

—A la antigua casa de mi familia —dije.

Me alegré de ir conduciendo, así tenía que concentrarme en
las señales en lugar de en nuestro destino. Justo pasado Bandon,
giré a la izquierda en el letrero de Timoleague y enfilé lo que
tiempo atrás había sido un camino estrecho y ahora, como mucho, era un camino más ancho.

—¿Aquí también vivías en el quinto pino, mamá? —me preguntó Jack.

—No como vivimos en Nueva Zelanda, no, pero en bici sin
duda lo parecía.

Giré a la izquierda en el cruce de Ballinascarthy, luego doblé
a la derecha en el pueblo de Clogagh y seguí serpenteando por
los caminos rurales guiándome completamente por el instinto.
Tomé una curva cerrada cerca de Inchybridge y faltó poco para
que nos cayéramos al río Argideen.

—¡Jesús, mamá! —exclamó Jack cuando pisé el freno para no
terminar de cabeza en el agua. No había ni barreras de protección
ni letreros de advertencia, lo cual me hizo sonreír.

—A lo mejor a ti te hace gracia, mamá, pero a mí ninguna
—masculló Mary-Kate cuando di marcha atrás y me metí en el
extremo de un campo de maíz, que era evidente que había sustituido a la cebada de mi época.

—Lo siento, pero ya falta poco —la tranquilicé.

Alrededor de diez minutos después, vi ante mí los altos muros de piedra que rodeaban Argideen House y supe que estábamos cerca.

—¿Quién vive ahí, mamá? Tiene un aspecto bastante descuidado.

—No tengo ni idea, Jack. Mi hermana Nora trabajó allí una temporada, pero estoy segura de que sus habitantes hace mucho que murieron. A ver, que me concentre; la granja está ahí arriba, en alguna parte…

Al cabo de unos minutos, di con la pista correcta. Si bien me alegraba de que los niños me acompañasen, me habría gustado poder tomarme unos segundos para parar y coger aliento antes de que advirtieran mi llegada. Conduje lo más despacio que pude, y advertí que era poco lo que había cambiado, tan solo algún que otro chalet de hormigón aquí y allá en el valle, donde antes no había habido más que ruinas de piedra inhabitables de casitas de campo abandonadas durante la Gran Hambruna.

La granja, donde la ropa tendida seguía ondeando cual banderas y las vacas pastaban en el valle que descendía hasta el jirón plateado del río Argideen, estaba casi como la recordaba. Aparte del coche moderno aparcado delante de la casa.

—Ya estamos —dije, constatando la evidencia.

—Eh, mamá, creí que habías dicho que la casa en la que creciste tenía techos muy bajos, con vigas de madera. Esta granja parece moderna. —El rostro de Jack reflejaba decepción.

—Esta es la granja nueva a la que nos mudamos cuando tenía seis años. Detrás veréis dónde vivíamos antes.

Al verla en ese momento, estuve de acuerdo con Jack en que era una casa pequeña y cuadrada sin nada especial. Aun así, trasladarnos de un lado del patio al otro, con todo aquel espacio, luz y comodidades modernas, había sido toda una revelación para mí por aquel entonces.

—Vale, ¿os quedáis los dos en el coche mientras voy a ver quién hay en casa?

Antes de que pudieran responder, me había bajado del coche y estaba rodeando la parte posterior de la casa hacia la puerta de la cocina, porque no podía ni imaginarme franqueando la principal. Solo el sacerdote, un médico o un británico lo habían hecho alguna vez.

La puerta de la cocina actual era de PVC, no de madera, y vi que habían hecho lo mismo con todas las ventanas.

—Allá vamos. —Contuve el aliento y me obligué a levantar el puño para llamar, porque no tenía ni idea de quién contestaría.

No hubo respuesta, así que llamé con más fuerza. Acerqué el oído a la puerta y oí un ruido procedente del interior. Probé con la manija de acero inoxidable y descubrí que no habían echado el pestillo. «Por supuesto», me dije; en una granja siempre había alguien en casa. Abrí la puerta, entré en la cocina y miré alrededor. Lo único que permanecía igual era el viejo armario de la vajilla, que seguía contra la pared. Habían llenado el resto de la habitación con muebles de pino modernos, y los azulejos del suelo eran ahora anaranjados. Los fogones habían desaparecido, y en su lugar había un horno con una placa de inducción encima. La larga mesa del centro también era de pino.

Me dirigí a la puerta por la que se accedía al estrecho vestíbulo, cuyas escaleras llevaban arriba, y caí en la cuenta de que el ruido procedía de un aspirador que estaban pasando por encima de mí.

La puerta que tenía delante daba a la habitación de papá; el recuerdo primordial que tenía de ella era de mi padre sentado en su sillón, con un vaso en una mano y una botella de whisky en la otra.

La chimenea había desaparecido, una estufa de leña ocupaba su lugar. El largo sofá de cuero seguía allí, y había una caja de juguetes en un rincón.

Regresé al pasillo y advertí que el ruido del aspirador había cesado.

—¿Hola? —dije.

—Hola, ¿puedo ayudarla?

Había una desconocida en lo alto de las escaleras, al pie de las cuales me quedé plantada.

—Eh… Sí, me llamo Mary, y viví aquí con mis padres, Maggie y John. Y mis hermanos, claro —añadí, tratando de distinguir si aquella mujer podía ser una de mis hermanas de mayor.

—Mary… —dijo la mujer mientras bajaba—. ¿Y cuál serías?

—Era la más pequeña de las niñas: Ellen, Nora y Katie. John, Bill y Pat eran mis hermanos.

Ya abajo, la mujer se quedó mirándome. Finalmente su rostro reveló que había atado cabos.

—¡Jesús! ¿Te refieres a esa Mary a la que todo el mundo llamaba Merry?

—Sí.

—¡La famosa hermana perdida del clan O'Reilly! Vaya, ¡qué bueno! Si hago una sola llamada, se plantan todos aquí en menos de una hora. Ven a la cocina y tomamos algo, ¿te parece?

—Yo..., gracias —dije siguiéndola de vuelta a la cocina—. Hum, perdona que te lo pregunte, pero ¿quién eres tú?

La mujer se rio de pronto.

—Bueno, claro, teniendo en cuenta que has estado desaparecida todos estos años, ¿cómo ibas a saberlo? Soy Sinéad, la mujer de John..., de tu hermano mayor.

Volví a mirarla, más de cerca esta vez.

—¿Nos conocemos?

—Lo dudo. Iba a clase con John en la escuela de Clogagh. Empezamos a salir más o menos un año después de que desaparecieses. Me arrastró hasta el altar unos meses más tarde. Bueno, ¿qué te pongo? Deberíamos abrir una botella con burbujas, pero ahora mismo no tengo ninguna. —Sonrió, y pensé en lo encantadora que parecía.

—Hum, he venido con mis hijos —dije—. Se han quedado esperando en el coche mientras comprobaba si la casa seguía perteneciendo a la familia. Si te incomoda, dímelo.

—Claro que no, Mary, ¿o aún te llaman Merry?

—Pues sí.

—¡Me encantaría conocerlos! —exclamó.

De modo que salí e hice señas a Jack y a Mary-Kate para que entraran.

Después de las presentaciones, nos sentamos todos con una taza de té.

—Una cosa te digo, John se va a quedar de piedra cuanto te vea, Merry. No has cambiado nada desde las viejas fotos que he visto, en cambio yo —Sinéad se señaló las curvas— me he redondeado.

—¿Tenéis hijos?

—Tenemos tres, dos casados ya, el único que sigue en casa es el pequeño, que está de vacaciones de la universidad. Quiere ser contable —añadió con orgullo—. ¿Alguno de vosotros dos está casado? ¿Le habéis dado a vuestra madre nietos con los que jugar?

Los dos negaron con la cabeza.

—Nosotros ya tenemos cuatro de los nuestros —continuó Sinéad—. Resulta agradable tener pequeños correteando de nuevo por aquí. A menudo vienen y se quedan a dormir. ¿Comeréis con nosotros? John y tú tendréis mucho de que hablar.

—De verdad, Sinéad, no te preocupes por nosotros.

—Como si fuese una molestia, Merry. No todos los días aparece de sopetón el miembro perdido de la familia. Es como la parábola del hijo pródigo, así que recibiréis el ternero más gordo. ¡Para comer hay estofado de carne con Guinness!

—¿Cómo están todos, Sinéad? ¿Mis hermanas? ¿Bill? ¿Pat?

—Tus hermanas están la mar de bien; todas casadas, y Pat también, aunque Nora va por su segundo marido y ahora vive en Canadá. Siempre fue la más voluble, ¿no? Ellen, Katie, Bill y Pat (que ahora tiene su propia granja) siguen en la zona, y algunos también son abuelos ya. Bill está en Cork, trabajando para el ayuntamiento, nada menos. Se rumorea que no tardará en presentarse a las elecciones por Fianna Fáil.

Me costaba imaginarme a mi hermano pequeño hecho un hombre, y con un cargo de responsabilidad.

—¿Y Katie? ¿Dónde está?

—¿Katie? —preguntó Mary-Kate.

—La hermana con la que menos años me llevaba, tenía dos más que yo —le dije—. Y sí, te puse el nombre por ella. —Sonreí.

—Por aquí es normal poner a los hijos los nombres de la familia, sobre todo de los padres —le explicó Sinéad—. Ojo, en las celebraciones familiares la cosa se complica, cuando todos llaman a un John y aparecen cuatro. —Se rio por lo bajo—. Ah, ahí viene tu hombre por el camino de entrada. Se va a caer de culo cuando entre, ya verás.

Oí el portazo de una camioneta y pasos que se dirigían hacia la puerta de atrás, y no supe qué hacer. Al final me levanté cuando John abrió la puerta de la cocina. Él también había engordado desde la última vez que lo había visto, aunque estaba fornido, y las canas le salpicaban el pelo rizado. Miré aquellos ojos grises que había heredado de nuestra madre, y le sonreí.

—Hola, John —dije con una timidez repentina.

—Adivina quién es —añadió Sinéad con voz cantarina.

Él se quedó mirándome y de pronto se le iluminó el rostro al reconocerme.

Dio un paso adelante.

—¡Jesús, María y José! Merry, ¿eres tú?

—Sabes que sí. —Se me anegaron los ojos de lágrimas.

—Ven aquí, chica, recibe el primer abrazo que puedo darte en más de treinta y cinco años.

—Treinta y siete —concreté mientras ambos nos acercábamos y me envolvía en sus brazos, fuertes y grandes. Desprendía un reconfortante olor a vaca y me dieron ganas de llorar.

Los demás guardaron silencio hasta que John me soltó.

—Te he echado de menos, Merry.

—Y yo a ti. —Tragué saliva.

—¿Y estos son tus hijos? ¡Son clavados a ti! —dijo, volviendo su atención hacia Jack y Mary-Kate—. ¿Dónde habéis estado todos estos años?

—Viviendo en Nueva Zelanda.

—Bueno, yo diría que es momento de abrir algo para daros la bienvenida de vuelta a casa. ¿Qué queréis tomar? ¿Cerveza? ¿Vino?

—Yo tomaré una cerveza, por favor —dijo Jack.

—Yo también —añadió Mary-Kate.

Vi que mis dos hijos parecían aturdidos por lo que estaba ocurriendo ante ellos.

—Un vino blanco sería perfecto —dije.

—Vale, yo tomaré otro, Merry —dijo Sinéad—. ¿Cerveza, John?

John asintió al tiempo que se sentaba sin apenas quitarme ojo. Sinéad llevó las cervezas y dos copas de vino a la mesa.

—Por mi hermana perdida, que ha vuelto sana y salva. *Sláinte!* —dijo John.

—*Sláinte!* —brindamos, y Mary-Kate frunció el ceño.

—Significa «salud» aquí —le expliqué antes de que bebiéramos todos.

—No me digas que vuestra madre no os ha educado según las costumbres irlandesas —le dijo a mi hija.

—Hasta hace poco no nos había contado mucho acerca de su infancia —contestó Jack—. Lo único que sabemos es que fue a la universidad de Dublín.

John guardó silencio un momento, luego me miró y dijo:

—A veces es mejor no recrearse demasiado en el pasado, ¿no?

—Sí —dije agradecida.

—Y, bueno, háblame de vuestra vida en Nueva Zelanda. Muchas ovejas, tengo entendido. Aunque no son tan buenas para la leche como las vacas —añadió guiñándole el ojo a Jack—. ¿Estás casada? ¿Dónde está tu marido?

Apenas podía dar bocado al delicioso estofado mientras John y Sinéad nos bombardeaban a los tres a preguntas. Estaba orgullosa de mis hijos, que contestaban por mí cuando sentían que me veía sobrepasada.

Después de que sirvieran tarta de chocolate casera con nata de postre, Sinéad estaba charlando con Mary-Kate y Jack, y yo me incliné hacia John.

—¿Cómo está Katie? ¿La ves mucho?

—Ah, anda ocupada trabajando en la residencia de Clonakilty. Cuida de los ancianos de la zona que sufren demencia o no pueden vivir en su propia casa.

—¿Está casada?

—Pues sí. Connor trabajaba en la construcción y, cuando el Tigre Celta empezó a rugir aquí en Irlanda y llegó el boom, ganó bastante dinero, desde luego. Ahora está semijubilado, vendió su empresa. Y, con la recesión que tenemos aquí, hizo bien. Seguro que algunos muchachos que trabajaban para él y han cambiado de jefe no tardarán en quedarse sin trabajo. —John suspiró.

—¿La economía no va bien?

—No. Ha habido un fuerte descenso de la construcción en la zona durante los últimos meses. ¿Sabes?, a veces veía a Connor, con la casa grande y elegante que construyó para él y para Katie, y las vacaciones de verano en Tenerife, y me preguntaba qué hacía yo levantándome todos los días a las cinco de la mañana para cuidar de las vacas. Lo bueno de los animales, la carne y la leche es que el mundo sigue necesitándolos pase lo que pase con ese mercado de valores.

—¿Has ampliado la granja desde la última vez que estuve aquí?

—Ya lo creo. ¿Te acuerdas de los vecinos, los O'Hanlon, que tenían la finca de al lado?

—Sí, claro.

—Bueno, él se había hecho mayor y quería vender, así que les compré las tierras.

—¿Y qué hay de papá? Sinéad no me ha dicho nada cuando le he preguntado, así que…

—Ah, bueno, seguro que no te sorprende saber que al final la bebida acabó con él. Murió en el 85. Está enterrado con mamá y el resto de la familia en el cementerio de Timoleague. Siento ser el que tenga que contártelo.

—No lo sientas, John. Fui yo quien se marchó, y tú quien tuvo que pagar los platos rotos. A los dieciséis prácticamente llevabas la granja.

—No voy a mentirte, fue duro, pero no ha sido una mala vida, Merry. Sinéad y yo somos felices. Tenemos todo lo que queremos y necesitamos, y a nuestra familia alrededor.

—Me muero de ganas de ver a Katie, y al resto de la familia, por supuesto. ¿Podrías darme el número de Katie para que la llame?

—Claro. Una vez supere la impresión, seguro que se alegrará de verte. ¿Cuánto tiempo pensáis quedaros? —preguntó.

—Unos pocos días, quizá más… No tengo un plan definitivo.

—Voy a por el número de Katie.

John se levantó y fue al teléfono que había encima de una cajonera. Sacó un libro encuadernado en cuero negro de uno de los cajones; lo reconocí al instante.

—¡¿Todavía tenéis la agenda que utilizaban mamá y papá?!

—Ajá, sí. Entonces apenas la necesitábamos, sabíamos dónde vivía todo el mundo, pero ahora resulta útil para los números de móvil. Aquí está el de Katie.

—Gracias.

—Ahora apuntaré tu número en el libro, solo por si estás

pensando desaparecer otros treinta y siete años. —Me guiñó un ojo.

Le di mi número y lo anotó. Luego me dio el fijo de la casa para que yo hiciera lo mismo.

—No me hago a los móviles aunque tenga uno —dijo John—. Implica que, si estoy dando una cabezadita en el campo un día soleado, la Señora puede llamarme. —Suspiró—. Vale —John alzó la voz para que le oyeran todos—, tengo que salir otra vez con el tractor, pero espero volver a veros pronto.

—Justo les estaba diciendo a los chicos que deberíamos celebrar una reunión familiar, para que conozcan a todos sus tíos y primos —dijo Sinéad.

—Por lo visto, ¡tenemos como veinte en total, mamá! Pero algunos están en Canadá —dijo Mary-Kate.

—No te preocupes, aquí mismo tienes más que suficientes para empezar. —Sinéad sonrió—. ¿Qué os parece el domingo que viene?

—¿Podemos, mamá? —me preguntó Mary-Kate.

—Seguro que podemos, y es muy amable de tu parte, Sinéad. Vale, chicos, vámonos. Gracias por la comida y por ser tan hospitalaria.

—Ah, no ha sido nada. ¡Me muero de ganas de contarles a todas mis cuñadas que he sido la primera en verte! —Soltó una risita.

Nos dio un fuerte abrazo a los tres, nos subimos al coche y seguimos el tractor de John por el estrecho camino. Me sentí muy orgullosa de mis hijos, sobre todo de Mary-Kate, que irónicamente, aunque todavía no lo supiera, compartía circunstancias conmigo: las dos sabíamos que esas personas a las que acabábamos de visitar no eran nuestra familia biológica. Aun así, la evidente emoción que sentía por el hecho de tener «primos» implicaba que ni se lo había planteado siquiera.

Quizá solo fuera porque había pasado veintidós años siendo querida por sus padres, igual que yo por los míos.

¿Les contaría a John y al resto de mis hermanos que me habían dejado en una puerta para sustituir a un bebé fallecido?

«No», pensé, eso no importaba. El amor, sí.

—¿Adónde vamos ahora, mamá? —preguntó Mary-Kate.

—De vuelta al hotel, creo.

—Bueno, hace tan buen tiempo que no me importaría comprobar si en esa escuela de surf que hemos visto en la playa se puede alquilar el equipo —dijo Jack—. Hace siglos que no surfeo. ¿Te apuntas? —le preguntó a Mary-Kate.

—Si mamá no nos necesita, entonces sí, me encantaría.

—Estaré perfectamente, id y pasadlo bien. Eso sí, el mar está siempre helado —les advertí con una sonrisa.

De regreso en el hotel, los chicos se fueron a preguntar si podían alquilar unas tablas, y yo subí a mi habitación y marqué el número de Katie de inmediato. Saltó un buzón de voz que me decía que dejara un mensaje, pero no tenía ni idea de qué decir. Marqué el número de Cross Farm, y contestó Sinéad.

—Hola, soy Merry. Katie no coge el móvil, así que quizá me plante en su puerta. ¿Dónde vive exactamente?

—En Timoleague. ¿Te acuerdas de dónde está el campo de fútbol gaélico?

—Sí.

—Bueno, es una casa imponente al otro lado de la calle, justo enfrente. La verás porque está pintada de un naranja chillón. Yo no elegiría ese color, pero no pasa desapercibida. —Sinéad rio entre dientes.

Dejé un mensaje para Jack y Mary-Kate en la recepción, volví a coger el coche y me dirigí a Timoleague. Como Clonakilty, el pueblo se había expandido hacia arriba y a los lados, pero la calle principal seguía más o menos como la recordaba. Mientras conducía, contemplé la magnífica bahía de Courtmacsherry. Pasé por delante del campo de fútbol, donde vi a unos chicos entrenando, lo que me trajo a la memoria vívidas imágenes de mis hermanos jugando en el prado con mi padre. Vi la gran casa que se erigía en lo alto de una colina justo enfrente y coincidí con Sinéad: yo tampoco habría escogido ese color mandarina vivo. «Miradme», decía la casa. Era evidente que a Katie le habían ido bien las cosas.

Enfilé el camino de entrada y admiré los jardines impecables y los arriates cuidados con esmero. Había un Range Rover aparcado fuera, tan brillante que el sol destelló en él y me cegó. Detuve el coche, apagué el motor y me infundí valor para salir y llamar a la puerta.

Me abrió un hombre delgado y encanecido pero atractivo todavía; iba vestido con una camisa rosa y pantalones chinos.

—Hola, ¿puedo ayudarla? —me preguntó.

—Estoy buscando a Katie.

—Bienvenida al club. —El hombre se encogió de hombros con una sonrisa forzada—. Está trabajando, como siempre. ¿Y usted es…?

—Me llamo Mary McDougal, soy la hermana de Katie.

Me miró unos instantes, luego asintió.

—Entonces ¿eres la que desapareció?

—Esa misma.

—Bueno, debería estar de vuelta sobre las cuatro, dentro de unos veinte minutos. Yo soy Connor, por cierto, el marido de Katie. ¿Quieres pasar y tomar un té? Justo estaba preparándome uno.

—Gracias —dije siguiéndolo hacia la cocina.

—Siéntate, deja que descansen esos pies.

Lo hice, y recorrí con la mirada lo que evidentemente era una cocina de lo más moderna, sin reparar en gastos.

—No puedo decirte que llegará puntual. —Me puso una taza de té delante y se sentó—. Como puedes ver, no necesita trabajar, pero da igual lo que le diga, esos viejos de la residencia van antes. Lo suyo es dedicación. Bueno, ¿puedo preguntarte dónde has estado todos estos años?

—Me mudé a Nueva Zelanda.

—Vaya, ese es un lugar que me encantaría visitar, si consigo que mi mujer coja vacaciones algún día. ¿A qué zona? ¿La isla Norte o la Sur?

Se lo dije y charlamos de forma distendida sobre el país y el viñedo, hasta que oí un coche que se acercaba por el camino de entrada.

—Quizá sea tu día de suerte. Por una vez, mi mujer vuelve a casa a la hora. —Connor se levantó—. ¿Por qué no vas a sentarte en el salón del otro lado? Le diré que estás aquí, para prepararla, vaya. Esto va a ser tremendo para ella; yo no andaba por aquí cuando te fuiste, pero sé lo unidas que estabais.

—De acuerdo.

Entré en la habitación que me había indicado, y que parecía la sala de exposición de un anuncio más que el salón de una casa.

Todo, desde los sofás de cuero de color crema hasta las mesitas de imitación de caoba y la lujosa chimenea de mármol, estaba inmaculado. Oí que hablaban en voz baja al otro lado de la puerta, y por fin entró mi hermana. Estaba exactamente como la recordaba: delgada, elegante, la viva imagen de nuestra madre. Llevaba el cabello pelirrojo recogido en lo alto de la cabeza y, cuando se acercó, vi que su preciosa tez clara no tenía ni una arruga, como si la hubiesen mantenido congelada desde la última vez que la había visto.

—Merry. —Me estudió el rostro con suma atención cuando me puse de pie—. Eres tú de verdad, ¿no?

—Sí, Katie, sí.

—Jesús, no sé qué decir —reconoció con voz trémula—. Me siento como si estuviera en uno de esos *reality shows* en los que dos hermanas se reencuentran al cabo de mucho tiempo. —Empezó a llorar—. Merry, acércate y dame un abrazo.

Nos abrazamos durante largo rato, hasta que finalmente ella se apartó y me señaló el sofá más cercano.

—Me tiemblan las piernas. Sentémonos —dijo.

Lo hicimos, y alargó la mano hacia la mesita de café de cristal para sacar un montón de pañuelos de una caja.

—Siempre me había preguntado qué te diría si aparecías alguna vez; te odié por marcharte sin dejarme una nota siquiera acerca de por qué o adónde. Creí que era tu mejor amiga. Éramos las mejores amigas, ¿no?

Katie se secó las lágrimas con brusquedad.

—Lo siento mucho, Katie —contesté tras tragarme las mías—. Te lo habría dicho si hubiese podido, pero... No podía decírselo a nadie.

—No es cierto —replicó alzando la voz—. A tu querido Ambrose sí le dejaste una nota, ¿no? Lo sé porque conseguí su número de teléfono y lo llamé. En la nota decías que tenías que irte, pero que no debía preocuparse por ti. Y entonces desapareciste durante treinta y siete años. ¿Por qué, Merry? Cuéntamelo, por favor.

—No tuve elección, Katie, créeme. Nunca tuve intención de haceros daño ni a ti ni al resto de la familia. Estaba intentando protegeros.

—Sé que me ocultabas secretos, Merry, pero yo nunca lo habría contado. Ay, Dios, no puedo parar de llorar.

—Lo siento tanto, Katie. —La rodeé con los brazos y volví a estrecharla mientras sollozaba.

—Habría hecho cualquier cosa por ayudarte, y lo sabes. Me habría ido contigo si eso era lo que necesitabas. Lo compartíamos todo, ¿no?

—Así es.

—Odio a ese Ambrose; fue él quien te alejó de todos nosotros desde el principio. Convenció al padre O'Brien y a papá de que accedieran a enviarte a aquel internado caro en Dublín, y, una vez allí, te quedabas con él todo el tiempo. Era como si quisiese ser tu padre, pero no lo era. No lo era, Merry.

—No, no lo era, pero la razón por la que me marché no tuvo nada que ver con él, te lo juro.

—¿Lo has visto desde que volviste? —No me quitaba ojo.

—Sí.

—Debe de ser muy mayor ya.

—Pues sí, pero sigue en plenas facultades.

—¿Y qué te dijo cuando apareciste de pronto, sin avisar?

—Se quedó pasmado, pero se alegró de verme. Katie, por favor, no llores más. Estoy aquí y, te lo prometo, te contaré por qué tuve que irme y espero que lo entiendas.

—He tenido mucho tiempo para pensar en ello, y me parece que me hago una idea. Creo…

—¿Te importaría que lo hablásemos en otro momento, Katie? Tengo a mis hijos aquí conmigo y tampoco les he contado nada.

—¿Y qué hay de tu marido? Porque imagino que tienes uno. ¿Lo sabe él?

—Mi marido murió hace unos meses, y no, no lo sabía. Nadie lo sabía. Cuando me fui, olvidé el pasado. Me construí una vida completamente nueva y cambié de identidad.

—Siento tu pérdida, Merry. Bueno, yo tengo algunas cosas que contarte de nuestra familia, cosas que de niñas no sabíamos, pero que ahora, al mirar atrás, cobran sentido. Sobre todo para ti.

—Entonces tienes que contármelo, Katie.

—No es una historia agradable, Merry, pero explica muchas cosas.

Estaba a punto de mencionar que había leído el diario de Nuala cuando llamaron brevemente a la puerta y apareció Connor.

—Siento interrumpir, pero ¿vamos a cenar algo esta noche o no, Katie? No veo que haya nada en la nevera.

—No, Connor, tengo que ir a comprar. Solo he venido para darme una ducha y quitarme el uniforme. —Katie se levantó—. ¿Y si voy a verte mañana? —me dijo—. Tengo el día libre. ¿Dónde te hospedas?

—En el Inchydoney Lodge.

—Ah, es un sitio encantador, con unas vistas preciosas.

—Sí. —Percibía la tensión que se había generado en la habitación con la llegada de Connor—. Bueno, de todos modos tengo que irme.

—¿Te va bien a las once? —me preguntó.

—De acuerdo. Te esperaré en el vestíbulo. Hasta mañana, Katie. Adiós, Connor.

Cuando regresaba al hotel, concluí que, a pesar del coche, la casa perfecta y el esposo rico y atractivo, mi hermana no era una mujer feliz.

Esa noche, Jack, Mary-Kate y yo disfrutamos de una cena distendida en un pub de Clonakilty. Después escuchamos algo de música irlandesa en el An Teach Beag, una antigua casa de campo diminuta que habían convertido en pub. La banda tradicional tocaba baladas antiguas que me trajeron recuerdos de mi padre al violín. Luego nos dirigimos al hotel.

—Parece que mañana hará buen tiempo para surfear, mamá —dijo Jack—, así que, si te parece bien, MK y yo nos pondremos el bañador después del desayuno.

—Yo he quedado con una de mis hermanas, así que perfecto.

—Me encanta esto, mamá —dijo Mary-Kate cuando le di un beso de buenas noches—. Todo el mundo es tan simpático… ¡Es como Nueva Zelanda pero con otro acento!

A la mañana siguiente, mientras me ponía unos vaqueros y una camisa para la llegada inminente de Katie, pensé que me gustaba que mis hijos disfrutasen de aquello.

Llegó al vestíbulo a las once en punto. El día anterior llevaba el uniforme azul marino de enfermera, pero ese día iba impecable, con unos pantalones entallados y una blusa de seda.

—Katie —me puse en pie para darle un abrazo—, muchas gracias por venir.

—¡Como si lo hubiese dudado! Supongo que ayer me quedé sorprendida y afectada, como para no estarlo, pero sé que tendrías tus motivos, Merry, ¡y me alegro tanto de verte! ¿Dónde están tus hijos? —me preguntó.

—Ahí fuera, desafiando a las olas. A los dos les chifla el surf, vaya.

No pude evitar sonreír al oír lo que acababa de decir porque, con el acento de West Cork por todos lados, estaba recuperándolo poco a poco.

—¿Hay algún sitio donde podamos hablar? —preguntó Katie—. En privado, quiero decir.

—¿Esto no es lo bastante privado?

—Te olvidas de que aquí las paredes tienen oídos, y mi marido, bueno, es conocido en la zona.

—¿Te avergüenza que te vean conmigo? —Reí.

—Claro que no, pero lo que quiero contarte..., bueno, es posible que no estemos cómodas si nos interrumpen.

—Vale, subamos a mi habitación.

Pedimos capuchinos al servicio de habitaciones y conversamos acerca de lo mucho que se había modernizado esa parte del mundo.

—Qué me vas a contar... Mi marido tenía una de las constructoras más importantes de la zona, así que ha estado muy ocupado estos últimos años —dijo Katie—. Ahora hay recesión, pero la vio venir y consiguió vender el negocio el año pasado. Se ha hecho con una fortuna, mientras que el nuevo propietario y todos los que trabajaban para él es probable que vean cómo se va todo al garete. Siempre ha tenido suerte en ese sentido.

—O astucia para los negocios...

—Supongo, sí —convino con una sonrisa de cansancio.

—¿Puedo preguntarte algo, Katie?

—Pues claro, Merry. Yo a ti nunca te ocultaría nada.

—*Touchée*. —Hice una mueca—. ¿Eres feliz con Connor?

—¿Quieres la respuesta larga o la corta? —contestó encogiéndose de hombros—. A ver, allí estaba yo, sirviendo pintas en el pub Henry Ford, cuando una noche entró él y caí rendida a sus pies. Entonces ya empezaba a irle bien con la empresa y disfrutaba de todos los lujos. Me enseñó planos para construir una casa imponente en un terreno que había comprado en Timoleague, me llevó en su ostentoso deportivo y luego me plantó delante un anillo de compromiso con un pedrusco y me pidió en matrimonio. —Katie negó con la cabeza—. Te acordarás de cómo fue nuestra infancia y de que juré que no volvería a aquello, así que el hecho de que un hombre rico me pidiese que me casara con él me pareció un milagro. Por supuesto, dije que sí, celebramos una gran boda en el hotel Dunmore House y nos fuimos de luna de miel a España. Me consentía con ropa y joyas, decía que quería que estuviese a la altura cuando me llevaba del brazo.

—¿Erais felices?

—Por aquel entonces, sí. Estábamos intentando formar una familia (nos llevó un tiempo, pero conseguí darle un niño y una niña, Connor júnior y Tara). Poco después de que naciera Tara, me enteré de la primera aventura de mi marido. Él lo negó, por supuesto, y le perdoné…, y luego ocurrió una y otra vez, hasta que me harté. —Volvió a encogerse de hombros.

—¿Por qué no te divorciaste?

—Conociendo a Connor, se las habría arreglado para evitar que sacase gran cosa de ningún acuerdo, así que, una vez que los chicos se marcharon de casa, decidí ir a la universidad y sacarme la carrera de enfermería. Me pasé tres años yendo y viniendo a Cork, pero lo conseguí, Merry. —Sonrió con orgullo—. De manera que llevo quince años trabajando en la residencia de ancianos de Clonakilty, y me encanta aquello. Soy bastante feliz, Merry; he aprendido que todos debemos hacer concesiones en la vida. ¿Y tu media naranja? ¿Era de los buenos?

—Sí que lo era, muy bueno. —Sonreí—. A ver, tuvimos nuestros altibajos, como en cualquier matrimonio, y pasamos alguna época muy dura en el plano económico cuando levantamos el viñedo…

—Ah, ¿un viñedo? ¿Te acuerdas de cuando le sisábamos la cerveza negra casera a papá? ¡Dos tragos de aquello habrían tumbado a un caballo!

—¡Sí, estaba asquerosa!

—Pero nos la bebíamos de todos modos. —Katie rio—. Parece que las dos hemos prosperado mucho desde nuestra niñez.

—Es verdad. Si miras atrás, vivíamos cerca del umbral de la pobreza, ¿no? Recuerdo ir a la escuela con las botas agujereadas porque no podíamos permitirnos unas nuevas.

—Ahora sin duda nos describirían como niños desfavorecidos, pero entonces media Irlanda estaba igual —dijo Katie.

—Sí, y después de todo lo que sufrieron nuestros antepasados en la lucha por la libertad, nada había cambiado mucho en realidad, ¿no?

—Precisamente de eso quería hablarte.

—¿De nuestro pasado?

—Sí. ¿Te acuerdas de que nunca venían a vernos ni los abuelos ni ningún primo? —dijo Katie.

—Sí, nunca lo entendí.

—No, pero a principios de los noventa empecé a trabajar en el hogar de ancianos y… deja que te diga que allí se aprende mucho sobre las historias de antes; quizá porque las familias han dejado de escuchar, o quizá te cuentan cosas porque eres una desconocida. El caso es que en nuestra unidad de cuidados intensivos, como lo llamamos cuando no les queda mucho en este mundo, había una anciana. Yo estaba haciendo el turno de noche y fui a comprobar cómo estaba. Pese a que tenía noventa y tantos años, no había perdido facultades en absoluto. Se me quedó mirando y me dijo que era la viva imagen de su hija, y me preguntó cómo me llamaba. Le dije que Katie Scanlon, pero entonces me preguntó por mi apellido de soltera. Le contesté que era O'Reilly y se le llenaron los ojos de lágrimas. Me cogió la mano y me dijo que era mi abuela, Nuala Murphy, y que su hija se llamaba Maggie. Me dijo que tenía una historia que debía quitarse del pecho antes de encontrarse con su creador. Tardó tres noches en contarla, porque se encontraba muy débil, pero estaba decidida a hacerlo.

Me quedé mirando a Katie con incredulidad.

—¿Nuala era nuestra abuela?

—Sí, la abuela a la que no vimos nunca, aparte de en el funeral de mamá. Después de lo que me contó, entendí por qué no la veíamos. Merry, ¿qué pasa? Te ha cambiado la cara.

—Yo… Katie, hace mucho tiempo me dio su diario alguien a quien… las dos conocíamos.

—¿Quién?

—Preferiría no decírtelo ahora mismo o nos desviaremos y…

—Vale, me hago una idea de quién te dio ese diario. ¿Por qué no me lo contaste nunca?

—Para empezar, porque yo misma no lo leí hasta hace unos días… Sé que puede sonar extraño, Katie, pero no tenía más que once años cuando me lo dio y no me interesaba saber del pasado. Después, cuando me hice mayor, debido a quién me lo había dado, no quise volver a poner los ojos en él.

—Pero, aun así, ¿lo guardaste?

—Sí. Por favor, no me preguntes por qué, porque sinceramente no sabría qué contestar. —Suspiré.

—Vale, no pregunto; pero ahora que lo has leído, me imagino que has establecido la conexión familiar.

—No, porque el diario se interrumpía en 1920. A Nuala le ocurrió algo y decía que ya no podía seguir escribiendo.

—Tal vez puedas enseñármelo en algún momento. He oído la triste historia entera, de principio a fin. ¿Hasta dónde llegaste con el diario, para no repetirme?

—Pues… —Carraspeé—. Fue justo después de que Philip, el soldado británico, se pegara un tiro.

—Vale. Nuala seguía afectada por eso, y por un montón de cosas más que ocurrieron después, incluida la razón por la que nunca vino a vernos cuando mamá se casó con papá.

—Katie, cuéntamelo ya —le pedí, muerta de impaciencia.

Katie sacó una carpeta de su elegante bolso Louis Vuitton y fue pasando un fajo de hojas.

—Lo escribí todo después de que me lo contara, para no olvidarlo. ¿Conoces hasta la parte en que Philip se pegó un tiro?

—Sí.

—Bueno, la guerra de Independencia se prolongó bastante después de eso. Finn, el esposo de Nuala, era voluntario, como sabes, y eran tiempos oscuros, pues los dos bandos habían intensificado la violencia. Vale, empecemos por cuando Hannah, la hermana de Nuala, se casó con su prometido, Ryan, poco después de que Philip se pegara un tiro…

Nuala

Clogagh, West Cork

Diciembre de 1920

Anillo de Claddagh

41

La boda de Hannah Murphy y Ryan O'Reilly se ofició en la iglesia de Clogagh, en un ambiente muy distinto del de la boda de Nuala y Finn. Habían preferido algo íntimo, acorde con el aire sombrío que se respiraba.

Decorada con acebo y una vela en cada ventana, la iglesia tenía un aspecto alegre, pero para Nuala la boda transcurrió en una bruma de sufrimiento para la que no hallaba consuelo. Nadie podía saber lo desolada que se sentía por la muerte de Philip.

En la fiesta posterior, que celebraron en el salón parroquial, Sian, uno de los amigos sastres de Hannah, se inclinó hacia Nuala.

—¿A la señora no le interesa colaborar con la causa ahora que es una mujer casada?

—¿Qué quieres decir?

—Bueno, solía ser la primera a la que acudíamos todos si necesitábamos enviar un mensaje a alguna parte. Ahora dice que no tiene tiempo.

—Yo diría que estaba concentrada en la boda, Sian —repuso Nuala—. Seguro que vuelve a la normalidad una vez que pase todo.

—Puede, pero… —Sian tuvo que acercar los labios al oído de Nuala para susurrar por encima de la pequeña banda de *ceilidh*—. Creo que su hombre no quiere que participe en nuestras actividades.

A Sian lo sacaron a bailar unos segundos después, pero allí sentada, viendo a los novios ocupar sus posiciones en el centro del grupo, Nuala se preguntó si el amor era ciego de verdad. Por mucho que se esforzaba, no entendía qué veía su hermana, decidida y apasionada, en el tranquilo y autoproclamado pacifista con el que acababa de casarse.

Llegó 1921, y durante los meses que siguieron los valientes voluntarios hicieron todo lo que pudieron por boicotear a los británicos. Entre susurros, se hablaba de victorias del IRA, de que los muchachos iban ganando poco a poco gracias al uso inteligente de tácticas de guerrilla y al conocimiento de su propia tierra, pero las represalias por las bajas británicas eran duras. Nuala hallaba consuelo en hacer de correo y ayudar a aquellos cuyas casas los británicos habían puesto patas arriba y, a menudo, incendiado en venganza. Había parejas mayores que se habían visto obligadas a vivir en sus gallineros, demasiado asustadas para salir. Nuala convocó a todas las mujeres de Cumann na mBan que pudo y se reunieron una noche en un piso franco de Ballinascarthy con objeto de elaborar una lista de alojamientos temporales para esa pobre gente. Reinaba un aire de positividad y esperanza en que el conflicto concluyera pronto, pero Niamh, la capitana de su brigada, insistía en que mostraran cautela.

—Aún no ha terminado, chicas, y no debemos bajar la guardia demasiado pronto. Todas hemos perdido a seres queridos en esta batalla, y estaría bien no perder a nadie más.

—¿Y qué hay de los que están en la cárcel? —preguntó Nuala—. He oído que las condiciones allí son espantosas y, según dicen, aún peores en la de Mountjoy, en Dublín. ¿Hay algún plan para sacar a los nuestros?

—Los tienen bajo llave día y noche —respondió Niamh—. Son posesiones preciadas de los británicos; saben que nuestros voluntarios se lo pensarán dos veces antes de lanzar una emboscada por miedo a que peguen un tiro a uno de sus compañeros en represalia.

Por aquel entonces, Nuala era casi insensible a las cosas horribles que se contaban, pero la muerte de Charlie Hurley, el mejor amigo de Finn, la había afectado mucho. Le habían disparado a quemarropa en la granja de Humphfrey Forde, en Ballymurphy. Nuala era consciente de que Finn debía de estar destrozado, pero no podía dedicar mucho tiempo al duelo. Apenas unos días después, pasó a la clandestinidad con la columna volante, y Nuala no sabía cuándo volvería a ver a su esposo. Se enteró de que las mujeres de Cumann na mBan habían sacado el cuerpo de Charlie de la morgue del asilo para pobres. En secreto, le habían dado sepultura en el cementerio de Clogagh durante la noche, para que todos los voluntarios que le habían querido y respetado como comandante de la Tercera Brigada de West Cork pudieran asistir al entierro.

Pensar en todos aquellos a los que Finn y ella habían perdido en la lucha por conseguir la libertad de Irlanda alimentaba su determinación para ayudar todo lo que pudiese, lo cual era más de lo que podía decir de Hannah. Aunque Nuala se esforzaba por aceptar que su hermana no tenía más remedio que seguir el ejemplo de su esposo, le partía el corazón que se negase ya de forma abierta a involucrarse de ninguna manera con la causa que había defendido de manera tan ferviente. El hecho de que le hubiese contado que, en aras del pacifismo, Ryan condenaba la valentía de los voluntarios había abierto una profunda brecha entre ambas. A menudo, si estaba en Timoleague y veía a su hermana salir del taller, Nuala se volvía a toda prisa y se alejaba en dirección contraria.

Las cosechas se recogían a pesar de la guerra, y seguía sin haber rastro de Finn, aparte de algún que otro mensaje que le llevaba Christy para decir que estaba vivo y que la quería. Nuala pasaba tiempo en Cross Farm y se entregaba a cualquier trabajo que le asignasen. Cuando llegó la primavera, la aulaga dorada cubría el valle, el establo estaba lleno de terneros recién nacidos y los días se alargaban. En medio del dolor y el miedo, que proyectaban una sombra por encima de todas las cosas, Nuala al menos tenía un secreto especial que había encendido una chispa de felicidad en su interior.

«Dentro de poco se te notará y no habrá forma de esconderlo», se dijo mirándose la barriga.

Según sus cálculos, estaba de dos meses y saldría de cuentas a finales de diciembre. Una vez superado lo peor de las náuseas, sintió una fuerza renovada para ganar la guerra, por ella y por el hijo de Finn. No se lo contó a nadie, pues quería que su esposo fuese el primero en saberlo, pero estaba segura de que su madre había descubierto su secreto.

La primavera dio paso al verano y, dado que se veían menos soldados británicos en los caminos —recelaban de las emboscadas de los voluntarios—, Nuala también visitaba a los heridos en acción o tras un ataque a sus casas.

Todos los muchachos y sus familias le estaban muy agradecidos, y le ofrecían lo que fuera que tuvieran de comer en señal de reconocimiento. La mayoría de los pacientes eran apenas niños, cuyo cuerpo y vida habían quedado destrozados por la causa. Ellos y sus familias la conmovían y constituían una lección de humildad.

«En el último año, he aprendido más de enfermería de lo que habría aprendido nunca de los libros», se dijo mientras volvía una noche en bici a casa.

Transcurría el verano y, con todo lo que estaba haciendo, por la noche se quedaba dormida enseguida. Decían que los británicos se habían retirado a sus barracones, si los voluntarios no los habían quemado ya. Christy le había contado que el mismísimo Michael Collins había enviado un mensaje personal de felicitación a la columna volante de West Cork. La siguiente vez que vio a Hannah en el pueblo, Nuala le propuso que almorzaran juntas. Quería hablarle del mensaje a los muchachos, y que Ryan también se enterase.

—¡Madre mía! —exclamó Hannah con expresión soñadora cuando se sentaron en su banco favorito, con vistas a la bahía de Courtmacsherry—. ¡Un mensaje del mismísimo Grandullón!

—Apoya a los muchachos y todo lo que están haciendo, Hannah —dijo sin rodeos—. Espero que se lo cuentes a Ryan.

Hannah hizo caso omiso del comentario de su hermana, pero luego le confió que estaba embarazada. Nuala también compartió su secreto, pero le hizo jurar que lo guardaría hasta que pudiera contárselo a Finn. Aquellas noticias habían propiciado que recuperaran momentáneamente su antigua cercanía, pues las hermanas habían imaginado a sus hijos jugando juntos en el futuro.

Entonces Nuala le preguntó si iría a comer a Cross Farm el domingo con Ryan.

—Llevamos semanas sin veros —añadió.

—Lo siento, no podemos. Ryan me va a llevar a una vigilia que se celebra donde vivía antes, cerca de Kilbrittain. Vamos a rezar por la paz.

—Y vuestras oraciones serán necesarias, si es que esta guerra termina alguna vez —murmuró Nuala.

Acababa de hornear un pan de frutas para la pobre señora Grady, que vivía al lado y había quedado postrada en la cama debido a la artritis. Era un día de junio más sofocante de lo normal, y se quedó mirando la parcela seca y descuidada de detrás de la casita, con la que no había tenido tiempo de hacer nada desde que se había mudado. Se estaba preguntando si podría arreglarla y plantar algunas flores bonitas cuando de pronto le dieron unos golpecitos en el hombro.

—¡Jesús, Christy! Qué susto me has dado. —Se volvió sin aliento.

—Lo siento, pero creí que querrías enterarte: anoche los voluntarios prendieron fuego al castillo Bernard, en Bandon, y tomaron a lord Bandon como rehén.

—¡Santa Madre de Dios! ¿Que hicieron qué? ¿Hay algún herido?

—No, que yo sepa, no. ¿Te encuentras bien, Nuala? Te estás balanceando.

—Vayamos adentro, así me cuentas más —susurró, nerviosa.

Una vez que Christy le hubo servido un vaso de agua, Nuala miró a su primo con una mezcla de horror y asombro en el rostro.

—¡No puedo creer que hicieran eso! —dijo—. El castillo Bernard tiene siglos de antigüedad, y lord Bandon es sin duda el hombre más poderoso de la zona. ¿Has dicho que los voluntarios lo han tomado como rehén?

—Sí. Y me han mandado aquí porque lo tienen no muy lejos y los voluntarios confían en ti. Digamos que en estos momentos es vecino del pobre Charlie Hurley, que yace en el cementerio de Clogagh.

Nuala abrió la boca para hablar, pero Christy la hizo callar.

—Lord Bandon necesita comida; no vamos a permitir que cuente que le hemos tratado mal, como ellos sí hicieron con muchos de los nuestros cuando eran «huéspedes» del enemigo. ¿Puedes prepararle algo de comida?

—¿Yo? ¿Cocinar para lord Bandon? Ese hombre está acostumbrado al mejor salmón, directo del río Innishannon, y a la carne de sus vacas de primera recién sacrificadas. No voy a prepararle sopa de nabos, ¿no?

—Yo diría que un poco de comida irlandesa bien cocinada es justo lo que el hombre necesita. Solo recuerda que es humano, que caga y mea como todos los demás, a pesar de que siempre haya vivido por todo lo alto. Me llevo ese pan de frutas, si te parece bien.

Christy lo cogió de la bandeja en la que se enfriaba.

—¡Quita tus asquerosas manos de ahí! —Nuala se lo arrebató y buscó un pedazo de muselina para envolverlo—. ¿Debería añadirle una porción de mantequilla?

—Lo que creas que está bien. Al menos dará para su cena. Mañana volveré a por la comida. Adiós.

Christy se marchó, y Nuala lo vio dirigirse hacia la escuela y, a continuación, doblar a la derecha, a la altura de la iglesia.

Nuala creyó saber exactamente dónde ocultaban a lord Bandon. La pregunta era ¿estaba su marido con él?

Esa misma tarde, Nuala utilizó su preciada reserva de harina para hacer un pastel de patata y jamón. Estaba nerviosa por el resultado, porque no tenía por costumbre hacer pasteles, pero la parte superior había quedado tan dorada como cabría esperar. Acababa de dejar el pastel en la mesa de la cocina para que se enfriase cuando llamaron a la puerta.

—Estoy aquí, Christy. Pasa, ¿quieres? —gritó, concentrada en recortar la corteza que sobresalía del pastel.

—Hola, Nuala.

Se volvió, con el cuchillo todavía en la mano.

—Nuala, por favor, vengo en son de paz, te lo prometo. Y sin que nadie lo sepa.

La mujer se retiró la capucha de la larga capa negra.

—¿Lady Fitzgerald? —susurró Nuala, conmocionada.

—Por favor, no tengas miedo, no estoy aquí por mí, he venido para suplicar piedad de parte de un muy buen amigo mío.

Lady Fitzgerald dejó un cesto de mimbre encima de la mesa mientras Nuala, que aún sostenía el cuchillo, se acercaba a la ventana para comprobar que no hubiera soldados usando a lady Fitzgerald como señuelo, esperando para tirar la puerta abajo y detenerla y torturarla hasta que les dijera lo que sabía de lord Bandon.

—He venido sola, Nuala, te lo juro. Incluso he recorrido a pie todo el camino desde Argideen House para que nadie de mi familia ni del servicio se enterara de mis movimientos. ¿Puedo sentarme?

Nuala asintió brevemente y señaló la única silla cómoda que tenían.

—Nuala, sé que me consideras el enemigo y has aprendido a no confiar en nadie, pero, por favor, te lo ruego, eres la única que entiende por lo que he pasado. —Se le llenaron los ojos de lágrimas al instante, y Nuala supo que estaba pensando en Philip—. Estoy aquí para hablar contigo por el vínculo que forjamos, de mujer a mujer. Sé que al venir aquí las dos arriesgamos mucho, pero con la capa y el pelo suelto —lady Fitzgerald esbozó una sonrisa triste— no creo que me reconociese ni mi marido.

Nuala pensó que estaba preciosa, con el largo cabello rubio cayéndole en ondas a ambos lados de la cara. La falta de maquillaje o joyas resaltaba su belleza natural y la hacía parecer más joven y vulnerable.

—Te ruego que confíes en mí —continuó lady Fitzgerald—. Y deberías saber que he intentado protegeros a ti y a tu familia. Pese a que sospechan de tu marido y de ti misma, nunca han hecho redadas en vuestra casa, ¿verdad?

—No. Bueno, si es cosa suya, entonces gracias.

Nuala se frenó antes de añadir «señora» y mostrar la deferencia apropiada hacia una dama inglesa. Si bien lady Fitzgerald había sido amable con ella, las atrocidades cometidas en su nombre, el de su marido y el de cualquier otro británico impidieron que le salieran las palabras.

—¿Qué puedo hacer por usted? —preguntó.

Lady Fitzgerald observó el pan, luego devolvió su atención a Nuala.

—Esta mañana ha venido a verme una buena amiga. Me ha contado que los irlandeses se habían llevado a su marido y que lo mantenían como rehén en represalia por las ejecuciones de presos del IRA en las cárceles de Cork y Dublín. Me ha dicho que el IRA ha dado un ultimátum: si disparaban a algún voluntario más, ellos matarían a su esposo. —Hizo una breve pausa, luego añadió—: Creo que las dos sabemos de quién estoy hablando.

Nuala permaneció sentada en silencio, con los labios apretados.

—Ese pastel tiene un aspecto magnífico, Nuala. ¿Esperas a alguien o es para... otra persona?

—Es para la vecina de al lado, que está postrada en la cama.

—Bueno, es una mujer con suerte, estoy segura de que lo disfrutará. Nuala, acudo a ti en nombre de una esposa que está muy débil y, como tú, desesperada por que su marido vuelva a casa sano y salvo. Si hay alguien a quien conozcas entre los que retienen a lord Bandon, ¿podrías transmitirle su súplica de clemencia?

Nuala se mantuvo impasible, sin decir nada.

Lady Fitzgerald señaló el cesto.

—Dentro hay productos de mi propia despensa, que alimentarán al rehén como está acostumbrado. También hay una nota de su esposa.

Lady Fitzgerald le escudriñó el rostro en busca de una reacción. A Nuala le estaba costando no alterar las facciones.

—Quizá conozcas a alguien que pueda llevarle el cesto. No contiene nada que pueda considerarse incendiario, simplemente el amor, apoyo y consuelo de su esposa. ¿Puedo dejártela a ti?

En esa ocasión, Nuala asintió levemente con la cabeza.

—Gracias. También debo decirte que mi esposo y yo nos vamos de Argideen House. Están preparando los baúles de viaje y cerrando la casa mientras hablamos; regresamos a Inglaterra. Después de lo ocurrido con el esposo de mi amiga hace dos noches, y del incendio de la casa de los Travers en Timoleague, es evidente que aquí corremos peligro.

Lady Fitzgerald se levantó y echó a andar hacia la puerta. Luego se volvió.

—Adiós, Nuala. Espero que tu bando se imponga y tu esposo vuelva a salvo a tu lado. Después de todo, esta tierra es vuestra.

Con una sonrisa triste, lady Fitzgerald se marchó.

Después de que se fuera, Nuala hizo acopio de fuerzas para moverse de donde estaba sentada y se volvió hacia la cesta. Acercó los dedos a la tela que la cubría con tanta indecisión como si pudiera contener una bomba Mills.

—Y podría contenerla —murmuró.

Dentro había latas de una tienda llamada Fortnum y Mason's. Galletas, hojas de té Earl Grey y una lata de salmón. También había bombones y una caja de huevos diminutos y moteados cuya etiqueta decía que al parecer los había puesto una codorniz. Justo en el fondo del cesto había un sobre dirigido a «James Francis». Nuala le dio la vuelta y estaba a punto de abrirlo cuando vio que Christy se acercaba desde el pub. Volvió a guardarlo todo, cubrió el cesto con el trapo de lino y salió corriendo a dejarlo en el cobertizo.

—Ese pastel parece digno de un rey, Nuala —dijo Christy cuando ella regresaba a la cocina—. Mantendrá alimentado a su señoría un par de días, vaya.

—Seguro que está acostumbrado a cosas mejores que patatas y jamón, pero es lo único que tengo.

—Vale, pues me voy. —Christy cogió el pastel.

—¿Sigue siendo vecino de Charlie Hurley?

—Los compañeros lo van moviendo.

—¿Tú lo has visto? —insistió.

—No.

—¿Sabes quién lo vigila?

—Los muchachos se encargan por turnos.

—¿Finn está entre ellos? —preguntó.

Christy se quedó mirándola y, si bien no respondió ni sí ni no, Nuala supo que su esposo estaba implicado.

—Si lo ves, dile que su esposa lo quiere y lo espera en casa.

—Se lo diré, Nuala. Tú cuídate y, si se presentan soldados ingleses, hazte la inocente.

—Como si pudiese hacer otra cosa. No sé nada. —Se encogió de hombros.

—Volveré al pub en media hora, así que ya sabes dónde estoy si tienes algún problema. Hasta luego.

—Hasta luego, Christy.

Christy le guiñó el ojo, y Nuala lo vio marcharse cojeando de vuelta al pub y pensó en lo segura que se sentía por tenerlo a tiro de piedra. No sabía qué habría hecho sin él.

Se sirvió un vaso de agua y fue a sentarse a la sombra en el jardín de atrás. Era evidente que, a pesar de que lady Fitzgerald le había rogado que entregase el cesto, no podía arriesgarse a hacerlo.

—Perdóname, Philip, pero no pueden ver que tengo ninguna relación con tu madre —susurró, alzando la vista al cielo.

Tras tomar una decisión, se puso en pie y fue a por la cesta.

Al cabo de una hora, había volcado el contenido de todas las latas y cajas en cuencos y bolsas de papel de estraza. Recogió los envases desechados, se arrodilló junto a la chimenea y los quemó. Por último, acercó la carta a las llamas y la vio arder. Podría haberla abierto, pero no lo hizo. Lo que contenía iba dirigido únicamente a «James Francis», y eso lo respetaba.

Una vez que hubo quemado toda prueba, Nuala se levantó, cortó dos rebanadas de pan y se preparó un delicioso bocadillo de salmón para cenar.

Al día siguiente, le dio lo mismo a Christy para la comida de lord Banon.

Había transcurrido una semana, Christy seguía yendo a por comida, y todos los días Nuala utilizaba parte de los alimentos que le había llevado lady Fitzgerald para descargar la conciencia.

—¿Cuánto tiempo van a retenerlo? —preguntó a Christy mientras tomaban juntos una taza de té.

—Lo que sea necesario. Sean Hales, que estaba al mando del ataque al castillo Bernard, se ha asegurado de que el general Strickland, en Cork, sepa que lo tenemos nosotros. Le han dicho que, si no detienen las ejecuciones de nuestros compañeros en la cárcel, pegarán un tiro a lord Bandon. Desde entonces no ha habido una sola ejecución en Dublín ni en Cork. —Christy sonrió de oreja a oreja—. Por fin tenemos a los británicos cogidos por los huevos.

—Entonces ¿no pensáis matarlo en breve?

—No a menos que los británicos ejecuten a alguno más de los nuestros, pero supongo que no lo harán. Sean dice que lord Bandon tiene amigos y conexiones en el Gobierno británico. No permitirán que los irlandeses maten a uno de los suyos. Ojalá nos ofrezcan una tregua.

—Eso si no lo encuentran primero, Christy.

—Ah, bueno, eso no va a pasar por mucho que lo busquen. —Rio entre dientes—. Nunca está dos veces en el mismo sitio, y tenemos centinelas y guardias con él día y noche. Bueno —Christy se levantó—, nos vemos, Nuala.

Christy se fue con el cesto que había llevado lady Fitzgerald, con la comida tapada con el trapo de lino. Nuala se alegró de que saliera de la casa.

—¿Te lo puedes creer? —le dijo al bebé con asombro—. Quizá no tarde en llegar la paz.

Habían pasado diez días más cuando Christy irrumpió en la casa y la envolvió en un abrazo.

—¡Ha ocurrido, Nuala! —exclamó al soltarla—. ¡Hemos pactado una tregua con los británicos! Se ha acabado, se ha acabado de verdad. Bueno, ¿qué te parece?

—Pero… ¿así, sin más? ¿Qué le va a pasar a lord Bandon?

—Nuestro bando ha acordado que mañana se le devolverá sano y salvo a su casa.

—Ya no tiene casa.

—No, el castillo ardió hasta los cimientos, así que tal vez sienta el dolor que hemos sentido miles de irlandeses cuando quemaban nuestras casas y las dejaban en ruinas. —Christy la miró—. No te compadecerás de ese hombre, ¿no?

—Por supuesto que no… Es solo que me cuesta creerlo, vaya.

—Ven a ver lo que está pasando fuera. —Christy le tendió la mano, y los dos salieron por la puerta principal.

Nuala vio que los habitantes del pueblo abrían sus puertas tímidamente y se plantaban en la calle, aturdidos por la noticia, que era evidente que había corrido como la pólvora.

Hubo montones de besos y abrazos, de miradas nerviosas a un lado y a otro por si todo aquello era una broma más de los británicos y recibían un balazo de los Negros y Caquis o del Regimiento de Essex, que irrumpiría en el pueblo con el estruendo de sus camiones de la muerte.

—¿Es cierto, Nuala? —le preguntó una vecina.

—Eso parece, señora McKintall. Se ha acabado.

John Walsh salió del pub para ofrecer cerveza gratis para todos, y el pueblecito entero se reunió dentro y fuera para brindar por la victoria con cerveza negra.

—Es una victoria, ¿verdad? —preguntó Nuala a un Fergus pálido y mugriento, que había salido de la nada para sumarse a las celebraciones.

—Ya lo creo. Sean Hales dijo que la tregua durará seis meses, y en ese tiempo, en Dublín, hombres como Michael Collins y Éamon de Valera negociarán con los británicos cómo funcionarán las cosas.

—¡Es que no puedo asimilarlo! ¿Tendremos una república? Quiero decir, ¿de verdad nos van a devolver nuestro país?

—Sí, Nuala, ¡Irlanda es libre! Es libre.

Más tarde ese mismo día, Fergus los llevó a ella y a Christy en el carro tirado por el poni hasta Timoleague, donde recogerían a Hannah y toda la familia se reuniría en Cross Farm para celebrar juntos la victoria. Incluso Ryan había accedido a ir, y bebieron mucho whisky, y hubo muchas risas y lágrimas y brindis por todos los que habían contribuido a la causa pero ya no estaban allí para festejarlo con ellos.

Pese a que Nuala se había unido a la fiesta, estaba distraída.

—¿Te importa si cojo el carro del poni y me vuelvo a casa, Christy? —preguntó a su primo, que se había tomado unos cuantos whiskies de más.

—Qué va. Yo no estoy en condiciones de arrear al ganado hasta el establo, mucho menos al poni con el carro. —Rio por lo bajo—. Pero me voy contigo a Clogagh. Seguro que John necesita ayuda para recoger el pub mañana por la mañana.

Nuala dejó al resto de la familia disfrutando; la alegró ver a Ryan charlando feliz con su padre acerca de cómo Mick Collins pondría orden en Irlanda de forma pacífica.

En el trayecto de regreso a Clogagh, un extraño silencio ensordecedor reinaba en los caminos; no se cruzaron con un solo coche o camión.

Nuala soltó al animal del carro y lo llevó al campo de al lado del pub. Christy alzaba los brazos y se tambaleaba mientras cantaba una vieja balada irlandesa.

—Hora de acostarte, Christy, pero te veo mañana. —Nuala sonrió.

—Buenas noches, Nuala, estoy seguro de que pronto tendrás a tu hombre de vuelta —dijo al tiempo que se inclinaba con pesadez sobre el bastón y entraba a trompicones por la puerta del pub, que seguía lleno de clientes.

—Solo puedo rezar por que así sea —murmuró ella entrando en casa.

Durante las veinticuatro horas siguientes, daba la impresión de que toda Irlanda respiraba aliviada y en cambio Nuala continuaba conteniendo el aire. Apenas había dormido, pendiente de oír el sonido de la puerta de atrás al abrirse. Pero no ocurrió.

Por la tarde, viendo a voluntarios flacos y desaliñados que regresaban al pueblo y abrazaban a sus seres queridos, no podía más de preocupación.

—¿Dónde estás, Finn? —susurró—. Por favor, vuelve pronto conmigo o perderé la cabeza.

A la hora de acostarse, Nuala estaba demasiado cansada para cambiarse y se quedó dormida con la ropa puesta encima de la cama. No oyó que se abría la puerta de atrás, ni los pasos que subieron por las escaleras.

Solo cuando una voz le susurró al oído, luego la cogió en brazos y la atrajo hacia sí, supo que sus plegarias habían sido escuchadas.

—Estás en casa, Finn. Dios te bendiga, estás en casa.

—Aquí estoy, cariño, y te juro que no volveré a separarme de tu lado.

42

Durante los meses siguientes, en Irlanda reinó un aire de júbilo. Las tropas británicas se retiraron, y la vida retomó cierta apariencia de normalidad. Mientras el embarazo de Nuala avanzaba, Finn volvió a dar clases a los niños de la escuela de Clogagh. El verano dio paso a un otoño húmedo y ventoso que no logró desanimar a Nuala.

En noviembre, alrededor de la mesa del domingo en Cross Farm solo se hablaba de las negociaciones de la tregua que se estaban llevando a cabo en Londres entre Michael Collins y el primer ministro británico, David Lloyd George, que contaba con el apoyo de un equipo de políticos experimentados. Habían enviado a Collins en calidad de defensor de Irlanda, y este había prometido volver con un tratado que concediese a Irlanda su república.

—Me sorprende que Éamon de Valera no haya ido personalmente a negociar con los británicos —dijo Finn, a punto de atacar el estofado de ternera con cerveza negra que había preparado Eileen—. Al fin y al cabo, es nuestro presidente, y está más curtido en todo eso que Mick.

—Mick Collins nos traerá la paz que tanto anhelábamos —respondió lacónico Ryan.

Nuala aún percibía la tensión subyacente entre el soldado y el pacifista.

—Yo creo que De Valera pretende utilizar a Mick Collins como cabeza de turco —intervino Daniel—. Siempre se le ha dado bien quedarse al margen cuando las cosas van mal, y atribuirse el mérito si salen bien. Mira cómo dejó a Mick luchando contra los ingleses mientras él se embarcaba hacia América para recaudar fondos.

Yo no me fiaría un pelo de ese hombre. Me alegro de que sea Mick el que esté allí como representante de Irlanda.

Nuala vio que Finn estaba a punto de hablar y le puso una mano en la pierna por debajo de la mesa para detenerlo. La guerra había terminado, y Nuala quería paz en la mesa familiar en la misma medida en que la quería para Irlanda.

Para principios de diciembre, Nuala, en avanzado estado de gestación, estaba impaciente porque llegara el bebé. Se alegraba de que su hermana fuese solo un mes por detrás de ella, y las dos se compadecían de sus molestias.

—No faltan más que unas semanas. —Nuala apretó los dientes al tiempo que tomaba asiento en una silla.

Estaba en la cocina de Cross Farm con Hannah y su madre, tejiendo gorros y patucos para los dos bebés. Una ráfaga de viento se coló en el interior cuando Daniel entró a toda prisa por la puerta, agitando un periódico por encima de la cabeza, con Fergus a la zaga.

—¡Tenemos tratado de paz! —gritó—. ¡Mick lo ha conseguido para Irlanda!

Mientras la familia se abrazaba y celebraba la noticia, Daniel abrió el *Cork Examiner* y comenzó a leer en voz alta los términos del acuerdo. A medida que avanzaba, la emoción de su voz se fue tornando poco a poco en ira. Cuando hubo terminado, se desplomó en una silla junto a la mesa y la familia se agolpó a su alrededor para leer los detalles por sí mismos.

—No puede ser verdad —murmuró Daniel.

—Lo es, papá. Aquí dice que Irlanda será un «dominio autónomo» del Imperio británico —dijo Hannah.

—Pero nosotros queríamos una república —dijo Nuala—. ¿Significa eso que seguiremos jurando lealtad al puñetero rey de Inglaterra?

—¡Nuala! —la reprendió su madre—. Bueno, Daniel, ¿es eso?

—Sí —respondió él; su entusiasmo se había desvanecido por completo—. Y esa parte del norte de Irlanda queda bajo control británico.

—¡Santo Dios! —murmuró Fergus—. ¿Cómo ha podido acceder Michael Collins a esto?

—No lo sé, pero ¡no pueden partir el país así! —gritó Nuala.

—Es una farsa. —Daniel dio un puñetazo al periódico—. Los negociadores británicos han engañado a Michael Collins.

—Él lo denomina «un peldaño hacia la paz en Irlanda» —dijo Hannah—. Tal vez siempre supo que no obtendría una república de inmediato. Al menos es un comienzo, y aquí en el sur tendremos nuestro propio gobierno legal.

—¡Sí, y los británicos gobernarán parte del norte! Es más bien un peldaño hacia el infierno, Hannah —soltó Daniel, furioso—. Setecientos años de dominio británico y parece que no hemos avanzado nada.

—Debería haber ido a Londres De Valera —dijo Nuala—. Mick Collins no era el hombre adecuado para esto.

—Eso lo dices ahora, pero ¡este verano bien que lo aplaudías cuando logró la tregua! —replicó Hannah, que seguía siendo leal a su héroe—. ¡Ha hecho todo lo que estaba en su mano para protegernos, traernos la paz y poner fin a la matanza!

—¡¿Y a qué precio?! —repuso Nuala enfurecida—. ¡¿El de arrancar una parte de nuestra isla y dejar el sur como un dominio del Reino Unido?!

—¡Chicas! —intervino Eileen—. Calmaos. El gobierno del Dáil no ha aprobado el acuerdo. El periódico dice que De Valera está en contra y opondrá resistencia. Solo alegraos de que la guerra haya terminado.

«Pero ¿qué sentido ha tenido todo esto si no logramos nuestra república?», se dijo Nuala mientras veía a su padre, con el rostro enrojecido, echar mano a la botella de whisky.

Los planes que habían hecho para celebrar no solo la paz sino también las primeras Navidades libres de la ocupación británica se pospusieron, pues Irlanda volvió a convertirse en una nación dividida. En los pueblos y pubs no paraban de hablar de quién estaba a favor de Mick Collins y sus seguidores protratado, y quién se mantenía firme del lado de Éamon de Valera y su facción antitratado del Sinn Féin.

—Hannah acaba de decirme que Ryan y ella piensan comer en su casa por Navidad —dijo Eileen a Nuala cuando se pasó a tomar una taza de té.

—¿Con qué excusa? —preguntó Nuala, aturdida.

—Bueno, le falta poco para salir de cuentas y…

—¡A mí también, mamá! En realidad, menos que a ella, y aun así ¡iré a caballo con Finn hasta Cross Farm para pasar el día de Navidad con mi familia! Esto es cosa de Ryan; sabe que todos estamos en contra del tratado y a favor de Valera, mientras que él está a favor de su adorado Mick.

—Ellos están a favor de la paz, Nuala, como tantos otros. No puedes culparlos por eso —dijo Eileen.

La hija de Finn y Nuala, Maggie, llegó al mundo sin problemas justo después de Navidad. El hijo de Hannah y Ryan, John, nació a principios de enero, en pleno y furioso debate de los políticos irlandeses sobre el tratado en el Dáil. A pesar de la recién nacida, y de la felicidad que le producía ser madre, Nuala seguía las noticias de manera febril, rezando por que la facción de Valera, contraria al acuerdo, se impusiera. Cuando Mick Collins y los partidarios del tratado ganaron la votación en el Dáil, Éamon de Valera renunció a la presidencia, en protesta por la aprobación en el Parlamento, y pasó a centrar todas sus energías en combatirla con la fuerza. Las elecciones eran inminentes, las primeras de aquel extraño nuevo «Estado Libre de Irlanda», como se había bautizado al sur. La tormenta política continuó en Dublín durante toda la primavera, y el IRA, cuyo número de miembros había crecido durante los meses de la tregua, se estaba volviendo contra sí mismo a medida que los cansados soldados declaraban de qué lado estaban. Lideradas por De Valera, las fuerzas opositoras empezaron a tomar las riendas y atacar edificios gubernamentales, incluido el de los Cuatro Tribunales de Dublín, donde se había iniciado el Alzamiento de Pascua en 1916.

—¿Cómo se atreven a actuar contra la ley de esta forma? —Hannah echaba humo. Estaba sentada con Nuala en su banco frente a la bahía de Courtmacsherry, con John y Maggie en sus regazos—. ¿Acaso no ven que el Tratado nos otorga la libertad para alcanzar la libertad? —repitió como un loro el eslogan que había estado propagando Mick Collins para conseguir sumar apoyos.

—Los británicos ya tienen a Collins en el bolsillo —se mofó Nuala—. Finn me contó que oyó lo que Collins dijo después de firmar el Tratado: que acababa de firmar su propia sentencia de muerte. Sabía que los verdaderos republicanos irlandeses lo condenarían.

—¿Quieres decir que yo no soy una republicana irlandesa de verdad? —replicó Hannah, resentida—. Fui yo quien te llevó a Cumann na mBan, por si lo has olvidado, hermana.

—Y fuimos Finn y yo los que luchamos hasta el mismísimo final de la guerra —replicó Nuala—. No puedo seguir hablando contigo si te empeñas en tragarte la propaganda de Mick Collins. —Dicho esto, se levantó, se colgó a Maggie y se fue caminando a casa sin dejar de echar chispas.

En junio, cuando la pequeña Maggie acababa de empezar a comer sólidos, Nuala leyó el periódico con desazón.

—De Valera y los representantes opositores al Tratado han perdido. ¡Los partidarios de Collins han ganado las elecciones! —gritó a su marido, que bajaba las escaleras anudándose la corbata para la jornada en la escuela de Clogagh—. ¡El pueblo irlandés ha votado a favor de ese vil Tratado, Finn! ¿Cómo han podido? ¡Después de todo lo que han... hemos luchado por una república! —Apoyó la cabeza en la mesa y sollozó.

—Ay, Nuala, cariño, sé que es un desastre. Pero si la política falla...

—La guerra empieza de nuevo, y esta vez enfrentará a hermanos. Dios, Finn, no quiero ni pensar en lo que significará eso. Ya hay familias de la zona divididas a causa del Tratado. Mira la nuestra —añadió alzando la vista hacia él, con las lágrimas resbalándole todavía por el rostro—. ¡Hannah me dijo toda orgullosa que Ryan y ella habían votado a Michael Collins! ¡Más le vale no asomarse por aquí después de esto! ¡Pienso arrastrarla hasta Cross Farm para que haga la reverencia al rey de Inglaterra delante de su padre feniano! ¡Y de su hermano Fergus, y de ti, y de los amigos y vecinos que han arriesgado su vida por una república!

—Lo sé, Nuala, lo sé...

—¡Es aún peor que luchar contra los británicos! Ahora somos una tierra enfrentada entre nosotros mismos.

—Bueno, al menos nosotros no estamos enfrentados. Venga, intenta tranquilizarte y cuida de esa pequeña nuestra. Está deseando desayunar.

Mientras Finn se servía unas gachas de la olla que se calentaba en el fuego, Nuala cogió en brazos a Maggie, que ya contaba seis meses, y la sentó en la sillita de madera que Finn le había hecho para comer durante las vacaciones de Pascua.

Maggie le sonrió, lo que hizo que se le derritiera el corazón. Era un bebé precioso; irónicamente, había heredado el cabello pelirrojo de su tía Hannah y era clavada a ella.

—Pásame la papilla, Finn.

Finn se la acercó con la esperanza de que la niña ejerciera un efecto tranquilizador en su alterada esposa.

—Bueno, os veo luego a las dos —se despidió y, tras besar el cabello oscuro de su esposa y el pelirrojo dorado de su hija, se marchó.

—Una cosa te digo, Maggie —dijo Nuala—, si esa hermana mía se presenta aquí pavoneándose porque los partidarios del Tratado han ganado las elecciones, pienso soltarle una buena bofetada.

Maggie gorjeó y abrió la boquita para que le diera más papilla.

—Quizá luego nos acerquemos a ver al tío Christy, ¿eh? Seguro que él piensa lo mismo que yo.

Acababa de acostar a Maggie cuando Christy apareció en su puerta.

—¿Te has enterado? —le preguntó al entrar.

—Claro. Maggie se ha quedado dormida después de zamparse la papilla, así que ¿tomamos algo fuera?

—¿Qué?

—Lo que tú quieras. —Nuala cogió una botella de whisky, y Christy adelantó el brazo que tenía a la espalda y alzó una botella de cerveza negra.

—He traído la mía —dijo, y la siguió hasta el jardín—. Pensé que podríamos necesitarla después de lo ocurrido.

—Recuerda que las paredes tienen oídos —susurró Nuala con nerviosismo.

—A menos que la pobre señora Grady se levante de la tumba en la que los dos vimos como la enterraban hace tres días, diría que no corremos peligro. —Christy le dedicó una leve sonrisa—. Si nos preocupamos por eso, entonces sí que hemos vuelto a los viejos tiempos.

—Yo diría que con la victoria de los partidarios del Tratado en las elecciones, así es.

—Sí —convino Christy—. Esta mañana ya había gente en el pub, así que no me quedaré mucho, pero cantan al mismo son que nosotros, y no es en apoyo de Mick Collins. Por aquí hay muchos que lucharían por la república con la que hemos soñado. Se comenta que los protestantes de la zona ya están haciendo las maletas y partiendo hacia el norte. Hablan del cierre de la frontera.

—¿Nos prohibirán la entrada en una parte de nuestro propio país? —preguntó Nuala con voz entrecortada, y acto seguido dio un trago al whisky.

—Ah, pues no sé cómo irá, pero muchos se marcharán, solo por si acaso.

—Pero ¿y qué será de los católicos que viven al otro lado de la frontera, en el norte?

—Intentarán bajar al sur, si pueden, pero, como nuestra propia familia, muchos allí tienen tierras que cultivan para sobrevivir. Menudo desastre es todo esto. —Christy negó con la cabeza y dio un largo trago a la botella de cerveza negra.

—¿Cómo vamos a declararnos la guerra entre nosotros? ¿Tú estarías dispuesto a luchar contra tus amigos? ¿Tu familia? Yo… no lo sé. —Nuala se llevó las manos a la cabeza—. Mi padre, como feniano, continuaría combatiendo por una república hasta la muerte, y mi madre lo apoyaría, como ha hecho siempre. Fergus también, pero Hannah…

—No seas muy dura con ella, Nuala. Tiene que apoyar a su esposo, y por aquí muchos votaban por la paz, no la guerra, sin importar las consecuencias.

—Teníamos paz antes de que nos gobernaran los británicos, ¿y adónde nos llevó eso? Estábamos muy cerca de ser libres, y hemos perdido a muchos en el proceso. ¿No merecen aquellos que murieron que continuemos con la lucha?

—Aunque la idea es insoportable, estaría de acuerdo, y los voluntarios discutiremos de ello la próxima vez que se reúna la Tercera Brigada de West Cork. Sean Hales no estará presente, ya ha dejado claro que es partidario del Tratado, ¡menudo traidor! Incluso está en Dublín, trabajando con Michael Collins para reclutar un ejército nacional. Tom Hales estará con nosotros y apoyará la lucha.

—¿Cómo puede Sean Hales apoyar el Tratado? ¡Los británicos golpearon y torturaron a Tom, su propio hermano! —se enfureció Nuala.

—Bueno, todavía no hemos llegado a eso. Intenta no preocuparte, Nuala. Mick Collins quiere una guerra contra los suyos tan poco como nosotros. Veamos si puede hacer su magia política, y actuaremos en consecuencia.

Apenas diez días después, los periódicos informaron de que el cuartel general de los opositores al Tratado en Dublín, establecido en el edificio de los Cuatro Tribunales con Éamon de Valera a la cabeza, había sufrido un ataque del nuevo Ejército Nacional de Michael Collins.

Tras reiteradas peticiones para que los opositores al Tratado rindieran su posición en los Cuatro Tribunales, se dio la orden de atacar. Las fuerzas partidarias del Tratado atacaron el edificio con artillería pesada.

En lugar de aporrear el periódico, Nuala lo agarró y empezó a hacerlo pedazos. Finn volvió de la jornada en la escuela y se encontró a su esposa rasgando papel y a su hija llorando.

—¿Te has enterado? ¡Collins ha atacado los Cuatro Tribunales! Aún están combatiendo, pero el periódico dice que Collins ha recibido ayuda por parte de los británicos, que han suministrado cañones y artillería y… Oh, Finn, por favor, dime que estoy soñando —dijo al sumirse en el consuelo de sus brazos.

—Nuala, vencimos antes y podemos volver a hacerlo. Christy acaba de decirme que esta noche hay una reunión con la brigada. Ha llegado el momento de demostrar si los hombres están con nosotros o con el gobierno partidario del Tratado. Cariño, no queremos que Maggie se esté llevando este disgusto, ¿verdad?

Nuala negó con la cabeza y fue a calmar al bebé, que lloraba.

—Concéntrate en ser madre, Nuala, y deja el resto a tu marido, ¿de acuerdo?

—Pero, si todo se complica, tendré que volver a trabajar con Cumann na mBan, y…

—No, Nuala. Una cosa es arriesgar la vida cuando no tienes a nadie que dependa de ti, y otra cuando tienes una familia. Esta vez debes dejárselo a los hombres. No permitiré que Maggie se quede huérfana. ¿Me oyes?

—¡Por favor, no digas eso! Preferiría morir yo antes que tú.

—¿Y dejarme a mí cambiándole los pañales? —Finn soltó una risita—. Bueno, ¿hay algo que pueda comer en esta santa casa antes de irme?

Finn regresó tarde esa noche, pero Nuala seguía despierta.

—¿Qué ha pasado en la reunión?

—Pinta bien, Nuala —dijo Finn mientras se desvestía y se metía en la cama junto a ella—. Casi todos están de nuestra parte, así que los que deberían guardarse las espaldas por la zona son los partidarios del Tratado. He oído que Rory O'Connor bajará de Dublín a Cork en persona para tomar el mando de las fuerzas antitratado. Debemos defendernos de ese nuevo Ejército Nacional Irlandés que ha reclutado Mick Collins. ¡He oído que ahora él y su gobierno nos llaman republicanos a nosotros! —Finn sacudió la cabeza con una mueca—. Hay que hacerle frente, y le haremos frente; tenemos la experiencia de nuestra parte, y a hombres como Tom Hales con nosotros.

—¿Con Sean Hales al mando de ese nuevo ejército?

—Sí. Ay, Nuala, parece que nos aguardan más tiempos difíciles. Durmamos ahora que podemos.

Mientras Finn desaparecía de nuevo para asistir a las reuniones y los ejercicios de instrucción de los voluntarios, Nuala leyó que el Ejército Nacional Irlandés, encabezado por Sean Hales —quien había luchado codo con codo con Finn y era responsable del incendio del castillo Bernard, que había tenido como consecuencia la tregua—, estaba viajando en barcos proporcionados por los británicos para desembarcar en la costa sur. Consciente de que los voluntarios habían volado puentes y vías férreas cuando Sean luchaba con ellos en la última guerra, transportar al Ejército Nacional por mar era una estrategia inteligente.

Nuala daba gracias por contar con Maggie, que la mantenía ocupada. Permanecía con el alma en vilo cada momento que Finn pasaba fuera. Era como si la pesadilla se reprodujese de nuevo.

Con Maggie sujeta a su pecho, condujo el carro con el poni hasta Timoleague. En las tiendas no se hablaba de otra cosa que no fuera lo que estaba ocurriendo, y la mayoría de los habitantes del pueblo estaban horrorizados por el nuevo giro de los acontecimientos. Se palpaba la incertidumbre y el miedo.

—Se avecina una guerra civil, de nada sirve negarlo —dijo la señora McFarlane en la carnicería—. He oído que Sean Hales desembarcó ayer en Bantry con el ejército y se dirigen hacia Skibbereen. ¿Adónde nos va a llevar todo esto? —agregó al tiempo que tendía a Nuala la carne para el estofado y un poco de beicon.

Nuala avanzó por la calle principal y advirtió que los pubs, llenos desde que se había acordado la tregua y los británicos se habían replegado de la zona, se hallaban vacíos, salvo por algunos viejos que ahogaban allí sus penas. Cuando fue a recoger el carro del poni, vio que Hannah salía de una tienda justo delante de ella.

—Hola, Nuala, ¿qué tal estás? ¿Y la pequeña? —preguntó su hermana.

—La mar de bien, todos juntos. Y tu niño ¿cómo está? —contestó Nuala, como si hablara con una desconocida.

—John va creciendo bien, gracias.

—Bueno, hace tiempo que no subís a comer el domingo a la granja. ¿Vendréis Ryan y tú? —preguntó Nuala.

—Ah, con tantas emociones a flor de piel, Ryan dice que es mejor que no nos acerquemos hasta que todo se arregle. Sabe bien cómo se siente mi familia respecto al Tratado.

—¿Y cómo te sientes tú, Hannah?

—Yo solo quiero la paz, como Ryan. Bueno, tengo que volver a casa con el niño. Adiós, Nuala.

Nuala vio a su hermana alejarse y bajar la calle hacia la casita a la que se había mudado con Ryan justo después de que naciera John. Lo de ver crecer a sus hijos juntas había quedado atrás; todo eso se había detenido con el inicio de los combates.

—Todo por culpa del tío Ryan —dijo Nuala a Maggie, que

dormía tranquilamente mecida contra su pecho. Por mucho que se había esforzado, no podía perdonar a su hermana por lo que veía como pura traición.

Por suerte, acababan de empezar las vacaciones escolares, y Finn estaba libre para unirse en la lucha a los voluntarios que se oponían al Tratado. Había dicho que el Ejército Nacional se dirigía entonces hacia Clonakilty.

—El hogar del mismísimo Michael Collins —dijo Nuala a Christy cuando este se pasó a charlar con ella.

—¿Finn irá allí? Me preocuparía si fuera, porque, aunque se oponen al Tratado, en Clonakilty saldrán muchos en apoyo del Grandullón. Es uno de los suyos.

—No, Finn se dirige a Bandon con el resto de la brigada. Creen que es adonde irá el ejército a continuación.

—Bueno, los muchachos saben lo que se hacen, y están en su terreno —dijo Christy—. El Ejército Nacional son irlandeses corrientes como nosotros que necesitan un sueldo para dar de comer a sus familias, piensa en eso. Además, por muy mal que nos siente que Sean Hales sea partidario del Tratado, es un hombre de paz. No pretende matar a sus compatriotas como hicieron los británicos. Será clemente, Nuala, sobre todo en West Cork, donde nacieron él y su hermano Tom.

—Solo espero que tengas razón. —Nuala suspiró—. ¿Vendrás a comer a la granja el domingo después de misa? —le preguntó.

—Claro, y escucharemos tocar a tu padre al violín canciones fenianas para recordar por qué estamos luchando, ¿eh? —Christy sonrió—. Tengo que volver. Nos vemos, Nuala.

Cuando Christy se marchó, Nuala se preguntó por qué un hombre que, aparte de la pierna mala, era muy atractivo, y tan amable e inteligente, no había encontrado esposa.

Dado que Finn estaba luchando para mantener la posición en Bandon, el domingo siguiente, después de misa, Christy llevó a Nuala y a Maggie en el carro con el poni hasta Cross Farm. Era un bonito día de julio, y Nuala alzó la vista al cielo, muy azul.

«Estés donde estés, Finn, te envío todo mi amor y mis bendiciones.»

El tema de conversación en Cross Farm era la batalla de Bandon. A su padre le había llegado la noticia de que, a pesar de que los voluntarios que se oponían al Tratado estaban defendiendo la población con valentía, Sean Hales y su Ejército Nacional se harían con ella.

—Al menos se han perdido muchas menos vidas que si hubiésemos estado luchando contra los británicos, y debemos dar gracias a Dios por ello —comentó su madre mientras ella y Nuala servían la comida.

—Ah, pero aun así ha habido heridos, ¿y qué hace vuestro Sean usando buques de guerra y artillería británica para disparar a los suyos? —bramó Daniel desde la punta de la mesa—. ¡¿Y Michael Collins lo aprueba?!

—Es una tragedia, es lo único que puedo decir. —Eileen suspiró.

—El enemigo conoce nuestras tácticas, porque no hace tanto las utilizaron ellos mismos. Están tomando West Cork sin dificultad, ¡y nosotros nos quedamos aquí sentados viendo cómo ocurre! —Daniel continuó despotricando.

—Finn no se ha quedado sentado, papá —repuso Nuala a la defensiva.

—Cierto, Nuala, y tampoco nuestro Fergus —dijo Eileen—. Que Dios los bendiga a los dos.

Después de comer, Daniel sacó su violín y tocó algunas baladas animadas de los viejos tiempos, luego algunas nuevas que había aprendido, como la «Balada de Charlie Hurley», el mejor amigo de Finn, que había muerto trágicamente durante la última guerra. Nuala sintió que se calmaba a medida que la sonora voz de su padre se elevaba a través de las emotivas palabras. No estaban luchando solo por su república, sino por todos aquellos que habían dado su vida por la causa.

Finn regresó de Bandon un día después, agotado pero ileso.

—Por todo West Cork, poblaciones en las que ganamos contra los británicos para conseguir una tregua para Irlanda se están rindiendo ahora al Ejército Nacional. Pero ¿vamos a ir y volar una guarnición llena de hermanos irlandeses? —Suspiró—. Dicen que el Ejército Nacional ha partido hacia Kinsale y, a menos que opongamos más resistencia, se habrán hecho con esa población y con el resto de Irlanda antes de que acabe el mes.

—¿Continuarás, Finn?

—Hasta el final, Nuala, ya lo sabes.

—Tú… ¿mataste a alguien durante la batalla de Bandon?

—Estaba oscuro, y no veía, pero sí, había hombres heridos tirados en la calle, aunque no tengo ni idea de quiénes eran ni qué arma les disparó. Jesús, estoy cansado, me voy a la cama. ¿Vienes?

—Claro, cariño. Voy a hacer todo lo que esté en mi mano para retenerte a salvo entre mis brazos.

Nuala suspiró, apagó la lámpara de aceite y, con tristeza, siguió a Finn arriba.

43

A mediados de agosto, el Ejército Nacional había tomado bajo su control la ciudad de Cork y todas las poblaciones más importantes del condado. Michael Collins y su gobierno protratado se estaban imponiendo.

—Si se han hecho con la ciudad de Cork, ¿qué sentido tiene continuar? —preguntó Nuala a Finn, que había llegado a casa mugriento y abatido de otra lucha inútil—. Hemos perdido, y no hay más. Y, si no hay esperanza, prefiero vivir con esta farsa de Tratado que sin mi marido.

—Nuala —dijo Finn, que apuró su whisky—, estábamos de acuerdo en que lucharíamos por una república, ¿no?

—Sí, pero…

—No hay peros que valgan. Si pidieras a toda la gente de la zona que dijera lo que siente con la mano en la Biblia, todos se decantarían por el no al Tratado. Y somos lo único que le queda a Irlanda para que eso ocurra. No me perdonaría no haber luchado por la causa hasta mi último aliento.

—Entonces ¿eso significa que preferirías morir, Finn? ¿Que la causa es más importante que tu hija o yo? —inquirió.

—A ver, ¿a qué viene todo esto? La última vez no hablabas así. Me apoyaste, y sobreviví gracias a tu amor y a tu convicción.

—Sí, es cierto, pero nuestra vida ha cambiado. Me dijiste que no debía colaborar con Cumann na mBan por Maggie. Ahora somos una familia, Finn, como tú mismo dijiste. Eso es lo más importante, ¿no?

Finn la miró y suspiró.

—Estoy demasiado cansado para esto, Nuala. Voy a lavarme.

Nuala cogió a Maggie, que dormía en la cuna, la abrazó contra su pecho y contempló aquella joven carita.

—¿Qué va a ser de nosotros, pequeña? —susurró.

Maggie siguió durmiendo tranquilamente en sus brazos.

Decidieron que todos los miembros de la brigada de Finn debían lanzarse de nuevo a las colinas y convertirse en las sombras que habían sido la última vez.

—¿Estás diciendo que van a venir los partidarios del Tratado a arrestarte, como hicieron los británicos la última vez? —preguntó Nuala a Finn cuando este llegó a casa.

—Durante las refriegas, el Ejército Nacional arrestó y metió en la cárcel a algunos de los nuestros, pero si quieren llevarlo aún más lejos y deshacerse de los agitadores, bueno, saben dónde vivimos, ¿no? —Señaló fuera—. Y dónde teníamos los refugios, porque ellos mismos los usaron en los viejos tiempos.

—¿Cuántos diríais que quedáis?

—Los suficientes —respondió Finn—. Pero uno de nuestros espías en Dublín ha informado de que el Grandullón podría tener pensado visitar West Cork.

—¡¿Mick Collins vendría aquí?!

—Nació aquí, Nuala. Este es su hogar, y en la zona hay muchos que tal vez se opongan al Tratado pero siguen viendo a Mick como a un dios, el héroe que salvó Irlanda. Es irónico, ¿no?

—¿El qué?

—West Cork y Kerry probablemente contribuyeron más que ninguna otra parte de Irlanda a conseguir la tregua con los británicos. Todos luchamos por Mick, creíamos en él porque era de los nuestros, pero esa misma pasión nos convierte en la zona de Irlanda que más se opone al Tratado. Es una locura, de verdad que lo es. En fin. —Se abrochó el cinturón de la chaqueta militar y se echó la mochila al hombro—. Me voy. —Le tomó el rostro y la besó con dulzura en los labios—. Recuerda cuánto te quiero, Nuala. Y que estoy haciendo esto por ti, por nuestros pequeños y por los niños que ellos tendrán.

—Yo también te quiero, y siempre te querré —susurró ella mientras veía que la puerta se cerraba y su esposo se marchaba de nuevo.

Dos días más tarde, Nuala vio a un grupo de vecinos del pueblo que bajaban por la calle en carros de dos ruedas tirados por ponis.

—¿Adónde van? —preguntó a Christy, que se había dejado caer por su casa para la ya habitual charla delante de una taza de té antes de que el pub abriera.

—Dicen que Michael Collins estará esta tarde en Clonakilty. Anoche en el pub oí que había pasado por Béal na Bláth. Su escolta tuvo que parar y pedir indicaciones a Denny delante del pub Long, donde trabaja.

—¡¿Qué?! —Nuala se llevó la mano a la boca—. ¿Denny les indicó el camino?

—Ya lo creo que sí. —Christy asintió—. En el pub estaban varios de nuestros muchachos, pues más tarde habrá una reunión de brigada en la granja de Murray, que queda cerca de allí. Tom Hales estaba allí, y también he oído que el mismísimo De Valera iba de camino a la reunión desde Dublín. Cuentan que van a decidir si continuar o no con la guerra. Y, ni corto ni perezoso, nuestro enemigo declarado, Mick Collins, pasaba a apenas unos kilómetros de donde estaban todos, sin sospechar nada. —Christy negó con la cabeza y rio entre dientes.

—¿Estás seguro de que Denny vio a Mick en el coche?

—Sí, mi amigo me dijo que Denny juraría sobre la Biblia que era él. Iba sentado en un vehículo descubierto, y ahora medio West Cork se ha enterado de que está aquí. Se rumorea que va a visitar todos los pueblos que ha tomado el Ejército Nacional, y todos apuestan a que parará en Clonakilty, cerca de su hogar.

Nuala vio que el frenesí de actividad de la calle cobraba fuerza.

—Tú prefieres perdértelo, ¿verdad, Nuala? —preguntó Christy con una sonrisa irónica.

—Desde luego.

Nuala hizo una pausa para asimilar las repercusiones de lo que acababa de contarle Christy.

—Si los nuestros saben que está aquí y que lo más probable es que regrese por donde vino, ¿planearán algo?

Christy desvió la mirada de Nuala.

—Prefiero no saberlo. De aquellos polvos, estos lodos, te diría.

Bien entrada la noche, Nuala vio que los vecinos del pueblo y aquellos que vivían más allá de Clogagh regresaban. Era evidente que habían bebido y querían beber más, pues muchos estacionaron los carros, las bicicletas y a sí mismos en la entrada del pub. Incapaz de resistirse, abrió la puerta delantera y escuchó a la multitud que deambulaba delante del pub con pintas de cerveza negra y tragos de whisky.

—Mick me ha invitado a tomar algo en O'Donovans...

—Y luego, en el pub de Denny Kingston invitaba la casa. ¡Me ha saludado!

—¡Mick me ha preguntado por mis hijos, de verdad!

Nuala reconoció a hombres y mujeres que habían sido voluntarios entregados del IRA durante la revolución. Negando tristemente con la cabeza, cerró la puerta. Luego se sirvió su propio whisky.

Justo después de medianoche, despertó de un duermevela inducido por el whisky con el crujido de la puerta de atrás al abrirse. Oyó pasos que subían y se incorporó y contuvo el aliento hasta que vio entrar a Finn en la habitación.

—Nuala, oh, Nuala...

Lo observó tambalearse hacia la cama, luego cayó prácticamente encima de ella y empezó a sollozar.

—¿Qué pasa? ¿Qué ha ocurrido?

—Yo... qué desastre, Nuala, qué desastre.

Nuala solo podía esperar a que su marido dejase de llorar. Le ofreció un poco de whisky de la botella, y él se lo bebió de un trago.

—¿Puedes contarme qué ha pasado?

—Yo... no puedo pronunciar las palabras, y he corrido muchos kilómetros en plena noche para volver a tu lado. Deja que duerma entre tus brazos, Nuala, y te lo contaré por la... —Finn se quedó dormido en mitad de la frase, con la cabeza en el pecho de su esposa.

Fuera lo que fuese lo que tenía que contarle, a Nuala no le importaba, porque su marido estaba sano y salvo en casa.

A la mañana siguiente, Nuala dejó a Finn en la cama y bajó para dar el desayuno a Maggie. Finn se reunió con ella al cabo de una hora, con aspecto ojeroso y demacrado, como si hubiese envejecido diez años desde la última vez que lo había visto.

—¿Gachas? —le preguntó Nuala.

Finn no pudo más que asentir al tiempo que se desplomaba en la silla.

—Cómetelas —dijo ella en voz baja.

Finn se acabó el cuenco de una sentada, y Nuala, que esa mañana también se sentía demasiado cansada para hornear pan, cogió el resto de la hogaza del día anterior y la untó con mermelada.

—Ay, Nuala. —Finn se acabó el pan con mermelada y se pasó la mano por los labios para limpiarse—. Esta mañana me da vueltas la cabeza…

—Cuéntamelo, Finn, sabes que me lo llevaré conmigo a la tumba si es eso lo que me pides. Me enteré por Christy de que ayer esperaban a Mick Collins en Clonakilty. ¿Había planes para tender una emboscada a su convoy?

—Así es. Tom Hales, los muchachos y yo estábamos en la granja de Murray por una reunión con las brigadas de Cork. Cuando nos enteramos por Denny Long de que era probable que Collins regresase haciendo la misma ruta por la que había llegado, Tom Hales nos indicó que debíamos planear una emboscada. Esperamos durante horas en el cruce de Béal na Bláth, pero el convoy no apareció. Tom decidió que debíamos cancelar debido al tiempo; estábamos empapados a causa de la lluvia. Así que algunos hombres y yo nos fuimos, pero hubo unos pocos que se quedaron por si acaso, incluido Tom. Yo estaba volviendo a casa campo a través cuando vi el convoy más abajo. Me agazapé para que no me vieran, y entonces, unos diez minutos después…

Se detuvo y cogió aire con un escalofrío antes de poder continuar.

—Oí disparos procedentes de donde sabía que seguían esperando algunos de los hombres. Eché a correr de vuelta para averiguar qué había ocurrido, y me encontré con un par de voluntarios que corrían en mi dirección. Me dijeron que el tiempo era demasiado malo para ver a quién disparaban cuando pasó el convoy, pero que Collins había caído. El resto del convoy devolvió el fuego, aunque no tardaron en detenerse al ver a Mick allí tirado.

Finn alzó la vista hacia ella, con sus ojos azules llenos de lágrimas.

—Estaba muerto, Nuala. El único del convoy que murió.

—¡¿Mick Collins?! ¡¿Muerto?! —Nuala miraba a su esposo con asombro e incredulidad—. ¿Sabes quién le disparó?

—El hombre con el que hablé, y no pienso dar nombres, apenas decía nada con sentido, aparte de repetir «¡Mick está muerto, Mick está muerto!». Jesús, María y José, disparado por los suyos aquí, en West Cork.

Finn se echó a llorar de nuevo, y lo único que pudo hacer Nuala fue levantarse y rodearlo con los brazos.

—Una cosa es luchar por una república como es debido y otra formar parte de un ataque que mató al hombre que originalmente nos llevó a la victoria y a una tregua. Solo Dios sabe qué será de Irlanda ahora, sin el Grandullón.

—¿Dónde estaba De Valera? ¿Sabía lo de la emboscada?

—Diría que sí, pero él se marchó temprano de West Cork, debía volver a Dublín para una reunión.

—¿Ordenó el ataque a Mick?

—Dicen que fue Tom Hales, que lloró como un bebé cuando descubrió que Mick estaba muerto. Ya sabes lo buenos amigos que eran antes de la guerra civil.

—Yo… no sé qué decir. —Nuala negó con la cabeza, incapaz a su vez de contener las lágrimas—. ¿Adónde vamos a ir a parar?

—No lo sé, pero por aquí no serán muchos los que, independientemente del bando en el que estén, no derramen una lágrima de pena hoy. Te diré algo, Nuala, para mí se ha terminado. No tengo estómago para seguir ahora que Mick ha muerto.

—Lo entiendo, Finn —acabó Nuala por contestar—. Me pregunto cuántos más sentirán lo mismo.

—La mayoría de nosotros. Tengo miedo, Nuala, por primera vez, tengo miedo de que la gente descubra que participé en la emboscada que mató a Michael Collins y venga a por mí.

—Pero no participaste, Finn; acabas de decirme que ya te habías ido y estabas volviendo a casa. Anoche había mucha gente en la calle. Volvieron de Clonakilty hasta arriba de cerveza, tan borrachos que apenas se tenían en pie. No sabrán dónde estabas. Si alguien pregunta, anoche estabas aquí con tu mujer y tu hija. Lo juraré sobre la Biblia si hace falta. Se celebrarán misas por Mick por toda Irlanda, claro, y deberíamos ir.

—Deberíamos, sí, y rezaré por un hombre al que no he matado con mis propias manos pero siempre me sentiré como si lo hubiese hecho.

—Pero no lo hiciste, Finn, y debes intentar recordar que solo seguías órdenes, como cualquier soldado en combate.

—Tienes razón, por supuesto. —Finn se pasó las manos sin ningún cuidado por los ojos empapados—. Dudo que Tom Hales ni ninguno de nosotros pensase ni siquiera un instante que sería Mick quien recibiría los disparos. Solo queríamos golpear a los de Dublín, recordarles que todavía somos muchos los que luchamos por la república con la que habíamos soñado. Dios, Nuala, ¡Mick era el jefe de nuestro nuevo gobierno! ¿Por qué iba por ahí en un coche descubierto? ¿Y dónde estaban los soldados que debían protegerlo cuando se les necesitaba?

—Yo diría que Mick no pensó que nadie de West Cork lo quisiera muerto. Estaba entre los suyos, ¿no?

—Sí, o eso pensó.

—Y, visto el estado en el que volvieron los que habían estado bebiendo con él, Mick y los soldados debieron de tragar lo suyo también. No tuvieron cuidado.

—Tienes razón, Nuala. A Mick siempre le gustaron el alcohol y las fiestas. Al margen de la política, la gente de por aquí lo quería. Nosotros lo queríamos; era uno de los nuestros… —Finn se echó a llorar otra vez.

—Bueno, ¿qué te parece si te lleno la bañera de agua caliente y te das un baño? Luego te preparo una camisa y unos pantalones, y Maggie tú y yo damos un paseo para que los vecinos vean que estás aquí y lamentas la muerte de Mick como ellos. Te respetan, Finn, enseñas a los niños en la escuela del pueblo. Nadie te deseará ningún mal.

Nuala hablaba con una seguridad que no sentía, pero haría y diría lo que fuese por consolar a su destrozado y asustado marido.

Hizo ademán de moverse, y Finn la agarró, la estrechó bruscamente entre sus brazos y la besó con fuerza en los labios. Cuando al fin se separó de ella, volvía a tener los ojos llenos de lágrimas.

—Que Dios me ayude, Nuala Casey, voy a pasarme el resto de mi vida dando gracias por la mujer con la que me casé.

La semana después de la emboscada que acabó con la vida de Mick Collins los ánimos eran sombríos. Fuera adonde fuera, Nuala veía ventanas cubiertas con el negro de luto, y a hombres hechos y derechos sollozando por las calles. Los periódicos estaban llenos de tributos al hombre que había nacido en territorio de West Cork. A la gente de la zona le molestó que enterraran el cuerpo de Michael Collins en Dublín, en lugar de donde había nacido.

Nuala, Finn y Maggie asistieron a la misa que se celebró en la iglesia de Timoleague el día de su funeral. Nuala nunca había visto la iglesia tan llena, y reconoció a muchos hombres que habían luchado contra él. Toda su familia se hallaba presente, unida en la pena por un hombre que les había dado la fe, la fuerza y el coraje para emprender una revolución. Y que entonces hizo el sacrificio final, a la temprana edad de treinta y un años, y jefe ya del Gobierno Provisional de Irlanda.

Delante de la iglesia, tanto Hannah como Ryan parecían inconsolables. Nuala pasó por su lado, y Hannah la agarró para susurrarle al oído.

—Espero que tú y ese esposo tuyo estéis contentos. Ya tenéis lo que queríais, ¿no? No me vengas con que Finn no participó en la emboscada; sé muy bien que sí, junto con muchos otros de por aquí. Él es el que merece yacer en una tumba, no el salvador de Irlanda —le espetó entre lágrimas.

Nuala no le contó a Finn lo que le había dicho su hermana, pues no tenía sentido preocuparle más todavía.

Dos noches más tarde, Finn le dijo que salía para asistir a una reunión de la brigada.

—No tienes de qué preocuparte, Nuala, voy a decirles que para mí la lucha ha terminado. No seguiré poniéndoos a ti y a Maggie en peligro por una causa que ya está perdida.

Era una noche cálida de agosto, Nuala estaba sentada en el jardín. Maggie, que empezaba a sostenerse sentada, jugaba encima de una manta con el perro de juguete que le había tallado Finn con un trozo de madera.

—Quizá se convierta en el nuevo pasatiempo de papá, ahora que se retira de la guerra —dijo a su hija.

A pesar de los trágicos acontecimientos que habían tenido lugar, y del hecho de que el sueño de su querida república se hubiese truncado, una parte de Nuala se sentía aliviada. El camino de Irlanda seguía siendo incierto, pero ahora podía soñar con un futuro más tranquilo, sin el terrible nudo de miedo que había tenido en el estómago durante tanto tiempo. Por fin podrían concentrarse los tres en ser una familia, y con la perspectiva de que O'Driscoll, el director de la escuela de Clogagh, no tardaría en jubilarse, Finn tomaría el relevo y tendrían dinero de sobra.

—Tal vez mamá podría plantearse trabajar a tiempo parcial en la botica del pueblo, ya que tiene experiencia como enfermera —arrulló a Maggie al tiempo que la levantaba para acostarla.

A las once, Finn aún no había llegado, pero Nuala hizo todo lo que pudo para no ceder al pánico.

—Seguro que se han entretenido charlando —se dijo mientras, una vez más, subía las escaleras sola para acostarse.

Agotada por los últimos días, se quedó dormida enseguida. Solo se despertó sobresaltada al oír que aporreaban la puerta delantera.

Se asomó a la ventana de la habitación y vio a Christy con Sonny, otro hombre del pueblo, abajo.

Bajó corriendo las escaleras y abrió.

Le bastó ver la expresión de sus caras para saberlo.

—Han disparado a Finn, Nuala, cerca de Dineen Farm —dijo Christy.

—Lo he encontrado en mi finca cuando volvía de la reunión. Lo habían arrojado a una acequia —añadió Sonny.

—¿Está... vivo?

Los dos hombres agacharon la cabeza.

—Nuala, lo siento mucho —dijo Christy.

Christy la sujetó antes de que cayera. Nuala oyó gritos a lo lejos. Luego el mundo se quedó a oscuras.

El funeral de Finn tuvo lugar en la pequeña iglesia de Clogagh. De haber podido, Nuala solo habría permitido la presencia de su familia para ampararla mientras rezaban por su alma inmortal. Nadie había dado un paso al frente para confesar el asesinato de su marido, y si bien abundaban los rumores acerca de quién podría haber sido, Nuala había hecho caso omiso. Era probable que el asesino de su esposo se encontrara sentado allí mismo, en la iglesia, fingiendo lamentar haberse llevado por delante no solo la vida de Finn, sino también la suya y la de su hija.

Durante el trayecto hasta el cementerio de Clogagh, ubicado en un lugar idílico en lo alto del valle de Argideen, a casi un kilómetro del pueblo, cargaron con el ataúd los voluntarios con los que Finn había trabajado hombro con hombro. Nuala caminaba delante del féretro, apoyándose en Christy. Depositaron sobre la caja la gorra de voluntario y enterraron a Finn junto a Charlie Hurley, su mejor amigo. A continuación, la compañía de Clogagh disparó una salva de siete disparos por el camarada caído.

En el velatorio, que celebraron en Cross Farm, Nuala sonrió y asintió ante las condolencias de amigos y vecinos.

Al darse cuenta de quién faltaba, se excusó y fue a buscar a su madre.

—No he visto a Hannah y a Ryan en la iglesia. Y tampoco están aquí.

—No, no han venido. —Eileen se esforzó todo lo que pudo por controlar la ira que sentía—. No culpes a tu hermana, Nuala, el problema es ese marido suyo.

—Bueno, se casó con él, ¿no?

En ese momento Nuala sintió que una parte de su corazón, ya maltrecho a causa de la pérdida, se volvía de piedra.

Esa noche se quedó a dormir en la habitación de cuando era niña y, con Maggie acostada a su lado en la cama que había compartido con Hannah, tomó una decisión.

—Dios me asista, pero jamás le perdonaré esto a Hannah. Y no quiero volver a verla en la vida.

Merry

West Cork

Junio de 2008

An Crann Bethadh
Árbol de la Vida celta

44

Y esta es la historia que me contó Nuala apenas unas horas antes de abandonar este mundo —concluyó Katie—. Fue muy emotivo para las dos cuando me explicó el vínculo familiar.

Hice todo lo que pude para regresar al presente, sumida aún en la profunda tragedia de la muerte de Finn y todo lo que había sufrido Nuala.

—Así que Nuala era la madre de nuestra madre, de Maggie… ¿Nuestra abuela? ¿Esa a la que no vimos hasta el funeral de mamá? ¿Y qué hay del abuelo? Finn murió. Entonces ¿quién era el hombre que estaba con ella, el que caminaba con bastón?

—Christy, el primo que trabajaba en el pub de enfrente. Se casó con él unos años después de que muriera Finn. Es comprensible, Christy siempre había estado ahí para ella. Tenían experiencias compartidas —añadió Katie, luego hizo una pausa y se quedó mirándome—. El apellido de Christy era Noiro.

La miré estupefacta.

—¿Noiro?

—Sí. Aparte de Maggie, Christy y Nuala tuvieron un hijo, Cathal, que se casó con una mujer llamada Grace. Y, bueno, ellos tuvieron a Bobby y a su hermana pequeña, Helen.

—Yo… —La cabeza me daba vueltas—. Entonces ¿compartimos abuela con Bobby Noiro?

—Pues sí.

—Pero ¿por qué Bobby no lo dijo nunca?

—Para ser justos, no creo que lo supiera.

—¿Por qué nunca nos visitaban Nuala y Christy?

—Es complicado. —Katie suspiró—. Nuestro tío abuelo Fergus llevó Cross Farm antes que papá, que la heredó cuando Fergus murió.

—A Fergus lo mencionaba en el diario que leí. Era el hermano de Nuala. ¿Llegó a casarse?

—No, así que la granja pasó a nuestro padre como varón de mayor edad del clan. No llegamos a conocer a nuestros abuelos paternos porque los dos murieron antes de que naciésemos. Mary, nuestra abuela paterna se llamaba Hannah, y el abuelo, Ryan.

Katie me sonrió de manera significativa mientras yo intentaba registrar lo que me estaba diciendo.

—Entonces… ¡Nuala era la madre de mamá y Hannah la de papá! ¡Nuestras abuelas eran hermanas! Lo que significa…

Katie sacó una hoja de papel. En ella aparecía un árbol genealógico.

—¿Ves?

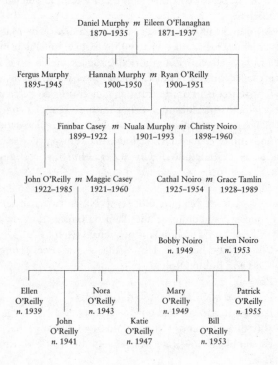

La cogí para estudiarlo, pero, con tantos nombres y fechas danzando antes mis ojos, alcé la vista hacia Katie en busca de orientación.

Señaló dos nombres.

—John y Maggie, nuestro padre y nuestra madre, eran primos hermanos. Aquí en Irlanda no es ilegal, ni siquiera en la actualidad; no te preocupes, lo he comprobado. Con familias tan grandes viviendo a menudo en comunidades aisladas, era común, y sigue siéndolo, que los primos se mezclasen socialmente y se enamoraran. Y después de que Hannah no se presentara en el funeral de Finn, Nuala no volvió a dirigirle la palabra. Ya sabes que no asistir a un funeral es terrible, sobre todo aquí en Irlanda, y para Nuala, después de las cosas horribles que le había dicho su hermana, fue la guinda del pastel.

Enarcó las cejas, y yo asentí en señal de conformidad. Era algo que me había chocado al mudarme a Nueva Zelanda, donde no parecía que hubiera disputas familiares que pasaran de una generación a otra solo porque el abuelo en cierta ocasión ofendió a un primo al criticar cómo tocaba el violín.

—Aquí las heridas antiguas son profundas —murmuré.

—Así es —convino Katie—. Bueno, cuando nuestros padres, Maggie y John, se conocieron y se enamoraron, Nuala y Hannah debieron de horrorizarse. Fue como Romeo y Julieta. Nuala me contó que le había dicho a su hija que la repudiaría si se casaba con John, pero mamá quería tanto a papá que siguió adelante. Ay, Merry, Nuala no podía parar de llorar mientras me contaba cómo había apartado a mamá de su vida. Y cuánto se arrepentía al mirar atrás, sobre todo cuando mamá murió tan joven. Dijo que no soportaba mirar a John, el hijo de Hannah y Ryan. Me pidió perdón por no estar ahí para todos nosotros cuando nuestra madre murió.

—Oh, Dios mío… —murmuré, y se me saltaron las lágrimas al pensar en el diario que no había leído en todos aquellos años. La historia de una joven valiente que había sido mi abuela, que había sufrido la guerra, había perdido a su esposo y había estado dispuesta a apartar de su vida no solo a su hermana sino también a su querida hija.

—Vale, pues fui a la iglesia de Timoleague a revisar los archivos y compuse el árbol. —Katie lo señaló.

—Está Bobby —susurré—. Todas esas historias que solía contarme acerca de que sus abuelos habían luchado contra los británicos en la guerra de Independencia…

—Sí. Lo recuerdo, Merry —Katie asintió con aire sombrío—,
y creo que explica por qué Bobby era como era. Con Nuala y
Christy de abuelos, a Bobby lo criarían como el mayor republicano. El odio que sentía Nuala por los británicos, por Michael
Collins y «su banda», como los llamaba ella, pasó de una generación a otra. Al fin y al cabo, el acuerdo que firmó Mick Collins
con el Gobierno británico en Londres desató la guerra civil que
mató a su esposo, Finn. Fue el amor de su vida.

—Sí. —Hablé en voz baja, pues sentía tal opresión en el pecho
que me costaba respirar—. Lo que debe de significar también que
yo… que nosotras… estamos emparentadas con Bobby y Helen
Noiro.

—Así es, sí. Bobby es primo hermano nuestro. Y claro, su padre, Cathal, era hermanastro de mamá.

—Sabíamos que el padre de Bobby, Cathal, había muerto en el
incendio de un granero, ¿verdad? Así que Nuala también perdió a
su hijo. —Suspiró—. Qué vida más triste llevó.

—Lo sé, es trágico, pero resulta interesante trabajar con los
mayores. Por aquel entonces se tomaban la muerte como parte de
la vida, estaban acostumbrados a ella. Ahora, con toda la medicina
moderna, la muerte de alguien supone siempre una conmoción,
aunque esa persona sea muy mayor. Lo que he aprendido es que la
vida entonces no valía mucho, Merry. Asistí al funeral de Nuala en
la iglesia de Timoleague. No había mucha gente, tan solo un par de
viejos amigos y Helen, la hermana pequeña de Bobby.

—¿Bobby no estaba? —contuve el aliento a la espera de una
respuesta.

—No, él no fue. —Katie me observó detenidamente—. ¿Qué
ocurrió en Dublín, Merry? Sé que tuvo que ver con Bobby. Estaba obsesionado contigo desde el momento en que te vio por primera vez.

—Por favor, Katie, ahora no puedo hablar de ello. Simplemente no puedo.

—Pero él fue la razón por la que te fuiste, ¿verdad?

—Sí. —Se me saltaron las lágrimas al pronunciar la palabra.

—Ay, Merry. —Katie me tomó las manos entre las suyas—. Ahora yo estoy aquí, y lo que fuera que ocurrió entonces ha quedado en el pasado. Estás a salvo de vuelta en casa conmigo.

Apoyé la cabeza en el pecho de mi hermana y me tragué las lágrimas; sabía que una vez que empezaran no pararían nunca. Debía mantener la compostura por mis hijos. Había una última pregunta que necesitaba formular.

—¿Ha...? ¿Lo has visto por aquí desde que me fui? Me preguntaba si vuelve para ver a su madre. Grace, se llamaba, ¿no?

—En el funeral, Helen Noiro me dijo que su madre había fallecido hacía mucho, y en cuanto a Bobby, solo lo vi una vez, y fue poco después de que desaparecieras de la faz de la tierra. Entró en la granja arrasando con todo, quería saber si te habíamos visto. Cuando le dijimos que no, no nos creyó, y registró la casa enfurecido, abriendo todos los armarios, mirando debajo de las camas, hasta que apareció papá... Tuvo que amenazarlo con la escopeta... Bobby daba miedo, Merry. Aquella rabia... era como si estuviese poseído.

—Lo siento mucho, Katie. En el piso de Ambrose hizo lo mismo.

—Pero ¿tú no estabas?

—No, ya me había ido. No tuve elección, Katie.

—Bueno, en parte me alegro de que te esfumases, Merry, porque pensé que, si te encontraba, te mataría. Aunque me habría gustado enterarme antes de si estabas viva o muerta, claro.

—No solo amenazaba con matarme a mí, Katie... —Negué con la cabeza—. Te prometo que te lo contaré todo, pero no ahora, ¿vale?

—Claro, y espero que lo que te he contado hoy te haya ayudado de algún modo. Aquí las viejas cicatrices nunca parecen sanar, ¿verdad? Es muy injusto que se impongan a la generación siguiente. A Irlanda se le ha dado demasiado bien mirar a su pasado, pero ahora diría que se nos va dando mejor mirar al futuro. Las cosas por fin avanzan.

—Sí. —Hurgué en un bolsillo en busca de un pañuelo—. Lo percibo de verdad. Aunque una parte de mí aún quiere ver carros con ponis en las carreteras, y las antiguas casitas de campo en lugar de todos esos chalets modernos, el progreso es bueno.

—Entonces ¿no sabes dónde está, Merry?

—No. He buscado en los archivos de Dublín y Londres para ver si averiguaba si sigue vivo, pero no hay un solo Robert o Bobby Noiro registrado como fallecido desde 1971. Así que, a menos que se mudara al extranjero y muriera, sigue con vida en alguna parte.

—¿Y eso te da miedo?

—Ni te imaginas cuánto, Katie. Él fue en parte la razón por la que decidí emprender mi Gran Gira después de que muriera mi marido. Pensé que era hora de dejar el pasado atrás.

—¿Tu marido estaba al tanto?

—No. Me moría por contárselo, pero conociendo a Jock, habría ido tras él y toda la pesadilla habría vuelto a empezar. Yo solo quería comenzar de cero. Aún no se lo he contado a mis hijos, pero ahora voy a tener que hacerlo, Katie. Los dos piensan que últimamente he perdido la cabeza, y tampoco les falta razón. Lo raro es que, mientras yo buscaba a Bobby, otras personas intentaban dar conmigo —confesé—. Y creí...

—Que Bobby volvía a perseguirte. Jesús —Katie alzó las cejas—, desde luego has llevado una vida más interesante que yo. ¿Y quiénes son esas personas que te buscan?

—Esa historia sí que es para otro día. —Eché un vistazo a mi reloj—. Mis hijos volverán enseguida. Por favor, no les digas de qué hemos estado hablando esta mañana. Cuando averigüe qué ha sido de él, lo haré yo.

—Solo diré que hemos hablado de los viejos tiempos, lo cual es verdad. Llévatelo, Merry. —Señaló el árbol genealógico—. Échale un vistazo con más atención en otro momento...

Llamaron a la puerta.

—¡Pasad! —dije.

—Hola, mamá, ¡qué olas tan fantásticas! —dijo Jack, que entró en la habitación con Mary-Kate. Posó la mirada en Katie, que sonrió y se puso de pie.

—Hola, chicos. Soy vuestra tía Katie, perdida hace mucho tiempo, ¿y vosotros sois...?

—Yo soy Jack.

—Y yo, Mary-Kate. Así que ¿eres la hermana por la que me llamaron así?

—Eso es.

Sonreí mientras Katie abrazaba a Jack y luego a Mary-Kate.

—Menudo legado te ha tocado: llevas el nombre de las dos. Seguro que has sacado las mejores cualidades de tu tía y los peores defectos de tu madre. —Katie guiñó un ojo a mi hija.

—Yo no tengo defectos, ¿a que no, niños?

—Claro que no, mamá —dijo Jack, y tanto él como Mary-Kate pusieron los ojos en blanco.

—Tal vez vosotros dos podáis contarme más sobre lo que ha estado haciendo mi traviesa hermanita durante los últimos años. —Katie soltó una risita.

—Eso está hecho, ¿verdad, Jacko? Me encanta el color de tu pelo —añadió Mary-Kate.

—Ah, gracias. Aunque dentro de poco voy a tener que recurrir a las raíces pelirrojas de bote. Cuando era más joven quería los rizos rubios de tu madre. Bueno, me muero de hambre. ¿Nos damos el gusto de un poco de pescado recién sacado del mar en An Súgán, en el pueblo? —propuso.

Durante la comida, en un pub-restaurante muy bonito de Clonakilty, Katie los entretuvo con historias de nuestra infancia, algunas de las cuales Jack ya había oído.

—Siempre fue la más lista, ¿sabéis?, y ganó una beca para recibir una educación como es debido en un internado de Dublín.

—Cuando se hizo mayor, ¿salió con muchos chicos? —preguntó Mary-Kate.

—Yo diría que a tu madre le interesaban más los libros que los chicos.

—Pero vuestra tía siempre fue más de chicos. Siempre había algún muchacho rondándola —la pinché, deleitándome en el ambiente relajado después de la tensión de nuestra conversación anterior.

Para cuando Katie nos acompañó hasta el hotel, me sentía exhausta.

—El tío John ya se ha puesto en contacto con nosotros: todos los que vivimos por la zona estamos invitados a la granja el domingo por la noche, nietos incluidos. ¿Tú aún no te animas a tener niños, Jack?

—Es que todavía no he encontrado a la mujer adecuada para que sea su madre. —Jack se encogió de hombros—. Adiós, Katie. Ha sido un placer conocerte.

—Igualmente. Nunca creí que llegaría este día. —Se volvió hacia mí—. Llámame, Merry, y hablamos un poco más, ¿vale?

—Sí, gracias, Katie.

Ya en el vestíbulo, les dije a los chicos que iba a descansar un poco, y le di a Jack las llaves del coche.

—Salid a explorar, pero más vale que de momento no os salgáis de las carreteras principales; por aquí no son muy dados a los letreros.

—Vale. ¿Estás bien, mamá? —me preguntó Jack.

—Sí, muy bien, cariño. Os veo luego.

Una vez en la habitación, saqué el árbol genealógico de la carpeta que me había dejado Katie. Me lo llevé a la cama y estudié los nombres que aparecían en él. Incluso entonces, sabiendo que no tenía lazos de sangre con ninguno de ellos, me di cuenta de que el terrible legado de la guerra y la pérdida que había dejado Nuala había alterado de forma radical el curso de mi vida.

Entonces pensé en Tiggy; en que había dicho que, aunque a ella y a sus hermanas a veces les había costado asimilar los viajes al pasado que habían hecho, aquello había cambiado su vida a mejor. Solo deseaba que también fuera así para mí, porque, de forma instintiva, todo mi cuerpo me decía que las respuestas a las preguntas que me formulaba se hallaban en West Cork.

Si al menos supiera dónde estaba él…

Sonó el teléfono del hotel que había junto a la cama y lo cogí.

—¿Hola? —contesté con vacilación, al tiempo que hacía un recuento mental de la gente que sabía que estaba allí.

—Mary, querida —oí el tono entrecortado de Ambrose—. ¿Cómo te está sentando la vuelta a casa?

—La mar de bien —dije, sonriendo al auricular—. Acabo de estar con Katie… Oh, Ambrose, ha sido maravilloso verla.

—Me alegro por ti, Mary. Solo llamaba para decirte que he encontrado la dirección que buscabas. Y deja que te diga que ha sido toda una sorpresa. —Ambrose rio por lo bajo—. He enviado tu carta de inmediato. Veremos si responde.

—Yo… ¡madre mía! Gracias, Ambrose, ¡no puedo creer que lo hayas encontrado!

—Es lo menos que puedo hacer por ti, Mary. Avísame cuando vayas a volver a Dublín.

—Por supuesto, Ambrose, y gracias. Adiós.

Colgué el teléfono con el corazón acelerado, y volví a echar de menos que Jock estuviera allí a mi lado. Pero…

«¿Por qué no se lo contaste nunca, Merry?»

«Lo veías como la segunda opción, un lugar en el que refugiarte…»

En retrospectiva, me daba cuenta de que había estado demasiado preocupada añorando un amor que había perdido, un amor que había sido tan apasionado, excitante y prohibido que de verdad creía que nunca volvería a vivir nada parecido. Y, por el hecho de perderlo, lo había magnificado como una especie de gran flechazo…

Había aconsejado y consolado a mis dos hijos durante sus distintas rupturas con personas a las que consideraban el amor de su vida, pero habían acabado recuperándose y siguiendo adelante.

A su edad, yo no había tenido a nadie que me consolara… Ambrose no era el tipo de persona a la que podía acudir con asuntos del corazón. Y en cuanto a Katie… Sabía que mi familia y ella nunca lo aprobarían debido a quién era él. Y, con lo ocurrido después, no había «pasado página», como dirían los chicos.

Y todo el tiempo había estado Jock, que me había querido muchísimo y siempre me había protegido.

Y ahí estaba yo, añorándolo tanto que me dolía físicamente.

Bueno, pensé, tal vez el cierre que siempre había querido estuviera a mi alcance…

Sin embargo, lo cierto era que lo que había descubierto desde que me había marchado de Nueva Zelanda no era amor verdadero por él, sino por mi marido.

Atlantis

H ay noticias de Irlanda? —preguntó CeCe cuando Ally entró en la cocina.

—No, nada. Tanto Merry como Mary-Kate y Jack tienen el número de Atlantis y de nuestros móviles, así que la pelota está en su tejado.

—Pero, Ally, dijiste que debíamos salir el jueves por la mañana como muy tarde para tener alguna posibilidad de llegar a Grecia y depositar la corona de Pa el próximo sábado. Lo que significa que tienen que estar todos en Niza a mediados de la semana que viene para unirse a nosotras en el *Titán*. ¿No podemos llamarlos nosotras? —dijo CeCe en tono acuciante.

—No —repuso Ally con firmeza—. Tiggy dijo que hay cosas que Merry y Mary-Kate tienen que descubrir, y no deberíamos interferir.

—Si te soy sincera, creo que Mary-Kate no nos acompañará. —Maia suspiró.

—Además, la única persona que realmente podría confirmar que se trata de ella es Pa. Y está muerto. —CeCe alzó la cabeza y vio que sus hermanas se encogían ante sus palabras—. Lo siento, pero es así, y este viaje es para que nos despidamos de él como es debido. Me refiero a que a Chrissie y a mí nos gustó mucho Mary-Kate; es encantadora y tiene la edad apropiada para ser la hermana perdida, pero ella, y su familia, ni siquiera lo conocían... Hola, Ma —dijo CeCe cuando entró.

—Hola, chicas, yo... Dios mío, Claudia ha tenido que ir a visitar a un familiar enfermo. Christian la ha llevado a Ginebra en la lancha. Lo que significa que tendremos que sobrevivir en el plano doméstico sin ella.

—No debería ser un problema, Ma —contestó Ally—. Ya somos todas capaces de cocinar.

—Lo sé, pero como vienen los demás, bueno, no sé cómo sobreviviré yo sin ella —reconoció Ma—. No podría haber pasado en peor momento. Si vienen todas vuestras parejas, seréis al menos once, además de Bear, Valentina y el pequeño Rory de Star.

—En serio, Ma, todo irá bien. —Le ofreció una silla—. Siéntate, por favor, estás muy pálida.

—Seguro. No creo que ninguna de vosotras se dé cuenta de cuánto dependo, y cuánto depende esta casa, de Claudia.

—Piensa que la mayoría se unirán a nosotras en Niza —dijo Ally—. Ya verás como Claudia habrá vuelto para cuando regresemos a Atlantis después del crucero.

—Será divertido, Ma —intervino CeCe—. Podemos poner una lista de tareas en la nevera, como hacíamos para fregar los platos cuando éramos pequeñas.

—Tú siempre conseguías escaquearte, CeCe —se mofó Maia.

—Y sigue haciéndolo, no te preocupes —dijo Chrissie.

—Creo que cada una deberíamos encargarnos de una noche y preparar un plato de donde vivimos ahora —propuso Maia.

—El día que le toque a Electra comeremos perritos calientes. —Ally rio—. ¿Ves, Ma? Será divertido. ¿Necesitas que hagamos algo?

—No, gracias, Ally. Todas las habitaciones para los invitados están listas, y Claudia me ha dicho que ha dejado un salmón fuera para esta noche. —Ma miró a las cuatro mujeres—. ¿Alguien sabe cómo cocinarlo?

—Creo que es mi noche en la lista. —Ally sonrió—. El pescado es un alimento de primera necesidad en Noruega.

—Solo quería que tuvieseis un descanso de la vida ajetreada que lleváis, que os sintierais cuidadas aquí en casa. —Ma suspiró.

—Tal vez seas tú quien debería tomarse un descanso —contestó Maia, apoyándole una mano en el hombro.

—Chrissie y yo vamos a bañarnos en el lago. ¿Se viene alguien? —preguntó CeCe—. ¡Chrissie fue campeona regional!

—Puede que saque la Laser y os eche una carrera —la retó Ally—. Pero primero deja que te ayude con los platos, Maia.

Solas en la cocina, las dos hermanas cogieron de forma natural el ritmo de fregar y secar.

—¿Cuándo sale Floriano de Río con Valentina? —preguntó Ally.

—Pasado mañana. Ya sé que es ridículo, Ally, pero estoy nerviosa.

—¿Por qué?

—Porque hablamos de casarnos y formar una familia, pero…, bueno, no de inmediato. No estoy segura de qué va a decir. Y también está Valentina. Está tan acostumbrada a tenernos para ella sola que es posible que no le guste la idea de un hermano pequeño.

—Maia, entiendo que te ponga nerviosa contárselo a Floriano, pero no creo que haya muchas niñas de siete años a las que no les encantaría tener un bebé de carne y hueso con el que jugar. Estoy segura de que le encantará.

—Tienes razón, Ally, y perdóname por preocuparme por eso cuando tú no pudiste compartir tu embarazo con Theo.

—Tranquila, lo entiendo. Aunque ya lo he reconocido delante de ti, ahora que están a punto de llegar todas las parejas, a mí también me gustaría tener una… Alguien en mi rincón, ¿sabes? Hoy he llamado a Thom para ver qué tal estaba Felix, y está bien, pero Thom no va a poder acompañarnos en el crucero. Bueno —Ally cambió de tema—, ¿a que Chrissie es genial? Y pone a CeCe en su sitio cuando hace falta.

—Sí, y CeCe parece mucho más relajada que nunca.

—Va a ser toda una reunión, ¿eh? —Ally sonrió—. Esperemos que todos se lleven bien.

—Tenemos que aceptar todas que con algunos no nos llevaremos tan bien como con otros, pero ocurre en todas las familias. A Pa le habría encantado vernos a todos juntos. Qué pena que no vaya a estar.

—No voy a ponerme en plan Tiggy contigo, pero estará en espíritu, estoy segura —la consoló Ally.

46

Merry
West Cork

Justo empezaba a desperezarme cuando sonó el teléfono de la habitación.

—¿Sí?

—Merry, soy Katie. ¿No te habré despertado?

—Sí, pero no pasa nada. ¿Qué ocurre?

—Me voy a trabajar, pero anoche se me ocurrieron un par de cosas después de que habláramos. Sobre Bobby y que quieras averiguar qué ha sido de él. Sigo pensando que valdría la pena contactar con su hermana pequeña, Helen. Cuando la vi en el funeral de Nuala, me dijo que se había mudado a Cork. Noiro no es un apellido común, así que es posible que la encuentres en la guía telefónica. Pregunta en la recepción; seguro que tienen una.

—Gracias, Katie. —Noté que me temblaba la voz solo de pensarlo.

—Me da la impresión de que necesitas poner un cierre a esto, Merry. Ya me contarás cómo te va. Adiós.

—Adiós.

Justo cuando había acabado de vestirme, llamaron a la puerta.

—¿Quién es? —respondí con aspereza.

—Soy yo, Jack.

Abrí la puerta y mi hijo entró negando con la cabeza.

—En serio, mamá, ¿quién iba a ser sino yo, MK o el servicio de limpieza?

—Lo siento, ahora mismo estoy un poco paranoica.

—No me digas. Hazme caso, cuanto antes expliques lo que te asusta, mejor.

—Lo haré, Jack, lo haré. ¿Bajamos a desayunar?

—Sí, pero primero quería contarte algo. Anoche, MK consultó el correo y…, bueno, encontró un correo electrónico de su madre. Me refiero a la mujer que…

—Sé a qué te refieres, Jack, no pasa nada. Supongo que estás aquí porque le preocupa que me lleve un disgusto.

—Sí.

—Vale, iré a hablar con ella.

Pasé por delante de Jack y me encaminé por el pasillo a la habitación de Mary-Kate.

—Hola, mamá —dijo, y bajó la vista al abrirme la puerta.

—Jack acaba de darme la noticia. Ven aquí. —Entré y extendí los brazos para rodearla. Cuando por fin me separé de ella, advertí que Mary-Kate tenía los ojos anegados en lágrimas.

—Es que no quiero que pases un mal rato, mamá. Me refiero a que el único motivo por el que decidí averiguarlo fue todo ese asunto de la hermana perdida.

—Lo sé, cariño, y no tienes que sentirte culpable en absoluto.

—¿Quieres decir que no te importa?

—Te mentiría si te digo que no siento cierta inquietud, pero nuestra relación siempre ha sido especial, y tengo que confiar en eso. El corazón es un espacio grande, si uno deja que así sea. Si tu madre biológica quiere formar parte de tu vida en el futuro, estoy segura de que el tuyo puede hacerle sitio ahí dentro.

Mi hija por fin me miró a los ojos.

—Uau, mamá, eres increíble. Gracias.

—Por favor, Mary-Kate, no me des las gracias, no hace falta. Pero, bueno, ¿qué decía ese correo?

—¿Quieres que te lo lea?

—¿Por qué no me das los detalles generales? —dije mientras me acercaba a una silla y me sentaba.

A pesar de lo que salía de mis labios, solo esperaba que mi corazón de verdad pudiese ser tan generoso como le había dicho a mi hija. Jack entró en la habitación, sin duda después de esperar en el pasillo hasta que oyó que estábamos tranquilas. Se sentó en la cama junto a su hermana, que había abierto el portátil para buscar el correo.

—Bueno, su nombre completo es Michelle MacNeish, y es de origen escocés, como papá. Vive en Christchurch y tenía diecisiete años cuando se quedó embarazada de mí. En resumidas cuentas, lo ignoró durante los primeros meses y le daba miedo contárselo a sus padres. Por aquel entonces, estaba a punto de entrar en la universidad, quería estudiar para ser médico… —Mary-Kate consultó el correo—. Dice «Acabé contándoselo a mis padres y, como son bastante religiosos, hubo una crisis monumental. Al final accedieron a apoyarme durante la universidad siempre y cuando tuviera el bebé y luego lo entregara en adopción».

»Continúa diciendo que no se sentía capacitada para tener un bebé tan joven, sobre todo porque el padre, su novio en aquella época, no estaba interesado en formar una familia con ella. Rompieron poco después, y al parecer mi padre biológico está casado y trabaja como gerente de una ferretería de Christchurch. En la actualidad, Michelle es una cirujana hecha y derecha, mamá. También está casada y tiene un par de niños pequeños.

—Bueno…, ¿cómo te sientes?

—¿Por el hecho de que me entregara en adopción? Aún no estoy segura, pero si te soy sincera, si me hubiese ocurrido a mí a los diecisiete, junto cuando estaba a punto de irme de casa a la universidad, creo que tampoco me habría entusiasmado quedarme embarazada. Supongo que entiendo por qué lo hizo. Al menos me tuvo —se encogió de hombros—, podría haberse deshecho de mí.

—Sí, es cierto, cariño, y gracias a Dios que no lo hizo. ¿Quiere conocerte?

—No lo ha dicho. Solo me ha preguntado si quiero responderle y hablarle un poco de mí misma. Pero dice que sin presión ni nada. Me refiero a si no quiero.

—¿Crees que le responderás?

—Puede, sí. Sería interesante acabar conociéndola, aunque no estoy desesperada ni nada parecido. Pero lo que significa este correo es que, casi seguro, no soy la hermana perdida a la que CeCe y Chrissie estaban buscando. Michelle es sin duda mi madre, y mi padre biológico también es local. Dice que hay registros hospitalarios de mi nacimiento y todo. Me da un poco de pena, la verdad; me gustaba la idea de formar parte de una gran familia de niñas adoptadas.

—Entonces, no tienes ningún parentesco con el padre adoptivo de las hermanas, aunque ellas pensaran que era posible. Por supuesto, como dijiste, es posible que el tal Pa Salt quisiera adoptarte pero mamá y papá se le adelantaran. —Jack se encogió de hombros.

—¿Te refieres a que quizá la agencia nos dio su aprobación a Jock y a mí y a él no? —pregunté.

—Algo así, sí —dijo Jack—, aunque ¿quién sabe? Pero adonde quiero ir a parar es ¿a quién le importa? Lo único relevante es si el tal Pa Salt es un pariente de verdad, ¿no?

—Cierto. —Mary-Kate se mordisqueó el labio—. Y supongo que ahora sí tengo hermanos nuevos por parte de Michelle... Qué extraño.

—Más vale que asimiles todo eso poco a poco —le dije—, y de hecho —añadí tomando una decisión—, tengo que contaros algo. Sobre mí, quiero decir. No es nada de lo que preocuparse, pero después de lo que acabas de decir es importante. Así que ¿por qué no vamos a desayunar y os lo cuento mientras comemos?

—Espera un momento —el tenedor de Mary-Kate quedó suspendido lleno de huevos con beicon entre su plato y su boca—, ¿me estás diciendo que te dejaron delante de la puerta de la casa de un cura nada más nacer? Y entonces ¿ese cura y un hombre llamado Ambrose te entregaron a su mujer de la limpieza, cuyo bebé acababa de morir, y te salvaron de una vida en un orfanato?

—Ese es más o menos el resumen, sí. Me llamaron Mary por el pobre bebé al que había sustituido.

—Y fingieron que eras ella —añadió Jack.

—Lo cual en realidad fue bueno, si no Ambrose habría escogido algún nombre griego estrafalario para mí. —Me reí por lo bajo.

—Bueno, mamá, ¿cómo llevas el hecho de que tu familia no sea tu familia, después de todos estos años pensando que lo era? —preguntó Mary-Kate.

Sonreí para mis adentros, porque era el único campo en el que mi hija tenía mucha más experiencia que yo. Y había apostado a que compartir el hecho de que yo fuera a mi vez adoptada podría ayudarla.

—Al principio supuso un impacto —dije—. Pero, un poco como tú, al encontrarme con mi hermano y con mi hermana después de todos estos años, el detalle de la sangre no me ha importado.

—¿Te das cuentas, mamá? —le dijo Mary-Kate—. No importa, ¿verdad?

—No, y sobre todo porque yo no tengo ni idea, ni Ambrose ni nadie, de quién es mi familia biológica.

Mary-Kate soltó una risita, luego se limpió los labios con la servilleta.

—Lo siento, mamá, sé que no es divertido, pero vaya cómo han girado las tornas. Yo ahora sé de dónde vengo, pero ¿no podemos ayudarte a averiguar quién eres tú en realidad?

—Cariño, con casi cincuenta y nueve años, creo que sé quién soy. A mí la genética no me importa. Aunque, al mirar atrás, sabía que yo era distinta. Cuando me fui al internado y después a la universidad, en West Cork solían bromear con que era la hermana perdida, no solo por el mito griego, como Bobby, sino porque ya no estaba en casa. Y luego desaparecí de verdad durante treinta y siete años.

—Cuántas coincidencias, ¿no? —dijo Mary-Kate—. Me refiero a que toda esa familia piensa que estoy emparentada con ellas pero en realidad la hermana perdida eras tú.

—Sí —suspiré—, pero de momento preferiría que nos olvidáramos de ellas. Intentemos disfrutar de estar los tres aquí, en esta bonita parte del mundo, y de tener la oportunidad de conocer de nuevo a mi familia.

—¿Se lo contarás a tus hermanos, mamá? —preguntó Jack—. ¿Lo de cómo fuiste a parar en su familia?

—No —dije, con una seguridad sorprendente—. No creo que lo haga.

Los tres pasamos el resto del día recorriendo en coche la costa, y disfrutamos de una comida relajada en el bar Hayes, con vistas a la bahía de Glandore, casi mediterránea. Regresamos cruzando el pueblo de Castlefreke, cuyo castillo en ruinas se alzaba en el espeso bosque, y les conté las historias de fantasmas que me habían contado mis padres sobre él. Desviándonos por los caminos secundarios de la costa, encontramos una calita desierta cerca de un pueblo llamado Ardfield, y mis dos hijos se pusieron los trajes de neopreno de inmediato y corrieron hasta el mar helado.

—¡Vente, mamá! ¡El agua está increíble!

Negué con la cabeza perezosamente y me tumbé en los guijarros con el rostro al sol, que hacía una amable y rara aparición. Nunca les había contado que no sabía nadar y que el océano me daba un miedo espantoso, como a muchos irlandeses de mi generación. Pero habían cambiado un montón de cosas desde entonces y, tras cientos de años de estancamiento, parecía que Irlanda se estaba reinventando en todos los sentidos. La pobreza y las privaciones que había padecido yo cuando era más joven parecían haber disminuido de manera considerable. La Iglesia católica —cuyo papel en mi educación había sido importantísimo— había perdido su férreo control, y la frontera dura entre el norte y el sur había caído después de la firma del Acuerdo de Viernes Santo, en 1998. El Acuerdo incluso se había votado en referéndum en toda Irlanda. Y, por encima de todo, se había mantenido durante diez años.

Cogí un guijarro e, incorporándome, lo apreté en mis manos. Fuera quien fuese yo en realidad, no cabía duda de que había nacido en esa tierra. Para bien o para mal, gran parte de mí siempre pertenecería a ese lugar, a esa isla bonita pero turbulenta.

—Tengo que saber qué le ocurrió antes de que me marchase —murmuré.

Entonces vi que mis hijos corrían hacia mí, así que cogí sus toallas y eché a andar hacia ellos.

De vuelta en el Inchydoney Lodge, mientras los chicos iban al pub a por chocolate caliente, pregunté al recepcionista si podía prestarme una guía telefónica. Me la llevé a uno de los cómodos sofás y, con manos temblorosas, encontré la N.

—No… Nof… Nog… Noi…

Mi dedo aterrizó en el único Noiro de la lista. Y la inicial era H. El corazón me latía con fuerza, y anoté el número y la dirección.

—Ballinhassig —me dije a mí misma; el nombre me resultaba familiar. Devolví la guía a la recepcionista y le pregunté si sabía dónde estaba Ballinhassig.

—Claro, es un pueblo pequeño, bueno, ni siquiera un pueblo, queda a este lado del aeropuerto de Cork. Aquí. —La mujer, cuya placa decía que se llamaba Jane, cogió un mapa de West Cork y lo señaló.

—Muchas gracias.

Luego me dirigí al pub para reunirme con mis hijos y tomar una taza de té.

—Mamá, MK y yo estábamos pensando que mañana por la mañana podríamos ir a Cork a echar un vistazo, si te parece bien —dijo Jack—. ¿Te apetecería venir?

—Puede. En realidad, hay una amiga que vive cerca de allí a la que quiero visitar. La llamaré. Podría dejaros en la ciudad e irme a verla. ¿Vale?

Ambos asintieron y los tres subimos a nuestras habitaciones para arreglarnos antes de la cena. Saqué el papelito del bolso, me senté en la cama y lo dejé, nerviosa, junto al teléfono. Al levantar el auricular para marcar el número de Helen Noiro, vi que me temblaban las manos.

«Seguro que ni contesta», dije para mis adentros.

Pero lo hizo una voz femenina, tras solo dos tonos.

—¿Hola?

—Ah…, eh…, hola —contesté, deseando haber ensayado lo que iba a decir—. ¿Eres Helen?

—Sí. ¿Con quién hablo?

—Me llamo Mary McDougal, pero es posible que me recuerdes como Merry O'Reilly. Vivíamos bastante cerca cuando éramos jóvenes.

Se produjo una pausa en la línea.

—Claro que te recuerdo —dijo Helen al fin—. ¿Qué puedo hacer por ti?

—Bueno, he pasado mucho tiempo en el extranjero y estoy visitando a... viejos amigos. Mañana por la mañana iré a la ciudad y me preguntaba si podría pasarme por tu casa.

—Mañana por la mañana... Espera, que compruebo una cosa... Vale, tengo que estar fuera al mediodía. ¿Qué tal a las once?

—Me parece perfecto.

—Magnífico. Si vienes en coche, es fácil de encontrar; al bajar desde Cork, pasarás por el aeropuerto, entra en el pueblo siguiente y busca el garaje de la izquierda. Estoy en el chalet blanco de al lado.

—Vale, Helen, lo haré. Gracias, te veo mañana. Adiós.

Colgué y anoté las indicaciones debajo de la dirección. No sabía lo que había esperado, pero no era que Helen reaccionara como si nada a mi llamada.

Tal vez ni siquiera supiera lo que había ocurrido entre su hermano y yo. O tal vez sí y pensara que no era más que una chica del pasado a la que Bobby hacía mucho que había olvidado.

—A lo mejor sentó la cabeza, está casado y tiene varios niños —murmuré al tiempo que me levantaba.

Me puse un poco de carmín y salí de la habitación para ir a cenar.

Después de dejar a los niños en el centro de la ciudad de Cork a la mañana siguiente, volví atrás en dirección al aeropuerto. Cuando a la ida habíamos atravesado el pueblo de Ballinhassig, había echado un vistazo y localizado el garaje que había mencionado Helen. Menos de veinte minutos después lo vi de nuevo.

Tenía al lado un pequeño chalet blanco, y paré en el camino de entrada, junto al que había un intento de jardín.

Apagué el motor y de pronto deseé que me acompañase alguien. ¿Y si Bobby vivía con su hermana? ¿Y si estaba dentro de ese chalet anodino y se abalanzaba sobre mí, me apuntaba con un arma a la garganta...

Envié al cielo una breve oración de protección, luego abrí la puerta del coche y me dirigí a la entrada. Probé con el timbre, pero no funcionaba, así que llamé con los nudillos. Unos segundos más tarde, una mujer vestida con un elegante traje azul marino, el pelo oscuro y brillante cortado en una melena bob y maquillaje perfecto, me abrió la puerta.

—Hola, Merry… Todo el mundo te llamaba así en los viejos tiempos, ¿no? —dijo mientras me hacía pasar.

—Pues sí, y aún lo hacen.

—Pasa a la cocina. ¿Qué prefieres, té o café?

—Me sentará bien un vaso de agua —respondí, al tiempo que me sentaba junto a una mesa pequeña. La cocina era tan anodina como el chalet y ni de lejos tan elegante como su residente.

—Bueno, ¿y qué te trae por estos pagos después de tanto tiempo? —me preguntó; se sirvió café de una máquina en una taza, vino a sentarse a mi lado y me tendió un vaso de agua del grifo.

—Pensé que ya era hora de visitar a algunos amigos y a mi familia. Y bueno…

Saqué el árbol genealógico que me había dado Katie. Había decidido que el vínculo familiar que existía entre nosotras debía ser el pretexto inicial para mi visita.

—Ah, no me digas que has estado viviendo en Estados Unidos y querías volver para explorar tus raíces. Por el *duty free* pasan unos cuantos turistas que vienen en busca de ese *craic*.

—¿Trabajas allí?

—Sí. Me encargo de todas las promociones, doy a probar whisky o el nuevo queso local que tenemos a la venta. —Se encogió de hombros—. Lo disfruto y conozco a gente interesante también. Bueno, ¿qué tienes que enseñarme?

—Tal vez ya lo sepas, pero al parecer teníamos los mismos abuelos.

—Sí, mi madre me lo contó antes de morir. Me dijo que tu madre y mi padre eran hermanastros.

—Así es. —Di la vuelta al árbol y señalé los nombres de Nuala y Finn—. Si vas bajando, ahí están los padres de tu padre, y ahí estás tú. Y Bobby.

Helen movió sus uñas brillantes por el árbol.

—Significa que somos primas hermanas. Aunque, claro, tampoco es ninguna sorpresa, ¿no? Todo el mundo en la zona es primo de alguien.

—Solo vi una vez a Nuala, mi... nuestra abuela. Y fue el día del funeral de mi madre, cuando tenía once años. Nuala y Hannah se habían distanciado.

—Ah, de eso lo sé todo. Veíamos mucho a la abuela Nuala cuando éramos pequeños —dijo Helen—. Ella y el abuelo Christy estaban siempre en nuestra casa, cantando las viejas canciones fenianas. Cuando él murió, y luego mi padre, la abuela vino a vivir con nosotros. La de historias que le metió a Bobby en la cabeza... —Suspiró—. Te acordarás de cuando volvíamos andando de la escuela a casa.

—Me acuerdo. —Me costaba creer que hubiese pasado tan rápido a ese tema.

—¿Me equivoco o estabas en el Trinity College mientras Bobby estaba en el University College, en Dublín?

—Así es.

—¿Y no estuvo siempre colado por ti?

—Sí —dije, sintiendo que no podía quedarme más corta—. Hum, ¿cómo está él?

—Bueno, es una larga historia, pero seguro que ya sabías que se mezcló con los republicanos en la universidad.

—Sí.

—Jesús, el veneno que tenía dentro y las cosas con las que solía salir... —Helen me miró directamente—. ¿Te acuerdas de cómo se enfadaba? Era tan apasionado con la causa..., como él la llamaba.

—¿Murió, Helen? —pregunté, incapaz de soportar el suspense más tiempo—. Hablas de él en pasado.

—No, no ha muerto, o al menos no ha dejado este mundo. Pero, si te soy sincera, bien podría haberlo hecho. Estabas en Dublín a principios de los setenta, ¿me equivoco? Debiste de enterarte.

—Me fui de Irlanda en 1971. Bobby me dijo que iría a unas protestas en Belfast con los católicos del norte. Incluso oí una historia acerca de que estaba protegiendo a un hombre del IRA Provisional huido en Dublín.

Helen me miró con aire vacilante, luego suspiró.

—A ver, es un tema del que preferiría no hablar, pero dado que resulta que eres de la familia... Espera.

Obedecí, habría sido incapaz de marcharme aunque me lo hubiese pedido. Me sentía debilísima y, pese a que tenía el cuerpo inmóvil, notaba que la sangre me corría por las venas a toda velocidad.

—Toma, lee esto —dijo al volver, y me tendió una hoja de papel.

Vi que era una página de un periódico viejo, con fecha de marzo de 1972.

ESTUDIANTE DE LA UCD ENCARCELADO POR INCENDIAR UNA VIVIENDA PROTESTANTE

Bobby Noiro, estudiante de veintidós años de Política Irlandesa en la UCD, ha sido condenado a tres años de cárcel por incendiar una casa en Drumcondra. Noiro afirmó ser miembro del IRA Provisional y se declaró culpable. La vivienda no se hallaba ocupada en el momento de los hechos y no hubo víctimas.

Durante la lectura de la sentencia, Bobby Noiro intentó zafarse de los guardas y tuvo que ser inmovilizado. En el forcejeo, gritó consignas del IRA y amenazó a miembros destacados del Partido Unionista Democrático, el DUP.

Al dictar la pena, el magistrado Finton McNalley dijo que tenía en cuenta la juventud de Noiro y el hecho de que podría haberse visto influenciado por su grupo social.

El juez McNalley también hizo referencia al hecho de que nadie resultase herido por el fuego. El IRA Provisional ha negado cualquier participación en el ataque.

—Helen —levanté la vista—, no sé qué decir.

—¿Te sorprende?

—Si te soy sincera, no. ¿Lo soltaron cuando cumplió los tres años?

—Bueno, cuando mi madre fue a verlo por primera vez a la cárcel, volvió destrozada, llorando a lágrima viva. Dijo que Bobby no había parado de despotricar, y los guardias habían tenido que llevárselo. «No está bien de la cabeza, igual que tu padre», recuerdo que me dijo. Y, claro —Helen suspiró—, causó tantos conflictos en la cárcel que lo trasladaron a una de máxima seguridad, donde podrían controlarlo mejor. Cuando lo soltaron, trataron de reinsertarlo en la sociedad, pero acusó a uno de los hombres del centro de reinserción de ser un «protestante hijo de puta» e intentó estrangularlo. Después de eso, lo evaluaron y le diagnosticaron esquizofrenia paranoide. Lo trasladaron al hospital psiquiátrico de Portlaoise en 1978. No ha salido desde entonces —dijo en tono sombrío—, ni lo hará. Después de que muriera mi madre, fui a verlo. No estoy segura de que me reconociera, Merry. Se quedó allí sentado llorando como un bebé.

—Yo… lo siento mucho, Helen.

—Resulta que la locura viene de familia. Esto no lo sabrás, pero Cathal, nuestro padre, se suicidó; prendió fuego al granero y se colgó dentro. Mi madre también me dijo que nuestro tío abuelo Colin, el hermano de Christy, estaba loco de atar y acabó en el manicomio. Por eso se fue Christy a vivir a la granja después de que su madre muriera de gripe y creció con Nuala y sus hermanos.

—Bobby me contó que vuestro padre había muerto en el incendio de un granero —dije en voz baja—. Tal vez eso fue lo que le contó tu madre.

—Sí, nos lo contó a los dos, Merry, aunque yo no era más que un bebé cuando ocurrió. ¿Alguna vez Bobby…? No sé cómo expresarlo. ¿Te hizo daño o te amenazó?

—Sí que lo hizo, sí. —Las palabras salieron de mi interior como una roca que había contenido un río de emociones—. Descubrió… algo que había hecho yo que él no aprobaba. Tenía una pistola, Helen, me dijo que se la habían dado los del IRA Provisional. Me apuntó a la garganta… y… me dijo que si seguía viendo a ese chico que no le gustaba…, haría que la gente a la que conocía en la organización terrorista los disparase a él y a toda mi familia.

—¿Y le creíste?

—¡Por supuesto, Helen! Por aquel entonces la peor época del conflicto norirlandés no había hecho más que empezar. En Dublín la tensión era cada vez mayor, y yo sabía lo vehemente que era Bobby acerca de que devolvieran el norte a la República de Irlanda, y conocía su ira por cómo trataban a los católicos al otro lado de la frontera. Se había unido a uno de los grupos estudiantiles más radicales de la UCD y siempre estaba pidiéndome que lo acompañara a las protestas.

—Merry, creo que debió de utilizar la pistola de Finn, el primer marido de nuestra abuela Nuala. Ella la guardó y la pasó a nuestro padre, Cathal. Cuando él se suicidó, pasó a manos de Bobby. Así que supongo que no mentía cuando te dijo que se la había dado el IRA, pero está claro que no fue durante los conflictos recientes. Esa pistola tenía noventa años, Merry, y dudo que Bobby supiera cómo cargarla, mucho menos dispararla.

—¿Estás segura, Helen? Te juro que estaba implicado en lo que ocurría en aquella época.

—Como estudiante rebelde, es posible, pero no más. De haber sido como dices, el IRA Provisional se habría enorgullecido mucho de atribuirse el incendio de una casa protestante en Dublín. Cuando vine para estar con mamá durante el juicio, conocí a uno de sus amigos de la UCD. Estuvimos charlando, y Con me contó que todos los que lo conocían estaban preocupados por su salud mental. Había perdido a su chica, que, ahora me doy cuenta, ¿podrías ser tú?

—Yo..., es probable, pero, Helen, yo nunca fui «su chica». Me refiero a que Bobby era un amigo de la infancia —suspiré—, pero allá adonde yo fuera, él siempre parecía estar allí. Mi amiga Bridget solía decir que era mi acosador.

—Eso encaja con Bobby, sí —dijo Helen—. Tenía fijaciones, creía que eras su chica y que él formaba parte del IRA Provisional. Pero estaba todo en su cabeza, Merry, y los psiquiatras con los que he hablado desde entonces me han dicho que era parte de sus delirios.

—Yo jamás le envié ningún tipo de señal de que quisiera estar con él de un modo romántico, Helen, te lo juro. —Me tragué las lágrimas—. Pero él no aceptaba un no por respuesta. Y entonces, cuando descubrió lo mío con mi novio, y que él era protestante, dijo que nos mataría a los dos y a nuestras familias. Así que me fui de Irlanda. Desde entonces he vivido atemorizada, porque me dijo que él y sus amigos me perseguirían hasta dondequiera que intentase esconderme.

—Marcharte fue probablemente lo más sensato. —Helen asintió—. No cabe duda de que Bobby era un hombre violento cuando pasaba por uno de sus episodios. Pero lo de que sus amigos terroristas del IRA te perseguirían… era un disparate. Su amigo Con me lo confirmó. Cuando la policía entrevistó a uno de los miembros reales del IRA Provisional después del incendio, este juró y perjuró que nunca había oído hablar de Bobby Noiro. —Helen dio un sorbo al café; sus ojos reflejaban compasión—. Entonces te fuiste, pero ¿qué fue de tu novio? Al ser protestante y todo eso… era como un capote rojo para un toro como Bobby.

La roca había vuelto a instalarse en mi estómago, y apenas podía hablar.

—Perdimos el contacto —logré articular, porque esa era otra historia—. Me casé con otra persona y fui feliz en Nueva Zelanda.

—Ah, qué bien que encontrases marido y un hogar, vaya —dijo Helen—. Bueno, Merry, tienes todo el derecho a estar disgustada. —Alargó la mano para apoyarla en la mía—. Lo que te hizo pasar Bobby fue horrible —continuó—, pero las señales siempre estuvieron ahí, ¿no? Como en aquellos paseos de vuelta a casa, cuando echaba a correr como un loco por el campo, se escondía en una acequia y, justo al pasar nosotras, saltaba gritando «¡Pam! ¡Estáis muertas!». Aquel juego infantil se convirtió en una obsesión, alimentada por nuestra abuela y todo lo que le contaba de la guerra. No voy a verlo a menudo, pero ahora que mi madre ha muerto, es a mí a quien informa el hospital. Sigue hablando de la revolución, como si participase en ella… —Suspiró y cerró los ojos un momento; yo inspiré hondo y me alegré de estar con alguien que entendía exactamente quién era la persona que me había perseguido durante tanto tiempo.

—¿A ti te hizo daño, Helen?

—No, gracias a Dios, no, pero yo había aprendido desde la cuna a ser invisible. Si tenía uno de sus accesos de ira, cogía y me escondía. Mi madre también me protegía; qué vida tan horrible llevó, primero con papá, que no estaba bien de la cabeza, y luego con su hijo. La recuerdo diciendo…

—¿Qué?

—Bueno, lo mucho que le había disgustado que tu madre, Maggie, no hubiese asistido al funeral de papá. Después de todo, era su hermanastro, el hijo que Nuala había tenido con Christy. Creo que por eso nunca nos dejó acercarnos a Cross Farm.

—Lo de que ciertos parientes no aparecieran en los funerales ha causado mucho dolor en la familia. —Suspiré.

—Oye, Merry, tengo que irme pronto, mi turno en el aeropuerto empieza a la una, pero ¿vendrás otra vez a verme? Estaré encantada de contestar a cualquier pregunta más que se te ocurra, claro.

—Eres muy amable, Helen, y no puedo agradecerte lo suficiente que hayas sido tan abierta y sincera conmigo.

—¿Qué sentido tendría mentir? Has pasado todos estos años viviendo con miedo, pensando que te buscaban terroristas de verdad, y sí, Bobby era una amenaza para ti entonces, pero si hubieses sabido que un año después lo encerraron y así ha seguido el resto de su vida…

—Eso lo habría cambiado todo. —Esbocé una levísima sonrisa.

—Yo no tenía ni idea de que te había acosado así, pero me mudé a la ciudad de Cork después de que muriera mi madre —dijo—. Quería empezar de cero. Ya sabes cómo va —añadió mientras nos dirigíamos a la puerta.

—Te entiendo. Entonces ¿vives sola aquí? —le pregunté.

—Pues sí, y ya me va bien así. Siempre me las apaño para escoger al tipo equivocado, pero ahora tengo mi trabajo, mis amigas y mi independencia. Cuídate, Merry, y llámame si necesitas algo. —Me dio un abrazo breve pero firme.

—Lo haré, y muchas gracias, Helen.

Me encaminé al coche con las piernas temblorosas y me desplomé al volante.

«Bobby está entre rejas, Merry. No puede volver a hacerte daño —me dije—. En todos estos años, no podía hacerte daño, y todo lo que te dijo fue producto de su imaginación…»

Arranqué, salí del camino de entrada de la casa y, a continuación, tomé el primer camino que vi. Aparqué entre dos prados grandes, salí del coche, salté la valla y avancé con paso rápido y firme entre vacas que pastaban. Amenazaba lluvia y en el cielo había nubes grises y bajas, pero me senté en la áspera hierba y empecé a sollozar.

«Se ha acabado, Merry, se ha acabado de verdad... No puede volver a hacerte daño. Estás a salvo, estás a salvo...»

Me llevó un buen rato soltar toda la tensión llorando, después de haberla contenido durante treinta y siete largos años. Pensé en todo lo que había perdido por ello...

—Y encontrado —susurré, al pensar en mis adorados hijos y en mi querido, queridísimo Jock, que me había cogido en sus capaces brazos y me había envuelto en un manto de amor y seguridad.

Al mirar el reloj, vi que era casi la una y llegaba tarde a comer con mis hijos.

—¡Los niños! —musité al tiempo que me sacudía la ropa y me encaminaba hacia el coche—. Por el amor de Dios, ¡que Jack tiene treinta y dos años!

Decidí que era un chico mayor perfectamente capaz de coger un taxi para volver al hotel; lo llamé y le dije que tenía migraña —lo cual tampoco era mentira, porque me martilleaba la cabeza—, y conduje despacio de vuelta a Clonakilty. Cuando dejaba Bandon atrás, vi la curva hacia Timoleague y la tomé de forma instintiva. Había un sitio al que quería ir.

Avancé por aquellas calles conocidas y aparqué junto a la iglesia. Era un edificio enorme para un pueblo tan pequeño, y había algo conmovedor en la diminuta iglesia protestante de piedra situada justo debajo y, más allá, las ruinas del convento franciscano que se alzaban en medio del agua.

—Cuánto dolor han causado las distintas formas en que rendimos culto a Dios —dije en voz alta.

Luego entré en la iglesia donde había rezado y asistido a misa todos los domingos, y donde había visto a mi madre en su ataúd.

Recorrí el pasillo, hice una genuflexión de manera automática ante el altar y acto seguido giré a la derecha, donde se alzaba un soporte lleno de velas votivas, cuyas llamas titilaban con la corriente que se colaba por las antiguas ventanas. Encender una por mi madre me reconfortaba siempre que volvía del internado. Ese día hice lo mismo, y luego dejé caer unos céntimos más en la caja y encendí otra por Bobby.

«Te perdono, Bobby Noiro, por todo lo que me has hecho pasar. Siento que hayas sufrido constantemente.»

A continuación, encendí una por Jock. Él era protestante de nacimiento, pues provenía de una familia presbiteriana escocesa. Nos habíamos casado en la iglesia del Buen Pastor, junto al lago Tekapo, a los pies del magnífico monte Cook. Era un templo interdenominacional, pues daba la bienvenida a practicantes de todas las fes. Por aquel entonces me costaba creer que existiese tal cosa, pero que fuese así hizo el día aún más maravilloso. Habíamos invitado a un pequeño grupo de amigos y a la familia cordial y adorable de Jock, y la ceremonia había sido sencilla pero preciosa. Después celebramos un cóctel en el hotel Hermitage, donde nos habíamos conocido y habíamos trabajado juntos.

Fui a sentarme en un banco y agaché la cabeza para rezar.

—Querido Dios, dame fuerzas para dejar de vivir atemorizada y para sincerarme con mis hijos…

Acabé saliendo al cementerio de la iglesia, donde habían enterrado a generaciones de la familia que creía que era la mía. Fui a la tumba de mi madre y me arrodillé en la hierba. Vi un ramo de flores silvestres en un jarrón y me imaginé que era de alguno de mis hermanos. Junto a ella se hallaba la tumba de mi padre, cuya lápida estaba menos erosionada.

—Mamá —susurré—, sé todo lo que hiciste por mí y cuánto me querías, aunque no fuese de tu sangre. Te echo de menos.

Deambulando por las hileras, vi las tumbas de Hannah y su esposo, Ryan, luego la de Nuala. Habían enterrado a mi abuela junto a Christy y el resto de nuestro clan, no con su amado Finn en Clogagh. Recité una oración, esperando que todos ellos descansaran en paz.

Tras vagar entre las tumbas, busqué la lápida del padre O'Brien, pero no la encontré. Conduje de vuelta con la mente curiosamente en blanco. Como si, al permitirme a mí misma reconocer el trauma que había sufrido y sus efectos físicos y mentales a lo largo de las décadas, tal vez pudiera empezar a sanar al fin.

—Se acabaron los secretos, Merry… —me dije cuando llegué al hotel, aparqué y entré.

Tenía una nota en el casillero que decía que los chicos ya habían vuelto de Cork. Fui a mi habitación y me bebí un dedo de whisky. Había llegado el momento. Llamé a Mary-Kate y a

Jack para que vinieran a mi habitación, y cerré la puerta a nuestra espalda.

—¿Qué pasa, mamá? Pareces muy seria —dijo Jack cuando les indiqué que se sentaran.

—Así me siento. Esta mañana he ido a ver a una persona y, tras hablar con ella, he decidido que, bueno, tenía que contaros un poco más acerca de mi pasado.

—Sea lo que sea, no te preocupes, mamá, lo entenderemos —dijo Mary-Kate—. ¿Verdad, Jacko?

—Por supuesto. —Jack me sonrió de manera alentadora—. Venga, mamá, cuéntanos.

De modo que les conté la historia de Bobby Noiro, y de que había ido a la universidad en Dublín cuando yo estaba en el Trinity.

—El Trinity era, y sigue siendo, una universidad protestante, y el University College era católico —expliqué—. En la actualidad, claro, poco importa, pero por aquel entonces, cuando estaba empezando el enfrentamiento, «The Troubles», como lo han llamado siempre en Irlanda, era muy importante. Sobre todo para alguien como Bobby Noiro, que se había criado en un hogar con un odio intrínseco hacia los británicos y lo que él y muchos republicanos irlandeses consideraban el robo de Irlanda del Norte para sus ciudadanos protestantes. Los católicos que acabaron atrapados en la frontera del norte recibían un mal trato y siempre eran los últimos de la cola para acceder a una nueva casa o un puesto de trabajo. —Hice una pausa, me costaba simplificar una historia tan importante—. En fin, me instalé muy bien en la universidad y me encantaba; con Ambrose enseñando en Clásicas, y yo estudiando lo mismo, seguir sus pasos para mí fue de cajón, como diríais vosotros dos. Sin embargo, a Bobby no le parecía bien; creo que lo mencioné cuando os conté la historia de mi infancia en West Cork, Jack.

—Sí, y parecía un niño muy raro.

Entonces les conté lo que había ocurrido en Dublín.

—Todos estos años he vivido temiendo que me encontrase o enviase a sus amigos del IRA a buscarme. Sé que suena ridículo, pero me aterraba. —Tragué saliva—. Y como os he dicho, fue a la cárcel por prender fuego a la casa de una familia protestante. Bueno, por eso me fui de Irlanda y acabé en Nueva Zelanda.

Mary-Kate se acercó, se sentó a mi lado al borde de la cama y me rodeó con el brazo.

—Tuvo que ser terrible para ti pensar que seguía buscándote durante todos estos años, pero ya se ha acabado, mamá. No puede volver a hacerte daño, ¿verdad?

—No puede, no. Me he enterado hoy en realidad.

—¿Por qué no nos has contado nunca nada de esto? —preguntó Jack.

—Seamos sinceros, aunque lo hubiese hecho, ¿habríais tenido algún interés en escuchar? ¿A algún hijo le interesa realmente escuchar historias del pasado de sus padres? Yo odiaba que Bobby me diese la tabarra con la revolución irlandesa y se pusiese a cantar aquellas canciones fenianas. Mi padre y mi madre nunca contaron nada de su pasado, debido al distanciamiento familiar.

—¿Qué distanciamiento familiar? —preguntó Jack.

Para entonces estaba muy cansada.

—Es una larga historia; si de verdad os interesa, os la contaré encantada algún día. Sin embargo, mañana por la mañana os mando a los dos al Centro Michael Collins, en Castleview. Como mínimo, podréis informaros acerca del héroe local que originalmente liberó Irlanda del control británico.

Mary-Kate puso los ojos en blanco, lo que me hizo sonreír.

—¿Lo ves? —dije—. No os interesa. Pero tuvo un gran impacto en mi propia educación y en mi vida posterior, así que tendréis que aguantarlo un par de horas.

—¿Ese Michael Collins era el héroe de Bobby Noiro?

—En realidad, Jack, todo lo contrario. Bueno, vayamos a cenar algo, ¿vale? Me muero de hambre.

Cuando regresé a la habitación, vi que la luz de «mensaje» parpadeaba en mi teléfono. Era de Katie, solo para preguntar qué tal me había ido intentando dar con «tu amigo», como dijo ella.

Marqué su número de móvil, y contestó tras el segundo tono.

—¿Y bien? —dijo.

—Te lo cuento cuando te vea, pero la buena noticia es que, aunque Bobby no está muerto, no cabe duda de que nunca volverá a buscarme.

—Pues me alegro mucho por ti, Merry. Debes de haberte quitado un gran peso de encima.

—Oh, sí, Katie. Por cierto, esta tarde he pasado por la iglesia de Timoleague y he deambulado por las tumbas de la familia. He buscado la del padre O'Brien, pero no la he encontrado. ¿Sabes qué le ocurrió?

—Pues sí, Mary, de hecho, lo vi ayer mismo por la tarde.

—¡¿Qué?! ¿Cómo?

—Vive en el hogar de ancianos de Clonakilty en el que trabajo. Nunca se ha movido de la parroquia de Timoleague, aunque sé que le ofrecieron ascensos. En fin, que acabó decidiendo que se estaba haciendo demasiado viejo para seguir y se jubiló hace cinco años, cuando cumplió los ochenta. Seguro que te acuerdas de la vieja casa parroquial en la que vivía; había mucha corriente. Bueno, pues hace un año, a pesar de sus quejas de que podía cuidarse solo y quería morir en su propia cama, nos lo trajeron. ¿Te gustaría verlo?

—Oh, Katie, ¡me encantaría! ¿Está... presente?

—¿Te refieres a si le falta algún tornillo? Para nada, lo único que le traiciona es su cuerpo. La artritis lo tiene frito. Dios lo bendiga, tras tantos años viviendo en esa casa, no es de extrañar. Construyeron una nueva para el cura siguiente, protegida de ese maldito viento que hacía traquetear las ventanas.

—Entonces iré a verlo mañana por la mañana.

—Genial. Yo ahora estoy en casa de John y Sinéad horneando para la fiesta familiar del domingo.

—Katie, por favor, no hace falta que os toméis todos tantas molestias.

—No es ninguna molestia. Hace mucho que teníamos pendiente una reunión familiar, y habrá espacio de sobra para que los críos corran fuera.

—Mañana han dado lluvia.

—Ah, claro, pero al menos será lluvia cálida.

—Oh, antes de que cuelgues, me preguntaba si podría invitar a Helen Noiro a la fiesta. Quiero decir, estamos emparentadas y...

—Es una idea magnífica, Merry. Bueno, adiós, tengo que ir a ver cómo va el pastel.

Me acerqué a correr las cortinas y vi que en el suelo había un charco de agua de la lluvia que transportaba el viento, así que cerré, acallando el ruido de las olas. En la cama intenté tomar nota mental de todo lo que había descubierto ese día, pero estaba demasiado agotada y me quedé dormida enseguida.

47

La residencia de ancianos era espaciosa y tenía mucha luz, aunque en el aire persistía ese olor a desinfectante propio de los hospitales. Pregunté por Katie en la recepción y llegó llena de actividad, me sonrió y me dio un abrazo.

—Está en la sala de recreo, pero, una cosa, no le he dicho quién viene a visitarlo. Diría que le va a encantar llevarse una buena sorpresa. ¿Lista? —me preguntó cuando nos encontrábamos delante de la puerta.

—Lista.

Nos abrimos paso entre las sillas ocupadas por ancianos que charlaban o jugaban a juegos de mesa con las visitas. Katie señaló a un hombre que miraba por la ventana.

—¿Lo ves ahí, en la silla de ruedas? Lo he puesto en el rincón para que tengáis un poco de intimidad.

Estudié al padre O'Brien mientras me acercaba. Siembre había sido un hombre atractivo, mi madre y el resto de las mujeres jóvenes solían comentarlo en voz baja. El cabello oscuro se le había vuelto blanco y tenía ligeras entradas, aunque seguía siendo bastante espeso. Las arrugas del rostro le daban un aire añadido de seriedad.

—Padre, aquí está su visita —dijo Katie al tiempo que me hacía pasar delante—. Seguro que se acuerda de ella.

Los ojos azules del padre O'Brien, aún brillantes, me miraron y, poco a poco, su expresión pasó del desinterés al desconcierto y, finalmente, al asombro.

—¿Merry O'Reilly? ¿Eres tú? —Sacudió la cabeza como si estuviese soñando—. No puede ser —murmuró para sí, y apartó la vista.

—Soy yo, padre. Era Merry O'Reilly, pero ahora soy la señora Merry McDougal.

Me puse en cuclillas para mirarlo a los ojos, como hacía de niña en aquellas visitas a su casa que tanto habían significado para mí.

—Soy yo, de verdad. —Sonreí, le tomé las manos.

—Merry... Merry O'Reilly —susurró, y sentí que sus cálidas manos apretaban las mías.

—Os dejo para que charléis —dijo Katie.

Sin soltarle las manos, me levanté.

—Siento el sobresalto.

—Hacía mucho que el corazón no me latía tan rápido. —Me sonrió, me soltó las manos y señaló uno de los sillones forrados de plástico—. Por favor, acerca esa silla y siéntate.

Lo hice, y me tragué las lágrimas mientras su maravillosa calma y su presencia confiable me envolvían.

—Bueno, ¿y qué te trae por estos lares después de tanto tiempo, Merry?

—Había llegado el momento de volver a casa, padre.

—Sí.

Me miró y, con una sola mirada, sentí que él sabía todo lo que necesitaba saber sobre mí. Supuse que había pasado tanto tiempo contemplando y lidiando con el alma humana y sus complejas emociones que probablemente podía leerme la mente.

—¿Asuntos pendientes? —dijo, con lo que confirmó mi teoría.

—Sí. Me alegro muchísimo de verlo, padre. Tiene buen aspecto.

—Estoy muy bien, gracias. —Abarcó la sala con el brazo—. Es triste porque muchas de estas personas no tienen ni idea de si estamos en 1948 o 2008, así que la conversación no es grata, pero tengo todas las necesidades cubiertas —añadió enseguida—. Y el personal es maravilloso.

Siguió un largo silencio en el que los dos intentamos dar con algo que decir. Yo no tenía ni idea de si había significado tanto para él como él había significado siempre para mí.

—¿Por qué no volviste nunca, Merry? Sé que estabas en Dublín y venías a ver a tu familia a menudo. Y de repente dejaste de hacerlo.

—No, me mudé, padre.

—¿Adónde?

—A Nueva Zelanda.

—Eso está muy lejos. —Asintió—. ¿Fue porque estabas enamorada?

—Algo así, pero es una larga historia.

—Las mejores suelen serlo, y he oído muchas en el confesionario, te lo aseguro. No es que vaya a contártelas, claro. —Me guiñó un ojo.

—Por lo que me dicho Katie, por aquí le quieren mucho, padre.

—Gracias por decirlo y, sí, recibo muchas visitas que vienen a hacerme compañía, pero no es mi casa. Ay, bueno, no puedo quejarme.

—No lo es, padre, lo entiendo.

—No tengo dónde poner mis libros, ya ves, y los echo de menos. Eran un amor que compartía con mi amigo Ambrose. ¿Lo recuerdas?

Me miró y estuvo a punto de partírseme el corazón al ver el anhelo que reflejaban sus ojos.

—Sí, lo recuerdo, padre. ¿Dónde están sus libros?

—En un guardamuebles de Cork. No importa, siempre que lo necesito, tengo el buen libro a mano. —Señaló la mesita que había entre nosotros y reconocí el pequeño ejemplar de la Biblia encuadernado en cuero que siempre llevaba consigo—. Bueno, cuéntame, ¿te has casado? ¿Tienes hijos?

—Pues sí, y están los dos aquí conmigo. Los he mandado a visitar el Centro Michael Collins. Ya es hora de que conozcan la historia de su madre.

—Ese hombre y lo que hizo por Irlanda sin duda son parte de la tuya, Merry. Me entristeció enterrar a tus abuelas, Nuala y Hannah. Al final las dos suplicaron perdón a Dios por su disputa. Es una historia triste.

—Sí que lo es. Solo sé del distanciamiento entre ellas porque me lo contó Katie ayer. Por fin entiendo un montón de cosas —añadí—, y me alegro mucho de haber vuelto.

Pasaba un carrito del té, y el eco pareció cobrar volumen en la sala. Quería decirle que sabía lo que había hecho por mí hacía tantos años, cuando yo era un bebé diminuto que habían dejado en su puerta. Sin embargo, no era ni el momento ni el lugar para sacar un tema así.

—¿Qué tal estáis? —La mujer del té, con su alegre sonrisa, había llegado hasta nosotros—. ¿Té o café para alguno de los dos?

—Yo no quiero nada, gracias. ¿Padre O'Brien?

—Nada, gracias.

Se produjo una pausa mientras la mujer se alejaba empujando el café y retomamos nuestros pensamientos.

—Me encantaría conocer a tus hijos —dijo.

—Seguro que podemos arreglarlo, padre. A mí también me encantaría que los conociera. Yo...

Entonces fue Katie quien pasó toda atareada.

—¿Todo bien por aquí?

—Sí —contesté, deseando que se fuese y nos dejase un poco de tranquilidad para continuar con la conversación que sentía que los dos queríamos mantener.

—Siento interrumpir, pero es la hora de su sesión de fisio, padre —añadió ella.

Los ojos del padre O'Brien revelaron resignación.

—Claro —dijo—. ¿Puedes venir en otro momento, Merry? ¿Y traer a tus hijos?

—Por supuesto. —Me levanté y le di un leve beso en la mejilla—. Volveré, se lo prometo.

Recogí a los niños en la entrada del Centro Michael Collins.

—Uau, mamá —dijo Jack mientras se abrochaba el cinturón y nos alejábamos—, he aprendido un montón de cosas. No tenía ni idea del Alzamiento de Pascua de 1916 que provocó la revolución irlandesa contra los británicos. Irlanda se convirtió en República en 1949, ¡el año en que naciste! ¿Lo sabías?

—Sí, lo sabía, pero por aquel entonces no tenía edad suficiente para asimilar su importancia.

—Ahora entiendo por qué había tantos irlandeses alterados en aquella época —añadió Mary-Kate desde el asiento de atrás—. Jacko y yo hemos comprado un libro a medias, lo leeremos los dos, ¿verdad?

—Sí. No era consciente del papel tan importante que desempeñó la religión en todo. Nosotros ni siquiera pensamos nunca en si somos protestantes o católicos, ¿verdad, MK? —dijo Jack—. En Nueva Zelanda eso no importa.

—Bueno, aquí todavía hay católicos y protestantes intransigentes en ambos bandos —contesté.

—Lo que sorprende es que todos parezcan tan felices y amigables. Viendo a la gente a la que conoces, nunca imaginaría todo lo que ha pasado este país —comentó Mary-Kate—. El sufrimiento era terrible..., he visto lo de la hambruna de la patata y...

Escuché a mis hijos parlotear acerca de mi tierra natal y la agitación que había sufrido en el pasado. Y de repente sentí un orgullo inmenso por lo lejos que había llegado el país desde mi nacimiento.

De vuelta en la habitación del hotel, me senté en el balcón a tomar una taza de té. Tras estar con el padre O'Brien, se me había ocurrido algo.

«La pregunta es ¿debo interferir?»

«A ver, Merry, te has pasado la vida escondiéndote detrás de tu marido y tus hijos, sin tomar decisiones por ti misma...»

—Vamos, Merry —me dije en voz alta—, haz algo para variar. Entré en la habitación pensando que lo peor que podía pasar era que me dijera que no. Cogí el móvil y marqué el número.

El teléfono sonó tres o cuatro veces antes de que contestara.

—Aquí Ambrose Lister. ¿Con quién hablo?

—Ambrose, soy Merry. ¿Qué tal?

—Pues muy bien, gracias. ¿Y tú?

—Bien, gracias, Ambrose. En realidad, me preguntaba si estás ocupado los próximos dos días.

—Mary, te mentiría si te dijera que tengo la agenda llena, pero Platón espera, como siempre.

—Me preguntaba si te plantearías bajar a West Cork. Yo... bueno, necesito tu ayuda.

—¿A West Cork? Creo que no, Mary, es un viaje largo para estos huesos viejos.

—Te lo prometo, Ambrose, las cosas han mejorado desde la última vez que condujiste tu Escarabajo rojo hasta aquí. —Sonreí—. Es autopista o autovía con medianera, con todo el camino asfaltado, claro. ¿Y si te pido un taxi? Sé de un taxista aquí que seguro que está encantado de ir a buscarte.

—Mary, preferiría que no, yo…

—Ambrose, te necesito. Y nos alojamos en un hotel maravilloso con vistas a la playa de Inchydoney. ¿La recuerdas, esa playa enorme cerca de Clonakilty?

—Sí, la recuerdo. Y también la casucha que había arriba. Yo no la definiría como sumamente apetecible.

—Es un hotel moderno, con todas las comodidades que puedas imaginar. Además, te daría la oportunidad de conocer a mi hija antes de que volvamos a Nueva Zelanda. Por favor, Ambrose, hay un misterio que tengo que resolver y es posible que solo tú conozcas la respuesta.

Me había quedado sin munición para convencerlo. Hubo una pausa en la línea.

—Bueno, si de verdad necesitas que vaya hasta allí, no me queda otra que creer que es por una buena razón. ¿A qué hora me recogería ese taxi?

—Todavía tengo que confirmarlo, pero ¿qué tal a las once de la mañana?

—Y sin duda llegaré a tiempo de una taza de chocolate antes de irme a la cama.

—Tonterías, Ambrose. Tardarás tres horas como mucho, así que confío en que llegarás a tiempo para el té de la tarde, que tomaremos con una vista magnífica del Atlántico. Te reservaré una habitación preciosa. Estoy deseando verte mañana.

—Muy bien, Mary. Te veo entonces. Tengo algo que darte que ha llegado esta misma mañana. Nos vemos pronto, Mary.

Apagué el móvil, lo arrojé a la cama y solté un gritito triunfal. Llamaron a la puerta y fui a abrir.

—Hola, mamá, se te ve contenta —dijo Mary-Kate cuando entraba.

—Lo estoy, la verdad. O al menos eso creo. —Me encogí de hombros—. Acabo de hacer algo que espero que mejore la vida de dos personas a las que quiero mucho. En fin, ¿estás bien?

—Sí, estoy bien. Escucha, mamá, estaba hablando con Jack y…

—¿Qué pasa?

—Bueno, a los dos nos parece que deberíamos contar a Tiggy y a sus hermanas que he encontrado a mi familia biológica. Y que es poco probable que sea la hermana perdida a la que están buscando.

—Eso no lo sabes seguro, Mary-Kate. Tus padres biológicos podrían haber tenido alguna conexión con su padre fallecido.

—Tal vez, pero el caso es que creo que al menos debería darles el nombre de mi madre biológica. Así podrán investigar ellas mismas si existe una conexión. Es evidente que están desesperadas por encontrar a la hermana perdida para que las acompañe en el crucero. ¿Te importaría que las llamase?

—Claro que no, cariño. Es una decisión que debes tomar tú, no yo.

—Vale, gracias. Y…

—¿Qué ocurre? —pregunté. Por su mirada sabía que estaba a punto de sacar un tema delicado.

—¿Te importa si les cuento además que tú también eres adoptada? Jack y yo estábamos comentando que el anillo de esmeraldas era tuyo desde el principio… Mamá, la hermana perdida podrías ser tú.

—Lo dudo, esas chicas adoptadas rondan todas tu edad y la de Jack. No. —Negué con la cabeza—. Me doy cuenta de que os gustaría que tuviese una conexión con ellas, pero, por desgracia, no es así.

—Entonces ¿no te importa si les cuento que te adoptaron?

—Adelante. —Suspiré—. En cualquier caso, no me importa. Lo siento, cariño, pero después de cómo estropearon mi Gran Gira, solo quiero olvidarme de ellas, la verdad.

—Lo entiendo, mamá, gracias de todos modos. Nos vemos en la cena.

Con una sonrisa de disculpa, Mary-Kate se marchó de mi habitación.

48

Atlantis

Tengo noticias —dijo Ally cuando llegó a la terraza en la que Maia estaba sirviendo un estofado brasileño.

—¿Qué? —preguntó CeCe.

—Era Mary-Kate. Ha llamado para decirnos que ha encontrado a sus padres biológicos.

—Uau, eso es un notición. —Chrissie soltó un silbido.

—Sí y no, porque, evidentemente, hasta que Mary-Kate haya establecido un contacto formal con su madre, no creo que sea asunto nuestro investigar a sus padres, y ella no hará eso hasta que vuelva a Nueva Zelanda.

—Lo cual será mucho después del crucero —añadió Maia—. Siéntate, Ally, antes de que se enfríe la comida. Si pudiéramos contactar con Georg, quizá él sí sabría cómo investigar un poco con discreción.

—Le he llamado antes al móvil y no lo coge. —CeCe se encogió de hombros—. Maia, esto está riquísimo. Gracias, Ma —agregó cuando esta sirvió vino en las copas de las mujeres y se sentó a su vez.

—Sí que está bueno —dijo Ally—. Mary-Kate me ha contado algo más.

—¿Qué? —preguntó Maia.

—Me ha dicho que su madre, Merry, acababa de descubrir que también es adoptada.

Todas se quedaron mirándola en absoluto silencio.

—¿Y eso? —inquirió Maia—. Tiggy dijo que iban al sudoeste

de Irlanda para ver a su familia, con la que no tenía contacto desde hacía mucho.

—Mary-Kate no ha entrado en detalles, pero al parecer a Merry la encontraron en la puerta de la casa de un cura y reemplazó a un bebé que acababa de morir.

—Vale. Bueno, entonces ¿eso significa que podría ser ella la hermana perdida? —preguntó CeCe.

—Pero es vieja, ¿no? Mucho más que vosotras, al menos.

—Cuidado, Chrissie, Merry y yo somos mujeres de mediana edad. —Ma sonrió.

—Perdón, ya sabes lo que quiero decir. —Chrissie se sonrojó.

—Por supuesto, pero no olvidemos que el anillo en un principio pertenecía a Merry —añadió Ma.

—Tienes razón, Ma —dijo Ally en voz baja—. Así que ¿ahora tenemos dos posibilidades para la hermana perdida?

—Puede, pero con dos Mary que han tenido el anillo, debemos hablar con Georg. —Maia dio un sorbo a su agua.

—Entonces, aun así, ¿nuestra invitación sigue en pie y Merry y sus hijos nos acompañarán en el crucero? —preguntó Ally a la mesa—. Me refiero a que, si el anillo es la prueba, y Georg insistió en que lo era, una de ellas tiene que ser la hermana perdida.

—No sé —dijo Ma en voz baja—. Es una gran ocasión para todas vosotras. Y esas mujeres…

—Y Jack, el hermano de Mary-Kate —apuntó Ally.

—Bueno, los tres son desconocidos.

Reinó el silencio en torno a la mesa mientras las chicas comían y pensaban.

—Ma tiene razón —acabó diciendo Maia—. Nosotras conocíamos y queríamos muchísimo a Pa, y ellos no lo conocían. Será un momento muy emotivo para nosotras.

—¿Significa eso que Chrissie y el resto de las parejas que no lo conocían tampoco son bienvenidos? —replicó CeCe.

—No seas tonta, CeCe, claro que Chrissie es bienvenida, igual que todas vuestras parejas y los niños —dijo Ma—. Habrá una verdadera multitud a bordo.

—Al menos hay espacio de sobra —dijo Ally—. Para eso se construyó, y los McDougal están a un trayecto corto en avión. A mí me gustaría que vinieran.

Maia estudió a Ally.

—¿Por qué no pensamos todas en ello? Quizá podríamos llamar al resto mañana para ver qué les parece.

—Tiggy los invitó en Dublín, y la última vez que hablé con Star sin duda tenía ganas —dijo CeCe.

—Entonces solo falta Electra —concluyó Ally.

—Consultémoslo con la almohada, ¿vale? —propuso Maia.

CeCe y Chrissie siguieron a Ma arriba después de la cena, mientras Maia y Ally se enfrentaban a los platos.

—¿A qué hora aterriza Floriano mañana? —preguntó Ally a su hermana.

—Él y Valentina aterrizarán en Lisboa mañana por la mañana. Si consiguen coger el vuelo a Ginebra, cosa que deberían, Christian y yo los recogeremos en el aeropuerto después de comer.

—¿Te apetece una copa en la terraza? —preguntó Ally cuando Maia puso en marcha el lavavajillas—. Creo que yo tomaré un poco de armañac, me he aficionado desde que volví de Francia. ¿Y tú?

—Solo agua. Me encanta esto por la noche —dijo Maia cuando se sentaron—. Siempre es tan tranquilo, silencioso, seguro…

—Hace solo un año vivías aquí a tiempo completo. Mírate ahora.

—Lo sé. Ally, ¿puedo preguntarte algo?

—Pues claro.

—Ese Jack… Te llevabas bien con él, ¿no?

—Sí, era un tío majo de verdad. Aunque, a ver, sigue soltero en la treintena, así que quizá tenga algo raro.

—Perdona —la reprendió Maia—, yo rondo los treinta y cinco y acabo de encontrar al indicado.

—Y yo encontré al mío y lo perdí.

—Lo sé…, pero al menos tienes a Bear.

—Así es, ¿y sabes lo más extraño? Me da vergüenza decírtelo, pero…, por alguna razón, aunque le conté a Jack que había perdido a Theo, no le dije que tenía un hijo suyo.

—Vale. ¿Crees que tal vez, de manera inconsciente, claro, te preocupaba que eso lo desalentara?

—Sí, ¿y no es terrible? —Ally suspiró.

—En absoluto. Solo significa que te gustaba, que conectasteis.

—Tal vez. He pensado mucho en él desde entonces, eso está claro, lo que me hace sentirme aún más culpable, como si también traicionara a Theo.

—Teniendo en cuenta todo lo que has dicho sobre él, Ally, estoy convencida de que Theo querría que fueses feliz. Lo que ocurrió fue terrible, pero, tanto por ti como por Bear, en algún momento tienes que tomar la decisión de volver a vivir. Por favor, no hagas lo que hice yo y cometas el error de cerrarte y cerrar tu corazón al amor. Yo perdí años a causa de Zed, aunque me alegro de haber estado aquí para Pa, al menos.

—Sí. Significó que nosotras podíamos irnos a vivir nuestra vida sabiendo que tú estabas en Atlantis con él.

—¿Ally?

—¿Sí?

—¿A ti te gustaría que los McDougal viniesen al crucero, ¿verdad?

—Sí, aunque es probable que Jack no vuelva a hablarme después de descubrir que no le dije la verdad acerca de quién soy.

—Seguro que, tras hablar con Tiggy, ya lo ha adivinado —señaló Maia.

—Puede. —Ally suspiró—. Bueno, para serte sincera, no quiero hablar de ello.

—Vale, lo entiendo. Ojalá estuviese Georg aquí para decirnos cuál de las dos Mary es la nuestra. Ya es mala suerte que no podamos contactarlo y preguntárselo.

—Bueno, no está, pero tampoco olvides que quienes deben estar al control de esta situación no somos nosotras sino Mary-Kate y su madre. Me voy arriba a intentar dormir un poco antes de mi llamada matutina habitual —dijo Ally—. ¿Vienes?

—Subiré enseguida.

—Vale. Buenas noches, Maia.

Maia se quedó allí sentada un poco más, pensando en que Floriano llegaría al día siguiente y en cómo le diría exactamente que iba a ser padre.

Y dónde…

La idea la acompañó por el sendero iluminado con luz tenue que llevaba al jardín de Pa. Fue a sentarse en el banco delante de la esfera armilar e inspiró hondo el quieto aire estival, perfumado por las rosas que crecían en la pérgola a su alrededor.

—Tal vez aquí —susurró para sí.

Se puso en pie y caminó hacia la esfera armilar. Habían instalado focos en torno a los bordes desde la última vez que había estado allí, lo que hacía que resplandeciese en medio de la oscuridad del jardín. Recorrió los anillos con los dedos, luego se detuvo y se inclinó sobre la inscripción.

—«Nunca permitas que el miedo decida tu destino…» Oh, Pa, cuánta razón tenías —susurró.

Estaba a punto de alejarse cuando captó algo extraño con el rabillo del ojo. Se inclinó de nuevo y comprobó el nombre del anillo y qué había debajo, y soltó un grito ahogado.

—*Mon Dieu!*

Sin dilación, Maia se volvió, echó a correr todo lo rápido que pudo hasta la casa y luego subió por las escaleras hasta el ático.

—¡Ally! ¿Estás despierta? —jadeó al tiempo que llamaba a la puerta del dormitorio de su hermana, y la abrió.

—Casi…

—Lo siento, Ally, pero es importante.

—Chisss… No despiertes a Bear. Vamos fuera —susurró Ally, que cogió su sudadera de detrás de la puerta—. ¿Qué pasa?

—Ally, este año has venido bastante a menudo. ¿Cuándo fue la última vez que miraste la esfera armilar?

—Hum… No sé. A veces me siento con Bear en el jardín de Pa, así que ¿hace un par de días quizá?

—Me refiero a mirarla con atención.

—No entiendo lo que dices. Claro que la he mirado, pero…

—Tienes que venir conmigo. Ya.

—¿Por qué? —preguntó Ally.

—¡Tú ven!

De vuelta en la planta baja, Maia cogió un cuaderno y un boli de al lado del teléfono de la cocina, y las dos se dirigieron a toda prisa al jardín de Pa.

—Espero que merezca la pena, porque solo voy a dormir dos o tres horas —se quejó Ally mientras Maia la arrastraba a la esfera armilar.

—Ally, mira el anillo de Mérope.

Ally se agachó para ver lo que señalaba Maia.

—¡Oh, Dios mío! —exclamó al tiempo que se incorporaba y miraba sorprendida a su hermana—. Han añadido unas coordenadas. Pero ¿cuándo?

—No lo sé, pero, lo más importante, Ally, ¿a qué parte del mundo apuntan?

—Pásame ese cuaderno y anotaré las coordenadas. Tengo el portátil en la mesa de la cocina. Vamos a ver adónde llevan, ¿vale?

De nuevo en la cocina, Ally encendía el ordenador y Maia se paseaba arriba y abajo.

—Ma tiene que saber cuándo añadieron esa inscripción, Ally.

—Si lo supiese, nos lo habría contado.

—Seguro que sabe mucho más de lo que nos cuenta.

—Si es así, es una actriz buenísima. Ma es la persona más honesta y sincera que conozco, de modo que me sorprendería que nos ocultase algo. Querría ayudarnos en todo lo que pudiera. Vale…, allá vamos.

Maia se quedó de pie detrás de su hermana y miró cómo Google Earth hacía su magia.

—Oh, uau, qué interesante, no ha ido a Nueva Zelanda, se está acercando a Europa, al Reino Unido y… ¡a Irlanda! —Maia dio un grito ahogado.

—Y al sudoeste, donde están ahora los McDougal. Se está acercando a lo que parecen un montón de tierras de cultivo… ¡Oh! Allá vamos. Ahí está la casa. —Ally cogió el bolígrafo—. «Argideen House, Inchybridge, Cork» —leyó—. Bueno —alzó la vista hacia Maia—, parece que nuestra hermana perdida es irlandesa, no neozelandesa, lo que significa…

—Es Merry. ¡Es la madre de Mary-Kate! Ella es nuestra hermana perdida.

49

Merry
West Cork

Esa noche, Niall nos llevó a Cross Farm en su taxi, así todos podríamos beber algo. Cuando el vehículo doblaba hacia la granja, vi que la entrada ya estaba llena de coches, y por las ventanas abiertas salía un barullo de risas y conversaciones que reverberaba por el valle. En cuanto Jack, Mary-Kate y yo bajábamos del coche, John y Sinéad salieron a recibirnos.

—Bueno, volveré a recogeros más tarde. —Niall nos guiñó un ojo antes de alejarse.

Entramos en la cocina, y toda la gente que atestaba la estancia se volvió hacia nosotros.

—¡Merry! —Una mujer rolliza con el pelo gris acerado emergió del gentío—. ¡Oh, Merry, soy yo, Ellen!

—Hola. —Tragué saliva mientras me envolvía entre sus brazos y me abrazaba con fuerza.

Se apartó para mirarme.

—Dichosos los ojos, no has cambiado nada —dijo entre lágrimas—. ¿Todavía te ríes como una loca?

—Sí que lo hace —intervino Jack.

Y así siguió una caótica ronda de presentaciones con Ellen y John guiándonos por el grupo. Me quedé sin palabras al ver a mis hermanos pequeños, Bill y Patrick, convertidos en hombres altos y fornidos, como lo había sido mi padre, y con el cabello encanecido. Katie me saludó desde la mesa repleta de comida a la que estaba dando los últimos toques; la visión y los olores de los pasteles caseros y las botellas de cerveza negra, vino espumoso y whisky, dispuestos en un rincón de la cocina, me hizo rememorar mi sexto cumpleaños.

—... Y esta es la pequeña Maeve, mi primera nieta —dijo una mujer pelirroja llamada Maggie, que sostenía a un bebé en brazos—. Soy la hija mayor de Ellen.

Maeve me cogió un mechón de pelo, y me reí con aquella dulce niña que tenía unos ojos verdes muy parecidos a los de mi madre.

—Me acuerdo de cuando eras pequeña, Maggie —le dije a mi sobrina—. Y aquí estás, ¡abuela!

—Yo también me acuerdo de ti, tía Merry. —Me sonrió—. No puedo expresar lo contenta que se puso mi madre cuando llamó el tío John para decirle que habías vuelto.

Me pusieron una copa de whisky en la mano y me presentaron a tantos hijos y nietos de mis hermanos que desistí de intentar discernir de quién era cada uno.

Encontré a mis propios hijos en la habitación de papá, donde Jack charlaba con un grupo acerca de rugby y Mary-Kate hablaba con un atractivo joven.

—Mamá —me llamó—, este es Eoin, el hijo de tu hermano Pat.

—¿Cantará con nosotros, señora McDougal? —Me sonrió y sacó el violín de su funda.

—Por favor, llámame Merry. Hace mucho que no canto las canciones antiguas, pero quizá después de unos tragos de whisky... —respondí.

Billy se me acercó, con el rostro ya sonrosado a causa de la bebida, y me tendió el móvil con vehemencia.

—¡Merry, es Nora! ¡Está al teléfono desde Canadá!

Me llevé el móvil al oído y lo aparté de inmediato al oír ese familiar chillido suyo de emoción, como si tratase de hacerse oír a través del océano Atlántico.

—¡Hola, boba! ¿Dónde has estado todos estos años? —gritó.

—Ay, Nora, es una larga historia. ¿Cómo estás?

Me dejé llevar por el parloteo mientras Eoin se arrancaba con una melodía al violín. Entró más gente en la habitación y empezaron a dar taconazos y palmas al ritmo de la música. Pat empujó al centro del corro a sus dos nietas pequeñas, que se pusieron a bailar; sus rizos, idénticos, rebotaban al tiempo que sus piernas ejecutaban saltos y pasos intrincados.

—¡Ay, Dios, mamá, es como *Riverdance*! —Mary-Kate sonreía—. No me digas que no son encantadoras...

—Nosotros nunca tuvimos dinero para ir a clases y aprender de verdad, pero alégrate de que no te mandara nunca a clases de danza irlandesa, es durísimo —dije con una risa tonta.

John me tendió la mano para bailar y me sorprendí cuando la memoria de los músculos se hizo con el mando y recordé todos los pasos. Ellen y su esposo bailaban a nuestro lado y, de un salto, cambiamos de pareja.

—Vaya, es la canción que tocaron en nuestra boda —dijo Emmet, el marido de Ellen—. Por aquel entonces no eras más que una cosita diminuta.

Mientras unas manos invisibles seguían sirviéndome whisky en la copa, continuaron los cantos y las risas, y sentí que tenía el corazón a punto de estallar de felicidad, rodeada por mi familia y mis propios hijos en la casa en la que había crecido, con la música de mi tierra natal palpitándome en las venas. Y saber por fin que me había liberado del hombre que me había perseguido durante treinta y siete años...

Más tarde, necesitada de un poco de aire, me abrí paso por las habitaciones atestadas de gente y salí por la puerta de la cocina. Frente a mí, al otro lado del patio, se hallaba la antigua granja en la que había vivido hasta los cinco años, y donde acababa de enterarme que había vivido Nuala con su familia. El establo que había al lado se había restaurado por completo recientemente, pero todavía se oían los mugidos de los terneros que había dentro.

—Cuántos problemas ha visto este lugar —susurré para mí mientras caminaba hasta un lado del patio, más allá del cual tendíamos la ropa todos los días.

Ahora la zona estaba cubierta de hierba, convertida en jardín, con macizos de flores y un espeso seto de fucsias a un lado, como protección de los vientos que barrían el valle. Había algunos niños jugando en los columpios del rincón, y me senté en una de las sillas viejas de madera dispuestas en torno a una mesa. La vista del valle hacia el río era bastante hermosa, aunque de cría no lo había apreciado.

—Hola, Merry. ¿Te importa si me siento contigo?

Me volví y vi a Helen, con un aspecto tan impecable como la última vez.

—Claro que no, Helen, ven.

—Muchas gracias por invitarme esta noche. Todo el mundo está siendo muy amable, me tratan como a un pariente perdido hace mucho tiempo.

—Eres un pariente perdido hace mucho tiempo. —Solté una risita.

—Lo sé, pero sigue siendo extraño que no viviéramos lejos de vosotros, que fuésemos juntos a la escuela y, aun así, no hubiese pisado esta casa hasta esta noche. Mi madre me habría estrangulado si lo hubiese hecho.

—No creo que seamos capaces de entender lo que vivieron nuestros antepasados. —Suspiré.

—Es triste que nadie hablase mucho de ello fuera de la propia familia porque tenían demasiado miedo. Algunos lo escribieron cuando se hicieron mayores, o hicieron confesiones en el lecho de muerte, pero es importante que los jóvenes sepan lo que sus ancestros, y sus madres, hicieron por ellos y comprendan cómo empezaron los rencores familiares que se prolongaron en el tiempo.

—Estoy de acuerdo. Me pregunto qué pensarían Hannah y Nuala si pudieran vernos aquí sentadas ahora mismo —dije—. En una Irlanda que me da la impresión de que se moderniza por momentos. Esta misma mañana he leído que se están dando pasos hacia la legalización del matrimonio gay.

—¡Lo sé! Quién lo habría dicho. Espero que Hannah y Nuala estén juntas ahí arriba y se sientan orgullosas de lo que empezaron. Fue el inicio de una revolución en todo tipo de sentidos.

—¿Helen? ¿Puedo hacerte una pregunta?

—Claro, Merry, pregunta.

—Estaba pensando en por qué no has tenido hijos.

—¿Aparte de por el hecho de que nunca he encontrado al hombre adecuado, quieres decir? —Rio por lo bajo—. Voy a contarte un pequeño secreto: después de investigar las enfermedades mentales de la familia, descubrí que hay un componente genético que afecta sobre todo a los varones. Así que me alegro de no haber tenido hijos. El linaje Noiro morirá conmigo, y no lo lamentaré. Está claro que ni mi padre ni nuestro tío abuelo Colin tuvieron ninguna culpa, pero más vale que los genes mueran con ellos. —Soltó un suspiro triste—. En fin, será mejor que me vaya. Mañana por la mañana empiezo pronto en el aeropuerto. Nada como el olor a whisky a las siete de la mañana para revolverte el estómago —enarcó una ceja—, pero es increíble la cantidad de gente que acepta una degustación gratuita. ¿Seguiremos en contacto, Merry?

—Me encantaría. —Me rodeó con sus brazos—. Si alguna vez te apetece viajar a Nueva Zelanda, me gustaría mucho que vinieras a verme.

—Bueno, siendo como soy joven, libre, soltera y todo eso, igual te tomo la palabra. Hasta pronto, Merry.

—Hasta pronto, Helen.

La vi alejarse hacia su coche y pensé que, hasta hacía un par de días, nunca se me habría pasado por la cabeza que pudiese existir esa comunicación, y mucho menos esa cordialidad y amistad potencial, entre la hermana pequeña de Bobby Noiro y yo. Me había contado poco acerca de lo que ella había sufrido a causa de su hermano, lo que hizo que aún me gustara más. Estaba hecha de una pasta dura, y yo necesitaba seguir su ejemplo.

Oí un *crescendo* de aplausos, todos animaban y taconeaban para que mi hermano John tocase el violín —el que había pertenecido a Daniel, el orgulloso abuelo feniano que Helen y yo compartíamos—, y entré para unirme a la fiesta.

A la mañana siguiente me desperté con la cabeza embotada, algo de lo que solo yo tenía la culpa. Esperaba que Niall hubiese llegado a tiempo a Dublín para recoger a Ambrose, porque eran más de las dos de la mañana cuando nos fuimos de Cross Farm.

Tras una taza de té y una ducha caliente, además de un par de comprimidos de paracetamol, llamé a Katie al móvil, preguntándome cómo demonios había podido ir a trabajar esa mañana. Respondió al cabo de un par de tonos.

—Hola, Merry, por aquí está todo organizado. Lo llevo al hotel a las dos. Está muy emocionado por conocer a tus hijos.

—Perfecto, hablamos luego.

Al colgar, vi que tenía una llamada perdida y un mensaje en el buzón de voz.

Pulsé los botones para recuperarlo y me senté en la cama a escuchar.

«Hola, Merry, soy Ally D'Aplièse. Conociste a mi hermana Tiggy en Dublín, y ella nos ha dado tu número. ¿Crees que podrías llamarnos al fijo de Atlantis? Seguramente ya lo tienes, pero por si acaso...»

Sí que lo tenía, así que no me molesté en anotarlo.

«Acaba de salir a la luz información nueva, así que llámanos en cuanto puedas. Gracias, Merry, espero que estéis bien. Adiós.»

Volvió a sonarme el móvil. Vi que era Niall, el taxista, y respondí de inmediato.

—¿Sí?

—La carga está a bordo y la hora estimada de llegada son las dos y cuarto.

—Gracias, Niall. Os veo entonces.

Me quedé allí sentada, dudando si devolver la llamada al número de Atlantis, y decidí no hacerlo. En ese preciso momento tenía cosas más importantes en las que pensar que cualquier conexión tenue con un extraño fallecido y sus hijas adoptadas.

Llamaron a la puerta.

—Hola, Jack, ¿cómo te encuentras? —Sonreí cuando mi hijo entraba en la habitación.

—Me mantengo erguido, lo cual ya es algo —dijo—. Menuda juerga anoche. Está claro que los irlandeses saben cómo divertirse. Creo que un poco de fritanga me sentaría bien.

Mi estómago se revolvió solo de pensarlo.

—Tal vez. ¿Has tenido noticias de Mary-Kate?

—Todavía no. Estaba más perjudicada que yo. Hasta tú ibas un poco piripi, mamá. —Sonrió.

—Reconozco que empiné un poco el codo.

—Bueno, fue genial verte relajarte y reír como cuando papá vivía. Además, la capacidad para beber de los irlandeses es conocida en todo el mundo, así que no podíamos irnos sin participar, ¿no? Vale, bajo a desayunar. ¿Vienes?

Asentí y lo seguí.

Después de tomar café y una tostada con mermelada, me sentí mejor. Volvía a hacer sol, y Jack decidió que una hora sobre las olas acabaría de despejarlo.

Volví a subir y, al ver la hora, llamé a la habitación de Mary-Kate.

—¿Qué? —dijo una voz apagada.

—Soy yo, mamá, y es casi mediodía, cariño. Hora de levantarse.

—Hum… No me encuentro bien.

—Vale, bueno, duerme un poco más y te llamo dentro de una hora. Recuerda que mi amigo Ambrose llega esta tarde, y no quiero que conozca a mi hija con resaca.

—Seee, mamá. Chao.

—Espero haber hecho lo correcto —murmuré cuando salía a dar un paseo por las dunas.

A las dos en punto, Katie aparcó delante del hotel.

—Vale, ha llegado el padre O'Brien —dije a mis hijos, y nos levantamos de los sofás de recepción.

—Creí que habíamos quedado con Ambrose —contestó Mary-Kate.

—Sí, pero el padre O'Brien también tuvo un papel importante en mi infancia. Voy a ayudarlo a entrar.

Me apresuré a salir y vi a Katie desplegando la silla de ruedas que había sacado del maletero.

—Hola, padre, ¿a que hace un día precioso? —dije al tiempo que abría la puerta del acompañante.

—Pues sí —respondió.

Vi cómo Katie maniobraba con destreza para sacarlo del coche y sentarlo en la silla. Lo empujó hasta el interior del hotel conmigo caminando al lado.

—¿Me recuerdas los nombres de tus hijos? —dijo el padre O'Brien.

—Jack y Mary-Kate. Me temo que esta mañana no están muy

finos. Mi hermano John y su esposa dieron una fiesta en Cross Farm y nos reunimos todos.

—Y, claro, lo pasasteis bien. —El padre O'Brien soltó una risita.

—Exacto. Están allí —señalé mientras avanzábamos.

—Hola, he oído que habéis recibido el bautismo en cómo disfrutar a la irlandesa. Soy el padre O'Brien, y es un placer conoceros. Eres igual que tu madre —le dijo a Mary-Kate.

—Gracias. —Mi hija me lanzó una mirada y asentí levemente con la cabeza. No había razón para contárselo en ese preciso momento.

—¿Subimos a mi habitación y pedimos té allí? —dije—. Es algo más privado, ¿no, padre?

—Oh, yo estoy bien aquí, Merry. Por favor, no te molestes.

—No es ninguna molestia. Vaya con Katie y nosotros los seguimos.

Entregué la llave de la habitación a Katie, que empujó al padre O'Brien hasta el ascensor. Cuando las puertas se cerraron a su espalda, me sonó el móvil.

—Hola, soy Niall. Estamos llegando al hotel. ¿Llevo a tu hombre al vestíbulo?

—Sí, sincronización perfecta. Nos vemos allí. Chicos, id a charlar con el padre O'Brien y pedid té. No digáis una palabra de la llegada de Ambrose, ¿vale?

—Vale, mamá. —Jack se encogió de hombros y los dos empezaron a subir las escaleras.

Me apresuré hacia el vestíbulo y vi que Ambrose entraba acompañado de Niall. Ambrose iba tan pulcro como siempre, con una chaqueta a cuadros, pantalones de sarga con raya planchada y zapatos gruesos y brillantes de cuero negro.

—Aquí está, Merry, transportado de forma segura desde Dublín. Bueno, al final no ha sido tan malo, ¿verdad, señor Lister?

—No, aunque sigue siendo un trayecto larguísimo —dijo Ambrose—. ¿Cuánto te debo por la carrera?

—Ya nos hemos ocupado de eso —contesté al tiempo que pasaba a Niall un fajo de euros con disimulo—. Ya te diré cuándo vuelve.

—Un trabajo magnífico. Hemos disfrutado de una buena

charla en el camino, ¿verdad? —Niall sonrió mientras se alejaba—. Nos vemos.

—Yo pondría en duda el hecho de que hayamos mantenido una charla. Para eso harían falta dos personas, y yo apenas he metido baza —masculló Ambrose.

—Debes de estar agotado. —Me cogí de su brazo.

—Lo que mejor me sentaría ahora es una buena taza de té. Después de todo, es la hora.

—Perfecto, entonces —dije cuando entrábamos en el ascensor, y pulsé el botón para subir—. Justo acabo de pedirlo en la habitación. Jack y Mary-Kate también están arriba.

—Bien, aunque me hayas arrastrado por media Irlanda, será un placer volver a ver a Jack y conocer a Mary-Kate.

—¿Qué te parece el hotel? —le pregunté cuando salimos a la segunda planta y nos dirigimos despacio hacia mi habitación.

—Sin duda es un salto cualitativo de la casucha que había aquí —convino cuando nos detuvimos delante de mi puerta.

Sin aliento a causa de los nervios, llamé y esperé a que Jack abriera la puerta.

—Hola, mamá. Hola, Ambrose. Me alegro de volver a verte. Justo estamos sirviendo el té para tomarlo en el balcón.

—Perfecto. —Asentí.

Katie me hizo un gesto de asentimiento a su vez y vi que la silla de ruedas del padre O'Brien se encontraba en el balcón, oculta en parte tras la cortina de la ventana.

—Estas son mi hermana Katie y mi hija, Mary-Kate —le dije a Ambrose.

Se saludaron, y luego Katie me miró a la espera de indicaciones.

—Bueno, Ambrose, ¿vienes a sentarte fuera? Te llevaremos el té.

—Estaría bien aprovechar al máximo la brisa del mar antes de que empiece a llover a cántaros, que es lo que suele ocurrir aquí —comentó al tiempo que rechazaba mi brazo y se encaminaba con el bastón hacia la puerta de cristal abierta.

Lo seguí, pues no quería que tropezara con el escalón entre la habitación y el balcón, y contuve el aliento cuando lo cruzó. Lo vi volverse hacia el hombre de la silla de ruedas.

Los dos hombres se miraron durante un rato, y desde mi perspectiva privilegiada, oculta tras la cortina, vi que al padre O'Brien se le llenaban los ojos de lágrimas. Ambrose se acercó un poco más, como si sus ojos, ya con dificultades, lo engañaran.

—¿Ambrose? ¿De verdad eres tú? Yo...

Ambrose se tambaleó un poco y se agarró al respaldo de la silla que tenía delante.

—Sí, el mismo. Querido James... ¡Me cuesta creerlo! Mi amigo, mi queridísimo amigo...

Ambrose le tendió las manos por encima de la mesita. El padre O'Brien alzó las suyas para cogérselas.

—¿Qué está pasando, mamá? —me susurró Mary-Kate—. ¿Quieren té?

—Yo se lo llevo, y luego creo que deberíamos dejarlos solos. Tienen mucho de que hablar.

Armada con dos tazas de té, salí a la terraza y deposité una delante de cada hombre. Seguían cogidos de las manos, tan sumidos en una vida entera de recuerdos que ni siquiera se percataron de mi presencia.

Regresé adentro sin hacer ruido y me llevé a Katie y a los niños de la habitación.

—¿Están bien? —preguntó Katie una hora más tarde, cuando me reuní con ella en el bar de abajo, tras comprobar con discreción cómo seguían los dos hombres.

—Eso parece. Les he preguntado si querían algo y me han dicho que no. ¿Dónde están los chicos?

—En sus habitaciones. Creo que aún andan recuperándose de la fiesta de anoche. —Sonrió—. Bueno, ¿y por qué acabó la amistad de Ambrose y el padre hace tantos años?

—¿Te acuerdas de aquella vieja ama de llaves, una arpía llamada señora Cavanagh, que trabajaba para el padre O'Brien?

—¿Cómo iba a olvidarla? —Katie puso los ojos en blanco—. Una vieja bruja feroz era, eso seguro.

—Amenazó a Ambrose con el hecho de que los había visto abrazarse justo después de que muriera su padre. El padre O'Brien solo estaba consolando a su querido amigo por la pérdida, pero ella dijo que pensaba hablar al obispo de su «conducta inapropiada».

—O sea, ¿la vieja loca pretendía retorcerlo como si fuera más de lo que era?

—Exacto. —Suspiré—. A Ambrose no le quedó otra que alejarse. Sabía que cualquier atisbo de escándalo de ese tipo pondría fin a la carrera del padre O'Brien. Creo que aquello rompió el corazón de Ambrose, Katie; cada vez que yo iba a la casa parroquial, los dos hablaban durante horas, y a menudo debatían acerca de la existencia de Dios. Ambrose es ateo, ¿entiendes?

—¿Crees que, bueno, que había algo inapropiado entre ellos?

—No. Absoluta y categóricamente no. Sé que a ti no te caía bien, pero Ambrose siempre supo y respetó que el amor de la vida del padre O'Brien era Dios. Y él nunca podría competir con eso. ¿Quién podría? —Me encogí de hombros.

—Bueno, sea lo que sea lo que siento por Ambrose, lo que has hecho es algo bonito, Merry, volver a unirlos. El padre no lleva una gran vida en la residencia, eso está claro. Bueno, voy a tener que llevar a nuestro amigo de vuelta antes de que envíen a toda la guardia a por él. Odio separarlos, pero…

—Claro —convine—. Estoy segura de que Ambrose se quedará más tiempo ahora que sabe por qué le pedí que viniera.

Arriba, entramos las dos con sigilo en la habitación, sintiéndonos casi como mironas. Experimenté alivio al oír risas procedentes del balcón.

Salí y los miré a los dos.

—¿Os habéis estado poniendo al día? —pregunté, toda una profesional en sutilezas.

—Ya lo creo, Mary —dijo Ambrose—, y déjame que te diga que has sido una chica mala, traerme aquí con falsos pretextos… Casi se me para este pobre y viejo corazón al ver a James aquí.

—Bueno, pues tendrás que perdonarme. Padre, siento aguar la fiesta, pero es hora de que Katie lo lleve de vuelta a casa.

—Yo no lo llamaría casa precisamente. —El padre O'Brien se encogió de hombros con aire triste.

—Mañana estarás aquí, ¿verdad, Ambrose? —le pregunté—. No estaba seguro de si se quedaría a pasar la noche —le dije al padre O'Brien.

—Solo hemos llegado hasta 1985, así que me parece que debo quedarme —dijo Ambrose—. ¿Cuál es el horario de visitas? —preguntó al tiempo que se ponía en pie y retrocedía para que Katie empujara la silla del padre O'Brien hasta el interior.

—Por el padre, a la hora que quieras —contestó Katie con una sonrisa.

—Hasta mañana entonces, querido James —dijo Ambrose, entrando en la habitación.

—Hasta mañana.

Al ver la mirada de Ambrose cuando Katie se llevó al padre O'Brien por la puerta se me hizo un nudo en la garganta.

—¡Increíble! Bueno, sin duda esto ha hecho que se me acelerara la sangre en estas viejas venas —murmuró—. Me siento bastante extenuado.

—Debes de tener hambre, Ambrose. ¿Te pido alguna cosa?

—Para empezar, Mary, querida, llévame al servicio más cercano, por favor. ¡No he ido al lavabo desde que hemos parado en Cork, hace tres horas!

Tras acompañarlo a su habitación, Ambrose abrió su bolsa Gladstone —una reliquia que recordaba de sus días con el padre O'Brien— y sacó una carta.

—Creo que esto es tuyo. —Me la tendió con una sonrisa.

Bajé la vista a lo escrito sintiendo que reconocería la letra, pero no fue así. ¿Por qué iba a hacerlo? Durante todos aquellos años no habíamos necesitado escribirnos.

—Gracias. ¿Y si te echas un poco y me llamas al teléfono de la habitación cuando quieras cenar?

—Lo haré. Gracias por lo que has hecho hoy, querida.

—Ambrose, ha sido un placer.

De vuelta en mi habitación, dejé la carta a un lado y me senté en el balcón para consultar el móvil. Tenía tres mensajes en el buzón de voz.

Los escuché, y resultó que todos eran de Ally D'Aplièse, que me instaba a que le devolviera la llamada. Con un suspiro, busqué el número de Atlantis y llamé; después de todas las expectativas y emociones de la tarde, no estaba de humor para más dramas.

—*Allô? C'est Atlantis.*

La voz extraña que hablaba en francés me descolocó un instante y tuve que hurgar en mi cerebro en busca de las palabras que necesitaba para contestar, pues hacía mucho que no practicaba el francés. Al final desistí.

—Hola, soy Merry McDougal. He recibido un mensaje de Ally D'Aplièse en el que me pedía que llamase a este número.

—¡Ah, claro! —respondió en inglés de inmediato—. Es un placer hablar con usted, señora McDougal. Me llamo Marina, he cuidado de todas las chicas desde que eran pequeñas. Voy a buscar a Ally.

Mientras esperaba, oí de fondo el llanto de un niño y me pregunté de quién sería. Al mismo tiempo, llamaron a mi puerta. Corrí a abrir y vi a Jack de pie con el móvil en la mano.

—Mamá, me acaba de escribir Ally. Necesita hablar contigo urgentemente —dijo al tiempo que yo volvía corriendo a coger el auricular.

—¿Hola? —dijo una voz al otro lado de la línea—. ¿Hay alguien ahí?

—Sí, perdona, Ally. Soy Merry. He recibido tus mensajes y acaba de venir Jack a decirme que le has escrito a él también.

—Sí, siento mucho si te sientes acosada, pero no queríamos que os fueseis de West Cork antes de que hablásemos.

—Ah, ¿y eso?

—Porque, abreviando, acaba de surgir nueva información que queríamos que conocieras.

—¿Qué es?

—Bueno, suena un poco raro, pero cada una de nosotras recibió unas coordenadas que nos indicaban dónde habíamos nacido, para que, si queríamos, pudiésemos regresar allí y rastrear nuestro origen biológico. Hasta ahora, las nuestras han sido todas precisas. Anoche encontramos las coordenadas de la hermana perdida, y señalan un lugar de Irlanda, así que creemos que hacen referencia a ti, no a Mary-Kate. ¿Confirmo contigo adónde llevan?

—Adelante —suspiré—, sorpréndeme.

—¡Mamá! —Jack frunció el ceño ante el cinismo de mi voz.

—Bueno, apuntan a una zona llamada West Cork. No estoy

segura de dónde estáis exactamente ahora mismo, porque sé que la región abarca un área extensa, pero la dirección a la que llevan las coordenadas es un lugar llamado Argideen House, cerca del pueblo de Timoleague. ¿Te dice algo?

Tragué saliva, atónita, y me senté con brusquedad en la cama. ¿Cómo podía saberlo?

Acabé recuperando la voz.

—Sí..., en efecto. En su origen la vivienda familiar formaba parte de la finca de Argideen, así que quizá sea allí adonde apuntan las coordenadas.

—Con Google Maps vemos que la finca de Argideen cubre varios cientos de acres, pero las coordenadas que tenemos señalan a Argideen House en concreto —contestó Ally.

—Vale. Bien. —Por alguna ridícula razón, anoté «Argideen House» en el cuaderno que había junto al teléfono, como si pudiese olvidarlo—. Bueno, gracias por decírmelo. Siento no haberte devuelto las llamadas antes, pero ha sido un día muy ajetreado. Adiós.

De pronto me estremecí y odié la idea de que ese hombre desconocido y muerto hubiera informado a sus hijas adoptivas de mi lugar de nacimiento.

—Mamá, ¿qué pasa? —Jack no me quitaba ojo.

—Les ha llegado nueva información y al parecer saben dónde nací. ¿Cómo lo saben? ¿Cómo pueden saberlo si no lo sé ni yo?

—No sé, pero, entonces, ¿dónde es?

—En realidad está muy cerca de aquí, a unos tres kilómetros de donde estuvimos anoche, la granja en la que me crie. Lo que significa que podrían haberse equivocado con las coordenadas, como les he dicho.

—¿Cómo se llama el sitio?

—Argideen House, aunque en mis tiempos se conocía como la Casa Grande. Mi abuela Nuala trabajó allí para la rica familia protestante a la que pertenecía durante la revolución. Y, para ser exactos —fruncí el ceño al rememorar—, también Nora, mi hermana mayor, durante una temporada cuando yo era pequeña.

—Supongo que tiene sentido que sea en la zona, ¿no? Quiero decir, eso está cerca de la casa del padre O'Brien en Tim... —Jack me miró en busca de ayuda.

—Timoleague. Sí, está muy cerca.

—¿Quién vive ahora en Argideen House?

—No tengo ni idea. ¿Y sabes qué, Jack? Después de esta tarde y anoche, estoy demasiado cansada para pensar en ello siquiera.

—Claro, mamá. —Jack vino a sentarse a mi lado en la cama y me rodeó con el brazo—. Todo esto ha sido muy fuerte para ti. Podemos hablar de ello mañana. Pero tanto si decides tener algo que ver con Ally y su panda en el futuro como si no, ya que estás aquí, quizá sea interesante, por tu propio bien, averiguar algo más acerca de esa casa de Argideen.

—Quizá. —Suspiré—. Ahora me siento fatal por haber sido tan brusca con Ally. ¿Podrías hablar con ella y disculparte de mi parte, decirle que he tenido un largo día o algo así?

—Claro, mamá. Y has pasado unas semanas tremendas. Se lo explicaré, no te preocupes. Supongo que no te apetece bajar a cenar esta noche…

—No, y la buena noticia es que este es uno de los únicos hoteles en los que me he hospedado cuya carta del servicio de habitaciones tiene cosas razonables, como tostadas con mermelada casera. Llamaré a Ambrose para ver si quiere compañía esta noche, pero me da que dirá que no. Ha sido un gran día para él.

—Sí, y tú lo has hecho todo posible. —Jack me abrazó—. Tómatelo con calma, ¿vale? Llámame si necesitas algo, si no, nos vemos por la mañana. Te quiero, mamá.

—Gracias, Jack. Yo también te quiero.

Cuando la puerta se cerró a su espalda, volví a verme al borde de las lágrimas. Sencillamente por haber tenido la suerte de dar a luz a un ser humano tan maravilloso.

—Lo único que necesita ahora es el amor de una buena mujer —murmuré mientras iba a abrir el grifo de la bañera. Pero al menos en ese momento me alegraba de tenerlo a mi lado.

Tras darme un baño, llamé a Ambrose, que dijo que estaba demasiado cansado para nada que no fueran unos sándwiches en la habitación, de modo que pedí un surtido para él y una tostada con mantequilla y mermelada para mí. Luego encendí el televisor y vi un culebrón irlandés malo en un intento de desconectar.

Sin embargo, no funcionó, y cuando me metí bajo el edredón no podía apartar de mi mente lo que me había dicho Ally: «Argideen House»...

Incontables veces, cuando iba en bici a Timoleague y volvía andando de la escuela a casa, habíamos pasado por delante del muro interminable de piedra que separaba a los residentes de la Casa Grande del resto de nosotros. Yo nunca había llegado a verla; las chimeneas solo resultaban visibles en invierno, cuando los árboles que cubrían el perímetro habían perdido las hojas. Sabía que mis hermanos habían trepado el muro a menudo en busca de las manzanas e higos que crecían en abundancia en otoño.

Entonces me acordé de pronto de que la carta que me había entregado Ambrose seguía en el cajón de la mesilla, sin abrir.

«¿Por qué tienes tanto miedo? Él te quería...»

El caso era que quizá no me había querido y me había pasado treinta y siete años imaginando un millar de versiones de una trágica historia de amor que nunca había sido...

—¡Ábrela sin más, tonta! —me dije, al tiempo que me incorporaba y abría el cajón que tenía al lado.

Rasgué el sobre, respiré hondo y leí la carta que contenía.

Había respondido con el mismo comedimiento con el que le había escrito yo a él. Pero él había incluido un número de teléfono.

Por favor, llámame con un día y una hora apropiados para vernos.

Volví a meter la carta en el cajón, me acosté y apagué la luz.

Pero no lograba conciliar el sueño, ¿por qué iba a hacerlo? Acababa de entrar en contacto con el hombre que se me había aparecido tanto en sueños como en pesadillas durante mucho tiempo.

Luego se me ocurrió algo que me hizo soltar una risita sonora. ¿No sería una verdadera ironía que yo, criada en una familia católica devota, que me habían amenazado de muerte por enamorarme de un chico protestante, hubiese nacido en un hogar protestante?

Con ese pensamiento, por fin me quedé dormida.

—¿Seríais tan amables de llevarme a la residencia esa en la que vive James? —nos preguntó Ambrose durante el desayuno a la mañana siguiente.

—Por supuesto —dije yo.

—Debo reconocer que tengo bastante fobia a esos sitios. —Se estremeció—. Nuestro querido James mencionó, en confianza, claro, que la mitad de los residentes suelen hablarle como si siguieran viviendo en los años cincuenta. Al menos nosotros dos mantenemos las células grises, aunque nuestro cuerpo esté fallando por momentos.

Jack estuvo de acuerdo en llevarlo a la residencia, dijo que tenía un par de recados que hacer en Clonakilty. Así que Mary-Kate y yo nos quedamos tomando el café juntas.

—¿Te encuentras mejor hoy? —le pregunté.

—Sí. Ya sabes que normalmente no bebo mucho, y menos aún whisky. Ah, por cierto, Eoin, uno de los primos a los que conocí en la fiesta la otra noche, que tocaba el violín, es músico y compositor, y actúa en los pubs de la zona. Dice que debería ir y cantar con él una noche en la sesión de micro abierto que tienen en un pub llamado De Barra's. Por lo visto acaba de quedarse sin cantante porque la chica que lo acompañaba está de viaje.

—Eso es maravilloso, Mary-Kate. Es música tradicional irlandesa, ¿verdad?

—Dios, no, mamá. —Soltó una risita—. Es música moderna. Eoin dice que la cultura de la música en directo está muy extendida aquí y en toda Irlanda. Supongo que ayuda que haya tantos pubs. En Nueva Zelanda no tenemos nada parecido.

—No, en el valle de Gibbston seguro que no. ¿Aceptarás?

—No puedo, ¿no? Doy por sentado que volveremos pronto a Dublín. ¿Has pensado cuándo?

—Si te soy sincera, por el momento me limito a vivir el día a día, pero no hay razón por la que no podrías quedarte un poco aquí, Mary-Kate, incluso aunque Jack y yo nos fuéramos.

—Puede. —Se encogió de hombros—. ¿Quién sabe? Si alguien me acercara allí en algún momento a lo largo del día, podría ir al estudio de Eoin y escuchar el tipo de música que compone. Ah, y cambiando de tema, mamá, ayer recibí otro correo de Michelle. Me ha enviado una foto que nos tomaron a las dos justo después de mi nacimiento. Yo…, bueno, si no te resulta demasiado doloroso, ¿te importaría echarle un vistazo? Solo quiero estar segura de que el bebé de esa foto es el mismo que el de las que tienes de mí a esa edad. Para que no haya ninguna duda ni nada. Ya sé que todos los bebés son iguales, pero…

—No te preocupes, cariño, sabré inmediatamente si eres tú o no —confirmé—. Mientras esperamos a que vuelva Jack, ¿por qué no subimos a tu habitación y me la enseñas?

Arriba, me bastó un vistazo a la fotografía para saber que el recién nacido que aparecía en brazos de su madre era mi hija.

—Incluso ibas envuelta en la misma manta rosa cuando te entregaron a tu padre y a mí.

—¿Cuánto tiempo tenía?

—Apenas unas horas, cariño. Debieron de tomar esta fotografía justo antes de que se despidiera de ti. Tuvo que ser muy duro para ella.

—En el correo dice que las semanas posteriores fueron horribles, que lo superó pensando que tendría una vida mejor de la que podría haberme dado ella. Creo que se siente muy culpable, mamá.

—¿Estás resentida con ella por tomar la decisión que tomó?

—Creo que no, pero en parte eso es porque tuve la suerte de acabar contigo y con papá y crecer de un modo genial. Dice que…, bueno, que quiere conocerme cuando me sienta preparada.

—¿Crees que lo harás?

—Puede, sí, pero no quiero formar parte de su familia ni nada parecido; tengo la mía. Sé que suena raro, pero era tan joven cuando me tuvo… Si acabo teniendo algún tipo de relación con ella, la vería más como a una hermana mayor. O sea, Jack solo es unos pocos años más joven que ella. Así que… —Le chispeaban los ojos cuando me miró—. Parece que he quedado descalificada en la carrera por ser la hermana perdida, mamá. Y Jack me dijo anoche lo de las coordenadas que habían aparecido en el anillo de Mérope de la esfera armilar de Atlantis. Al parecer apuntan a un lugar muy cerca de donde te criaste.

Me quedé mirándola confundida.

—Lo siento, no tengo ni idea de qué estás hablando.

—Ally tuvo que hablarte de la esfera armilar que apareció en la casa de las hermanas justo después de que muriera su padre...

—Recuerdo vagamente que mencionó algo, pero ¿puedes explicármelo de nuevo, por favor?

—Bueno, CeCe me dijo que su padre tenía un jardín especial en su casa de Ginebra, y esa esfera armilar apareció allí de la noche a la mañana. La esfera tenía un anillo por cada una de las hermanas, y cada anillo llevaba grabado un conjunto de coordenadas de dónde las había encontrado su padre.

—¿Y...?

—Ally le contó a Jack que Maia, la mayor, y la única a la que ninguno de nosotros ha conocido hasta ahora, estaba paseando hace un par de días por el jardín y vio que habían grabado un nuevo conjunto de coordenadas en el anillo vacío de Mérope.

—¡¿Qué?!! Este asunto es más disparatado a cada segundo que pasa. —Puse los ojos en blanco.

—Oh, ¡vamos, mamá! Deja de ser tan cínica. Tú misma te has declarado adicta a la mitología griega toda tu vida. Está claro que su padre también lo era, y la esfera armilar fue su forma de transmitir información. Como le dijo Ally a Jack anoche, era lo que todas ellas necesitaban si querían averiguar dónde las había encontrado su padre. Maia insistió en que, si esa información no fuera del todo precisa, no habría aparecido en la esfera armilar.

—Entonces ¿cuándo apareció esa información?

—Jack dijo que Ally no estaba segura. A ver, dijo que tanto ella como Maia y el resto de las hermanas habían salido a sentarse al jardín donde está la esfera armilar, pero hacía tiempo que ninguna la examinaba con atención, así que podría llevar ahí meses o solo unos días. Aunque tampoco sé si eso es lo fundamental aquí, mamá. Lo más importante es que no puede ser casualidad que te dejaran en un cesto en la puerta de un cura a apenas un kilómetro de donde las coordenadas indican que naciste.

Noté que mi hija me escrutaba, a la espera de una reacción.

—Entonces, al parecer ese padre, sin más nombre que un

apodo, ¿me encontró allí? Si es así, ¿por qué demonios me dejó en la puerta de un cura?

—No lo sé, mamá, y tampoco Ally ni nadie más. Pero, al margen de Pa Salt y las hermanas, ¿no sería interesante averiguar quién eres en realidad? ¿Quiénes eran tus padres?

—¿Y eso me lo dice la hija que hace un momento aseguraba que no tenía ganas de conocer a su propia familia biológica? —Sonreí.

—Sí, pero la diferencia es que yo, si quiero, puedo —replicó Mary-Kate—. Te da miedo descubrir la verdad, ¿no, mamá?

—Supongo que tienes razón, Mary-Kate, pero las últimas semanas desde que salí de casa han sido una montaña rusa. Quizá algún día quiera saberlo, pero, igual que tú, solo aquellos a los que quiero y que me quieren (mi familia) me importan de verdad, y estoy bastante feliz con la que tengo, sobre todo después de volver a verlos a todos.

—Sí, lo entiendo perfectamente, mamá.

—Lo siento si ha sonado como si hablase de mis sentimientos acerca de ti y tu adopción —añadí enseguida—. Te juro que me refiero solo a mis propios sentimientos. Incluso si ese montón de hermanas tiene una perdida, que ahora creen que podría ser yo, no puedo con otra familia en este preciso momento.

—Lo pillo, mamá, y no te disculpes, por favor. En realidad es Jacko quien parece que está deseando averiguar cosas, sobre todo después de su conversación de anoche con Ally. Recuerda que, si tú estás relacionada…, bueno, o tu historia lo está, con esa otra familia, entonces es posible que él también, porque es hijo tuyo y de papá.

—La verdad es que tienes razón. —De repente me sentía terriblemente egoísta—. Que yo no esté interesada en saber no significa que él no lo esté. Gracias, cariño, por señalarme que esta historia también concierne a Jack. Y a ti.

—No pasa nada, mamá. Bueno, yo estoy con él, me gustaría llegar al fondo de todo esto. ¡Es como el mejor misterio de la historia! Sé dónde está Jack en este momento, y tú decides si quieres venir a ver esa casa. Vamos a echar un vistazo… ¡Uy! Debe de ser Jack desde Clonakilty. —Mary-Kate se apresuró a coger su móvil—. Hola, Jacko, sí. Vale, se lo pregunto. Bajo al vestíbulo en media hora. —Colgó—. Nos vamos a ver Argideen House. ¿Te apetece venir?

—¿Por qué no? —contesté con una sonrisa que no era tal.

—Sé exactamente dónde está —le dije a Jack cuando salimos—. No necesitamos el GPS.

—Vale, es que me dio la sensación de que quizá no te apetecía. Lo siento, mamá —añadió al tiempo que apagaba el dispositivo.

—No tienes que disculparte. ¿Cómo estaba Ambrose?

—Mucho más contento que cuando lo conocí en Dublín. Qué bueno lo que hiciste, mamá. Al llegar a la residencia he visto a la tía Katie y me ha dicho que nos llamaría cuando Ambrose quisiera que pasaran a recogerlo.

—Vale. Gira a la derecha aquí, Jack —le indiqué—. ¿Dónde estabas esta mañana?

—Ah, solo he ido a dar una vuelta por Clonakilty.

—¿Cómo está Ally? Me ha dicho Mary-Kate que anoche hablaste con ella.

—Está bien. El resto de las hermanas llegan para el crucero en los próximos días. Su barco para Grecia sale de Niza el jueves por la mañana.

—Qué bien —dije—. Vale, gira a la derecha en la rotonda y luego sigue la carretera hasta que te diga lo contrario.

Nos quedamos callados durante un rato, así que observé cómo el campo pasaba a toda prisa. Me sentía adormecida, como si mi cerebro hubiese desconectado, porque sencillamente no quería conocer o tener ninguna implicación con el lugar al que me llevaban. Como si, de algún modo, verlo y saber que estaba conectada a él cambiaría mi vida para siempre. Que era importante.

Y no quería que lo fuera.

—Ahora gira a la derecha —casi le bramé a Jack.

«¡Para, Merry! Recuerda, estás aquí por Jack, por tu hijo. También es su historia…»

El camino zigzagueaba, giraba y se estrechaba a medida que nos acercábamos a Clogagh. En ese momento sentí que era una metáfora de mi vida.

«¿Y si debo girar a la izquierda en lugar de a la derecha en mi propia vida en este preciso momento? ¿Acaso se limita toda vida a una serie de caminos que giran y serpentean, con un cruce cada tanto, cuando el destino permite a la humanidad decidir su propio destino...?»

—Y ahora, ¿hacia dónde, mamá?

El camino se había estrechado aún más cuando llegábamos a Inchybridge, y le dije que siguiera un poco y luego girara a la derecha.

—Ese es el muro de piedra que delimita Argideen House —anuncié.

—Se prolonga kilómetros —dijo Mary-Kate desde el asiento de atrás.

—Querían asegurarse de que los campesinos nos quedábamos fuera. —Sonreí—. La entrada principal está justo aquí a la izquierda.

Jack fue aminorando a medida que nos acercábamos. Enfrente, un campo de maíz crecía en el suelo fértil que se alimentaba del río Argideen, más abajo.

—Esa es la entrada —dije.

Jack redujo la velocidad y aparcó delante. La vieja y majestuosa verja de hierro estaba abierta, y el camino de entrada se hallaba cubierto de malas hierbas. Los árboles que rodeaban la propiedad dentro del muro de piedra se habían convertido en un bosque. Me recordaba a las enormes matas de espino que habían crecido alrededor del palacio de la Bella Durmiente.

—¿Salimos a echar un vistazo? —preguntó Jack.

—¡No podemos! Podría ser allanamiento —repliqué.

—He hablado con alguien del pueblo esta mañana y me ha dicho que ahí hace años que no vive nadie. Está vacía, mamá. Te lo prometo.

—Bueno, aun así pertenece a alguien, Jack.

—Vale, pues tú quédate aquí.

Vi a Jack apearse del coche.

—Yo también voy —dijo Mary-Kate al tiempo que abría la puerta de atrás.

—Oh, por el amor de Dios —mascullé, y salí yo también.

Los tres circunnavegamos las enormes ortigas que habían

brotado en el sendero. Irónicamente, me pareció reconfortante que, sin intervención humana, la naturaleza empezase tan rápido a recuperar lo que era suyo.

—¡Ay! —Mary-Kate hizo una mueca y dio un salto cuando una ortiga le rozó entre la zapatilla y los vaqueros.

—La casa debería aparecer a la vista en cualquier momento —dije a su espalda.

Y unos minutos después, lo hizo. Como todas las casas protestantes de la zona, era un elegante edificio georgiano de planta cuadrada. La fachada era vasta: con ocho ventanas en cada planta y rodeada tiempo atrás por lo que habían sido unos jardines muy cuidados. Incluso con la fachada aún en pie, veía la madera podrida en torno a los cristales y la hiedra que reptaba de forma constante desde la base de la casa. La sensación de abandono resultaba palpable.

—¡Uau! —dijo Mary-Kate cuando alzó la vista—. En su día tuvo que ser increíble. ¿Sabes quién vivía aquí, mamá?

—Hace cien años sí, pero sé que los Fitzgerald regresaron a Inglaterra durante la revolución. Eran ingleses. Y protestantes —añadí—. Estoy segura de que alguien la compró justo después de la guerra. La Segunda Guerra Mundial, quiero decir. Una de mis hermanas, Nora, trabajaba aquí, en las cocinas, durante la temporada de caza, pero no conozco el apellido de la familia.

—Tienes razón, mamá, los Fitzgerald regresaron a Inglaterra en 1921, y la casa estuvo vacía durante una temporada.

—¿Y cómo sabes tú eso, Jack?

—Porque Ally, que es un poco experta en indagar en historias familiares, me aconsejó que buscase bufetes de abogados en la zona, ya que probablemente se habrían encargado de la venta de la propiedad. El abogado que he encontrado en Timoleague me ha dicho que él no llevó la venta de Argideen House, pero me ha dado el nombre de quien se encargó. —Jack meneó la cabeza—. Esta zona es increíble, mamá; todo el mundo conoce a todo el mundo, o a alguien que lo conoce.

—¿Y?

—El tipo con el que he hablado ha llamado a su padre, que ha llamado a su padre, y por lo visto la familia Fitzgerald vendió la casa en 1948 a un nuevo comprador.

—¿Quién era ese comprador? —intervino Mary-Kate.

—No lo sabe. O al menos su abuelo no lo sabe. Le pidieron que enviase todos los títulos de propiedad y documentos relacionados a Londres.

—¿Tienes la dirección adonde los enviaron? —pregunté.

—Al parecer era un apartado de correos, y no tengo ni idea de cómo funciona eso.

—Los sobres o paquetes llegan a la oficina de correos con un número específico y el destinatario lo recoge allí.

—Entonces ¿significa eso que la persona quiere permanecer en el anonimato? —preguntó Mary-Kate.

—Sí, se podría decir que sí. ¿Tienes la dirección del apartado de correos? —pregunté a Jack.

—Sí, y está en un lugar llamado Marylebone. He buscado las oficinas de correos de la zona y he llamado a todas. El número ya no existe.

—Pero deben de tener el nombre de quien abrió la cuenta del apartado, ¿no? —preguntó Mary-Kate.

—Sí, pero, como acaba de explicar mamá, quien tiene un apartado de correos quiere permanecer en el anonimato. Está claro que no iban a dar el nombre del propietario a un desconocido al teléfono —contestó Jack.

—Es una casa preciosa —dijo Mary-Kate con aire soñador.

—Mi abuela Nuala cuidó de un joven oficial británico que vivía aquí y al que habían herido en la Primera Guerra Mundial. En su diario hablaba de lo maravillosos que eran los jardines entonces. Por desgracia, él se suicidó poco después de que Nuala se marchara. —Me estremecí y me alejé de la casa—. Me vuelvo al coche. Os veo allí.

Mientras avanzaba entre los matorrales, me costaba creer que la historia que tanto me había conmocionado y había tenido lugar allí posiblemente hubiera formado parte también de mi historia. Aun así, había algo en aquella casa, una atmósfera —una energía— que me perturbaba.

No era propensa a lo espiritual, pero hasta yo sentía la oscuridad que envolvía Argideen House; no cabía duda de que era —o había sido— preciosa, y sabía que entre sus muros se había producido una tragedia cuya marca persistía en la actualidad.

Eché a correr, tropezando con las malas hierbas y los brotes que habían surgido en el camino de entrada, hasta que crucé la verja jadeando y tomando grandes bocanadas de aire fresco.

Fuera cual fuese mi vínculo con Argideen House, sabía que no quería volver a franquear aquella verja.

50

Tras dejar a Mary-Kate en Clonakilty, donde había quedado con su nuevo amigo Eoin en su estudio, Jack y yo fuimos a recoger a Ambrose.

—Estás molesta, ¿verdad, mamá?

—Un poco —reconocí—. No sabría decirte por qué. Pero, en serio, Jack, no es por nada que hayáis hecho. No me gusta Argideen House, eso es todo.

—Pero ¿no habías entrado en la finca hasta hoy?

—No, nunca.

—Por cierto, ¿cuándo piensas que nos iremos?

—La verdad es que no lo he pensado. Creo que depende de Ambrose. Podemos llevarlo de vuelta a Dublín con nosotros.

—Vale. Bueno, si a ti te parece bien, MK y yo estamos pensando en ir a Dublín mañana, y luego coger un avión a Niza con escala en Londres. Ya sabes que nos han invitado a los tres al crucero a Grecia. Entiendo que tú no quieras ir, pero... —Jack se encogió de hombros—, a mí me gustaría. Tal vez podría investigar por ti, mamá, averiguar de qué va todo eso de la hermana perdida, ¿te parece bien?

—Pues claro que me parece bien, Jack. Eres un hombre adulto y puedes hacer lo que quieras. Como me ha señalado Mary-Kate, si yo estoy emparentada con ellas de algún modo, entonces tú también.

—Sí, yo también.

—Aunque, seamos sinceros, Jack, ¿cuánto de ese entusiasmo por ir está relacionado con Ally?

Se produjo una pausa mientras pensaba en eso. O, cuando menos, pensaba en qué responderme a mí.

—Mucho, la verdad. Quiero decir que, por supuesto que me interesa ahondar en toda esta situación, pero sí, hacía mucho que no conocía a una mujer con la que…, bueno, sentía un vínculo de inmediato.

—¿Crees que ella siente lo mismo por ti?

—No lo sé; quizá solo me envíe mensajes por todo el asunto de la hermana perdida, pero anoche, cuando hablamos, nos reímos, ¿sabes? Yo la entiendo y ella me entiende, y eso es todo.

—Entonces deberías ir, Jack. Vale —dije al tiempo que nos deteníamos delante de la residencia de ancianos—, voy a buscar a Ambrose.

Katie salió a la recepción para reunirse conmigo.

—¿Qué tal han estado? —le pregunté.

—Ah, diría que no han parado de hablar desde que el señor Lister se ha sentado.

—Tenían mucho de lo que ponerse al día.

—Pues sí. Voy a buscarlo.

—Ah, por cierto, Nora trabajó en Argideen House cuando éramos pequeñas, ¿verdad?

—Sí.

—¿Crees que podrías preguntarle si se acuerda del nombre de la familia para la que trabajaba?

—Lo haré. Si no recuerdo mal, era una pareja extranjera —respondió Katie—. Le daré un toque cuando llegue esta noche a casa.

—Gracias —dije, y ella sonrió y se alejó.

Mientras esperaba a Ambrose en la recepción, pensé en el extraño apellido de las seis hermanas, que, ya lo había descubierto, era un anagrama de Pléyades. «D'Aplièse…» Saqué un bolígrafo del bolso, pedí un papel a la recepcionista y anoté la palabra.

Cuando Ambrose apareció con Katie, caminaba con un brío que no tenía en Dublín.

—¿Habéis pasado un buen día? —le pregunté.

—Aparte del entorno, menos que íntimo, ha sido de lo más agradable. Gracias, Katie, ha sido un placer verte de nuevo, y puedes estar segura de que volveré pronto —le dijo.

—¿Puedes comprobar con Nora que no fuese este el nombre de la familia que vivía en Argideen House? —le dije, tendiéndole el papel.

—Por supuesto —contestó al tiempo que se lo metía en el bolsillo del uniforme—. Nos vemos. —Me sonrió y se marchó.

—No sé cómo soporta James vivir aquí —dijo Ambrose cuando le ayudaba a subir al coche, y nos fuimos—. Pero, de algún modo, lo sobrelleva. Yo preferiría reunirme con mi creador.

—Pensé que no creías en Dios…

—He dicho «mi creador», querida, técnicamente podrían ser mis padres, como poco mis restos mortales yacerán junto a los suyos.

—Estás hilando fino, Ambrose.

—Tal vez, pero… Mary querida, ¿estarías disponible para charlar cuando volvamos al hotel? Creo que he tomado más té hoy que nunca en una semana entera, y quizá me permita una copa de whisky.

—Ya iré yo a recoger a Mary-Kate cuando llame —se ofreció Jack mientras nos deteníamos delante del hotel—. Nos vemos en la cena.

—Tus hijos son encantadores, por cierto. Bueno —dijo cuando Jack se alejaba para buscar un espacio para aparcar—, ¿y si nos sentamos en la terraza del café y aprovechamos que el sol sigue honrándonos con su presencia?

Ante una tetera para mí y un whisky para Ambrose, disfrutamos del sonido de las olas inmensas que rompían en la orilla, más abajo.

—¿De qué querías hablarme? —le pregunté.

—Es sobre James, por supuesto. A ver, sé que está en silla de ruedas y necesita ayuda a diario para el aseo, pero creo que no debería pasar los años de su retiro en esa residencia. Así que estaba pensando…

—¿Sí?

—Bueno, yo tampoco es que esté rejuveneciendo, ¿no? Y, aunque odie reconocerlo, empieza a costarme subir las escaleras a mi habitación y al baño. Llevo un tiempo pensando en vender el piso y mudarme a algún edificio moderno con ascensor y todo lo necesario, incluido un plato de ducha, en una sola planta. Déjame que te diga que ahora hay un montón de pisos de ese tipo disponibles en Dublín.

—Ya veo. ¿Y?

—Te puedes imaginar que me dolerá vender la casa en la que he vivido durante tanto tiempo, pero ver la situación actual de James me ha dado el empujón que necesitaba. Así que, cuando vuelva a Dublín, tengo intención de poner mi pequeño dúplex en el mercado y comprar algo más apropiado con tres habitaciones. Una para mí, una para un cuidador interno y, bueno, una para James.

—¡Dios mío!

—¿Qué te parece, querida Mary?

—Me parece que es una idea maravillosa en teoría, Ambrose. Sin embargo, para el padre O'Brien sería un cambio enorme. Ha vivido aquí abajo la mayor parte de su vida adulta, y si bien sus circunstancias no son lo que deberían, pasan a verlo muchos de sus antiguos parroquianos.

—Parroquianos a los que ha visto todos los días durante los últimos sesenta años. Puede que le vaya bien un cambio.

—¿Has llegado a preguntárselo?

—De hecho, sí. O, por decirlo de otro modo, le he insinuado la idea. Mi plan es mudarme y luego llevar a James de visita cuando haya encontrado a un cuidador que pueda vivir con nosotros. Y quizá...

—No quiera volver nunca a West Cork —concluí por él.

—Exacto. Y no hay razón por la que no podríamos coger algo aquí en verano, si sintiese la necesidad de un poco de brisa fresca. —Ambrose señaló un edificio adyacente al hotel—. He preguntado y resulta que alquilan los apartamentos a familias que necesitan un espacio con cocina propia.

—Madre mía, Ambrose, está claro que lo tienes todo pensado. —Sonreí—. Lo que sí sé es que echa de menos su privacidad y tener sus libros alrededor.

—Por supuesto, pondré estantes para sus libros. Si te digo la verdad, yo me mudaría aquí si eso es lo que él quiere, pero daría que hablar a las malas lenguas. En cambio en Dublín, la gran ciudad, nadie notaría o le importaría siquiera que dos viejos amigos pasasen el ocaso de su vida juntos, ¿verdad?

Ambrose me miró en busca de confirmación.

—Seguro que no, aunque más vale que busques un apartamento cerca de una iglesia. Estoy convencida de que James querrá mantener el contacto, por así decirlo, cuando esté en Dublín.

—Bueno, empezaré a poner mis planes en acción en cuanto vuelva. —Sonrió, luego se volvió hacia mí—. Gracias por lo que has hecho, querida. Te estaré eternamente agradecido —añadió con los ojos anegados en lágrimas—. Me has dado un motivo para volver a vivir.

—Oh, Ambrose, no me des las gracias, por favor. Después de todo lo que has hecho tú por mí, no tienes que decirme nada.

—Quería decirlo de todos modos. Ah, querida Mary, ¿ya has leído la carta?

—Sí.

—¿Y?

—Y… No sé. A ver, era bastante formal, como la que le escribí yo a él. Me dejó un número de teléfono en el que podría ponerme en contacto con él, pero…

—Mary, por el amor de Dios, ¡queda con él! Él… y el otro…, ¡te has visto acosada durante treinta y siete años! Maldita sea, si hay algo que me ha enseñado la vida, ¡es que es demasiado corta!

—Sí. Tienes razón, por supuesto. Vale, lo haré. Y ya que estás aquí, debería hablarte del «otro», como acabas de llamarlo…

Cuarenta minutos más tarde, Ambrose se había ido a echar una cabezada y yo estaba de vuelta en mi habitación. Había escuchado con suma atención mi relato de lo que le había ocurrido a Bobby, luego me había apoyado una mano en el brazo.

«Bueno, por fin has pasado página y puedes empezar a respirar de nuevo», había dicho.

«Sí que puedo.»

«Querida Mary, si me lo hubieses contado por aquel entonces, quizá hubiese podido ayudarte.»

«No, Ambrose. Nadie podía. —Suspiré—. Pero ahora al menos se ha acabado.»

—Ya solo me falta esto —murmuré al tiempo que sacaba la carta y marcaba el número con un prefijo que sabía que era británico.

Respondió al cabo de varios tonos y concertamos una cita. De un modo muy formal, como si se tratase de una reunión de negocios. Colgué el auricular y doblé el papel en el que había anotado la hora y el lugar, y me lo guardé en el bolso.

—¿Por qué no ha sonado culpable? —me pregunté.

La respuesta era que no lo sabía.

—Entonces, mamá, ¿cuánto tiempo vas a quedarte en Irlanda? —me preguntó Jack esa noche mientras cenábamos todos en el elegante restaurante de arriba, con vista panorámica del mar.

—Vuelvo a Dublín con Ambrose y con vosotros mañana, y después quiero pasar algún tiempo con mi familia aquí.

—¿Estás segura de que no te apetece venir al crucero, mamá? —me preguntó Mary-Kate—. Siempre has querido ver las islas griegas, la cuna de tu adorada mitología. Ally le ha mandado a Jack una foto del barco, ¡y es increíble!

—Deberías pensarlo, querida Mary —intervino Ambrose—. Tu hija tiene razón. Yo no he vuelto a Grecia desde mi último viaje a Esparta, hace más de veinte años. El teatro es algo que merece la pena contemplar durante la puesta de sol, con el monte Taigeto como telón de fondo.

Ambrose me lanzó una de aquellas miradas que recordaba tan vívidamente de mi época de estudiante.

—Llamado así por Taygeta, la quinta de las Siete Hermanas de las Pléyades, quien con Zeus engendró a Lacedemón —recité como un loro, solo para asegurarle que no lo había olvidado. Me dirigió un leve asentimiento de aprobación—. El nombre de Tiggy proviene de Taygeta: ella es la quinta de sus hermanas —continué—, e irónicamente, yo soy la quinta de mi familia adoptiva.

—O quizá la hermana perdida de la familia de Ally —añadió Mary-Kate—. Oh, mamá, ven, por favor —insistió.

—No, ahora no, pero puede que añada Grecia a la lista de lugares que ver en mi Gran Gira. Bueno, ¿alguien quiere postre?

Cuando regresé a mi habitación, vi que la luz roja del teléfono del hotel parpadeaba con un mensaje, y tenía otro en el buzón de voz del móvil. Escuché primero el de la habitación. Era un mensaje de Katie, en el que me pedía que la llamara.

Me volví hacia el móvil y escuché los mensajes de voz. El primero era —casualmente después de la conversación que habíamos mantenido durante la cena— de Tiggy, que me preguntaba qué tal estaba y me decía que esperaba verme en el crucero con Jack y Mary-Kate.

A continuación llamé a Katie.

—Hola, soy Merry. ¿Va todo bien?

—Sí, en general muy bien, gracias. Solo quería decirte que he hablado con Nora, y me ha dicho que no recordaba el nombre de la familia para la que trabajó en la Casa Grande pero que lo pensaría. Luego me ha llamado para decirme que se había acordado. Sí que es un nombre que suena extranjero, pero no el que me has dado tú. Mejor te lo deletreo. ¿Tienes papel y boli?

—Sí. Dispara —le dije con el lápiz a punto.

—Vale, cree que lo ha escrito de forma correcta, así que te lo deletreo… E-S-Z-U.

Leí las letras para mis adentros.

—Eszu —dije—. Mil gracias, Katie. Hablamos mañana.

51

Atlantis

Ally, ¿te ha dicho Jack algo acerca de a quién pertenecía Argideen House? —preguntó CeCe cuando entró en la cocina, donde Chrissie estaba preparando la cena, bistec con toda la guarnición al estilo australiano.

—No. Le pedí que me avisara si la hermana de Merry lo recordaba. Es evidente que no se acuerda. —Ally suspiró.

—¿Te ha dicho si su madre sigue negándose a venir? —intervino Maia, que estaba sentada delante del portátil consultando el correo electrónico.

—Al parecer quiere quedarse más tiempo en Irlanda. Bueno, creo que tenemos que aceptar que hemos hecho todo lo que hemos podido por encontrar a la hermana perdida. Si el anillo es la prueba, además del hecho de que Merry fuera adoptada, junto con el de que la dirección donde la encontraron se encuentra tan cerca de la casa del párroco, la hemos encontrado. Pero, si no quiere venir, no podemos obligarla.

—No, pero menuda lástima, porque todo encaja. —Maia suspiró.

—Aparte de la edad —repuso Ally—. Todas imaginábamos que estábamos buscando a una mujer mucho más joven. Al menos nos acompañarán sus hijos, lo cual tendrá que bastar.

—Vale —dijo Maia al tiempo que tomaba algunas notas en un cuaderno que tenía junto al portátil—. El vuelo de Tiggy y Charlie aterriza en Ginebra el miércoles a las once y media; Electra ha confirmado que volará directa a Niza, como Star,

655

Mouse y Rory. Luego están Jack y Mary-Kate, que todavía tienen que confirmar cuándo llegan.

—Entonces ¿cuántas habitaciones necesitamos para mañana? —preguntó Ma, que estaba llevando vasos y cubiertos a la terraza.

—Solo una para Tiggy y Charlie —dijo Maia poniéndose en pie—. Relájate, Ma, por favor. No olvides que estamos todas aquí para ayudarte.

—Pues claro —dijo Chrissie volviéndose, y sonrió a Ma—. Aunque no tengo ni idea de cómo puede nadie cocinar en esta antigualla. Menos mal que hemos decidido hacer barbacoa y asar los bistecs fuera, ¿eh, Cee?

—Ma, ¿por qué no te sientas y te llevamos una copa de vino? —Ally la acompañó hacia la mesa y la empujó con suavidad hasta una silla—. Deja que cuidemos nosotras de ti para variar.

—No, Ally, no me pagan para eso, y no lo soporto —protestó Ma.

—Nunca has cobrado por querernos, lo hiciste gratis, y ahora te devolvemos ese amor —dijo CeCe plantándole una copa de vino delante—. Anda, bébete esto —ordenó— y tómatelo con calma, ¿vale?

—Como le dije a Star cuando fui a verla a Londres el año pasado, sin Claudia a mi lado me vengo abajo; ella es el verdadero motor de Atlantis.

—Bueno, quizá nunca la hemos valorado lo suficiente —dijo Maia, que sonrió al ver que Floriano y Valentina salían por las puertas de la terraza.

Los dos habían ido a echar una siesta en el Pabellón, pues habían llegado de Río de Janeiro vía Lisboa esa misma tarde.

Ally estudió a Floriano, que agarraba a su hija de la mano. Tenía la piel bronceada, el cabello oscuro y ojos marrones y expresivos, y los dientes le brillaron al sonreír en aquel rostro atractivo. Valentina miró a los adultos con sus enormes ojos marrones muy abiertos y retorció tímidamente un mechón de pelo largo y brillante alrededor de un delicado dedo.

Ma se levantó de inmediato.

—Hola, Valentina —dijo, acercándose a la niña—. ¿Te encuentras mejor después de dormir?

—Sí, gracias —respondió la niña en un inglés con fuerte acento. Floriano era bilingüe y le había enseñado inglés desde la cuna, les había contado Maia.

—¿Quieres beber algo? ¿Una Coca-Cola, quizá? —continuó Ma, que miró a Floriano para obtener su permiso.

—Claro que puede tomar una Coca-Cola —accedió Floriano.

—Tengo mucha hambrrre, Papai —dijo ella mirando a su padre.

—La cena no estará lista hasta dentro de una media hora, así que ¿por qué no vienes conmigo y vemos si encontramos algo para picar y así aguantas hasta entonces?

Ma tendió la mano a Valentina, que se la cogió de buena gana. Las dos se dirigieron a la despensa.

—Y directa de vuelta a modo mamá. —Ally sonrió y puso los ojos en blanco.

—El que más feliz la hace —dijo Maia, que se acercó a Floriano y le dio un beso en la mejilla—. ¿Te apetece una cerveza?

—Mataría por una. —Le pasó un brazo por el hombro.

—Ya puestos, una para la chef, por favor —añadió Chrissie.

—Ya las cojo yo. —CeCe se encaminó a la nevera.

Ally se sirvió una copa de vino y la alzó cuando todos estuvieron servidos.

—Por Floriano y Valentina, por venir desde el mismísimo Río para acompañarnos en esta ocasión especial.

Todos brindaron, y Ally pensó en lo maravilloso que era ver la cocina de Atlantis llena, no solo por sus hermanas, sino también por sus nuevas parejas y familia.

Advirtió que Valentina se fijaba en Bear, que estaba tumbado en su alfombra de juegos en un rincón de la cocina.

—*Aí que neném bonito!* ¿Puedo ir a jugar con él, Maia?

—Pues claro —contestó Maia, que miró a Ally cuando Valentina dejó su Coca-Cola y se acercó a Bear.

Se arrodilló a su lado y lo cogió en sus pequeños brazos. Las dos hermanas intercambiaron una sonrisa.

—¿Os importa que lleve a Floriano a ver el jardín privado de Pa? —preguntó Maia a la cocina en general.

—Por supuesto —dijo Ma, que se dirigió hacia Valentina y Bear—. Ya vigilo yo a los niños, no os preocupéis.

—Gracias. —Maia tomó la mano de Floriano y lo condujo fuera.

—¡Os silbamos cuando la cena esté lista, Maia! —les gritó CeCe cuando se alejaban—. Yo creo que la barbacoa ya está bastante caliente, Chrissie.

—Bueno, voy contigo, que si no chamuscas los bistecs, como siempre —bromeó Chrissie mientras salían las dos.

—Qué maravilla ver a CeCe tan feliz, ¿verdad? —dijo Ma sentándose en la butaca al lado de donde Valentina jugaba con Bear.

—Desde luego, y mira qué maternal es Valentina.

Al oír su nombre, la niña miró a Ally de manera inquisitiva.

—¿Te gustan los bebés? —le preguntó Ally.

—Me gustan mucho —respondió al tiempo que devolvía a un escurridizo Bear a la alfombra.

Quince minutos más tarde, CeCe emitió un silbido agudo para que Maia y Floriano supieran que la cena estaba lista, y el resto de las chicas llevaron las fuentes de ensalada y una sopera grande llena de patatas fritas a la mesa de la terraza. Ally se sentó y buscó a Maia con la mirada. Sabía por qué su hermana quería estar a solas con Floriano lo antes posible. Por fin los vio acercarse de la mano a la terraza. Maia tenía la cabeza apoyada en el hombro de Floriano, que, justo antes de llegar a la mesa, se detuvo, se volvió hacia ella y la rodeó con los brazos con tal fuerza que la levantó del suelo. La besó en los labios y, por la sonrisa que se extendió por su cara, había recibido la noticia de Maia de una forma más que positiva.

Cuando todos se sentaron y Chrissie empezó a servir los bistecs, Ally oyó que le sonaba el móvil en la cocina. Corrió de vuelta al interior y vio que se trataba de Jack.

—Hola.

—Hola, Ally —contestó Jack al tiempo que estallaban risas en la mesa de fuera—. ¿Te pillo en mal momento?

—Bueno, acabamos de sentarnos para cenar.

—Vale, bien, muy rápido. Solo llamaba para contarte que la hermana de mi madre, Nora, la que trabajaba en Argideen

House, ha recordado el apellido de la familia a la que pertenecía la casa. Es raro, ya te lo digo, algo extranjero. Ni siquiera estoy seguro de cómo pronunciarlo correctamente.

—No es D'Aplièse, ¿no?

—No, no, es..., bueno, creo que mejor que pronunciarlo te lo deletreo. ¿Tienes un boli?

—Sí —dijo Ally, y cogió uno—. Dispara.

—Vale. Es E-S-Z-U.

Ally anotó las letras, y no fue hasta que bajó la vista a la palabra en el papel cuando logró coger aire. Jack estaba diciendo algo, pero ella no lo escuchaba, sino que articulaba el apellido para sí.

—¿Ally? ¿Lo tienes? ¿Quieres que lo repita?

—No. Lo tengo. E-S-Z-U.

—Sí. Ya te he dicho que era raro.

—Lo es... —Ally se desplomó en la silla.

—Eh, Ally, ¿estás bien?

—Sí, estoy bien.

Se produjo una pausa en la línea, luego habló Jack.

—Ese nombre significa algo para ti, ¿verdad?

—Yo..., sí, así es, pero no se me ocurre cómo encaja en todo esto. De verdad que no lo sé. Escucha, tengo que irme a cenar, pero hablamos luego.

—Vale. Hablamos luego.

Ally se levantó y se dio cuenta de que estaba sudando de... ¿qué? ¿Sorpresa o miedo...? Decidió que aún no compartiría la noticia con nadie, se dirigió al fregadero y se salpicó la cara con agua, luego salió a reunirse con los demás.

Después de la cena, todos excepto Ma, que había subido a acostar a Bear, ayudaron a recoger.

—Entonces, supongo que ha ido bien —susurró Ally a Maia de pie una al lado de la otra mientras secaban las ollas y CeCe y Chrissie llenaban el lavavajillas.

—Sí —susurró Maia en respuesta—. Se ha emocionado mucho, Ally, ¡y yo siento un alivio...!

—Desde luego no creo que tengas que preocuparte por la

reacción de Valentina, no hay más que ver cómo adora ya a Bear. Me alegro mucho por ti, Maia, de verdad. Solo espero que seas feliz.

—Ahora que se lo he contado a Floriano, tal vez sí. No voy a decirle nada a nadie hasta que estemos todos juntos en el barco, aunque creo que...

—Ma ya lo sabe —susurraron las dos a un tiempo; luego sonrieron.

—Por cierto, ¿la llamada de antes era de Jack? —preguntó Maia.

—Sí.

—¿Alguna noticia?

—Sí, pero no era importante —mintió Ally—. Ve con Floriano y Valentina y disfruta de tu noche especial, ¿vale?

—Vale. Nos vemos mañana.

—Que duermas bien, Maia.

—Creo que por fin lo haré. Buenas noches.

Maia y Floriano cogieron a Valentina de la mano y, tras salir de la casa, se dirigieron al Pabellón.

—Creo que esta noche nos acostaremos temprano —dijo CeCe—. Mañana será un día ajetreado. Buenas noches, Ally.

Chrissie y CeCe abandonaron la cocina, y Ally vio que Ma entraba y empezaba a preparar el biberón para la toma nocturna de Bear.

—En serio, Ma, esta noche ya me arreglo yo. Creo que necesitas dormir bien para mañana. Me siento mucho mejor desde que volví de Francia. De verdad —Ally le quitó el biberón de las manos y lo dejó encima de la mesa—, ya lo hago yo —repitió.

—De acuerdo, quizá unas cuantas horas de sueño me sienten bien. Estas últimas semanas me he dado cuenta de que me hago mayor, Ally. Cuando erais pequeñas podía subsistir casi sin dormir, y lo hice durante años. Pero ahora..., bueno, parece que ya no puedo.

—Ma, has sido absolutamente maravillosa, y no sé qué habría hecho sin tu ayuda con Bear. Ahora vete a la cama y disfruta de la paz mientras puedas.

—De acuerdo. ¿Subes conmigo?

—Yo… —Ally se moría por confiarse a alguien—. ¿Ma?

—¿Sí?

—Necesito ponerme en contacto con Georg, pero no contesta al móvil. ¿Sabes con seguridad cuándo volverá?

—Viene con nosotras en el barco, así que supongo que mañana. ¿Puedo preguntarte por qué?

—Yo… Ay, Ma, Jack me ha dicho algo antes y me ha dejado helada. Normalmente se lo contaría a Maia y elaboraríamos un plan. Pero, dadas las circunstancias, no me siento capaz. Y menos esta noche.

—Cuéntamelo a mí, *chérie*. Sabes que no saldrá de aquí. ¿Qué te ha dicho Jack?

—Que Argideen House, que es adonde apuntan las coordenadas de Mérope, perteneció a una familia con el apellido Eszu.

Ally advirtió la expresión de asombro de Ma.

—¿Eszu?

—Sí. Jack me ha deletreado el nombre. Es idéntico, Ma. A ver, durante la cena he pensado que podía tratarse de una mera coincidencia, pero es un nombre muy poco habitual, ¿no? Y menos en Irlanda. ¿Sabes si hubo alguna conexión entre Pa y la familia Eszu en el pasado?

—De veras, Ally, no tengo ni idea. Sin embargo, lo que sí sé es que viste el barco de Kreeg Eszu cerca de donde crees que sepultaron a tu padre. Y luego, claro, está su hijo, Zed…

—El padre del hijo de Maia —dijo Ally en un susurro, solo por si CeCe o Chrissie bajaban a por una taza de algo para llevarse a la cama—. Espero que entiendas por qué no he querido decir nada al respecto esta noche.

—Por supuesto. Le ha contado a Floriano que está embarazada, ¿verdad?

—Sí, pero no se lo cuentes a nadie, Ma.

—Claro que no. Me alegro mucho por ella…

—¿Crees que es posible que Georg sepa algo de la conexión con los Eszu?

—Ally, por favor, créeme, yo no sé más que vosotras, pero él trabajó estrechamente con tu padre, así que es posible, sí.

—¿De verdad no sabes adónde ha ido?

—Te juro que no tengo ni idea. Siento no poder ayudaros más, lo haría si pudiera. Me voy a la cama. Buenas noches, Ally.

—Buenas noches, que duermas bien.

Ma salió de la cocina justo cuando sonaba el móvil de Ally.

—¿Hola?

—Hola, soy Jack otra vez. No estás en la cama o lo que sea, ¿verdad?

—No, aún no. ¿Cómo va por Irlanda?

—Bien, gracias. Ya tenemos el taxi reservado para volver a Dublín mañana. Mary-Kate, Ambrose, que es como el padrino de mi madre, mi madre, por supuesto, y yo.

—¿Estás seguro de que no puedes convencer a tu madre de que nos acompañe? Espero que nuestro abogado, Georg, vuelva mañana y nos confirme que es la hermana perdida.

—Me temo que no hay manera, Ally. Está empeñada en que quiere pasar más tiempo aquí en Irlanda. Mary-Kate y yo volaremos de Dublín a Londres mañana por la tarde, y el avión a Niza sale a la mañana siguiente temprano. Nos encontramos en el barco, ¿no?

—Sí, enviaré un coche para que os recoja en el aeropuerto y luego nos veremos a bordo del *Titán* con... —Ally se interrumpió al darse cuenta de que aún no le había contado a Jack que tenía un niño—. Con el resto de las hermanas —añadió enseguida.

—Vale. Bueno, da la impresión de que será toda una aventura. Mary-Kate está emocionada por conocer a todas las demás.

—A mí también me hace ilusión conocerla a ella. Vale, avísame si hay algún retraso y, si no, nos vemos en Niza.

—Sí, tengo muchas ganas de volver a verte, Ally. Buenas noches.

—Buenas noches, Jack.

Ally cogió el biberón de la mesa para llevárselo arriba por si Bear necesitaba un suplemento y, tras apagar las luces de la cocina, subió a la cama. Cuando se acostó, lista para dormirse, pensó en su conversación con Jack.

«Tengo muchas ganas de volver a verte...»

Ally sintió una leve sacudida de emoción por el hecho de

que Jack lo hubiese dicho, pero la sofocó de inmediato cuando oyó que Bear soltaba un suave ronquido en la cuna.

—Aunque es cierto que parece haberme perdonado por no confesarle quién era, difícilmente va a interesarle una madre soltera, ¿no?

Se esforzó en contener cualquier mariposa en el estómago y se quedó dormida.

52

Merry
Dublín

Iba sentada atrás, entre Mary-Kate y Ambrose, que había declinado nuestra oferta de ocupar el asiento delantero aduciendo que Niall era capaz de llevarlo a la tumba antes de tiempo con su parloteo, así que se le había concedido el honor a Jack. De nuevo, mis hijos habían intentado convencerme de que los acompañara en el crucero, pero, dado que apenas faltaban unas horas para el encuentro que había esperado durante treinta y siete años, había vuelto a negarme.

«En otra ocasión —había dicho—, pero vosotros dos id y pasadlo muy bien. Suena todo muy glamuroso.»

Cuando llegamos a Merrion Square, Jack ayudó a Ambrose a bajar del taxi, y Niall sacó mi equipaje y el de Ambrose del maletero.

—Ha sido un placer conoceros —dijo Niall—. Ahora ya tiene mi tarjeta, Ambrose, así que cuando quiera volver a bajar a West Cork, deme un toque.

—Lo haré, y gracias otra vez —respondió Ambrose al tiempo que se volvía y, utilizando el bastón, subía los escalones hasta la puerta de entrada.

—Adiós, mamá.

Jack y Mary-Kate me abrazaron —iban directos al aeropuerto de Dublín con Niall— y sentí que me escocían los ojos a causa de las lágrimas.

—Mantened el contacto los dos, ¿eh?

—Lo haremos —dijo Mary-Kate—. Y si cuando termine el viaje sigues en West Cork, es posible que me venga contigo.

Atisbé un levísimo rubor en las mejillas de mi hija y supe de inmediato que el encuentro con su nuevo amigo músico, Eoin, había ido evidentemente bien.

—Si cambias de opinión, Ally dice que hay sitio de sobra en el barco —insistió Jack por última vez.

—No, Jack. Ahora será mejor que volváis a subir al taxi o perderéis el avión.

Dije adiós a Niall y me quedé plantada en la acera despidiéndolos con la mano, luego seguí a Ambrose al interior.

—¿Una taza de té? —le pregunté.

—Madre mía, mataría por una.

Quince minutos más tarde, estábamos en su salón tomando té y comiendo una porción de un pastel de frutas muy bueno que le había dejado preparado su asistenta.

—Entonces ¿sigues decidido a vender esto, Ambrose?

—Desde luego. Aunque me encanta esta vieja casa, tanto si James me acompaña a una nueva como si no, ha llegado el momento.

—Estoy segura de que no tendrás que convencerlo mucho, Ambrose. Ha sido maravilloso volver a veros juntos después de tanto tiempo.

—La sensación también ha sido maravillosa, Mary. Había olvidado lo que era reírme. Nos reímos una barbaridad. En fin, invitaré a algunas agencias para que vengan y lo tasen, y saldrá a la venta. Y ahora, mucho más urgente, ¿seguro que quieres irte esta noche? Eres más que bienvenida a quedarte aquí, Merry.

—Lo sé, pero nunca he estado en Irlanda del Norte, y creo que me gustaría verlo.

—Como bien sabes, la última vez que estuviste en Irlanda, visitar Belfast no era seguro, pero tengo entendido que la ciudad y los alrededores han experimentado una regeneración importante.

—¿Sabes? —dije en voz baja—, cuando la televisión o los periódicos neozelandeses informaban sobre atentados con bomba del IRA Provisional, lo cual ocurría con frecuencia en los setenta y los ochenta, no miraba. Ni leía. No podía…, sin más.

Pero más tarde, en 1988, me senté delante del televisor en Otago y lloré a lágrima viva cuando vi que el *taoiseach* firmaba el Acuerdo de Viernes Santo. No podía creer que de verdad hubiese ocurrido.

—Ya lo creo que ocurrió, pero claro, para algunos republicanos nunca será suficiente, no pararán hasta que Irlanda del Norte vuelva a unirse al sur, bajo nuestro gobierno irlandés, aunque creo que la generación siguiente ha crecido con la voluntad de definirse primero como seres humanos, en lugar de católicos o protestantes. Eso sin duda ayuda, y una educación más amplia también, por supuesto —añadió—. Me parece bastante gracioso no ser uno de esos viejos raros que miran al pasado y piensan en lo perfecto que era y se desesperan con el mundo en el que vivimos ahora. De hecho, es más bien al contrario. La especie humana ha dado pasos notables en los últimos treinta años, y envidio a los jóvenes, que viven en una sociedad tan abierta.

—Nuestra vida habría sido muy distinta si los dos hubiésemos sido jóvenes de esta generación —convine—, pero bueno... Será mejor que me vaya pronto. Bajo un momento a cambiarme.

En el sótano, abrí la puerta del que había sido mi dormitorio tiempo atrás. Me llevé una sorpresa al ver que Ambrose no había retirado mis libros ni los detalles que había ido acumulando en la adolescencia. El papel pintado —que él había encargado en Inglaterra cuando empecé a quedarme en su casa— era de los de flores rosas, y la misma colcha de encaje cubría con esmero los pies de la cama individual, de hierro forjado. Recordé que la primera vez que vi la habitación casi se me saltaron las lágrimas de emoción, no solo porque fuese tan bonita y femenina, sino porque era solo mía. Durante todos aquellos años de internado, cuando tenía un breve permiso de fin de semana y no podía ir a West Cork porque quedaba demasiado lejos, esa habitación había constituido un refugio. Luego me instalé allí cuando empecé el máster, que no llegué a acabar...

Abrí el armario preguntándome si seguiría allí colgada mi ropa de principios de los setenta —minifaldas, pantalones de campana, jerséis de cordoncillo y cuello cisne—, pero no estaba. Claro que no. Me había marchado hacía décadas, así que ¿por qué iba a guardarla Ambrose?

Con un repentino escalofrío, me senté en la cama y de inmediato mi mente retrocedió años, hasta la última vez que había estado allí y Bobby se había plantado en la puerta. Había aporreado y gritado con tanta fuerza que no me había quedado más remedio que dejarlo pasar.

Con su pelo largo negro azabache y los ojos de un azul intenso, además de su estatura y el torso musculado, había sido un hombre bien parecido. Algunas de mis amigas que lo habían conocido cuando se colaba en nuestro grupo mientras tomábamos algo en un pub lo habían encontrado atractivo. Para mí, sin embargo, era solo Bobby: el niño enfadado, confundido pero sumamente inteligente al que conocía desde la infancia.

Cuando me sujetó contra la pared, noté la gélida presión del acero en el cuello.

«O dejas de verlo o te juro que te mato, Merry O'Reilly. Y luego iré a por él y su familia, además de la tuya. Eres mía, ¿lo entiendes? Siempre has sido mía. Lo sabes.»

La expresión que reflejaban sus ojos y el rancio olor a cerveza de su aliento cuando me besó con fuerza nunca me abandonarían.

Amenazada de muerte, le prometí que dejaría de ver a Peter y me uniría a su cruzada terrorista contra los británicos.

Estaba muerta de miedo, pero al menos sabía cómo tranquilizarlo…, al fin y al cabo contaba con años de práctica. Finalmente retiró la pistola del cuello y me soltó. Habíamos quedado en vernos la noche siguiente, y a duras penas pude contener las náuseas cuando me besó de nuevo. Por fin se encaminó a la puerta y, justo cuando se disponía a abrirla, se volvió y me miró fijamente.

«Solo recuerda: te encontraré dondequiera que intentes esconderte…»

Después de que se marchara, decidí que no tenía más elección que irme. Y había bajado ahí, a mi habitación, y había empezado a recoger mis cosas…

—Ya ha acabado todo, Merry, Bobby no puede volver a hacerte daño —me dije mientras trataba de aplacar los conocidos síntomas de los ataques de pánico que había empezado a sufrir de manera automática desde hacía treinta y siete años cada vez que pensaba en él.

Por los cientos de veces que había revivido aquel momento, estaba segura de que un psiquiatra me diría que padecía estrés postraumático. No tenía ni idea de si volver adonde había ocurrido en realidad me ayudaría, pero tenía que creer que algún día conseguiría convencer a mi cerebro de que todo había terminado y por fin me hallaba a salvo.

Subí a la cama la maleta grande y pesada que llevaba conmigo para la Gran Gira, la abrí e intenté concentrarme en qué ponerme para mi «reunión» del día siguiente.

«Aunque tampoco es que importe, Merry…»

Saqué varias prendas. ¿Debía vestir de forma sofisticada? ¿Llevar algo informal? No lo sabía.

Al final me decanté —como hacía cuando no estaba segura— por mi vestido verde favorito, que doblé con cuidado y metí en la bolsa de viaje, junto los zapatos de salón negros. Me puse el atuendo que solía llevar para viajar, vaqueros, camiseta y una chaqueta de bouclé estilo Chanel que daba un toque de clase y parecía quedar bien con todo, guardé el neceser, ropa interior limpia y un libro para el tren, y cerré la cremallera de la bolsa.

De vuelta arriba, la dejé en el pasillo y fui al salón para despedirme de Ambrose.

—He dejado la maleta abajo, junto con un montón de ropa sucia que lavaré mañana cuando vuelva. ¿Te parece bien?

—Por supuesto, querida. Eso significa que tendrás que volver para recogerla, aunque, teniendo en cuenta que la última vez te dejaste un armario lleno de ropa, supongo que no es ninguna garantía. Por cierto, está todo aquí.

—¿El qué?

—La ropa que dejaste. Está guardada en una maleta en el fondo de uno de mis armarios, solo por si te pasabas algún día.

—Oh, Ambrose, cómo lo siento.

—No lo sientas. *Je ne regrette rien*, como dicen los franceses en pocas palabras. Has vuelto, y eso es lo único que importa. Ah, y con todo lo que ha ocurrido últimamente, hay algo que siempre se me olvida decirte. He leído el diario de Nuala. Tu abuela fue una joven muy valiente.

—Sí —dije mientras le veía dar golpecitos en el diario, que

descansaba en la mesa redonda junto a su butaca—. Sí que lo era.

—Me costó descifrar algunas palabras mal escritas, pero, santo cielo, menuda historia. En algunos puntos se me saltaban las lágrimas. —Ambrose suspiró—. Una cosa que quería comentarte es que Nuala escribe acerca de la sirvienta, Maureen.

—¿La que la traiciona?

—Sí. Bueno, pues ¿te acuerdas de la señora Cavanagh, la famosa ama de llaves de James? Según me contó él, había trabajado en Argideen House antes de administrar su casa. Adivina cómo se llamaba.

—No, Ambrose...

—Maureen. Maureen Cavanagh. La mujer que traicionó a la joven Nuala también nos traicionó a James y a mí años más tarde.

—Oh, Dios mío —dije con un hilo de voz.

—Qué mujer más triste y amargada... El pobre James me contó que tuvo que oficiar su funeral. Me dijo que solo asistieron tres personas, y ya sabes cuánta gente suele acudir a esa clase de ceremonias aquí en Irlanda. Vivió sola y murió sola. Y quizá ese fuera su castigo.

—Quizá, pero de haber llegado a conocerla, no me habría hecho responsable de mis actos —repliqué con ira.

—Querida Mary, tú no harías daño a una mosca, pero aprecio el sentimiento. —Ambrose rio—. Aunque tal vez puedas plantearte algún día publicar el diario de Nuala, sobre todo ahora que conoces el final de la historia. No hay suficientes relatos basados en hechos de esa época, con lo mucho que sufrieron tantas familias después, y sin duda son muy pocos los escritos desde una perspectiva femenina. El papel que desempeñó Cumann na mBan en la liberación de Irlanda de los británicos apenas recibe una nota a pie de página en la historia.

—Estoy de acuerdo, y puede que lo haga. De hecho, enfrentarme al pasado también me ha hecho recordar mi pasión por el ámbito académico. Abajo estaba pensando que nunca acabé el máster que había empezado porque tuve que marcharme....

—Ahí tengo tu tesina a medias. —Ambrose señaló su escritorio—. Como tú, estaba convirtiéndose en algo bastante brillante. En fin, ¿llamo a un taxi para que te lleve a la estación?

—Iré a pie hasta Grafton Street y allí cogeré uno. Mañana estaré de vuelta, querido Ambrose. Deséame suerte, ¿quieres?

—Por supuesto. Solo ruego por que por fin puedas pasar página.

—Yo también lo espero. Adiós, Ambrose, nos vemos mañana —dije, recogí la bolsa de viaje y salí de la casa.

El tren a Belfast —cuyo nombre, Enterprise, era todo un acierto— me sorprendió por lo cómodo y moderno que era. Contemplé cómo pasaba el campo volando y me pregunté si vería alguna señal cuando cruzásemos la frontera con Irlanda del Norte. En los viejos tiempos había controles fronterizos en todos los medios de transporte. Ese día, sin embargo, no hubo nada, y en poco más de una hora, de las dos de trayecto, paramos al cruzar la frontera de Newry, un lugar que sabía que había sufrido una violencia terrible durante el conflicto. En agosto de 1971, seis civiles, incluido un cura católico, habían muerto a causa de los disparos del ejército británico en Ballymurphy. La noticia de la masacre consiguió añadir una chispa más para prender la mecha ya inflamable de Bobby. Aquel incidente, además del hecho de que me hubiera visto en un bar con Peter, era lo que lo había vuelto loco, y había ocurrido muy cerca de allí.

Ese día era como cualquier estación de una ciudad pequeña, pero por aquel entonces había sido el escenario de un viejo conflicto reavivado por extremistas como Bobby. Fueron muchas las veces que se puso furioso conmigo en el pub, perdía la cabeza hablando de la grave situación de los católicos norirlandeses y cómo el IRA atentaría con bomba contra «esos traidores protestantes» hasta aniquilarlos. Yo le había dicho una y otra vez que la vía para avanzar era la negociación, no la guerra, que seguro que podía encontrarse una forma de mejorar la situación a través de la diplomacia.

Me había acusado de sonar como el mismísimo Michael Collins. «Ese traidor nos contó un cuento, nos dijo que firmar la tregua sería un escalón para conseguir una república irlandesa. ¡Pero el norte sigue en manos británicas, Merry! —me recriminaba—. Tú estate atenta, les pagaremos con la misma moneda.»

Había estado atenta, mientras el IRA Provisional actuaba como Bobby había prometido, cometiendo atentados con bomba contra objetivos en el norte para dirigirse después a la isla británica. El enfrentamiento había durado casi treinta años, a lo largo de los cuales siempre había imaginado que Bobby participaba en la muerte y la destrucción que había traído consigo la nueva guerra.

No era de extrañar que no fuera capaz de ver las noticias en televisión…, habían alimentado mi propio miedo. Y, sin embargo, Bobby había pasado todos esos años en un psiquiátrico, creyendo que había retrocedido a 1920…

En fin, estábamos en 2008, y sí, Irlanda del Norte seguía formando parte de Reino Unido, pero el hecho de que acabase de cruzar la frontera a toda velocidad tenía que ser una señal de progreso, seguro.

Me sentí ridícula cuando miré por la ventanilla y me sorprendí al ver que el paisaje circundante era muy similar al del sur de la frontera —«Como si una línea trazada por el hombre pudiese cambiar algo», pensé—, pero llegar a la zona que había soportado un conflicto mucho más amargo era un demonio más en mi cabeza que estaba intentando dominar haciéndole frente.

El tren llegó puntual a la estación de Lanyon Place, en Belfast. De camino hacia la salida para buscar la cola de taxis, oí un tono cantarín que me resultó familiar, si bien era único en esa parte norirlandesa del Reino Unido. Cogí un taxi y pedí que me llevara al hotel Merchant, que, según indicaba mi guía, había sido la sede del Ulster Bank tiempo atrás.

Miré por la ventanilla, fascinada, mientras recorríamos la ciudad, que ya no daba muestras de sus terribles heridas, al menos las externas.

—Ya estamos, señora —me dijo el conductor al tiempo que se detenía delante del hotel Merchant—. Es un hotelito de primera.

—¿Cuánto le debo?

—Serán diez libras, por favor.

«Libras…»

Hurgué en el bolso en busca de lo que me quedaba del dinero inglés procedente de mi estancia en Londres.

—Aquí tiene, gracias.

Subí los escalones y accedí a un vestíbulo muy moderno. Me registré, y el botones nos llevó a mí y a mi bolsa de viaje hasta la habitación, cuya decoración, acogedora, con cierto aire algo recargado, era muy bonita.

—Para cuando vuelva a casa, está claro que me habré hartado de hoteles. —Suspiré y me tumbé en la cama.

Consulté la hora y vi que eran más de las siete. Llamé al servicio de habitaciones y pedí la sopa del día y un panecillo. Entonces, como me pasaba siempre, me sentí mal por gastar tanto dinero en hoteles elegantes, pero ¿para qué estaban los ahorros? Jock y yo habíamos ido guardando un poco todos los meses durante los últimos treinta años y, dado que nunca habíamos salido de vacaciones fuera de Nueva Zelanda, no creí que le importase.

—Pero lo de mañana sí podría importarle —mascullé.

Colgué el vestido para que perdiera las arrugas que pudiera tener y encendí el televisor mientras me comía la sopa. En BBC One ponían *EastEnders*, una telenovela que Mary-Kate había encontrado en un canal de nuestro paquete de tele por cable en casa.

Todo me resultaba muy extraño, seguir estando en la isla de Irlanda y, al mismo tiempo, en una franja de tierra inequívocamente británica.

Me di un baño largo y relajante en la bañera exenta, y me pregunté cómo me sentiría cuando estuviese de vuelta en la granja del valle de Gibbston, que era sin duda hogareña pero no contaba con los muebles bonitos ni los aparatos modernos a los que me había acostumbrado.

Después del baño, vi una comedia romántica malísima acerca de una dama de honor; intentaba hacer cualquier cosa con tal de distraerme y no pensar en el día siguiente. Saqué la botella de Jameson's, en la que no quedaba más que un cuarto de whisky porque le había dado un tiento cada vez que tenía que lidiar con una nueva revelación. Quizá después del día siguiente pudiera coger el tren a Dublín sabiendo que por fin había pasado página. Me deslicé bajo las sábanas, blancas y almidonadas, puse el despertador a las nueve en punto, solo por si acaso, y me recosté en las mullidas almohadas. Tumbada a oscuras, extendí el brazo de manera instintiva hacia Jock.

—Por favor, cariño, perdóname por no haberte contado nunca nada de esto, y por haber quedado con él mañana...

Me desperté sobresaltada al oír el despertador. Había estado dando vueltas hasta altas horas de la madrugada, pensando en qué sentiría cuando lo viera y en todas las cosas que quería preguntarle, pero sabiendo asimismo que solo había una pregunta para la que necesitaba respuesta.

—En menos de una hora, lo averiguarás —dije al tiempo que alcanzaba el teléfono de la mesilla para pedir té y unas tostadas al servicio de habitaciones.

Mientras esperaba, me vestí y me lavé rápido la cara y los dientes, luego me puse un poco de rímel y añadí algo de colorete a mis mejillas. Mi pelo hacía lo mismo de siempre, ondularse en puntos donde no debería —ay, cuánto había anhelado siempre esas melenas lisas y manejables—, pero tras intentar recogerlo en un moño elegante y peinarlo después, desistí y lo dejé suelto y ondulado en torno a mi cara. La última vez que lo había visto, llevaba el pelo largo, casi me llegaba a la cintura. Mi «melena», decía él. Me tomé el té, pero estaba tan nerviosa que casi me atraganto con la tostada y la dejé al tercer bocado. Miré el reloj. Las diez menos cuarto. En menos de diez minutos tenía que estar abajo.

—Cálmate, Merry, por el amor de Dios —me dije poniéndome carmín de mi rosa habitual y cepillándome el pelo a toda prisa por última vez—. El peso de la conversación recae en él, no en ti, ¿recuerdas? —le espeté a mi reflejo.

Me dirigí a la puerta, la abrí y me encaminé al ascensor que me llevaría a su encuentro por primera vez en treinta y siete años...

El recepcionista me indicó dónde estaba el Gran Salón y me dirigí hacia allí; me temblaban las piernas. Cuando entré, vi una enorme araña de luces colgada de un alto atrio en el centro de una sala increíble. Columnas decoradas con querubines y cornisas doradas sostenían el techo, con una decoración intrincada. Estaba contemplándolo boquiabierta cuando oí una voz a mi espalda.

—Hola, Merry. Increíble, ¿verdad?

—Yo... sí. —Aparté la vista de la araña de luces y me volví hacia él.

Y... estaba exactamente igual: alto y delgado, aunque con el pelo rubio salpicado de canas y algunas arrugas tenues en el rostro. Sus ojos castaños eran tan hipnotizantes como los recordaba y... ahí estaba, de pie a mi lado después de tantos años. El mundo empezó a dar vueltas y sentí vértigo. No me quedó otra que agarrarme a su antebrazo para no perder el equilibrio.

—¿Estás bien?

—Lo siento, estoy algo mareada.

—De estar aquí de pie estirando el cuello para ver esa araña de luces, supongo. Vamos, será mejor que te sientes.

Entrecerré los ojos a medida que me sobrevenían nuevas oleadas. Me aferré a su brazo cuando noté que me rodeaba la cintura para sostenerme mientras caminábamos.

—¿Puedes traernos un poco de agua? —oí que pedía al tiempo que me ayudaba a sentarme.

Había empezado a sudar y di una bocanada de aire para intentar controlar la respiración.

—Lo siento, lo siento... —murmuré; me parecía increíble que, después de todo ese tiempo, mis planes de estar tranquila y mantener el dominio de mí misma se habían ido al garete antes de empezar siquiera.

—Toma, bebe un poco.

Me acercó un vaso a los labios. Me temblaban demasiado las manos para sostenerlo, y él vertió tanta agua en mi boca que me atraganté y empecé a toser y a balbucear.

—Lo siento —dijo, dándome golpecitos con una servilleta alrededor de la boca y luego por el cuello.

Al menos el agua en la piel me refrescó, aunque quería morirme de la vergüenza.

—¿Puedes traernos té caliente? —oí que decía—. ¿O quizá sea de más ayuda un whisky? ¿Sabes qué? Trae las dos cosas.

Recosté la cabeza en el mullido respaldo del sillón, inspiré hondo y exhalé varias veces. Mi cuerpo por fin dejó de experimentar aquel extraño hormigueo, y los puntos negros que veía ante mis ojos comenzaron a desvanecerse.

—Lo siento —dije de nuevo, sin fuerza.

—¿Té con mucho azúcar o whisky?

Percibí aquella familiar sonrisa irónica en su voz.

Me encogí de hombros.

—Vale, pues que sea whisky. ¿Puedes sostener el vaso?

—Quizá.

Me lo colocó en una mano y lo acompañó hacia mi boca. Di un sorbo pequeño, luego uno más grande.

—Vamos, Merry, siempre buscando excusas para darle al alcohol durante el desayuno.

—Esa soy yo —convine—. Soy una causa perdida, pero al menos me siento mejor.

Abrí los ojos del todo, y el mundo por fin se quedó quieto. Dejé el vaso de whisky encima de la mesa delante de mí, y bajé la vista a la parte delantera de mi vestido, que estaba salpicada de agua.

—Te serviré un poco de té, por si quieres.

—Gracias. Perdona otra vez.

—En serio, no tienes por qué disculparte. La verdad es que aquí dentro también hace mucho bochorno, algo a lo que no estamos acostumbrados en Irlanda, ¿no?

—No.

—El calentamiento global y esas cosas..., conozco varias oficinas que están empezando a instalar aire acondicionado. ¿Te lo puedes creer?

—No, teniendo en cuenta que durante la mayor parte de mi infancia no me sentí los dedos de los pies. En fin —dije al tiempo que me volvía hacia él, incapaz de apartar mis ojos de los suyos, pese a que me aterraba que, de asomarme de nuevo a ellos, estaría tan perdida como la primera vez que lo vi.

—En fin. —Sonrió—. Me alegro mucho de verte después de todos estos años.

—Y yo a ti.

—No has cambiado ni una pizca, ¿sabes? —dijo.

—Gracias, aunque tampoco te imagino diciendo «Jesús, Merry, ¡te has convertido en una vieja bruja!», ¿me equivoco?

—Supongo que no lo diría, no. —Peter soltó una risita.

—Solo para que conste, tú tampoco has cambiado.

—Eso es una mentira absoluta. Tengo casi todo el pelo blanco...

—Al menos tienes, es más de lo que puede decirse de muchos hombres de tu edad...

—¿Mi edad, dices, Merry?

—Tienes dos años más que yo, ¿recuerdas? En la sesentena...

—Sí, y soy muy consciente. Por fuera puede que dé el pego, pero está claro que ya no puedo correr detrás de una pelota por el campo de fútbol. Ahora tengo que golpearla contra la pared de una pista de squash, el deporte de los urbanitas viejos —añadió Peter cuando se acercaba un camarero a la mesa.

—¿Les apetece algo para desayunar? —nos preguntó—. Me temo que son las últimas comandas.

Peter me miró, y negué con la cabeza.

—No, gracias.

—¿Estás segura?

—Completamente. Mordisquearé las galletas que han traído con el café.

—Yo tomaré un cruasán y un expreso doble, para absorber el whisky —dijo enarcando una ceja al tiempo que alzaba su vaso—. *Sláinte!*

—*Sláinte* —repetí sin levantar el mío. La cabeza ya me había dado vueltas esa mañana y no quería que volviera a ocurrir.

—Bueno, ¿qué tal te ha ido? —me preguntó.

—Yo...

Nos miramos a los ojos y, dada la situación, empezamos a reírnos por lo bajo de lo ridículo que era el comentario.

—Me ha ido... bien, muy bien, la verdad —dije, y entonces nos reímos un poco más, lo que se convirtió en unos cuantos minutos de carcajadas incontrolables.

Acabamos enjugándonos los ojos con la servilleta, con lo que seguramente se me corrió el rímel por toda la cara, pero ya no me importaba. Una de las razones por las que Peter me había atraído tanto era su sentido de humor, lo cual, comparado con la intensidad y la seriedad de Bobby, había sido un alivio. Por aquel entonces, Peter se tomaba la vida con calma.

Cuando volvió el camarero con el café y el cruasán, los dos intentamos dominarnos.

—¿Crees que está pensando echarnos por mala conducta? —susurré.

—Es posible. Mi reputación aquí ahora debe de estar por los suelos; esto está cerca de mi oficina, así que uso el hotel para las reuniones ocasionales, pero ¿qué más da?

—¿A qué te dedicas?

—¿Por qué no lo adivinas, Merry? —me retó.

—Bueno, llevas traje y corbata, lo que te descarta como artista de circo, así que lo tachamos de la lista.

—Correcto.

—Llevas un maletín de cuero, y eso es útil para guardar papeles cuando tienes reuniones.

—Correcto de nuevo.

—Y la tercera pista, la más importante, es que estudiaste Derecho en el Trinity College, y después hiciste las prácticas, la última vez que te vi. Eres abogado.

—Correcto. Siempre se te dio bien calarme, ¿eh? —Cogió su café y me miró con aire divertido por encima del borde de la taza.

—Quizá, pero ¿por qué no intentas hacer lo mismo tú conmigo?

—Ah, eso es mucho más difícil. Bueno…, déjame ver.

Noté que me recorría el rostro y el cuerpo con la mirada y, a mi pesar, me sonrojé.

—Pista número uno: si bien las mujeres tienden a llevar los años mucho mejor y son capaces de mantenerse más en forma que en los viejos tiempos, no me extrañaría que hubieras seguido los pasos de tu madre con sus diecinueve hijos, o los que fueran.

—Siete, en realidad. Correcto. Continúa.

—Dado que llevas alianza, doy por sentado que estás casada.

—Estaba casada. Mi marido murió hace unos meses, pero te lo concedo.

—Lo siento, Merry. Yo viví una tragedia similar cuando murió la mujer con la que llevaba diez años viviendo. En fin, dado que ya sé que no has residido en la isla de Irlanda en muchos años, o en Londres de hecho, ni has acabado en Canadá, como planeamos (he comprobado el registro), y dadas las circunstancias de hace treinta y siete años, creo que te fuiste a otra parte. A algún lugar lejano, como Australia quizá.

—Oh, caliente —contesté, y noté que se me sonrojaban aún más las mejillas, pues recurrir al término «caliente» siempre podía resultar inapropiado.

—Nueva Zelanda, entonces.

—Correcto. Muy bien.

—¿Quizá hiciste carrera académica en alguna universidad de allí? —dijo—. Sin duda ibas encaminada a eso por aquel entonces.

—Mal, muy mal. Ha fallado, Señor Abogado. —Sonreí—. Lo cierto es que levanté un viñedo con mi marido lejos de la civilización, en la isla Sur.

—Vale, aunque eso no podría haberlo adivinado, supongo que más o menos encaja. Me refiero a que te criaste en una granja de West Cork. Eso también quedaba lejos de la civilización, y sin duda estás acostumbrada a trabajar la tierra, aunque es una pena que no siguieras tu carrera académica, Merry. Estabas destinada a grandes cosas.

—Gracias por eso. La vida tenía otros planes, pero sí, mentiría si negara que a veces me arrepiento de no haber perseguido mi sueño.

—Si te sirve de consuelo, yo perseguí el mío y, sobre todo recientemente, empiezo a arrepentirme. No me malinterpretes, me ha proporcionado muy buenos ingresos y calidad de vida.

—¿Pero…?

—Cuando me saqué el título, escogí la rama de Derecho empresarial, la pepita de oro. Me mudé a Londres y ascendí a consejero interno de una gran compañía petrolífera. Supongo que pasar los días diciéndoles cómo desgravarse equis millones de libras diarios durante veinticinco años no era la opción profesional adecuada para un esteta declarado, pero, oye, me dio para un traje bonito, ¿no? —Peter esbozó «la mueca», como solíamos llamar a su sonrisa irónica.

—Pensaba que estabas decidido a trabajar en los tribunales.

—Así era, pero mi padre me disuadió. Decía que no era seguro en comparación con hacer las prácticas y convertirte en procurador con un trabajo estable, en lugar de limitarte a ser tan bueno como tu último caso en el juzgado. Me temo que todo el mundo, cuando llega a nuestra edad, se arrepiente de cosas. Me jubilaron a los cincuenta y cinco, así que decidí que por fin pondría mi granito de arena para ayudar al prójimo y acabé aquí, en Belfast.

—¿En serio? ¿Y qué haces aquí?

—La verdad es que he estado trabajando por lo que ahora se conoce como el barrio Titanic de Belfast. Se está desarrollando un proyecto de regeneración enorme en Queen's Island y, de hecho, aunque es poco probable que lo sepas porque hacía mucho que no estabas en Irlanda, la ministra de turismo, Arlene Foster, acaba de anunciar que el Ejecutivo norirlandés va a subvencionar el cincuenta por ciento del proyecto más significativo de Titanic; el otro cincuenta por ciento procederá del sector privado. Contamos con un arquitecto norteamericano increíble que va a sumarse al proyecto y que esperamos que cree algo que refleje la magnífica historia de la ciudad en materia de construcción naval. Ya sabes que el *Titanic* se construyó aquí —añadió.

—En algún lugar recóndito de mi mente lo sabía, sí. Uau, Peter, todo eso suena fascinante.

—¿Y un poco extraño?

—En absoluto —dije.

—Bueno, tal vez recuerdes que siempre he sido un híbrido, de madre protestante inglesa y padre católico irlandés, nacido en Dublín y, siguiendo el linaje materno, bautizado como protestante. Aunque tampoco es que a ninguno de los dos les interesase la religión, solo el amor que sentían el uno por el otro. —Se encogió de hombros—. La buena noticia es que ahora he vivido en Inglaterra y en el norte y el sur de Irlanda, y tras años bregando con mi identidad, sobre todo durante la peor época del conflicto, he llegado a mi propia conclusión, y es muy sencilla: quien eres está estrechamente relacionado con si eres un ser humano decente o no.

—Estoy de acuerdo, por supuesto, pero el adoctrinamiento extremista desde la cuna puede entorpecer el desarrollo personal de una persona, ¿no crees?

—Desde luego, y, afrontémoslo, no hay muchos que puedan vivir sin una causa de algún tipo, ya sea el trabajo o la familia. Yo hice del trabajo mi causa durante demasiado tiempo. Al menos ahora siento que estoy utilizando mi experiencia para marcar una diferencia en una ciudad que necesitaba regenerarse con urgencia. Si de algún modo, por pequeño que sea, puedo ayudar a que eso ocurra, mediante mis conocimientos y habilidades, todos los años de trabajos pesados habrán valido la pena.

—Siento mucho que no fueses feliz, Peter, de verdad.

—Ah, me fue bien, Merry, iba sobre seguro, en línea con el adoctrinamiento de mi familia. En mi entorno de clase media baja, todos los padres les decían a sus hijos que se dedicaran a una profesión que les proporcionara seguridad económica. La medicina y la abogacía eran la mejor opción, a menos que pertenecieses a la aristocracia, claro, y de esos había unos cuantos en el Trinity, ¿eh?

—Pues sí. —Me reí por lo bajo—. ¿Te acuerdas de aquel tío que iba por todo Dublín en su Rolls Royce descapotable? Lord Sebastian no sé qué más. El Trinity era de lo más elegante en aquellos tiempos, ¿verdad? Con todos aquellos jóvenes ricos y brillantes que estaban ahí más por la vida social que por la carrera.

—Bueno, yo estoy casi seguro de que mi madre siempre pensó que conocería a alguna heredera angloirlandesa y acabaría viviendo en una mansión con corrientes de aire, rodeado de perros y caballos, pero...

—Siempre he odiado los caballos... —dijimos los dos al mismo tiempo, y nos reímos.

—¿En qué nos equivocamos, Merry? —Meneó la cabeza fingiendo lamentarse—. A ver, los británicos y los irlandeses están obsesionados con los rocines.

—Solo si los almohaza un mozo, que también limpiará la paja sucia cuando el trasero acaudalado regrese de montar y lo devuelva a los establos.

—O cuando los propietarios levanten la copa del ganador en el Derby Day, cuando son el entrenador y el jockey quienes han hecho todo el trabajo duro. —Peter puso los ojos en blanco—. O tal vez no sea más que envidia, Merry. Los dos éramos brillantes, por supuesto, pero de origen pobre, y teníamos que trabajar. Bueno, ¿cómo está tu familia?

—En general bien, pero, hasta hace unos días, no los había visto desde la última vez que te vi a ti. Mi padre murió hace más de veinte años a causa de la bebida, lo cual fue triste. Era un buen hombre, destrozado por una vida dura. Aunque, en realidad, hace poco descubrí que no eran mi familia biológica. Acabé entre ellos de recién nacida, pero eso sí que es otra historia.

Peter me miró anonadado.

—¿Quieres decir que eras una expósita?

—Eso parece. Fue Ambrose quien me lo contó, ¿te acuerdas de él?

—Claro que sí, Merry, ¿cómo iba a olvidarlo?

—Bueno, pues él y su amigo, el padre O'Brien, convencieron a la familia O'Reilly de que me adoptaran. O, de hecho, de que ocupara el lugar de un bebé al que habían perdido. La niña fallecida se llamaba Mary —añadí.

—Madre mía, no sé qué decir.

—En este momento, Peter, yo tampoco, así que no hablemos de ello, ¿te parece? ¿Y qué hay de tu familia?

—Mi madre aún vive, pero mi padre murió hace unos años. Creo que perdió las ganas de vivir cuando se retiró de los ferrocarriles. Le encantaba su trabajo. Aparte de mi anciana madre, eso es todo. No tengo familia.

—¿No tuviste hijos?

—No, y esa es otra cosa de la que me arrepiento. Pero para algunos de nosotros no puede ser. Después de que muriera mi novia, pedí el traslado a Noruega para empezar de cero, y estuve casado por poco tiempo con una chica noruega. Tan poco tiempo que, de hecho, creo que el divorcio duró más que el matrimonio, pero así es la vida, ¿no? Todos cometemos errores. ¿Tú tienes hijos?

—Sí, dos. Un chico y una chica.

—Entonces tengo celos. Siempre quisimos niños, ¿verdad?

Me miró y supe que el juego de andar con sigilo había llegado a su fin. Por mucho que los dos lo hubiéramos disfrutado.

—Es cierto. Creo que les pusimos algún nombre ridículo.

—Querrás decir que tú les pusiste algún nombre ridículo. ¿Cómo era? Perséfone y Perseo o algo así. Yo me contentaba con Robert y Laura. Ay —dijo al tiempo que cogía su vaso de whisky, que apuró—, qué buenos tiempos, ¿eh?

En ese momento no pude responder, porque sí, habían sido buenos tiempos, pero necesitaba hacerle la pregunta.

—¿Por qué no te reuniste conmigo en Londres, como me habías prometido, Peter?

—Vale… —Me observó detenidamente—. Por fin vamos al grano. —Hizo una seña al camarero y pidió dos whiskies más.

—¿Voy a necesitar otro?

—Tú no sé, Merry, pero yo seguro que sí.

—Por favor, Peter, solo dime qué ocurrió. Ha pasado mucho tiempo y, fuera cual fuese el motivo, te prometo que lo entenderé.

—Creo que eres lo bastante inteligente para saber qué ocurrió, Merry.

—¿Fue por él? —Me obligué a pronunciar su nombre—. ¿Bobby Noiro?

—Sí. Después de que te fueras a Inglaterra, esa noche hice lo que acordamos, procuré que me vieran en el bar en el que nos había pillado juntos por primera vez, para que no pensara que tenía nada que ver con tu desaparición. No sé si me vio, pero, justo el día antes de que fuera a coger el barco a Inglaterra, se plantó en la puerta de casa de mis padres (debió de seguirme), me empujó contra la pared apuntándome a la garganta con una pistola y me dijo que, si yo también desaparecía, se aseguraría de que mis padres no vivieran para averiguar adónde había ido. Que él y sus «amigos» prenderían fuego a la casa. Me dijo que la vigilaría todos los días para comprobar que yo seguía allí, que salía por la mañana y volvía por la noche. Y lo hizo, Merry, durante meses. —Dio un sorbo al whisky y suspiró con fuerza—. También se cercioró de que lo viera. ¿Qué podía hacer? ¿Decirles a mis padres que se habían convertido en un objetivo de los Provisionales? Una banda terrorista que, como los dos sabemos y la historia puede atestiguar, no se detendría ante nada para conseguir lo que quería.

—Te esperé tres semanas en Londres, en casa de Bridget. Y no tuve noticias tuyas. ¿Por qué no me escribiste, Peter? Cuéntame qué ocurrió.

—Pero... sí que te escribí, Merry, incluso tengo la prueba. Deja que te lo enseñe. —Peter alcanzó el maletín de cuero, lo abrió y sacó un fajo de viejos sobres de correo aéreo.

Me los tendió y me quedé mirando el de arriba.

Mi nombre y la dirección de Londres estaban tachados, y en grandes letras aparecía escrito: «Devolver al remitente».

Luego miré la dirección a la que lo había enviado.

—¿Ves? Mira el sello de arriba —señaló—. Lleva fecha del 15 de agosto de 1971. Dale la vuelta, Merry.

Obedecí. Tenía la dirección de Peter en Dublín, en su pulcra letra, y una nota debajo: «Persona desconocida en esta dirección».

—Esa no es la letra de Bridget —dije.

Fruncí el ceño, le di la vuelta y volví a leer la dirección.

—¡Oh, no! —Tragué saliva horrorizada y lo miré—. ¡Anotaste mal la dirección! Bridget no vivía en Cromwell Gardens. ¡Vivía en Cromwell Crescent! ¡Te lo dije!

—¡¿Qué?! ¡No! —Peter negó con la cabeza—. Te lo juro, Merry, mientras hacías las maletas para marcharte me dijiste que era Cromwell Gardens. Quedó grabado con tinta indeleble en mi corazón, ¿cómo iba a olvidarlo? Cuando decidimos que teníamos que irnos, esa dirección era el único medio de comunicación que teníamos. Te juro que me dijiste que era Cromwell Gardens...

—Y yo te juro que te dije Cromwell Crescent.

Me obligué a rememorar aquella noche, cuando Bobby había ido a verme y me había amenazado, a mí y a los míos. Peter había llegado una hora más tarde y le había hecho bajar a mi habitación para contarle que Bobby nos había visto en un pub la noche anterior. Estaba histérica, lloraba aterrada y Dios sabe qué metí en la maleta de cualquier manera.

—¿No te lo apunté? Seguro que lo apunté —insistí, tratando de recordar los detalles del momento en que le dije a Peter que me iba al piso de Bridget en Londres en el ferry de la mañana y repetí la dirección que me había dado ella cuando la llamé poco antes.

—Merry, sabes que no. Estabas en un estado lamentable y, para ser justos, yo también. —Peter suspiró con pesadez—. Bueno, uno de nosotros cometió un error esa noche. —Se encogió de hombros—. Y desde entonces nunca supe si ese maníaco te había cogido, te había asesinado y arrojado al Liffey, o si habías decidido que era mejor que lo dejásemos.

—¡Sabes que yo nunca lo habría dejado, Peter! Estábamos prometidos en secreto, teníamos todos aquellos planes para empezar de cero en Canadá… Una decisión que se precipitó por Bobby y sus amenazas. Pensé que habías cambiado de opinión y, como sabía que yo nunca podría volver a Irlanda a causa de Bobby, tuve que seguir adelante. Sola —añadí.

—Entonces ¿fuiste a Toronto, como habíamos planeado?

—Sí. Tras retrasar el viaje tres veces para ver si venías. A la cuarta, bueno, subí a bordo.

—¿Y cómo fue? Canadá, quiero decir.

—Horrible —reconocí—. Me dirigí al barrio irlandés de Toronto, como habíamos acordado. Cabbagetown, lo llamaban, la ciudad de las coles. Era poco mejor que un suburbio y no había más trabajo disponible que vender mi cuerpo, literalmente. Una chica a la que conocí me dijo que había oído que en Nueva Zelanda necesitaban trabajadores jóvenes y que había un montón de trabajo allí, así que utilicé lo que me quedaba de mis ahorros y me fui con ella. —Bajé la vista a la carta que aún sostenía—. ¿Puedo abrirla? —pregunté.

—Pues claro. Está escrita para ti.

Volví a mirarla y luego lo miré a él.

—Tal vez me la guarde para después. ¿Qué dice?

—Dice lo que acabo de contarte: que tu Bobby me había hecho una visita y había amenazado con quemar la casa de mis padres. Que yo había acudido a la policía para hablarles de él y de las amenazas, y que me dijeron que lo investigarían. Esperaba que lo interrogasen y lo acusaran por delito de amenazas, pero yo ni siquiera sabía dónde vivía.

—Si no recuerdo mal, entonces estaba de okupa con sus «camaradas».

—Exacto. Así que te escribí que tendría que esperar antes de ir a Londres, pero que te escribiría todo lo que pudiera. —Peter meneó la cabeza con tristeza—. Qué ridículo resulta en esta época que mis padres ni siquiera tuvieran teléfono en casa sencillamente porque no podían permitírselo, ¿verdad? En medio del pánico, yo no te di mi dirección, te dije que la pondría en el remite cuando te escribiera, y eso hice. —Señaló el montón de cartas.

—El hombre propone y Dios dispone… —dije en voz baja.

—Hice todo lo que pude por encontrarte, Merry. Fui a ver a Ambrose y me dijo que había recibido una nota escrita en griego en la que le decías que te marchabas. No sabía más que yo.

—Ay, Dios, Peter. Yo… no sé qué decir. Pero, aunque hubieses sabido dónde estaba, ¿qué podríamos haber hecho? No podías marcharte y poner en peligro a tus padres. Esa era la cuestión: Bobby había amenazado con matar a todas las personas a las que yo quería. Y le creí.

—No, pero cuando la situación empezó a caldearse de verdad, mi madre ya no se sentía cómoda en Irlanda. En Belfast se producían atentados con bomba constantemente, e incluso Dublín se hallaba bajo amenaza. Ellos eran vulnerables, con su matrimonio «mixto», así que convenció a mi padre de que se mudaran a Inglaterra. Yo me trasladé con ellos a Maidenhead, donde mi madre tenía familia, y conseguí trabajo en un bufete de abogados, donde podría continuar con las prácticas. Por supuesto, fui a Londres y a Cromwell Gardens, pero tampoco habían oído hablar ni de ti ni de Bridget. Te juro que estuve a punto de volverme loco de preocupación. —Peter me dirigió otra mueca—. Unas semanas después, oí que un chiflado llamado Bobby Noiro había prendido fuego a la vieja casa alquilada de mis padres, y que lo habían encerrado por ello.

—Cuando la hermana de Bobby, Helen, me dijo hace tan solo unos días que habían encarcelado a Bobby por incendiar una casa protestante, se me pasó por la cabeza que pudieran haber sido tus padres.

—Al menos no hubo heridos. —Peter suspiró—. Estaba loco, ¿verdad? Él y sus amigos del IRA Provisional.

—Estaba loco, sí, pero no tenía amigos en el IRA Provisional. —Suspiré, de repente me sentía exhausta—. Menudo desastre todo. Una palabra ridícula mal entendida y aquí estamos, treinta y siete años después, pensando que el otro había…, bueno, yo me lo imaginé prácticamente todo, eso seguro.

—Yo también. Cuando metieron a Bobby Noiro entre rejas, supe que por lo menos mi familia estaba a salvo, pero tú no. Nunca te he olvidado, Merry… Un año después del incendio, alguien del bufete en el que trabajaba me recomendó que contratase a un detective privado. Ahorré para pagar a una empresa para que te buscase en Londres y en Canadá. Para serte sincero, di por sentado lo peor. No había ni rastro de ti, Merry.

—Perdóname, Peter, así es como necesitaba que fuera. Por la seguridad de todas las personas a las que quería. Ni siquiera sabía que habían encerrado a Bobby hasta hace unos días, cuando me lo contó su hermana. Si no, quizá habría vuelto. Pero ¿quién sabe?

Hubo una pausa; los dos nos quedamos sumidos en nuestros pensamientos acerca del pasado y lo que podría haber sido.

—Al menos parece que has sido feliz, Merry. ¿Has sido feliz?

—Sí, creo que sí. Me casé con un hombre encantador llamado Jock. Era unos cuantos años mayor que yo y, si te soy sincera, creo que parte de la atracción inicial se debió a que me sentía protegida por él. Pero, a medida que pasaban los años, llegué a quererlo de verdad, y cuando murió hace unos meses me sentí destrozada. Estuvimos juntos más de treinta y cinco años.

—Mucho más de lo que duré yo nunca. —Peter me regaló una sonrisa irónica—. Pero me alegro de que encontraras a alguien que se preocupara por ti, de verdad.

—Y yo me preocupaba por él. Y con la llegada de los chicos me sentía satisfecha. Sí, satisfecha —dije en voz alta, para mí misma más que nada—. Pero ahora también me doy cuenta de que emocionalmente siempre me contuve un poco con él, y era por ti. He aprendido de mis hijos que el primer amor puede resultar abrumador, una gran pasión, si quieres llamarlo así, pero a menudo ese amor se acaba de forma natural. El nuestro nunca lo hizo; en realidad, fue más bien lo contrario. Siempre estuvo ese «Y si…». Y como estaba prohibido, porque tú eras protestante y yo católica en ese momento en Irlanda, por no hablar de Bobby... Bueno, eso le daba a todo el asunto un aire de historia de amor épica, ¿no?

—Sí, tienes razón, y ha seguido haciéndolo durante toda mi vida adulta. —Asintió—. Reconozco que no he dormido bien desde que recibí tu carta ni he logrado concentrarme mucho en nada. Apenas fui capaz de hablar cuando me llamaste y oí el sonido de tu voz, así que perdóname si soné formal. Cuando te he visto aquí, en carne y hueso, mirando la lámpara, me he preguntado seriamente si estaba soñando.

—Oh, lo sé, ¡yo estaba aterrada! Aun así, si lo piensas, en realidad solo estuvimos juntos seis meses, y nunca en público. Yo no llegué a conocer a tu familia, y tú tampoco a la mía.

—Bueno, por si lo has olvidado, tenía pensado presentarte a mis padres, y a ellos no les habría importado lo más mínimo la diferencia de religiones. Me he pasado los últimos treinta y siete años flagelándome por no haber estado más cabal aquella noche. Debería haberte dado el número de teléfono del bufete, pero no pensamos en todo eso, ¿no?

—No. —Suspiré—. Yo estaba en shock, así que es probable que sí que te diera una dirección equivocada. Levanté el auricular en una cabina de Londres un par de veces para llamar a Ambrose y ver si había tenido noticias tuyas, pero entonces recordaba que Bobby había amenazado con hacerle daño y me decía que no podía ponerlo en peligro. Si Ambrose hubiese sabido dónde estaba, estoy convencida de que Bobby se lo habría sacado a golpes, de modo que consideré más seguro no ponerme en contacto con él, así no tendría nada que contar. En resumen, nunca pensé que no vendrías. —Me encogí de hombros—. Fue así de simple.

Peter dio un sorbo al whisky y me miró.

—A veces me he preguntado si habría durado... lo nuestro.

—Nunca sabremos la respuesta a eso, ¿verdad, Peter?

—Por desgracia. Entonces, lo de querer quedar conmigo aquí hoy, ¿es para «cerrar un ciclo», como dicen ahora?

—Sí. Me fui de Nueva Zelanda con la misión de intentar encontraros tanto a ti como a Bobby. Había llegado el momento, si sabes a qué me refiero.

—Lo entiendo. Perdiste a todos tus seres queridos cuando te marchaste de aquí, ¿verdad?

—Sí, pero recuerda que yo conocía a Bobby desde que era pequeña, y él y su obsesión con la revolución irlandesa y conmigo siempre me habían dado miedo. En realidad resulta que compartíamos abuelos, éramos primos por parte de nuestras abuelas, que eran hermanas. Pero se distanciaron, como tantas familias, durante la guerra civil de 1920. Resulta que la enfermedad mental le venía de familia. Siempre había oído hablar del padre loco de Bobby, y el otro día quedé con su hermana pequeña, Helen, como ya te he dicho, y me contó que su tío abuelo Colin acabó en un psiquiátrico. Ella decidió que no quería tener hijos, para no transmitir los genes que compartieran Bobby y sus antepasados a la generación siguiente. Todo aquello de que estaba en el IRA Provisional era mentira. Fue fruto de la psicosis. Es todo muy muy triste.

—Con psicosis o sin ella, eso no lo hacía menos peligroso. Era un hombre tremendamente violento. De hecho, fui a verlo al hospital de St. Fintan hace unos años.

—¿En serio? Dios mío, Peter. Qué valiente.

—Bueno, él estaba esposado a una barra de hierro de la mesa y a mí me acompañaban dos guardias fornidos. Supongo que yo también quería pasar página después de que me hiciera morirme de miedo y luego intentara matar a mi familia. En realidad, salí de allí sintiendo lástima por él. Recuerdo que pensé que estaría mejor muerto que en aquel infierno en vida. Estaba tan drogado que apenas sabía su propio nombre. En fin, hecho está. La vida consiste en mirar hacia el futuro, no al pasado, ¿verdad? Bueno, ¿cuánto vas a quedarte en Belfast?

—Lo que esté aquí contigo. Luego cogeré el tren a Dublín para pasar algo de tiempo con Ambrose. Después de eso, regresaré a West Cork para volver a conocer a mi familia.

—Será bonito, y ya era hora.

—Bueno, si ya éramos un montón, ahora todos tienen familia propia, así que me llevará un par de semanas largas lograr verlos a todos. —Sonreí.

—¿Y luego? —preguntó.

—No lo sé, Peter. Si te soy sincera, solo había pensado en quedar contigo hoy. Supongo que acabaré volviendo a Nueva Zelanda.

—Si ese es el caso —Peter se miró el reloj, luego me miró a mí—, ¿puedo invitarte a comer? Me encantaría que me contases más cosas de tu vida y de ese viaje en el que te has embarcado en las últimas semanas.

—Vale. —Sonreí—. ¿Por qué no?

53

En tránsito: de Ginebra a Niza

El avión privado tocó tierra con suavidad en el aeropuerto de Niza mientras sus ocupantes miraban por las ventanillas con inquietud o ilusión.

—Ya hemos aterrizado —le dijo Maia a Valentina, que estaba sentada en el asiento de delante con el cinturón abrochado, los ojos como platos y aferrada todavía a los reposabrazos—. ¿Qué te ha parecido? —le preguntó en portugués.

—Me gustó más el avión grande, pero este también está bien —dijo educadamente.

Ally estaba sentada delante de Floriano, llevaba a Bear sujeto con el arnés de seguridad infantil en el regazo. Estaba muy orgullosa de él, no había llorado ni una sola vez. «La clave está en darle el biberón cuando ascendemos y cuando descendemos, porque la succión evita que le duelan los oídos a causa de la presión», le había aconsejado Ma antes de que embarcaran, y, por supuesto, había funcionado. Mientras el avión rodaba por la pista hasta detenerse, Ally tenía los nervios a flor de piel. A un breve trayecto en coche se hallaba el majestuoso *Titán*, anclado junto al puerto y listo para que los últimos invitados llegaran y embarcaran.

A bordo estarían esperando Star, Mouse y su hijo Rory, Mary-Kate y Jack.

A Ally se le retorció el estómago e hizo una mueca ante la mera idea de la expresión de sus ojos cuando la viera. Una mentira más…

—En fin, ¿y qué más da lo que piense él? —susurró a Bear al tiempo que le desabrochaba el arnés y lo introducía en el portabebés.

Se abrieron las puertas y los amables miembros del personal de tierra les dieron la bienvenida a Niza. Ma se dirigió a la parte delantera de la cabina para saludarlos, y Floriano y Charlie —que había llegado con Tiggy a Atlantis la noche anterior— ayudaron a todo el mundo a bajar las maletas.

Con ayuda del personal de tierra, Ma descendió la escalerilla seguida por CeCe y Chrissie.

—¿Te ayudo, Ally? —le preguntó Charlie.

—¿Podrías coger la bolsa de los pañales?

—Por supuesto. —Asintió y la cogió.

Ese hombre la había asistido en el parto de Bear unos meses antes, y su presencia allí la reconfortaba.

—Ally, ¿estás bien? —preguntó Tiggy cuando Charlie descendió y se quedaron solas en la cabina.

—Sí, ¿por qué?

—Por favor, no te preocupes. —Señaló a Bear con una sonrisa—. Te prometo que a Jack no le importará en absoluto. Bueno, vosotros dos primero.

Ally descendió a la espléndida luz, el calor y el olor tan característicos de la Costa Azul, con Tiggy cerrando la marcha. Tras un breve paso por el control de pasaportes, cargaron las maletas en dos limusinas y enseguida salieron de la terminal privada para incorporarse al tráfico de Niza.

—¿Dónde está Electra? —Ally se volvió hacia Maia—. Estoy segura de que dijo que se reuniría con nosotras aquí, no en el barco.

—Acabo de recibir un mensaje en el que dice que su avión ha aterrizado más temprano de lo previsto, así que se ha ido…, bueno, se han ido, pues Miles está con ella, directos al puerto.

—O sea que se ha traído a su hombre, ¿no es maravilloso? —dijo Ma.

—Sí —respondió Maia, al tiempo que pasaba un brazo en torno a Valentina con gesto protector y sonreía a Floriano, que iba sentado delante de ellas.

Cuarenta minutos y un montón de tráfico después, llegaron al puerto de Niza. Ally sintió que la sangre le palpitaba en las venas, inundada de emociones encontradas. De niña y, más tarde, como mujer, el viaje en verano a bordo del *Titán* con sus hermanas y su padre era el momento más esperado. La persona a la que más había querido en el mundo, Theo, no había vivido para ver ese día. Y, con todo, alguien que parecía importarle más de lo que debería aguardaba su llegada.

Salió de su ensimismamiento y se volvió hacia Ma.

—¿Estará allí Georg?

—Eso espero —respondió Ma—. Su secretaria ha dicho que lo veríamos a bordo.

—Por favor, Ally, no te estreses. —Maia le tendió una mano, pues sentía la evidente tensión de su hermana—. Quien tenga que estar allí estará.

—Seguro que tienes razón, Maia. Pero es que es todo un poco raro, ¿no? —Suspiró.

—Es distinto, sí, y también triste, porque este era el momento en que todas volvíamos con Pa desde dondequiera que estuviésemos. Pero debemos intentar celebrar su vida y las numerosas cosas positivas que nos han ocurrido a todas durante el último año.

—Lo sé —contestó Ally sintiendo una punzada de irritación ante la sensación de que su hermana mayor estaba siendo condescendiente con ella. Lo cual era injusto, pues Maia había sido un verdadero encanto las últimas semanas—. ¿Dónde hemos quedado con todos?

—A bordo —dijo Maia—. Está todo organizado, como siempre.

Su limusina y la que, detrás, transportaba a las demás hermanas, recorrió el puerto hasta un embarcadero, al final del cual flotaban dos lanchas que los llevarían hasta el *Titán*. Dada la época del año, el puerto se hallaba atestado de botes que oscilaban en el agua y había numerosas embarcaciones de gran tamaño ancladas en la bahía.

Ally se apeó de la limusina y el calor del día la golpeó. Le caló el sombrerito a Bear por encima de los ojos.

—*Bienvenue à bord du* Titán. —Hans, el capitán que había comandado el barco desde que Ally tenía memoria, los saludó mientras dos tripulantes, vestidos elegantemente de blanco, descargaban las maletas.

Les ofrecieron una toalla refrescante y los guiaron por el embarcadero hacia las lanchas.

—¿Puedo cogerte del brazo, Ma? —dijo Charlie, rodeándola desde atrás, cuando se disponía a bajar los escalones.

—Gracias. Debería haber dejado los zapatos de tacón en casa y haberme puesto unos náuticos, ¿verdad? —dijo, como cada año.

Una vez que todo el mundo estuvo a bordo, encendieron los motores e iniciaron el breve trayecto hasta el *Titán*.

—Uau —exclamó Chrissie cuando las lanchas se alejaron del puerto y cogieron velocidad en el azul del mar Mediterráneo—. ¡Esto sí que es viajar!

—Pásame esos prismáticos, Ally —gritó CeCe hacia el frente de la lancha.

—El *Titán* está justo allí —dijo Ally al hacerlo.

CeCe ajustó el enfoque de los prismáticos y se los pasó a Chrissie, que miró por ellos.

—¡Dios mío! Es una broma, ¿verdad? Eso no es un barco, ¡es un buque!

—Sí, es bastante grande —convino CeCe cuando se acercaban.

—Eso —Charlie le señaló el *Titán* a Tiggy— es lo que mi padre habría llamado un palacio de ginebra flotante.

—No estoy segura de si eso es un cumplido o una ofensa, pero sí, de vez en cuando nos tomamos un gin-tonic a bordo. —Tiggy sonrió.

—Creo que hasta que no llegué anoche a Atlantis y al ver esto hoy, no he sido del todo consciente de lo rico que era vuestro padre.

—Sí que lo era —dijo Tiggy.

—¿Sabes qué me hace de verdad feliz?

—¿Qué?

—Que mi querida exmujer habría dado cualquier cosa por que la invitaran a uno de estos para hacer un crucero por el Mediterráneo. Y resulta que era el padre de un miembro del servicio, como suele llamarte, quien tenía uno. —Charlie soltó una risita—. Tenemos que sacar un montón de fotos y dejarlas por ahí la próxima vez que llegue Ulrika para recoger a Zara, solo para fastidiarla.

Tiggy alzó la vista hacia el *Titán* cuando atracaban al costado del buque y pensó que sí, tenía un aspecto majestuoso. Con más de setenta metros de eslora, el superyate Benetti se alzaba cuatro niveles por encima del agua, y la torre de radio ascendía hacia el cielo azul celeste sin nubes.

Un marinero de cubierta ayudó a Ma a subir la primera, seguida del resto de los pasajeros.

Dos rostros muy emocionados asomaron a popa para recibirlos.

—¡Hola, chicos! Star y yo estábamos pensando en no esperaros más y zarpar, pero eh, ¡aquí estáis!

Y ahí estaba Electra, tan despreocupadamente hermosa como siempre, con pantalones cortos vaqueros y una camiseta.

—Me encanta cómo te queda el pelo corto —dijo Maia cuando le llegó el turno de abrazar a Electra.

—Sí, bueno, soy una nueva yo en muchos sentidos. Venga, venid a conocer a Miles.

—¡Estáis aquí! —exclamó Star desde detrás de ella, cuando CeCe y Chrissie subían a cubierta. Star las rodeó a las dos con los brazos—. Qué alegría veros a las dos. Hola, Tiggy, ¿y este es…?

—Soy Charlie, un placer conocerte, Star. —Le estrechó la mano.

—Igualmente, Charlie. —Star sonrió—. Este es Mouse, mi otra mitad. Venga, coged una copa de champán y poneos cómodos —continuó—. Rory, el hijo de Mouse, se ha ido con el primer oficial de cubierta para ver el puente hace unos veinte minutos y no lo hemos visto desde entonces.

El solárium, con sus cómodos muebles tapizados de lona, se hallaba de pronto lleno de gente pululando. Con el rabillo del ojo, Ally divisó a Jack junto a una joven rubia, de pie, algo apartados del resto de las hermanas y sus parejas.

—Vale, Bear —susurró al niño, que no paraba quieto en el portabebés—. Allá vamos.

—Hola, Jack, ¿cómo estás? —dijo caminando hacia ellos.

—Estoy bien. Esta es Mary-Kate, mi hermana, ¿y…? —Bajó la vista a Bear con expresión de sorpresa—. ¿Quién es este hombrecito?

—Mi hijo, Bear. Solo tiene cuatro meses.

—Hola, Ally —dijo Mary-Kate—, me alegro de conocerte. Jack me ha hablado mucho de ti. Y, oh —añadió mientras Bear continuaba retorciéndose—, ¡es preciooooso! ¿Verdad, Jacko?

—Sí que lo es, sí. Mucho.

—Empieza a pasar calor y a ponerse nervioso en el portabebés —dijo—. ¿Podrías sacarlo por mí, Mary-Kate?

—Yo lo cojo. —Jack metió sus grandes manos en el portabebés y sacó a Bear—. Ya está, pequeño. Así está mejor, ¿eh? —dijo al tiempo que lanzaba una mirada burlona por encima de la cabeza de Bear.

—A Jacko se le dan muy bien los bebés, ¿verdad, Jack? —añadió Mary-Kate—. A los dieciocho pasó el verano trabajando como niñero de nuestros vecinos.

—Sí, culpable —dijo él—, y detecto un hedor familiar procedente de este hombrecito. Lo que, por experiencia, deduzco que apunta a un pañal lleno. —Se rio—. Aquí tienes, mamá. —Se lo devolvió a Ally.

—Gracias. Voy abajo a cambiarlo. ¿Maia? —llamó Ally al otro lado de la cubierta—. Ven a conocer a Jack y a Mary-Kate.

Dejó a su hermana al mando y se dirigió al salón principal, donde siempre había un plano de los dormitorios clavado en un corcho dentro de una vitrina metálica.

—Cubierta tres, suite cuatro —leyó, y bajó un tramo de escaleras.

Tras cambiar a Bear y darle de mamar, justo salían del camarote cuando vio que Georg avanzaba por el pasillo en su dirección, todavía vestido con traje y corbata. Iba hablando por el móvil y parecía agitado. Al verla delante de él, dijo algo en alemán y colgó.

—¡Ally! ¿Qué tal estás?

—Yo bien, gracias, Georg. ¿Y tú?

—Yo… bien. Lamento haber estado ausente las últimas semanas. Tenía asuntos que… atender.

Ally lo observó y pensó que de golpe parecía mayor. Tenía la piel grisácea y el rostro demacrado, lo que sugería que había perdido peso desde la última vez que lo había visto.

—Me alegro de que estés aquí, Georg. Pareces agotado, si no te importa que te lo diga. Espero que puedas quitarte el traje y la corbata y empezar a relajarte.

Justo cuando estaba a punto de subir con Bear junto a los demás, Georg le apoyó con suavidad una mano en el hombro y la detuvo.

—Ally, ¿podemos hablar un momento? ¿En privado? —Señaló la puerta que llevaba a lo que llamaban el salón de invierno, una sala acogedora que utilizaban cuando hacía mal tiempo.

—Por supuesto.

Georg abrió la puerta y los dos fueron a sentarse en un par de sofás dispuestos a ambos lados de una mesa baja, con unas vistas preciosas del Mediterráneo a través de los ojos de buey.

—¿Qué ocurre, Georg?

—Bueno, he conocido tanto a Jack como a Mary-Kate arriba, en cubierta, pero tengo entendido que Mary-Kate no es la Mary McDougal que en principio pensabais que era.

—No, Mary-Kate es la hija adoptiva de Mary McDougal, o Merry, como suelen llamarla.

—¡Ay! —dijo Georg frustrado—. No habíamos... había previsto algo así. Tenía entendido que habíais localizado a Mary y que había accedido a acompañaros en el crucero.

—Sí, pero en los últimos días Mary-Kate ha contactado con su madre biológica y resulta que su madre adoptiva, Merry, en realidad también es adoptada. Bueno, era una expósita.

—A ver si lo entiendo. —Georg se sacó una diminuta libreta encuadernada en cuero y una pluma del bolsillo interior de la chaqueta—. La hija, Mary-Kate, ¿cuántos años tiene?

—Veintidós.

—¿Y dónde nació?

—En Nueva Zelanda.

—¿Y hace poco que ha identificado a sus padres biológicos? ¿Que también eran neozelandeses? —preguntó.

—Eso creo, sí.

—Y Merry, la madre, ¿qué edad tiene?

—Este año cumplirá cincuenta y nueve.

—¿Y acaba de descubrir que la adoptaron?

—Sí. Merry acaba de enterarse de que reemplazó a un bebé fallecido y la criaron como parte de esa familia. Pero originalmente era una expósita.

—¿Del sudoeste de Irlanda?

—Sí. Intentamos ponernos en contacto contigo, Georg, porque necesitábamos más información acerca de Mary McDougal y cuál de las dos podía ser, pero no recibimos noticias tuyas. Entonces, de casualidad, Maia vio en el jardín de Pa que se había añadido un conjunto de coordenadas al anillo de Mérope de la esfera armilar. Las busqué en Google Earth y resulta que señalaban a una casa grande y vieja, muy cerca de la casa del párroco local de West Cork, en cuya puerta habían dejado a Merry.

—Yo… —Georg miró a Ally horrorizado—. ¿Quieres decir que hasta ahora no habíais visto esas coordenadas?

—Exacto. Yo había salido al jardín cuando estaba en casa, a sentarme en el banco bajo la pérgola de los rosales y mirar la esfera armilar, pero nunca me fijé tanto.

—*Mein Gott!* —Georg dio un golpe a la mesa—. Ally, esas coordenadas llevan meses en la esfera. Yo mismo ordené que las grabaran apenas unas semanas después de que todos viéramos la esfera armilar por primera vez. Me sorprende que ninguna de vosotras las hubiese advertido. Y cuando fui a veros, recibí una llamada, ¿recuerdas?, y tuve que marcharme inmediatamente.

—Pero ¿cómo íbamos a verlas, Georg? Maia se había ido a Brasil y el resto no íbamos a casa más que de forma esporádica. Si mirábamos a algo, era a las coordenadas de nuestro propio anillo.

—Entonces es todo culpa mía —dijo—. Di por sentado que os habíais fijado y, si te soy del todo sincero, tenía la cabeza en otras cosas. ¿Y por qué no ha venido la tal Merry con sus hijos?

—Jack me dijo que no quería. —Ally se encogió de hombros—. No estoy segura de por qué. ¿Georg?

—Sí, Ally. —Georg se había levantado y se paseaba por el salón.

—Entonces ¿la madre de Mary-Kate, Merry, es definitivamente la hermana perdida?

—Por lo que a mí me consta, sí, pero, después de todo esto, ¡no está aquí! Y el anillo tampoco. Todo esto es culpa mía, Ally —repitió—. Las últimas semanas he estado… distraído. Aun así, debería haberos dicho la edad que tenía, haber comprobado si habíais visto sus coordenadas en la esfera armilar. Pero no esperaba que hubiese dos Mary McDougal… Yo… ¡ay!

Ally lo observó. Ese hombre que siempre se había mostrado frío y calmado, sin traslucir ninguna emoción, en ese momento se hallaba fuera de sí.

—¿Sabes a quién pertenecía esa vieja casa de West Cork? —lo sondeó.

Georg se volvió, la miró fijamente y asintió.

—Sí.

—¿Y por qué no nos lo has contado?

—Porque… porque… Ally, como siempre, yo solo seguía órdenes… —Georg se sentó enfrente de ella y se enjugó el sudor de la frente con su pañuelo blanco—. Proporcionaros esa información desde el principio podría haber molestado a… algunos miembros de la familia. Pensé que lo mejor era que lo descubrieseis vosotras solas, o Mary McDougal, en realidad.

—¿Lo dices porque el hijo de Maia es de Zed Eszu? ¿Y porque Zed anduvo detrás de Tiggy y de Electra?

—Exacto, pero de todos modos todo esto es culpa mía, Ally, y tengo que corregir la situación de inmediato.

—¿Por qué? Quiero decir… —La cabeza le daba vueltas—. ¿Cómo?

—¿Dónde está Merry ahora?

—Jack me dijo que pensaba quedarse en Irlanda para pasar algún tiempo con su familia.

—Entonces ¿sigue en West Cork?

—No, estoy casi segura de que volvió a Dublín con Jack y Mary-Kate, pero podemos preguntárselo. Por lo visto tiene un padrino allí, se llama Ambrose.

—De acuerdo, entonces debo solucionar esto antes de que sea demasiado tarde. Discúlpame, Ally.

Ally lo vio salir con resolución del salón.

54

Merry
Belfast, Irlanda del Norte

Más vino? ¿O un café irlandés para acabar, tal vez? Seguro que hace mucho que no te tomas uno —me dijo Peter, sentado al otro lado de la mesa.

—Pues hacía mucho hasta hace unos días, cuando los chicos y yo nos dimos un capricho en West Cork. Aun así, lo siento pero no. He bebido mucho más de lo que me conviene, sobre todo en la comida. Acabaré pasándome la tarde durmiendo.

—Bueno, no todos los días te encuentras con un amor perdido después de treinta y siete años, ¿no?

—No. —Sonreí.

—Me ha encantado volver a verte, Merry, aunque me daba pavor.

—Ya somos dos, pero sí, a mí también. Ahora, de verdad, tengo que irme, Peter. Ya son las tres y media, y debo volver a Dublín.

—¿No puedes quedarte otra noche?

—No, le he prometido a Ambrose que volvería y, teniendo en cuenta que está paranoico con que desaparezca de pronto otra vez, debo ir. Ni siquiera tenía intención de quedarme tanto tiempo.

—¿Sabe dónde has estado?

—Por supuesto. Fue a él a quien le pedí que intentase localizarte después de no encontrar registros tuyos ni en Irlanda ni en Inglaterra ni en Canadá. Se le ocurrió ponerse en contacto con un antiguo alumno suyo que trabaja en el archivo del Trinity, para ver si seguías suscrito a la revista de exalumnos, el *Trinity Today*. Consultó el registro de suscriptores, y ahí estabas, ¡con una dirección de Belfast!

—Un aplauso por las dotes detectivescas de Ambrose —dijo Peter, que pidió la cuenta con un gesto—. Es una lástima que no puedas quedarte más, me encantaría enseñarte un poco más la ciudad. Todo lo que recuerdas del televisor en los setenta y los ochenta ha cambiado. Está empezando a prosperar, y una vez acabado el barrio Titanic, Belfast será una ciudad de destino de verdad.

—Me alegro de que sea así, y de que empiecen a cerrarse viejas heridas —contesté al tiempo que sacaba la cartera y tendía a Peter una tarjeta de crédito—. ¿Pagamos a medias?

—No seas tonta, Merry. Llevo mucho tiempo esperando para llevarte a comer… Además, esta mañana has puesto los whiskies, mi café y el cruasán a tu cuenta del hotel.

Estuve de acuerdo, y al cabo de diez minutos salimos del restaurante y caminamos por delante de la gran catedral de St. Anne.

—Es impresionante —comenté—. ¿Qué es ese tubo largo de acero que sobresale en lo alto?

—Lo instalaron el año pasado, se llama la Aguja de la Esperanza. Por la noche está iluminada y, la verdad, me encanta, y lo que simboliza. ¿Merry?

—¿Sí?

—Yo… A ver, por supuesto depende ti, pero me encantaría verte de nuevo antes de que regreses a Nueva Zelanda. Hoy ha sido…, bueno, fantástico. Me ha encantado reírnos como antes.

—Sí. Ya te he dicho que no tengo planes fijos todavía, y aún estoy superando la pérdida de Jock, así que…

—Lo entiendo —dijo cuando entrábamos en el hotel—. Pero esta vez sacaremos nuestros móviles, intercambiaremos números, correos electrónicos y direcciones postales, y comprobaremos que los dos los hemos anotado correctamente, ¿de acuerdo?

—De acuerdo. —Sonreí al tiempo que me acercaba al mostrador del portero y le entregaba la tarjeta de mi equipaje.

Mientras esperábamos a que retiraran mi bolsa de viaje, hicimos exactamente lo que Peter había propuesto.

—¿Necesita un taxi, señora? —me preguntó el portero.

—Sí, por favor.

Peter y yo seguimos al portero por los escalones hasta la calle, y lo vimos silbar para llamar la atención de un taxi.

—Odio que nos despidamos cuando acabamos de decirnos hola. Por favor, piénsate lo de volver a Belfast, Merry, o puedo ir yo a verte a Dublín. En realidad, cuando quieras, donde quieras.

—Lo pensaré, te lo prometo.

Me cogió la mano, la besó y me envolvió en un abrazo.

—Por favor, cuídate, ¿vale? —me susurró con suavidad—. ¡Y no se te ocurra perder el contacto!

—No lo haré. Adiós, Peter, y gracias por la comida.

Me subí al taxi y me despedí con la mano mientras nos incorporábamos al tráfico.

Debido a la tensión acumulada, la emoción de ver a Peter de nuevo, además de la cantidad de vino que había ingerido durante la comida, pasé durmiendo la mayor parte del trayecto a Dublín, del que solo desperté cuando el hombre que iba sentado a mi lado me dio un leve codazo para que lo dejara salir.

En el taxi a Merrion Square, me sentía anestesiada y me costaba creer que de verdad acabase de estar con Peter después de tantos años.

Entré en el piso de Ambrose, dejé la bolsa de viaje en el suelo y me dirigí al salón, donde lo encontré en su butaca habitual.

—Hola, Ambrose, he vuelto sana y salva. —Le sonreí.

—¿Ha ido todo bien, entonces?

—¡Oh, sí! Estaba tan nerviosa que me he desmayado literalmente en sus brazos y...

De pronto cobré conciencia de que no estábamos solos en la habitación. Me volví y, sentado en un rincón del sofá, había un hombre al que no había visto nunca. Al verlo se levantó, y advertí que era muy alto, rondaría los sesenta y pocos e iba vestido de forma inmaculada, con traje y corbata.

—Perdone, señor, no me había dado cuenta de que estaba ahí. Soy Merry McDougal, ¿y usted es...? —le pregunté al tiempo que le tendía la mano.

Durante lo que me pareció un largo rato, el hombre se limitó a mirarme fijamente, como maravillado. Tenía los ojos, grises, algo vidriosos, como si contuvieran lágrimas. Yo seguía con la mano tendida, pero como me dio la impresión de que no tenía intención de estrechármela, la dejé caer. Por fin pareció salir de aquel estado hipnótico.

—Discúlpeme, señora McDougal. Guarda usted un parecido asombroso con... alguien. Soy Georg Hoffman, y estoy encantado de conocerla.

El hombre hablaba inglés a la perfección, aunque con un acento pronunciado que reconocí como alemán.

—¿Y... quién es?

—Por favor, ¿no prefiere sentarse? —Georg señaló el sofá.

Miré a Ambrose en busca de confirmación.

—Siéntate, Mary. ¿Te sirvo un whisky? —me preguntó.

—Santo Dios, no, hoy ya he bebido mucho más alcohol del que debía.

Me senté con vacilación, al igual que Georg Hoffman. Vi que tenía un maletín de cuero muy similar al que llevaba Peter esa misma mañana. Sacó una carpeta de plástico del maletín y se la apoyó en el regazo. Suspiré; después del día que había tenido, lo único que me apetecía era tomarme una taza de té y un sándwich tranquila con Ambrose, contarle cómo me había ido con Peter, bajar las escaleras y meterme en la cama.

—¿Ha venido a verme a mí, o usted y Ambrose se conocen? —pregunté.

—Mary, el señor Hoffman es el abogado del difunto padre de todas las hermanas que han estado intentando dar contigo últimamente —aclaró Ambrose.

—Por favor, llámenme Georg. Creo que fue a Tiggy a quien conoció aquí en Dublín.

—Sí, aunque también he sabido de otras hermanas y sus... parejas por el mundo. Es decir, han estado siguiéndome la pista.

—Así es, y yo he venido esta noche porque me he dado cuenta de que el que debería haber acudido a usted en primer lugar soy yo, porque tenía más... detalles de sus orígenes que las hijas de mi cliente. Pero cuando a las chicas, como yo llamo a las hermanas, se les ocurrió un plan para dar con su hermana perdida, tomé la decisión de dejar que la encontraran ellas. Habían tenido mucho éxito a la hora de encontrar cada una a su propia familia biológica, ¿entiende?, y yo debía atender a otros asuntos. Permítame disculparme por cualquier molestia o preocupación que tanto ellas como yo le hayamos causado en el proceso.

—Gracias. La situación me ha causado cierta angustia, sobre todo porque reservé una Gran Gira para intentar superar la pérdida de mi marido.

—Mary, querida, perdóname, pero eso no es del todo cierto, ¿no?

Me volví hacia Ambrose preguntándome por qué demonios defendía él el comportamiento de un grupo de hermanas que sabía que habían llegado a aterrorizarme.

—Lo que quiero decir, señor Hoffman, es que al mismo tiempo Mary (y espero que no te importe que hable por ti) —continuó Ambrose— también estaba indagando acerca de su propio pasado. Irónicamente, mientras esas hermanas la buscaban, ella también trataba de dar con alguien. Alguien que la había asustado y aterrorizado cuando era joven. Por desgracia, las dos líneas de investigación se confundieron. ¿Lo entiende?

—No del todo, pero lo suficiente para saber que no se alegró usted, señora McDougal, de que las hermanas la buscaran.

—Por favor, llámame Merry, y no, no me alegré, pero aún no has respondido a la pregunta: ¿por qué estás aquí esta noche?

—Porque..., perdóname, Merry, si da la impresión de que hablo en clave. Si te soy sincero, nunca esperé que llegase este momento. He trabajado para el padre de las chicas...

—A quien ellas llaman Pa Salt —apostillé.

—Sí, ha sido como un padre para mí desde el momento en que lo conocí. He trabajado para él durante toda mi carrera como abogado, y siempre hablaba de que había una hermana perdida, una a la que no conseguía encontrar, por mucho que buscase. Cuando tuve edad suficiente, me uní a él en esa búsqueda. De vez en cuando me llamaba con una pista prometedora acerca de su paradero, y yo recurría a un grupo de detectives privados de confianza para seguirla. Nunca llevaban a nada. Y entonces, el año pasado por esta época, mi jefe descubrió nueva información, que afirmó que era casi seguro exacta. Me vi con muy poco con lo que trabajar, pero continué trabajando.

Hizo una pausa momentánea y se inclinó para coger el whisky de la mesa que tenía delante. Apuró el vaso, lo dejó y me miró.

—Merry, podría quedarme aquí sentado contándote los esfuerzos que hemos tenido que hacer los detectives privados y yo mismo para descubrir en quién te habías convertido, pero...

Lo observé menear la cabeza y llevarse la mano a la frente, sin duda avergonzado por mostrar sus emociones.

—Discúlpame un momento...

Rebuscó en la carpeta que tenía en el regazo. Aceptó y rechazó distintas páginas y, por fin, sacó una y la giró para que la viera.

—De haber sabido lo sencillo que acabaría siendo resolver el misterio de identificarte, te habría ahorrado todo el sufrimiento de estas semanas. Después de todo, ni siquiera necesitábamos el anillo de esmeraldas. —El señor Hoffman señaló el anillo, que seguía en mi dedo, y me tendió la hoja de papel.

—Mira.

Miré, y una vez que mi cerebro hubo encontrado sentido a la imagen, caí en el tópico de mirar dos veces, porque no podía creer lo que veía.

La página que tenía ante mí era un retrato al carboncillo de mí misma.

Lo observé con más detalle y advertí que sí, quizá mi mentón fuera más prominente y mis cejas algo menos espesas que las del dibujo, pero no cabía duda.

—Soy yo, ¿no?

—No —susurró el señor Hoffman—, no eres tú, Merry. Es tu madre.

No podría recordar gran cosa de lo que dije o hice en los veinte minutos siguientes. Ese rostro, que era el mío y aun así no lo era, me provocó una reacción primitiva para la cual no estaba preparada. Me dieron ganas de acariciar el dibujo y, a continuación, de romperlo en pedazos. Acepté un whisky que no quería pero apuré el vaso, luego me eché a llorar. Fuera lo que fuese lo que creyese que había resuelto, siempre se veía sustituido por un nuevo misterio, junto con toda una gama de emociones que acabó conmigo entre los brazos de Ambrose en el sofá y el abogado mirando desde la butaca de cuero.

—Lo siento, lo siento —no paraba de decir mientras vertía lágrimas sobre el dibujo al carboncillo del yo que era mi madre.

Finalmente dejé de llorar y, con el pañuelo de Ambrose, me sequé los ojos y las mejillas y di unos golpecitos en la fotocopia de la cara que al parecer me había traído al mundo. Había quedado fea y emborronada.

—Por favor, no te preocupes por eso. Es una copia del original —dijo Georg.

Cuando empecé a recuperar la razón, me aparté de Ambrose y me senté erguida.

—Merry, si no te importa, ¿podrías ayudarme a levantarme? —me preguntó Ambrose—. Creo que a todos nos vendrá bien un té. Iré a preparar un poco.

—Ambrose, de verdad...

—Querida, soy perfectamente capaz de preparar una tetera.

Georg y yo nos quedamos sentados en silencio. Tenía muchas preguntas para las que quería respuesta, pero me costaba saber por dónde empezar.

—Georg —logré articular sonándome la nariz por enésima vez con el pañuelo empapado de Ambrose—, ¿podrías explicarme, por favor, por qué, si sabías en qué año nací, siguieron, al menos las hermanas, a mi hija, que no tiene más que veintidós años?

—Porque no tenía ni idea de que tu hija también se llamaba Mary. Y que le habías regalado el anillo a tu hija cuando cumplió los veintiuno. Durante las dos últimas semanas, mientras tu búsqueda proseguía, tras concluir que habían encontrado a Mary McDougal, me vi... retenido de manera inevitable en otra parte.

—Lo siento mucho, Georg, pero hay muchas cosas que no entiendo. ¿Dices que este dibujo al carboncillo es de mi madre?

—Sí.

—¿Cómo lo sabes?

—Porque el original estuvo muchos años colgado en Atlantis, la casa de mi jefe en Ginebra. Mi jefe me había dicho quién era.

—¿Murió? ¿Durante el parto, quiero decir?

De nuevo advertí la indecisión del hombre acerca de revelar lo que sabía y lo que no.

Justo cuando Ambrose traía el té, Georg se levantó y fue a coger el maletín de cuero. Lo vi sacar un sobre acolchado del interior. Se sentó en la butaca de Ambrose y dejó el paquete en su regazo.

—¿Tomas azúcar, Georg? —preguntó Ambrose.

—Yo no bebo té, gracias. Merry, este paquete es para ti. Creo que responderá a todas las preguntas a las que yo no puedo responder. Pero, antes de que te lo entregue, te ruego que me acompañes y te unas a tus hijos y las hermanas a bordo del *Titán*. Cumplirás el sueño de tu padre, y no puedo marcharme de aquí sin suplicarte que vengas. El avión privado se encuentra en la pista del aeropuerto de Dublín esperando a que embarquemos para viajar hasta el barco.

—Estoy tan cansada... —Suspiré—. Solo quiero irme a la cama.

Me volví hacia Ambrose al tiempo que daba un sorbo a mi té. Tenía casi cincuenta y nueve años y seguía recurriendo a él en busca de consejo.

—Lo sé, querida, lo sé —respondió Ambrose—, pero ¿qué es una noche de sueño comparado con descubrir tus verdaderos orígenes?

—Pero es todo tan surrealista, Ambrose...

—Eso es porque, hasta el momento, tu experiencia con las hermanas ha estado muy fracturada. Aparte del hecho de que has tenido mucho con lo que lidiar últimamente, pero incluso tus hijos están a bordo del barco. Están navegando hacia Grecia, la tierra a la que siempre deseaste ir pero nunca has visitado, y por lo que ha dicho Georg, donde es posible que encuentres las respuestas que buscas. Yo también, como el hombre que te vio primero cuando apenas tenías unas horas, y te vio crecer y convertirte en una joven apasionada de la filosofía y la mitología, te ruego que vayas a descubrir tu propia leyenda. ¿Qué puedes perder, Mary?

Me quedé mirándolo, preguntándome cuánto habían hablado él y Georg antes de que yo llegase. Entonces pensé en mis hijos, ya acomodados en esa familia extraña y dispar en algún punto del mar navegando hacia Grecia, la tierra que siempre ha ocupado un lugar tan especial y mágico en mi mente...

Cogí la mano de Ambrose. E inspiré hondo.

—De acuerdo —dije—. Iré.

Una hora y media después, me encontraba en la clase de avión privado que solo había visto en películas y revistas, sentada en un asiento forrado de cuero, con Georg enfrente de mí, al otro lado del estrecho pasillo. En la parte delantera vi a dos pilotos que estaban preparándose para el despegue. Georg hablaba por el móvil en alemán. Ojalá hubiese entendido lo que decía, porque sonaba urgente.

Apareció un auxiliar de vuelo que nos pidió que nos abrochásemos el cinturón y apagásemos los móviles. El avión empezó a rodar y, en apenas unos segundos, cogió velocidad y nos elevamos. Miré por la ventanilla y pensé en lo disparatado que era que volviese a abandonar de repente la tierra en la que había nacido y crecido. Las luces de Dublín titilaban abajo, y a continuación, casi de inmediato, se hizo la oscuridad cuando comenzamos a cruzar el mar de Irlanda. Cerré los ojos e intenté concentrarme en el hecho de que estaba volando hacia mi familia —Jack y Mary-Kate— y no lejos de ella, como la última vez que me había ido de Irlanda.

Oí un ding por encima de mí y, acto seguido, el auxiliar de vuelo llegó y nos dijo que podíamos desabrocharnos el cinturón de seguridad.

Vi que Georg alcanzaba su maletín de cuero. Sacó el sobre acolchado de estraza.

—Esto es tuyo, Merry. Dentro espero que encuentres las respuestas a las preguntas que me has hecho. Por ahora, te dejo para que descanses un poco.

Cuando me lo tendió, vi que el brillo trémulo de las lágrimas asomaba de nuevo a sus ojos. Entonces llamó al auxiliar de vuelo.

—La señora McDougal desea un poco de privacidad y sueño. Me trasladaré adelante.

—Por supuesto, señor.

—Buenas noches, Mary. Nos vemos cuando aterricemos. —Georg asintió.

Sin entusiasmo, el auxiliar de vuelo sacó dos paneles de cada lado de la cabina con los que creó una división entre la cola y la parte delantera. Luego me dio una manta y una almohada y me enseñó a convertir el asiento en una cama.

—¿Cuánto dura el vuelo? —le pregunté cuando depositó un vaso de agua en el portavasos a mi lado.

—Poco más de tres horas, señora. ¿Quiere algo más?

—Estoy bien, gracias.

—Por favor, llame al timbre que tiene al lado del asiento si necesita alguna cosa. Buenas noches, señora.

Las puertas se cerraron a su espalda y disfruté de una privacidad absoluta. Experimenté un momento de puro pánico, porque estaba volando hacia Dios sabía dónde y tenía un sobre de estraza en el regazo que al parecer contenía el secreto de mis verdaderos orígenes.

—Ambrose ha confiado en Georg, y tú también debes hacerlo, Merry —murmuré.

Así que ahí estaba, suspendida en algún punto entre el cielo y la tierra. Los dioses griegos habían elegido el monte Olimpo, la montaña más alta de Grecia, como su hogar, anhelando quizá la misma sensación. Contemplé las estrellas, que parecían mucho más brillantes ahí arriba, resplandecientes como fuego estelar.

Devolví la atención al paquete marrón que tenía en el regazo y pasé un dedo por debajo del pegamento para abrir el sobre. Metí la mano y saqué un libro de cuero marrón grueso y algo maltratado junto con un sobre de papel vitela de color crema. Dejé el libro en la mesita que tenía delante, bajé la vista al sobre y leí las tres palabras escritas de forma exquisita en el frente:

Para mi hija.

Lo abrí.

Atlantis
Lago Ginebra
Suiza

Querida hija:

Ojalá pudiese dirigirme a ti por tu nombre, pero por desgracia lo desconozco. Del mismo modo que no tengo ni idea de dónde podrías vivir. O si vives todavía. Tampoco sé si te hallarán algún día, una idea extraña para ambos si estás leyendo esto, porque significa que así ha sido pero yo he abandonado este mundo. Y tú y yo no nos encontraremos nunca en la tierra, sino en la próxima vida, en la que creo con toda mi alma y mi corazón.

No puedo ni empezar a expresar el amor que sentí por ti desde que supe de tu inminente llegada. Tampoco puedo contarte en esta carta lo mucho que me he esforzado por encontraros a ti y a tu madre, a quien también perdí de forma tan cruel antes de que nacieras. Es posible que creas que tu padre te abandonó, pero nada más lejos. A día de hoy —y te escribo, como he escrito a mis otras seis hijas, porque me queda poco de vida—, no sé adónde fue tu madre, ni si vivió o murió después de que tú nacieras. Cómo sé que naciste es una historia que solo puede explicarse en más páginas de las que tengo energía para escribir aquí.

Sin embargo, la escribí hace muchos años en el diario que he pedido a mi abogado, Georg Hoffman, que te entregue. Es la historia de mi vida, la cual ha sido, cuando menos, azarosa. También es posible que hayas estado en contacto con mis hijas adoptivas, y te pediría que, una vez que hayas leído mi historia, la compartas con ellas, porque también es la suya.

Léela, querida hija, y quiero que sepas que no ha pasado un solo día en que no pensara y rezara por ti y por tu madre. Ella fue el amor de mi vida… Lo fue todo para mí. Si ha pasado a la próxima vida, y algo en mi interior me dice que sí, quiero que sepas que estamos juntos y te observamos con amor.

Tu padre,
ATLAS

Continuará en

Atlas. La historia de Pa Salt

De próxima publicación en 2022

Nota de la autora

Siempre he sabido que *La hermana perdida* transcurriría principalmente en West Cork, Irlanda, la tierra donde tengo mi hogar. Y, dada la pandemia, fue como tenía que ser. Antes de la Navidad de 2019 yo ya había visitado en secreto la región neozelandesa de Otago así como Isla Norfolk. Apenas unas semanas después, me descubrí confinada en West Cork con el material de investigación que necesitaba, por una vez al alcance de la mano. Hasta ese momento había creído que sabía bastante sobre los turbulentos últimos cien años de la historia de Irlanda, pero cuando emprendí mi acostumbrada labor de investigación, comprendí que apenas había rascado la superficie. También me di cuenta de que los escasos testimonios personales de quienes habían participado directamente en la guerra de Independencia de Irlanda provenían de hombres, y la mayoría los habían escrito muchos años después del conflicto. Decidí que para obtener una visión lo más veraz posible debía recurrir a familiares, amigos y vecinos cuyos antepasados hubieran luchado entonces por la libertad. Como resultado, obtuve una imagen global del West Cork en tiempos de guerra y de la enorme contribución que sus valerosos voluntarios —casi todos ellos gente del campo, principalmente de edades comprendidas entre los dieciséis y los veinticinco años, sin experiencia bélica y superados en número por miles de soldados británicos y agentes de policía bien entrenados— hicieron para ganar lo que, en teoría, era una lucha imposible.

Gracias a todos los lugareños que se prestaron a invertir su tiempo en ayudarme fui capaz de escribir lo que espero sea un retrato más o menos riguroso de lo que aconteció en West Cork entonces y durante el resto del siglo xx. Deseo expresar mi más profundo agradecimiento a Cathal Dineen, quien (cuando nos «desconfinaron») me acompañó en coche hasta lugares absolutamente recónditos para presentarme a hombres como Joe Long, del que Cathal había oído que aún conservaba el fusil auténtico de Charlie Hurley, ¡y así era! A continuación me llevó al remoto cementerio de Clogagh para mostrarme el sótano, debajo de una enorme cruz celta asentada en una tumba, donde supuestamente lord Bandon había estado retenido como rehén durante dos semanas. Un escalofrío me recorrió la espalda cuando miré en derredor y vi huesos en los deteriorados ataúdes que todavía descansaban en los estantes. Nada era demasiada molestia para él ni para las personas a las que acudía, y si no sabían, la mayoría tenía un abuelo o un viejo pariente al que preguntar que había guardado recortes de periódico o cuyos padres habían vivido en aquellos tiempos. Tim Crowley, director del Michael Collins Centre en Castleview, es pariente del mismísimo Grandullón. Su esposa Dolores y él no pudieron ayudarme en lo que a hechos se refiere, pero me dejaron sostener el maletín que Michael Collins había llevado con sus papeles cuando viajó a Londres para negociar el largo y pedregoso camino hacia la futura independencia de Irlanda de los británicos.

Yo había leído sobre Cumann na mBan, pero había —y todavía hay— pocos libros/artículos publicados sobre la organización, y ninguno hace referencia concretamente a West Cork. A través de Trish Kerr, amiga y propietaria de mi librería en Clonakilty, hablé con la doctora Hélène O'Keefe, historiadora y profesora del University College Cork, quien me puso en contacto con Niall Murray, periodista del *Irish Examiner*, historiador, actual candidato a doctorado en la universidad y estudioso de la revolución irlandesa en las zonas urbanas y rurales del condado de Cork. Niall me aconsejó que consultara los Archivos de Pensiones de Guerra del Gobierno irlandés para averiguar qué personas de Cumann na mBan de mi entorno local habían hecho la solicitud. Eso me desveló no solo el elevado número de mujeres que se implicaron para proporcionar un apoyo inestimable a sus hombres, sino los peligros que estuvieron dispuestas a afrontar mientras seguían trabajando en las granjas, en la oficina de correos o en los talleres de costura. No puedo por menos que expresar mi admiración por cada una de esas heroínas olvidadas.

Mi maravillosa amiga Kathleen Owens, por su parte, emprendió una búsqueda tenaz de los detalles más nimios ayudada por su madre, Mary Lynch, su marido Fergal y su hijo Ryan Doonan. Mary Dineen, Dennis O'Mahoney, Finbarr O'Mahony y Maureen Murphy, quien me escribió desde Nueva York, ciudad a la que su familia había emigrado después de la guerra civil, son solo algunas de las personas de mi amable comunidad que aportaron tanto color local a este libro. Aun así, este libro está clasificado como una obra de ficción, aunque sazonada con figuras históricas reales y, como telón de fondo, una batalla a muerte para alcanzar la libertad frente a los británicos. Como siempre, la historia es subjetiva, depende de la interpretación humana y, en muchos casos a lo largo de este libro, de la memoria. Cualquier «error» es mío y solo mío.

Mi más profundo agradecimiento también para Annie y Bruce Walker por mostrarme la bella Isla Norfolk, por su relatos sobre Nueva Zelanda y la vida en la isla y, cómo no, por permitirme saborear la auténtica hospitalidad neozelandesa.

Gracias de corazón a mi equipo «local» por el increíble apoyo que me ha prestado de maneras diversas. Ella Micheler, Jacquelyn Heslop, Olivia Riley, Susan Boyd, Jessica Kearton, Leanne Godsall y, por supuesto, mi marido Stephen —agente, pilar y mejor amigo— han estado ahí cuando los necesitaba. Todo mi reconocimiento también a mis editores del mundo entero, quienes han realizado un gran esfuerzo por hacer llegar los libros a sus lectores, especialmente en estos tiempos sin precedentes. A mi estrecho grupo de amigos; ellos saben quiénes son y nunca dejan de estimularme con su franqueza y amor. Y, por supuesto, a mis hijos —Harry, Isabella, Leonora y Kit—, que siempre serán mi mayor fuente de fortaleza e inspiración.

Imagino que algunos de vosotros estaréis leyendo esta nota desconcertados y puede que decepcionados por el hecho de que muchos de los misterios de la saga hayan quedado sin resolver. Ello se debe a que, cuando empecé a escribir *La hermana perdida* y su historia fue tomando cuerpo, me di cuenta de que no quedaba espacio para contar la «historia secreta» como es debido. De modo que sí, la octava y verdaderamente última entrega de la saga de Las Siete Hermanas está aún por llegar…

Os agradezco vuestra paciencia y os prometo que empezaré a escribir el octavo libro en cuanto haya «puesto a dormir», como dicen, a *La hermana perdida*. Lleva ocho años dentro de mi cabeza y estoy impaciente por plasmarlo finalmente sobre el papel.

LUCINDA RILEY
Marzo de 2021

Para conocer las fuentes de inspiración de la saga y leer sobre las historias, los lugares y las personas reales que aparecen en esta novela, entra en: http://esp.lucindariley.co.uk

Bibliografía

Andrews, Munya, *The Seven Sisters of the Pleiades*, Spinifex Press, 2004.

Balfour, Sebastian, ed., *Trinity Tales: Trinity College Dublin in the Sixties*, Liliput Press, 2011.

Barry, Tom, *Guerilla Days in Ireland*, Mercier Press, 2013.

Brady, Alan, *Pinot Central: A Winemaker's Story*, Penguin Books, 2010Coogan, Tim Pat, *Michael Collins: A Biography*, Head of Zeus, 2015.

Crowley, Dan, *My Time in My Place*, Michael Collins Centre, Castleview, 2013.

Crowley, John; Ó Drisceoil, Donal, y Murphy, Mike, *Atlas of the Irish Revolution*, Cork University Press, 2017.

Crowley, Tim, *In Search of Michael Collins*, Michael Collins Centre, Castleview, 2015.

Gillis, Liz, *The Hales Brothers and the Irish Revolution*, Mercier Press, 2016.

Gore, Da'Vella, *This Blessed Journey*, Da'Vella J. Gore, 2009.

Keefe, Patrick Radden, *Say Nothing: A True Story of Murder and Memory in Northern Ireland*, William Collins, 2018. [Hay trad. cast.: *No digas nada*, Reservoir Books, Barcelona, 2020.]

Leonard, Anne, ed., *Portrait of an Era: Trinity College Dublin in the 1960s*, John Calder Publishing, 2014.

Loach, Ken, *et al.*, *The Wind that Shakes the Barley* [*El viento que agita la cebada*], Londres, Sixteen Films, 2007.

Luce, J. V., *Trinity College Dublin: The First 400 Years*, TCD Press, 1992.

Matthews, Ann, *Renegades: Irish Republican Women 1900-1922*, Mercier Press, 2010.

River, Charles, ed., *New Zealand and the British Empire: The History of New Zealand Under British Sovereignty*, Charles River Editors, 2018.

—, *The Maori: The History and Legacy of New Zealand's Indigenous People*, Charles River Editors, 2018.

Slyne, Marianne, *Marianne's Journal*, Michael Collins Centre, Castleview, 2015.